国家哲学社会科学成果文库

NATIONAL ACHIEVEMENTS LIBRARY
OF PHILOSOPHY AND SOCIAL SCIENCES

况周颐与晚清民国词学

彭玉平　著

中华书局

彭玉平 江苏溧阳人，文学博士。中山大学中国语言文学系教授、系主任，《中山大学学报》（社会科学版）主编。国务院学位委员会中文学科评议组成员，教育部中文教育指导委员会委员，教育部长江学者特聘教授，国家"万人计划"哲学社会科学领军人才。长期从事中国古代文学与文学批评的研究工作，在中国词学史、诗文评研究等方面成果丰硕。著有《王国维词学与学缘研究》（入选"国家哲学社会科学成果文库"）《诗文评的体性》《唐宋词举要》《人间词话疏证》《中国分体文学学史·词学卷》等。在《中国社会科学》《文学评论》《文艺研究》《文学遗产》等刊物发表论文近二百篇。国家社科基金重大项目"中国词学通史"首席专家。相关学术成果荣获教育部高等学校科学研究优秀成果奖（人文社会科学）一等奖、广东省哲学社会科学优秀成果奖一等奖、龙榆生韵文学奖特等奖、夏承焘词学奖特等奖等多次。兼任中国词学会副会长、广东省中国文学学会会长等。

《国家哲学社会科学成果文库》
出版说明

为充分发挥哲学社会科学研究优秀成果和优秀人才的示范带动作用,促进我国哲学社会科学繁荣发展,全国哲学社会科学工作领导小组决定自 2010 年始,设立《国家哲学社会科学成果文库》,每年评审一次。入选成果经过了同行专家严格评审,代表当前相关领域学术研究的前沿水平,体现我国哲学社会科学界的学术创造力,按照"统一标识、统一封面、统一版式、统一标准"的总体要求组织出版。

全国哲学社会科学工作办公室
2021 年 3 月

目　　录

Table of Contents

序 一

施议对

晚清民国,中国社会处于易代之际的一个特殊历史时段。这一时段,大多以1895年(清光绪二十一年)或1898年(清光绪二十四年)为上限,至其下限则尚无确指。这是中国社会从古代向现代过渡的一个历史时段,也是中国文学现代化进程的一个历史时段。在思想、文化方面,这是各种思潮、各种流派风云涌起的时代,也是出大师、出经典的时代。中国倚声填词,经过千年以来的发展、演进,至此曾出现巨大变化。一方面,以清季五大词人王鹏运、文廷式、郑文焯、朱祖谋、况周颐为代表的倚声家,在倚声填词的三大版块,词学考订、词学论述以及词的创作,其相关述作均曾出现集大成的趋势;另一方面,王国维引入西人哲思,摈弃兴趣、神韵二说,别立境界一门,为创新说,开辟中国今词学,对于千年词学由古到今的转型,亦产生积极推进作用。况周颐、王国维两部词学著作《蕙风词话》及《人间词话》,两大理论建树,成为千年词学传旧、创始的最高成就。况周颐标举"重""拙""大"之旨,为李清照协音律、主情致之词论组合,于情致一项之内,作概括描述并加以充实与提高,将传统词学本色论的理论建造,推向最后完成阶段。王国维标举"境界说",于阔大与修长两个维度把握要眇宜修的词体特征,追寻"言有尽而意无穷"的境外之境,于传统词学本色论之外,建造现代词学境界说。两大理论建树,承先启后,为晚清民国词学、民国共和词学乃至今后千百年词学奠定坚实的基础。

词学史上,作为一种理论创造,其倡导以至于确立之从不自觉到自觉,需要经历一个长过程。初时或许只是一种经验之谈,例如歌词创作、研究以及阅读、鉴赏所获经验。但多数只是个别倚声家的感觉和印象,其用以立说的依据,也只是一些模糊的概念,诸如清空、骚雅、柔厚、沉郁以及"重""拙""大"等等,均尚待经过综合分析,加以抽象升华。其内涵及外延既不易加以界定,其构成原理及方法运用亦未能给予确定。这是对于旧说的困惑。王国维晚出，其人尽管已有自觉著书立说的意识，其所创新说对于旧与新、古与今乃至中与外的衔接更替及其题外之旨，目前亦尚需进一步为作深入探讨。这是况周颐之外的另一话题。至于况周颐自身，其"重""拙""大"之旨，三个字，论词的一种说法，究竟是旧还是新，是古还是今？如何构成理论，成为词学中的一个范畴？同样让人造成困惑，同样需作理论上的说明并用哲学的语言将其固定下来。这是当下的情状。

吾友彭玉平教授，强识敏学，通于理要，既以十年功夫，撰为《王国维词学与学缘研究》二巨册，阐幽发微，要终原始，将读者带往王国维创立"境界说"的本缘及学缘当中，今又推出《况周颐与晚清民国词学》一书，通过环境、心境及语境，将读者带往况周颐创立"重拙大"说的话语现场。为走近晚清民国词坛，开启无数方便法门。

《况周颐与晚清民国词学》全书十四章，两大部分：理论说明及事迹考论。前数章包括，况周颐"重拙大"说及"松秀"说的阐释与论证以及况周颐、王国维相通审美范式的揭示与评判等；后数章包括，新发现况周颐《历代词人考略》与《联益之友》所刊况周颐"词话"等。有关说明及考论，除了依据词话文本，还通过日记、书札等多种媒介，摘叶寻枝，直截根本，为况周颐学说的创立作正面的论述，并对于况周颐其人其学作近距离的观察与呈现。

相比之下，全书两大部分，应以前数章的理论说明最见功力。这主要就是况周颐"重拙大"说及"松秀"说的阐释与论证。前者为况周颐所建造词学理论的主说，后者为副说。为况周颐词学的一个特别组合。晚清民国以来，一百年间，词界知道王国维的"境界"说，而不知或者不是很多人知况周颐的"重拙大"说。王国维以境界论词，"词以境界为最上"，体现其词学观念，但境界与"境界"说并不一样。境界只是个概念，不加个说字，可以看作一种主张，还不能说是理论，加上个说字并给予理论说明，才称得上一种理论。境界与"境界"说如此，"重拙大"与"重拙大"说亦当如此。这就需要抽象，需要升华。如提升到哲学层面上看，这种抽象，或者升华，就是从一到多的演绎与推理以及从多到一的概括与归纳。因此，本书前数章为况周颐"重拙大"作理论说明，即着重于一与多两个方向的分、合与提升以及"重""拙""大"三者的分列与综述，以体现出自觉的理论探索精神与学科创建意识。

本书第一章,"重拙大"说的阐释与论证。先是由远而近,总说以"重拙大"论词的来历,交代其渊源之所自,再是展开对于"重拙大"的讨论。即从1889年(清光绪十五年)况周颐于半塘(王鹏运)座上受教是说起,经过长期冷漠甚至有意淡化,至1924年(民国十三年),况氏刊行《蕙风词话》,"重拙大"于词学上的位置才被确定下来。这一经历,著者将其概括为自警、转换、引入、强化、确立五个过程。而后,对于"重""拙""大",既以不同方式进行分别列述,细致而精确地揭示其内在意蕴及所呈现的多种形态,又以高度的抽象加以综述,用一个字,或者两个字,概括所有,把握其确实的存在,即自一与多以及多与一两个不同方向,一步一步导入本体。相关阐释与论证,对于"重""拙""大"三个字,原本只是有关倚声填词的一种看法,或者主张,究竟如何变而成为一种理论范畴,一种可与王国维"境界"说平起平坐的"重拙大"说,提供充实的事例,并作透彻的论述。这是有关"重拙大"说的阐释与论证。著者称之为主说。经此分列与综述,对于"重""拙""大"的抽象与升华,目标已达至。这是"重拙大"理论说明的第一个步骤。

本书关于"松秀"说的阐释与论证。是为副说。主说与副说,一显、一隐,共同展开一个话题。"重拙大"和"松秀",二者都是词体品格所体现的一种状态。就词体自身的品格看,持"重拙大"论者,其正与反的观念相当明确。故曰:"轻者,重之反;巧者,拙之反;纤者,大之反。当知所戒。"而就表现方法看,"重拙大"和"松秀",二者之间所体现的对立统一关系,通过追琢与自然仍可得以调整。正如况周颐所云,"吾闻倚声家言,词贵自然从追琢中出"。谓致力于追琢,乃为着妙造自然。本章说笔法。著者称:"'松秀'以自然为底蕴,侧重笔法张弛有度,强调传达清劲之气,主要体现在字面音节和结构脉络中。"谓其承以"宽"论词而来,同时关合"风度"说。"在简洁从容中透出旷达的意趣和悠远的神韵,展现出弘大的气象和开阔的胸襟"。如用况周颐的话讲,就是"信手拈来,自成妙谛"。著者称:"松秀"是一个被冷落的词学范畴,与"重拙大"构成重要互补关系。就理论构成而言,况周颐于主说之下设有副说,可堪称道,著者既致力于彰显主说,亦用心阐释副说,以见其理论的丰富性并厘清其理论格局中的诸种关系,亦甚是值得推崇。这是"重拙大"理论说明的第二个步骤。

本书关于况周颐、王国维相通审美范式的揭示与评判。著者将"重拙大"

说与"境界"说作比较,论证其差异性及会通之处。其称:"二十世纪前半叶的词学,况周颐与王国维乃当然之两大宗。""但质实而言,况周颐词学乃专门之学,而王国维词学则为通人之学。这种词学性质的差异导致了他们的词学著作在经典化过程中,经历了明显不同的路径。"这是况周颐、王国维二人词学之异。著者指出,历来论者,大多瞩目于此。并指出:况周颐词学实际上存在着明流与暗流之分。而这种区分,实际上触及词学本体与表像之分。说明:况周颐天赋词心,处于前辈教导与内心信奉的矛盾之中。其对于"重拙大"的标榜,乃出之于不得已。因此,回归本位,也就和王国维一起,同归于清艳疏朗一路。这就是况周颐词学的会通之处。著者指出:在《历代词人考略》中,"况周颐的词学主流已经不再推崇以'重拙大'为理论旨归的南宋之词,而是明显回归到以'清疏'为特色的'北宋风格'之中"。著者在明流与暗流、理论与实践之矛盾对立当中,探测其词心,精确把握其差异性及会通之处。并且由此生发开去,展现一个世纪之大势。既深刻而细微,亦独家之所倡导,颇能体现其识见。这是"重拙大"理论说明的第三个步骤。

上述篇章之说"重拙大",从一般概念到审美范式,相关阐释与论证,经过三个步骤,分列综述与抽象升华,主副相合与正反辨证以及差异会通与本位回归,所谓"重拙大"者也,其所追求之"万不得已"词心及"烟水迷离"词境,面目已渐清晰。乃步步为营,节节进取;其功力可谓大矣。然著者之用意似乎并不局限于此。行文过程中,著者既将其高高提起,又将其轻轻放下。谓乃有违初心,并非声家本色,因将其当作一面旗帜,令于高处赫赫飘扬。至其底下之另一景象,既指况周颐于实践中为词学分流另辟新境,亦指本书所展现晚清民国词学的大视野、大布局。读者诸君,如细加寻绎,定将有所获益。余不敏,谨为数语,以弁其端。

戊戌夏至后六日濠上词隐施议对于濠上之赤豹书屋

补记:

彭玉平君书稿初成,即索序于余。余读而感之,先成一序,后复作一序以替之。今检旧序,亦略有可采,因择其若干文字附于此,语或稍有交错,不计也。以前序补后序,盖亦鲜矣。存此以供博雅君子一笑耳。

庚子冬至后六日濠上词隐于濠上之赤豹书屋

彭玉平此书就整体上看,先是由远而近,总说以"重拙大"论词的来历,交代其渊源之所自,再是展开对于"重拙大"的讨论。即从1889年(清光绪十五年)况周颐于半塘(王鹏运)座上受教时说起,经过长期冷漠甚至有意淡化,至1924年(民国十三年),况氏刊行《蕙风词话》,"重拙大"的地位才被确定下来。其后,对于"重拙大",既以不同方式进行分别列述,细致而精确地揭示其内在意蕴及所呈现的多种形态,又以高度的抽象加以综述,用一个字,或者两个字,概括所有,把握其确实的存在。即自一与多两个不同方向,一步一步导入本体。相关阐释与论证,对于"重拙大"三个字,原本只是有关倚声填词的一种看法,或者主张,如何变而成为一种理论,一种可与王国维境界说平起平坐的"重拙大"说,提供充实的事例,并作透彻的论证。具严密的逻辑结构。

记得四十年前,以研究生身份"重新报考"研究生,晋京复试,主考官吴世昌先生问所读何书?答以《人间词话》。先生曰:为何不读《蕙风词话》?并且借此话题,提出自己对于况周颐、王国维两部词话的批评意见。一个多小时,都先生讲。于是,考学生变成了考先生。复试合格,在先生门下八载。对于先生为何特别推举《蕙风词话》,尚未作认真思考。就境界创造而言,况周颐之所谓"重拙大",其目标以及达至目标的方法与途径,应当都在王国维有关论说的涵括之内。比如况周颐所指"正宗中之上乘",所谓极致之境,应当就是王国维的最上之境。

不过,就理论构成而言,况周颐可堪称道之处,可能还在于主说之下有副说。那就是本书所标榜的"松秀"说。其谓"松秀"以自然为底蕴,侧重笔法,包括字面音节之法及结构脉络之法。这是本色词创造的方法及手段。谓应带着两种眼光,加以审视。既致力于彰显主说,亦用心阐释副说。将可能触及本原的副说与时代召唤下应运而至的主说结合,以见其理论的丰富性并厘清其理论格局中的诸种关系。这是彭玉平教授论"松秀"所获经验。况周颐有云:"吾闻倚声家言,词贵自然从追琢中出。"谓致力于追琢,乃为着妙造自然。彭玉平教授独具慧眼,探得其中奥秘;我的导师吴世昌先生倾心于蕙风,应亦着眼于此。因将往时一段小故事,谨附如上,以为共勉。

戊戌春分后七日濠上词隐施议对于濠上之赤豹书屋

序　二

王兆鹏

玉平兄是我的四友：校友、道友、挚友、畏友。

我俩都毕业于南京师范大学，是为校友。1987 年他从南京师范大学中文系本科毕业时，我进校侍列唐圭璋先生门墙，攻读博士学位。当时彼此虽然没有交集，但同饮随园水，共沐唐门风，都深受南师词学传统的熏陶。他曾回忆说："本科就读的南京师大，是词学大师唐圭璋先生任教之地，耳濡目染，感化实多。"而我亲炙唐门，方得窥知词学研究的门庭路径。

我俩都致力于词学研究，志同道合，是为道友。他读本科期间，就对词学产生兴趣；我也是读本科时开始涉猎词学。他的硕士论文是《陈廷焯词学研究》，我的硕士论文为《张元幹年谱》。我俩的博士论文又不约而同地选做词学，我考察宋南渡词人群，他探讨词的创作与鉴赏的对应关系。他重词论，我重词史。此后，我们一直在词学研究道路上共同跋涉。2006 年我承乏主持中国词学研究会以来，每两年举办一次词学年会，每次年会我们都会切磋交流。几年后他就成为研究会副会长，共襄词学大业。

我俩可以推心置腹，互吐衷肠，是为挚友。遇有人生快意事，彼此可以抵掌畅谈，毫无保留地分享；偶有失落与不平，则挥拳击案，一吐为快。相互宽解，相互慰勉，相互激励。有时一年见几面，每见如新；有时几年不见，见面情深如旧。情感的维系，不在形式，而在性格的相合、志趣的相投、心灵的相通。

学术道路上，我比他出道稍早，略着先鞭。可近年来他风头强劲，后来居上。是为畏友。他的两部专著连续入选国家哲学社会科学成果文库，并接连斩获大奖。其《王国维词学与学缘研究》先获教育部人文社会科学优秀成果奖一等奖，又荣膺夏承焘词学奖特等奖。我既为他的成就深为钦佩，也倍感压力，须贾余勇奋起直追，才能并驾齐驱，双翔于词路，共舞于交衢。

新年刚过,他电邮来新著《况周颐与晚清民国词学》,嘱为序引。作为同道故人,自是欣然应允。将书稿匝读一过,觉有四度:高度、深度、广度、气度。

高度,是指理论高度。况周颐是晚清民国词学研究的热点之一,他受关注的热度仅次于王国维。有关况氏的研究成果,大多集中在他的词学理论,尤其聚焦于词话著作《蕙风词话》。而有关《蕙风词话》的论著,又主要讨论其"重拙大"的内涵和词心、词境说的意义。这主要关乎况周颐词学理论的研究,而非词学的理论研究。所谓"词学理论的研究",是阐释其词学理论的内涵,评析已有之学说和人们熟知之理论。而"词学的理论研究",是从况周颐词作实践和词学批评中,抽绎提炼出新的理论范畴,建构出人所未知的理论体系。

而玉平兄此著,正是从人们不经意处甚至难以措手处纵横开拓,左右抽绎,立体地建构出况氏的词学理论体系:"况周颐以别解'诗余'为尊体基础,建构了以'哀感顽艳'为情感底蕴,以'潜气内转'为重要作法,以'松秀清疏'为词体本色,以'重拙大'为门面高悬之帜的这样一种理论格局。"这一理论格局的建构,既有观念基础,又有表现方法、结构方式和风格要求、审美标准,具有极强的理论性、体系性和操作性,达到了当下词学研究所能达到的理论高度。

理论的进步,在于提出新范畴、解决新问题。而本书的况周颐研究,致力于开拓新面向,探索新问题,提炼新范畴。书中专力探讨的"赢余"说、"哀感顽艳"说、"潜气内转"说、"松秀"说、修择观等,都是前人没有留意过,更没有研讨过的概念范畴。对这些理论范畴,他不仅梳理其理论来源和语义变迁,更结合创作实际和批评语境,细致寻绎其理论内涵和批评指向。在著者看来,这些概念范畴,不是随意、散漫、孤立的,而是有机、有序的,是整体中的一环,共同融合成况氏的词学理论体系。黄侃曾说:"所贵乎学者,在乎发明,不在乎发见。"(《量守庐学记续编》)发掘理论范畴,建构理论体系,正是"发明"性学问、创新性研究。

深度,是指学术探索的深入度。刘熙载《艺概》曾评说杜诗"深",所谓"曲折到人所不能曲折为深"。而学术研究,能揭示人所未知的真相为深,能发现人所难明的事实为深。况氏有些学说和著述,时贤多有论述,但玉平兄总能见人所未见、发人所未发,将问题的探讨引向更深的层次,堪称深入到人所不能深入。

比如况氏的"重拙大"说,前贤今彦论之甚夥,但多是就况氏已有的理论表述而综合分析或类比阐释。本书不仅重新诠释了其复杂的理论内涵,更通过研读况氏不同历史时期的著述和细读并世诸贤的著作,豁然发现况氏理论的内在矛盾,门面上他遵从师长王鹏运的主张,强调"重拙大",推崇南宋词的醇雅;实际上,他的才性更接近也更喜欢五代北宋词的自然清通。这就形成理性与感性、自我与群体之间的矛盾。理性上他认可也必须秉承师长辈传承的"重拙大"之说,感性上他并不能真正的接受和实践,因此表面上高调宣扬"重拙大",内心里却自有主张。作为晚清词学群体中的领军人物,特别是作为王鹏运和朱祖谋词学理论的代言人,他不能不高举"重拙大"的旗帜,但作为才情激扬、心高气傲的况周颐,又不愿被外在的理念所束缚。这个矛盾,是玉平兄首次发现,从而将理论范畴的探讨引向深入。他还进一步发现晚清民国词学中的明流与暗流、时代风向和个人选择的不同与错位。此点也未经人道。这对学术史的研究极有启发。就像接受史的研究,既要看到后世作家对前代作家的显性接受,也要注意隐性接受;有的基于不同语境和需要,表面批判拒斥,而暗里效仿接受;或表面认同,而暗里排斥;或普遍接受,而个体拒斥。学术史上,也常常是明流与暗流并存、普遍性与特殊性同在。只注意明流而忽视暗流,只注意一般而不见个别,无论是学术史还是接受史,都是难以深入的。

又如《历代词人考略》,传世的文本是署名刘承干撰。经过近年学界的努力,已经考明此书实为况周颐代撰,并弄清了其书的版本收藏情况。基本事实既已考定,后续研究实难为继。可玉平兄在细读周边各种文献后,硬是有新发现。他发覆出况周颐代撰《考略》的原委,原来是由朱彊村引荐介绍给刘承干,刘承干按商务印书馆千字四元的稿酬标准支付给况氏,况氏因经济拮据亟需润笔,故高效快速地撰稿,而且是每交一卷就领一次稿酬,甚至有提前预支稿酬的情况。隐藏在历史烟云背后况氏代撰《考略》的前因后果和来龙去脉,被著者切实弄清,让我们从一个侧面了解了民国初期的学术生态和部分知识分子的生存状态。不仅如此,著者还深入发现,现藏南京图书馆的《考略》,在况周颐去世后是经过他人删削整理的。他又进一步追踪,发现代为整理者是女词人罗庄。罗庄整理《考略》的机缘、动机、心态,都考证得清清楚楚,有如老吏断案。学问做到这个份上,直让人拍案叫绝!

学术研究,又不仅仅是以弄清事实真相为能事,摆事实,是为讲道理。所以,玉平兄并不满足于弄清真相,还要深入一步透析事实背后隐藏的理论意义。他一只眼睛盯着史实,另一眼睛盯着理论。从况氏晚年所撰的《考略》里,本书著者看到了他抛开"重拙大"理论的束缚,而自由挥洒自己的理论主张,尽情地展现他对词史的思考和对词人的评价,揭示出《考略》独特的理论价值,从而将《考略》和况氏词学理论的研究引向更深的层次。唐宋词里有层层深入的表现技法,玉平兄将之移植于词学研究,使其著作亦达层深之境。

广度,指学术视野的宽广度。苏轼曾说:"赋诗必此诗,定知非诗人。"意思是写诗必须由形赋神,由此及彼;既要切题,又不限于题,要精骛八极,心游万仞,想落天外,由眼前有限之景拓展至无限之景。学术研究亦如此,不能就题论题,而应纵横开阖,把研究对象放在历史的长河中和广阔的背景中进行观照。由点及线,由线及面,以小观大,从个案事件透视历史进程,所谓"一粒沙里看世界,半瓣花上说人情"。玉平兄治学,视野宏阔,他研究王国维,绝不囿于王国维;研究况周颐,同样不限于况周颐。先师唐圭璋先生曾提点说,研究一人,需熟知一群人;研究一群人,需熟悉一代人。玉平兄正是如此。为研究况周颐一人,他深度熟悉况氏周边的一群人、一代人,无论是直接相关人还是间接相关人,他都留意,从词坛、文坛到画坛、学界的人物交往网络中,寻找与况氏的关联。对况周颐其人其词其学,他烂熟于心;对况氏的同代人、交游圈,也相当熟稔。说起况氏为人境遇,像是说他自己;论起况氏朋友圈,又好似他是圈中人,信手拈来,天衣合缝。

个体作家研究,既要"定性",又要"定位"。定性,是考察分析作家的人格个性、创作个性或理论主张的独特性。而要让其人的个性有区分度,必须与一群人对比、一代人比较。本书着重与况周颐比较的是王国维。况氏的《蕙风词话》,甫一问世,红极一时,身后却不免冷落;而王国维的《人间词话》,最初无人问津,沉寂几年后却红遍天下,影响力长盛不衰。因为他们代表不同的审美范式。定位,是衡估其历史贡献、确定其历史地位。为定位况氏的词学贡献、理论贡献,著者把他放在晚清民国的文化大背景中、词学由传统向现代转型的过程中来考察,他极富洞察力地指出,况周颐是词学过去时态的结穴,王国维是词学将来时态的启航;况氏吹响的是传统词学的集结号,王国维演奏的是现代词学的冲锋号。这是就主流而言,实际上,况周颐的词学中也有现代词学的元素,他是旧词学向新词学转型的关键人物,深刻关合并影响着晚清民国词学发展始终和基本格局。

研究视野的广度,需要文献的广度来支撑。玉平兄能见人所未见,深入到人所不能深入,得益于他广开文献来源。一般人研究况周颐,只读他的《蕙风词话》和《玉梅词话》等等定型后的文本。现代学术文本的生成与传播,有一个从初稿到期刊发表再到结集成书的动态过程。不同的文本形态,包含着不同场域、不同语境的历史信息。时过境迁之后,一般的读者与学者,只是注意定型后静态的文本,而不注意定型前动态的不同文本,很多含有丰富的历史信息、理论意义的历史文本被忽略。而玉平兄尽力检视对比不同阶段、不同形态的文本,故于况氏词学理论的形成过程、前后矛盾、彼此龃龉都有深入细致的洞察和了解。他多次到上海图书馆、浙江图书馆和况氏后人所在地广泛搜罗晚清民国人的日记、书信等稀见史料,故能知人所不知、发人所未发,还原被遮蔽的历史真相,复原《历代词人考略》和《联益之友》所刊况氏《词话》的成书过程,不同文本的内容、差异等,既新人耳目,又让人首肯信服。

气度,是指治学的胸襟气度。一流的学问,需要一流的胸襟气度。玉平兄治学,气度高远,志向宏大。他曾在本书的成果概要中自我期许:"本书或志在开辟新域,耕耘其中;或颠覆旧说,别张新论;或以新材料推进学术史,或以新视野重审旧材料。要以创新发明为务,力避敷衍陈说之文。"其书已完美实现他的宏愿。

王国维所说"古今之成大事业、大学问者,必经过三种之境界",人们早已耳熟能详。作为多年浸染王国维词学的学者,玉平兄不但心向往之,更是身体力行。他志在开辟新域,别张新论,务为创新发明,正是"昨夜西风凋碧树,独上高楼,望尽天涯路"之第一境。他勤搜苦读,焚膏继晷,则是"衣带渐宽终不悔,为伊消得人憔悴"之第二境。

玉平兄为人美风仪,富逸才。依当下时尚潮语而言,他本可以靠颜值加才华吃饭,却偏偏选择勤奋加刻苦。他是学理论出身,富有思辨能力,却十分注重文献,没有学界普遍存在的重此轻彼的偏失。词体创作,有多种弊病。清人金应珪说"近世为词,厥有三蔽",淫词、鄙词、游词是也;陈廷焯谓词有纤小之病、拙滞之病、陈俗之病及浅显、轻浮、卤莽灭裂之病;蔡嵩云曾指出词有浅、直、松、实四病。学术研究也有二蔽:长于理论者,时或轻视文献,谓文献考订者没有思想;长于文献者,蔑视理论,谓理论阐释者惯于玄思而空疏不实。而玉平兄治学,兼理论与文献之长,融思辨与考据之功,细探文本之形成变化过程,回归历史现场以明学说形成之生态环境与历史真相,故能迈越前修。近几年,他还兼任中山大学中文系主任、《中山大学学报》主编。行政事务的忙碌,并没有湮没他治学的激情,依然有空就静坐书斋,或跑各地图书馆以觅新资料,永葆纯正学者的本色,笔耕不辍。终于成就"众里寻他千百度,蓦然回首,那人正在,灯火阑珊处"之第三境。陈寅恪先生曾说:"一时代之学术,必有其新材料与新问题。取用此材料,以研求问题,则为此时代学术之新潮流。治学之士,得预于此潮流者,谓之预流。其未得预者,谓之未入流。此古今学术史之通义,非彼闭门造车之徒,所能同喻者也。"(《敦煌劫余录序》)玉平兄正是用新材料研究新问题,并多有新发现,故其学问,不仅预流,而且是一流的学问、一流的著作。

要言之,此书是一部有理论高度、有学术深度、有视野广度、有一等胸襟气度的词学论著,代表着当下词学研究所能达到的最高学术层级。虽然不敢说这是"四海之公言",但绝非一己之私言。国家哲学社会科学成果文库的八位匿名评审专家对本书都交口称赞,高度肯定。或谓此书"以细致深入而逸出群伦","研究水平超越了前人","堪称上上之品";或称其"代表了晚清民国词学研究领域的新高度",是"一部集大成的,具有开拓性、创新性和典范性的著作","可以为整个词学研究提供一些方法和理路方面的示范"。其书高度的学术价值和学术贡献,为专家们一致认同。

苏轼《与公仪大夫》曾说:"斯文如精金美玉,自有定价,非人能高下。"斯著亦然。

是为序。

二○二一年元月十二日于武昌南湖

绪　　论

这是一部以况周颐为核心对晚清民国词学进行重新考量的著作。

况周颐(1859—1926),广西桂林人。他从十三四岁开始学填词,一直到六十八岁去世,一生浸染词学五十余年。况周颐并非学术史上的冷门人物,晚清民国词学研究近年也不断升温,相关成果丰硕可观,要在况周颐的词学本体与晚清民国词学之间进行深度而有关联性的研究并非易事。一个学术人物或学术领域渐成热门,固然可以藉此推进相关学术史的进程,但也往往在看似繁盛的学术史中夹杂着认知上的群体性甚至是主体性的偏颇。故学术除了需要大力精进,亦需要时时回顾与反思,只有经过冷静与理性的学术沉淀与过滤,才能发现以往研究中的主要问题和偏差,并进而调整方向,走出误区,开拓出真正契合实际、深具内涵和张力的研究领域。我关注况周颐与晚清民国词学有年,细读相关文本亦有年,再检读诸种学术史论著,心情便很不平静,兼之读书亦时有悟得,所以发愿写一本褪去“繁华”、自悬高格、直接经典的著作。故本书或志在开辟新域,耕耘其中;或颠覆旧说,别张新论;或以新材料推进学术史,或以新视野重审旧材料。要以创新发明为务,力避敷衍陈说之文。此种种愿想,虽未必能皆至,但心实向往之。

词盛于宋,而词学盛于清。清代词学又可大致分为清代前中期与晚清民国两个时期。清代前中期词学大体借助于地域性流派与选本的更替而呈现出词学思想的种种分野,可视为传统词学之高峰;晚清民国词学则以合流为趋势,同时呈现出新词学的若干因素。这种分期当然只是大概而言的。词学虽然有着新旧之变,但其中蕴含着的一个显著变化就是逐渐形成以“范畴”为中心的词学理论体系。举其荦荦大端,如陈廷焯之“沉郁顿挫”说、王国维之“境界”说以及况周颐之“重拙大”说等,或覆盖全部批评,如《白雨斋词话》《人间词话》,或成为一书之标帜,如《蕙风词话》。这既是旧词学闪亮的煞尾,也是新词学响亮的先声。

因为与旧词学有着千丝万缕的联系,所以晚清民国词学如静水深流,底蕴丰厚而耐人寻味;又因为启蒙着新词学的产生,格局初张,如曦光穿林而令人动容。曾经作为"以资闲谈"的词话借着时代的契机而转开理论新境,不再是散漫的本事罗列、零碎的批评汇合和简单的感悟集成,而是大致以一种新范畴来统辖批评,即便是旧范畴,也能在激活新内涵的基础上笼罩群言。这完全是新的气象、新的格局。但从新词学的开端来说,也存在着范畴解释的不清晰甚至矛盾之处,以及有的理论范畴无法笼罩全体的情形,而在这方面,况周颐词学要表现得更为明显。

这种新旧杂陈、迷离其间的状况,一方面与词学家的词话表述方式有关,另一方面与学术界多有浅尝辄止的风气有关。我此前曾花了十年时间研究王国维的词学与学缘,我惊讶地发现,学术史对《国粹学报》本《人间词话》付出了太多未必有很大意义的热情,而对作为词学底蕴的手稿本《人间词话》以及作为终极意义的《盛京时报》本《人间词话》不屑一顾或难得一顾。这种裁去最重要的两翼而截取中间的做法本身就欠缺充分的学理,并直接导致过分放大其阶段性词学,而漠然无视甚至浑然忘却追踪其词学发展原始本末的认知特点。

这样的学术史不仅令人尴尬,更令人不安。而今,我在况周颐词学的学术史中再次见到这一令人困窘的情形,不免增我唏嘘。因为况周颐词学同样存在着面上光华与内在本质之间的差距甚至矛盾,是执着于面上的光华驰骋其论,还是拂去光华潜入内质仔细玩味? 这不仅是一个可供学人斟酌其间的路径选择,更是对学术价值和宗旨的一种选择。余虽不敏,但还是选择后者,数年间键户读书,踽踽独行,用志不分,朝斯夕斯,皆在于此。

长期以来,言况周颐词学者必曰《蕙风词话》,但实际上近年影印出版的《历代词人考略》更见其词学宗旨。即便就《蕙风词话》而言,学术史过半的精力在解析其"重拙大"之说,连带而及其"词心词境"说等。实际上不遑说《历代词人考略》中包含着极为丰富新颖的词学思想,即便在《蕙风词话》中,也有着不少与"重拙大"显然隔膜之论的存在。对"重拙大"的解说为何历来歧义纷出? 此实值得深思。如果再进而言之,"重拙大"说果然能覆盖整部或主体《蕙风词话》吗? 如果不能,那况周颐词学的主流和根底究竟何在? 等等。正是这些问题不断诱惑着我去读书去思考去探索,并不断形诸文字,积年所得,居然已超过四十万字,因稍加条贯,并加统系,厘订成书。

全书凡十四章,前八章为对况周颐或与之直接相关理论范畴的重新审视。其中论"诗余""哀感顽艳""潜气内转"三章,乃综析范畴缘起及演变,并涉及整部词学史及诸多人物,未可以况周颐一人之论限之。但况周颐或启我研究之思,或在相关范畴源流中有特别之论,实振起此一范畴之功臣,故并入此书,以见况氏学术卓荦之姿。约而言之,第一章的宗旨是揭示"重拙大"说与况周颐整个词学的疏离状态,并非其持以裁断词史的主要依据。第二章拈出"松秀"二字,此虽为其词学暗流,却悄然接续着词体的本色观念。第三章从"词学批评学"的理论建构角度彰显况氏词学兼具总结与新变的特殊意义。第四章在梳理"诗余"说内涵与层次的基础上,彰显况周颐词为诗之"赢余"说对此的特殊发明。第五章从词的情感内质对"哀感顽艳"说追源溯流,揭示况周颐值得关注的理论贡献。况周颐将传统"哀感顽艳"之说与"重拙大"说绾合而论,确实别开新境。第六章由况周颐提出"词与骈文相通"一说引发,在追踪源流的基础上,全面考量词体与"潜气内转"之关系。第七章分析况周颐所论词体与其他文体之间的离合关系,重点在以元曲排演词事以及"小说可通于词"说,尤其关于词体与小说关系之论,可见晚清民国时期中西文体交融之端倪。第八章将学术史上素持以为对立两家之王国维词学与况周颐词学进行比较分析,拂去其因时因人而起之理论表象,揭示他们在"清疏沉著"这一关于词之基本特性上的合流迹象,而持以为论说况周颐词学之基的则是他代刘承干撰的《历代词人考略》一书。此八章,可视为况周颐词学之理论本体。笔者在对晚清民国词学整体观照的基础上,细致审绎材料,或辨明旧说,或另创新说,努力贡献自己的新看法。

第九、第十章都是关于况周颐的修择理论与实践。"修择"这一话题素受冷落,但其实修择实践伴随着词史始终,词学史也屡有论及,晚清民国则更为普遍。因为有《况周颐批点陈蒙庵填词月课》一书的存在,遂启迪我梳理词之修择观的形成轨迹,并对照况周颐的批点情况,由此对晚清民国私相传授填词之风以及由此形成的"学词"内涵有了更切实的了解。

第十一章以况周颐的听歌之词为研究对象,以见况周颐填词业绩及时代思潮之一斑,并可与其词学理论形成直接的对应。况周颐一生作词甚多,而其听歌之词则脱去依傍,纯由性灵流出,故值得特别关注。

第十二、十三两章是对况周颐两种新文献的新考订。特别是关于《历代词人考略》一书,一直以来关于作者、修订者、续撰者、撰写及流传过程,存在许多模糊与错误的说法,此前所见诸文,多与事实有间。笔者亲赴上海图书馆、浙江图书馆等查访第一手材料,以充足的文献还原其基本过程,本章所展现的事实应该是确凿无疑的了。而刊于《联益之友》的《词话》虽也曾被人"发现",但其实一直未能进入研究视野。实际上,作为况周颐生前最后一种著述,其中透露了许多应予注意的理论信息。

第十四章以《初日楼稿》为中心,揭示以况周颐、王国维等为代表的沪上词人群体对罗庄词的集体认同。况周颐初读《初日楼稿》,即甚为欣赏,并主动要求纳罗庄为弟子。这份事实上的师生之谊,虽因客观原因终究未成"名分",而在况周颐身后,罗庄为况周颐删订《历代词人考略》一书,也多少延续了曾经的这一段情分。这是考察况周颐词学影响的一个重要窗口,也可视为况周颐词学的后续因缘之一。

以上十四章,关乎况周颐之词学本体理论、修择观及批点实践、创作业绩、文献考量、生态考察及其影响之下的词学因缘,构成我对况周颐与晚清民国词学的体系性认知。在这一体系之中,况周颐不仅独特而卓荦,也深刻关合并影响着晚清民国词学发展始终和基本格局。

以下分述各章成因及要旨。

晚清民国词学每多新范畴之提出,"重拙大"即为其著者。"重拙大"说酝酿于周济等人,端木埰初显成说端倪,王鹏运集为一说,而况周颐始畅其旨。况周颐从接闻"重拙大"说到确立其形式上在自身词学中的核心地位,经历了三十余年曲折的过程,可见其郑重之意。重、拙、大三者虽各有侧重各具内涵,但彼此渗透互有关联,形成独特的结构谱系,以厚穆为之本,追求"万不得已"之词心及"烟水迷离"之词境,其与"南渡诸贤"的关系实在离合之间。况周颐天赋清才,其心志更契合五代北宋,故由其词学批评实践可见其强调"重拙大"与南宋词人关系时的矛盾心态。况周颐更主张兼师众长,平衡两宋,而自立眼界。晚清与宋末相似的"末世"情怀与审美特点是"重拙大"说提出的现实背景,故"重拙大"说以梦窗词为契入点,乃遥接周济由梦窗而臻清真浑化之论,而近契晚清风行南北的梦窗词风,但在况周颐的词学谱系中,实又与此时有悖离。梳理"重拙大"词说的发展流变,也可因此彰显出晚清民国词学的一条重要源流和主流谱系,其意义值得充分估量。

以新范畴为中心评骘高下、裁断词史,是晚清民国时期出现的一种突出现象。然主说之下,亦多副说,虽或因无关风会而隐而不彰,而实多触及本原之论。"松秀"词说即为其中之一。"松秀"以自然为底蕴,侧重笔法张弛有度,强调传达清劲之气,主要体现在字面音节和结构脉络中。"松秀"说承以"宽"论词而来,同时关合着"风度"说,赵尊岳在这一维度下对其作了重要推进。况周颐博学多艺,他的词学与印学、书学、画学都有着异事同揆的关系,但况周颐善继善述,对从他艺中移植过来的松秀说,赋予了新的词学内涵。况周颐在大力彰显"重拙大"说之余,不废"松秀"之说,亦缘"松秀"乃涉词体本色之论。从况周颐的"松秀"说,可见古代范畴生成变化轨迹之一斑。此是笔者反复研读况氏著作而偶然悟得者,相信也是触及其词学根本的一种悟得。

所谓"词学批评学"是指在词学学科之中以现代著述方式,并以自创理论对词史发生发展进行历史性的源流梳理,总结词史发展的规律之学。词学批评学的核心就是努力建构一种词学观念与词史发展的融通之学。在现代形态的词史著述如刘毓盘、吴梅、胡云翼等所著之前,词学批评学经历了以沈雄、张宗橚、冯金伯、江顺诒等为代表的萌芽期,其荟萃诸说以成自家体系的做法,昭示了其建构词学体系意识的萌生,但因为尚缺乏明晰的批评观念,故其词史钩勒也相当浑沌。而陈廷焯、王国维、况周颐则堪称词学批评学发生期的代表,他们所持的理论形态不同,对词史发展的看法也各自有异,但以自己的独特理论来评骘词史并钩勒词史发展的基本脉络,则是他们共同的学术路径。这也是词学批评学最有光彩的时期。而稍后随着科学形态的词史著述纷纷问世,词学家的理论锋芒和批评个性反而受到了一定程度的削弱,这也许是词学史研究中值得深刻反思的重要问题。

以"诗余"别称词体,盖始于南宋乾道年间,孝宗乾道二年(1166)王木叔即已序毛开《樵隐诗余》了。此后代有沿用者,理解亦纷出,而尊诗卑词殆为主流。况周颐以填词、论词为毕生之要务,尊词观念尤为特出。1924年,况周颐整合此前诸种词话而成《蕙风词话》,带有词学集成性质,而开篇第一则便将崇尚词体而反对传统解说"诗余"之意抛出,可见其整部词话立论之基。其语云:

> 词之为道,智者之事。酌剂乎阴阳,陶写乎性情。自有元音,上通雅乐。别黑白而定一尊,亘古今而不敝矣。唐宋以还,大雅鸿达,笃好而专精之,谓之词学。独造之诣,非有所附丽,若为骈枝也。曲士以诗余名词,岂通论哉。①

将词人定位为"智者",将词体定位为"自有元音",将词体之地位定位为"独造之诣",并非依靠其他文体来增色,因此而否定了传统的"诗余"之说。但况周颐不接受前人对"诗余"的种种界定,却并不否定作为词体概念的"诗余"二字,而是通过另作解释,擢拔"诗余"说的丰富内涵。他说:"诗余之'余',作赢余之'余'解。"又说:"词之情文节奏,并皆有余于诗,故曰'诗余'。"②这一解释,就"余"之一字而言,自有其合理性。而况周颐从情、文、节奏三个方面来言说"诗余"之特质,也有与词体本色契若针芥之感,因感词人之心果然有不同凡俗之处,显然有力拓展了传统"诗余"说的理论内涵。因此之感,遂发愿梳理"诗余"说形成之背景及发展之轨迹,彰显况周颐在"诗余"说中的特殊地位。

《蕙风词话》曾有一则专论"哀感顽艳"之义,主要解释其中"顽"字:"拙不可及,融重与大于拙之中,郁勃久之,有不得已者出乎其中,而不自知,乃至不可解,其殆庶几乎。"并以"赤子之笑啼然"拟之③。这一则文字直接促成本书第四章之完成。况周颐虽有新解,但其内涵实亦渊源有自。三国繁钦在《与魏文帝笺》中提出了"哀感顽艳"的概念,但其语境侧重在悲音及其艺术穿透力方面,也与魏晋文学偏尚哀艳之风形成理论上的呼应。中晚唐时期的哀怨而幽约的诗风也同样催生了词体的最终形成,并使悲音悲情成为词体的基本情感内质。清代词学中的"哀感顽艳"之说至况周颐而集其大成,况周颐将其与"重拙大"说紧密结合,将悲情往深广博大方向发展,并以此作为词体的基本体性。作为音乐文学的词体,其情感内质与表现技艺都体现出与音乐的沟通。一种理论,即便其流传过程非常漫长,也需要偶得大力者为之特别点出,方能隆重出场,光耀四方。"哀感顽艳"之说,正可为此语下一注脚。

---

① 况周颐:《蕙风词话》卷一,唐圭璋编《词话丛编》第五册,中华书局,1986年,第4405页。
② 况周颐:《蕙风词话》卷一,唐圭璋编《词话丛编》第五册,中华书局,1986年,第4406页。
③ 况周颐:《蕙风词话》卷五,唐圭璋编《词话丛编》第五册,中华书局,1986年,第4527页。

况周颐《蕙风词话》极具理论机锋,有时不经意中点明一二,实是一篇上佳之话题。如他曾说:"作词须知'暗'字诀。""骈体文亦有暗转法,稍可通于词。"[①]本书第五章最初之一念即起于此节文字。再读况周颐释"重拙大"之"重",感觉就是具体阐释什么叫"大气真力,斡运其间"。况周颐认为"重"可以梦窗词为典范,不在字句表面,而在整体之气格。所谓"气格"其实就是以"气"成"格",所以看况周颐形容吴梦窗词是如何完成从气到格再到"气格"的形成过程,这一过程简言之就是"潜气内转"四字。他把"重"解释为"沉著",说"即其芬菲铿丽之作,中间隽句艳字,莫不有沉挚之思,灏瀚之气,挟之以流转"[②]。所谓与骈文相通之"暗转法",其实等乎"潜气内转"之法。两者关系,况周颐在《蕙风词话》中已然有完整之表述。清代学者开始将"潜气内转"这一概念用于评论书法、诗歌等,而在光绪年间,不少学者以"潜气内转"为基本方法和特征沟通骈文与词两种文体,其中在词学批评中的影响为最大,并一直持续到民国年间。"潜气内转"主要体现在长调中,讲究笔法内转深潜,并在结构上体现出浑化的特征。"潜气内转"的结构段落与静字有关,钩勒技法起了重要作用。"潜气内转"往往潜伏在丽密字面与四言句式之下,其宗旨在于通过内转形成力量,表达厚重的情感,部分地承传了六朝骈文的若干审美特点。晚清梦窗、清真词风盛行,"潜气内转"为晚清词风的发展提供了重要的理论支持,并为词体特性及词史发展的价值重估奠定了基石。

"尊体"与"破体"不仅是词史上的两种基本现象,也是词学史上备受关注的话题。词体形成于唐代,最初受到诗歌的影响,在发展过程中又借鉴了骈散文、文言小说等影响,并影响到此后散曲、杂剧等新文体的产生,客观上形成了词体与古文、诗赋、小说等错综复杂的文体关系。况周颐在评骘词史、建构词学时,十分注重比较评析词体与其他文体之关系。从词具理脉的角度,提出"词亦文之一体"之说;对词曲异同以及金元剧曲排演词事做了细致的钩勒分析;从词的叙事特性,揭示了因本事而成新词、用词体演绎小说的基本事实,更以《天方夜谭》中《龙穴合窆记》一篇为例,通过对异邦文体深于情及言情方式的分析,来勘察词体与小说两种文体的关系,提出了"小说可通于词"的重要论断。

---

① 况周颐:《蕙风词话》卷一,唐圭璋编《词话丛编》第五册,中华书局,1986年,第4413页。
② 况周颐:《蕙风词话》卷二,唐圭璋编《词话丛编》第五册,中华书局,1986年,第4447页。

如果将时光倒流到1908年,王国维在《国粹学报》上发表《人间词话》,其对当时词流的批评情见乎词,甚至不无声色俱厉之处。虽然当时影响寥寥,但作为同在一刊经常发表词话及其他著述的况周颐来说,必然是会读到的,想来他读后的感觉应该是滋味杂陈。因为即便况周颐再钝感——其实况周颐不仅不钝感,而且敏锐过人,他也能察觉到王国维词学对包括自己在内的当代词坛的碾压之势。两人词学的分歧也因此被学界长期关注甚至津津乐道。但不遑说各自词学观念会有发展变化,其中更有现象与本质之论的区别在。王国维词学无所依傍,直接本原,若刊落境界等诸新范畴,则以其清疏爽俊、生动直观而自如回归传统诗学语境之中。况周颐因其源流独具,故其《蕙风词话》以"重拙大"弘扬师说,但实有违其天赋本心。在其代刘承干所撰的《历代词人考略》一书中,则完全摈弃"重拙大"说,而另立"清疏沉著"之说,从师法南宋转为兼推北宋风格,从而与王国维之说自然合流。王、况二人沪上相识后,王国维对况周颐其人其词颇为赏识,况周颐对王国维之词学也有积极回应。他们的词学相通在以"清疏"为核心的北宋风格,其实是重新回到词体的本原。晚清民国的词学虽然因为时代原因而外象纷扰,但词体本色在有力者正本清源之时自然会活泼而强力地呈现出来。1916年之后的王国维与况周颐,已从曾经的词学陌路而变为理论上的惺惺相惜,他们在沪上不仅有着同事之谊,抑且多有闲坐烹茶的怡然时光。时光不仅会消耗激情与率性,也同样会耗去蒙昧与尘埃,并沉淀为智者的清澈与纯净。这样的时光,无论怎么说,都是美得让人不忍离去的。

关于词的创作,况周颐基本上持两种观念:一种是天纵词才,忽然而成,瞬间便成经典。他提到的"忽有匪夷所思之一念",以及"泊吾词成,则于顷者之一念若相属若不相属也"的特点,如书家"无垂不缩,无往不复",想来是一笔而成,不可移易了①。如此词作当然可遇不可求,但其实在《蕙风词话》中,况周颐还是谈了不少改词的观念和方法,这显然不属于上述创作情形了。而且从创作的一般情形来看,改词应该是更为常态的一种创作方法。检诸词史,词之修择实践几乎与词史发展同步。修择是为了减少初稿存在的问题,提升词作的质量。宋人即多以律改词、以意改词之例,形式上也有自改与他改之别。

---

① 况周颐:《蕙风词话》卷一,唐圭璋编《词话丛编》第五册,中华书局,1986年,第4412页。

宋末张炎从理论上强调了修择在填词创作中的重要作用。清末改词几成风尚,况周颐等人则在修择观念和方法上丰富和完善了词之修择观,在正律、改字、改句、改句段的基础上,进一步就换意和提升词境、格调等问题作了颇为全面的阐述。作为词体创作论之一部分,词之修择观与文学经典的形成息息相关,兼具理论和实践价值。况周颐在这一理论源流中当然不会缺席,而且几成修择理论之结穴。

与其他理论和观念不同,关于修择的理论叙说再完整,也不如直接的批点来得更容易让人受益。这是况周颐批点陈蒙庵填词月课具有不可替代的价值的原因所在。既然词学本身就包含了学词,修订与批点的重要性也自然是不言而喻的。当然自我修订与请人修订,方式不同,也会带来修订方向的差异。清末民初,词风日炽,而向名家学习、请教也积成风气,批改词作需要遵循怎样的理论方向?这些都催生了相关理论的成熟和实践的常态化。而况周颐则是非常值得注意的一个典型。即便名声在况周颐之上的朱祖谋,也常请况周颐为其词进行修订。况周颐弟子陈蒙庵曾回忆,朱祖谋填完一首词,经常到况周颐府上说"你看怎样?你替我改",而况周颐一边推敲,一边吟哦[1]。陈蒙庵亲见其形,故他的追忆是值得信任的。今存朱祖谋致况周颐信,也同样可以印证陈蒙庵的说法。朱祖谋在信中说:

> 大词愈改愈妙,公真善于改者也,佩极,佩极!惟"天涯"二字与前"天外"字面犯,与"万里"意亦犯,似仍须一改。鄙意以用半虚字为宜,如"阑珊",或"飘零"等字,唯酌之,余则无可吹求矣。拙词一册,求严择数十阕,改削固最妙,否则亦须批抹,俾弟自改,叩祷之至。[2]

"公真善于改者也",看来况周颐改词的能力也确实让朱祖谋佩服的,当然他们之间还会就具体的字词继续商榷其间,请改、合改、自改构成了彼时填词界的一种基本现象。而朱祖谋的一册词,除了要况周颐代为甄选,也同样提出了"改削"的要求,即便不直接改动,也希望况周颐能将修改意见批点在词集上,

---

① 陈蒙庵:《我所认识的朱古微先生》,《人之初》1945年第1期,第11页。
② 朱祖谋致况周颐信,见国家图书馆善本部编《赵凤昌藏札》第二册,国家图书馆出版社,2009年,第117页。

以便自己参考修订。一代词宗谦抑如此,也足令人感动。

如果说这些书信或追忆只是大体言说一种改词现象的话,今存况周颐批点陈蒙庵癸亥、甲子年填词月课,就是一种改词实践的系统展示,且因为这类文献相当稀见,其价值之珍贵自是不言而喻。这批月课批点颇为详尽,也相当充分地贯穿了其改词理论和方法。况周颐不仅具体纠正韵律、字句的不足之处,而且有时另作一词以为模范。况周颐并在修择之余以批点、命题等方式引导陈蒙庵词学思想的发展。在新文化运动风起云涌的 20 世纪 20 年代,况周颐对陈蒙庵填词月课的批点不仅是以个人方式努力延续旧文体的生命,也是当时旧文化阵营共同心愿的反映。况周颐也因此可以被视为词学上的文化托命之人。

作为"晚清四大家"之一,况周颐虽然在词学理论上建树甚丰,但其作为一个词人的形象其实更为伟岸。今存况周颐词集多种,研究的空间因此而巨大。其中尤其值得注意的是民国初年后,梅兰芳从京城数度莅沪演出,引起轰动,沪上艺文名流多与之结交,且频频雅聚,文采风流,一时称盛。况周颐乃是其中最活跃、作词最多的一位。况周颐早年寓居京城,与梅兰芳父亲过往甚密,1913 年后,梅兰芳数度来沪演出,尤其是 1920 年,以梅兰芳为中心的香南雅集,不仅绘图以记其事,沪杭各路名家也纷纷题诗题词。况周颐从 1916 年开始作听歌之词,后合并此后数年之作而成《秀道人修梅清课》,其中除《戚氏》《满路花》之外,以《清平乐》《西江月》《浣溪沙》二组词最具规模。况周颐的听歌之作不仅写梅兰芳的音容之美、演艺之高,也从中寄寓自己深隐的遗民情怀。以况周颐听歌之词作为考察对象,不仅可以勘察其后期词在题材风格上面的新变,也可从一个侧面勘察民国沪上词人的艺文风雅及其遗老群体的共同心志。是则小词不小矣。

况周颐的词学素以《蕙风词话》最具影响,朱祖谋曾高度评价《蕙风词话》"自有词话以来,无此有功词学之作"①。但此或为私见,甚至可能有抬"况"压"王(国维)"之嫌。实际上,况周颐因师事王鹏运等这一客观经历,也一直经受着信奉师说与坚守本心的矛盾。所以一部《蕙风词话》,不仅理论本身充满着矛盾,甚至理论与批评之间也呈现出相当隔膜的状态。当他

---

① 转引自况周颐《词学讲义》末附龙榆生跋文,龙榆生主编《词学季刊》1933 年创刊号,第 112 页。

可以托名的身份一任本心表述词学主张的时候,所呈现出来的词学就是另外一种气象了。这就是《历代词人考略》更能代表况周颐词学思想的原因所在。因龙榆生《唐宋名家词选》等书的援引,《历代词人考略》一书备受关注。入藏南京图书馆《考略》一书的被发现及影印出版,推进了相关研究的进程。由今存刘承干日记以及上海图书馆所藏刘承干与况周颐、朱祖谋等人往返信件,可明了的基本事实是:况周颐因为大体了解刘承干的著述之愿及经济实力,故有代刘承干撰写之意,复请朱祖谋从中斡旋,而终成此事。况周颐稿本撰写于1917年8月至1926年8月间,1930年至1932年间,刘承干委托罗庄删订校勘,而罗振常则为制条例并校补。1933年至1937年间,则由黄公渚在上海、青岛两地续纂明清部分。浙江图书馆藏《宋人词话》乃从《考略》原稿选抄而成,并为周庆云编纂《历代两浙词人小传》奠定文献基础。由《小传》及《宋人词话》可见罗氏父女删订稿特别是“小传”与“按语”部分与况周颐原稿的差异。罗振常词学取法五代北宋,与王国维汇合成流,而与况周颐形成比较突出的矛盾,故今本《考略》乃带有民国词学融合的趋势。《考略》梳理的词人源流、生平小传、词风评价,实际上构成了现代词史和词学史的雏形。

关于况周颐词学的绝笔之作,此前多认为是刊于《词学季刊》创刊号的《词学讲义》。但这应是经过况周颐之子或龙榆生删订后的部分内容。在《词学季刊》刊出前数年,即曾以《词话》为名分三期先刊于《联益之友》杂志。联益本前二期与季刊本大体重合,仅有少量文字、个别条目及正附则关系稍有出入,而联益本第三期的内容则为季刊本整体所缺。《联益之友》广征名稿的策略应是催生况周颐撰述《词学讲义》的主要原因。又因该刊在上海开办,主编与苏州因缘甚深,故联益本第三期以苏州地域词学源流为主,此当是况周颐从其他著述中择录与吴门词学相关者补缀而成。况周颐虽然没有在联益本《词话》中对其词学进行全新的学术建构,但在对《蕙风词话》进行修订简编的基础上,对词源、词体、词史、词艺以及词之寄托和音乐本体等问题,作了不少新的诠释和体系化的考量,整体上是对其此前词学的重要提升,代表了在“况周颐”名义之下词学的终极意义。勘察况周颐词学的明流,此本最具典型。

况周颐曾说:“并世操觚之士,辄询余以倚声初步何者当学,此余无词以对者也。"①可见作为词人的况周颐在当时的声望之大。相比较一般操觚之士向况周颐请教之殷,罗庄是以一卷《初日楼稿》直接吸引了况周颐的注意。况周颐深感其词才不凡,故居然放低身段,主动要收罗庄为词弟子,此在他人或梦寐思服之事,而终究因为罗庄尊人罗振常对况周颐的偏见,硬是阻止了这场可能的词坛雅事②。当然况周颐对罗庄别具青眼,也与罗庄背后非常高端的词人群体有关,这是需要特别赘上一笔的。女词人罗庄曾以一编《初日楼稿》赢得时誉。辛亥后,罗庄随父亲东渡日本,故其词中遗民情怀和秋士之感甚重。罗庄虽为女性,但不失情感的力度和气魄,且有叙事之长。因其清诗妙句而绘成之《簟纹帘影图》,先后得章炳麟等人题词而蔚成一时之风雅。罗庄追慕南唐北宋词风,提倡自然流美、绵密坚凝、和雅语工的词学观念,其所作亦神韵得似。罗庄的词与词学深受其父罗振常的影响。罗庄诗词在当时得到王国维、况周颐、朱祖谋等人的交口赞誉。由罗庄之诗词个案,不仅可见传统闺秀诗词之新变,也可略窥民国词坛生态之一斑。

作为一个天才的词人,况周颐灵心善感,词心独具,故其笔下生动展现出清末民初词坛的一抹辉煌的亮色,加上身经这一时期种种政治风云,他的词因此忠实地记录下时代沧桑和内心变化,堪称一部词史。作为一个与晚清词学名家端木埰、王鹏运、朱祖谋等有着种种思想渊源的词学家,况周颐师出多门,故其词学思想也因此呈现出丰富而复杂的局面。在忠于师说与内心呼唤的矛盾中,其词学也表现出现象与内质不相统一的问题。但如果我们撇开个人之词学体系与内在逻辑,况周颐词学的这种纷乱不一,正可见晚清民国词学之明流与暗流的错杂局面,明暗之间未必有价值的高低,但确实昭示了时代风向和个人选择之不同。当词学史发展到这一时期,新旧词学的"异质同构"催生着词学发展的方向,况周颐则是其中的关键人物。以况周颐为核心考察晚清民国词学,固然不能将这一时期的词学网罗无遗,甚至会缺失其中的若干重要层面,但基本格局与大端在焉,这是完全可以确定的。

---

① 况周颐:《蕙风词话》卷一,唐圭璋编《词话丛编》第五册,中华书局,1986 年,第 4417—4418 页。

② 1987 年罗振常二女罗仲安的回忆云:"长姊罗庄擅长宋词,蕙风欲收为学生,先父未同意。观堂亦赏识长姊诗才,并欲为其词集作序,先父十分欣喜,欲命长姊拜观堂为师。"见陈鸿祥《王国维年谱》,齐鲁书社,1991 年,第 42 页。

第一章

况周颐"重拙大"说与晚清民国词学的明流与暗流

　　况周颐的《蕙风词话》曾被朱祖谋评为"八百年来无此作"①,"自有词话以来,无此有功词学之作"②。作为况周颐最重要的词学范畴,"重拙大"说也因此广受时誉,备享尊荣。当陈廷焯因为早逝,致其"沉郁顿挫"词说的影响尚未形成恢弘的格局,而王国维的"境界"说又因其边缘身份而基本上处于被尘封状态之时,况周颐的词学则因其源流独具而蔚为正宗,并藉诸朱祖谋的奖掖而驰誉南北。而今回看晚清民国词学,所谓边缘与中心的关系已不复存在,朱祖谋的评价也再无一言九鼎之力。而从词学谱系而言,朱祖谋与况周颐乃亦师亦友的关系,他们的词学又同出端木埰、王鹏运之门,则这种同门师友间的极力赞赏具备多少学理性的内涵,自然是值得进一步探讨的。至少以下问题不可忽视:自况周颐从王鹏运处受教"重拙大"词说到其提炼为自家学说,经历了一个怎样漫长而曲折的过程?作为范畴话语的"重拙大"与况周颐的实际批评之间是否有不一致甚至矛盾的地方?"重拙大"说与"南渡诸贤"有着怎样的离合关系?"重拙大"说究竟能覆盖况周颐词学体系的多少内容?如何看待"重拙大"说与晚清民国词学的深层关联?等等。对这些问题的解答,不仅可探明作为范畴的"重拙大"的基本思想内核及其内在矛盾,而且可以由此梳理出晚清民国词学的一条重要源流和主流谱系,其意义值得充分估量。

---

　　① 转引自唐圭璋《历代词学研究述略》,唐圭璋《词学论丛》,上海古籍出版社,1986年,第833页。
　　② 转引自况周颐《词学讲义》末附龙榆生跋文,龙榆生主编《词学季刊》1933年创刊号,第112页。

一、从边缘到中心:"重拙大"说与况周颐词学格局的变化

况周颐以"重拙大"说最为驰名,关于"重拙大"说的渊源,其《餐樱词自序》有云:

> 己丑薄游京师,与半塘共晨夕,半塘于词夙尚体格,于余词多所规诫,又以所刻宋元人词属为斠雠,余自是得窥词学门径。所谓"重拙大",所谓自然从追琢中出,积心领神会之,而体格为之一变。半塘亟奖藉之,而其它无责焉。[①]

己丑乃1889年,此序作于乙卯年(1915),是况周颐在受教"重拙大"之说二十六年后的追忆之言。按此自述,况周颐词学的大本大原固得益于同王鹏运在京师中书任上相共晨夕的一段时光。大概因为况周颐入京前所作词多流于侧艳,王鹏运遂以"体格"相规诫,而"重拙大"云云,乃是在"体格"之下的审美规范。王鹏运在传授"重拙大"词学观念的同时,也让况周颐通过校勘宋元人词,玩味名家名作,感悟词在体格上的"重拙大"意蕴。显然,王鹏运并非一时兴起,略作规诫,而是希望能在词学方向上对况周颐形成主导性影响。

从此序可知,况周颐是先有对王鹏运相关学说的接受,继而持此对前人作品进行玩味体认,然后尝试由此转变自己的词风,最后才依据王鹏运的规诫并结合自己的体悟,逐渐提炼为自成体系的"重拙大"说。而追溯这一过程的最终完成,前后居然跨越了三十多年的时间。这大概也是况周颐在早期《香海棠馆词话》及此后《餐樱庑词话》中虽然提出了"重拙大"说,但因为从接受规诫到直观体认再到理论提炼,其间不仅需要时间,更需要理论慧心与魄力,可能还面临着与原奉词学观念的矛盾等,故在这一过程尚未完全结束之时,也只能言之恍惚的原因所在。只是到了晚年,况周颐才将其三十多年来对"重拙大"词风的追随化为比较明晰的理论感悟,并通过《蕙风词话》一书大体确定下来。

---

① 转引自况周颐著,秦玮鸿校注《况周颐词集校注》,上海古籍出版社,2013年,第534—535页。

以上这一漫长的发展过程,学界在相关分析时尚未予以注意①,实际上这一异乎寻常的缓慢过程本身便能说明很多问题。试验诸况周颐发表诸种词话的先后、对"重拙大"说的阐释程度及其在词话中结构地位的变化,自可略见端倪。况周颐的第一部词话《香海棠馆词话》在《大陆报》第二年(1904)第六、七、八、九号连载发表,列入"文苑"栏目末,题"附录况夔笙先生香海棠馆词话"(其中第七期,无"香海棠馆"四字),在全部三十六则词话中,关于"重拙大"的条目主要集中在第七号开头前三则,即词话总第八、九、十共三则(原词话未标),第八则提出了作词"三要",认为此是南宋人不可及处,第九则简释了"重"字,第十则引述了王鹏运关于宋人与清初词人"拙"的问题。其他三十三则的内容则散论作词、改词、读词以及若干词坛故事,与"重拙大"说无涉,其写作模式大体类似早期诗话,以资闲谈、随意而论的痕迹颇为明显,显然尚未形成自己的理论核心。1908年,况周颐将《香海棠馆词话》易名《玉梅词话》刊发《国粹学报》时②,依然任其散漫梓行,仅增补了一则"学填词,先学读词"③一则,而无关"重拙大"说内涵的补充或调整。

值得注意的是,对自己的著述不断进行补充或纠正,乃是况周颐的基本理念和常规做法。就在《香海棠馆词话》发表的第二年,即1905年,况周颐另撰《蕙风簃随笔》,其中特别提到《香海棠馆词话》《薇省词钞》关于顾贞观与纳兰性德关系的考订有缺失,特地补录了汤曾辂《炙砚琐谈》一段④。又云:

> 曩余撰词话,辨朱淑真《生查子》之诬,多据集中诗比勘事实。沈匏庐先生《瑟榭丛谈》云……其论亦据本诗,足补余所未备,亟记之。⑤

此在在可见况周颐对其词学的精谨求善之心。但"重拙大"说似乎一直是一个例外。虽然早在1889年王鹏运即将"重拙大"说言传身教于况周颐,在此后

① 关于《蕙风词话》成书的复杂过程及成书后的结构变化,参见张晖《〈蕙风词话〉考》,沙先一、张晖《清词的传承与开拓》,上海古籍出版社,2008年,第360—367页。郑炜明、陈玉莹:《论〈蕙风词话〉的文献整理》,《止善》2010年第9期,第23—53页。但此二文并未关注"重拙大"说在诸种词话中的演变轨迹。

② 见《国粹学报》1908年第41、47、48期"文篇"。

③ 见《国粹学报》1908年第41期,"文篇"第5页。

④ 见况周颐《蕙风簃随笔》,《国粹学报》1910年第73期,"丛谈"第2页。

⑤ 况周颐《蕙风簃随笔》,《国粹学报》1910年第73期,"丛谈"第2页。

近 20 年中,况周颐或许在创作上多有贯彻"重拙大"之旨,但在理论上,其实不遑细致探绎其内涵,更未曾以其为核心而建构体系、纵论词史。质言之,"重拙大"说在相当长的一段时间内,只是况周颐词学的一个部分,而且是并不显赫的一个部分而已。

　　这种对"重拙大"词说淡然处之的状况似乎一直维持到 1920 年前后。1920 年,况周颐的《餐樱庑词话》在《小说月报》分期连载①。《餐樱庑词话》本质上是一部以评述词人词史为核心的词话,虽然有关填词创作的素养、技巧、鉴赏也杂乎其中,但毕竟散置各处。如第 1 则论词境之深静,从第 2 则开始便是论周邦彦、谢希深词,以下并纵论历代词人。与"重拙大"直接相关的条目主要有三则:第 22 则以引述《香海棠馆词话》的方式揭出"重拙大"说,并以梦窗词为例说明沉著以厚为底蕴,而以致密为外象;第 74 则论凝重与神韵的关系;第 115 则论词学程序,并以"纯任自然,不假锤炼"释"沉著"②。在全部 254 则词话中,较为集中地论及"重拙大"说的只有 3 则,而且在结构上彼此相隔甚远,显然尚缺乏自觉的理论建构意识,其所论也主要集中在"重"之一字而已。相比较《香海棠馆词话》的寥寥 36 则,《餐樱庑词话》的增幅堪称极大,但关于"重拙大"的内涵分析则基本维持原状,况周颐对"重拙大"说的长期淡化甚至有意淡化隐然可见。

　　"重拙大"说的真正成熟并由此成为况周颐词学的基石和核心,是一直到 1924 年,况周颐整合排比诸种词话(含若干新写条目)、笔记③而成《蕙风词话》之时。《蕙风词话》乃是融合调整了《香海棠馆词话》《餐樱庑词话》等不同时期著述而成,带有组合"杂纂"的性质,其中《餐樱庑词话》则是其蓝本所在④。则从况周颐自身的角度来说,《蕙风词话》成,其他词话或大体可废。与

　　①　见《小说月报》1920 年十一卷第 5 至 12 号。
　　②　以上三则词话分刊于《小说月报》1920 年十一卷第 5 号第 4 页、第 7 号第 3 页、第 10 号第 2 页。或参见《餐樱庑词话》,况周颐原著,孙克强辑校《况周颐词话五种(外一种)》,浙江古籍出版社,2014 年,第 49、76、101 页。
　　③　关于况周颐从诸种笔记中采择若干条目入《蕙风词话》的情况,可参见张宇《况周颐笔记与〈蕙风词话〉关系考论——以〈阮庵笔记五种〉为例》,《名作欣赏》2010 年第 2 期,第 44—47 页。按,此前《蕙风词话辑注》即在"补编"中采录多种笔记中的材料,见况周颐撰,屈兴国辑注《蕙风词话辑注》,江西人民出版社,2000 年。
　　④　参见张晖《〈蕙风词话〉考》,沙先一、张晖《清词的传承与开拓》,上海古籍出版社,2008 年,第 362—364 页。

此前诸种词话的杂乱结构不同,况周颐斟酌定稿的《蕙风词话》不再将词史梳理评点与词学思想随意组合,而是在五卷之中,用第一卷来系统阐释理论,以立批评之基。第二卷评骘从《花间集》到《覆瓿词》,涵盖唐宋词史。第三卷评析金元词,第四卷杂评宋金词史,第五卷评说明清及域外词。有意味的是,在这五卷中,虽然从第二到第五卷大体按照时序评述词人词作,但中间的第四卷仍显得杂乱,而第五卷虽主要析论明清词,最后十则却是专谈词论的条目。则从体制上而言,《蕙风词话》虽经况周颐整合成稿,可见其建构体系之用心,但其体系性至少从结构上来说仍欠谨严周密①。

　　具体到"重拙大"说,《蕙风词话》则无疑开始彰显其特殊地位。首先,从结构上说,卷一第一、二则讨论诗余问题,这是切合词话之"词"字,乃是正名为先的意思。接着便是连续三则有关"重拙大"的条目,而此三则论词条目其实是从《香海棠馆词话》中移植过来,除了第三则在述"作词三要"后,将《香海棠馆词话》原文"南宋人不可及处"改为"南渡诸贤不可及处在是",其余文字悉依旧文②。将《香海棠馆词话》《餐樱庑词话》与《蕙风词话》三本对勘,可见,在《香海棠馆词话》中首度述及的三则直接有关"重拙大"的词话,在《餐樱庑词话》中被压缩为一则③,而在《蕙风词话》中再次以连续三则的面目彰显出来。虽然卷一所述词论非"重拙大"三字可限,但其既位次词体正名之后,则其在诸说中的主体地位仍然可见。其次,从内涵的解说上,况周颐的解说虽然仍不免分散,如被《餐樱庑词话》压缩的一则关于"重拙大"的论述中有关吴文英词"沉著"的部分文字,在《蕙风词话》则将其调整到卷二论吴文英部分④。但综览《蕙风词话》,况周颐实际上在引出相关范畴并简单陈述其内涵后,主

---

　　①　张晖认为,如果能将此卷五的最后十则调整到卷一,则全书结构就更为严密。参见张晖《〈蕙风词话〉考》,沙先一、张晖《清词的传承与开拓》,上海古籍出版社,2008 年,第 364 页。郑炜明等则注意到《蕙风词话》原刻本在卷五第三十一则后曾有"以下续话"四字,以此可明这最后十则乃是《蕙风词话》编竟后续写者。参见郑炜明、陈玉莹《论〈蕙风词话〉的文献整理》,《止善》2010 年第 9 期,第 25 页。

　　②　可对勘《香海棠馆词话》第八、九、十则,况周颐原著,孙克强辑校《况周颐词话五种(外一种)》,浙江古籍出版社,2014 年,第 8—9 页;况周颐《蕙风词话》卷一第三至五则,唐圭璋编《词话丛编》第五册,中华书局,1986 年,第 4406 页。

　　③　参见《餐樱庑词话》第二十二则"梦窗词致密与沉著":"《香海棠馆词话》云:宋词有三要,'重拙大'。又云:重者,沉著之谓。在气格,不在字句。于梦窗词庶几见之……"况周颐原著,孙克强辑校《况周颐词话五种(外一种)》,浙江古籍出版社,2014 年,第 49 页。

　　④　参见况周颐《蕙风词话》卷二,唐圭璋编《词话丛编》第五册,中华书局,1986 年,第 4447 页。

要通过作品的点评将其内涵分散地抉发出来。也许从理论形态上来说,这种以零星的评论散点表述理论内涵,在体系的结构呈现上不免显得不足。但通过细心的搜罗爬梳和对勘,仍可见其大体自足的理论体系。

梳理自《香海棠馆词话》到《蕙风词话》中关于"重拙大"说内涵和地位的演变轨迹,可见自《香海棠馆词话》最早提出概念并略作解释后,在相当长的时间内,况周颐其实并没有全力构建这一理论体系。如 1910 年,况周颐发表在《国粹学报》上的《香东漫笔》①中即有不少论词的条目,其中论词心词境、读词之法等,也大都被收入 1920 年发表的《餐樱庑词话》和 1924 年刊行的《蕙风词话》,但这些先行撰成的词话条目中,恰恰没有关于"重拙大"说集中而深入的阐释。而且,当 1924 年汇辑《蕙风词话》时,其实也有不少是况周颐在此前不久补写的。此其弟子并刊刻者赵尊岳言之甚明:"先生旧有词话未分卷,比岁鬈文少暇,风雨篝灯,辄草数则见视,合以旧作,自厘订为五卷。"②而此新草数则仍无关于"重拙大"更具深度和规模的解说,此真足有深思者在焉。况周颐的谨慎下笔,很可能与其陷于理论困境而难以自拔有关。

但《蕙风词话》并非是况周颐一生词学的终点。1927 年 1 月 1 日、2 月 1 日、2 月 16 日,《联益之友》曾分三期(35、37、38)刊出题署"况蕙风遗作"的《词话》一种,此《词话》的主要内容在六年后以《词学讲义》为名(题署"临桂况周颐蕙风遗著")在《词学季刊》创刊号(1933)再度刊出。《联益之友》刊出《词话》的背景不详,《词学季刊》所刊《词学讲义》后,则附有龙沐勋跋义一则,提及此乃"叔雍兄出以示予"③者,可知其为弟子赵尊岳从况周颐遗稿中择出者。此两次刊出的内容虽有差异,但源出一本则可知也④。据与况氏婿陈巨来过从甚密的步章五所云,《词学讲义》乃况周颐绝笔之作,以数日夜之力而成,

---

① 见《国粹学报》1910 年第 65 至 70 期"丛谈"。

② 赵尊岳:《蕙风词话跋》,转引自况周颐撰,屈兴国辑注《蕙风词话辑注》,江西人民出版社,2000 年,第 651 页。

③ 龙榆生主编:《词学季刊》1933 年创刊号,第 112 页。

④ 步章五《林屋山人集·蕙风遗事》云:"先生文章诗词皆工,词尤有大名,尝著《词话》一书,行于当世,词家能事,宣泄尽矣。"此处提及"词话"当是《蕙风词话》的简称,盖以《联益之友》刊出《词话》之简略,难当此评。转引自林玫仪《况蕙风研究资料补述》,北京大学中国古文献研究中心编《北京大学中国古文献研究中心集刊》第七辑,北京大学出版社,2008 年,第 517 页。

文成而病,病五日而殁①。则《词学讲义》或为其本名,盖《联益之友》按其体例,既不欲以"讲义"名刊出,又要与《蕙风词话》形成区别,故径以"词话"为名。值得注意的是,此两次刊出不仅仅是顺序有所不同②,而是在顺序、文字增删、正文与附则、篇幅上均有较大差异,特别是篇幅,《词学季刊》其实只刊出了《联益之友》所载《词话》三期中的前二期,第三期(《联益之友》第 38 期)的内容被整体阙载。阙载的原因尚难具体考索,据云"先生殁前,若早自知,检点旧作,分年作束"③,盖有以著述为庭训之意。既有如此细致的检点工作,况周颐已成各种著述的完整性想来应该是可以信任的。《词学讲义》因成篇较晚,也许不在这种"分年作束"的范围之内,但既先以"词话"为名完整刊发于《联益之友》,则《词学季刊》再刊时有所阙载就显得难以理解了。《词学季刊》本《词学讲义》正文十则,其中第二、第八、第十则后各附一则,正附合共十三则,末有附录二则,分"词学初步必需之书""词学进步,渐近成就,应备各书",每类之下各列书目及附属书目若干种④。而《联益之友》本在刊出时,并无后来《词学季刊》本在第二则之后的附则,季刊本的第四、第五则也合为一则⑤。此书既是况周颐去世前 5 日才完成,当然可视为况周颐词学的终极意义所在。

　　在《词学讲义》寥寥 13 则纲要式的文字中,况周颐虽然仍没有对"重拙大"说进行更有力度的开掘,但将"重拙大"说置于开篇的位置,而将原本在《蕙风词话》位居第一、二则关于诗余的话题退居为次⑥。这一进一退,显然承载了况周颐更为重要的词学思想,至少在结构上彰显了其特殊地位。除了以"重拙大"冠冕此书,内中多则也呼应此说,如第五则称赞清初所辑《百名家词》"多沉著浓厚之作,近于正始元音",第六则评朱彝尊《江湖载酒集》"气体

---

① 参见步章五《林屋山人集·蕙风遗事》,转引自林玫仪《况蕙风研究资料补述》,北京大学中国古文献研究中心编《北京大学中国古文献研究中心集刊》第七辑,北京大学出版社,2008 年,第 517 页。

② 参见况周颐原著,孙克强辑校《况周颐词话五种(外一种)》前言,浙江古籍出版社,2014 年,第 6 页。

③ 步章五:《林屋山人集·蕙风遗事》,转引自林玫仪《况蕙风研究资料补述》,北京大学中国古文献研究中心编《北京大学中国古文献研究中心集刊》第七辑,北京大学出版社,2008 年,第 518 页。

④ 见龙榆生主编《词学季刊》1933 年创刊号,第 107—112 页。

⑤ 可对勘龙榆生主编《词学季刊》1933 年创刊号,第 107—108 页;《联益之友》1927 年第 35 期,第 3 页。

⑥ 《词学讲义》第一则论"重拙大"说,第二则为"诗余"释名,见龙榆生主编《词学季刊》1933 年创刊号,第 107 页。

尚近沉著",第九则论词曲意境差别,再次提出词贵"重拙大",则几以"重拙大"笼罩全书①。所以若从结构上论"重拙大"说在况周颐词学中的至尊地位,则允推《词学讲义》一书。只有在《词学讲义》中,"重拙大"说才有了如"境界"说在《人间词话》中的地位。则回顾况周颐自 1889 年从王鹏运处受教"重拙大"说,到 1926 年《词学讲义》确立"重拙大"说的核心地位,其间变迁真有可足思者。大体经历了自警、创作风气转变、词话中引入"重拙大"范畴、强化"重拙大"说之理论地位、确立"重拙大"说至尊地位五个过程。而这一过程前后居然跨过了 37 年的时间,一种理论的演变历程真令人三复感叹。

二、况周颐之语境与"重拙大"之本义

自受教王鹏运之后,"重拙大"的观念当一直盘桓在况周颐的创作与词学思想中——当然关于词学思想的提炼要迟缓一些。故从 1904 年发表第一部词话开始,"重拙大"说便成为其诸种词话的一个基本部分而被不同程度地强调着。其云:"作词有三要,曰重、拙、大。南渡诸贤不可及处在是。"②又说:"填词有三要,曰重、拙、大,非于此道致力甚深不办。"③则至少从语境上而言,况周颐"重拙大"说乃是从南宋词中整体提炼出来的词体特质,且悬格甚高,而隐含的文体指向则在慢词。这与王国维说"词以境界为最上",又说"五代北宋之词所以独绝者在此"④云云,立论思路其实颇为相似。王国维说境界乃"最上",况周颐说"重拙大""非于此道致力甚深不办",则两人皆树立词体高标,不过一侧重五代北宋之小令,一侧重南宋之慢词,其理论各有旨归,在晚清词学格局中,属于合之则双美的两派。只是作为晚清四大家的一员,况周颐本能也必须弘扬南渡诸贤的词风;而作为反晚清词风的基本立场,王国维也几乎本能地要与晚清词坛形成对立,故其追随北宋,除了确与其审美兴趣有关之外,也当有独标新说以纠时弊的意图在内⑤。

---

① 龙榆生主编:《词学季刊》1933 年创刊号,第 108—109 页。
② 况周颐:《蕙风词话》卷一,唐圭璋编《词话丛编》第五册,中华书局,1986 年,第 4406 页。
③ 况周颐:《蕙风词话补编》卷二,况周颐撰,屈兴国辑注《蕙风词话辑注》,江西人民出版社,2000 年,第 469 页。
④ 王国维:《人间词话》,唐圭璋编《词话丛编》第五册,中华书局,1986 年,第 4239 页。
⑤ 参见彭玉平《人间词话疏证》自序,中华书局,2011 年,第 1 页。

　　关于"重拙大"之说,况周颐虽然有一定程度的解说,体现出明显的理论
自觉,但毕竟言之模糊,故历来歧说纷纭,莫衷一是。这意味着参透况周颐的
论说语境不仅重要,而且困难。在"重拙大"三者之中,况周颐对"重"的解释
最多,意义也相对显豁。试看下列其说:

　　　　重者,沉著之谓。在气格,不在字句。于梦窗词庶几见之。即其芬菲
　　锥丽之作,中间隽句艳字,莫不有沉挚之思,灏瀚之气,挟之以流转。令人
　　玩索而不能尽,则其中之所存者厚。沉著者,厚之发见乎外者也。欲学梦
　　窗之致密,先学梦窗之沉著。即致密、即沉著。非出乎致密之外,超乎致
　　密之上,别有沉著之一境也。梦窗与苏、辛二公,实殊流而同源。其所为
　　不同,则梦窗致密其外耳。其至高至精处,虽拟议形容之,未易得其
　　神似。①
　　　　近人学梦窗,辄从密处入手。梦窗密处,能令无数丽字,一一生动飞
　　舞,如万花为春,非若雕璚镂绣,毫无生气也。如何能运动无数丽字,恃聪
　　明,尤恃魄力。如何能有魄力,唯厚乃有魄力。②

　　由"于梦窗词庶几见之"一句,可知梦窗词乃是况周颐阐释"重"的立脚点。简
言之,"重"的核心内涵便体现在"气格沉著"四字中。所谓气格,即王鹏运所
称之"体格",指本于体制而形成的气象格调。气格沉著当指作品整体呈现出
来的一种深沉而宏阔的气度,它需作者以绝大魄力运深厚之情感,从而形成作
品意旨丰盈、气脉流转而浑成有味的特点,令人有玩索不尽之致。很显然,
"重"之一字,并非描述一种固定的状态,而是在作者、笔法与作品三者的流动
关系中呈现出来的整体浑成特征。从厚到魄力再到气格浑成,这是"重"由内
而外呈现的基本路径。而在气格上则可以有艺术风貌的不同,吴文英的致密
与苏轼、辛弃疾的疏旷,都可当此"重"字,因为他们三人在作品源头上都具备
"厚"与"魄力",只是在外象上形成了致密与疏旷的不同而已。
　　丰厚的情感、磅礴的力量与自然的韵味是"重"的三个基本特征。况周颐
认为学词有三个阶段,或者说三种境界,渐次而上分别是妥帖、停匀,和雅、深

---

①　况周颐:《蕙风词话》卷二,唐圭璋编《词话丛编》第五册,中华书局,1986 年,第 4447—4448 页。
②　况周颐:《蕙风词话》卷二,唐圭璋编《词话丛编》第五册,中华书局,1986 年,第 4447 页。

秀,精稳、沉著①。可见"沉著"乃是况周颐追求的词学极境。他具体指示锻炼沉著之境的方法说:

> 平昔求词词外,于性情得所养,于书卷观其通。优而游之,餍而饫之,积而流焉。所谓满心而发,肆口而成,掷地作金石声矣。情真理足,笔力能包举之。纯任自然,不假锤炼,则沉著二字之诠释也。②

所谓丰厚的情感,即上文"情真理足"四字而已,以性情、书卷为底蕴,平素涵养性情,读书观其会通,优游厌饫其中久之,才能蕴蓄深厚。这也正是刘熙载所谓"文得元气便厚"③的意思。"性灵关天分,书卷关学力"④,词是天分与学力相结合的产物。况周颐之所以将吴文英、辛弃疾、苏轼认为"殊流而同源",其中最根本的原因就是此三人皆性情饱满,天分过人。这也就是况周颐所谓"性情少,勿学稼轩。非绝顶聪明,勿学梦窗"⑤的原因所在。而满心而发、肆口而成、掷地作金石声、笔力包举云云,则强调用强大的笔力去表述磅礴的情感,所谓"大气真力,斡运其间"的"暗"字诀,正是形容这种具备包举能力的笔力特征⑥。而且这种笔力同样是不露痕迹的,要在艺术风貌上"纯任自然、不假锤炼",即情真理足的自然与大气真力斡运其间的自然结合起来,既不为文造情,也不刻意炫耀笔力,只有具备了这样的情理内涵、艺术手段和整体风貌的作品,才能当得起"沉著"二字。从容酝酿、情理充足、笔力强劲、自然呈现是况周颐解释沉著形成的过程状态时特别强调的。

况周颐论词虽然一直性情与书卷并提,但具体落实到"重"字,其实仍是倚重书卷者多。这也就是况周颐认为填词早年可恃聪明性情,而"中年以后,读书多,学力日进,所作渐近凝重"⑦,"中年以后,天分便不可恃。苟无学

---

① 况周颐:《蕙风词话》卷一,唐圭璋编《词话丛编》第五册,中华书局,1986年,第4409页。
② 况周颐:《蕙风词话》卷一,唐圭璋编《词话丛编》第五册,中华书局,1986年,第4409—4410页。
③ 刘熙载撰,袁津琥校注:《艺概注稿》卷一《文概》,中华书局,2009年,第8页。
④ 况周颐:《蕙风词话》卷一,唐圭璋编《词话丛编》第五册,中华书局,1986年,第4410页。
⑤ 况周颐:《蕙风词话》卷一,唐圭璋编《词话丛编》第五册,中华书局,1986年,第4418页。
⑥ 况周颐:《蕙风词话》卷一,唐圭璋编《词话丛编》第五册,中华书局,1986年,第4413页。
⑦ 况周颐:《蕙风词话》卷一,唐圭璋编《词话丛编》第五册,中华书局,1986年,第4409页。

力,日见其衰退而已"①。年龄渐长,则性情便愈为书卷所陶冶,凝重之气也便自然形成了。因为性情之所养最终也需要置于由书卷而形成的通识之下。

况周颐对达致沉著过程的描述,无非是强调情理深厚之艺术传达,"不求深而自深,信手拈来,令人神味俱厚"②,才是"沉著"之要义。因为注重情理、表达、神味上的自然呈现,所以况周颐并不将此局限在南宋,而是认为"规模两宋,庶乎近焉"③。可见得此"重"乃须折中两宋之间,方能得其真诣。况周颐以梦窗为"重"之分析端口,除了梦窗确实是沉著之异样出色者,也与其在晚清民国时期备受追捧的背景有关。

相比较对"重"的阐释与举证,况周颐对"拙"的解释并不多,他曾引用王鹏运语云:"宋人拙处不可及,国初诸老拙处亦不可及。"④但王鹏运对"拙"的表述似乎也不能完全契合到况周颐的阐释语境中,因为况周颐标举"重拙大"之旨,曾明言"南渡诸贤"才具有此不可及之处。但王鹏运所指陈的"拙处"不仅突破了"南渡诸贤"的限制扩大到整个宋代,而且将清初词包含在内。而清初的云间派正是以继承五代北宋词为方向的。如此就为精准细致地阐释"重拙大"之说造成了更多的困扰。拙与质相近,故况周颐时用"质拙"一词。他以李从周《抛球乐》之"绮窗幽梦乱如柳,罗袖泪痕凝似饧"、《谒金门》之"可奈薄情如此黠。寄书浑不答"为例,说明如饧、黠等韵堪称新奇,但并不给人尖纤之感,就是因为此句本身"尚近质拙"之故⑤。五代北宋词的总体风格,况周颐曾用"艳而质"来概括。他举荣諲《南乡子》"似个人人玉体香"为例,说明其"艳而质,犹是宋初风格,《花间》之遗"⑥。这也可以比较明显地看出拙质与五代北宋词的密切关系。

但与"重"相似,"拙"也并非是一种孤立的状态,而是与"重""大"有着密切的交错关系。况周颐曾说:

---

① 况周颐:《蕙风词话》卷一,唐圭璋编《词话丛编》第五册,中华书局,1986年,第4410页。
② 况周颐:《蕙风词话》卷一,唐圭璋编《词话丛编》第五册,中华书局,1986年,第4410页。
③ 况周颐:《蕙风词话》卷一,唐圭璋编《词话丛编》第五册,中华书局,1986年,第4410页。
④ 况周颐:《蕙风词话》卷一,唐圭璋编《词话丛编》第五册,中华书局,1986年,第4406页。
⑤ 况周颐:《蕙风词话》卷二,唐圭璋编《词话丛编》第五册,中华书局,1986年,第4449页。
⑥ 况周颐:《蕙风词话》卷二,唐圭璋编《词话丛编》第五册,中华书局,1986年,第4431页。

问哀感顽艳,"顽"字云何诠。释曰:"拙不可及,融重与大于拙之中,郁勃久之,有不得已者出乎其中,而不自知,乃至不可解,其殆庶几乎。犹有一言蔽之,若赤子之笑啼然,看似至易,而实至难者也。"①

在《历代词人考略》中,况周颐评价唐明皇《好时光》云:"此词不假雕琢,是谓顽艳。"②况周颐在自设的语境中来解释顽艳,自无不可,正如钱锺书评况周颐误会繁钦语,乃"'得杜撰受用',虽'终身不易'可也"③。而我们正可以从况周颐对"顽艳"的理解来把握"拙"与"重""大"的关系。况周颐解释"融重与大于拙之中",这说明"重拙大"在理论形态上原本就应是三位一体的,而"拙"则更多地表现在艺术形态上。"拙"的极境便是"顽",亦类"赤子之笑啼然"。况周颐曾十分推崇"自然从追琢中出"的观念,而"拙"则"不假雕琢",故也是"质",是将天然的状态自然地表现出来。因为要展现出两种天然,所以况周颐认为这种"拙"看似至易,其实至难。窃以为近人张伯驹《丛碧词话》释"拙"甚契况周颐之本义:

盖拙者,意中语,眼前语,不隔不做作,真实说出来,人人都以为是要说的话而未曾说出。如"别时容易见时难"是也。④

而"不得已""不自知"云云,虽然侧重在描述"重"与"大",但也正是"拙"的艺术形态形成的前提条件。

从况周颐强调"拙"的不假雕琢,可知"拙"的意义指向其实主要不在南宋,而在北宋,甚至更早的晚唐五代。因为南宋词的刻意思索安排,显然不属于流露于"不自知"的状态,所以本质上不是拙,而是巧,追琢的功夫乃是基础。郑骞即以梦窗词为代表说明"雕镂刻画"正是宋末词人最显著的特色。他说:

① 况周颐:《蕙风词话》卷五,唐圭璋编《词话丛编》第五册,中华书局,1986年,第4527页。
② 况周颐:《历代词人考略》,影印吴兴刘氏嘉业堂钞本,全国图书馆文献缩微复制中心,2003年,第62页。
③ 钱锺书:《管锥编》第三册,生活·读书·新知三联书店,2007年,第1660页。
④ 张伯驹:《丛碧词话》,《词学》第一辑,华东师范大学出版社,1981年,第89页。

凡一种文体至极盛将衰之时,多以雕镂刻画为工。词至南宋末年,已渐老熟,正合有此一格,以结三百余年之局。①

况周颐常常将"重拙大"与"自然从追琢中出"并列其说,正是因为"自然从追琢中出"才是更切合南宋词的创作特点的,而五代北宋词的自然乃呈现出天然的色彩。这大概是况周颐虽然从总体上说,"重拙大"乃是南渡诸贤不可及处,而在具体阐释"拙"时,则不限于南宋,而泛称"宋人"的原因所在了。周济曾说:"南宋则下不犯北宋拙率之病,高不到北宋浑涵之诣。"②南宋之所以不犯"拙率之病",正因思索雕琢之故也,这当然也与南宋"文人弄笔,彼此争名"③的风气有关。而"巧者拙之反"④,乃是况周颐直接申明的观点。周济将"拙率""浑涵"视为北宋词的基本特质,而况周颐又承认周济"其持论介余同异之间"⑤,两者的密合度自然较大。质言之,"拙"其实是关乎五代北宋词的一种审美特征。从这一角度来说,况周颐将"重拙大"总体定位为南宋诸贤之佳境,乃是不周密的,实际上遮蔽了"拙"与"重""大"之间在朝代选择上的矛盾现象。夏敬观曾直言指出:

北宋词较南宋为多朴拙之气,南宋词能朴拙者方为名家。概论南宋,则纤巧者多于北宋。况氏言南渡诸贤不可及处在是,稍欠分别。⑥

我赞同夏敬观的这一看法。

也许在况周颐的话语中,"大"并没有被彰显到与"重""拙"一样的地位,故夏敬观说"况氏但解'重''拙'二字,不申言'大'字"⑦。其实况周颐并非"不申言",只是申言得比较散漫而已。且正因其散漫而导致内涵难以确定,

---

① 郑骞:《成府谈词》,《词学》第十辑,华东师范大学出版社,1992年,第155页。
② 周济:《介存斋论词杂著》,唐圭璋编《词话丛编》第二册,中华书局,1986年,第1630页。
③ 周济:《宋四家词选目录序论》,唐圭璋编《词话丛编》第二册,中华书局,1986年,第1645页。
④ 况周颐:《词学讲义》,龙榆生主编《词学季刊》1933年创刊号,第107页。
⑤ 况周颐:《蕙风词话》卷二,唐圭璋编《词话丛编》第五册,中华书局,1986年,第4448页。
⑥ 夏敬观:《蕙风词话诠评》,唐圭璋编《词话丛编》第五册,中华书局,1986年,第4585页。
⑦ 夏敬观:《蕙风词话诠评》,唐圭璋编《词话丛编》第五册,中华书局,1986年,第4585页。

故学术史对"大"的解释也最见纷纭①。其实,将况周颐散存各处对"大"的解释归类梳理,其内涵原本是颇为明确的。他曾引用严绳孙《浣溪沙》词云:

> 尽日风吹到大罗。金堂消息见横波。暖云春雾奈伊何。　　犹是不曾轻一笑,问谁堪与画双蛾。一般愁绪在心窝。

认为在填词"重拙大"三要中,换头"犹是"二句"可以语'大'",而末句则"稍逊"②。末句虽然未明言愁绪为何,但"在心窝"三字显然将这种情绪收束起来。而换头二句不限一景、不拘一情、不定一人,带着开放的姿态,而且"犹是"一句写过去,"问谁"二句虽然主要针对当下,但也可延伸至未来。在这样的情景中,作者的意趣从遥远处来,往空旷处去。况氏之"大",或可从此处略得感悟,着重的是情感意趣的开放性。

况周颐又评金代李治《摸鱼儿·和遗山赋雁丘》过拍"诗翁感遇。把江北江南,风嘹月唳,并付一邱土"数句为"托旨甚大。遗山元唱殆未曾有",并说其词后段"霜魂苦。算犹胜、王嫱青冢真娘墓"数句"亦慨乎言之"③。盖元好问原赋雁丘,乃有具体情事,而李治的和词,则将元好问的一时一事感遇扩大至江南江北、风嘹月唳、王嫱青冢、真娘坟墓,则显然将元好问的原旨向纵深处延伸,所托旨意自然也就超乎元好问之上了,带有时空的延展性,这是"大"的又一个特征。

---

① 万云骏《〈蕙风词话〉论词的鉴赏和创作及其承前启后的关系》将"大"视为作品意境的扩大,具体体现在狭小题材中寄托士大夫的身世家国之感,参见《文学遗产》1984年第3期。方智范等《中国词学批评史》大体承袭了万先生的看法并进一步细化,将"大"的含义概括为三层:语小而不纤,事小而意厚;词小而事大,词小而旨大;身世之感通于性灵的寄托。中国社会科学出版社,1994年,第391—394页。杨柏岭《晚清民初词学思想建构》则认为所谓"大"是指作品意的扩大,是词旨思想性的"出大意义"的规定。安徽大学出版社,2004年,第339页。杨保国《〈蕙风词话〉"重拙大"理论新探》则认为所谓"大"即以"大气真力"驾驭大的托旨,《上海师范大学学报》1992年第3期,第154页。孙克强《清代词学》列举了吴宏一、黄霖、孙维城、方智范等之说,认为皆有所发明,但也似未尽善,认为况氏之大,即"大气真力",指用质拙之笔写真情,中国社会科学出版社,2004年,第355页。朱惠国《中国近世词学思想研究》则认为,"大"在词体大、词旨大之外,也包括格局和气度之大。上海古籍出版社,2005年,第260—261页。曾大兴《况周颐〈蕙风词话〉的得与失》认为"大"包括"托旨甚大"与"气象阔大"两层意思,《文艺研究》2008年第5期。以上诸说,各有其立场,但笔者所持论与上述观点均有异。
② 况周颐:《蕙风词话补编》卷一,况周颐撰,屈兴国辑注《蕙风词话辑注》,江西人民出版社,2000年,第406页。
③ 况周颐:《蕙风词话》卷三,唐圭璋编《词话丛编》第五册,中华书局,1986年,第4466页。

但开放性、延展性还不是"大"的主体内涵。试看况周颐下面两则词话：

> 《玉梅后词·玲珑四犯》云："衰桃不是相思血,断红泣、垂杨金缕。"自注:"桃花泣柳,柳固漠然,而桃花不悔也。"斯旨可以语"大"。所谓"尽其在我"而已。千古忠臣孝子,何尝求谅于君父哉。①
>
> 宋陈以庄《菩萨蛮》云："举头忽见衡阳雁。千声万字情何限。叵耐薄情夫。一行书也无。 泣归香阁恨。和泪淹红粉。待雁却回时。也无书寄伊。"歇拍云云,略失敦厚之旨。所谓"尽其在我",何也。然而以谓至深之情,亦无不可。(按此非陈以庄词)②

况周颐用自己的词句来说明"大"的特征,颇值得关注。况周颐用"尽其在我"来释"大",这一解释虽有方向但也难称明晰。研味其意,所谓"大",大致是将个性、天性、自我情感张扬到极致的一种状态。因为注重自我,所以不计较外在;因为讲究极致,所以不局限于眼前。千古忠臣孝子,其忠其孝乃是天性流露,非为外在的道德规定甚或荣誉所影响,只是顺应天性之大,故忠臣或无当于对父行孝,孝子也可能影响到为君行忠,天性自在,顺者便"大",故毋庸"求谅"于君父,根底在此。但忠臣孝子,只是况周颐打的一个比方而已,并非将"大"的内涵定位在忠孝等所谓大节上。实际上况周颐自列词句足以说明,"大"的主体不仅可以是独立膨胀的"我",也可以是对他物持冷漠心态的"物"。桃花泣柳,并非为博得柳的同情,而是偶然相对而已。换言之,此"柳"易为楼、秋千、暮色、蔷薇等,基本意思一样,只是桃花泣时,恰面对杨柳,故自然成此词句。因为这种偶然性,所以面对杨柳的淡漠,桃花并无悔意。原本桃花哭泣,乃因季节流播之故,只是自叹生命之盛衰转变。并非因柳而泣,故张扬桃花自我之意绪才是核心内涵。后例说因为"叵耐薄情夫。一行书也无",所以女子也"待雁却回时。也无书寄伊"回报对方。这样的表述,固然越过了"怨而不怒"的敦厚之旨,但在况周颐开来,也是为了淋漓尽致地渲染自己的至深之情,故也属于"尽其在我"的情况。

综合以上分析,况周颐用"尽其在我"描述"大"的内涵,"尽"与"我"是关

---

① 况周颐:《蕙风词话》卷一,唐圭璋编《词话丛编》第五册,中华书局,1986年,第4422页。
② 况周颐:《蕙风词话》卷二,唐圭璋编《词话丛编》第五册,中华书局,1986年,第4446页。

键词,"尽"乃指称程度的极致状态,而"我"乃是词中主体自我自足之天性。这与况周颐评价洪文惠《渔家傲引》(子月水寒风又烈)乃"委心任运,不失其为我。知足长乐,不愿乎其外"①,意旨相近。将自我之情绪意志在不受外物的影响上渲染发挥到极致,这应该就是况周颐在此节文字给我们提示的"大"的基本内涵。而且就这一内涵而言,似乎也明显继承了刘熙载的意思。刘熙载在《艺概》中评价杜诗的"高、大、深"都令常人难以企及,而"涵茹到人所不能涵茹,为大"②,此与况周颐所谓"尽其在我",在内涵上的重叠是非常之多的。况周颐曾引用扬雄《解嘲》"大者含元气"来形容词笔之大,其用意也是与此仿佛③。《诗纬·含神雾》曰:"诗者,天地之心。"④既是天地之心,自然要涵茹广大了。故况周颐有时也直接以"博大"一词来评析,如他评价元好问的词"亦浑雅,亦博大"⑤,评苏轼词"以才情博大胜"⑥,也是直接以"博"来形容"大"的涵茹之广。可见文论中的"大"原本就是意脉相承着的。

但况周颐语境中的"大"并非以直接呈现"尽其在我"为全部特征,而是更讲究在词中呈现出情感的整体性,当然这种整体性需包孕较大的时空跨度,同时,这种整体性的呈现需要通过艺术的曲笔表现出来。况周颐曾评价李长孺《八声甘州·癸丑生朝》"叹平生霜露,而今都在,两鬓丝丝"数句云:

> 只是霜雪欺鬓意耳,稍用曲笔出之,不失其为浑成。词之要诀曰:重、拙、大,李词云云,有合于"大"之一字,大则不纤,非近人小慧为词者比。⑦

李长孺此数句不拘泥具体经历或事件,所以"不纤",因其不纤,所以不会给人"小慧"的感觉。作者将一生感慨凝聚于两鬓丝丝,显然是从整个人生的角度来写出深沉的情怀,至于这感慨是偏得还是偏失,词人并不直言,这就是况周颐所称赏以"曲笔"为"浑成"了。

① 况周颐:《蕙风词话》卷二,唐圭璋编《词话丛编》第五册,中华书局,1986年,第4434页。
② 参见刘熙载撰,袁津琥校注《艺概注稿》卷二《诗概》,中华书局,2009年,第288页。
③ 况周颐:《蕙风词话》卷二,唐圭璋编《词话丛编》第五册,中华书局,1986年,第4448页。
④ 陈乔枞:《诗纬集证》卷三,《续修四库全书》第七十七册,上海古籍出版社,2002年,第797页。
⑤ 况周颐:《蕙风词话》卷三,唐圭璋编《词话丛编》第五册,中华书局,1986年,第4464页。
⑥ 况周颐:《蕙风词话》卷三,唐圭璋编《词话丛编》第五册,中华书局,1986年,第4472页。
⑦ 况周颐:《餐樱庑词话辑补》,况周颐原著,孙克强辑校《况周颐词话五种(外一种)》,浙江古籍出版社,2014年,第213页。

如果要更形象地认识况周颐语境中"大"的意义,也不妨看看其论"小"的特点,由此也可反观"大"的内涵。况周颐曾引用唐代张祜《赠内人诗》"斜拔玉钗灯影畔,剔开红焰救飞蛾"句,说"后人评此以谓慧心仁术"。又引金景觏《天香》"闲阶土花碧润。缓芒鞋、恐伤蜗蚓"句,认为与张诗意同,"填词以厚为要旨,此则小中见厚也"①。从况周颐的这些例证和分析来看,大、小相似的地方就是都要具备深厚的感情,大则"尽其在我",只是彻底畅抒一己之情,可以视外物若无物;小则斟酌于我之情与物之情之间,力争取得我与物的平衡。两者在物我关系上有着明显的不同。将自我感情定位在与外物的关系之中,就是"小",而且这种外物,也往往在意象上带着细微的特点。如剔火试救飞蛾、缓鞋恐伤蜗蚓,所救之物皆属细小。但这种救的心智,从情感来说,也是至深之情。这就是与"大"相似的"厚"。但"大"的主体意志可以不借助外物,而"小"的主体意志则体现在与外物的协调中,而并非只是状气象狭小、风格平弱、呈巧弄新的艺术风貌②。这就是况周颐语境中"大"与"小"的关系。

　　以上虽分别解说"重拙大"三者,但并不意味着三者乃各自独立,有时"大"与"重"并存于一首作品或其中的数句中。况周颐曾引用王鹏运评欧阳炯《浣溪沙》下阕"兰麝细香闻喘息。绮罗纤缕见肌肤。此时还恨薄情无"云:"奚翅艳而已,直是'大'且'重'。"况周颐并接评曰:"苟无《花间》词笔,孰敢为斯语者。"③由此可知,虽然况周颐在诸种词话中均强调"重拙大"乃是南宋词的基本品格,但其实际论述则时时越出此范围,不仅追溯至北宋,也包括唐五代的范围在内。而且这种超越在王鹏运的若干论述中已见端绪。"兰麝"几句写男女久别重逢之欢爱场面,"闻喘息"外复"见肌肤",场景描写确实是艳而至靡。若在他人,大约也只能读出这些基本的意思,但王鹏运却认为在艳之外,不仅有大,而且大中还包含着重,显然是读出了艳词的底蕴了。何以是"大"呢?以予忖之,此三句,第一句嗅觉中含听觉,第二句触觉中含视觉,其感觉的错综已非平凡笔墨可到。而"此时"一句写对话,既有时间上从以往到此时的对比,也有以往的抱怨不满到此时的幸福快乐的对比。短短三句,虽将

---

① 况周颐:《蕙风词话》卷三,唐圭璋编《词话丛编》第五册,中华书局,1986年,第4460页。
② 参见孙克强《清代词学》,中国社会科学出版社,2004年,第356页。
③ 况周颐:《蕙风词话》卷二,唐圭璋编《词话丛编》第五册,中华书局,1986年,第4424页。

情景设置在一个堪称绮靡的环境中,但借助诸种感觉的组合描写、时间的前后对照、感情的前后变化,写出一对久别男女的深挚浓烈的情感,因为这种情感并非只是身体上的愉悦,而是包含着情感上的极度相思、曾经生疑到终于因激情会面而释然的过程。大是指在弛张有度的笔法中呈现出情感的纵深感和极致感,而重则是在艳背后的刻骨深情和浑然一体的结构特色。李冰若也评此词"叙事层次井然,叙情淋漓尽态"[①],其实也呼应着王鹏运的意思。而且这种本于深情的艳丽,完全是无视其他,倾情而出,故其符合况周颐"尽其在我"的"大"的基本要求。应该说,王鹏运的眼力是锐利的,况周颐的体会也是精准的。因为如这样的场面描写,一般人的笔下很难展现出如此广阔的时空和壮阔的情感内涵。而《花间》词人则独具这种笔力,这也是况周颐论及《花间》悬为极则而难以师法的原因所在。

由以上对"大"的分析,况周颐所强调的自我性、极致性、开放性、整体性,与南宋词的风格其实也存在着一定的矛盾。南宋词人因为偏安的政治局面,大都讲究寄托,将情感表述在抑扬之间,自我便受到限制,极致便减其尺度,开放也因之收束。故按照况周颐对"大"的阐释,其实将其与"重拙大"整体定位在"南渡诸贤"身上并不完全符合,至少在程度上存在着较大的差异。而且"重"中含"大","大"中有"拙","拙"中藏"重",三者之间错综关联,不可分割。"重"虽可侧重南宋,"大"和"拙"显然非南宋可限,甚至并不主要体现在南宋词人身上。况周颐此说的内在矛盾,不待后人细致钩勒,其自身的论述便已昭昭在目了。

三、"厚"与"穆":"重拙大"的底蕴与外象

要透彻理解"重拙大"的综合内涵,如前所论只是各据一端而已。研味况周颐词论,"厚"与"穆"才是可以笼罩"重拙大"整体内蕴者。此非笔者臆测,蕙风概括词之大要固曾涵括及此,而"厚"之一字更在"重拙大"之前。其语云:

---

① 李冰若:《花间集评注》卷五,人民文学出版社,1993年,第137页。

（词）其大要：曰雅、曰厚、曰重、拙、大。厚与雅，相因而成者也，薄则俗矣。①

在况周颐的词学体系中，词体要素原有五点，这里略去雅，并非有意缺损其意，而是雅乃各要素之基，且多为历来词学家所强调。而在况周颐的词学体系中，厚与雅关系至为密切，两者乃"相因而成"者，故厚中自蕴雅意。俗乃词之贼，反俗是况周颐词学的基本立场。故从正面立说的角度来看，"重拙大厚"之说才是况周颐多有发明、富有个性者。换言之，离乎"厚"，实际上也难以把握"重拙大"三者。

况周颐对"厚"的重视异乎寻常。他说：

填词以厚为要旨。苏辛词皆极厚，然不易学，或不能得其万一，而转滋流弊，如粗率、叫嚣、澜浪之类。《东山词》亦极厚，学之却无流弊，信能得其神似，进而窥苏、辛堂奥何难矣。厚之一字，关系性情，"解道江南肠断句"，方回之深于情也。企鸿轩蓄书万余卷，得力于酝酿者又可知。张叔夏作《词源》，于方回但许其善炼字面，讵深知方回者耶！②

东坡、稼轩，其秀在骨，其厚在神。③

况周颐把"厚"作为填词的要旨所在，可见"厚"在其词学体系中之重要地位。对照前论，况周颐何以将"厚"字置于"重拙大"之前呢？"'厚'之一字，关系性情"，揭出了这一顺序安排的答案。性情是词体之本所在，"词之为道，智者之事。酌剂乎阴阳，陶写乎性情"④，"阴阳"云云乃门面语，而"智"写"性情"，才是词道之实质。"惟有真性情者，为能言情"⑤，则关乎词本的"厚"字，自然也因此具有基石意义。

　　① 况周颐：《蕙风词话补编》卷一，况周颐撰，屈兴国辑注《蕙风词话辑注》，江西人民出版社，2000年，第355页。
　　② 况周颐：《蕙风词话补编》卷一，况周颐撰，屈兴国辑注《蕙风词话辑注》，江西人民出版社，2000年，第377页。
　　③ 况周颐：《蕙风词话》卷一，唐圭璋编《词话丛编》第五册，中华书局，1986年，第4420页。
　　④ 况周颐：《蕙风词话》卷一，唐圭璋编《词话丛编》第五册，中华书局，1986年，第4405页。
　　⑤ 况周颐：《蕙风词话补编》卷二，况周颐撰，屈兴国辑注《蕙风词话辑注》，江西人民出版社，2000年，第455页。

从作品而言,"厚"主要表现在意蕴的丰富深沉。"厚"可以是感情的重复性叠加,也可以是感情的丰富多层。而且越是意蕴层次多的词句,便越是当得起"厚"之名。如他称自己的《临江仙》"妍风吹坠彩云香","彩云丽矣,而又有香,且是妍风吹坠,七字三层意"①,就是对意蕴密集的一种称赏。况周颐曾以晏几道《阮郎归》为例说明"厚"的具体表现形态,认为"绿杯红袖趁重阳。人情似故乡"二句"意已厚矣"②。盖往日故乡、今日重阳,流光虽逝,其情相似,其实这种相似就是一种情感的叠加,而且不以岁月而改变,故其"厚"。但况周颐对这种单纯的情感的叠加并不认为是言情的最高境界,若是一句之中,意旨层层而下,不仅不重复,而且不断递进转折出更深沉的意思,才堪称厚之极境。况周颐曾将晏几道《阮郎归》之"殷勤理旧狂"一句作为极佳的例子分析说:

> "殷勤理旧狂",五字三层意。"狂"者,所谓一肚皮不合时宜,发见于外者也。狂已旧矣,而理之,而殷勤理之,其狂若有甚不得已者。③

何以要"殷勤""理""旧"狂,无非是其心绪有难以抑制并无法控制者,所以迫使词人只能积极面对。陈匪石《宋词举》称此词为"最凝重深厚之作"④,盖即因此数句厚重之意。况周颐曾言及改词有挪移之法:"或两意缩成一意,再添一意,更显厚。"⑤另有一种循环之法,也是为了彰显词意之厚。如谢竹友《蝶恋花》词后段云:"君似庾郎愁几许。万斛愁生,更作征人去。留定征鞍君且住。人间岂有无愁处。"况周颐认为这属于"循环无端,含意无尽"⑥的情况,虽说来说去,不离一愁字,但笔法回环,都指向愁,因为在循环之中使意思变得深厚。

除了以上这些通过一定的笔法来加深作品的意旨之外,还有一种即是直陈真实而朴拙的情感,也可以使作品意旨变得深厚有味。况周颐曾以周邦彦

---

① 况周颐:《蕙风词话续编》卷二,唐圭璋编《词话丛编》第五册,中华书局,1986年,第4580页。
② 况周颐:《蕙风词话》卷二,唐圭璋编《词话丛编》第五册,中华书局,1986年,第4426页。
③ 况周颐:《蕙风词话》卷二,唐圭璋编《词话丛编》第五册,中华书局,1986年,第4426页。
④ 陈匪石编著,钟振振校点:《宋词举(外三种)》,上海古籍出版社,2016年,第174页。
⑤ 况周颐:《蕙风词话》卷一,唐圭璋编《词话丛编》第五册,中华书局,1986年,第4415—4416页。
⑥ 况周颐:《蕙风词话》卷二,唐圭璋编《词话丛编》第五册,中华书局,1986年,第4427页。

为例,认为其"多少暗愁密意,唯有天知""最苦梦魂、今宵不到伊行""拚今生、对花对酒,为伊泪落"等,"此等语愈朴愈厚,愈厚愈雅,至真之情,由性灵肺腑中流出,不妨说尽而愈无尽"①。这种厚来源于性情之真,而表现于朴拙的语言及"说尽"的方式。朴拙说尽的情感令人生无穷感慨,故简单的情感、简单的表述往往能产生不简单的情感感染力,这就是真和朴所带来的力量,其实也体现了厚与拙的密切关系。

淡是真和朴之外指向"厚"的另外一种表现形态。况周颐引用廖世美《烛影摇红》换头云:"催促年光,旧来流水知何处。断肠何必更残阳,极目伤平楚。晚霁波声带雨,悄无人、舟横古渡。"评为"语淡而情深"②。又引何撝《小重山》换头云:"车马去匆匆。路随芳草远。"评为"其淡入情,其丽在神"③。况周颐的这些例证分析,都旨在说明淡与厚的关系。淡语看似随便说来,但其情感"随风潜入夜",舒缓平和中却蕴蓄着浓重的情感。

只有作者的性情之厚,才能奠定作品的沉著气格。晏几道的《阮郎归》固然被况周颐视为凝重深厚的代表之作,但此在晏几道而言,只是少数作品具有这种厚重特点而已,而在整体上可以成为深厚典范的词人则是吴文英。吴文英的词虽然表现形态在致密,在芬菲铿丽,而其底蕴则在一"厚"字。学梦窗词若不能从这底蕴开始学起,则徒得其形似而已。按照况周颐的理解,吴文英词的密丽是以作者的性情之厚来作为支撑的,性情之厚带来艺术力量(魄力),持此力量运转沉挚之思、灏瀚之气,遂在作品形态上形成了致密的特征,这种致密因为包含着深厚的情感,故在气格上形成了沉著的艺术风貌。况周颐提出"即致密,即沉著"之说,正因为沉著是"厚之发见乎外者",以此说明常人眼中致密的意象,其实正是沉著的艺术形态而已,而溯其源头,则皆在"厚"之一字而已。

从况周颐对"厚""沉著"、吴文英这三者如此高的评价来看,这其实是况周颐悬为填词高境者,故他不断在强调梦窗"厚处难学"④、"颖慧之士,束发操觚,勿轻言学梦窗也"⑤,这皆是意在突出吴文英及其词的不凡地位。这种厚

① 况周颐:《蕙风词话》卷二,唐圭璋编《词话丛编》第五册,中华书局,1986年,第4428页。
② 况周颐:《蕙风词话》卷二,唐圭璋编《词话丛编》第五册,中华书局,1986年,第4429页。
③ 况周颐:《蕙风词话》卷二,唐圭璋编《词话丛编》第五册,中华书局,1986年,第4430页。
④ 况周颐:《蕙风词话》卷二,唐圭璋编《词话丛编》第五册,中华书局,1986年,第4447页。
⑤ 况周颐:《蕙风词话》卷二,唐圭璋编《词话丛编》第五册,中华书局,1986年,第4448页。

当然也是南宋词的一种共同特征,吴文英只是其中特出者而已。况周颐曾说:

> 词之极盛于南宋也,方当半壁河山,将杭将汴,一时骚人韵士,刻羽吟商,宁止流连光景云尔?其荦荦可传者,大率有忠愤抑塞,万不得已之至情,寄托于其间,而非晓风残月、桂子飘香可同日语矣。①

况周颐所谓"重""大""厚"等内涵,都可从这一节文字得以引申。

从况周颐的具体批评来看,厚重之意并不一定通贯全阕,而往往是在关键之处才得以彰显,并通过与空灵在结构上的搭配衬合而体现出来。即同样是晏几道的这首《阮郎归》词,虽然"绿杯"二句、"殷勤"一句均被视为意厚的典范,但若通阕如此,则又不合词之体性了。况周颐说结句"清歌莫断肠"使"沉著厚重"变为"竟体空灵"②。这说明厚重虽然是针对词的意旨而言,但并非要求句句如此,只是要求将厚重之意在三数句中表达出来,然后通过结构上的协调而造成整体的审美效果。这可以对勘况周颐的下面一段话:

> 名手作词,题中应有之义,不妨三数语说尽。自余悉以发抒襟抱,所寄托往往委曲而难明。长言之不足,至乃零乱拉杂,胡天胡帝。其言中之意,读者不能知,作者亦不蕲其知。③

这一段文字看似随意,实际上包涵况周颐对词体结构的一种基本认知,而且既是在"名手作词"的语境中来分析,则这种结构观念实际上悬格甚高。阐明题中应有之义的"三数语"一般在结构上不在首尾,起句往往写景,结句多要求含不尽之意,所以厚重之句多集中在歇拍或过拍上。但况周颐这里说到的凌乱拉杂、胡天胡帝之言,并不能忽略,甚至所谓"寄托"也正是在这种掩饰之语中被引出端绪,因为况周颐分明还说过"须知天帝胡然,凡凌乱之言皆肺肝"④

---

① 况周颐:《蕙风词话补编》卷四,况周颐撰,屈兴国辑注《蕙风词话辑注》,江西人民出版社,2000年,第582页。
② 况周颐:《蕙风词话》卷二,唐圭璋编《词话丛编》第五册,中华书局,1986年,第4426页。
③ 况周颐:《蕙风词话》卷一,唐圭璋编《词话丛编》第五册,中华书局,1986年,第4413页。
④ 况周颐《沁园春·题〈缶庐诗存〉》,况周颐著,秦玮鸿校注《况周颐词集校注》,上海古籍出版社,2013年,第471页。

的话,这虽是在他处坦言,却正可回照此处。当然关键的"三数语"是点题之句,前揭况周颐分析的晏几道《阮郎归》的厚重之意,便相对集中在这两个结构拍点上。如此将厚重之意蓄于中部,再以首尾空灵之笔舒展开来,这大概是况周颐理想的词体结构。单一而彻底的沉著,并不符合况周颐的审美观念,"婉曲而近沉著"才是况周颐心目中词的"正宗中之上乘"①。他认为杨济翁的《蝶恋花》上阕:"离恨做成春夜雨。添得春江,划地东流去。弱柳系船都不住。为君愁绝听鸣橹。"就是一种近乎沉著的婉曲,是词之本色所在。况周颐还曾引用牟端明《金缕曲》"扑面胡尘浑未扫。强欢讴、还肯轩昂否"数句,一方面指出其中"盖寓黍离之感",另一方面又说:

> 昔史迁称项王悲歌慷慨。此则欢歌而不能激昂。曰"强",曰"还肯",其中若有甚不得已者。意愈婉,悲愈深矣。②

欢歌而说"强",轩昂而问还肯否,这种婉转之中包含着极大的人生感悟,所以况周颐说意思愈是婉转,其中所蕴含的悲情也就越深刻。况周颐不主张将情感直接而沉重地倾泻在作品中,而主张在婉曲中带出沉著之情。所谓"其中若有甚不得已者"云云,实际上是悲情浩荡难以遏制的意思而已。

但在况周颐的语境中,"厚"仍可包含在"穆"中。况周颐一直将五代词悬为极境,尤其是如王鹏运所述兼具"大"与"重"的《花间集》,主张"尤不必学"③,其实这种不必学,并非其无价值,而是因为其不易学,而不易学的原因则是其"穆"境非常人可及。况周颐说:

> 词有穆之一境,静而兼厚、重、大也。淡而穆不易,浓而穆更难。知此,可以读《花间集》。④

况周颐虽然没有对"穆"的境界定其位置,但既是静而兼厚重大,则此穆境自

① 况周颐:《蕙风词话》卷二,唐圭璋编《词话丛编》第五册,中华书局,1986年,第4438页。
② 况周颐:《蕙风词话》卷二,唐圭璋编《词话丛编》第五册,中华书局,1986年,第4443页。
③ 况周颐:《蕙风词话》卷一,唐圭璋编《词话丛编》第五册,中华书局,1986年,第4418页。
④ 况周颐:《蕙风词话》卷二,唐圭璋编《词话丛编》第五册,中华书局,1986年,第4423页。

是凌驾并涵括乎诸境之上,而近乎一种极境。夏敬观便非常认同况氏此说,认为《花间》词境确实"全在神穆"①。其弟子赵尊岳曾回忆况周颐为言词境,主张以浑成为基,而各以自立,若高、邃、静、深,皆是各立之境,而"其造极者曰穆"②。在这样的理论观照下,《花间集》就几乎只能是一个"传说",自然也就"不必学"了。"即或词学甚深,颇能窥两宋堂奥,对于《花间》,犹为望尘却步耶!"③此足见况周颐对《花间集》之敬畏。

"穆"的具体内涵是什么呢?况周颐虽因评述《花间集》而及乎"穆"字,但相关解释却类似以概念释概念,令人难以把握。不过参诸其他评语,或可略参究竟。况周颐曾评耶律楚材《鹧鸪天》之煞拍"不知何限人间梦,并触沉思到酒边"为"高浑之至,淡而近于穆矣。庶几合苏之清、辛之健而一之"④。

况周颐这里虽然只是描述"近于穆"之境,但至少也可看出穆境之基本内涵了。高浑而淡是况周颐反复强调的词之高境,他曾自称"凡余选录前人词,以浑成冲淡为宗旨"⑤,即可见出这一理论在况周颐词学体系中的重要地位。穆境较淡更进一层,因为苏之清雄与辛之豪健涵括其中,使穆境外象的平淡潜藏着郁勃、丰盈、深厚并极具扩张力和穿透力的情感底蕴,一旦这种潜藏的情感喷涌出来,穆境便也荡然无存了。具体到耶律楚材这首词,此词当作于晚年,包含着深沉博大的人生感慨。"人间梦"无休无止,没有止境,所以才引发词人"不知何限"之叹。何谓"人间梦"呢?词人上阕言之甚详:

> 花草倾颓事已迁。浩歌遥望意茫然。江山王气空千劫,桃李春风又一年。⑥

江山兴替,春风年年,花开花落,浩歌轻叹,人间的梦原来只是一种无奈的循环。既是循环,则纷争其间又有何意义呢?所以词人"并触沉思到酒边"。这

① 夏敬观:《蕙风词话诠评》,唐圭璋编《词话丛编》第五册,中华书局,1986年,第4589页。
② 赵尊岳:《蕙风词话跋》,转引自况周颐著,屈兴国辑注《蕙风词话辑注》,江西人民出版社,2000年,第651页。
③ 况周颐:《蕙风词话》卷二,唐圭璋编《词话丛编》第五册,中华书局,1986年,第4423页。
④ 况周颐:《蕙风词话》卷三,唐圭璋编《词话丛编》第五册,中华书局,1986年,第4469页。
⑤ 况周颐:《蕙风词话》卷三,唐圭璋编《词话丛编》第五册,中华书局,1986年,第4465页。
⑥ 耶律楚材:《鹧鸪天·题七真洞》,见唐圭璋编《全金元词》,中华书局,2018年,第603页。

一沉思并非是幡然醒悟之沉思,而是醒悟之后沉思应该如何安排人生而已。先说梦,后说沉思,至少在氛围上是穆。而所思所想皆摆脱具体,寻求生命或人类的意义,所以高浑其致。而词人只在语言上出一感叹,只是描述沉思的状态,并未故作旷达或豪雄,所以彰显出淡然的韵致。这些因素合而观之,"穆"的内涵也就颇为清晰了。

况周颐专论"穆"的文字并不多,但"穆"既然是以"静"统辖"厚重大",则"静"应该是"穆"的主要外在表现形式。如上言耶律楚材之言梦言沉思,都是形容一种静的氛围。厚重大当然需要深隽的意蕴,所以,如果把"静而兼厚重大"再简化一下,也就是"深静"二字。如此,我们就能对况周颐如下一节话有了更切实的体会:

> 词境以深静为至。韩持国《胡捣练令》过拍云:"燕子渐归春悄。帘幕垂清晓。"境至静矣,而此中有人,如隔蓬山。思之思之,遂由浅而见深。①

这一则在《餐樱庑词话》中位居第一②,并直言"深静"乃词境之"至",可见其在况周颐词学中的尊崇地位。这种极致的"深静"就是"穆"的另外一种表述。既是"春悄""帘幕垂",自是静境;"燕子渐归"处自是人境,而帘幕之中,也必有人。此"人"未见字面,但隐在字后,稍加思索,人便由隐以至显。该纯粹之境无论如何,至多得一"静"字而已,而境中有人,才能从静中涵泳出深意。职是之故,况周颐认为写景与言情并非二事,而是情在景中,只是有的不露痕迹,有的微显端倪,尚须深细之人善自品会而已。后人填词,景往往与情分言,此自是下一等境界,北宋词之所以高,就是含情于景中而不自觉并不露痕迹而已。"思之思之"四字,尤见对"深"的体会是需要一个较长的过程的。这也就是深静中体会出来的"明妙"。况周颐说:

> 刘桂隐《满庭芳·赋萍》云:"乳凫行破,一瞬沦漪。"非胸次无一点

---

① 况周颐:《蕙风词话》卷二,唐圭璋编《词话丛编》第五册,中华书局,1986 年,第 4425 页。

② 参见《餐樱庑词话》第一则"词境以深静为至",况周颐原著,孙克强辑校《况周颐词话五种(外一种)》,浙江古籍出版社,2014 年,第 39 页。

尘,此景未易会得。静深中生明妙矣。①

所谓"胸次无一点尘"也即是心境澄明虚空的意思,在这种情况下,精神才能集中并安静起来,也才能发现外物细微的变化及变化之妙。常人视池中乳鸳,多叹其从容相伴而已,而此乳鸳或突起追逐,或受外物惊扰,急行之下,破了池面平静,带出一瞬涟漪。词中写的"行破"与"沦漪"皆是"一瞬"之事,若无虚空之心、静观之态,确实很难发现这种瞬间发生的湖面变化,而词人不仅抓住了这一变化,更传神地描写出这一变化,"静深中生明妙"的意思应该在这样的分析中才能把握得到。

况周颐论"厚、穆、静",均非限于南宋的范围,而是包括了五代两宋甚至元代等相当广的范围,譬如前揭论韩持国词一则言及"深静",况周颐曾特地强调:"此等境界,唯北宋人词往往有之。"②以此来回看其论"重拙大"而但言"正南渡诸贤不可及处",则无论"重""大"之兼有五代两宋,还是"拙"之偏于北宋,以及涵括"静、厚、重、大"的穆之境,其实都没有过于明显的朝代偏向,可见,追踪之下,况周颐的理论门面语与批评实际之间有着相当远的距离。

四、万不得已之情与烟水迷离之致

况周颐论"重"而提出"满心而发",论"拙"而强调"郁勃久之",论大而倡言"尽其在我",这意味着"重拙大"三者其实都关合着情感的充沛与力量以及相关的表达艺术。如此,涵括性情与学力的胸襟自然就会被况周颐置于首要的位置。况周颐明确说过:"填词第一要襟抱。唯此事不可强,并非学力所能到。"③所谓襟抱,即胸襟、怀抱的意思,以超越尘俗为基本特征。况周颐曾以向伯恭《虞美人》的过拍"人怜贫病不堪忧。谁识此心如月正涵秋"为例,说明即便宋人词中,此等襟抱也未易多见④。贫病乃一时现实之痛,尘俗之人多忧怀此事,而向伯恭则认为自己根本不介意现世的贫病,内心如满月涵秋,有着

① 况周颐:《蕙风词话》卷三,唐圭璋编《词话丛编》第五册,中华书局,1986年,第4482页。
② 况周颐:《蕙风词话》卷二,唐圭璋编《词话丛编》第五册,中华书局,1986年,第4425页。
③ 况周颐:《蕙风词话》卷二,唐圭璋编《词话丛编》第五册,中华书局,1986年,第4431页。
④ 况周颐:《蕙风词话》卷二,唐圭璋编《词话丛编》第五册,中华书局,1986年,第4431页。

高洁清雅的生命追求。这种超脱尘世的生命追求才是况周颐所说的襟抱。当然,况周颐更强调这种天赋清雅的襟抱,若无这种先天的禀赋,一味学习研读,并不能达到这种超凡脱俗的境界。

何以将"襟抱"的解释维度定位在超凡脱俗上面?除了况周颐对向伯恭词的分析之外,《蕙风词话》曾经记述了况周颐与其妾卜娱对洪适词的审美差异。卜娱欣赏洪适《生查子》"春色似行人,无意花间住"等的空灵意境,而况周颐则引洪适《渔家傲引》词云:

> 子月水寒风又烈。巨鱼漏网成虚设。围围从它归丙穴。谋自拙。空归不管旁人说。 昨夜醉眠西浦月。今宵独钓南溪雪。妻子一船衣百结。长欢悦。不知人世多离别。

此词写渔民在水寒风烈的深夜捕鱼而未得,因其谋拙而受到他人讥讽,但此渔民坦然空归,酣然醉眠而不以为意。家人贫困,衣服百结而欢悦如故。此词描写之渔民虽生活于尘世,但不为尘世所羁绊。况周颐因此评曰:"委心任运,不失其为我。知足长乐,不愿乎其外。词境有高于此者乎。是则非娱所能识矣。"[1]这种不失其为我、不愿乎其外的生存态度才是况周颐语境中的"襟抱"二字,而能写出这种襟抱的词,当然也就具有了至高的词境。况周颐曾引王沂公"平生志不在温饱"之言,认为其"雪中未问调羹事,先向百花头上开"诗句,与吴渊《沁园春》"虽虚林幽壑,数枝偏瘦,已存鼎鼐,一点微酸。松竹交盟,雪霜心事,断是平生不肯寒"词句,可见"二公襟抱政复相同"[2],即不问调羹心事,追求温饱之外的生命意趣。事实上,有不少句子若无"性情厚、阅历深"[3]为之底蕴,便无足观者。况周颐认为如程大昌《临江仙》之"紫荆同本但殊枝。直须投老日,常似有亲时"、《感皇恩》之"人人戴白,独我青青常保。只将平易处,为蓬岛"等句[4],都是为人生日而作,若无深厚性情和丰富阅历为底蕴,也断难有此深情之句。

---

① 况周颐:《蕙风词话》卷二,唐圭璋编《词话丛编》第五册,中华书局,1986 年,第 4434—4435 页。
② 况周颐:《蕙风词话》卷二,唐圭璋编《词话丛编》第五册,中华书局,1986 年,第 4441—4442 页。
③ 况周颐:《蕙风词话》卷二,唐圭璋编《词话丛编》第五册,中华书局,1986 年,第 4434 页。
④ 况周颐:《蕙风词话》卷二,唐圭璋编《词话丛编》第五册,中华书局,1986 年,第 4434 页。

"性灵流露"与"书卷酝酿"曾被况周颐视为写出未经前人说过的天然好语的两条基本路径①。"吾心为主,而书卷其辅也。书卷多,吾言尤易出耳"②。其实书卷也是为了夯实、激发性情的力量而已,故他曾一再强调读词的特殊意义:

> 读前人雅词数百阕,令充积吾胸臆,先入而为主。吾性情为词所陶冶,与无情世事,日背道而驰。③

况周颐所谓性情,其实就是固守天真,排斥世情。而陶冶性情的基本路径则是:

> 读词之法,取前人名句意境绝佳者,将此意境,缔构于吾想望中。然后澄思渺虑,以吾身入乎其中,而涵泳玩索之。吾性灵与相浃而俱化,乃真实为吾有,而外物不能夺。④

况周颐曾说自己年轻时"以此法为日课,养成不入时之性情"⑤。其实这种不入时正是况周颐追求的词心所在,带着明显的清高孤傲的色彩。有此词心,方能带出纯净之词境。况周颐描述词境之起云:

> 人静帘垂。灯昏香直。窗外芙蓉残叶,飒飒作秋声,与砌虫相和答。据梧暝坐,湛怀息机。每一念起,辄设理想排遣之。乃至万缘俱寂,吾心忽莹然开朗如满月,肌骨清凉,不知斯世何世也。斯时若有无端哀怨,怅触于万不得已,即而察之,一切境象全失,唯有小窗虚幌、笔床砚匣,一一在吾目前。此词境也。⑥

---

① 况周颐:《蕙风词话》卷一,唐圭璋编《词话丛编》第五册,中华书局,1986年,第4410页。
② 况周颐:《蕙风词话》卷一,唐圭璋编《词话丛编》第五册,中华书局,1986年,第4411页。
③ 况周颐:《蕙风词话》卷一,唐圭璋编《词话丛编》第五册,中华书局,1986年,第4410页。
④ 况周颐:《蕙风词话》卷一,唐圭璋编《词话丛编》第五册,中华书局,1986年,第4411页。
⑤ 况周颐:《蕙风词话》卷一,唐圭璋编《词话丛编》第五册,中华书局,1986年,第4411页。
⑥ 况周颐:《蕙风词话》卷一,唐圭璋编《词话丛编》第五册,中华书局,1986年,第4411页。

况周颐描述词境其实经历了一个颇为复杂的过程,在这一过程中至少包含三个阶段:一、以窗外的嘈杂彰显室内的宁静,从而促使人湛怀息机;二、湛怀之时忽起俗念,扰乱心境,遂用"理想"排遣之,此所谓"理想"即澄澈之性情,最终清心开朗,俗缘尽去;三、心底忽起哀怨之情,因不知斯世何世,故此哀怨难觅端绪,又因其无端而难以克制,故称其为"万不得已"。"此万不得已者,即词心也",是在听风雨、览江山之时突然产生的①。但因情觅景,并无外物触发其情,唯眼前熟见之寥寥数物而已。从宁静之境经激烈的情感纠纷再到宁静之景象,但初时宁静之景象只是自然之景象,尚不含独特的情感内涵,而最后呈现出来的所谓"词境"则是摆脱世事、直贯本心的自然之情。故所谓词境乃是由寻常景物呈现出来的清澈性灵。

具体而言,究竟怎样的一种情感才算万不得已之情(词心)呢?② 此可以况周颐评元好问词为例略作探究。况周颐说:

> 元遗山以丝竹中年,遭遇国变,崔立采望,勒授要职,非其意指。卒以抗节不仕,憔悴南冠二十余稔。神州陆沉之痛,铜驼荆棘之伤,往往寄托于词。《鹧鸪天》三十七阕,泰半晚年手笔。其赋隆德故宫及宫体八首、薄命妾辞诸作,蓄艳其外,醇至其内,极往复低徊、掩抑零乱之致。而其苦衷之万不得已,大都流露于不自知。此等词宋名家如辛稼轩固尝有之,而犹不能若是其多也。遗山之词,亦浑雅,亦博大。有骨干,有气象。以比坡公,得其厚矣,而雄不逮焉者。豪而后能雄,遗山所处,不能豪,尤不忍豪。③

况周颐分析元好问《鹧鸪天》等作品,结合其中年遭遇国变,然后面临"勒授要职"与"抗击不仕"的人生选择。元好问因选择后者而经历了二十多年的南冠生涯。不得已的选择与不得已的情感遂不可遏制地倾泻在他的《鹧鸪天》等作品之中。"万不得已"与"不自知"就是这样形成了默契。当然,况周颐这里

---

① 况周颐:《蕙风词话》卷一,唐圭璋编《词话丛编》第五册,中华书局,1986 年,第 4411 页。

② 关于哲学、美学、文论及其词学中"不得已"说的发展轨迹,可参见张进《况周颐的"词心"说与古代文论中的"不得已"说》,《文学遗产》2010 年第 2 期,第 124—126 页。

③ 况周颐:《蕙风词话》卷三,唐圭璋编《词话丛编》第五册,中华书局,1986 年,第 4463—4464 页。

强调的是元好问的"神州陆沉之痛,铜驼荆棘之伤"。值得注意的是,为了说明元好问词中情感的这种特殊性,况周颐将其与苏轼、辛弃疾作了对比。与辛弃疾的对比只在类似作品数量的多少上,而与苏轼的对比,则仍是回说"万不得已"之意,因为苏轼的豪雄而厚既得诸天赋,也得诸时代。而元好问天赋相若,时代则大不同,所以"不能豪,尤不忍豪",是时代压抑了元好问的天赋心性。但从另外一个角度来说,正是因为这种压抑而使得元好问的词中充满了词体所需要的这种"万不得已"之情与"不自知"的情感表达。

具体的"万不得已"与"不自知"又是怎样的互生形态? 况周颐说:

> 明王子衡廷相《苏幕遮》云:"意绪几何容易辨。说与无情,只作闲愁怨。"闲愁怨,皆不得已之至情,子衡未会斯旨。王姜斋先生《江城梅花引》云:"飞霜。飞霜。夜何长。有难忘。自难忘。"闲愁怨椓触于不自知,所谓"有难忘自难忘"也。姜斋盖有难忘者。①

虽然分说"不得已"与"不自知",似乎与况周颐强调的同一语境不尽相合。但细辨之下,这种分说,只是强调的重点有异。若引而申之,两者在各自的作品中也完全可以汇合起来。王廷相《苏幕遮》侧重强调的是"不得已"的情感内涵,这种强调在词人本身也是略费周折的,先是莫辨意绪,继而当作无情,最后才归结为"闲愁绪"。其实这一"闲"字,才是词人最初难辨意绪内涵的原因所在。况周颐说这种闲愁怨才是"不得已之至情",大概是情深一往,因不见尽头而归诸"闲愁怨"了。但况周颐指责王子衡"未会斯旨",不免苛刻了。王夫之的《江城梅花引》没有王廷相词中的"意绪""无情""闲愁怨"等具体情感,只是通过漫长的飞霜之夜,"不自知"地触发了"有难忘。自难忘"之情。况周颐说王夫之"有难忘者",此自是敏锐。王夫之虽未明说难忘者何,但著一"有"字"自"字,也足见其情感之深重。王廷相词明于不得已之情,而暗于不自知的触发过程;王夫之则侧重不自知的情感触发过程,而相对忽略其不得已的情感内涵。但两相对堪,正可见两者互生互发的过程。

况周颐还曾结合自己的创作说过这种"不得已"的情形。1879 年,况周颐

---

① 况周颐:《蕙风词话》卷五,唐圭璋编《词话丛编》第五册,中华书局,1986 年,第 4512 页。

编定《存悔词》,在自序中,况周颐说:"寻芳倦矣,和影怜谁? 不得已以恨遣情,以悔分恨,悔而存之,仍无不悔之一时也。"①这是况周颐入都十年前的文字,可见其不少关于词学的理论形成自在入都之前。而1910年,况周颐撰《蕙风簃随笔》,在小序中说:

> "悲回风之摇蕙兮,心忡郁而内伤。"蒙自乙未南辕,晌更十稔。所处之境,诚如灵均所云。不为可己之事,何以遣不得已之生。②

则其"蕙风"一名的含义,本就据屈原句以彰显其"不得已之生",而在所谓"可己之事"中,作为"为己之学"的词自然更为其精力所在。况周颐的这些理论一直持续到其生命的终点,可见其学术的生命力。其实这种对"不得已之生""不得已"之情与词体的关系,也不只是况周颐一人之认知,而是在词学界带有一定的普遍意义。譬如吕碧城与其姊吕美荪因细故失和,致数十年不通音问。而其中原因却颇为蹊跷迷离。1937年,吕碧城《晓珠词》卷三手写本梓行,其中有《浣溪沙》一词云:

> 莪蓼终天痛不胜,秋风萁豆死荒塍。孤零身世净于僧。 老去兰成非落寞,重来苏李被趋承。浮名徒惹附膻蝇。

此词意思本身比较隐约难明,故吕碧城特加附注云:

> 予孑然一身,亲属皆亡,仅存一"情死义绝"不通音讯已将卅载者。其人一切行为,予概不预闻;予之诸事亦永不许彼干涉。词集附以此语,似属不伦,然读者安知予不得已之苦衷乎?③

手写本"浮名徒惹附膻蝇"一句在稍后出版的四卷本《晓珠词》中即改为"不闻

---

① 况周颐:《存悔词序》,转引自况周颐著,秦玮鸿校注《况周颐词集校注》,上海古籍出版社,2013年,第532页。
② 况周颐:《蕙风簃随笔》,《国粹学报》1910年第72期,"丛谈"第1页。
③ 吕碧城《晓珠词》卷三手写本,1937年。原著无页码。

娿罾更相凌"①。"娿"乃楚语"姊"的意思,此处"娿"当指吕美荪。则其姊妹之间的恩怨以及以此写入词中的感情,确实也包含了吕碧城"不得已之苦衷"在内。有此万不得已之情和不自知的创作冲动,遂有"不得不作之一境"②。词心催生词笔,正有不可抑制者。这种不得已之情、不自知之心,正回应着况周颐所谓"尽其在我"的"大"的宗旨。

因为强调固有之性情、襟抱,况周颐对寄托二字并不一味反对,只是要求寄托出诸自然本心,而非因需要寄托而付诸词。况周颐虽然明白《说文解字》以"意内而言外"所释"词"字,并非文体意义上的"词",但常州派开山张惠言将寄托与此"意内"相联系,况周颐认为此虽属无端,亦可称妙想。而对于如何体现寄托,况周颐另有自己的要求。他说:

> 意内者何?言中有寄托也。所贵于寄托者,触发于弗克自已,流露于不自知,吾为词而所寄托者出焉,非因寄托而为是词也。有意为是寄托,若为吾词增重,则是骛乎其外,近于门面语矣。③

"触发于弗克自已,流露于不自知",况周颐论寄托的表现其实也是按照"重拙大"的基本要求而言的。寄托固然是况周颐与常州词学的契合处,但况周颐显然深化和细化了寄托说,并在创作形态上对常州词派学说作了重要调整,从不能自已的创作冲动到不自觉的自然流露再到作品因此而包含的寄托,这三个过程虽然可以大致划分,但其实是连贯一气的。自然固然是况周颐此说的应有之义,但更应强调的是况周颐是因词而自然带出寄托,非先有寄托从而有意为词。君子为己的意思,况周颐贯彻得非常彻底。为了具体说明这种寄托的个人化、突发性和自然性,况周颐特地以苏轼《水调歌头》词中"琼楼玉宇"数句为例,说明若不似苏轼有伤心之怀抱,纵写得类似字句,也是"无谓之至"的,"出于弗克自已",才是词中寄托应有的内涵④。

---

① 吕碧城《晓珠词》四卷本,(台北)广文书局,1970 年,第 43 页。
② 赵尊岳:《填词丛话》卷一,屈兴国编《词话丛编二编》第五册,浙江古籍出版社,2013 年,第 2689 页。
③ 况周颐:《蕙风词话补编》卷一,况周颐撰,屈兴国辑注《蕙风词话辑注》,江西人民出版社,2000 年,第 355 页。
④ 况周颐:《蕙风词话补编》卷一,况周颐撰,屈兴国辑注《蕙风词话辑注》,江西人民出版社,2000 年,第 355 页。

当然,创作形态的自然不等于纯粹的自然抒发,在将"弗克自已"的寄托流露于不自知的同时,对其寄托的内容固然是任其自然,而在表达寄托的方式上仍是讲求艺术的。况周颐在言及填词口诀特别提到了"烟水迷离之致",并认为李太白《惜余春》《愁阳春》二赋,"以云烟水迷离之致,庶乎近焉"[①]。按照况周颐的自述,"烟水迷离之致"云云乃是由王鹏运训示而来。况周颐说:

> 曩余词成,于每句下注所用典。半塘辄曰:"无庸。"余曰:"奈人不知何。"半塘曰:"倘注矣,而人仍不知,又将奈何。矧填词固以可解不可解,所谓烟水迷离之致,为无上乘耶。"[②]

王鹏运借用传统的"烟水迷离之致"来形容词境,原本是就词的艺术风貌与读者解析之关系而言的。但王鹏运看似随意的一喻,却为况周颐词学奠定了学理性的基石。显然,况周颐并不一味追求寄托的明晰度,而是在若即若离之中,将寄托的端倪和若干表象呈现出来,从而为解说的空间奠定一个基本的方向。

其实这种神而明之的迷离远致,来自于创作过程"万不得已"的情感和不自知、不得不作的写作状态。况周颐曾经这样描述说:

> 吾苍茫独立于寂寞无人之区,忽有匪夷所思之一念,自沉冥杳霭中来,吾于是乎有词。泊吾词成,则于顷者之一念,若相属若不相属也。而此一念,方绵邈引演于吾词之外,而吾词不能殚陈,斯为不尽之妙。非有意为是不尽,如书家所云"无垂不缩","无往不复"也。[③]

因为对"无情世事"的排斥,所以况周颐将创作前的情境设定在"寂寞无人之区","独立"二字乃将自身隔绝于尘世之外。只有在这样苍茫清寂的环境中,才能将平时沉睡在性灵深处的念想唤醒并焕发出来,"沉冥杳霭"不仅状此念

---

① 况周颐:《蕙风词话补编》卷一,况周颐撰,屈兴国辑注《蕙风词话辑注》,江西人民出版社,2000 年,第 356 页。

② 况周颐:《蕙风词话》卷一,唐圭璋编《词话丛编》第五册,中华书局,1986 年,第 4413 页。

③ 况周颐:《蕙风词话》卷一,唐圭璋编《词话丛编》第五册,中华书局,1986 年,第 4412 页。

想的环境遥远而安寂,而且说明其特征在混沌、隐约。正是因为这样的情感环境和特征,才使得词人有"匪夷所思"之感,因为这种念想与现实或许隔膜得实在太久了,但好词就是在这种状态中产生的。这种从沉冥杳霭中而来的匪夷所思之一念注定是难以在文字中完整表现出来的,所以在词里表现的往往只是端倪,由此端倪而引导阐释向词外的空间发展。况周颐将其与书家垂与缩、往与复的关系联系起来,也是竭力描摹其神韵绵邈之特征。

况周颐虽然名义上说"非有意为是不尽",竭力状写填词创作中的不自觉现象,但实际上就像书家无垂不缩、无往不复一样,垂缩、往复之间正是用心用力处。譬如况周颐曾提到的"暗字诀",包括暗转、暗接、暗提、暗顿等①。这种暗中的转接提顿正是造成词作与"顷者之一念""若相属若不相属"的原因所在,因为要"相属",所以要转接提顿,因为又要造成表面上"不相属"的艺术效果,这些笔法只能暗中使用,不露痕迹。

明乎上述况周颐关于创作因缘的特殊理论,再来勘察烟水迷离之境的具体形态,或许会有更明确的路径。况周颐一方面认为此难以言说,只能神而明之,但另一方面又举出李白的两篇赋作为此境的代表,则感况氏之所感,或能略得此境特征之若干。况周颐此话非门面语,而是确有心得之论。刘永济《诵帚词笺·取径第二》记云:

> 忆昔年旅沪,尝与况君过从。一日,君诵太白《惜余春》、《悲清秋》二赋,谓余曰:"此绝妙词境也。"②

刘永济的这段追忆与况周颐此处的自述正好绾合,而且又增《悲清秋》一赋,三赋合观,当更可细致体会其所谓烟水迷离之词境了。

如果说赋与词毕竟属不同文体,难以直接对应的话,况周颐其实也提示过词中烟水迷离之境的作品。如他曾引用关秋芙《高阳台·送沈湘佩入都》云:

> 泪雨飘愁,酒潮流梦,惜花人又长征。见说兰桡,前头已泊旗亭。垂

---

① 况周颐:《蕙风词话》卷一,唐圭璋编《词话丛编》第五册,中华书局,1986年,第4413页。
② 刘永济:《诵帚词笺》,古代文学理论研究编委会编《古代文学理论研究》第四辑,上海古籍出版社,1981年,第135—136页。

杨原是伤心树,怎怪他蜿地青青。向天涯一样缠绵,各自飘零。 开筵且莫频催酒,便一杯饮了,愁极还醒。且住春帆,听侬细数邮程。压船烟柳乌篷重,到江南应近清明。怕红窗,风雨潇潇,一路须听。

况周颐评此词:"情文关生,渐饶烟水迷离之致。"①又评顾太清《定风波·拟古》"饶有烟水迷离之致"②。录《定风波·拟古》词如次:

　　花里楼台看不真,绿杨隔断倚楼人。谁谓含愁独不见,一片,桃花人面可怜春。　　芳草萋萋天远近,难问。马蹄到处总销魂。数尽归鸦三两阵,偏衬。萧萧暮雨又黄昏。③

况周颐在解释"诗余"时,曾提及词有"余"于诗者正在情文节奏④,而烟水迷离之致则正在情文二者相生相发之关系。他又评曾允元《水龙吟》过拍"尽云山烟水,柔情一缕,又暗逐、金鞍远",为"尤极远离惝怳,非雾非花之妙"⑤。云山烟水,景物已是迷离,柔情暗逐金鞍,情也迷蒙。故烟水迷离之致兼含情、景二者。这种迷蒙情致带来的解析困难也是客观存在的。如清代储慧《捣练子》云:"莺语急,蝶魂惊。风雨催春一霎行。绕遍阑干愁独倚,伤春何必为离情。"况周颐便认为其"佳处在可解不可解之间"⑥。

　　由况周颐之说明,可见"烟水迷离"云云,虽瞩目于读者感觉或词之表象,但以情感脉络为内蕴。对此,其弟子赵尊岳言之颇为中肯:

　　词固有迷离之一境,然迷离中固有真理脉在。要使理本可通,姑为迷离之语,以引入胜境,迂道行来,益见情趣。譬之香笼斗室,云烟蓊郁,其

① 况周颐:《蕙风词话补编》卷二,况周颐撰,屈兴国辑注《蕙风词话辑注》,江西人民出版社,2000年,第457页。
② 况周颐:《蕙风词话补编》卷二,况周颐撰,屈兴国辑注《蕙风词话辑注》,江西人民出版社,2000年,第465页。
③ 顾太清撰,金启孮、金适校笺:《顾太清集校笺》,中华书局,2012年,第430页。
④ 况周颐:《蕙风词话》卷一,唐圭璋编《词话丛编》第五册,中华书局,1986年,第4406页。
⑤ 况周颐:《蕙风词话》卷三,唐圭璋编《词话丛编》第五册,中华书局,1986年,第4478页。
⑥ 况周颐:《蕙风词话补编》卷二,况周颐撰,屈兴国辑注《蕙风词话辑注》,江西人民出版社,2000年,第464页。

中固真有碧纱厨青玉帐在。若迷离而无真境界在,词气惝恍,使人不知其所指,则貌袭神离之误,当力戒之。①

又说:

以迷离之笔作词,当使迷离中有至情真理。惟姑作烟云以掩真山水,以愈增山水之美耳。若内无真山水在,纵有一片烟云,更成何物,不可不三致意也。②

赵尊岳的文字精准地诠释了所谓迷离,其实就仿佛是"姑作烟云以掩真山水",若无真山水在里,则烟云散尽,徒存一片荒芜而已。赵尊岳其实也很清楚"作迷离之语,内实有所指陈者,至不易易"③,需慧心与妙腕兼得其长方可造就。赵尊岳提到的"至情真理""真理脉"不仅涉及内容的情与理,而且以"至""真"将这种情理悬格到很高的境界,同时也将内在的逻辑结构——理脉作为迷离的内核强调了出来。按照赵尊岳的阐释,烟水迷离的词笔只是为了更好地彰显内在情理和理脉。固非停留在烟水迷离之外像便流连忘返。在赵尊岳的词学观念中,词之理脉仅次于神味而已。神味融注词之通体,率此理脉而又超乎理脉之外者④。这一理脉乃是自然呈现出来的意思和结构层次,而非刻意钩勒布置而来。赵尊岳说:

章法无定则,要以理脉可通为主。一切草蛇灰线之隐现,布局者当自定之。⑤

若理脉不通,则一切章法便也失去意义。那么,可通的理脉究竟是怎样的情形

---

① 赵尊岳:《填词丛话》卷一,屈兴国编《词话丛编二编》第五册,浙江古籍出版社,2013年,第2697—2698页。

② 赵尊岳:《填词丛话》卷二,屈兴国编《词话丛编二编》第五册,浙江古籍出版社,2013年,第2734页。

③ 赵尊岳:《填词丛话》卷二,屈兴国编《词话丛编二编》第五册,浙江古籍出版社,2013年,第2721页。

④ 参见赵尊岳《填词丛话》卷一,屈兴国编《词话丛编二编》第五册,浙江古籍出版社,2013年,第2688页。

⑤ 赵尊岳:《填词丛话》卷三,屈兴国编《词话丛编二编》第五册,浙江古籍出版社,2013年,第2745页。

呢? 赵尊岳说"理脉循思绪为蹊径"①,立意在先,自是可使理脉徐展。赵尊岳甚至提出"填词之前,必先构思。拟定段落"②。为确保理脉的顺畅,"段落"也应先有所安排。赵尊岳又说:

> 理之缘情以生者,必不致有错综颠倒之弊。盖立词根于命意,意中有我预构之思虑,以为之境界,自不致蹈一乱字。所以乱者,厥有二故:一则情景俱伪。伪则方寸间本无此境界,随口道来,或失伦次。一则笔不足以达其慧心。虽顺于中,或乱于外。欲除斯弊,首在去伪,次在学力。③

读此节,即可明何以赵尊岳要强调"迷离之中有至情真理"的原因了,因为情理若伪,方寸自乱。至笔力弱不足达其慧心,此自是需长期涵养方能有进。赵尊岳并具体分析掌握理脉的三种步骤说:

> 初学理脉,先当能使贯串。若言凭阑,即一俯一仰,皆凭阑之情景。若言牵帷,则一举一止,皆牵帷之动作。至熟习之后,则言其情绪而以景物为之衬托,言其动作而并申其情绪,初不必以一时之举止为畴范也。然尤当致意于情从景上得来,不当使情景相忤,极其致也。胡帝胡天,亦不失其理脉,则已超出此一时之举止,而别辟一意想中之境界,为最上乘矣。④

从初学到熟习再到极其致,宛然是掌握词中理脉的三种境界。初学乃多技术环节,熟习乃奠定基本范式,极致则随心所欲而不失理脉。故赵尊岳所谓理脉主要是强调从情景关系中展现出词人的认知特点和认知顺序。

由以上之分析,此万不得已之情自然深厚沉著,合乎"重"字;而不自知的艺术表达自然也"尽其在我",合乎"大""拙"二字。虽然因为寄托需在隐约有无之间,而追求烟水迷离之致,但这只是艺术形态而已。《蕙风词话》中以"重

---

① 赵尊岳:《填词丛话》卷三,屈兴国编《词话丛编二编》第五册,浙江古籍出版社,2013 年,第 2752 页。
② 赵尊岳:《填词丛话》卷三,屈兴国编《词话丛编二编》第五册,浙江古籍出版社,2013 年,第 2751 页。
③ 赵尊岳:《填词丛话》卷三,屈兴国编《词话丛编二编》第五册,浙江古籍出版社,2013 年,第 2750 页。
④ 赵尊岳:《填词丛话》卷三,屈兴国编《词话丛编二编》第五册,浙江古籍出版社,2013 年,第 2746 页。

拙大"为核心的词学思想体系,经如此多方寻溯,或许才能于散点批评条贯其思,略见其理论神光聚合之处。

五、四位词学导师的路径差异与况周颐的选择之道

况周颐锐意倚声之学,师法多方,他先后将黄苏、端木埰、王鹏运、朱祖谋称为"词之导师",但其中影响大小实有差异。况周颐接触黄苏的《蓼园词选》时,才 12 岁[①],其词学的接受想来应该虽有方向,但因年少而不免恍惚的;而与朱祖谋朝夕商榷词学则在辛亥退居上海之后,其时,况周颐的词学已然定型,彼此商讨的更多的是具体问题,即所谓"还商略,一字一声,按谱丝阑"[②],而非词学观念。何况朱祖谋的词学导师其实也是王鹏运。朱祖谋《彊村词序》云:

> 予素不解倚声,岁丙申重至京师,半塘翁时举词社,强邀同作。翁喜奖借后进,于予则绳检不少贷,微叩之,则曰:"君于两宋途径固未深涉,亦幸不睹明以后词耳。"贻予《四印斋所刻词》十许家,复约校《梦窗四稿》,时时语以源流正变之故。旁皇求索,为之且三寒暑,则又曰:"可以视今人词矣。"示以梁汾、珂雪、樊榭、稚圭、忆云、鹿潭诸作。会庚子之变,依翁以居者弥岁,相对呫呫,倚兹事度日。意似稍稍有所领受,而翁则翩然投劾去。[③]

朱祖谋此节语言足见王鹏运呕呕培育词学传人之心,大凡词之源流正变、学词程序悉为指明,而朱祖谋也"稍稍有所领受"。因况、朱词学同出于王,这大概也是在王鹏运去世之后,况周颐与朱祖谋词学甚多契合的原因所在。在况周颐列出的词学导师中,王鹏运适居其中,既规诫况周颐早年的艳丽词风,又以"重拙大"等理论指引方向,加上"半塘气势宏阔,笼罩一切,蔚为词宗"[④],

---

① 参见况周颐《蓼园词选序》,转引自《蕙风词话补编》卷四,况周颐撰,屈兴国辑注《蕙风词话辑注》,江西人民出版社,2000 年,第 585 页。

② 况周颐:《紫玉箫》,况周颐著,秦玮鸿校注《况周颐词集校注》,上海古籍出版社,2013 年,第 278 页。

③ 朱孝臧著,白敦仁笺注:《彊村语业笺注》,浙江古籍出版社,2015 年,第 577—578 页。

④ 叶恭绰:《广箧中词》卷二,沈辰垣等编《御选历代诗余·附箧中词广箧中词》,浙江古籍出版社,1998 年,第 643 页。

本身极具理论的涵括力和影响力,所以,将况周颐的词学渊源主要追溯到王鹏运,应该是大体不错的。况周颐自己也忆"与半塘共晨夕"①,"碧纱话雨,青帘醉月,佳会天应妒"②,这样相知相惜的生活确实频繁地发生过。甲寅年(1914)况周颐填《紫玉箫》词,曾于词中夹注回忆说:

> 曩在京师,夜话四印斋,几于无言不词。自半塘逝后,词事萧条久矣。即谈艺之乐,亦未易复得。③

这是追忆戊子(1888)至乙未(1895)在京八年与王鹏运校订宋元词而成《四印斋所刻词》之事。1915 年,况周颐在为朱祖谋《彊村校词图》题《还京乐》一调后,不禁联想到墓木已拱的王鹏运,特赋《清平乐》一调,上阕云:

> 词仙去后,荃艳飘零久。镂玉雕琼无恙否,四印高斋非旧。④

赠朱祖谋之《丹凤吟》夹注也有"半塘逝后,同调甚稀"⑤之叹,此在在可见况周颐对王鹏运词学的深情追忆。按照况周颐自述,1894 年至 1904 年 4 月的十年间,况周颐与王鹏运其实一直暌违两地,无由得见⑥。虽然这十年间词学的交往,仍可以通过书信等方式继续,但毕竟不如朝夕相处的方式来得直接而强烈。其实在这次相见后两个月,王鹏运就在苏州去世。而就在去世前两个月与况周颐的相会中,两人所谈,也都是词学的内容。如王鹏运为况周颐展示别后十年所搜集的四巨册宋人词十七家⑦。则王鹏运与况周颐,可以说从相识到相别,词学都是最重要的媒介。况周颐挽王鹏运联,特别提到王鹏运乃是自己

---

① 参见况周颐《餐樱词自序》,转引自况周颐著,秦玮鸿校注《况周颐词集校注》,上海古籍出版社,2013 年,第 534 页。
② 况周颐:《角招》,况周颐著,秦玮鸿校注《况周颐词集校注》,上海古籍出版社,2013 年,第 173—174 页。
③ 况周颐著,秦玮鸿校注:《况周颐词集校注》,上海古籍出版社,2013 年,第 278 页。
④ 况周颐著,秦玮鸿校注:《况周颐词集校注》,上海古籍出版社,2013 年,第 295 页。
⑤ 况周颐著,秦玮鸿校注:《况周颐词集校注》,上海古籍出版社,2013 年,第 311 页。
⑥ 况周颐《兰云菱寝楼笔记》云:"甲辰四月下沐,过江访半塘扬州……盖不相见已十年矣。"《国粹学报》1910 年第 70 期,"丛谈"第 6 页。甲辰即 1904 年。
⑦ 参见况周颐《兰云菱寝楼笔记》,《国粹学报》1910 年第 70 期,"丛谈"第 6 页。

"生平弟一知己"①,知己的内涵或较宽泛,但词学无疑是其中的核心内涵了。毕竟这"十七年交情"②,以词学始,以词学终,甚至在王鹏运去世后,况周颐感叹说:

> 呜呼,半塘已矣。余何忍复拈长短句耶!向尝有志撰录,今不复从事矣!间有不能概从摈弃者,缀录如左。墨痕中时有泪痕也。③

也正因此,在彼此分别的日子特别是王鹏运去世之后,当年这些"无言不词"的日子才会成为况周颐的一种珍贵记忆。

况周颐既对王鹏运如此倾慕甚至敬重,而论其词学影响,笔者何以只说是"大体"而已呢?这除了因为况周颐耳濡目染词学并非限于王鹏运一人外——何况王鹏运的词学也夹杂着不少与年长 14 岁的钟德祥一致的地方④。从更远的源头而言,端木埰同样是不可忽略的一个人。譬如批评况周颐词尖艳的,就有端木埰,况周颐《齐天乐·己丑秋仲,录校畴丈前辈〈碧瀣词〉,敬跋一阕》云:

> 我朝词学空前代,薇垣况称渊萃。镂玉雕琼,裁云缝月,提倡断推弹指。词宗继起。看平揖苏辛,指麾姜史。一曲阳春,莽苍尘海素心几。　惭余红艳未涤,讵知音相待,规劝肫挚。名世文章,救时经济,期我丹山万里。丈赠句意云笺料理。要珍媲璠玙,佩同兰芷。古谊高风,景行奚啻此。⑤

词作于"己丑秋仲",则与其"己丑薄游京师"乃同时。"惭余纤艳未涤,讵知音相待,规劝肫挚"云云,可见端木埰确对其纤艳词做过肫挚的规劝。但"性情

① 况周颐:《兰云菱寝楼笔记》,《国粹学报》1910 年第 70 期,"丛谈"第 7 页。
② 况周颐:《兰云菱寝楼笔记》,《国粹学报》1910 年第 70 期,"丛谈"第 7 页。
③ 况周颐:《兰云菱寝楼笔记》,《国粹学报》1910 年第 70 期,"丛谈"第 7 页。
④ 参见李惠玲《新发现王鹏运、钟德祥〈词学丛书〉批注研究》,《学术研究》2012 年第 5 期,第 130—138 页。
⑤ 况周颐著,秦玮鸿校注:《况周颐词集校注》,上海古籍出版社,2013 年,第 67 页。

深至者,文辞自悱恻"①,端木埰既持此观点,则文字表面的纤艳自然也不可能引起太大的反感。此词既作于校录端木埰《碧瀣词》后,其所言论自然与端木埰密切相关,其夹注"丈赠句意",正道出了端木埰对其深所期许,而"名世文章,救时经济"则是端木埰《齐天乐·题蘷笙词卷》②对况周颐的具体期许所在。

事实上,与王鹏运不同,端木埰虽对况周颐的纤艳词风有过规劝,但对其绍继南宋余韵的特点倒是评价较高的。其《齐天乐·题蘷笙词卷》上阕云:

> 寂寥南宋诸公后,余音更曾谁嗣。蕙性缄愁,兰馨织韵,快读金荃新制。南州秀起。羡涤笔湘江,绮霞争丽。婉娈风情,玉田同世席须避。③

《齐天乐·跋蘷笙词》上阕亦有"彩毫香浣银河水,清才定从天赋。丽藻霞舒,英词月艳,脱尽人间凡语"④数句。端木埰一方面指出了况周颐词的绮丽与风情,认为其雅接南宋诸公余音,另一方面则表达了对况周颐天赋清才的赞赏之意。显然,端木埰并非斤斤于况词的纤艳问题,而是更多地希望况周颐勿将过多精力沉湎于人生余事的小词上而已。

虽然况周颐自谦"纤艳未涤",但端木埰、王鹏运的规劝显然发生了作用。许玉瑑《霓裳中序第一·蘷笙以近作见视,倚此奉赠》即提及况周颐"年来追悔少作。独抱孤花,扫尽残篝,忏愁含翠谴。怕道是、王郎剑斫"⑤,看来,况周颐的追悔少作应是事实。所谓"扫尽残篝",其实是扫除纤艳的外壳,忏悔的也只是"愁含翠谴",将本应厚重的愁情带上了"翠"和"谴"的色彩,不免自降其价。所谓"王郎斫剑"乃是引杜甫《短歌行》,言悲情过甚之意。这意味着况周颐的追悔主要集中在两个方面:其一是将过于艳丽的语言、意象清除殆尽;其二是将愁情的表达庄重化、适度化。况周颐这种追悔的背景同样与端木埰有关,特别是其中关于情感的庄重与适度问题,端木埰的教诲曾被况周颐记录

① 端木埰:《续词选批注》,唐圭璋编《词话丛编》第二册,中华书局,1986年,第1622页。
② 参见况周颐著,秦玮鸿校注《况周颐词集校注》附录一,上海古籍出版社,2013年,第540页。
③ 参见况周颐著,秦玮鸿校注《况周颐词集校注》附录一,上海古籍出版社,2013年,第540页。
④ 参见况周颐著,秦玮鸿校注《况周颐词集校注》附录一,上海古籍出版社,2013年,第540页。
⑤ 参见况周颐著,秦玮鸿校注《况周颐词集校注》附录一,上海古籍出版社,2013年,第541—542页。

了下来。其《玉栖述雅》曾说:"曩余作七夕词,涉灵匹星期语,端木子畴先生
埰甚不谓然,申诫至再。"并特别提到端木埰《齐天乐》(一从幽雅陈民事)小序
所云:"牵牛象农事,织女象妇功。七月田功粗毕,女工正殷,天象寓民事也。
六朝以来多写作儿女情态,慢神甚矣,倚此纠之",乃是"诫余之指也"①。端木
埰对况周颐七夕词的"慢神"提出了批评,并特地作词纠之,可见这"申诫至
再",果如其言的。许玉瑑同时也称赞况周颐词"幽思暗萦,微波深托。宫商
细嚼"②,似未见其特别的申诫之意。这应该正是端木埰、许玉瑑二人与王鹏
运稍具区别之处。这种区别的原因,很可能是王鹏运要将况周颐作为一代词
人来培养,而端木埰则以填词为余事,主张勿以"雕虫自喜"③,只有"名世文
章、救时经济"才是其人生的宗旨所在。只是两人规劝的方向其实是不同的,
而况周颐其实也是都能接受的。否则,况周颐没有必要在校录端木埰词集之
后发抒这样具体的感叹。

"薇垣况称渊萃"。己丑年(1889),况周颐作《金缕曲·六月三十义胜居
小酌,同鹤巢、幼遐两前辈》将自己对三位中书前辈的词学敬仰都写在词中。
其词云:

> 酒向旗亭买。晚凉天,银笺绛蜡,翛然世外。一自花风吹梦觉,吟弄
> 苦无聊赖,谁信道、知音相待。香径红楼已矣,莫高谈、怕有人憎骇。身世
> 事,浅斟再。　　软红尘里人如海,问纷纷、王卢几辈,韩苏几派。锦样文
> 章罗样薄,别有浮云世态,那不向、词仙下拜。长愿花时同尊酒,更狂迂、
> 结习都休改。聱叟听,也应快。④

词中的"知音相待",自然是说许鹤巢、王幼遐二人对其的赏识,而"词仙"也正
是指许、王二人。况周颐原词在末句后特地注明词中所谓"聱叟"是"指畴丈
前辈"⑤。此词不仅写出了三人小酌的悠然欢快,更写出况周颐对三位前辈的

① 况周颐:《玉栖述雅》,唐圭璋编《词话丛编》第五册,中华书局,1986年,第4605页。
② 参见况周颐著,秦玮鸿校注《况周颐词集校注》附录一,上海古籍出版社,2013年,第541—542页。
③ 端木埰:《齐天乐·题夔笙词卷》,参见况周颐著,秦玮鸿校注《况周颐词集校注》附录一,上海古籍
出版社,2013年,第540页。
④ 况周颐著,秦玮鸿校注:《况周颐词集校注》,上海古籍出版社,2013年,第61—62页。
⑤ 况周颐著,秦玮鸿校注:《况周颐词集校注》,上海古籍出版社,2013年,第62页。

敬仰之意。

在词学史上,此四中书中唯有许玉瑑影响略弱,但气味应该也是彼此相投的。所以对况周颐的告诫,也可以视为"薇垣"的集体行为。因为况周颐在词学方面的天赋是三个老辈都看在眼里并非常珍惜的,所以才格外起引导之心。毕竟在入薇省之前,况周颐已经是"弱年发藻,卓荦北南"[①]了。其中,王鹏运因与况周颐同籍桂林,自然会更多一份亲近,而且王鹏运的劝诫也可能更直接,更频繁,所以在况周颐的心目中,王鹏运的词学也就更具指导意义。事实上,若干重要文献在提及况周颐词学渊源时,也往往着重在王鹏运一人。如冯开为况周颐所撰墓志铭便特别提及"官京曹日,益与同里王给事鹏运以词学相摩揩"[②]。但我们并不能否认其他二位中书在况周颐词学中的重要意义。况周颐与王、许二人小酌而不忘端木埰,其《锁窗寒》乃是在吴门"怀幼遐前辈京师"之作,但其结句却是"更关心、古寺春钟,白发词仙健"的"畴丈前辈"[③]。其《莺啼序》(音尘画中未远)小序更直言:"端木子畴前辈,曩同直薇省,奉为词师。有感气类之雅,辄学邯郸之步。"[④]此足见况周颐对端木埰词学地位的高度认同。

不应怀疑况周颐对王鹏运等前辈的尊敬以及由此希望改变自己词风的热情,譬如在王鹏运等语境中作为"重拙大"典范的吴文英词,况周颐便真是下了功夫去琢磨师法的。他在中书任上及稍后的一段时间,不仅与人联句和了梦窗的《喜迁莺》(亭皋愁暮),而且用梦窗韵填了《莺啼序》(庭槐乍擎翠葆)、《醉桃源》(隔邻箫鼓送春声)、《极相思》(软红回首巢痕)、《声声慢》(萦愁香篆)等调,或用梦窗《齐天乐》词意别作黄钟调《减字浣溪沙》(茂苑花枝不可寻),心追手摹,可见其心志。而在受王鹏运嘱校订《梦窗词》后,更填《玉漏迟》一调,直言"点遍《霜腴》,薇露彩毫深醮","谁解道,镂金无迹,个中清妙"[⑤]。又填《减字浣溪沙·校〈梦窗词〉毕后书》:

---

① 冯开:《清故通议大夫三品衔浙江补用知府况君墓志铭》,转引自况周颐撰,屈兴国辑注《蕙风词话辑注》,江西人民出版社,2000年,第650页。

② 冯开:《清故通议大夫三品衔浙江补用知府况君墓志铭》,转引自况周颐撰,屈兴国辑注《蕙风词话辑注》,江西人民出版社,2000年,第649页。

③ 况周颐在末句后自注:"指畴丈前辈。"况周颐著,秦玮鸿校注:《况周颐词集校注》,上海古籍出版社,2013年,第88页。

④ 况周颐著,秦玮鸿校注:《况周颐词集校注》,上海古籍出版社,2013年,第378页。

⑤ 况周颐著,秦玮鸿校注:《况周颐词集校注》,上海古籍出版社,2013年,第101页。

南渡风流少替人,杭州花月至今春,楼台七宝试平分。　　晚岁西原疏佞友,早年秋螫亦能臣,未应吹索薄扶轮。①

上阕极言吴文英在南宋词坛不可代替之地位,对其七宝楼台的特色及对后人的影响,予以充分评价。下阕则在称赞其早年不失为"能臣"的基础上,对其人品也力反旧说。凡此均可见出在王鹏运、端木埰等人的影响下,况周颐对吴文英其人其词的研摹之深。耳提面命之下,自然会有着比较明显的风格转向。况周颐特别提到自己在王鹏运引导下体格有所变化,"半塘呴奖藉之,而其它无责焉"②,这也说明王鹏运后来对况周颐词的认同。况周颐对"重"的感悟应该正是在这一过程中逐渐形成的。只是三位前辈的规劝方向并不一致,甚至呈现出一定的矛盾之处,即便对所谓纤艳词风,三人的看法也很不一致。这种不一致的地方,是否会影响到况周颐对王鹏运规劝的全部接受?现在看来,应该是一个基本事实。

六、折衷两宋之观念与"重拙大"说之内在矛盾

况周颐的第一部词集《存悔词》编定于 1879 年,1887 年 8 月镌刻于香海棠馆,时尚未识王鹏运等人。第二部词集《新莺词》则与端木埰的《碧瀣词》、王鹏运的《袖墨词》、许玉瑑的《独弦词》合刻为《薇省同声集》,况周颐《新莺集》所收录的 26 首词,便是以 1888 年入京初识王鹏运后至 1890 年刊刻《薇省同声集》之前的作品为主,仅小序提及端木埰、王鹏运二人的就有 10 首之多,长调有 15 首,其中若《齐天乐》《莺啼序》《红情》《绿意》等就带着明显追摹宋末词人的用意。谭献辛卯年(1891)直言《薇省同声集》诸家词"优入南渡诸家之室"③,就况周颐《新莺词》而言,堪称足当此评。但若将谭献之评扩充至况周颐所有词,就不一定确切了。

同时,关于对况周颐词的评价和定位,也不应低估源自本心、偏好纤艳的

---

① 况周颐著,秦玮鸿校注:《况周颐词集校注》,上海古籍出版社,2013 年,第 103 页。
② 况周颐:《餐樱词自序》,转引自况周颐著,秦玮鸿校注《况周颐词集校注》,上海古籍出版社,2013 年,第 535 页。
③ 范旭仑、牟晓朋整理:《谭献日记》之《复堂日记》卷八,中华书局,2013 年,第 179 页。

天赋的力量。事实上,况周颐是经过 5 年左右的彷徨,才将端木埰、王鹏运诸人教诲开始落实到词风的转变上的。1892 年,况周颐在为《存悔词》补写的序中即云:

> 戊子入都后,获睹古今名作,复就正子畴、鹤巢、幼遐三前辈,寝馈其间者五年始决。①

这个"始"字至少表明了况周颐在受教王鹏运等人时的迟疑甚至矛盾心态,毕竟"重拙大"说与其天赋清才之间存在着难以调和的矛盾。而且这里所谓"始决"主要是在创作方向上的。也许王鹏运深知况周颐对艳词的偏嗜程度,所以王鹏运的教导并不以单纯地否定艳为前提。只是主张外在的艳情里应该包孕着"重拙大"而已。所以他特地举欧阳炯"兰麝细香闻喘息"数句,称为"奚翅艳而已,直是大且重"②,这可以看出王鹏运的苦心所在。因为完全否定艳,其实也不是王鹏运的本意,毕竟小词艳丽是文体风格所在,他只是告诫不能停留在艳情的外表而已。换言之,王鹏运其实希望况周颐在保留艳情的同时,将"纤"去掉,并注入"重""大"之旨而已。端木埰对于况周颐早年词作《绮罗香》过拍"东风吹尽柳绵矣"以虚字"矣"叶韵"甚不谓然,申诫至再",其实也是因为这类虚字"并易涉纤"③。可见,端木埰与王鹏运也有相似之处,都是反对纤,而非反对艳。现在看来,端木埰与王鹏运的指导并不算武断,而是具有明确的针对性的。但况周颐虽然耳接王鹏运之论,同时也深感这种艳中含大重的笔法,非常人可至,"苟无《花间》词笔,孰敢为斯语者?"④这种对特殊的"《花间》词笔"的敬畏,可能是导致况周颐在长达五年的时间内,徘徊其间而难以决断的原因所在。

　　考察况周颐的词学历程,我们还可以发现,况周颐的这种"始决"不仅是不彻底的,而且时时有着回流。即便在 1926 年况周颐生前刊行的最后一部词

---

①　况周颐:《存悔词序》,转引自况周颐著,秦玮鸿校注《况周颐词集校注》,上海古籍出版社,2013 年,第 532 页。

②　况周颐:《蕙风词话》卷二,唐圭璋编《词话丛编》第五册,中华书局,1986 年,第 4424 页。

③　况周颐:《蕙风词话》卷一,唐圭璋编《词话丛编》第五册,中华书局,1986 年,第 4417 页。

④　况周颐:《蕙风词话》卷二,唐圭璋编《词话丛编》第五册,中华书局,1986 年,第 4424 页。

话《蕙兰堂室词话》中,况周颐仍以"晚年不能艳"作为自己词之"病"所在[1]。所以,说况周颐"弱岁如莺多宛约,晚年气韵转翁茏"[2],并不完全契合况周颐的心志。这两者相摩相荡在况周颐内心产生的矛盾是巨大的,这使况周颐一边在郑重其事不断地强调维护着"重拙大"说,并时时突出王鹏运的倡导之功;另一方面对"重拙大"的阐释却长期停留在不系统、不彻底、不均衡甚至不明晰的状态。这种立说的模糊状态,我认为正是缘于其内心难以排解的矛盾。

事实上,况周颐第一部词话《香海棠馆词话》虽然迟至 1904 年才在《大陆报》发表,但其中有些条目其实是此前完成的,有的且成文甚早。譬如《大陆报》本《香海棠馆词话》第 17 则关于朱淑真的长篇考订,早在 1892 年时就已经撰毕。况周颐在刊发于 1909 年《国粹学报》的《兰云菱寝楼笔记》中说:

> 壬辰回京,昉黝俞氏《癸巳类稿·易安事辑》例,据集中诗及它书,作《淑真事略》,辨《生查子》之诬,凡二千数百言,编入《香海棠馆词话》。[3]

壬辰即 1892 年,这虽然是《淑真事略》的撰写之年,但从况周颐自述"壬辰回京"到"编入《香海棠馆词话》"的意脉来看,当然也可以推论《香海棠馆词话》的编纂可能正始于这一年前后。如果考虑到对词话的斟酌增补可能需要更多的时间,但无论如何不必多至 12 年的时间,毕竟《香海棠馆词话》总共不过寥寥 36 则。则其迟至 1904 年才发表,原因固然可能不一,但是否与况周颐本人在理论上的徘徊也有关系呢?

按照况周颐的转述,王鹏运显然希望况周颐的词风向南宋词人一路转型,因为"重拙大"正是"南渡诸贤"难以企及之处。虽然《香海棠馆词话》《餐樱庑词话》《蕙风词话》《词学讲义》等在表述"重拙大"时,语言微有差异,但以南宋词人为基本范式,则是一直没有变化。这一点虽然况周颐没有以引述王鹏运话语的口吻说出,但其基本意思必出自王鹏运,此无可怀疑者。则王鹏运

① 况周颐:《蕙兰堂室词话》,原刊《中社杂志》1926 年第 6 期。此转引自况周颐原著,孙克强辑校《况周颐词话五种(外一种)》,浙江古籍出版社,2014 年,第 260 页。

② 卢前:《望江南·况周颐》,转引自况周颐著,秦玮鸿校注《况周颐词集校注》,上海古籍出版社,2013 年,第 543 页。

③ 况周颐:《兰云菱寝楼笔记》,见《国粹学报》1909 年第 55 期,"丛谈"第 8 页。

在中书任上对况周颐金针度人的“重拙大”说，显然也应是以涵括南宋词人为基本理论内涵的，但此点正为“重拙大”说的根基不稳留下隐患。当然王鹏运也受到同僚并前辈的端木埰的直接影响，王鹏运师事之端木埰，曾选《宋词赏心录》一编并持赠王鹏运清玩，此选即被陈匪石、唐圭璋等人誉为“获拙重大之旨”[①]。从入选词人词作的情况来看，北宋仅选范仲淹、欧阳修、苏轼、秦观、周邦彦5家6首，而南宋则选岳飞、辛弃疾、陆游、李清照、姜夔、史达祖、高观国、吴文英、周密、陈允平、王沂孙、张炎12家13首，其偏重南宋之意乃昭昭在焉。而按照端木埰的《碧瀣词自叙》，王鹏运对端木埰的词堪称“痂嗜”[②]，两人既同直薇省，唱和甚多，王鹏运在《齐天乐·读〈金陵诗文征〉所录畴丈遗著感赋》中即云：“郭泰人师，灌夫弟畜，惭负针砭多少。”[③]显然也是师事端木埰的，而所谓“针砭多少”，倒是可与况周颐和自述王鹏运对其词的申诫联合来看。则端木埰、王鹏运、况周颐三人的词学传承脉络正是一线贯穿的，只是其中也有端木埰对况周颐的直接申诫而已。

况周颐从大局上虽然赞同王鹏运此说，但天赋审美的特性，使得其审美的重心不能不侧重在五代北宋词上，则若要对“重拙大”进行细致的理论考量，显然就存在着与王鹏运原说的协调问题[④]。张伯驹即看出了况周颐一边揭橥“重拙大”说，一边又对“清空”别具情怀的矛盾之处[⑤]。这也使得长于著述的况周颐在1889至1904年这15年间，因为困于“重拙大”说与南宋词关系的矛盾中而无法圆成学说。至少在王鹏运生前，况周颐不能也不愿将“重拙大”说在其与南宋词的关系中抽离出来。但1904年，王鹏运去世，这意味着为况周颐对“重拙大”说的阐释提供了充足的自由空间。所以我们在况周颐词话中看到的对“重拙大”说的散漫分析，其与王鹏运原意之间的距离，应该是可以想象的。换言之，“重拙大”说虽然来自端木埰、王鹏运等人，而经况周颐阐释后的“重拙大”说，显然已经属于况周颐自身了。

---

① 参见何广棪《宋词赏心录校评》自序、陈匪石《宋词赏心录跋》、唐圭璋《宋词赏心录跋》等，《宋词赏心录校评》，端木埰选录，何广棪校评，（台北）正中书局，1975年。

② 参见端木埰《碧瀣词》，陈乃乾编《清名家词》第九册，上海书店出版社，2016年，第2页。

③ 王鹏运：《半塘定稿》，陈乃乾编《清名家词》第十册，上海书店出版社，2016年，第19页。

④ 关于况周颐与王鹏运词学思想的差异性，可参见李惠玲《论王鹏运、况周颐词学思想和创作的差异》，《求是学刊》2014年第1期，第110—116页。

⑤ 参见张伯驹《丛碧词话》，《词学》第一辑，华东师范大学出版社，1981年，第89页。

其实,北宋词一直是况周颐魂梦所系。他称北宋人"其自为词,诚夐乎弗可及"①,就知道北宋词在其心中原本就占据着非常重要的位置。他如此推崇顾贞观的《弹指词》,正因为顾贞观绍述的是北宋词风。况周颐在《穆护砂·薇垣夜直,书顾梁汾先生〈弹指词〉后》开笔即云:"七百余年矣。溯词源、北宋谁嗣。尽槐阴绿换,薇花红遍,清才断推弹指。"②其推崇《弹指词》正是因为向往着北宋词的胜境。当然,况周颐的五代北宋情结其实也浸染了王鹏运的部分情怀,就况周颐在词话中的引述来看,王鹏运在解释"重""大"时曾关注五代之《花间集》,论"拙"则泛论两宋,兼及清初。又如清代女词人顾太清的《东海渔歌》就一直是他们访求的对象,"求之十年不可得"。况周颐追述云:"忆与半唐同官京师时,以不得渔、樵二歌为恨事。"③其中的"渔"便是顾太清的《东海渔歌》,何以王、况二人如此渴求《东海渔歌》呢?一个重要的原因便是顾太清的词"直窥北宋堂奥"④。他们对北宋风味的热情简直是毫不掩饰的。

综合来看,况周颐更为欣赏一种能兼融其长的风格特征。如他评价吴信辰《松崖诗录附词一卷》云:"铿尔沉至,是能融五代入南宋者。"⑤这或可视为况周颐词学的一个基本方向,因为主张兼融,所以对局限于某一朝代的词风的评价便会有所保留了。明代陈大声的《草堂余意》,况周颐评曰:"具'澹厚'二字之妙,足与两宋名家颉颃。"⑥澹厚二字其实是一个合成词,按诸况周颐的基本语境,乃是由北宋之澹与南宋之厚合一,才衍生出这一新词。

况周颐不局限一代的词学眼光,几乎注定了他不会将自己的词学观念停留在南宋而流连忘返。也因此对王鹏运倡导的"重拙大"说,显然也难以完全认同,这也是况周颐的鲜明个性所决定的。罗忼烈曾说:"或谓况蕙风尝问词于端木埰,切磋于王半塘、朱彊村,然半塘与彊村书,言其目空一世(见光绪刊本《彊村词》卷首),盖桀骜不群之士,多自我主张,鲜有俯仰因人也。"⑦王鹏运对况周颐"目空一切"的讥评,如果追源溯流,或许与此有关。其弟子赵尊岳

---

① 况周颐:《蕙风词话》卷一,唐圭璋编《词话丛编》第五册,中华书局,1986年,第4418页。
② 况周颐著,秦玮鸿校注:《况周颐词集校注》,上海古籍出版社,2013年,第117页。
③ 况周颐:《兰云菱寝楼笔记》,《国粹学报》1910年第71期,"丛谈"第7页。
④ 况周颐:《兰云菱寝楼笔记》,《国粹学报》1910年第71期,"丛谈"第7页。
⑤ 况周颐:《兰云菱寝楼笔记》,《国粹学报》1910年第71期,"丛谈"第8页。
⑥ 况周颐:《兰云菱寝楼笔记》,《国粹学报》1910年第71期,"丛谈"第9页。
⑦ 罗忼烈:《况周颐先生年谱·序二》,郑炜明《况周颐先生年谱》,上海古籍出版社,2009年,第1页。

在门下受教词学。他曾回忆况周颐言及"重拙大"之义,"举《花间》之闳丽,北宋之清疏,南宋之醇至,要与三者有合焉"①。这与此前在多种词话中的表述呈现出不同的风貌。大概要严守师训,所以具体分析作品或有越出"南宋诸贤"范围者。而此处"三者有合"的理念实际上意味着对旧说的部分修订②。但面对门弟子,则不妨将自己宗尚直言相告。况周颐的创作之所以被认为"不能尽符其论词之旨"③,或许非不能也,实不为也。

不仅在"重拙大"一说上,况周颐主张涵盖五代两宋,即在词学宗旨上,况周颐也以平衡两宋为正途。他曾对赵尊岳说:

> 唐五代至不易学。天分高,不妨先学南宋,不必以南宋自画也。学力专,不妨先学北宋,不必以北宋鸣高也。词学以两宋为指归,正其始毋歧其趋可矣。④

这才是况周颐根深蒂固的词学思想的本体所在,不以南宋自画、不以北宋鸣高的宏阔视域,应该才是况周颐的词学底蕴所在。也幸有赵尊岳的这一番追述,才使我们可以更真切地感受到况周颐的词学本相。更值得注意的是,赵尊岳撰此跋文,时在 1924 年,况周颐尚在世,按照赵尊岳自述与况周颐"月必数见"⑤的惯例,此跋文也应经过况周颐寓目并认同,才能最终定稿的。

赵尊岳的追述可以让我们深度了解况周颐的词学取向,即况周颐本人素来也不主张将某家某说视为金科玉律。他曾说:

> 余尝谓北宋人手高眼低。其自为词诚夐乎弗可及。其于它人词,凡

---

①　赵尊岳:《蕙风词话跋》,转引自况周颐撰,屈兴国辑注《蕙风词话辑注》,江西人民出版社,2000 年,第 651 页。

②　关于况周颐对王鹏运"重拙大"说的接受与改造,可参见孙维城《论况周颐对王鹏运"重拙大"词学观的改造》,《安庆师范学院学报》2001 年第 3 期,第 33—36、51 页。

③　夏敬观:《蕙风词话诠评》,唐圭璋编《词话丛编》第五册,中华书局,1986 年,第 4585 页。

④　赵尊岳:《蕙风词话跋》,转引自况周颐撰,屈兴国辑注《蕙风词话辑注》,江西人民出版社,2000 年,第 651 页。

⑤　赵尊岳:《蕙风词话跋》,转引自况周颐撰,屈兴国辑注《蕙风词话辑注》,江西人民出版社,2000 年,第 650—651 页。

所盛称,率非其至者。直是口惠,不甚爱惜云尔。后人习闻其说,奉为金科玉律,绝无独具只眼,得其真正佳胜者。流弊所极,不特埋没昔贤精谊,抑且贻误后人师法。①

况周颐强调独具只眼、得其佳胜,显然更重视词学家自身的判断,反对一味奉持前人之说。特别是当王鹏运的理论与其素持的学说之间存在着难以调和的矛盾之时,这种纠葛也就更为激烈了。以况周颐如此习性和观念,其对王鹏运相关理论的接受当然不会是无条件的。何况"重拙大"偏重浑成的气格,其实也难免偏于一隅,因为"文以炼神、炼气为上半截事,以炼字、炼句为下半截事"②,公开强调"重"之体现"在气格,不在字句",其实仍是偏于上半截了。其实若无下半截,则此所谓上半截也注定不可能是空中飞来的。况周颐立说的门面与实际之间,确实有着不少难以完全契合的地方。

七、余论:"重拙大"说与晚清民国词学思潮

按照王鹏运、况周颐的话语定势,"重拙大"往往组合提出,王鹏运评述《花间集》即"重""大"合说,况周颐也说过"融重与大于拙之中"之类的话,这也很容易导致认为三者乃合一之道,何况王鹏运、况周颐将这种组合之说又整体定位在南渡诸贤身上。夏敬观即云:

> 余谓"重拙大"三字相连系,不"重"则无"拙""大"之可言,不"拙"则无"重""大"之可言,不"大"则无"重""拙"之可言,析言为三名辞,实则一贯之道也。③

此论虽似辩证,其实折中于无谓。盖夏氏于况氏此说未曾看出其内在矛盾之处,也许王鹏运、况周颐确实有将三者合一之念想,但至少通过况周颐对三者

---

① 况周颐:《蕙风词话》卷一,唐圭璋编《词话丛编》第五册,中华书局,1986年,第4418—4419页。
② 刘熙载撰,袁津琥校注:《艺概注稿》卷一《文概》,中华书局,2009年,第116页。
③ 夏敬观:《蕙风词话诠评》,唐圭璋编《词话丛编》第五册,中华书局,1986年,第4585页。

的阐释后①，三者之间实有着难以调和的矛盾，这也使得所谓"一贯之道"也只能停留在理念之中而难以实施。

若不注意语境，读者很容易将"重拙大"之说与词的社会价值等外在的东西联系起来。其实，词为"君子为己之学"②的基本定位，就足以说明将况周颐的"重拙大"说推衍至体现时代、社会意义，应该是难以契合况周颐原意的。即如况周颐强调的性情与襟抱，都非外在影响而形成，而是先天内心蕴含的。此况周颐曾所明言："性情与襟抱，非外铄我，我固有之。"③况周颐不仅坚守这种固有之心性，而且相当排斥"外铄我"这种外在世界对固有心性的硬性改造。

但也不可否认，"重拙大"说提出的现实背景仍是值得重视的。宋末山河凌夷，国势衰颓，近代忧患频仍，国格沦丧，这种相似的社会政治背景很容易引起隔世共鸣。吴征铸在《晚清史词》一文中即说：

> 晚清之世，"遇数千年来未有之强敌，成数千年来未有之变局"（恭亲王奏中语）。辱国丧权，实同南宋。④

这种绾合二代的史家眼光深刻而锐利。相似的末世意识带来相近的文人心态和审美心理。饶宗颐曾说："晚清之词，于词史上有其不可磨灭者，正在其深文隐辨之词旨。"⑤晚清以来之所以对宋末词人王沂孙、吴文英等别具青睐，正可以放到这样的历史背景中来考察。

从词学思想上来说，清代中期常州词派理论家周济的词学观念，几乎一直笼罩到晚清民国时期。端木埰偏嗜王沂孙，王鹏运、朱祖谋独好吴文英，即是

---

① 曾大兴《况周颐〈蕙风词话〉的得与失》就曾说："'重、拙、大'不是况周颐提出来的，他只是对这三个字做了解释，而且就连他的解释，也不全是他的思想，而主要是常州派的思想，是端木埰的思想，是王鹏运的思想。"《文艺研究》2008 年第 5 期，第 58 页。

② 况周颐：《蕙风词话补编》卷一，况周颐撰，屈兴国辑注《蕙风词话辑注》，江西人民出版社，2000 年，第 355 页。

③ 况周颐：《蕙风词话补编》卷一，况周颐撰，屈兴国辑注《蕙风词话辑注》，江西人民出版社，2000 年，第 355 页。

④ 原载《斯文》1942 年第 2 卷第 7 期，见华东师范大学中文系古典文学研究室编《词学研究论文集（1911—1949）》，上海古籍出版社，1988 年，第 300 页。

⑤ 饶宗颐：《澄心论萃》，上海文艺出版社，1996 年，第 116 页。

周济词学的典型体现者。周济提出的"问途碧山,历梦窗、稼轩,以还清真之浑化"①之说,遂成为晚清民国词学的基本路径。与周济所寄望略有不同的是,晚清以来词人大都停留在问途与初历阶段,或稍济之以稼轩,而不遑臻于清真之浑化,尤其是初历梦窗之后,便往往瓣香独奉,流连忘返,因此对梦窗词集的整理、研读与理论演绎也就衍化为一股词学潮流。王鹏运不仅性格"天性和易,而多忧戚,若别有不堪者"②,与梦窗相近;而且认为梦窗词其实不在清真之下,俊茂相似而不相沿袭③。故从光绪己亥(1899)开始校刊《梦窗四稿》,朱祖谋说王鹏运"日抱此编,俯仰身世,殆所谓人间秋士学作虫吟"④。可见,王鹏运对梦窗词的认知和偏好不仅体现在审美上,更在于他从梦窗词中读出了自己深隐的生命脉息与政治怀抱。而朱祖谋雅接此绪,以更精审的校勘、更神似的追摹和更有规模的倡议,将梦窗词风推衍到南北。王鹏运曾称许朱祖谋于梦窗而言,堪称"六百年来真得髓者"⑤。张尔田《彊村遗书序》说朱祖谋词与政通,"深文而隐蔚,远旨而近言,三熏三沐,尤近觉翁"⑥。朱祖谋门生龙沐勋也曾说乃师"独于觉翁,颇自负能窥厥奥"⑦。在两代词宗的不懈努力之下,梦窗词遂自然而然成为晚清民国词学的一座高标,被高度关注、体味和师法。

梦窗词在宋末虽然也有"前有清真,后有梦窗"⑧之盛誉,但其"质实"风格也曾受到张炎的批评⑨。元明以迄清代中期之前,梦窗词基本韬晦在词学史中。清代张惠言编辑《词选》,倡言深美闳约,吴文英与柳永、黄庭坚、刘过并被视为"荡而不反,傲而不理,枝而不物"的代表而受到黜落⑩。此后其外甥董

---

① 周济:《宋四家词选目录序论》,唐圭璋编《词话丛编》第二册,中华书局,1986年,第1643页。
② 徐珂:《近词丛话》,唐圭璋编《词话丛编》第五册,中华书局,1986年,第4227页。
③ 王鹏运《渡江云》小序云:"清真集中诸调,梦窗多拟作,俊茂处能似之,言外绝不相袭。"见《半塘定稿》,陈乃乾编《清名家词》第十册,上海书店出版社,2016年,第29页。
④ 朱祖谋:《梦窗甲乙丙丁稿叙》,王鹏运辑《四印斋所刻词》,上海古籍出版社,2012年,第883页。
⑤ 朱孝臧《彊村词原序》引王鹏运书信曰:"自世之人知学梦窗,知尊梦窗,皆所谓但学《兰亭》面者。六百年来真得髓者,非公更有谁耶!"见朱孝臧著,白敦仁笺注《彊村语业笺注》,浙江古籍出版社,2015年,第577页。
⑥ 张尔田:《彊村遗书序》,张尔田撰,黄曙辉、张京华编《张尔田著作集》第五卷,上海大学出版社,2018年,第356页。
⑦ 龙榆生:《四校本梦窗词集跋》,转引自吴文英撰,孙虹、谭学纯校笺《梦窗词集校笺》,中华书局,2014年,第1878页。
⑧ 尹焕:《梦窗词序》,转引自黄昇《花庵词选》,中华书局,1958年,第354页。
⑨ 参见张炎《词源》卷下,唐圭璋编《词话丛编》第一册,中华书局,1986年,第259页。
⑩ 参见张惠言《词选序》,唐圭璋编《词话丛编》第二册,中华书局,1986年,第1617页。

毅将清真拟之如诗中杜甫,将常州词派引向"沉著拗怒"的清真词风,并直接影响到周济①。周济在审美上大体接受了董毅的"沉著拗怒"说,当然他更推崇梦窗的"思沉力厚"②,并以《宋四家词选》一编,大力提升了梦窗词的地位③。他认为张惠言不取梦窗,主要是为碧山门径所限,其实梦窗若干虚实并到的词,其佳处甚至在清真之上④。周济的这一转向,将梦窗词提到了一个非常重要的位置,并一直影响到晚清民国时期。自此以后,梦窗词的"沉著"特色便为越来越多的词学家所认知。朱祖谋为三校梦窗词撰跋,对其"沉邃缜密,脉络井井,缒幽抉潜,开径自行"⑤亟为叹赏。饶宗颐认为:

> 自周济标举四家,并谓"梦窗奇思壮采,腾天潜渊,返南宋之清泚,为北宋之秾挚",于是风气转移,梦窗词与后山诗并为清季所宗,如清初之家白石而户玉田矣。⑥

此论得之。

由以上之分析,可见况周颐承王鹏运之说,将"重拙大"之说直接对应于"南渡诸贤",以梦窗词的"沉著"来作为"重"的范式,努力孕育并养护"万不得已"之词心,追求"烟水迷离之致",等等,其实都深刻地烙上了时代的印迹。从周济、端木埰、王鹏运到朱祖谋这绵延一线的词学主流,支撑着况周颐的词学方向,这使得况周颐的词学因此"积而流焉",底蕴丰厚并聚成峰峦,粲然可

---

① 周济对清真词有一个先恶后喜的过程,他在《词辨序》中云:"晋卿为词,师其舅氏张皋文、翰风兄弟……予遂受法晋卿……余不喜清真,而晋卿推其沉著拗怒,比之少陵。牴牾一年,晋卿益厌玉田,而余遂笃好清真。"周济与董毅的词学观虽各有偏嗜,但在肯定和接受清真方面,周济确实是受到了董晋卿的影响的。载周济选,谭献评《词辨》,尹志腾校点《清人选评词集三种》,齐鲁书社,1988年,第143页。
② 周济:《宋四家词选目录序论》,唐圭璋编《词话丛编》第二册,中华书局,1986年,第1657页。
③ 苏利海《"重拙大"新议》曾将"重拙大"与周济《宋四家词选》直接联系而论。他说:"晚清盛行的'重拙大'的内涵即是'王沂孙—辛弃疾和吴文英—周邦彦'这三个习词阶段。'重拙大'与晚清词坛重'寄托'和'蕴藉'的思潮保持一致,它上承张惠言的'意内言外',而直接受孕于周济的'四家'说,是张惠言、周济的学说在创作上的具体实践。"《文艺理论研究》2011年第4期,第85页。窃以为这种将"重拙大"说直接对应"宋四家"的说法,其路径或有问题,至少尚需进一步探讨。
④ 参见周济《宋四家词选目录序论》,唐圭璋编《词话丛编》第二册,中华书局,1986年,第1644页。
⑤ 朱祖谋:《梦窗词集·跋》,吴文英撰,孙虹、谭学纯校笺《梦窗词集校笺》,中华书局,2014年,第1843页。
⑥ 饶宗颐:《词集考》,中华书局,1992年,第226页。

观。但从另外一个角度来说,这种来自主流词学的合力推动,也使得况周颐在希望抽绎自身词学观念时,不免因其难以调和的矛盾而显得被动甚至尴尬。曾大兴曾指出:"况周颐的词学思想很丰富,但也很矛盾。"①况周颐徘徊在维护师说与发现其内在矛盾之间,也难以消解"重拙大"说与自己心性之间的距离。明乎此,我们在研读况周颐词学时,才更须辨明主流门面话语与况周颐自身词学之间的差距及其矛盾,唯有经此细致的勘察工作,才能从整体格局上了解晚清民国词学的主流与潜流、贡献与局限、体系与矛盾等,尽力还原出这一时期词学发展丰富但有欠平衡、新创却内蕴矛盾的原生形态。

---

① 曾大兴:《况周颐〈蕙风词话〉的得与失》,《文艺研究》2008 年第 5 期,第 62 页。

第二章

况周颐"松秀"说与词体之本色

晚清民国词话每多新概念、新范畴之提出,且往往以此形成理论核心和批评标准,体系性亦因此较以往词话陡增,其著者如陈廷焯的"沉郁顿挫"说、王国维的"境界说"和况周颐的"重拙大"说等。但这些核心学说既成一书之纲领,则也难免悬格甚高,令人神往而难以骤至,故其学说也每有折中权衡其间者,如陈廷焯于"沉郁顿挫"说之外,颇强调兴味;王国维在精心建构境界学体系的同时,也曾流连于"深美闳约""要眇宜修"等说。如果我们把前者称之为一书之主说,则此折中其间者或可称之为副说,这种主说与副说并存的情况其实是晚清民国词学颇值得注意的一种重要现象。

从文体特性来看,这种主副关系很可能会呈现出流动的特点。因为主说的提出往往有着很切实的时代背景或群体倾向,如陈廷焯主要针对当时艳词软媚之风,欲以杜甫之"沉郁顿挫"振拔词格;王国维的境界说立足于针砭晚清词坛步趋梦窗、过重格律的雕琢之风,岸然而生救弊之心,故不惜剑出偏锋。相较主说的风行,副说往往悄然隐在灯火阑珊处,甚至长期寂然自处。其实,词学家既在大力提倡诠释主说的同时,不废副说,这已经足以说明副说也同样具有不可轻视的地方。也许主说的时代意义是词学家深相看重的,但副说的深层底蕴,可能更是词学家不愿忽略的,因为副说才很可能是超越时代观念而契合到文体基本特性的。这种主副交错的情况意味着研究晚清民国词学,至少应带着两种眼光:致力于彰显主说与用心于阐释副说。也许将可能触及本原的副说与时代召唤下应运而至的主说结合来看,才能见出其理论的丰富性并厘清其理论格局中的诸种关系。况周颐的词学在这样的理论背景中,尤具典范意义。

一、"松秀":一个被冷落的词学范畴

陈廷焯的词学对晚清影响甚大,但陈廷焯享年才四十,其早年对诗学花费了不少精力,中年以后虽倾心词学,但同时也潜心医理,笃志古文,故其沉潜词学的时间也不过十多年。王国维仅就《人间词话》的撰述来看,不过数月而已,如果加上早期读词、批注词集等,合共也不过数年。况周颐的情况就特别一些,他从12岁因偶得《蓼园词选》而如获拱璧,心维口诵,肆志学词,一直到他66岁去世,浸染词学的时间超过50年。或许正因为其含玩词学、提炼观点的时间长达半个多世纪,故其理论或承袭或新创或修订或折中,变化的迹象也比较明显。故今人读《蕙风词话》,若将目光仅仅停留在"重拙大"说、"词心词境"说等,可能会无意中忽略其理论的丰富格局及其理论之间的呼应特征。若"松秀"观念,便是其中突出之例。试看《蕙风词话》如下论词之例:

> 韩子耕词妙处,在一"松"字。非功力甚深不办。①

> 党承旨《青玉案》云:"痛饮休辞今夕永。与君洗尽,满襟烦暑,别作高寒境。"以松秀之笔,达清劲之气,倚声家精诣也。"松"字最不易做到。②

又评刘鼎玉《蝶恋花》"只道送春无送处。山花落得红成路"二句:"信手拈来,自成妙谛。以松秀二字评之,宜。"③从况周颐的这些评论来看,"松"最初是一种以"自然"为基本特征的笔法,并由此衍生出特殊的审美趣味。"松"之笔法非初学者所能,需要长期磨炼才能造就;"松"笔往往带着秀雅妙谛,故往往以"松秀"合称,但"松"难"秀"易;"松秀"之笔,若能传达出清劲之气,则是填词的极高境界。

---

① 况周颐:《蕙风词话》卷二,唐圭璋编《词话丛编》第五册,中华书局,1986年,第4449页。
② 况周颐:《蕙风词话》卷三,唐圭璋编《词话丛编》第五册,中华书局,1986年,第4459页。
③ 况周颐:《蕙风词话》卷三,唐圭璋编《词话丛编》第五册,中华书局,1986年,第4476—4477页。

如前所引,况周颐的"松秀"一词一般出现在对句或阕的评论上。通检况周颐的相关论说,将"松秀"作为词人整体创作特色的则有党承旨、韩子耕与贺铸三人。况周颐曾以"党疏秀"区别于"辛凝劲"①,又称党承旨《鹧鸪天》"开帘飞入窥窗月,且画新凉睡美休"二句"潇洒疏俊极矣"②。"疏"与"松"通,"俊"即"秀"意,故此"疏秀""松俊"其实也即是"松秀"之意。况周颐既称许韩子耕词总体妙在一"松"字,则要把握"松"的意蕴,自然要参酌况周颐对韩子耕相关词的评论。《蕙风词话》有云:

> 韩子耕《高阳台·除夕》云:"频听银签,重然绛蜡,年华衮衮惊心。饯旧迎新,能消几刻光阴。老来可惯通宵饮,待不眠、还怕寒侵。掩清尊。多谢梅花,伴我微吟。　　邻娃已试春妆了。更蜂枝簇翠,燕股横金。勾引春风,也知芳意难禁。朱颜那有年年好,逞艳游、赢取如今。恣登临。残雪楼台。迟日园林。"此等词语浅情深,妙在字句之表,便觉刻意求工,是无端多费气力。③

虽然在这节词话中,况周颐并未使用"松"字,但况周颐在下一则即称道韩子耕的词学功力正体现在一"松"字,而此则又评韩子耕《高阳台》词"语浅情深,妙在字句之表",两则对勘,当能大体了解"松"的基本意蕴。深情是况周颐词学的底蕴,此固无须赘说。但"松"笔与沉著之笔的不同在于:松更多地体现在字句之表,用浅易自然的语言表达深厚之情。职是之故,况周颐反对无端多费力气而去刻意求工。韩子耕的这首《高阳台》写老来除夕辞旧之感,先写年华惊心,叹能消几刻光阴,继而顿起通宵畅饮之念,欲抓住光阴,但因为担心失眠,遂掩去清尊,任由梅花相伴微吟。上阕重在"饯旧",写情感变化,虽也略有波澜,但转折痕迹宛然在前,无须深究,意思都在字句之表。下阕转写"迎新",先写邻娃试穿春妆,艳丽夺目,此不仅唤起作者曾经的青春芳意,也因此告诫邻娃朱颜其实难驻,"赢取如今"才是人生真谛。煞拍一"恣"字可见作者老怀勃发之状。下阕虽由邻娃写起,实际上对镜写真,不过写自己青春难留、

① 况周颐:《蕙风词话》卷三,唐圭璋编《词话丛编》第五册,中华书局,1986年,第4459页。
② 况周颐:《蕙风词话》卷三,唐圭璋编《词话丛编》第五册,中华书局,1986年,第4459页。
③ 况周颐:《蕙风词话》卷二,唐圭璋编《词话丛编》第五册,中华书局,1986年,第4449页。

赢得当下的人生哲学,意思也颇为显豁。上、下阕所写重点虽有分别,但都由年华惊心而起,意脉自是流贯。而且这种惊心乃是"频听"银签、"重然"绛蜡后引发出来的,所以这份人生感慨其实很重,但作者写来却有举重若轻之感,这正是况周颐"松"的要义所在,结构上顺意而下,语言清浅自然,看似不费力气,其实是将力气融化了而已。

况周颐早年曾校订并补遗补校贺铸的《东山寓声乐府》,收入王鹏运的四印斋刻本中。因为下过如此细致的功夫,所以对其整体特色颇为了然。况周颐认为贺铸之词虽"已失拙大重之三要",但其整体"松俊处固不可及"①。"俊"与"秀"通,故"松俊"即"松秀"。这也说明"松俊"与"重拙大"二说在况周颐词学体系中,虽可相通,但也可以各有偏至,各具崖略。况周颐特别提到其《小重山》二首"尤具面目",词云:

> 枕上阊门报五更。蜡灯香炧冷、恨天明。青蘋风转移帆旌。樯头燕,多谢伴人行。　　临镜想倾城。两尖眉黛浅,泪波横。艳歌重记遣离群。缠绵处,闻是断肠声。

> 月月相逢只旧圆。迢迢三十夜、夜如年。伤心不照绮罗筵。孤舟里,单枕若为眠。　　茂苑想依然。花楼连苑起、压漪涟。玉人千里共婵娟。清琴怨、肠断亦如弦。②

这两首词被况周颐称为贺铸"松俊"的代表作。二词皆写离情,从"艳歌重记""绮罗筵"等语来看,或是述文人与歌伎之情怀。在笔法上均由别后孤寂追忆当年共处、离别情形,再结以断肠之思。这样的结构未见特异,离情亦是诗词常情,但贺铸缓缓写来,不紧不迫,于自然清秀中带出款款深情。这种舒缓的笔调,况周颐其实时时强调的,如他曾评宋代洪璐《月华清》"况是风柔夜暖。正燕子新来,海棠微绽"三句乃"胜情徐引"③。这种"徐引"正是松笔的基本特

---

① 况周颐:《蕙风词话补编》卷一,况周颐撰,屈兴国辑注《蕙风词话辑注》,江西人民出版社,2000年,第378页。

② 况周颐:《蕙风词话补编》卷一,况周颐撰,屈兴国辑注《蕙风词话辑注》,江西人民出版社,2000年,第378页。

③ 况周颐:《蕙风词话》卷二,唐圭璋编《词话丛编》第五册,中华书局,1986年,第4445页。

征。这也是在"重拙大"词说之外,况周颐关注到的另外一种风致。

此外被况周颐评为"词笔颇松秀"的还有叶阊的《摸鱼儿》一词:

> 倚薰风、画阑亭午。采莲柔舻如语。红裙溅水鸳鸯湿,几度云朝雨暮。游冶处。最好是、小桥芳树寻幽趣。绣帘低护。任凉入霜纨,月侵冰簟,长夏等闲度。　　都如梦,怅望游仙旧侣。遗踪今在何许。愁予渺渺潇湘浦。槛竹空敲朱户。黯无绪。念多情文园,曾草长门赋。酒酣自舞。笑满袖缁尘,数茎霜鬓,羞煞照溪鹭。

此评见诸源出况周颐《历代词人考略》手稿的《宋人词话》①抄本中,但况周颐并未对此有所说明。研味词意,上阕写亭午采莲,大凡时间、季节、气候、地点,沿途所见鸳鸯、小桥、芳树、绣帘、冰簟等一一写来,船动景换,连贯而下,时间也从中午写到晚上,未曾中断,这种直线型的铺叙,其实与柳永的填词手法非常接近。下阕追忆当年旧侣游踪,也写及潇湘浦、槛竹、朱户、文园、霜鬓、溪鹭等,其间虽不一定按序描写,但铺写范围仍是相当广泛。而其主题或在"念多情文园,曾草长门赋"一句,盖词中女子虽有与男子同游经历,但自从潇湘浦之一别,也时有可能被冷落之想,"长门赋"云云,或曾表达过再被眷顾温存之意,而实际情况是久无音讯,女子因此而黯然无绪。作者的描写在对方与自己之间徘徊,但作者并未陷于无绪而不能自拔,故饮酒解闷,酒酣自舞,其满袖缁尘、数茎霜鬓的模样,对照溪鹭之白头,自己已白头更甚,自伤老迈之意徐徐点出。作为宋末词人,叶阊通过今昔对照,主要表达的应是家国岁华之悲。此词结构不曲折,文笔不跳跃,只是顺因情感直接叙说下来,故有"松"之感。而文笔旖旎、情感抑扬处,则又带着"秀"的色彩。况周颐的"松秀"之评,或许可以从上述分析中感受出来。

由以上之分析,可见"松"主要体现在结构脉络和语言上,而"松秀"则涵盖了更多的内容。首先,它应该体现在情意的精妙上。况周颐何以觉得用"松秀"二字评论"只道送春无送处。山花落得红成路"二句为宜②,原因无非是刘

---

① 抄本《宋人词话》,凡七册,题况蕙风撰,今藏浙江省图书馆。经笔者考察,此抄本乃由《历代词人考略》原稿选抄而成,与今藏南京图书馆并经他人修订过的《历代词人考略》一书稍有不同。

② 况周颐:《蕙风词话》卷三,唐圭璋编《词话丛编》第五册,中华书局,1986年,第4476—4477页。

鼎玉的无端之想与眼前之景契合无垠。春本非可送出,即诗人送春也只是一时驰想,而作者却要将此驰想落实到具体的情境中,将路上落满的山花,看成是未将春色送出的"证据"所在。这大概就是况周颐所谓的"妙谛"。其次,平白浅易之语中蕴含着情感的力度。外在形式的"松"与内在情感的"紧"应该彼此结合,这种"紧"主要是指高度凝练的情感力量。况周颐评价党承旨《青玉案》"痛饮"数句,因为"以松秀之笔,达清劲之气"而被誉为"倚声家精诣"①,即因为其情感力度与"松秀"笔法结合得自然而精妙。《青玉案》一词由起句"红莎绿蒻春风饼",知是茶事,而由换头"一瓯月露心魂醒,更送清歌助清兴",则知是夜饮。接下来为况周颐引用的几句则是饮茶的意趣与境界。"高寒境"固然是本于苏轼《念奴娇》"高处不胜寒"之意,但也显然承载着党承旨对南北对峙的时代之思。党承旨的用词极为饱满,如痛饮、休辞、夕永、满襟、烦暑、高寒等,都非折中含糊之词,而是极力张扬着一种饮茶的豪情,"清劲"云云,大概正是指词中表现出来的这股不可遏止的气势。要在作品中彰显出这样一种气度并不难,难的是将这种紧迫的情感置于从容、自然、畅达的结构和语言之中,这应该是况周颐"'松'字最不易做到"内涵所在。

按照谭献的说法,北宋原本就有疏宕一派。他在评冯延巳《浣溪沙》起句"马上凝情忆旧游"即曰:"开北宋疏宕之派。"②这个疏宕派的名单,谭献并没有列出,但相对南宋词因"融法使才"③而带来的雕琢密实,北宋词的疏宕确实是总体比较突出的现象。冯煦曾如此描述两宋词风的转变说:

> 北宋大家,每从空际盘旋,故无椎凿之迹。至竹坡、无住诸君子出,渐于字句间,凝炼求工,而昔贤疏宕之致微矣。此亦南北宋之关键也。④

前人对南宋词的批评虽然各有其因,但对北宋疏宕词风的推崇往往是其中重要一因。而且南宋词人已然深刻地认识到了这一点,沈义父便指出"姜白石清劲知音,亦未免有生硬处"⑤,欣赏姜夔词的清劲之气,但批评其有生硬处,其

---

① 况周颐:《蕙风词话》卷三,唐圭璋编《词话丛编》第五册,中华书局,1986 年,第 4459 页。
② 谭献:《复堂词话》,唐圭璋编《词话丛编》第四册,中华书局,1986 年,第 3990 页。
③ 谭献:《复堂词话》,唐圭璋编《词话丛编》第四册,中华书局,1986 年,第 3997 页。
④ 冯煦:《蒿庵论词》,唐圭璋编《词话丛编》第四册,中华书局,1986 年,第 3591 页。
⑤ 沈义父:《乐府指迷》,唐圭璋编《词话丛编》第一册,中华书局,1986 年,第 278 页。

实就是指其缺乏"松秀"之笔。"松秀"才能消解掉生硬的笔调。沈义父以清真词为极则,又评价"梦窗深得清真之妙"①。所谓"清真之妙"就包括"下字运意,皆有法度"②的特点。而梦窗词"其失在用事下语太晦处"③,也正是张炎所谓"太工则苦涩"④之意,若辅以"松秀"则可免此失。所以"松秀"从体制上来说,主要是针对长调而言的。大率词至南宋,长调日繁,而雕琢之风渐盛,其艺有未精者,便易有生硬之弊。"松秀"正可药此弊端。

二、"松秀"与"自然":一种审美合体之关系

　　"松"往往伴随着"淡"。况周颐曾评李方叔《虞美人》"碧芜千里思悠悠。唯有霎时凉梦,到南州"为"尤极淡远清疏之致"⑤。这种淡与疏的结合,正切合着况周颐的审美趣味。况周颐又引刘云闲《虞美人》"子规解劝春归去。春亦无心住"二句并评曰:"下句淡而松,却未易道得。并上句'解劝''解'字,亦为之有精神。"⑥这寥寥二十多字的评论其实绾合了淡、松、秀三者互生互发的关系。词写春去,乃季节自然更替之一环,惜春本亦人之常情。但此二句不从人类的角度去写,而从子规与春自身这两个角度去写,便非寻常笔力可到。春归本不待子规解劝,春自归去,而接以"春亦无心住",则自然更替、子规解劝,都为枉然。春对此已无留恋才是春去之关键。前句写子规劝春归,情感尚紧;后句写春已无心安住,则将前紧之情顿转为松,且"无心"之淡然亦昭然在焉。况周颐"淡而松"之评,堪称精准。因后句之松,而反观前句"解"字,确实也焕发出别样的神采,盖解之有意与春之无心适成鲜明对比,"解劝"中的清劲之气也于后句之"松"而呈现出来。

　　而与"淡"相伴而行的正是"自然"二字。"信手拈来"的自然便是况周颐评论刘鼎玉《蝶恋花》时特别强调的,所以"松秀"与"自然"乃是一种审美合体的关系。但也正因为况周颐的自然观念绾合着"松秀"观念,故其自然的内涵

---

①　沈义父:《乐府指迷》,唐圭璋编《词话丛编》第一册,中华书局,1986年,第278页。
②　沈义父:《乐府指迷》,唐圭璋编《词话丛编》第一册,中华书局,1986年,第277页。
③　沈义父:《乐府指迷》,唐圭璋编《词话丛编》第一册,中华书局,1986年,第278页。
④　张炎:《词源》卷下,唐圭璋编《词话丛编》第一册,中华书局,1986年,第265页。
⑤　况周颐:《蕙风词话》卷二,唐圭璋编《词话丛编》第五册,中华书局,1986年,第4427页。
⑥　况周颐:《蕙风词话》卷三,唐圭璋编《词话丛编》第五册,中华书局,1986年,第4479页。

也在承续前人之论中有着自己新的体会和取舍。况周颐在词话中多次强调自然,尤其强调"自然从追琢中出"的理念。而这一理念正源自王鹏运之垂诫。况周颐在《餐樱词自序》中说:

> 己丑薄游京师,与半塘共晨夕,半塘于词夙尚体格,于余词多所规诫,又以所刻宋元人词属为斠雠,余自是得窥词学门径。所谓"重拙大",所谓"自然从追琢中出",积心领神会之,而体格为之一变。①

由此节文字,可见况周颐词学的大本大原正来自王鹏运。己丑是1889年,就况周颐词学的形成轨迹来看,应是先有此"自然"说,尔后才有与自然说息息相关的"松秀"说。而且这"自然从追琢中出"的观念是况周颐终生信守的,在他去世前五日完成的绝笔之作《词学讲义》中,所论不过13则词话,而此则序列第八,依然被强调着。不过,王鹏运当初可能更多的是在与况周颐言共晨夕的时候谈论及此,所谓"于余词多所规诫",应是具体作品的规诫或多于理论的概括提炼。王鹏运自己的词便被谭献评为"千辟万灌,几无炉锤之迹,一时无两"②。而况周颐在耳提面命之下,"积心领而神会之",不仅在创作上改变了早年多作性灵语甚至涉尖艳者的创作风气,而且将王鹏运的垂诫与自己的体会相结合,提炼为自家学说。

从追琢中呈现自然这一观念的内涵本身并不复杂,甚至颇为简单,即先之以雕镂刻写,而毕之以自然传神,故况周颐语境中的"自然"与纯粹、客观的自然内涵不同。况周颐曾简述此说之源流并分析说:

> 《韵语阳秋》云:"陶潜、谢朓诗,皆平淡有思致,非后来诗人怵心刿目者所为也。老杜云:'陶、谢不枝梧,风骚共推激。紫燕自超诣,翠骀谁翦剔。'是也。大抵欲造平淡,当自组丽中来。落其华芬,然后可造平淡之境。如此,则陶、谢不足进矣。梅圣俞赠杜挺之诗,有'作诗无古今,欲造平淡难'之句。李白云:'清水出芙蓉,天然去雕饰。'平淡而到天然,则甚

---

① 况周颐:《餐樱词自序》,转引自况周颐著,秦玮鸿校注《况周颐词集校注》,上海古籍出版社,2013年,第534—535页。

② 谭献:《复堂词话》,唐圭璋编《词话丛编》第四册,中华书局,1986年,第4018页。

善矣。"此论精微,可通于词。欲造平淡,当自组丽中来,即倚声家言自然从追琢中出也。①

这应该是况周颐阐释"自然从追琢中出"之意最为完整的一段文字。况周颐无意将此说当作自己的发明,故"倚声家"云云,除了王鹏运之外,当也包括彭孙遹等,以示其理论渊源。王鹏运在当时雕琢过甚的词风中,重提由雕琢走向自然的话题,具有明显的时代意义。而关于"自然"的话题,清初彭孙遹《金粟词话》所言似已为王鹏运之论导夫先路。其语云:

> 词以自然为宗,但自然不从追琢中来,便率易无味。如所云绚烂之极,乃造平澹耳。若使语意澹远者,稍加刻画,镂金错绣者,渐近天然,则骎骎乎绝唱矣。②

王鹏运、况周颐的理论不仅在理论内涵上而且在话语上,都与彭孙遹所述契合甚深。只是王、况更强调追琢之后的自然,而彭孙遹则大致将自然与追琢的关系厘为两类:若语意淡远,则稍加追琢;若镂金错采,则渐趋天然。若追琢而不能生动,便成"死句",纯粹的镂金错采之所以被视为"笨伯"③,原因亦在此。而王士禛评《花间》之妙正在"蹙金结绣而无痕迹"④,又评"绿肥红瘦""宠柳娇花"等是"人工天巧""雕组而不失天然"⑤,就属于彭孙遹所说的第二种。所以,彭孙遹之"自然",其实是追求斟酌乎追琢与自然之间的平衡,如他对梦窗词追琢甚于自然便觉得"微为不足",而对其"除夕立春一阕,兼有天人之巧"便十分赏爱⑥。这个"天人之巧"也就是追琢与自然的巧妙平衡的意思,与沈去矜所谓"生香真色,在离即之间"的观念相合⑦。若"柳腴花瘦,蝶凄蜂惨",则如"巧匠琢山骨",未免失却天然之趣⑧。若蒋捷"灯摇缥晕茸窗冷",也"觉

---

① 况周颐:《蕙风词话续编》卷一,唐圭璋编《词话丛编》第五册,中华书局,1986年,第4555页。
② 彭孙遹:《金粟词话》,唐圭璋编《词话丛编》第一册,中华书局,1986年,第721页。
③ 参见刘体仁《七颂堂词绎》,唐圭璋编《词话丛编》第一册,中华书局,1986年,第620页。
④ 王士禛:《花草蒙拾》,唐圭璋编《词话丛编》第一册,中华书局,1986年,第675页。
⑤ 王士禛:《花草蒙拾》,唐圭璋编《词话丛编》第一册,中华书局,1986年,第683页。
⑥ 彭孙遹:《金粟词话》,唐圭璋编《词话丛编》第一册,中华书局,1986年,第721页。
⑦ 沈谦:《填词杂说》,唐圭璋编《词话丛编》第一册,中华书局,1986年,第629页。
⑧ 参见王士禛《花草蒙拾》,唐圭璋编《词话丛编》第一册,中华书局,1986年,第683页。

斧迹犹在"①,而与后来王、况努力摆脱追琢痕迹而追求纯粹的自然倒有着一定的差别。当然彭孙遹对自然的看法,其实也带着清初词人的群体观念。如此前陈子龙就十分推崇"镂裁至巧,而若出自然"的创作倾向②。只是陈子龙仅仅将其作为审美倾向之一种而予以推崇,若彭孙遹则将其视为词体必备特征之一。

彭孙遹虽有说明,但不免简略;王鹏运重提此说,也未见缕述,故其内涵也多在隐约之间。况周颐则将其作为自己词学体系的一部分,而予以细致的理论分析。前引葛立方《韵语阳秋》大抵成为况周颐此说的核心底蕴。葛立方的评述其实并不是简单地停留在"自然从追琢中出"这一观念上,而是展示了思致与平淡、平淡与组丽、平淡与自然三组的关系。第一组关系侧重在意,第二组侧重在言,第三组则言意结合。葛立方评陶潜、谢朓诗,侧重其平淡中蕴含着思致的特点,将玄思默想寄寓在山水田园之中,故每每带出一种韵味和远意,令人低回不尽。这种遐思远致非"怵心刿目者"费心刻意所能致,因为刻意之下只会收束意思,故欲思致深长,先须收束刻意之心。其引用杜甫诗《夜听许十一诵诗爱而有作》数句,即意在说明平淡方有思致的道理。但据实说,仅引用"陶谢"四句,欲明乎平淡与思致的关系,未免有些隔。此诗所记许十一,乃是在五台山学佛之士,故杜甫诗的前半着重写许十一精于禅理。接下才是描写许诵诗情形:

> 诵诗浑游衍,四座皆辟易。
> 应手看捶钩,清心听鸣镝。
> 精微穿溟涬,飞动摧霹雳。③

许十一所诵诗究竟为何? 一时难以考量。但杜甫着力描写其诵诗浑然流转之貌,或悠然而行,或惊起而变,细微曲折处思通造化,飞动贲张处势压雷霆。在杜甫看来,这是凌驾于陶、谢之上而直接风骚精神。而"紫燕"两句集中赞美许生的诵诗精到自如,既独能超出,又无须改削,将诗意渲染得至为精妙。葛

① 贺裳:《皱水轩词筌》,唐圭璋编《词话丛编》第一册,中华书局,1986年,第701页。
② 陈子龙:《三子诗余序》,冯乾编校《清词序跋汇编》第一册,凤凰出版社,2013年,第5页。
③ 杜甫撰,仇兆鳌注:《杜诗详注》第一册,中华书局,2015年,第305页。

立方只引中间四句,前二句概括其诵诗的非凡境界,后二句则以良马紫燕、翠
骎为喻,极言其腾挪自如之情形,无非是意在说明许生诵诗乃因诗思而变化,
无刻意造作之态度。也正因这种随意宛转的淡然,才带出诗歌令人飞想的思
致。平淡才能让思致深远,这是第一层意思。

平淡与组丽的关系,虽是承上"平淡有思致"而来,但显然将思致退后,而
将组丽推前,应是另一话题了。葛立方强调的平淡并非在语言上不讲究声色,
而是在讲究声色的基础上再泯灭痕迹,也就是"落其华芬",若无"华芬"在先,
便也不需要"落"的功夫和笔力了。平淡之境的形成,乃是经历了组织华
芬——落其华芬——平淡之境的语言发展轨辙。前引杜诗,意在说明在随意
自如中,始能于平淡中带出思致,侧重在创作过程或吟诵过程抑扬转折自如,
而此则纯从语言表述、从组丽到质朴的变化中展现平淡之思致。正是因为注
重语言的质朴与平淡的关系,才将前述"陶谢不枝梧"转为"陶谢不足进"。因
为陶谢诗歌语言之质朴淡然,乃是文学史上的经典范例,不遑说许十一难以超
越,其实一般人也不必存超越之想。以此可见,陶谢在葛立方从组丽到平淡之
境的理论中具有重要的范式意义。

平淡与自然的关系虽然至为密切,但其实仍有差异。葛立方分引梅圣俞
和李白诗句,正在说明只有从平淡进到自然,才是诗中甚善之境。梅圣俞"作
诗无今古,欲造平淡难"诗句,乃是兼古今体诗而言,带着泛文体色彩,并将平
淡作为极高的审美之境,故有"欲造平淡难"之叹。梅圣俞所说的平淡乃兼含
意、言两者,是综合了平淡有思致、从组丽到平淡的两重意思,且正因为悬格
高,才有难臻此境之感慨。而李白的诗句乃侧重在从组丽到自然的过程,因为
芙蓉之艳华、雕饰之组丽,都是显在的现象,而李白追求的犹在用清水映照芙
蓉,用天然代替雕饰。值得注意的是,天然与自然虽相近,却与平淡有别,盖天
然固包括平淡,却也不限于平淡,即如前引许十一诵诗也有"飞动摧霹雳"者,
其声响绝非平和淡泊者,但因为这种飞动是顺应着诗思而起伏,故依然被葛立
方许为平淡有思致。但葛立方显然以自然为极境,故从外象上而言,诗歌的进
阶大致是:组丽——平淡——自然。这是在梳理葛立方这段文字后可以得出
的结论。

现在可以回到况周颐。何以如此长篇引述葛立方的话呢?况周颐对葛立
方的话语,许以"精微"之评,并认为"可通于词"。他将"自然从追琢中出"等

同于"欲造平淡,当自组丽中来",这当然是强化自我理论的重点,但此重点其实不过是葛立方所论的第二点而已,未免部分消解了葛立方的原意。则况周颐的引用只是就大概而言,并非从精微契合的角度来引述葛立方的话。特别是在强调自然与追琢的关系时,况周颐较为忽略"平淡"的"中介"意义。譬如他在引用前揭葛立方的话语时,便有意删去了原文中间如下一节文字:

> 今之人多作拙易诗,而自以为平淡,识者未尝不绝倒也。梅圣俞和晏相诗云:"因今适性情,稍欲到平淡。苦词未圆熟,刺口剧菱芡。"言到平淡处甚难也。①

其实,这一节话语才是葛立方阐释平淡最为透彻的地方。葛立方首先反对将"拙易"的语言当作平淡,因为平淡并非停留在语言的层面,乃是由语言而深入到思致的;其次,即便是语言的层面,朴拙与平易也非平淡的最突出外象,因为拙便不平,而易虽然会指向淡,但一味的"易"只是浅易,而非淡而有味。所以葛立方要彻底否定只是从语言角度以拙易为平淡的看法。接下所引梅圣俞和晏殊诗,乃正面揭出诗之平淡,根柢在于性情。将浓的性情化淡了,语言自然也跟着平淡。但这种自然也需要将语言运用精心修炼到圆熟的境界,才能淡语言淡情;否则,也很可能不仅语言繁多,而且如菱之角、芡之叶,带着硬角和叶刺,无法满足表达平淡之情的语言需求。这种平淡之情与圆熟的平淡之语,才是葛立方语境中"平淡"一词的完整含义。明乎上面的分析,可见况周颐对于"自然从追琢中出"的理论,无意过多传承前人之说,而是简化其说,以强化其词的语言艺术观念。而追踪其思,正是因为其自然的观念乃是切合着"松秀"之说,所以才有此虽有渊源却自加裁断的情况。

况周颐认为学词的"大疵"就在于因追琢功力不足而留下的作态痕迹。他说:

> 凡人学词,功候有浅深,即浅亦非疵,功力未到而已。不安于浅而致饰焉,不恤颦眉、龋齿,楚楚作态,乃是大疵,最宜切忌。②

---

① 葛立方:《韵语阳秋》,上海古籍出版社,1984 年,第 6 页。
② 况周颐:《蕙风词话》卷一,唐圭璋编《词话丛编》第五册,中华书局,1986 年,第 4409 页。

此足见况周颐对修饰作态之排斥心态。况周颐认为初学填词,宁浅而不琢,"意不晦,语不琢,始称合作"①。意思明晰,语言自然,至少已是合格的作品了。但况周颐并不因此忽视字句的锤炼之功。他甚至说过"词家炼字法断不可少"的话,称赞韩子耕《浪淘沙》"试花霏雨湿春晴。三十六梯人不到,独唤瑶筝","妙在'湿'字、'唤'字",可见其对锻炼字眼的重视程度②。又称誉洪瑹的《空同词》如"秋卉娟妍,春蘅鲜翠"③,但这种清雅秀丽与炼字并不矛盾。况周颐举了其"系马短亭西。丹枫明酒旗""碧天如水印新蟾""绿情红意两逢迎。扶春来远林""罗衣金缕明"等,认为两个"明"字、"印"字、"扶"字,"并从追琢中出"④,但并不影响到如春蘅秋卉般的整体风貌。

　　但况周颐追求的是"妙造自然",也就是他曾说过的"经意而不经意"⑤。经意是追琢的功夫,不经意是最后呈现出来的自然风貌。类似的表述在况周颐的语境中,还有一个从刺绣中借用的说法叫"晕绣"。况周颐曾说:"闺人刺绣,颜色浓淡深浅之间,细意熨贴,务令化尽针缕痕迹,与画家设色无异,谓之'晕绣'。"他评李珣《临江仙》"强整娇姿临宝镜,小池一朵芙蓉"二句说:"妙绝形容,却无形容之迹,即是晕绣工夫。"⑥他又以谢懋《杏花天》为例,说前人盛称其歇拍"余醒未解扶头懒。屏里潇湘梦远",而在况周颐看来,此词过拍"双双燕子归来晚。零落红香过半"二句"不曾作态,恰妙造自然"⑦。这种虽经修饰却不见痕迹的直写情境,才是况周颐心目中"妙造自然"的范式所在。他评价史达祖《临江仙》"几曾湖上不经过"七字妙绝,"似乎不甚经意,所谓'得来容易却艰辛'也"⑧。又如他评曾鸥江《点绛唇》后段"来是春初,去是春将老。长亭道。一般芳草。只有归时好"云:"看似毫不吃力,政恐南北宋名

---

① 况周颐:《蕙风词话》卷一,唐圭璋编《词话丛编》第五册,中华书局,1986 年,第 4410 页。
② 况周颐:《蕙风词话》卷二,唐圭璋编《词话丛编》第五册,中华书局,1986 年,第 4449 页。
③ 况周颐:《蕙风词话》卷二,唐圭璋编《词话丛编》第五册,中华书局,1986 年,第 4445 页。
④ 况周颐:《蕙风词话》卷二,唐圭璋编《词话丛编》第五册,中华书局,1986 年,第 4445 页。
⑤ 况周颐:《蕙风词话》卷一,唐圭璋编《词话丛编》第五册,中华书局,1986 年,第 4408 页。
⑥ 《织余续述》,转引自况周颐《历代词人考略》卷五,影印吴兴刘氏嘉业堂钞本,全国图书馆文献缩微复制中心,2003 年,第 238 页。按《织余续述》此书未见,仅见况周颐等撰的《历代词人考略》所引数则,而《织余琐述》作者虽署"况卜娱"之名,即况周颐夫人,字清姒,婚后从况周颐学词,故其中实多况周颐论词之语。况周颐晚年编定《蕙风词话》五卷,其中便采撷了《织余琐述》中的数则直接入编。《织余续述》当正是"续"此《织余琐述》一书,故其中所论,可大体视为况周颐之词学思想。
⑦ 况周颐:《蕙风词话》卷二,唐圭璋编《词话丛编》第五册,中华书局,1986 年,第 4438—4439 页。
⑧ 况周颐:《蕙风词话》卷二,唐圭璋编《词话丛编》第五册,中华书局,1986 年,第 4440 页。

家未易道得。所谓自然从追琢中出也。"①此词写春来春去,长亭芳草,归人情怀,确实看上去"毫不吃力"。但一来一去,便已是春初春老,岁月流逝之感其实惊心;长亭芳草虽不分来去,一般看待匆匆过客,但去时芳草或带着叮咛,所谓"记得绿罗裙,处处怜芳草"②是也,而归时芳草则带着重聚的喜悦。两相对照,同一芳草,意义竟如此不同。由此看出作者蕴含的生命感触,其实是颇为深沉细微的,而且将其不动声色地隐藏在平易的语言和景象中。这种追琢的功力确实堪称深厚。凡此"自然从追琢中出""妙造自然""经意而不经意""晕绣"诸论,其内涵其实十分相近,其意义的终极指向都在"自然"二字上。

况周颐所谓"不经意"的体现之一便是文笔的疏致。他认为如段诚之《月上海棠》词的"唤醒梦中身,鹧鸪数声春晓""颓然醉卧,印苍苔半袖"等,"于情中入深静,于疏处运追琢,尤能得词家三昧"③。从这里可以看出,况周颐虽然欣赏"潜气内转"而外象密丽的梦窗词,但也深深知道那是非绝顶聪明人不能臻之境,倒是这种经过追琢之后又泯灭了追琢痕迹的疏朗外象,才是一般词人的可行之路。

但在况周颐的词学体系中,从追琢中所出之自然,与自然的性灵流露相比,仍属等而次之。此意见于况周颐对相关咏物词的论断分析。况周颐说:

> 问,咏物如何始佳。答:"未易言佳,先勿涉呆。一呆典故,二呆寄托,三呆刻画,呆衬托。去斯三者,能成词不易,矧复能佳,是真佳矣。题中之精蕴佳,题外之远致尤佳。自性灵中出佳,从追琢中来亦佳。"④

况周颐"三呆"说虽然是针对咏物词而言,实际上在填词实践中也具有相当的普遍性,因为词乃智者之事,以性灵为尚,故将呆于典故、寄托、刻画、衬托诸事,排斥在外。咏物词在排除了"三呆"后,能够做到"题中之精蕴佳,题外之远致尤佳",便是况周颐心目的咏物佳境。值得注意的是最后两句,似乎将性灵与追琢并列。但况周颐接着说:

---

① 况周颐:《蕙风词话》卷三,唐圭璋编《词话丛编》第五册,中华书局,1986 年,第 4478 页。
② 牛希济:《生查子》,李冰若《花间集评注》,人民文学出版社,1993 年,第 134 页。
③ 况周颐:《蕙风词话》卷三,唐圭璋编《词话丛编》第五册,中华书局,1986 年,第 4463 页。
④ 况周颐:《蕙风词话》卷五,唐圭璋编《词话丛编》第五册,中华书局,1986 年,第 4527—4528 页。

以性灵语咏物,以沉著之笔达出,斯为无上上乘。①

既然以性灵语咏物是"无上上乘",则从追琢出的自然咏物,便自是要下一等。而且在追琢中所出自然之上,还有一种不假雕琢的自然。前者谓之"妙造自然",须借助雕琢的功夫;后者谓之"自然妙造",无需雕琢而直到自然。况周颐曾评《须溪词》"不假追琢,有掉臂游行之乐"②,即以其为自然妙造之例。又引录聂胜琼《鹧鸪天》词云:

> 玉惨花愁出凤城。莲花楼下柳青青。尊前一唱阳关曲,别个人人第几程。　　寻好梦,梦难成。有谁知我此时情。枕前泪共阶前雨,隔个窗儿滴到明。

评曰:

> 胜琼《鹧鸪天》词,纯是至情语,自然妙造,不假造琢,愈浑成,愈秾粹。于北宋名家中,颇近六一、东山。方之闺帏之彦,虽幽栖、漱玉,未遑多让,诚坤灵闲气矣。③

聂胜琼乃京师名倡,与李之问一见如故,后为其妾。《鹧鸪天》是其赠别李之问词,情意缱绻而不能已,故脱口而成妙章。聂之自然只是深情流露于不得已、不自知,非先追琢而后出之自然。况周颐将其词与朱淑贞、李清照相提并论,可见不假雕琢的自然在况周颐心目中的分量之重。而将这种情形拟之如"东山",其实也正呼应着况周颐对《东山乐府》总体"松俊处固不可及"④的评论的。自然与性灵的结合是清初云间词派的基本观点,此后对天然本色的强调,大率基于这样的理念。如聂先就认为词虽以"艳情丽质"为宗,但能称为

---

①　况周颐:《蕙风词话》卷五,唐圭璋编《词话丛编》第五册,中华书局,1986年,第4528页。

②　况周颐:《餐樱庑词话》,况周颐原著,孙克强辑校《况周颐词话五种(外一种)》,浙江古籍出版社,2014年,第81页。

③　况周颐:《蕙风词话续编》卷一,唐圭璋编《词话丛编》第五册,中华书局,1986年,第4541—4542页。

④　况周颐:《蕙风词话补编》卷一,况周颐撰,屈兴国辑注《蕙风词话辑注》,江西人民出版社,2000,第378页。

"作手"的,尚需具备"出语天然蕴藉"①的特点。尤侗更认为好词无不以"本色渐近自然"为基本面目,而将镂金错采黜落在好词之外②。凡此也都可视为况周颐词学的渊源所在。

三、"松秀"与"风度":从况周颐到赵尊岳

况周颐的"松秀"说其实暗含着"风度"说,只是在况周颐的词学体系中,"风度"说同样被"重拙大"说淹没了而已。六朝时期人物品评,常常使用"风度"一词,如陆机称郭讷"风度简旷"③,柳元景被评为"风度弘简"④。而最早以与"风度"相近的"风调"一词评词的当属晁补之,其《评本朝乐章》评晏几道曰:

> 叔原不蹈袭人语,风调闲雅,自是一家。如"舞低杨柳楼心月,歌尽桃花扇底风",乃知此人必不生于三家村中者。⑤

由论人之简旷、弘简,到论词之闲雅,意思其实是大体衔接的,清远、宏阔、雅致应是其基本意思所在。清远侧重在神韵,雅致着重说气质,宏阔重点在气象。在简洁从容中透出旷达的意趣和悠远的神韵,展现出弘大的气象和开阔的胸襟。这是在梳理况周颐之前的"风度"说时,可以大致概括出的内涵。

那么,况周颐在以"风度"论词时又有什么新的补充或发挥呢?我们可以看下面两节文字:

> 唐五代词并不易学,五代词尤不必学,何也。五代词人丁运会,迁流至极,燕酣成风,藻丽相尚。其所为词,即能沉至,只在词中。艳而有骨,只是艳骨。学之能造其域,未为斯道增重。矧徒得其似乎。其铮铮佼佼

① 聂先:《秋水词题词》,冯乾编校《清词序跋汇编》第一册,凤凰出版社,2013年,第61页。
② 转引自冯金伯《词苑萃编》卷八,唐圭璋编《词话丛编》第二册,中华书局,1986年,第1940页。
③ 房玄龄等:《晋书》卷六八,中华书局,1974年,第1825页。
④ 沈约:《宋书》卷七七,中华书局,1974年,第1991页。
⑤ 王奕清等:《历代词话》卷四,唐圭璋编《词话丛编》第二册,中华书局,1986年,第1153页。

者,如李重光之性灵,韦端己之风度,冯正中之堂庑,岂操觚之士能方其万一。自余风云月露之作,本自华而不实。吾复皮相求之,则嬴秦氏所云甚无谓矣。①

　　问:填词如何乃有风度。答:由养出,非由学出。问:如何乃为有养。答:自善葆吾本有之清气始。问:清气如何善葆。答:花中疏梅、文杏,亦复托根尘世,甚且断井、颓垣,乃至摧残为红雨犹香。②

前节引文虽然只是以"风度"来评价韦庄词,并未对风度的内涵作任何解释,但从况周颐批评的方面而言,至少风云月露的藻丽之作、沉至于词中而不能表现于外、虽有骨力但为艳情所笼罩的词,应该不属于有"风度"的范围,因为这些都是如秦始皇所谓"甚无谓"的。况周颐特别引述《史记·秦始皇本纪》中嬴政认为"子议父,臣议君",乃是"甚无谓",而且"朕弗取焉",来表达韦庄之风度与李煜之性灵、冯延巳之堂庑,才是五代词不可移易的本原所在。舍此,不过面目而已。

　　后节文字才是况周颐解释"风度"意义所在,按诸况周颐的答语,所谓填词之"风度",是指词作所呈现出来的风韵、气度与格调,这是词专属的体性所在。填词之风度与词人天性之清气有关,这种清气乃与生俱来,不能由学而至,需要呵护方出。况周颐特别提到这种清气如疏梅与文杏,根于尘世,即便备受摧残,也不改其清香。这意味着清气其实就是在世间对自我天赋品格的一种执着与坚守。不受尘世影响和束缚,与世间保持距离,作为"风度"核心内涵的"清气",显然带着清高孤傲、超越尘世的基本品格。与前述简旷之"旷"、弘简之"弘"、闲雅之"雅",有着明显的意义上的传承。"风度"带着"超世"的印记。

　　或许因为况周颐将主要理论放在对"重拙大"、自然从追琢中出、烟水迷离之致等方面,"风度"说只是偶尔及之,且难以在其词学体系中彰显特别地位,故况周颐并未用更多的精力去诠解"风度"在词学中的特殊意义。而这一未尽的理论,则由其弟子赵尊岳做了进一步的发挥。在《填词丛话》中,赵尊岳将词之"风度"提高到了核心和首要的位置。他说:

---

① 况周颐:《蕙风词话》卷一,唐圭璋编《词话丛编》第五册,中华书局,1986年,第4418页。
② 况周颐:《蕙风词话》卷一,唐圭璋编《词话丛编》第五册,中华书局,1986年,第4412页。

　　词最尚风度,摇曳而不失之佻荡。字面音节求其摇曳,骨干立意,则以"重拙大"为归。①

由上言可知,"风度盖就全词体格而言"②,主要是指词作在字面音节上给读者的审美感受,也就是赵尊岳自称的"体态"③,而在内支撑这种外在风度的则是"重拙大"的骨干立意。"摇曳"是风度的突出标志,所谓"风度求其摇曳雍容"④,摇曳既与佻荡有别,则此摇曳乃是合度的丰神秀逸。赵尊岳曾批评清初人词"专矜风度",便失风度自然之性,不只是字面音节摇曳失度,并骨干立意亦摇曳,则去风度愈远了。但摇曳的"度"究竟如何把握呢? 赵尊岳说:

　　跌宕摇曳之语,词中固不可度。然用之不当,即蹈轻纤之失。故作此者当使风华绝世,而力戒其俳。用字不妨晦明隐约,立意尽可往复回环,取韵当使谐适流鬯。要先不失厚处,始可以言跌宕。⑤

　　词中作摇曳语,初不关于调之长短,律之拗顺。唐人虽小令拗律,莫不风度嫣然,但在善于遣词,则拗者亦可使顺。⑥

由这两节话语,可明关于摇曳的"度"的把握是涉及用字、立意、取韵、调律等所谓"字面音节"多个方面的,摇曳以"厚"为底蕴,以展现"风华绝世"为特征,但力戒轻纤、俳等过度表现。取韵、调律并非立足于音乐角度,只是就文字而言,故最终仍落实在"字面"二字,这也就是赵尊岳所谓摇曳语的关键在"善于遣词"的意思。赵尊岳说:"词语苍润,各有风度。白石语最苍,风度最胜。"⑦又说:"若论气度,则苍劲之语,亦当出之以雍容之笔,白石《元宵出行》诸作庶得之矣。"⑧所谓"苍"当是苍劲之意,形容语言的骨力劲健;所谓"润"当是温润

---

① 赵尊岳:《填词丛话》卷一,屈兴国编《词话丛编二编》第五册,浙江古籍出版社,2013年,第2699页。
② 赵尊岳:《填词丛话》卷二,屈兴国编《词话丛编二编》第五册,浙江古籍出版社,2013年,第2718页。
③ 赵尊岳《填词丛话》卷一云:"风度指体态,气度指神情……"见屈兴国编《词话丛编二编》第五册,浙江古籍出版社,2013年,第2700页。
④ 赵尊岳:《填词丛话》卷一,屈兴国编《词话丛编二编》第五册,浙江古籍出版社,2013年,第2709页。
⑤ 赵尊岳:《填词丛话》卷三,屈兴国编《词话丛编二编》第五册,浙江古籍出版社,2013年,第2743页。
⑥ 赵尊岳:《填词丛话》卷二,屈兴国编《词话丛编二编》第五册,浙江古籍出版社,2013年,第2728页。
⑦ 赵尊岳:《填词丛话》卷一,屈兴国编《词话丛编二编》第五册,浙江古籍出版社,2013年,第2700页。
⑧ 赵尊岳:《填词丛话》卷一,屈兴国编《词话丛编二编》第五册,浙江古籍出版社,2013年,第2701页。

之意,形容语言的柔和妩媚。赵尊岳虽然说苍润各有其风度,但既言姜夔的风度"最胜"源于其出语"最苍",则在语言的选择上,"风度"自然应更多地依仗苍劲之语。这与赵尊岳所说"词中风度,大抵以骞举、沉刻、清雄为上"①也甚合拍。只是在赵尊岳的语境中,"苍劲之语"尚需"雍容之笔"的支持。因为"词意极深挚而出以清疏之笔、苍劲之音者,白石当屈首指"②。"雍容之笔"与"清疏之笔"虽在笔法上略有差别,前者注重端庄肃谨,后者侧重清雅疏朗,但笔法的从容、舒缓、松疏仍是大体相似的。因为无论是苍劲之气,还是深挚情意,均需要以松笔来舒缓劲道,从而表达出不尽之风度神味。因为,"风度之主于神味者,实较主于文字者为多"③。

字面与风度的关系既如上,赵尊岳又论音节与风度的关系说:

> 调之谐涩,亦各有风度。于谐婉之调求见风度易,于拗律之调求见风度难。然周、柳长调涩体,固无一不以风度见长。④

由此看来,赵尊岳风度说对音节要求并不狭隘,谐婉与拗律涩体其实都不妨碍风度的展现,只是调律不同,风度各异而已。但若再追问如何在拗律、苍语之中见出风度,就不能忽略另外一个重要的概念:疏秀。"疏秀"一词乃承况周颐"松秀"一词而来。赵尊岳屡次在论及风度时使用"疏秀"一词:

> 风度往往于疏秀之语流露而出,然风度并不仅主疏秀之语,特疏秀处易于见之之耳。⑤

> 词能得疏秀之妙以见其风度,则精金美玉,亦不嫌其七宝楼台。唯言情之作,但求风度,又辄失之空泛。故一词当使于堆砌中有疏秀之气行于其间,而又不见其空泛,斯为名手。⑥

有清自阮亭好以疏秀取胜,翕然成风。此后风度佳者亦多蹈纤懦之

---

① 赵尊岳:《填词丛话》卷二,屈兴国编《词话丛编二编》第五册,浙江古籍出版社,2013年,第2721页。
② 赵尊岳:《填词丛话》卷三,屈兴国编《词话丛编二编》第五册,浙江古籍出版社,2013年,第2752页。
③ 赵尊岳:《填词丛话》卷一,屈兴国编《词话丛编二编》第五册,浙江古籍出版社,2013年,第2707页。
④ 赵尊岳:《填词丛话》卷一,屈兴国编《词话丛编二编》第五册,浙江古籍出版社,2013年,第2700页。
⑤ 赵尊岳:《填词丛话》卷一,屈兴国编《词话丛编二编》第五册,浙江古籍出版社,2013年,第2707页。
⑥ 赵尊岳:《填词丛话》卷一,屈兴国编《词话丛编二编》第五册,浙江古籍出版社,2013年,第2709页。

失,以至词家重拙之妙谛,荡焉无存。操觚之士,无不求于清空中作绮语,能摇曳而不能雍容,以自名其风度。顺康以来,几于积习矣。①

上引"疏秀之语""疏秀之气"虽然侧重在语言和文气方面,而称王士禛"以疏秀取胜"则突出了其整体的审美特性,盖无此疏秀实亦无以见出其词之风度。具体到语言、文气、思致层面,疏秀皆是针对质实而言的。赵尊岳说:

> 质实语可同见风度,淮海即好用丽字,触目琳琅,如"东风里,朱门映柳,低按小秦筝",一映、一低按、一小字,已经驱使质实为疏秀,大见其风度矣。②
> 长调易患质实。质实之作,虽珠玉并陈,不过如五都之肆,瑰丽错落。故必参以清空之笔,疏秀之思,方足引人穷其胜概,此则非济以风度不可。③

如何将触目琳琅、珠玉并陈的质实语演化为疏秀的风致?赵尊岳提出了用一些具有情致的动词和形容词如"映""低按""小"等间隔其中,于疏秀中见其风度。当然这是主要就长调而言的。所谓"清空之笔""疏秀之思"都是为了整首词结构、情感上的平衡而已,尤其是将紧致的情感舒缓下来。大概疏秀主要是救质实之弊的,故赵尊岳曾详细列出由质实而至疏秀之法说:

> 用质实之字而不见其质实者,亦有数法:一、吾能运清空之气于字里行间,使不黏滞。二、风度摇曳生姿,则窒滞者一一均可驱使灵活。三、笔力足以控制质实之字,使为我活用。四、位置停匀,使不觉有重叠磊块之弊。④

此四法涵盖了文气、风度、笔力、结构等多方面,但追求疏秀的审美效果则是同一指向。由上之述,赵尊岳结合风度而提出的"疏秀"说对况周颐的"松秀"说

---

① 赵尊岳:《填词丛话》卷二,屈兴国编《词话丛编二编》第五册,浙江古籍出版社,2013年,第2719页。
② 赵尊岳:《填词丛话》卷二,屈兴国编《词话丛编二编》第五册,浙江古籍出版社,2013年,第2707页。
③ 赵尊岳:《填词丛话》卷二,屈兴国编《词话丛编二编》第五册,浙江古籍出版社,2013年,第2704页。
④ 赵尊岳:《填词丛话》卷二,屈兴国编《词话丛编二编》第五册,浙江古籍出版社,2013年,第2712页。

确实有了多方面的丰富和发展。关于"松秀"与清劲的结合、"松秀"笔法的基本特点以及因"松秀"而带来的词的格局问题,等等,凡此都与况周颐所说一脉相承。而在对字面音节的具体要求、摇曳的合度、以"松秀"消解质实等方面,则有了颇为明显的发展。

四、从"宽"到"松":关于范畴用语之斟酌

况周颐以"松"论词,很可能经历过一个过渡阶段,这就是今本《历代词人考略》卷八"柳永"按语中提到的"宽"字:

> 吾友况夔笙舍人《香海棠词话》云:"作词有三要:重拙大。"吾读屯田词,又得一字曰:宽。宽之一字,未易几及,即或近似之矣,总不能无波澜。屯田则愈抒写愈平淡。林宗云:"叔度汪洋如千顷之波,澄之不清,淆之不浊。"吾谓屯田词境亦然。向来行文之法,最忌平铺直叙,屯田却以铺叙擅场。求之两宋词人,政复不能有二。①

况周颐初撰《历代词人考略》乃是 1917 年之事,而在 1920 年左右,宋代部分便已经大致完成,况周颐大体以时序撰述《考略》,而"柳永"一部因为序列较早,很可能在 1917 年便已撰成。况周颐最早的一部词话《香海棠馆词话》虽然早在 1904 年即发表于《大陆报》,此后又易名为《玉梅词话》连载于 1908 年的《国粹学报》,但其中并无以"松"或"宽"论词之例。1920 年,《小说月报》连载《餐樱庑词话》,才出现"松秀"这一批评范畴。1924 年,况周颐重新厘定五卷本《蕙风词话》时,这一则似乎很新颖的以"宽"论词并未被最终采纳,这意味着,以"宽"论词只是处于况周颐词学的前期,而易"宽"为"松"才是其词学的终极状态,故不是《历代词人考略》发展了《蕙风词话》的词学思想,而是《蕙风词话》发展并调整了《历代词人考略》的词学思想②。况周颐早年词话往往不

---

① 况周颐:《历代词人考略》,影印吴兴刘氏嘉业堂钞本,全国图书馆文献缩微复制中心,2003 年,第 381 页。
② 参见孙克强《况周颐〈历代词人考略〉的文献和理论价值》,《河南大学学报》2010 年第 3 期,第 38—43 页。

免"随手撰录,聊资排遣"①的情况,建立一己词学的想法也确实有一个过程。《历代词人考略》乃刘承干出资而由况周颐代撰,故按语的身份要假托刘承干,此节"吾友况夔笙舍人"云云,即以此障眼也。从这段按语来看,"宽"除了与"松"直接相关,也是对"重拙大"说的重要补充,因为"宽之一字,未易几及",同样是极高的词境。

要释读此"宽"字,至少有两个基本维度:第一,研味郭林宗评价黄宪的一节话;第二,分析柳永词的铺叙特点。况周颐引林宗语出自《后汉书·黄宪传》:

> 郭林宗少游汝南,先过袁闳,不宿而退;进往从宪,累日方还。或以问林宗。林宗曰:"奉高之器,譬诸氿滥,虽清而易挹。叔度汪汪若千顷陂,澄之不清,淆之不浊,不可量也。"②

郭林宗对袁闳与黄宪两人的高下轩轾颇为分明,在行动上的区别是过袁闳不宿而退,访黄宪数日始返,黄宪的人格魅力显然在袁闳之上。在郭林宗看来,袁闳器识本自不凡,若江水泛滥,不乏清致,但尚可触及并获知一二;而黄宪则如千顷之波,不能使清,不能使浊,以见其宏阔无涯而难以企及、不可改易之性。

但况周颐援引的这一节文字,语境并不完整。按照《后汉书·黄宪传》的记载,黄宪在 14 岁时即被惊为异人,誉为颜回一类人物,令才高倨傲者"罔然若有失",对黄宪甚至有"瞻之在前,忽焉在后"的难以捉摸的神秘感和飘忽感。同郡人更有"时月之间不见黄生,则鄙吝之萌复存乎心"之感③。盖黄宪之才情浩淼、抱朴守真、神秘莫测、清雅高洁迥出时人之表,故为人称道如此。郭林宗的话乃在此之后,由此前史家之铺垫,方能蠡测郭林宗言外之意,也才能明白况周颐何以要引用郭林宗之语的用意所在。因为况周颐接下"吾谓屯田词境亦然",才是引文大意收束之处。屯田词境当然本于屯田词心,而在况周颐看来,因屯田词心正可与黄宪相通,故能造就屯田词浩淼广阔、卓然自立之境界。故"宽"的意义指向首先在词心上。

① 陈运彰:《玉栖述雅跋》,唐圭璋编《词话丛编》第五册,中华书局,1986 年,第 4622 页。
② 范晔:《后汉书》卷五三,中华书局,1965 年,第 1744 页。
③ 范晔:《后汉书》卷五三,中华书局,1965 年,第 1744 页。

　　宽的第二个意义指向应该在笔法上。况周颐之所以认为常人未易达致"宽"之境界，除了词心所限，也与笔法笔力有关。况周颐把略近于宽但"不能无波澜"与柳永的"愈抒写愈平淡"对勘，可见其"平淡"并非寻常意义上的平和冲淡，而是指在结构上不以波澜曲折取胜，反而以平铺直叙、看不到曲折的痕迹为特点。平者，无波澜也；淡者，无痕迹也。虽然正如况周颐所云，自来行文之法，讲究以曲折见文心之妙，而柳永词反其道而行之，只是铺叙场景和心意。情景未经藏匿，且舒展以示，故其笔法当得一"宽"字。

　　但其实以"宽"论词亦非始于况周颐。张炎《词源》卷下云：

　　　　词之语句，太宽则容易，太工则苦涩。如起头八字相对，中间八字相
　　　对，却须用功著一字眼，如诗眼亦同。若八字既工，下句便合稍宽，庶不窒
　　　塞。约莫宽易，又著一句工致者，便觉精粹。此词中之关键也。[①]

张炎的这一节话虽是讨论"词之语句"，但其实是从结构的角度说明句子与句子之间的搭配问题，特别是在齐整的句子之间如何协调，以使文气畅通。在张炎的语境中，宽与工乃是一组相对的概念，张炎不是片面地尚工或尚宽，而是主张工、宽相间，反对的是"太工"与"太宽"。前句既工，文气则收，后句便须宽易，以使文气抑扬有度，不致窒塞。若前句宽易，文气散行，则后句便须工致，以敛住气脉而使篇章精粹。工即工致，形容经过词人精思雕琢后的工整与精致之句，往往体现在对句上，张炎特别提到的起头八字、中间八字云云，就是指相对的两个四字句。而对句中的四字句往往非常讲究意义、词性的对仗，所以显得工整精致。但词的美应在工致中呈现灵动，限于工致，自然也就少了一份自然和平易，故张炎有"太工则苦涩"之叹。即便在工整的对句中，张炎也主张用字眼将句式从板滞中带出活泼和神采，一如诗眼的灵光映照。从"太宽则容易"的语境及与"太工则苦涩"的对比来看，宽是一种用自然平易的语言而呈现出来的舒缓的情感节奏，宽的文气是从容的，但太宽可能导致文气散失无端，故过于"容易"的句子和文气，需要工致的句式和文气来敛住文气的散失。这也就是张炎所谓句法讲究"平妥精粹"，一曲之中，句与句之间"只要拍

———————————

① 张炎：《词源》卷下，唐圭璋编《词话丛编》第一册，中华书局，1986年，第265页。

搭衬副得去"的意思了①。这种拍搭衬副简单来说,也就是"浓句中间以淡语,疏句后接以密语,不冗不碎,神韵天然"②。结构与句法的关系实至为密切。

宋末元初,关于对句、短句、长句的关系,大多与张炎之说相似。如沈义父《乐府指迷》云:"遇两句可作对,便须对。短句须剪裁齐整。遇长句须放婉曲,不可生硬。"③长句不可"生硬",其实就是要求有"松"趣。陆辅之《词旨》列举的"属对凡三十八则""乐笑翁奇对凡二十三则"便都是四言相对的短句。但也可能因为太工而生苦涩之感,而长句婉曲则去工整而成容易,两相搭配,才见局度匀称。况周颐曾批评陆辅之所列警句"往往抉择不精,适足启晚近纤妍之习"④,但对于警句、对句本身,况周颐是并不反对的,只是主张结构上的搭配和呼应而已。如他曾论及词中对偶,关键在于"深浅浓淡,大小重轻之间,务要侔色揣称"⑤,也是讲究拍搭衬副的道理。过求工致的弊端,王灼在《碧鸡漫志》卷二中即云:

> 谢无逸字字求工,不敢辄下一语,如刻削通草人,都无筋骨,要是力不足。然则独无逸乎。曰:类多有之,此最著者尔。⑥

所谓"字字求工"当然并非专说对句,但在字字求工的心态中,对句或更为甚也。这就导致王灼所说的如刻削通草人,有藻采而乏骨力了。"宽"正是在这样的语境中被呼唤了出来。清代周济在比较姜夔与辛弃疾二人词风渊源及异同时也说:

> 白石脱胎稼轩,变雄健为清刚,变驰骤为疏宕。盖二公皆极热中,故气味吻合。辛宽姜窄,宽故容蕴,窄故斗硬。白石号为宗工,然亦有俗滥处(《扬州慢》:"淮左名都,竹西佳处。")、寒酸处(《法曲献仙音》:"象笔鸾笺,甚而今、不道秀句。")、补凑处(《齐天乐》:"齿诗漫兴。笑篱落呼灯,世

---

① 张炎:《词源》卷下,唐圭璋编《词话丛编》第一册,中华书局,1986年,第258页。
② 沈祥龙:《论词随笔》,唐圭璋编《词话丛编》第五册,中华书局,1986年,第4051页。
③ 沈义父:《乐府指迷》,唐圭璋编《词话丛编》第一册,中华书局,1986年,第280页。
④ 况周颐:《蕙风词话》卷二,唐圭璋编《词话丛编》第五册,中华书局,1986年,第4444页。
⑤ 况周颐:《蕙风词话》卷一,唐圭璋编《词话丛编》第五册,中华书局,1986年,第4416页。
⑥ 王灼:《碧鸡漫志》卷二,唐圭璋编《词话丛编》第一册,中华书局,1986年,第83页。

间儿女。"）、敷衍处（《凄凉犯》："追念西湖上"半阕。）、支处（《湘月》："旧家乐事谁省"。）、复处（《一萼红》："翠藤共、闲穿径竹"、"记曾共、西楼雅集"。）不可不知。[1]

谭献也说："白石稼轩,同音笙磬。但清脆与镗鞳异响,此事自关性分。"[2]所谓"辛宽"应该主要是指雄健驰骤所带来的从容大气,而"姜窄"则主要是指清刚疏宕而可能带来的俗滥寒酸格调以及结构上的补凑、敷衍、支离、重复等局促现象。其尚宽之意乃是十分明晰的。而谭献则将姜、辛二人词的风格差异归于天分不同,实际也是表达对辛词尚天分而多自然之音的推许之意。

况周颐关注到宽和松,虽然其内涵较张炎、沈义父等有所拓展,但致力于结构的平衡观念却是大体相承的。况周颐不止一次地提出过小词结构应"疏密相间"的说法。他曾引录萧东父《齐天乐》"如今最苦。甚怕见灯昏,梦游间阻"词句,认为"极合疏密相间之法"[3]。"如今最苦",情感紧致,接下"甚怕"二句不说所苦的内容,而是从"最苦"的境况中散荡开来。在松紧之间表达出情感的张弛之度。

但接下来的问题是:况周颐既感悟到"宽"之词境,何以在后来编定《蕙风词话》时却弃"宽"而取"松"呢? 其原因当然一时难尽,但正如况周颐所描述之"宽"境,确实"求之两宋词人,政复不能有二"。这意味着"宽"的审美覆盖领域相对狭小,而"松"以及由此衍生的"松秀",虽不能与于"重拙大"之列,但也显然可以映照到更多的词人词作。这很可能是况周颐调整其词学格局时曾经考虑的问题。

五、异事同揆:况周颐词学与印学、书学及画学之关系

况周颐的词学之所以格局丰盈,峰峦连绵,蔚成大观,除了与其深刻了解词学发展的源流,并有早得端木埰、王鹏运指点、时与朱祖谋等商榷之机缘外,也与他博涉印学、书学、画学诸艺有关。譬如其提出"自然从追琢中出"之说,

---

[1]　周济:《宋四家词选目录序论》,唐圭璋编《词话丛编》第二册,中华书局,1986年,第1644页。

[2]　谭献:《复堂词话》,唐圭璋编《词话丛编》第四册,中华书局,1986年,第3994页。

[3]　况周颐:《蕙风词话》卷三,唐圭璋编《词话丛编》第五册,中华书局,1986年,第4485页。

固然承接葛立方、彭孙遹、王鹏运等余绪,也深受印学观念之影响。他在 1918 年所撰的《州山吴氏词萃序》中说:

> 吾闻倚声家言,词贵自然从追琢中出。今潜泉之制印,其致力于追琢也,远师文、何,近昉吴、赵,而其究也,托体于两京之方正平直,则妙造自然矣。然则潜泉之印学,与其先世四家之词华,所谓异事同揆,而能善继善述者非欤!①

潜泉即吴昌硕,以制印、印学驰名,与况周颐过从甚密,今《吴昌硕印谱》中"某痴"朱文方印即为况周颐刻制。追琢乃制印之必经阶段,而终究以妙造自然为宗旨,故况周颐对勘词学与印学,除了与他自身对印学的了解之外,也与吴昌硕有着一定的关系。况周颐曾说:

> 明已来词纤艳少骨,致斯道为之不尊,未始非伯时之言阶之厉矣。窃尝以刻印比之,自六代作者以萦纤拗折为工,而两汉方正平直之风荡然无复存者。救敝起衰,欲求一丁敬身、黄大易,而未易遽得。乃至倚声小道,即亦将成绝学,良可慨夫。②

这一节话,况周颐一字未动写入其《宋人词话》"周邦彦"的按语中,可见况周颐对印学与词学关系的认同是一以贯之的。而欲寓两汉方正平直之印风于"妙造自然"之中,其实也隐然带有"以松秀之笔,达清劲之气"的意思。六代作者"以萦纤拗折为工",失去的是方正平直之风骨,亦仿佛南宋词人"字字求工",反而消减了词中的清劲之气一样。以此而言,况周颐对勘印学与词学,其审美旨趣正立足于此二学的相通交结之点,故其立说能融通无碍。姜夔《白石道人诗说》早就说过"吟咏情性,如印印泥"③的说法,与此正可对勘。

---

① 况周颐:《蕙风词话补编》卷四,况周颐撰,屈兴国辑注《蕙风词话辑注》,江西人民出版社,2000 年,第 586 页。
② 况周颐:《蕙风词话》卷二,唐圭璋编《词话丛编》第五册,中华书局,1986 年,第 4428 页。
③ 姜夔:《白石道人诗说》,何文焕辑《历代诗话》,中华书局,1981 年,第 682 页。

　　书学、画学也同样是启迪况周颐词学智慧的渊薮。他曾以宋代词人与书法名家一一对勘说：

> 初学作词，最宜读《碧山乐府》，如书中欧阳信本，准绳规矩极佳。二晏如右军父子。贺方回如李北海。白石如虞伯施，而隽上过之。公谨如褚登善。梦窗如鲁公。稼轩如诚悬。玉田如赵文敏。①

又以六朝迄唐的书法演变拟之宋元之际词学发展说：

> 窃谓词学自宋迄元，乃至云闲等辈，清妍婉润，未坠方雅之遗。亦犹书法自六朝迄唐，至褚登善、徐季海辈，余韵犹存，风格毋容稍降矣。②

若无对书学相对系统之了解，自然也难以用来对堪词人、词学的发展。又如况周颐论词好用"停匀"一词，似也从书学借鉴而来。若杨景曾《二十四书品》便有《停匀》一品，强调以"分间布白，不失厘铢"③为结构特征。

　　在况周颐之前，以"松秀"论词尚未见其例，但"松秀"在传统书学和画学中却是一个颇为成熟的批评范畴。如在书法方面，就颇有以"松秀"为用心所在者。曾国藩晚年专攻书法，自称在"用墨之松秀"方面，即以徐季海的《朱巨川告身》与赵子昂的《天冠山》为师法对象④。而清代杨景曾《二十四书品》更专列《松秀》一品，以彰书学松秀之审美特征。其诗云：

> 濯濯者柳，灼灼者花。春城桃李，秋水蒹葭。
> 伊人宛在，不远天涯。鲜荔入口，玉笋浣纱。

---

　　① 龙榆生《唐宋名家词选》引况周颐《香海棠馆词话》，转引自况周颐原著，孙克强辑校《况周颐词话五种（外一种）》，浙江古籍出版社，2014年，第26页。

　　② 况周颐：《蕙风词话》卷三，唐圭璋编《词话丛编》第五册，中华书局，1986年，第4479页。

　　③ 杨景曾：《二十四书品》，叶朗主编《中国历代美学文库·清代卷》下，高等教育出版社，2003年，第231页。

　　④ 参见曾国藩咸丰十一年（1861）四月十九日日记，《曾国藩全集》第十七册，岳麓书社，2011年，第157页。

> 班香宋艳,仙乎少霞。升堂入室,到二王家。①

从结句来看,杨景曾其实是以王羲之、王献之父子的书法为"松秀"的典范。关于二王书法,唐代张怀瓘《书估》曾以"子为神俊,父得灵和"②分评二人。所谓"灵和"即近乎冲和而别具神韵。而所谓"神骏",则可参酌《墨林快事》评王献之书"笔画劲利,态致萧疏,无一点尘土气,无一分桎梏束缚"③之意。以劲利笔画传达萧疏之态,也即是传达自然秀雅之意趣。杨景曾《松秀》一品基本上是分说松、秀二者,而以升堂入室"二王"之家为宗旨。如"濯濯者柳""秋水兼葭""玉笋浣纱""仙乎少霞"侧重描写"松"之境,因为柳枝的明净清朗、兼葭的萧疏摇曳、如玉之笋、轻浣之纱,从质地上都带着舒缓、疏朗而有序的感觉;而"灼灼者花""春城桃李""鲜荔入口""班香宋艳"等,侧重描写"秀"之境,因为花之明亮、桃李之艳、鲜荔之蜜、班宋之美赡,都带着艳丽、浓郁而逼人的感觉;而"伊人宛在,不远天涯"则综合描写"松秀",盖伊人之明艳与若近若远,亦与"松秀"之意境相仿佛。

当然,"松秀"在画学中使用更为普遍,其意蕴也更丰富。约而言之,画学中的"松秀",主要体现在笔法及由此而带出的审美感觉上。姚际恒《好古堂家藏书画记》评徐幼文《云林书屋图》"纯用淡墨,苍秀逼人"④,评沈石田《松际水亭图》"用笔松秀"⑤。谢堃《书画所见录》评董其昌所仿北苑一卷"墨彩淋漓,笔法松秀"⑥,等等,皆是就其笔法而言的。或纯用淡墨,或在墨彩淋漓间疏松其格局,从而呈现出疏朗冲淡之整体风貌。在绘画中,这种"松秀"之笔主要体现在对山石、树木等的描绘中。清代钱杜《松壶画忆》提及王维画诀有"石分三面"之说,所谓分主要体现在皴、擦、勾、勒四种笔法中,其中皴法虽有繁简之分,而"要之披麻、折带、解索等皴,总宜松而活,反是则谬矣。至北宗之

---

① 杨景曾:《二十四书品》,叶朗主编《中国历代美学文库·清代卷》下,高等教育出版社,2003 年,第228 页。

② 张怀瓘:《书估》,潘运告编著《张怀瓘书论》,湖南美术出版社,1997 年,第39 页。

③ 安世凤:《墨林快事》,《四库全书存目丛书》子部第一百一十八册,齐鲁书社,1995 年,第299 页。

④ 姚际恒:《好古堂家藏书画记》卷上,黄宾虹、邓实编《美术丛书》第二十八册,浙江人民美术出版社,2013 年,第47 页。

⑤ 姚际恒:《好古堂家藏书画记·续收书画奇物记》,黄宾虹、邓实编《美术丛书》第二十八册,浙江人民美术出版社,2013 年,第130 页。

⑥ 谢堃:《书画所见录》,黄宾虹、邓实编《美术丛书》第四十册,浙江人民美术出版社,2013 年,第50 页。

大小斧劈,亦不离松活两字也"①。盖石形繁复,无论南北宗何种皴法,总以松活为基本笔法,若用笔过于紧谨,则石之气象便难尽出。在这方面,清代郑绩《梦幻居画学简明》言之更为详明。他说:

> 云头皴,如云旋头髻也。用笔宜干,运腕宜圆,力贯笔尖,松秀长韧,笔笔有筋,细而有力,如鹤嘴画沙,团旋中又须背面分明。写云头皴每多开面而少转背,若不转背,则此山此石与香塔蜡饼无异矣。转背之法,如运线球,由后搭前,从左搭右。能会转背之意,方是云头正法。②

将山石画出如浮动之云头的感觉,自然对笔法的要求更为细致。所谓"云头皴",即"如云旋头髻",要求描画出山石曲折盘旋、连贯不绝而带着力道的气象。郑绩要求圆运干笔,气力连绵不衰,在疏朗而细长的笔法中呈现出筋骨感和柔韧性。大概正是因为"松秀"笔法带着细而长的特点,所以郑绩特别说明了"牛毛皴"的笔法特点。他说:

> 曹云西写牛毛皴,多用水墨白描,不加颜色。盖牛毛皴干尖细幼,笔笔松秀,若加重色渲染,则掩其笔意,不如不设色为高也。有时或用赭墨尖笔,如山皴纹,层层加皴,不复渲染,作秋苍景;或用墨绿加皴,作春晴景。如此皴法,玲珑不为色掩,亦觉精雅,所谓法从心生,学毋执泥。若依常赭绿之法染之,则皴之松秀,变成板实矣。③

这里提到的"干尖细幼"在在可以见出"松秀"笔法的特征所在。无论是纯粹的水墨白描,还是"纯用淡墨"的苍秀,都是主张以"松秀"之笔写出一种开阔、绵延、有层次、有力度的景致,避免板实滞重的画面感。

山石之"松秀"是如此,树木之"松秀"也是如此。荆浩《画山水赋》有云:"凡画林木,远者疏平,近者高密,有叶者枝嫩柔,无叶者枝硬劲。""树不可繁,

---

①　钱杜著,赵辉校注:《松壶画忆》,西泠印社出版社,2008 年,第 29—30 页。
②　郑绩著,叶子卿点校:《梦幻居画学简明》,浙江人民美术出版社,2017 年,第 22 页。
③　郑绩著,叶子卿点校:《梦幻居画学简明》,浙江人民美术出版社,2017 年,第 34 页。

要见山之秀丽。"①所以,以"松"见"秀"乃是山水画树木布局之基本规范。钱杜《松壶画忆》曾说:"树之攒点,八九笔、十余笔不等,须秃颖中锋攒聚而点之。详度凑积为树,不独得势,亦且松秀见笔。"②这虽然仅就树之攒点而言,但也以"松秀"笔法为依据,提出了三点要求:其一是点笔数量不宜多,总在八九笔、十余笔左右,力避繁复;其二是以中锋秃颖横聚运笔,勿留尖细之迹象;其三是攒点布局应该考虑整棵树的大致平衡,以免繁简失度。一树是如此,一画亦是如此。

除了笔法之外,画学中的"松秀"有时也指向在画面上呈现出来的一种整体审美感觉。如姚际恒《好古堂家藏书画记》评王孟端《月亭读书图》"松秀沉著,天然妙韵"③。评杜东原《溪山读书图》融合子久、叔明两家而为一,"松秀文媚,可称绝品"④。秦祖永《绘事津梁》更提出:"初入门须求松秀,然后再加以沉著研炼之功,则笔墨方能古厚,可无薄弱之病矣。"⑤此数者都提出了"松秀"与沉著研炼之功的结合问题,外在之"松秀"须以内在的沉著深厚为前提,否则"松秀"就流于薄弱了。而对"松秀"画面中的自然淡雅之味,则可见秦祖永《桐阴论画三编》所云:

> 黄左田钺,萧疏简净,取境大方,极有意致。曾见小幅山水,丘壑松秀,林木潇洒,有文秀之致。设色亦雅淡清洁,不染尘氛。南田翁云:"士大夫画,贵无作气。"左田画,可谓无作气矣。⑥

秦祖永所谓"松秀"是针对山水丘壑而言的,他提出的萧疏简净、林木潇洒、设色淡雅云云,其实也都与"松秀"笔法息息相关,尤其是这种"松秀"之丘壑中

---

① 此文曾传为王维作,实出自明代詹景凤编《画苑补益》,题为荆浩《画山水赋》。考辩见王维著,陈铁民校注《王维集校注》附录一,中华书局,1997年,第1237页。

② 钱杜著,赵辉校注:《松壶画忆》,西泠印社出版社,2008年,第48页。

③ 姚际恒:《好古堂家藏书画记》卷上,黄宾虹、邓实编《美术丛书》第二十八册,浙江人民美术出版社,2013年,第47页。

④ 姚际恒:《好古堂家藏书画记》卷上,黄宾虹、邓实编《美术丛书》第二十八册,浙江人民美术出版社,2013年,第49页。

⑤ 秦祖永:《绘事津梁》,黄宾虹、邓实编《美术丛书》第六册,浙江人民美术出版社,2013年,第56—57页。

⑥ 秦祖永撰,黄亚卓校点:《桐阴论画》,上海古籍出版社,2015年,第216页。

要力避"作气",可见自然也是画学"松秀"的底蕴所在。

由以上对相关印学、书学与画学的分析,可知作为审美范畴的"松秀",在追求雅淡自然、萧疏简净而内含清劲力道、绵延而有层次、布局均衡等方面的内涵,都与词学中的"松秀"彼此呼应。只是书学、画学中的"松秀"更多地直接体现在视觉审美上,更显客观,而词学中的"松秀"则更多地停留在由语言笔法而带来的结构布局、情感内涵和审美感受上,带着比较明显的主观意味。浓墨重彩的书画固然别有境界,而"松秀"自然的小幅山水也同样别有情韵。

中国古代文人往往一身而兼擅多艺,博学多方,故诸艺之间概念、范畴之转借亦是批评常态。况周颐以词学名世,所谓"半生沉顿书中,落得词人二字"①,况周颐自己也不能不面对这样的人生定位。但他于金石书画、琴谜泉学等亦浸染颇深,早在光绪十一、十二年(1885—1886)年间,况周颐客寓成都,即与金石学、篆刻名家沈忠泽过从甚洽,砥砺金石之学,后并著有金石学著作多种,如编有《粤西金石略补遗》,为张丙炎编次《唐石轩藏碑目》,为端方撰《匋斋藏石记》,等等②。兼之藏书丰富而博览群书,故对书画之范畴与词学之相通,才能别有体会,他曾评价吴湖帆摹写北宋赵令穰《水村芦雁图卷》"疏秀丽则,别具蹊径"③,即从绘画的角度使用"疏秀"一词,这大概是况周颐提出"异事同揆"的原因所在。事实上他评论其他词人,也往往从博通多艺入手,如他评闺秀伦灵飞词,便将其兼工诗词、肆力骈散文、楷书得北碑神韵、仿恽派写生等绾合而论,如此,才合力造就其词的轻婉可诵、气格沉著④。但一个范畴虽然兼跨多艺,在具备相似相通内涵的同时,也必然会因为各艺的体制形态不同而形成自己新的特色,这也正是况周颐强调"善继善述"的原因所在。

六、"松秀"说的词体本色意义

况周颐一直主张论词不应限于一种笔墨,驰名已久之"重拙大""词心词

---

① 此为1923年况周颐自作挽联上联,转引自郑炜明《况周颐先生年谱》,上海古籍出版社,2009年,第362页。

② 参见郑炜明《况周颐先生年谱》,上海古籍出版社,2009年,第26页。

③ 况周颐:《蕙风词话补编》卷三,况周颐撰,屈兴国辑注《蕙风词话辑注》,江西人民出版社,2000年,第564页。

④ 参见况周颐《玉栖述雅》,唐圭璋编《词话丛编》第五册,中华书局,1986年,第4618—4619页。

境"诸说,固然是其词学之荦荦大者,但也时有逸出之论,故其词学的丰富性和包容性实堪重视。譬如他说:"评闺秀词,固属别用一种眼光。""盖论闺秀词,与论宋元人词不同,与论明以后词亦有间。"①此虽是从性别角度来区别评判词的标准差异,但联系到词体初成时的女性化倾向,则其评论闺秀词的观念实更契合词体的本色特征。作为专门的女性词话,《玉栖述雅》也因此有了比较明显的词体意义。

况周颐认为"轻灵为闺秀词本色"②,往往以赋物擅长③。在这一风格、题材背景下,轻灵与"松秀"的结合就会显得十分自然。况周颐曾以萧月楼《虞美人》"一层红晕一重纱。料是春前、开了绛桃花"、《菩萨蛮》"虫语恁缠绵。道他秋可怜"等句为例,说明其"疏秀轻灵,兼擅其胜"④。这意味着轻灵的审美特点其实离不开"疏秀"笔法的点染,如他评杨古雪《蝶恋花》(料峭春风还做冷)、《买陂塘》(最难忘、六桥烟柳)二词"渐能融婉丽入清疏"⑤,评熊商珍《浣溪沙》(冷境谁将冷笔描)"清疏之笔,雅正之音,自是专家格调"⑥,即可呼应此说。而关于结构上的疏密相间,也正是"松秀"笔法的核心内涵之一。如他评熊商珍《苏幕遮》"澹酒三杯,能解愁多少"乃由李清照"三杯两盏淡酒,怎敌他晚来风急"脱化而来,但跟前人运化他人词句入己作"十九须用曲折之笔"不同,熊商珍是"绝无曲折,而意自足",尤其是这两句,前承的是"泪痕多,鲛帕小"二句,属于"短气密接",而后接"澹酒"两句,前后便"疏密相间,益见其佳"⑦。由上述种种评点可以看出,"松秀"的笔法和结构特征,正是贯穿在对闺秀词的评论之中的。

其实,不遑说闺秀词与一般男性词有所不同,即裁断北宋词与南宋词,也须持不同眼光,才能探得其中奥窔。由况周颐将"疏秀""清疏"与闺秀词的轻灵联类而论,可见在况周颐的词学进阶中,从疏秀轻灵到气格沉著乃是一个不断发展和提升的过程,而对勘词史发展,也大体合乎从北宋到南宋、从小令到

---

① 况周颐:《玉栖述雅》,唐圭璋编《词话丛编》第五册,中华书局,1986年,第4613、4606页。
② 况周颐:《玉栖述雅》,唐圭璋编《词话丛编》第五册,中华书局,1986年,第4609页。
③ 参见况周颐:《玉栖述雅》,唐圭璋编《词话丛编》第五册,中华书局,1986年,第4607页。
④ 况周颐:《玉栖述雅》,唐圭璋编《词话丛编》第五册,中华书局,1986年,第4608页。
⑤ 况周颐:《玉栖述雅》,唐圭璋编《词话丛编》第五册,中华书局,1986年,第4614页。
⑥ 况周颐:《玉栖述雅》,唐圭璋编《词话丛编》第五册,中华书局,1986年,第4616页。
⑦ 参见况周颐:《玉栖述雅》,唐圭璋编《词话丛编》第五册,中华书局,1986年,第4617页。

慢词的演变。谭献即自称早年对郭频伽的清疏特致青睐,以为名隽而乐于吟咏,并直言这种疏俊的风格,"少年尤喜之"①。这种少年英气与清疏俊秀正体现了北宋词的一种主流特色。而况周颐的"重拙大"之说,乃是针对慢词立论②,其得失均不离乎慢词之制,而慢词正是在南宋才达到全盛。故夏敬观说:"况氏从南宋词用功,所说多就南宋词立论。"③这里提及的"所说"正是以"重拙大"为核心的相关学说。况周颐自己也明确说过,所谓"作词三要"的"重拙大"正是"南渡诸贤不可及处"④,此足见"重拙大"说乃以南宋慢词为鹄的。

南宋词的变革固然有力拓展了词体的表现空间,但其不断"诗化"的轨迹,也使其与五代北宋词的本色体制不免渐行渐远。况周颐当然深明这种变化的利弊所在,故他既重视并接受这种变化,也不数典忘祖,忽略本色所在。其《玉栖述雅》一书撰述于庚申(1920)、辛酉(1921)年间⑤,比刊发于1920年《小说月报》的《餐樱庑词话》时间略晚。在重点诠释"重拙大"说并持以为批评标准的《餐樱庑词话》甫发表之时,况周颐即以一部《玉栖述雅》来彰显词学的另外一种"眼光",而且藉此闺秀词的话题,大体将原本位居《餐樱庑词话》理论边缘的"松秀"说,提举到一种纲领的位置,这自然可以视为况周颐词学的另外一翼。因此,将《餐樱庑词话》与《玉栖述雅》两书合观,方能彰显出况周颐词学的大端。所以陈运彰也说,《玉栖述雅》中的"论词精语,有足与《词话》相辅翼者"⑥。应该说,陈运彰是看到了况周颐兼顾词体本色与发展流变两个方面的词学特征的。

"重拙大厚"与"自然松秀"其实是一种重要的互补关系。而且就词体而言,松活秀美的词境更契合词体细美幽约的休闲性、女性化本色所在。早在光绪五年(1879),况周颐在《存悔词序》中即将自己早年词作拟之如"秋士萧疏,不过好为妮语云尔"⑦。端木埰也称其《第一生修梅花馆词》"婉娈风情,玉田

① 谭献:《复堂词话》,唐圭璋编《词话丛编》第四册,中华书局,1986年,第4009页。

② 参见蔡嵩云《柯亭词论》,唐圭璋编《词话丛编》第五册,中华书局,1986年,第4914页。

③ 夏敬观:《蕙风词话诠评》,唐圭璋编《词话丛编》第五册,中华书局,1986年,第4587页。

④ 况周颐:《蕙风词话》卷一,唐圭璋编《词话丛编》第五册,中华书局,1986年,第4406页。

⑤ 陈运彰《玉栖述雅跋》云:"此稿成于庚申辛酉间,随手撰录,聊资排遣。"见唐圭璋编《词话丛编》第五册,中华书局,1986年,第4622页。

⑥ 陈运彰:《玉栖述雅跋》,唐圭璋编《词话丛编》第五册,中华书局,1986年,第4622页。

⑦ 况周颐:《存悔词序》,转引自况周颐著,秦玮鸿校注《况周颐词集校注》,上海古籍出版社,2013年,第532页。

同世席须避"①。而这个"玉田"恰恰是主张宽、工结合的。其实,况周颐的词"弱岁如莺多宛约"②,正是天然地契合着词之体性的。戊子年(1888)入都得端木埰、许玉瑑、王鹏运之教诲,特别是王鹏运对其早年词多有规诫,并将"重拙大""自然从追琢中出"等词学理念晓谕况周颐,况周颐自称"得窥词学门径",自己的词也"体格为之一变"③。但实际上,况周颐对王鹏运词学思想的真正领悟和系统发挥,要迟至三十年后。此前无论是发表于1904年《大陆报》的《香海棠馆词话》,还是发表于1908年《国粹学报》的《玉梅词话》(乃《香海棠馆词话》易名再刊),"重拙大"说还基本停留在被引出概念而已。况周颐不仅未遑细致诠释其内涵并以之为词学核心,也未曾持以为批评标准贯穿全书。所以,在相当长的时期内,况周颐的词学思想并非"重拙大"三字可限,或者说,"重拙大"说只是到了况周颐晚年才占据其词学主流的地位。丁未年(1907),况周颐为自己《玉梅后词》撰序,即提及王鹏运认为此集"淫艳不可刻也",但况周颐仍以"吾刻吾词,亦道其常云尔"自励④,甚至在晚年所撰词话中直言:"蕙风词有二病,少年不能不秀,晚年不能艳。"⑤则其实以"松秀艳丽"概括自己早年词风。可见其词学与王鹏运的离合之处。而其弟子赵尊岳也只是强调其词集中卷下《握金钗》迄《霜花腴》及辛亥后之作,堪称"无一字无寄托",而其他或"妥帖易施",或"用自排遣",或"风流自赏",乃是在"重拙大"之外别具格调,更契于词之本色者⑥。这大概是身处晚清民国的况周颐,虽然不得不因为时势、风尚、学缘等需要而大张"重拙大"之帜,但对词体本色的本能呵护仍无法掩饰其对"松秀"意趣青睐的原因所在。

　　换个角度来说,况周颐拈"松秀"以为说,除了出于契合词之本色外,也有

---

　　① 端木埰《第一生修梅花馆词》题词,转引自况周颐著,秦玮鸿校注《况周颐词集校注》,上海古籍出版社,2013年,第540页。

　　② 卢前《望江南》评况周颐语,转引自况周颐著,秦玮鸿校注《况周颐词集校注》,上海古籍出版社,2013年,第543页。

　　③ 参见况周颐《餐樱词自序》,况周颐著,秦玮鸿校注《况周颐词集校注》,上海古籍出版社,2013年,第534—535页。

　　④ 况周颐:《玉梅后词序》,转引自况周颐著,秦玮鸿校注《况周颐词集校注》,上海古籍出版社,2013年,第533页。

　　⑤ 况周颐:《繿兰堂室词话》,况周颐原著,孙克强辑校《况周颐词话五种(外一种)》,浙江古籍出版社,2014年,第260页。

　　⑥ 参见赵尊岳《蕙风词跋》,况周颐著,秦玮鸿校注《况周颐词集校注》,上海古籍出版社,2013年,第537页。

特殊的现实意义。晚清民国词学承周济余绪,主张师法南宋末年特别是吴文英、王沂孙等人,希望能由南到北,渐臻清真浑成之境。但当时词坛实际的情形是基本上在师法梦窗、碧山阶段即流连忘返而忘却甚至无意再进。而梦窗词风的最大问题便是雕镂痕迹较重,有时甚至因此遮蔽了词意,而其"潜气内转"的特点又非一般人所能认知。"文字总要生动,镂金错采,所以为笨伯也"①。如此,从追琢中出自然的观念才会一再被提起。陈匪石云:

> 所谓自然,从追琢中来。吾人读陶潜诗、梅尧臣诗,明白如话,实则炼之圣者。《珠玉》、小山、子野、屯田、东山、淮海、清真,其词皆神于炼。不似南宋名家,针线之迹未灭尽也。②

陈匪石受况周颐词学浸染颇深,其《声执》论诗余、论词境、论炼字炼句等,多承蕙风余绪。他对南宋词针线之迹的批评,其实正指出了况周颐何以在"重拙大"之说之外,不废"松秀自然"说,其实就有以北宋词之"松秀"来药南宋词之滞重之意。陈匪石说:

> 疏密之用,笔之变化,实亦境与气之变化。如画家浓淡浅深,互相调剂。大概绵丽密致之句,词中所不可少。而此类语句之前后,必有流利疏宕之句以调节之。否则郁而不宣,滞而不化,如锦绣堆积,金玉杂陈,毫无空隙,观者为之生厌。③

以"松秀"之笔达疏密之用的意图十分明显。以此而言,况周颐乃是以"松秀"之说疗救当时词坛之痼疾,其折中两宋之意乃昭昭在焉。

晚清以来,将诗学范畴借用到词学领域的现象较为普遍,如陈廷焯的"沉郁顿挫"说、王国维的"境界"说、况周颐的"重拙大厚"说,都由诗学范畴借鉴而来,此往往是出于提升词体地位的目的。但这些诗学范畴对词之体性体制

---

① 刘体仁:《七颂堂词绎》,唐圭璋编《词话丛编》第一册,中华书局,1986年,第620页。

② 陈匪石:《声执》卷上,陈匪石编著,钟振振校点《宋词举(外三种)》,上海古籍出版社,2016年,第218页。

③ 陈匪石:《声执》卷上,陈匪石编著,钟振振校点《宋词举(外三种)》,上海古籍出版社,2016年,第221页。

的部分改变却也是不争之事实。一方面,诗不能涵括词之全部境界,即所谓"词中境界,有非诗之所能至者,体限之也"①,因为"盖有诗所难言者,委曲倚之于声"②;另一方面,词也难及所有诗境,即所谓词也"不能尽言诗之所能言"③。诗词体性的重合与交错其实是并存的现象,这也直接导致了中国文学批评史上经久不衰的尊体与破体关系问题的一再出现。但无论破体具有怎样的文体意义或时代意义,尊体的声音也永远不会停息,所以我们看到王国维曾经对张惠言的"深美闳约"特致青睐,后来并将屈原《湘君》中"要眇宜修"一语析为词之体性所在。这些直陈在《人间词话》手稿中的本初情怀,虽然在稍后发表于《国粹学报》时基本被泯去了痕迹,但王国维曾经的审美意趣依然可见。从这一现象来看况周颐,也同样能看出其词学中两种审美立场的交错痕迹。"松秀"范畴的出现,虽然不免处于"重拙大""词心词境"说的阴影之下,但正如他引用熊商珍所著诗话所谓"诗本性情,如松间之风,石上之泉,触之成声,自然天籁"④而深以为然一样,这种松间风、石上泉的意趣,其实也部分契合着词体的神韵。"松秀"的偶尔出场,恰恰显示出况周颐对词体本色的关怀之心。准此而言,作为一个况周颐语境中全新的词学范畴,"松秀"一说的价值和意义当然值得充分考量。

① 刘体仁:《七颂堂词绎》,唐圭璋编《词话丛编》第一册,中华书局,1986年,第619页。
② 朱彝尊:《陈纬云红盐词序》,朱彝尊著,屈兴国、袁李来点校《朱彝尊词集》,浙江古籍出版社,2017年,第404页。
③ 王国维:《人间词话》删稿,唐圭璋编《词话丛编》第五册,中华书局,1986年,第4258页。
④ 况周颐:《玉栖述雅》,唐圭璋编《词话丛编》第五册,中华书局,1986年,第4615—4616页。

第三章

况周颐与词学批评学的现代发生

一、词学批评学与现代词史著述

中国现代学术的特点主要在理论性、体系性与源流性三者的兼备上。作为现代学术的一个学科分支，词学也同样经历了学术现代性从启蒙、发展到成熟的一个过程。现代学术在中国最早兴起并成规模的应该是历史之学，早期如林传甲的《中国文学史》、陈中凡的《中国文学批评史》等皆是其例。这样的文学史、批评史虽有一己之价值评判，但总体是对史料分析的分期、连缀与评析，也就是说还原历史成为当时史学类著作的主要职能。

所谓"词学批评学"是指在词学学科之中以现代著述方式，自创理论或借鉴某种理论对词史发生发展进行历史性的源流梳理，并总结词史发展的规律与特征之学。也即以独具之理论对词史进行系统批评之学。词学批评学萌芽于龙榆生，乃是将其提出的词史之学与批评之学结合而成。建构词学批评学的学理依据在于：没有批评观念作为裁断的词史梳理是没有灵魂的；而没有词史源流作为底蕴的批评观念也是空疏不实的，故词学批评学的核心便是努力建构一种词学观念与词史发展的融通之学。

1934年，龙榆生撰《研究词学之商榷》一文，提出词学研究须关注图谱、音律、词韵、词史、校勘、声调、批评、目录八学。他将张宗橚《词林纪事》、王国维《清真先生遗事》及夏承焘《唐宋词人年谱》等作为"词史之学"的内核与雏形，认为词史之学是当时方兴未艾的学术领域；又认为王国维《人间词话》与况周颐《蕙风词话》"庶几专门批评之学",然王欠精审,况多抽象,所以龙榆生主张在补偏纠弊的基础上,重开"批评之学"。宋末以来诸多词话著作,体例芜杂,未尝以批评为职志,如周济、刘熙载等始立一家批评之学,但偏任主观,他说:

> 今欲于诸家词话之外,别立"批评之学",必须抱定客观态度,详考作家之身世关系,与一时风尚之所趋,以推求其作风转变之由,与其利病得失之所在。不容偏执"我见",以掩前人之真面目,而迷误来者。①

其宗旨是还原作者的真实面目,重新估量其在词学史上之地位。龙榆生理想中的词学批评学是在传统词话之外,对词人生平与时代之关系、社会环境与词风转变等,进行尽量客观的利病得失方面的评价。很显然,龙榆生强调的主要是词史的客观还原与评价,而对持以批评的理论与观念,则未特予重视。职是之故,龙榆生对况周颐之前的类乎词史著作如乾隆间张宗橚(1705—1775)所编《词林纪事》评价较高,认为其"荟最诸家笔记,勒为专书,始具词史之雏形"②。盖此书历述唐宋金元词人事迹并引述重要评论,间加按语,宛然一部词史资料汇编③。因为博采诸家故实,张宗橚此书所衍成之词史,也只是一部稍具条贯而总体杂凑的词史而已。

较早而稍具现代词史系统的著作当为 1922 年印行之刘毓盘之《词史》④,但此书真正形成影响还是上海群众图书公司 1931 年出版之后。作为我国第一部通代词史,刘毓盘大体以常州词派张惠言之说为之本,以十一章之篇幅,冠以词之起源,从隋唐至清之嘉、道年间,钩勒了词史发展的基本脉络。虽然无论是从源流的梳理还是对重点词人词作的评析,阙失的部分还是相当可观,但草创时期、初具现代著述方式和学科形态的词史著作,还是值得学术史充分肯定的。

刘毓盘《词史》的底本,是他在北京大学讲授词学课程的讲稿;而 1933 年

---

① 龙榆生:《研究词学之商榷》,龙榆生《龙榆生学术论文集》,上海古籍出版社,2017 年,第 250—251 页。

② 龙榆生:《最近二十五年之词坛概况》,龙榆生《龙榆生学术论文集》,上海古籍出版社,2017 年,第 106 页。

③ 杨宝霖《词林纪事 词林纪事补正》自序,张宗橚编,杨宝霖补正《词林纪事 词林纪事补正》上册,上海古籍出版社,1998 年,第 1 页。

④ 刘毓盘:《词史》,商务印书馆,2015 年。

出版的吴梅《词学通论》①，也是他在任教东南大学等时的讲稿基础上形成的。大概是因为课程讲述的需要，所以刘毓盘、吴梅等不能不注重源流的梳理和钩勒。吴梅此书虽然在绪论之外，用三章之篇幅分别讨论平仄四声、韵、音律和作法，但从第六章到第九章，则是梳理从唐五代以迄明清之词史，词史占的篇幅超过全书五分之四，故此书虽名为"词学通论"，但实际上更近于"词史通论"，故被评曰：

> 自第六章以下，论列唐五代以迄清季词学之源流正变与诸大家之利病得失……上下千年间之重要作家，罔不备举。②

也大体以"词史"视之。当然同样作为大学讲稿出版的还有王易的《词曲史》，乃并词曲嬗变之历史而论。这些词史类著作的纷纷面世，一方面得益于大学课程中"词学"一科地位的确立，另一方面也得益于现代著述方式的影响。以词史为中心的现代词学批评学因此而得以建立。

而在这一时期，最为致力词史研究的则是胡云翼，他在1926年即出版《宋词研究》（上海中华书局），稍后于1933年出版《中国词史大纲》（上海大陆书局）、《中国词史略》（上海北新书局）等，此外还编选了数种唐宋词的选本。对于词史研究，胡云翼有一种非常自觉的意识，他在《宋词研究·自序》中说：

> 宋词在中国文学史上，自有她的特殊地位，自有她的特殊价值。而作为文学史的分工工作，对于宋词加以有条理的研究和系统的叙述的专著，据我所知道的，现在似乎还没有。以前虽有词话、丛话一流书籍，偶有一见之得，而零碎掇拾，杂凑无章。我著这本书的动机，就是想将宋词成功地组织化、系统化的一种著作。③

所以这本《宋词研究》也确实具备"条理的研究和系统的叙述"的特点，对两宋词史的梳理颇见眼力。故被认为"的确是词学史上最早的系统地研究宋词及

---

① 吴梅：《词学通论》，中华书局，2010年。
② 参见《词籍介绍》，龙榆生主编《词学季刊》1933年第一卷第二号，第205页。
③ 胡云翼：《宋词研究》，《胡云翼说词》，华东师范大学出版社，2004年，第3页。

其历史的著作"①。当然从词史的角度来说,仅梳理两宋词史还是不完整的,故胡云翼稍后又撰《中国词史大纲》《中国词史略》二书,将词史的源流发展梳理得更为全面而充分。胡云翼一直认为:"词的发展历史,乃为研究词学最切实重要之部分。"②他花费如许精力沉潜其中,爬梳材料,条理词史,且其不仅用现代的著述体式,而且采用了不少新文学的观念,相较于刘毓盘和吴梅,应该更具词学批评学的规模和成熟形态。有学者认为,在 20 世纪 20 年代,胡云翼对宋词的分类和词史的梳理相较于传统的随机、印象、散点式的评点,"体现出一种现代科学的思维方式","无疑是一种巨大的飞跃和划时代的进步"③。这个评价我认为是合理的。

但是,如何从思维方式和著述方式均比较散漫的"词话"过渡到具备现代学科体系和著述方式的词史类著作?介乎两者之间的中间环节也许更值得考察。词学批评学之建构,不仅需要这一过渡阶段的历史眼光与理论支撑,而且这一过渡阶段的批评学,因为理论更为鲜明,也反而与后来现代著述方式的词史著作形成了对比。换言之,现代形态的词史著述,对史实的梳理更有科学的观念和方法,但这种科学的观念,恰恰有可能削弱了评骘词史的理论眼界和批评个性。因为现代形态的学术著作追求科学与客观,而对独具观念的词史著作反而因其主观性而将其边缘化。

二、现代词学批评学的"前发生期"

在具备现代学科意义的词史著作出现之前,出现了一个从 19 世纪 90 年代至 20 世纪 20 年代这跨越 30 余年的堪称"现代"的发生期。作为发生状态的词学批评学,这一时期的词史著述,在著述方式上仍沿袭传统的词话方式,故大体按时序发展,粗分阶段,散评词人词作,简单连缀成一部"词史"脉络的著作,就成为一个主要特征。而尤其与此前词话与此后词史著作形成鲜明区别的是:现代词学批评学的发生阶段恰恰以鲜明的理论性为标志,并将这种理论性转化为批评观念,作者持之以评历代词史。故"发生期"的词学批评学正

---

① 参见谢桃坊《胡云翼词学观点的历史反思》,谢桃坊《宋词辨》,上海古籍出版社,1999 年,第 131 页。
② 胡云翼《词学 ABC》例言,知识产权出版社,2017 年,第 1 页。
③ 参见王兆鹏《20 世纪前半期词学研究的历程》,《文学遗产》2001 年第 5 期,第 107 页。

以独具的理论个性和批评观念,区别于此前理论和批评的散漫无归以及此后理论和批评观念的弱化甚至消逝。

而欲明了此 30 余年词学批评学的发生,就不能不追溯此前源流更为悠长的词史意识的萌生与发展过程,若失却了对这一"前发生期"词史意识的钩勒,则词学批评学发生期的特征,也难以被精准地彰显出来。

稍作追溯,在现代词学批评学的发生之前,还有一个维持了更长时期的关注词史并试图搭建词史脉络的阶段。既然是也有词史意识的时期,为何又不能纳入词学批评学的发生期呢? 原因其实很简单,因为编纂者所做的主要工作就是词史资料的类编,而对词史的评骘则博征群说,实际上缺乏编者自身的词史观念。如果相对"发生"期的现代词学批评学,可视这一时期为前发生期。

前发生期的词学批评学可以沈雄(顺治中)、张宗橚(1705—1775)、冯金伯(1738—1810)、江顺诒(1823—1884)四人为代表,持续时间 230 余年。

论词之书,虽出多途,如序跋、书信、评点等,皆是其来源,但最为大端的还是词话。继唐圭璋编《词话丛编》①之后,近年《词话丛编补编》②《词话丛编二编》③亦先后问世,使得论词之书的规模大增,为重新梳理词学史奠定了重要基础。词话量的积累,当然有助于我们勘察词学生态繁茂之情形。但如何从众多的论词之书中,梳理出现代词学批评学之萌芽与发展轨迹,则是更具理论意义的话题。如何从散点或单一的批评转换为具有格局和体系的理论与批评的结合,可视为现代词学的一个基本特征。南宋王灼《碧鸡漫志》五卷之中以三卷论词调缘起,其偏至与偏胜皆在此一端。张炎《词源》上卷论词乐,下卷自音谱、拍眼、制曲、句法以迄令曲,指导创作之法门,乃词学之一科而已,虽也提出"词要清空"之说,但并未通贯全书,未能成为全书核心,故也无所谓理论之体系。而其所涉词人词作,虽也有一定数量,但也不足语源流变化矣。

创建学科从有意识到组合群说再到创立属于自己的理论体系,的确需要一个比较长的过程。早期虽有体系架构意识但尚无力自建体系的,可以沈雄、张宗橚、冯金伯、江顺诒、宗山等为代表,他们筹划的体制格局具有明显的学科

---

①　唐圭璋编:《词话丛编》,中华书局,1986 年。
②　葛渭君编:《词话丛编补编》,中华书局,2013 年。
③　屈兴国编:《词话丛编二编》,浙江古籍出版社,2013 年。

意识,且此数人呈现出的词学格局也渐趋周密与合理。虽是借他人之论说,建自家之体系,也是值得充分肯定的。因为若无这艰难的一步,后来的更具学理的体系创建也是难以想象的。

稍具源流体系的词话,早期或以沈雄《古今词话》为代表,其书分词话、词品、词辨、词评四部各上下二卷,词话二卷以时代为序征引诸家之说;词品二卷,略论创作范式,略同《词源》卷下;词辨二卷,则广释词调,与《碧鸡漫志》后三卷相似;词评二卷则纵评历代词人。故词话言说理论,词品侧重创作,词辨辨析词调,词评评骘词人。作为一部辑录类词话,这个格局有体系,但是理论散点无核心,其实是在一个相对宏阔的词学框架中安顿各家之说,类似词学资料的分类集成。尤其是词史资料虽具整理意识,但受制于"词话"来源,实际上局限了更广阔的词史了。

在龙榆生看来,张宗橚的《词林纪事》一书才堪称词史之学的肇端。他说:

> 海盐张宗橚著《词林纪事》,采集唐、宋以来诸家笔记之有关于词者,依计有功《唐诗纪事》之成例,排比作者时代之先后,自唐迄元,有得必书。于是词人之性行里居,约略可睹,以渐成其为"词史之学"。①

几视《词林纪事》为词史之学之肇端。此书网罗唐、五代、宋、金、元五朝词之本事及相关评论,录词人 418 家词 1024 首。同时汇录词之本事及评论 1303 条,另有 179 条按语,实是一部用力甚勤之书②。但既名"纪事",则其特色及不足于是乎俱在。陆以谦序张宗橚此书云:

> (张宗橚)晚年缉是书,名《纪事》。纪事者何?有事则录之,否则虽工弗录。间有无事有前人评语,亦附入焉。③

① 龙榆生:《研究词学之商榷》,龙榆生《龙榆生学术论文集》,上海古籍出版社,2017 年,第 242 页。
② 以上数据参见杨宝霖《词林纪事 词林纪事补正》自序,张宗橚编,杨宝霖补正《词林纪事 词林纪事补正》,上海古籍出版社,1998 年,第 1 页。
③ 陆以谦:《词林纪事·序》,张宗橚编,杨宝霖补正《词林纪事 词林纪事补正》,上海古籍出版社,1998 年,第 1 页。

这意味着张宗橚编《词林纪事》，只是类似将杨绘《时贤本事曲子集》予以时空放大而已。但有本事有评语的才录入，"否则虽工弗录"，则编者并非致力于钩勒完整之词史，而且有可能阙失了为数可观的优秀作品。只是因为有本事和评论的词人词作较多，而各卷又以时代为序，故略衍成词史格局而已。

此后，冯金伯辑《词苑萃编》博征诸家之论说而成体制、旨趣、品藻、指摘、纪事、音韵、辨证、谐谑、余编9类24卷，而其中品藻6卷，纪事9卷，可见其重心所在。此15卷与词史有关，但因为也是"萃编"，是在他人评述之词史中做道场，格局自然有限。兼其中无关乎体系者，则诸说杂陈，批评亦无明确标准可言也。

自冯金伯后，更具词学之格局者应属江顺诒辑、宗山参订之《词学集成》。此书初为江顺诒积数十年之劳收集而成，间杂己论，而整理归类之功则为宗山。此书分源、体、音、韵、派、法、境、品八卷。从总体上来说，此书也是荟萃杂说而条理词学之体系，其中虽有江顺诒的论说在内，但数量不多，兼散漫各处，也难以并置而论。宗山的分类似颇有勉强之处，各卷之间材料彼此错杂的情况所在多有。但相对而言，"词派第五"更具词史意味。宗山为本卷写的识语云：

> 滚滚词源，横拥其派。泛涉者疏，专攻者隘。
> 风归丽则，语芟荑稗。南北江河，入海而会。[1]

以"横拥其派"而贯乎"滚滚词源"，这便是江顺诒和宗山关于纵贯词史与横拥词派关系的基本理念，这当然是认知词史的一个重要维度。但问题也是显在的。词史上的词派从明代后期、清代，当然足以建构一部断代或跨代词史。但至少在唐宋元三代，隐性而松散具有一定词派特征的词人群体或许有，完整具备词派内涵的却基本无。不过宗山结合江顺诒辑录的材料，提出了"风归丽则，语芟荑稗"的词史审美标准，推崇雅正清丽词风，大体接续了张炎《词源》"清空骚雅"的观点[2]，这是值得注意的地方。

---

[1]　江顺诒辑，宗山参订：《词学集成》卷一，唐圭璋编《词话丛编》第四册，中华书局，1986年，第3207页。
[2]　关于江顺诒对张炎"清空"之说的继承，可参见杨柏岭《江顺诒研究》，安徽师范大学出版社，2019年，第151—154页。

关于词史的发展脉络,江顺诒在书中先后引尤侗《词苑丛谈序》及《词绎》关于词之"初盛中晚"说之后,特加按语云:

> 比词于诗,原可以初盛中晚论,而不可以时代后先分。如南唐二主似唐之初,秦、柳之琐屑,周、张之纤靡,已近于晚。北宋惟李易安差强人意。至南宋白石、玉田,始称极盛,而为词家之正轨。以辛拟太白,以苏拟少陵,尚属闰统。竹山、竹屋、梅溪、碧山、梦窗、草窗,则似中唐退之、香山、昌谷、玉溪之各臻其极。晚唐之诗,未可厚非,元明之词不足道,本朝朱、厉步武姜、张,各有真气,非明七子之貌袭。其能自树一帜者,其惟《饮水》一编乎。尤序固非探源之论,《词绎》所云,亦未得其要领。[①]

从引文末数句,可见江顺诒虽然认同尤侗、刘体仁将词史发展拟之如唐诗之初盛中晚,避免以代分史的机械作法。但在如何界定词史之"初盛中晚"上,他与尤、刘的观点有着本质的不同。尤、刘二位都将北宋视为词史之"盛",而江顺诒则认为词史发展至南宋特别是姜夔、张炎之词"始称极盛",才是"词家之正轨",可见他心目中的南宋词不仅是"盛"的问题,更树立了词体典范。因为信奉这样的词体本色观念,所以他对清朝以朱彝尊、厉鹗为代表的浙西词派自然评价甚高了。浙西词派"家白石而户玉田"的风气以及江顺诒等对南宋词和浙派词论的尊奉,是否对晚清以端木埰、王鹏运、况周颐等一脉相传的"重拙大"说形成直接的影响?这当然是可以继续探讨的话题了。

江顺诒、宗山以颇为鲜明的流派意识来贯串词史,这是其特色。但裁断词史过尊南宋,似乎也与词体发展而自然形成的本色观念形成了一定的隔膜。不过,《词学集成》毕竟是一部主要以汇集诸家之说而成的词话,江顺诒总体上也缺乏严密建构词学体系的意识和能力,所以其按语中的自相矛盾甚至对立之处,也所在多有。即如上引文以南宋词为极盛,但他也分明说过"词自太白创始,至南唐而极盛,温润绮丽,后鲜其伦"[②]之类的话,则又将"极盛"从南宋移诸南唐。盖江顺诒论词历时既久,宗旨也多摇荡变化,以至于前后之间难以体系与逻辑贯串而论。换言之,若江顺诒果然论词中心明确并以此辐射词

---

① 江顺诒辑,宗山参订:《词学集成》卷一,唐圭璋编《词话丛编》第四册,中华书局,1986 年,第 3227 页。

② 江顺诒辑,宗山参订:《词学集成》卷五,唐圭璋编《词话丛编》第四册,中华书局,1986 年,第 3271 页。

史,且脉络宛然,则其位置也就不在词学批评学的"前发生期",而应划入发生期了。

三、以"一是"引"千端":陈廷焯、王国维与词学批评学的发生

清代的词派往往以理论为先导,如云间派、浙西派、常州派等,皆是如此,大致以一篇具有理论倾向的序言或文章为先导,辅之以选本,从此就逐渐形成了词学史上的诸种流派。作为清代最大的词派——常州词派,清代张惠言、周济相沿而成"寄托"说之理论体系,但因为"寄托"说的阐释空间本身较为单一,而批评也尚未构成体系。在近代词学中,刘熙载是值得重视的一个人物,其《艺概》有"词曲"一概,其中论词多有发明,虽也以"词为声学"之说直接词之本原,并有"词须隐秀""极炼如不炼"等说也脍炙人口,但这些散点的理论虽然也堪称各标宗旨,但同样未能聚合成自具逻辑的体系,更未能以之辐射更为广泛的词史源流。

晚清王国维之《人间词话》、民国况周颐之《蕙风词话》被誉为"庶几专门批评之学"①,其实真正能自出理论并持以为评说词史标准,并粗具学科形态的词学批评学之肇端,应该是从陈廷焯的《白雨斋词话》说起。而陈廷焯建构其词学体系也经历了一个从散点理论到聚合成说的过程。同治十三年(1874)秋八月,时年22岁的陈廷焯在天台客舍撰成《词坛丛话》一种,与其《云韶集》词选相辅而行,大概因成书于年轻之时,故其书亦类词史之"录鬼簿",略评词史词人而已。

光绪十六年(1890),陈廷焯完成《白雨斋词话》初稿,次年修改定稿,此书便已经是他对词学"探索既久,豁然大彻"后的成果②。故与十六年前完成的《词坛丛话》面目已判然有异。其《白雨斋词话·自叙》云:

> 萧斋岑寂,撰《词话》八卷,本诸风骚,正其情性。温厚以为体,沉郁以为用。引以千端,衷诸一是。非好与古人为难,独成一家言,亦有所大

---

① 龙榆生:《研究词学之商榷》,龙榆生《龙榆生学术论文集》,上海古籍出版社,2017年,第250页。
② 参见王耕心《白雨斋词话叙》,陈廷焯《白雨斋词话》,唐圭璋编《词话丛编》第四册,中华书局,1986年,第3748页。

不得已于中,为斯诣绵延一线。①

到底有什么"大不得已于中"呢?其实就是他在自叙中提及的填词创作史上的"其失有六",所以"救弊"便是这部词话最直接的动机。而且陈廷焯深知倚声之学"关乎性情,通乎造化",所以把根源于"风骚"而得情性之正作为基础,建立了词体以"温厚"为体、以"沉郁"为用的理论体系,并由此而建立自己的批评体系。这显然是上接张惠言、周济之常州词派而进以新的相关理论。"引以千端,衷诸一是"八字才是其词学批评学自觉的一个重要标志,这也意味着陈廷焯有自觉而自足的理论与批评体系。陈廷焯要做的便是对词体"洞悉本原,直揭三昧","独标真谛"②。他有两则词话需要引起我们格外的关注:

> 作词之法,首贵沉郁,沉则不浮,郁则不薄。顾沉郁未易强求,不根柢于风骚,乌能沉郁。十三国变风,二十五篇楚词,忠厚之至,亦沉郁之至,词之源也。不究心于此、率尔操觚,乌有是处。
>
> 所谓沉郁者,意在笔先,神余言外,写怨夫思妇之怀,寓孽子孤臣之感。凡交情之冷淡,身世之飘零,皆可于一草一木发之。而发之又必若隐若见,欲露不露,反复缠绵,终不许一语道破,匪独体格之高,亦见性情之厚。③

上文有两点值得特别注意:第一,重塑词的风骚本源说;第二,将沉郁作为填词创作的基本范式,既涉及情感的特点,又强调表达的艺术。这是陈廷焯持以建构理论体系的基石,也是他持以评骘词史的标准。而一部词史,在陈廷焯看来,也就是一部沉郁观念的兴衰史。具体的词人词作的点评,不遑举例。兹看其论词史变化云:

> 温、韦创古者也。晏、欧继温、韦之后,面目未改,神理全非,异乎温、韦者也。苏、辛、周、秦之于温、韦,貌变而神不变。声色大开,本原则一。

---

① 陈廷焯:《白雨斋词话自叙》,唐圭璋编《词话丛编》第四册,中华书局,1986年,第3751页。
② 参见陈廷焯《白雨斋词话》卷一,唐圭璋编《词话丛编》第四册,中华书局,1986年,第3775页。
③ 陈廷焯:《白雨斋词话》卷一,唐圭璋编《词话丛编》第四册,中华书局,1986年,第3776、3777页。

南宋诸名家,大旨亦不悖于温、韦,而各立门户,别有千古。元、明庸庸碌碌,无所短长。至陈、朱辈出,而古意全失,温、韦之风,不可复作矣。贞下起元,往而必复。皋文唱于前,蒿庵成于后。风雅正宗,赖以不坠。好古之士,又可得寻其绪焉。①

这一节话语其实就是以"沉郁"为标准梳理词史创古、变古、失古与复古的起伏变化②。何以其中并无"沉郁"二字,而我要把沉郁放在里面呢?原因很简单。因为作为"创古"的温、韦二人,在陈廷焯的词学观念中,正是词体"沉郁"说的奠基人物。他说:"飞卿词全祖《离骚》,所以独绝千古。"③又说:"韦端己词,似直而纡,似达而郁,最为词中胜境。"④又说:"端己……一变飞卿面目,然消息正自相通。"⑤温庭筠与韦庄都是本于"词之源",故成为沉郁说的最佳典范。而此后历史便是以与"沉郁"的离合与疏密关系而论。

　　检此前词话,虽然评点词人词作,衍成词史脉络的情形虽然亦常见,但高下其间的标准都呈现出动荡、散乱而无归的情况。而在《白雨斋词话》中,陈廷焯不仅以溯源风骚正其情性,更以"沉郁"二字贯穿理论与批评之间,使全书虽外具词话形式,却有一种内在的体系结构其中。这是向现代词学迈进的重要一步,陈廷焯《白雨斋词话》的现代意义也因此值得充分估量。而后来刘毓盘《词史》、吴梅《词学通论》固然没有以自创理论裁断词史,但他们借鉴的理论正是主要来源于陈廷焯之说,也就是说绵延的是常州词派一线。

　　也许在词史钩勒的细密和规模上,王国维比陈廷焯要简约得多,但在理论建构上,王国维的体系建设要呈现出更丰富的逻辑结构。王国维能建构此理论体系,与他早年比较多地浸润于西方哲学著作的一段经历有关,概念、范畴和体系自然成为王国维治学的一种基本理念。所以,虽然早在1905年出版之《静安文集》中诸多文章都已经具备现代学术的成熟形态,而1913年出版的《宋元戏曲史》梳理戏曲史源流,也同样采用现代科学的著述方式。但当他介乎这两个时间点之间,面对与他性情特契的词,还是采用了传统的词话形式。

---

① 陈廷焯:《白雨斋词话》卷八,唐圭璋编《词话丛编》第四册,中华书局,1986年,第3965页。
② 参见拙文《陈廷焯词史论发微》,《词学》第十一辑,华东师范大学出版社,1993年,第37—49页。
③ 陈廷焯:《白雨斋词话》卷一,唐圭璋编《词话丛编》第四册,中华书局,1986年,第3777页。
④ 陈廷焯:《白雨斋词话》卷一,唐圭璋编《词话丛编》第四册,中华书局,1986年,第3779页。
⑤ 陈廷焯:《白雨斋词话》卷一,唐圭璋编《词话丛编》第四册,中华书局,1986年,第3779页。

用古典的方式商榷古典,或许是此时王国维深隐的心理。

在 1908 年夏秋之际,王国维撰写《人间词话》初稿时,并未先有明确而完整的理论体系,而仍是承袭传统的散点评论方式,即便撰至第 31 则,出现了"词以境界为最上"一则,其初也恐为一时妙悟而已,因为即便稍后也间断性出现论境界之话语,但其与整部词话的关系依然错杂汗漫,难以确立论说中心,更遑论悬为批评准则了。但在当年末,王国维将手稿删去近半、整理若干付诸《国粹学报》发表时,他的理论建构意识就充分体现出来。他不仅将原本位居第 31 的论境界一则冠诸篇首,并且大力调整论说顺序,用前 9 则集中建构境界说之范畴与理论体系。先以"高格""名句"与"五代北宋之词"指出境界之方向,继而从虚与实的关系提出了造境与写境之说,从物与我的关系角度提出了有我之境与无我之境之说,从景物与感情之真假关系提出了境界之有无问题,从意象之特点而提出了境界之大小问题,从与传统诗说的关系提出了境界说与其他说的本末问题,从语言与意象的关系是否澄明而提出了隔与不隔之说(第 40 则),从诗与词的关系角度提出了古人之境界与我之境界(未刊稿第 17 则)①,从影响之深浅广狭等角度提出了诗人之境界与常人之境界②,等等。虽然因为词话体式,这些围绕着境界说的范畴体系建构,其逻辑性仍有待进一步总结,但王国维对境界体系的自觉追求,却是非常明显的。而且注重体系的立体多维结构层次,这比陈廷焯相对单一的"沉郁"词说,要更显理论的丰盈和高度。

除了注重建构境界说的范畴体系,王国维在《国粹学报》本《人间词话》中对词史的钩勒、对词人词作的评价,也都以不同范畴的境界之说为评判依据,可见与陈廷焯相似,都有建构理论并持以作为批评标准的自觉意识。大概因为篇幅的关系,王国维评述词史,或者注重数人之间的比较,或者侧重一个人与一个时代的关系,以此来彰显词史的理论张力。"比较"便是王国维评述词史的常态:如从气象的角度,对比李白《忆秦娥》、范仲淹《渔家傲》、夏竦《喜迁莺》三词的区别;从词品的角度,分别用"画屏金鹧鸪""弦上黄莺语""和泪试

① 以上参见彭玉平《人间词话疏证》,中华书局,2011 年,第 407—424 页。
② 参见王国维《清真先生遗事》,谢维扬、房鑫亮主编《王国维全集》第二卷,浙江教育出版社、广东教育出版社,2009 年,第 424 页。

严妆"三句比较温庭筠、韦庄、冯延巳三家词风的不同①。而其强调一个人与一个时代（或跨时代）词史发展的关系，尤其是他建构词史高屋建瓴之处。如：

> 词至李后主而眼界始大，感慨遂深，遂变伶工之词而为士大夫之词。
> 冯正中词虽不失五代风格，而堂庑特大，开北宋一代风气。
> 纳兰容若以自然之眼观物，以自然之舌言情……北宋以来，一人而已。②

以上三则词话，都是读《人间词话》者耳熟能详的条目，但在具体评说之外，王国维所呈现出来的特别的思维方式似乎并没有受到重视。此三则看似在分别评说李煜、冯延巳、纳兰性德之词，其实重点在绾结词人与词史发展和新变的关系，如评论李煜以更高更深的眼界与感慨将词的抒情主体从伶工更换为士大夫，这是词体发展最为关键的一步，也为后来的尊体提供了重要基石。北宋是词史最为鼎盛时期，而肇其端者则为冯延巳，无论是题材，还是风格，词体本色特征的形成及其格局，冯延巳在其中皆居功至伟。王国维论词史基本上从南宋一笔就跳到清代，而所谓"南宋"也主要是辛弃疾一人而已，故他一笔将元明掠过，而直接纳兰，原因当然是纳兰回到了以自然、真切为标志的境界之中。

比较集中地体现王国维词史观的，应该是他托名樊志厚而撰的《人间词乙稿序》：

> 文学之事，其内足以摅己，而外足以感人者，意与境二者而已。上焉者意与境浑，其次或以境胜，或以意胜。苟缺其一，不足以言文学……文学之工不工，亦视其意境之有无与其深浅而已……温、韦之精艳，所以不如正中者，意境有深浅也。《珠玉》所以逊《六一》，《小山》所以愧《淮海》者，意境异也。美成晚出，始以辞采擅长，然终不失为北宋人之词者，有意境也。南宋词人之有意境者，惟一稼轩，然亦若不欲以意境胜。白石之

---

① 彭玉平：《人间词话疏证》，中华书局，2011年，第410页。
② 彭玉平：《人间词话疏证》，中华书局，2011年，第411、412、421页。

词,气体雅健耳,至于意境,则去北宋人远甚。及梦窗、玉田出,并不求诸气体,而惟文字之是务,于是词之道熄矣。自元迄明,益以不振。至于国朝,而纳兰侍卫以天赋之才,崛起于方兴之族。其所为词,悲凉顽艳,独有得于意境之深,可谓豪杰之士,奋乎百世之下者矣。同时朱、陈既非劲敌,后世项、蒋尤难鼎足。至乾、嘉以降,审乎体格韵律之间者愈微,而意味之溢于字句之表者愈浅。岂非拘泥文字,而不求诸意境之失欤?①

论词话而引此文为证,原因是此序正是对《人间词话》中散在的词史评析进行有机提炼和集中表述。故王国维除了以"词话"体论词之外,其实也擅长用"论文"体论词,《人间词乙稿序》即其偶露峥嵘者。这一段文字,其实我们不必关注其对不同时代不同词人的具体评价是否合理,在本文中,我们要关注的主要是两点:其一,对词史源流的钩勒自具脉络与体系;其二,评价词史发展的标准正在"意境"之说,而在王国维的早期语境中,意境与境界是近乎可以互相替换的两个词。这意味着作为词学批评学的发生,王国维持境界说梳理并裁断词史的意识和实践都十分鲜明,而且从其《清真先生遗事》《人间词甲稿序》《人间词乙稿序》等文字来看,王国维其实完全有能力以现代的著述方式,直接从词学批评的发生期走向成熟期。

与王国维较为宏阔的理论体系以及过于简略的词史批评相比,陈廷焯的理论虽稍显简单,但批评极有规模。唐圭璋说:

> 陈廷焯《白雨斋词话》手稿本原为十卷,盖以所选之《词则》为基础,历评唐末温、韦至与他同时代的庄、谭词作之优劣。上下千年,尽收笔底。②

《词则》是陈廷焯晚年的一部大型词选,分大雅、放歌、闲情、别调四集,收录自唐迄清词2360首。有如此广博的词作作为基础,陈廷焯的词史批评论当然也同样积成规模了。而王国维理论颇丰盈,但批评范围较小。手稿虽然也及近代朱祖谋、况周颐等词人,但择录发表在《国粹学报》时,其论词史自李白的

---

① 彭玉平:《人间词话疏证》,中华书局,2011年,第443—444页。
② 唐圭璋:《〈白雨斋词话〉后记》,唐圭璋《词学论丛》,上海古籍出版社,1986年,第1054页。

《忆秦娥》始，至纳兰性德而止，不过寥寥数十人而已，其词史描述的跳跃性和缺失性都非常明显，与陈廷焯广博的词史基础相比，差距还是相当大的。

陈廷焯因天不假年，四十岁便去世，这使得其词学批评学虽依托《白雨斋词话》《词则》等粗具格局，但毕竟在理论的建设上还是显得薄弱了①。而王国维一生治学兴趣屡变，他只是在治中西哲学与回归传统的经史文字音韵之学之间，有七八年时间停留在词曲研究上，而曲学研究又占了这个时间的大半，在词学上停留的时间也只短短的三年左右。这使得其虽可借助其哲学研究的理论功底而建构自己的词学体系，但面对浩瀚的词史，他实际上无力也无心顾及太多，这也直接导致其词学批评学呈现出重理论建构而轻词史规模的现象。当然，处于发生期的词学批评学也注定是难以立说周全并平衡其格局的。

四、况周颐与词学批评学发生期的煞尾

陈廷焯理论与批评的结合在现代词学中具有奠基意义，而王国维则更一步推进了词学现代理论体系的建设。接续陈廷焯、王国维致力建设现代词学批评学的则是况周颐。况周颐虽然在词坛成名早于王国维，而且早期词话如《香海棠馆词话》《玉梅词话》等的刊行也在《人间词话》之前，但真正在词学领域发生重大影响，还是1924年况周颐将此前数种词话斟酌、整合与增补为《蕙风词话》并由惜阴堂刊刻之后。

况周颐堪称是天赋词人。一生精力所在，要在词学一端，故其成果丰硕，地位也迥出他人之上。龙榆生说：

> 近代词人，致力之专且久，而以词为终身事业，盖无有能出周颐右者……所为《蕙风词话》，彊村先生推为千年来之绝作。故知周颐实为近代词学一大批评家，发微阐幽，宣诸奥蕴。②

而对托名刘承干实为况周颐代撰的《历代词人考略》也予以高度评价。他说：

<hr/>

① 唐圭璋《〈白雨斋词话〉后记》云："惜天不永年，未获与朱、况切磋，创制更多鸿著，以惠后学。"唐圭璋：《词学论丛》，上海古籍出版社，1986年，第1054页。

② 龙榆生：《清季四大词人》，龙榆生《龙榆生学术论文集》，上海古籍出版社，2017年，第87页。

> 民国以来,吴兴刘氏(承干),循张氏往例,益务博稽群籍,以为《词林考鉴》一书。自唐迄清,所搜材料,视张氏丰富奚止十倍?惜草创未半,中纂止修;未知何时,可与世人相见?①

文中"张氏"即指《词林纪事》之编者张宗橚。今对勘《历代词人考略》(《词林考鉴》为其原名之一)②与《词林纪事》二书,其分卷条列词人,先之以帝王,再以时为序,体例确实十分相似。如《词林纪事》卷之一唐,玄宗皇帝、昭宗皇帝之下,才是李景伯、沈佺期、裴谈、张说等人序次而下;《历代词人考略》卷一也以明皇帝、昭宗皇帝居前,接以李景伯等人。在当时寓目《历代词人考略》原稿者除了刘承干、朱祖谋、周庆云、黄公渚、罗振常、罗庄之外寥寥可数,但龙榆生是其中之一,故其编《唐宋名家词选》也从中采择不少材料。龙榆生特别强调二书在体例上的传承,也确乎是一个事实。

《历代词人考略》始纂于1917年,从刘承干起议编纂此书到最终落实,也经历了一个稍显曲折的过程。刘承干《求恕斋日记》③于1917年2月23日记云:

> 朱古微、况夔笙在益庵书房中,持片来请余至书房谈。去年由古微劝余编刻《词人征略》,以夔笙词苑擅场,聘伊主持,其事已经谈定。后夔笙因闻筱珊有言,遂尔停辍,余亦一笑置之,今又续提前事,一切仍照前议,惟计字授脩,照商务印书馆例,约每字一千计洋四元,余允之。

则此事经过一年的周折方才落定。但其实论词史也不必专论《历代词人考略》一书。1924年,况周颐《蕙风词话》刊行,此词话的重要底本即是1920年刊于《小说月报》十一卷五号至十二号的《餐樱庑词话》。况周颐弟子赵尊岳说:

---

① 龙榆生:《最近二十五年之词坛概况》,龙榆生《龙榆生学术论文集》,上海古籍出版社,2017年,第106页。

② 有关《历代词人考略》一书的编纂缘起及成书过程,可参见拙文《〈历代词人考略〉及相关问题考论》,《文学遗产》2016年第4期,第177—191页。亦可参本书第十二章。

③ 刘承干《求恕斋日记》51册,今主要藏上海图书馆,本书引用此日记,即出上海图书馆藏本。

先生旧有词话，未分卷，晚岁鬻文少暇，风雨篝灯，则草数则见视，合以旧作，自厘订为五卷。①

赵尊岳没有明确列出"旧有词话"之名，但其实主要即以《餐樱庑词话》为基础。何以说"主要"呢？况周颐所编定《蕙风词话》五卷，凡 325 则，其中 147 则来自《餐樱庑词话》，几占其半，而《餐樱庑词话》总共也不过 250 则②。二书关系之密切可见一斑。无论是稍早的《餐樱庑词话》，还是稍后的《蕙风词话》，评骘词史始终是其主流和大端③。

从 1904 年至 1926 年，况周颐先后发表《香海棠馆词话》（1904）、《玉梅词话》（1908）、《餐樱庑词话》（1920）、《蕙风词话》（1924）四种。况周颐身后也刊有多种遗稿，其中《词话》（1927）、《词学讲义》（1933）名为二种，而实为一种④。

上述况周颐撰述发表的词学书单，除了《历代词人考略》是托名之作，其余皆是况周颐实名发表者。

己丑薄游京师，与半塘共晨夕，半塘于词夙尚体格，于余词多所规诫，又以所刻宋元人词属为斠雠，余自是得窥词学门径。所谓"重拙大"，所谓"自然从追琢中出"，积心领神会之，而体格为之一变。半塘亟奖藉之，而其他无责焉。⑤

况周颐曾回顾自己之所以能窥见词学门径，主要得益于王鹏运的教诲，尤其是"重拙大"与"自然从追逐中出"等词学观念，也曾经从根本上改变了自己词的"体格"。覆勘此五部词学著作，也确实可以看到况周颐从来没有遗漏过王鹏运耳提面命的"重拙大"说。这是其一。其二是：根于自己天赋清丽的性格与

① 赵尊岳：《蕙风词话·跋》，况周颐《况周颐集》第四册，广西师范大学出版社，2012 年，第 169 页。
② 参见张晖《〈蕙风词话〉考》，沙先一、张晖《清词的传承与开拓》，上海古籍出版社，2008 年，第 362 页。
③ 参见孙克强《况周颐的唐宋词史观》，《江海学刊》2012 年第 1 期，第 208—215 页。
④ 参见拙文《新发现〈联益之友〉刊况周颐〈词话〉考论》，《民国旧体文学研究》创刊号，国家图书馆出版社，2016 年，第 206—223 页。
⑤ 况周颐：《餐樱词自序》，转引自况周颐著，秦玮鸿校注《况周颐词集校注》，上海古籍出版社，2013 年，第 534—535 页。

审美特点,对于王鹏运的教诲,从接闻到接受,况周颐也经过了至少五年的迟疑、徘徊时间。1892 年,况周颐在《存悔集序》中言之分明①。

这意味着况周颐目前诸多著述中呈现出来的词学风貌,固然有其独特之思,其实也包涵了晚清以来许多词学家的集体之思,而且况周颐往往是这些相关理论的最终总结者,其学术地位也由此而奠定。

但对于理论家来说,综合、总结他人之论并非理论家的最大追求,自创一家之论,才是内心最真实的想法。况周颐词学的复杂性正体现于此。一方面从理论传承的角度,他必须弘扬"重拙大"之说,但覆检词话,他在表述对此的看法的时候,往往并不连贯,甚至显得相当散漫②。所以,从作为批评标准的理论来说,况周颐"重拙大"说的涵括力存在着明显的问题。稍检其书,持之以为批评标准的理论还存在着多样的形态,而多样之间,有的不是互补,而是有着一定的矛盾之处。如"松秀"说③、"清疏"④说等,其基本内涵都多有与"重拙大"说无法对应者。所以在况周颐实名的词学著作中,"重拙大"说是否具有理论基石的地位,就值得怀疑了。这一点也可从他晚年在托名的《历代词人考略》一书中,关于"重拙大"说的完整阐述未见踪影,就很能说明问题⑤。即此而言,我们对《历代词人考略》的理论价值,确实有必要进行重新评估。

如果把《历代词人考略》中体现出来的词学观念进行总结的话,"清疏"是其中非常抢眼的一个词,"清疏"的观念更多是建立在对北宋词的体认基础上。作为一种观念,"清疏"其实也潜藏在其《蕙风词话》一书中,只是因为在"重拙大"说的光环之下,而不大受人瞩目而已。赵尊岳师从况周颐多年,耳闻其说甚多,其中也颇多未见词话明确记述者,其语云:

> 溯之辛酉二月,尊岳始受词学于蕙风先生。此五年中,月必数见,见必诏以源流正变之道,风会升降之殊,于宗派家数定一尊,于体格声调求其是……其论词格曰宜重、拙、大,举《花间》之闳丽,北宋之清疏,南宋之

---

① 况周颐:《存悔词序》,况周颐著,秦玮鸿校注《况周颐词集校注》,上海古籍出版社,2013 年,第 532 页。

② 参见拙文《晚清民国词学的明流与暗流——以"重拙大"说的源流与结构谱系为考察中心》,《文学遗产》2017 年第 6 期,第 143—156 页。

③ 参见拙文《论词之"松秀"说》,《文学评论》2016 年第 5 期,第 69—83 页。

④ 参见拙文《"清疏":王国维与况周颐相通的审美范式》,《文艺研究》2019 年第 10 期,第 55—65 页。

⑤ 今存删订本《历代词人考略》未见并举"重拙大"三字以专成一说者。

醇至,要与三者有合焉。①

很显然,况周颐面对弟子赵尊岳,谈了不少最本真的看法。但赵尊岳这里用
"重拙大"说涵括"《花间》之闳丽、北宋之清疏、南宋之醇至"不同的词风,恐怕
也有出语草率之处②。况周颐应该表述对过五代、两宋词风的兼赏之意,但如
何协调其与"重拙大"之关系,赵尊岳未免简单化了。相对于陈廷焯、王国维
以比较单一的理论评述词史,况周颐注意到不同时代的不同词风,并各以相关
的理论来审视,似乎更契合词史发展的实际。朱祖谋曾评《蕙风词话》为"自
有词话以来,无此有功词学之作"③。以前总觉得此言虽推奖甚力,但也似未
落到实处。现在始悟得此评大概是基于其理论及其评析词史的丰富性而言
的,因为如朱祖谋本人,其词学思想也是在不断变化中丰富和发展的。

《历代词人考略》一书原分小传、词话、词评、附考、按语五例,将词人分系
以时代。今粗检其收录词人数有一千余人。而"小传"与"按语"合观,已粗具后
来词史之雏形,只是尚缺乏理论之统系而已。他要发掘被埋没的好词,尤其是那
些长期被词学史冷落的词人,所以其建构完整词史的意识是明确的④。事实上,
当况周颐词史尚未出版时,其书被邵瑞彭称为《历朝词人传》,就足见当时人对
此书的基本定位⑤。而将其中的词学观念与词史批评结合起来,从词学批评学
的角度来说,此书也有不可替代的价值。约而言之,以下几点尤其值得注意:

其一,甄别词人风格的差异性。如其评温庭筠词云:

　　温飞卿词有以丽密胜者,有以清疏胜者,永观王氏以"画屏金鹧鸪"
概之,就其丽密者言之耳;其清疏者如《更漏子》"梧桐树"云云,亦为前人
所称,未始不佳也。⑥

---

① 赵尊岳:《蕙风词话·跋》,况周颐《况周颐集》第四册,广西师范大学出版社,2012年,第166页。
② 关于况周颐对王鹏运"重拙大"说的接受与改造,可参见孙维城《论况周颐对王鹏运"重拙大"词学
观的改造》,《安庆师范学院学报》2001年第3期,第33—36、51页。
③ 转引自况周颐《词学讲义》末附龙榆生跋文,龙榆生主编《词学季刊》1933年创刊号,第112页。
④ 况周颐:《蕙风词话》卷二,唐圭璋编《词话丛编》第五册,中华书局,1986年,第4425页。
⑤ 国家图书馆善本部编:《赵凤昌藏札》第六册,国家图书馆出版社,2009年,第127—128页。
⑥ 况周颐:《历代词人考略》,影印吴兴刘氏嘉业堂钞本,全国图书馆文献缩微复制中心,2003年,第
129页。

与陈廷焯、王国维不同,况周颐何以要并存"重拙大""松秀""清疏"等说以裁断词史,这不仅因为词史本身就是丰富多彩的,而且即便一人之词,也能呈现出不同甚至相反的风格,若执一而论,则未免半遮锐眼了。

其二,关注因时而变的词风特征。具体可以其评李之仪词为例。他说:

> 综论姑溪词格,其清空婉约,自是北宋正宗;而渐近沉著,则又开南宋风会矣。①

又如评招山词"清劲疏隽,风格在南、北宋之间"②。此与王国维论李煜、冯延巳词由一人而带出一个时代相似,况周颐在这里更以李之仪、招山词为例带出了北宋与南宋两个时代以及介乎其间的词风变化。从北宋正宗的"清空婉约"到两宋之交的"清劲疏隽"再到南宋风会的"沉著"。况周颐用不同的理论来评析词史,也正是宏通之处。

其三,确立以北宋词为词之本色与高境的地位。此可以其评晏殊词为例:

> 元献《浣溪沙》云:"无可奈何花落去,似曾相识燕归来。小园香径独徘徊。"《踏莎行》云:"一场愁梦酒醒时,斜阳却照深深院。"……此等词无须表德,并无须实说,所谓"不著一字,尽得风流"。罗罗清疏却按之有物,此北宋人所以不可及也。③

检《历代词人考略》一书,其所持观念虽亦丰富,但"罗罗清疏却按之有物,此北宋人所以不可及也",却是其悬为词之高格者。类似对"清疏"的心仪,在《蕙风词话》中其实也有踪迹可寻。如评胡松年词"意境清疏,犹是北宋风

---

① 况周颐:《历代词人考略》,影印吴兴刘氏嘉业堂钞本,全国图书馆文献缩微复制中心,2003 年,第 621 页。

② 况周颐:《历代词人考略》,影印吴兴刘氏嘉业堂钞本,全国图书馆文献缩微复制中心,2003 年,第 1327 页。

③ 况周颐:《历代词人考略》,影印吴兴刘氏嘉业堂钞本,全国图书馆文献缩微复制中心,2003 年,第 333 页。

格"①,评戴复古《鹊桥仙》《醉太平》二词"清丽芊绵,未坠北宋风格"②等,即是其端倪所在。

其四,以清疏与沉著相结合作为基本的词史评价观念。"清疏"一词在《历代词人考略》一书中几乎随处可见。"重拙大"说的完整表述虽然难觅踪影,但对"重"的关注仍有所体现。"清疏"与"重"的结合成为《考略》一书中新的批评理念。他评程怀古《洺水词》"颇多奇崛之笔,足当一'重'字"③。又如评曾肇《好事近》词"轻清疏爽,后段尤渐近沉著"④,把清疏与沉著相结合之意昭昭在焉。况周颐综论两宋词云:"两宋人词……大都深稳沉著,以气格胜……并非时下人所及。"⑤其对"重拙大"说的调整还是清晰可辨的。

作为在当时及此后相当长的一段时间内,规模最为庞大、以时代与词人为序、集文献汇集与学术评判于一体的著述,《历代词人考略》与《蕙风词话》等一起综合代表了况周颐在现代词学史上的重要地位。以一人之力成此巨编,亦足令人感佩与赞叹。其广博的文献之功、精审的抉择之力与深准的词史评述之义,使得况周颐在词学史上的地位隆盛古今、光彩灼灼。在古典的词学中,况周颐是最为辉煌的结穴;而在现代的词学中,况周颐则是最为铿锵的先声。

五、余论

现代学科形态的逐渐形成,催生了词学一科的最终确立。在词学之中,以词史之学为核心的词学批评学则是其极为重要的组成部分。这是我们现在考量刘毓盘、胡云翼、吴梅等人相关词史著作时,能够充分感受到的一个基本事

---

① 况周颐:《历代词人考略》,影印吴兴刘氏嘉业堂钞本,全国图书馆文献缩微复制中心,2003 年,第829 页。

② 况周颐:《历代词人考略》,影印吴兴刘氏嘉业堂钞本,全国图书馆文献缩微复制中心,2003 年,第1259 页。

③ 况周颐:《历代词人考略》,影印吴兴刘氏嘉业堂钞本,全国图书馆文献缩微复制中心,2003 年,第1398 页。

④ 况周颐:《历代词人考略》,影印吴兴刘氏嘉业堂钞本,全国图书馆文献缩微复制中心,2003 年,第507 页。

⑤ 况周颐:《历代词人考略》,影印吴兴刘氏嘉业堂钞本,全国图书馆文献缩微复制中心,2003 年,第877 页。

实。而追溯词学批评学从萌芽、发生到成熟的过程,更足以见出学科构建的艰难。无论是沈雄、张宗橚,还是冯金伯、江顺诒,他们的词学建构意识不仅渐趋明晰,对词史的钩勒也愈见规模,但将自己的观念和眼中的词史寄寓在他人驳杂的话语中,其所呈现出来的自然仍是松散而尚无归宿的词学而已。而陈廷焯、王国维与况周颐各以自己独特的词学思想来钩勒评骘词史,则直接促成了词学批评学的现代发生。虽然陈廷焯的理论稍显单一,王国维的词史不免薄弱,但作为词学批评学的先声,为况周颐以多维的词学理论来贯穿丰富的词史批评奠定了重要基础。

也许陈廷焯、王国维与况周颐缺乏现代科学形态的著述方式,而使得其词学批评学终究难以达到“科学”的境界。但对照刘毓盘、吴梅、胡云翼等已具科学形态的词史著述,我们也许可以感受到作为发生期的词学批评学别具一种理论和个性魅力。这就是我们现在虽然已经基本淘汰了以词话体的方式来建构词学之体系,但回顾发生期的词学批评学,其各自的理论风采与批评个性依旧令我们心追神想的原因所在。

第四章

"诗余"说源流与况周颐诗之"赢余"说

　　词体的异称繁多,其中既有根据音乐特性来命名的曲子、乐府、歌曲、倚声等,也有从句法特点命名的长短句等;还有从创作方式上命名的填词、缀词等。这些形形色色的词体异称,虽然各取一端,不能无偏,但也是从不同角度符合词体的体制特点的,所以虽然对这些并不周延的称呼,在学术界也存在着争议,但并不涉及词体的价值判断问题。"诗余"的出现所带来的不仅仅是词体名称的变化,而且涉及词与诗的关系以及词体的价值和地位问题,它是文人文体意识的一种反映①。

一、从"乐府之余"到"诗余"

　　从词体命名的先后顺序来看,诗余是晚于曲子和长短句的,是相对后起的一个概念。"诗余"之称最早由谁提出,现在已难具体考订。清代吴衡照《莲子居词话》卷一曾说:

　　　　诗余名义缘起,始见宋王灼《碧鸡漫志》。②

----

　　①　任半塘《唐声诗》(上编)云:"'诗余'之意识,限于文人、词人有,民间不知。其说文人或词人有承认者,有否认者。"确实如此,盖词体兴盛以后,必然存在与诗体的比较问题,"诗余"的出现是对词体进行理论反思后而确立的称呼,是文人赋予的,与民间自然形成的曲子、乐府等说法显然有别。任半塘:《唐声诗》,上海古籍出版社,1982年,第349页。

　　②　吴衡照:《莲子居词话》,唐圭璋编《词话丛编》第三册,中华书局,1986年,第2418页。

似乎王灼是首先命名者。《碧鸡漫志》成书于1149年，则"诗余"命名的时间至迟也要算到这一年。《碧鸡漫志》向有一卷本、五卷本和十卷本三种版本，按照王灼自序，原著应为五卷，一卷本和十卷本或为后人重新删略编排。但检今本五卷本，并未见到"诗余"二字，不知是今本《碧鸡漫志》有脱文，还是吴衡照出言大意了。现存最早以"诗余"名集的是《草堂诗余》，最早提到此书的《野客丛书》没有提到作者，而最早著录此书的《直斋书录解题》题作"书坊编集"，元刻本（1351）则题为"建安古梅何士信君实编选"，不知何据？王楙的《野客丛书》成书于庆元年间（1195—1200），故后来的《四库全书总目》也据此考定《草堂诗余》也当是编选于庆元年间或者在此之前。所以我们现在只能说，"诗余"的名称最迟在南宋庆元年间就已出现了。但一般来说，都是先有对此名称的零星使用，然后才能用以为书名的，所以实际出现的时间应当更早。其中"乐府之余"可能是"诗余"的一种早期说法。黄庭坚在《小山词序》中称晏几道"嬉弄于乐府之余，而寓以诗人之句法"①，以"乐府之余"指代"词"，已隐含了"诗余"的意思了。

无论是书坊编集，还是何士信增补完成，通过《草堂诗余》所收录词的情况，我们似乎也可隐隐感到，当时"诗余"之名，可能是针对长短句中的俗词而言的。谭献认为《草堂诗余》的不讳俗，"盖以尽收当时传唱歌曲耳"②。吴世昌《词林新话》也说：

> 《草堂诗余》之妙正在诸俚调，盖此书乃为说话人而作，非为学者词人选本。（卷一）③

又说：

> 《草堂诗余》乃为说话人编集之类书，只须通俗易晓，适宜入话者，正不需文人雅词也。（卷一）④

---

① 参见晏殊、晏几道著，张草纫笺注《二晏词笺注》，上海古籍出版社，2008年，第603页。
② 谭献：《复堂词话》，唐圭璋编《词话丛编》第四册，中华书局，1986年，第4001页。
③ 吴世昌著，吴令华辑注，施议对校：《词林新话》，北京出版社，2000年，第60页。
④ 吴世昌著，吴令华辑注，施议对校：《词林新话》，北京出版社，2000年，第59页。

所谓"说话"就是讲故事,唐宋酒宴上,歌女行酒令唱词当然是主要工作,但也要兼说故事的,以活跃气氛。南宋戴复古《浣溪沙》词云:

> 病起无聊倚绣床。玉容清瘦懒梳妆。水沉烟冷橘花香。　　说个话儿方有味,吃些酒子又何妨。一声啼鴂断人肠。①

有此《草堂诗余》,则说话人可随时取资,以提高说唱的艺术。"诗余"的这个定位很重要,文人对此所赋予的一种含蓄的轻视之意是可以感受到的。

根据《直斋书录解题》的收录情况,施蛰存发现凡是将词集标名为"诗余"者,皆在乾道(1165—1173)、淳熙(1174—1189)年间,因而判断"诗余"是当时流行的一个"新名词",并进而说:

> 我怀疑南宋时人并不以"诗余"为文学形式的名词,它的作用仅在于编诗集时的分类。②

施蛰存的这个怀疑是有理由的,其实这种以词附诗的现象更可以推溯到唐代,"若唐人以长短句原于乐府,类皆附诗集以传,故谓之诗余,初未闻别为一集而名之也"③。故如《新唐书·艺文志》记温庭筠有《金筌集》,固合诗词为一集,至为后人别出以名其词,已非复旧编了。宋代文人别集刊行,也往往将长短句附于集后,北宋时尚未予以专门命名,但南宋时就开始命为"诗余"了,如陈与义的《简斋集》、高登的《东溪集》、宋本《后村居士集》等,在集后都附录"诗余"一项,专收长短句词。"诗余"也就从一个新名词而成为事实上的一个词体的代称了。明代张綖编《诗余图谱》,"诗余"作为词体的代称得到了最终的巩固。

二、诗余之"诗"与词的起源

"诗余"这一名称其实更多的是从诗与词的关系来考虑的,真正属于"词"

---

① 唐圭璋编:《全宋词》第四册,中华书局,1965年,第2307页。
② 施蛰存:《词学名词释义》,中华书局,1988年,第25页。
③ 郑文焯:《温飞卿词集考》,《大鹤山人词话》附录"大鹤山人词集跋尾",唐圭璋编《词话丛编》第五册,中华书局,1986年,第4333页。

的,应该主要落实在"余"字上。"诗余"昭示的主旨在于词源于诗。不过对于
"诗余"之"诗"的理解在学术界素来是存在分歧的,综观有关历史文献,约有
以下四说:

其一,把"诗"理解为"《诗经》"。丁澎《药园闲话》云:

> 词者,《诗》之余也。然则,词果有合于《诗》乎? 曰:按其调而知之
> 也……凡此烦促相宣,短长互用,以启后人协律之原,岂非《三百篇》实祖
> 祢哉?①

丁澎从句式的长短不一,换韵、换调的情况来说明《诗经》与词体的相似性,是
追溯词的起源,也是为"诗余"提供历史背景。当然也有溯源更早的,如宋代
张侃《拙轩词话》即认为"在虞舜时,此体固已萌芽"②,朱彝尊《水村琴趣序》
认为《南风》《五子之歌》即可视为长短句的肇端③。但溯源于《诗经》,仍是比
较常见的看法。这是传统宗经观念的体现,也是出于为词尊体的需要。

其二,把"诗"定义为六朝乐府诗。宋代朱弁《曲洧旧闻》就曾明确说:"词
起于唐人,而六代已滥觞矣。"④明代陈霆《渚山堂词话》则具体化为南北朝,代
表性作品就是北齐兰陵王军歌《兰陵王曲》⑤。徐世溥《悦安轩诗余序》云:

> 乐府变为趋艳,杂以《捉搦》、《企喻》、《子夜》、《读曲》之属,流为诗
> 余,诗余流为词,词变为曲……诗余者,接乐府,通歌谣,开词曲,合《风》、
> 《雅》、《颂》之余而为言,所兼岂不大哉。乃其源始于吴声小令,是以其体
> 宜于言情,而不可以逞才。⑥

徐世溥似乎把诗余作为吴声小令与词之间的一个过渡环节了。迄近代王国

---

① 转引自徐釚《词苑丛谈》卷一,徐釚编著,王百里校笺《词苑丛谈校笺》,人民文学出版社,1998 年,
第 13 页。

② 张侃:《拙轩词话》,唐圭璋《词话丛编》第一册,中华书局,1986 年,第 189 页。

③ 参见朱彝尊《水村琴趣序》,朱彝尊著,屈兴国、袁李来点校《朱彝尊词集》,浙江古籍出版社,2017
年,第 409 页。

④ 转引自冯金伯辑《词苑萃编》卷一,唐圭璋编《词话丛编》第二册,中华书局,1986 年,第 1756 页。

⑤ 参见陈霆《渚山堂词话序》,唐圭璋编《词话丛编》第一册,中华书局,1986 年,第 347 页。

⑥ 见徐世溥《榆溪集选》,李祖陶辑《国朝文录续编》,清同治刻本。

维,在其《戏曲考源》中仍持"诗余之兴,齐、梁小乐府先之"①之说。以上诸说,无论是泛说六朝,还是专指北朝或南朝,但大体可归入六朝的范围。而潜在的标准则在音乐的承续和艳媚风格的相似性。

其三,把"诗"限定在唐人绝句。宋翔凤《乐府余论》云:

> 谓之诗余者,以词起于唐人绝句,如太白之《清平调》,即以被之乐府。太白《忆秦娥》《菩萨蛮》,皆绝句之变格,为小令之权舆。旗亭画壁赌唱,皆七言断句。后至十国时,遂竞为长短句。自一字两字至七字,以抑扬高下其声,而乐府之体一变。则词实诗之余,遂名曰诗余。②

谢章铤《赌棋山庄词话》卷八亦云:"夫所谓诗余者,非谓凡诗之余,谓唐人歌绝句之余也。"③绝句自然可能是长短句的一个来源,但显然不是唯一来源。这是就词的最近的渊源来说。

其四,把"诗"定义为一般意义上的诗体。明代杨慎曾把李白《忆秦娥》《菩萨蛮》二词作为词体之滥觞,以其为李白诗之"余",故移以为词体之名。其《词品序》云:

> 昔宋人选填词曰《草堂诗余》。其曰草堂者,太白诗名《草堂集》,见郑樵书目。太白本蜀人,而草堂在蜀,怀故国之意也。曰诗余者,《忆秦娥》、《菩萨鬘》二首为诗之余,而百代词曲之祖也。今士林多传其书,而昧其名。故于余所著《词品》首著之云。④

这种理解把"诗余"倒是具体落实了,但这种落实显然又是经不起推敲的,因为李白词的真伪在历史上就是聚讼纷纭的。不过把"诗"从时代的局限中摆脱出来,从一般的文体意义上来言及诗与词的关系,应该是更富有学理的。

---

① 王国维:《宋元戏曲史》附录之《戏曲考源》,百花文艺出版社,2002年,第132页。

② 宋翔凤:《乐府余论》,唐圭璋编《词话丛编》第三册,中华书局,1986年,第2500页。

③ 谢章铤:《赌棋山庄词话》卷八,唐圭璋编《词话丛编》第四册,中华书局,1986年,第3422页。陈匪石《声执》卷上云:"愚以为词之由来,实以歌诗加和声为最确。"也是继承了宋翔凤、谢章铤等人的意见的。陈匪石编著,钟振振校点:《宋词举(外三种)》,上海古籍出版社,2016年,第191—192页。

④ 杨慎:《词品》,唐圭璋编《词话丛编》第一册,中华书局,1986年,第408页。

很有意味的是,关于"诗余"的探讨似乎都与词的起源有着千丝万缕的联系,随着对词体认知角度的不同,相应的对"诗"的看法也就有差异。其实《诗经》是诗,吴声歌曲是诗,唐代的绝句当然也是诗,则与其将"诗"作如此显然不周密的限定,不如用泛称的"诗"来代替。"诗余"既然是一种文体,则与其对等的"诗"自然也应该从文体的角度来看待。

三、诗余之"余"与况周颐等对词体的价值判断

学界对"诗余"之"诗"的解读虽有分歧,但尚不涉及词体的价值定位问题。而对"诗余"之"余"的理解,就似乎是在科学和情感的双重层面来进行的,其间理解上的巨大差异,往往反映出不同的价值和文体取向。综合历代学人的阐释,关于"余"字大概有以下三解:

其一,作以"余力"作"余事"解,表现了对词体价值的轻视之意。如罗泌《六一词跋》说欧阳修"致意于诗","吟咏之余,溢为歌词"[1]。这是事实。欧阳修被誉为文章宗师,他的词虽也流播人口,但他的本集中并未载词,被有意无意地"余"掉了。如他写十二个月份的《渔家傲》词最初就是在杨绘的《时贤本事曲子集》中记录下来的。王灼《碧鸡漫志》卷二也说苏轼"以文章余事作诗,溢而作词曲"[2],连诗都是余事,词就更变为余事之余事了。关注《题石林词》称赞叶梦得"以经术文章为世宗儒,翰墨之余作为歌调"[3]。陆游《跋〈后山居士长短句〉》说陈师道"诗妙天下,以其余作辞"[4]。李之仪说宋景文"以其余力游戏"为词[5],等等,不一而举。所以吴世昌《词林新话》引用孔子"行有余力,则以学文"之"余"字来解释"诗余"之"余",等同于"业余"之意[6]。"诗余"的"业余"之意其实是以"词为小道"为认知基础的,正如焦循《雕菰楼词话》所说:"谈者多谓词不可学,以其妨诗、古文,尤非说经尚古者所宜。"[7]因为心态

---

① 罗泌:《六一词跋》,转引自欧阳修著,胡可先、徐迈校注《欧阳修词校注》,上海古籍出版社,2015年,第589页。

② 王灼:《碧鸡漫志》卷二,唐圭璋编《词话丛编》第一册,中华书局,1986年,第83页。

③ 关注:《题石林词》,叶梦得著,蒋哲伦笺注《石林词笺注》,上海古籍出版社,2014年,第206页。

④ 陆游著,马亚中、涂小马校注《渭南文集校注》第三册,浙江古籍出版社,2015年,第206页。

⑤ 李之仪:《跋吴师道小词》,邓子勉编《宋金元词话全编》,凤凰出版社,2008年,第133页。

⑥ 参见吴世昌著,吴令华辑注,施议对校《词林新话》,北京出版社,2000年,第1页。

⑦ 焦循:《雕菰楼词话》,唐圭璋编《词话丛编》第二册,中华书局,1986年,第1491页。

上的轻视,所以庸俗无聊的题材胥寄其中。蒋兆兰《词说》于此言之尤为深切:

> 诗余一名,以《草堂诗余》为最著,而误人为最深。所以然者,诗家既已成名,而于是残鳞剩爪,余之于词。浮烟涨墨,余之于词。诙嘲亵诨,余之于词。恣庆慢骂,余之于词。即无聊酬应、排闷解醒,莫不余之于词。亦既以词为秽墟,寄其余兴,宜其去风雅日远,愈久而弥左也。此有明一代词学之蔽,成此者升庵、凤洲诸公,而致此者实"诗余"二字有以误之也。今宜亟正其名曰词,万不可以"诗余"二字自文浅陋,希图卸责。①

蒋兆兰的这一番话真有义正辞严的感觉,也确实反映了部分人"自文浅陋"的词体观念,但把明代词学的不振看作是"诗余"两字所带来,也未免将"诗余"两字看得过大了。

其二,作诗歌的支流余脉解,视词为诗歌之剩义,不承认词体的独立地位。这个意思不独对词,对赋也有同样类似的说法,如班固即把赋称为"古诗之流","流"也就是"余"了。古人在韵文中独尊诗歌,所以对于受到诗歌影响而派生出来的其他韵文文体,就常以"余"来看待了。南宋文人编订文集,将词附录在诗歌之后,命为"诗余",就包含着这一层意思。宋翔凤把词看作是绝句的变格,故以"诗余"为名,也是一证。康熙在《御选历代诗余序》中曾提出"诗之流而为词,已权舆于唐"②的说法,纪昀等撰《御选历代诗余总目》再次重申:"诗降而词,实始于唐。若《菩萨蛮》、《忆秦娥》、《忆江南》、《长相思》之属,本是唐人之诗,而句有长短,遂为词家权舆,故谓之诗余。"③词被认为是由诗"降"而形成的,诗尊词卑的观念就是这样以"官方"的色彩和方式宣扬出来的。

其三,作丰富而有韵味解。相比上列二说的诗尊词卑之义,此说的解说理路是逆反性的,认为"诗余"之名体现了词体在诗体基础上具有更为丰富多彩的特色,其代表人物是晚清的况周颐。况周颐首先认为词体是"独造之诣,非

---

① 蒋兆兰:《词说》,唐圭璋编《词话丛编》第五册,中华书局,1986年,第4631页。
② 沈辰垣等:《御选历代诗余》,《景印文渊阁四库全书》第1491册,台湾商务印书馆,1986年,第2页。
③ 沈辰垣等:《御选历代诗余》,《景印文渊阁四库全书》第1491册,台湾商务印书馆,1986年,第12页。

有所附丽,若为骈枝也",所以以"诗余"名词,非为通论。在诗、词各自成体的基础上,况周颐说:

> 诗余之"余",作赢余之"余"解。唐人朝成一诗,夕付管弦,往往声希节促,则加入和声。凡和声皆以实字填之,遂成为词。词之情文节奏,并皆有余于诗,故曰"诗余"。世俗之说,若以词为诗之剩义,则误解此余字矣。①

是误解还是正解,确乎不宜据为定论,但况周颐力图弘扬词体的意思是昭昭在焉。这个"余"的具体内涵,后来缪钺在《论词》一文中用"细美幽约"②四个字来概括,着力揭示词体"其文小""其质轻""其径狭""其境隐"的文体特性③。而陈匪石也大体附和了况周颐的说法,他在《声执》卷上中说:"歌曲'若枝叶始敷',于词'则芳华益茂'。即所以引申'有余于诗'者也。"④虽然只是就"芳华益茂"一端来说明词"有余"于诗之处,但与传统中认为词由诗降格以成的说法已经颇有异趣了。

晚清民国以来,文体观念和学科意识都得以强化,文体之间的尊卑观念在科学的文学史观审视下失去了生存的土壤。郑文焯直言:

> 凡为文章,无论词赋诗文,不可立宗派,却不可偭体裁。盖无体则恒钉窾窜,所谓"安蔽乖方,迷不知门户"者也。⑤

詹安泰也说:

---

① 况周颐:《蕙风词话》卷一,唐圭璋编《词话丛编》第五册,中华书局,1986年,第4406页。

② 缪钺《论词》云:"诗之所言,固人生情思之精者矣,然精之中复有更细美幽约者焉,诗体又不足以达,或勉强达之,而不能曲尽其妙,于是不得不别创新体,词遂肇兴。"缪钺:《诗词散论》(增订本),北京大学出版社,2018年,第13页。

③ 参见缪钺《诗词散论》(增订本),北京大学出版社,2018年,第14—19页。

④ 陈匪石:《声执》卷上,陈匪石编著,钟振振校点《宋词举(外三种)》,上海古籍出版社,2016年,第191页。

⑤ 郑文焯《大鹤山人词话》附录"郑大鹤先生论词手简"之五,唐圭璋编《词话丛编》第五册,中华书局,1986年,第4332页。

（词）名称体制,俱为异域之所无;循名核实,岂可混同于诗歌! 而或以派入诗歌一类,似亦未为精确也。[①]

词体的独立观念与传统的"诗余"的名称形成了一种比较明显的矛盾状态,此前诸家对"诗余"的诠释便不免要受到质疑。所以无论是从词体的独立性,还是从词学家对词体特性的分析来看,况周颐的说法都是有着丰富的学理基础的。如查礼《铜鼓书堂词话》云:

> 情有文不能达,诗不能道者,而独于长短句中,可以委宛形容之。[②]

王国维《人间词话》亦云:

> 词之为体,要眇宜修。能言诗之所不能言,而不能尽言诗之所能言。诗之境阔,词之言长。[③]

词有诗文所不能道及之声情,则词之所"余"之处,也就自然可以从这个角度来考量。所以从词体与诗体的对照来看,况周颐与王国维、缪钺、陈匪石、詹安泰等人的解释倒是真有不谋而合之处的。但沿流溯源,况周颐的新解只能说是"诗余"的引申义了,而知人论世,其本义倒是与前两说比较接近的。

四、从体制之"余"到音乐之"余"

"词为诗余,乐之支也。"[④]"词为诗余,非徒诗之余,而乐府之余也。"[⑤]也有人认为填词者多借用诗韵,故以"诗余"名之[⑥]。作为一种音乐文学,音乐在词

---

① 詹安泰:《中国文学上之倚声问题》,詹安泰《宋词散论》,广东人民出版社,1980年,第78页。
② 查礼:《铜鼓书堂词话》,唐圭璋编《词话丛编》第二册,中华书局,1986年,第1481页。
③ 王国维:《人间词话》删稿,唐圭璋编《词话丛编》第五册,中华书局,1986年,第4258页。
④ 谢元淮:《填词浅说》,唐圭璋编《词话丛编》第三册,中华书局,1986年,第2509页。
⑤ 谭献《复堂词话》之《复堂词录序》,唐圭璋编《词话丛编》第四册,中华书局,1986年,第3987页。
⑥ 张德瀛《词徵》卷三云:"词称诗余,故制词者多借用诗韵。"唐圭璋编《词话丛编》第五册,中华书局,1986年,第4121页。

体中确实具有本体意义,所以"诗余"之称,也可以从音乐的角度来考量诗与词的关系。此意在宋人及明清学者的著作中已特为拈出过的,并与词乐和词的发生有着密切的关系。词与诗相比,所"余"者何? 乃所谓和声、泛声、虚声、散声也。沈括《梦溪笔谈》卷五云:

> 诗之外又有和声,即所谓曲也。古乐府皆有声有词连属书之,如曰贺贺贺、何何何之类,皆和声也。今管弦之"中弦声",亦其遗法也。唐人乃以词填入曲中,不复用和声。此格虽云自王涯始,然正(按:"正"字避宋讳,应作"贞")元、元和之间,为之者已多,亦有在涯之前者。①

此和声说。和声的作用在形成音乐谐和、顺气的特点,但和声原本应是有声无词,《诗经》《楚辞》当中的"些""兮",古乐府中的"呼""犯""媱"等都是,昆曲、皮黄当中的过门、赠板,其意略同于此。一些词调的调名就包括了和声,如《纥那曲》中的"纥那",《欸乃曲》中的"欸乃",等等,皆表示行舟用力之声。《竹枝》和《采莲子》都属有和声之调。和声从"直借文字为符号,以记录其声",到"声义兼备",体现了由声到义的转变②。唐人如何通过填词来替代和声,已难一一确考。况周颐《词学讲义》曾引明代王东溆(应奎)《柳南续笔》所记:桐城方尔止(文)尝登凤凰台,曼声长吟太白诗歌云:"凤凰台上,一个凤凰游,而今凤去耶? 台空耶? 江水自流。"且吟且拍,人皆随而笑之。但况周颐认为:"唐人和声之遗,殆即类此,未可以为笑也。"③白居易《何满子》诗云:"世传满子是人名,临就刑时曲始成。一曲四词歌八叠,从头便是断肠声。"王灼认为既是歌八叠,其中疑有和声,与当时之《渔父》《小秦王》等调类似④。

和声之外,复有所谓泛声、虚声、散声等说。朱熹《朱子语类》卷一四〇云:

> 古乐府只是诗,中间却添许多泛声。后来人怕失了那泛声,逐一声添个实字,遂成长短句,今曲子便是。⑤

① 胡道静著,虞信棠、金良年整理:《梦溪笔谈校证》,上海人民出版社,2016年,第192页。
② 参见任半塘《唐声诗》,上海古籍出版社,1982年,第82—86页。
③ 况周颐:《词学讲义》,龙榆生《词学季刊》1933年创刊号,第107页。
④ 参见王灼《碧鸡漫志》卷四,唐圭璋编《词话丛编》第一册,中华书局,1986年,第107页。
⑤ 黎靖德编,王星贤点校:《朱子语类》第八册,中华书局,1986年,第3333页。

此泛声说。胡仔《苕溪渔隐词话》卷二云:

> 唐初歌辞多是五言诗,或七言诗,初无长短句。自中叶以后,至五代,渐变成长短句。及本朝则尽为此体。今所存止《瑞鹧鸪》《小秦王》二阕,是七言八句诗,并七言绝句诗而已。《瑞鹧鸪》犹依字易歌,若《小秦王》必须杂以虚声,乃可歌耳。①

又徐渭《南词叙录》亦云:

> 夫古之乐府,皆叶宫调;唐之律诗、绝句,悉可弦咏,如"渭城朝雨"演为三叠是也。至唐末,患其间有虚声难寻,遂实之以字,号长短句,如李太白《忆秦娥》《清平乐》,白乐天《长相思》,已开其端矣。②

又吴衡照《莲子居词话》卷一云:

> 唐七言绝歌法,必有衬字以取便于歌。五言六言皆然,不独七言也。后并格外字入正格,凡虚声处,悉填成辞,不别用衬字,此词所由兴已。③

此虚声说。徐渭提到的将王维的《送元二使安西》歌诗中的虚声"实之以字"的词,大概就是杨湜《古今词话》记录的《古阳关》词。词云:

> 渭城朝雨,一霎裛轻尘。更洒遍客舍青青。弄柔凝。千缕柳色新。更洒遍客舍青青。千缕柳色新。　休烦恼。劝君更尽一杯酒,人生会少。自古富贵功名有定分。莫遣容仪瘦损。休烦恼,劝君更尽一杯酒,只恐怕西出阳关,旧游如梦,眼前无故人。只恐怕西出阳关,眼前无故人。④

---

① 胡仔:《苕溪渔隐词话》卷二,唐圭璋编《词话丛编》第一册,中华书局,1986年,第177页。
② 徐渭著,李俊勇疏证:《〈南词叙录〉疏证》,江西教育出版社,2015年,第13页。
③ 吴衡照:《莲子居词话》卷一,唐圭璋编《词话丛编》第三册,中华书局,1986年,第2413页。
④ 杨湜:《古今词话》,唐圭璋编《词话丛编》第一册,中华书局,1986年,第54页。

这恐怕是另外一种意义上的以诗为词。方成培《香研居词麈》云：

> 古者诗与乐合，而后世诗与乐分……唐人所歌多五七言绝句，必杂以散声，然后可被之管弦，如《阳关》必至三叠而后成音，此自然之理。后来遂谱其散声以字句实之，而长短句兴焉。故词者，所以济近体之穷，而上承乐府之变也。①

此散声说。

和声、泛声、虚声、散声，说法不同，其理则一，皆就音乐立论，皆从中总结词体（长短句）产生的音乐背景。"四声"无不从诗歌角度来立说，以此说明词与诗相比，不在音乐的差异，而在虚声与实字的关系，将声诗中的虚声填入实字，则形成以长短句为主要句式特点的词体了②。诗余之"余"正在此处。所以后来谢章铤《赌棋山庄词话》卷八说：

> 夫所谓诗余者，非谓凡诗之余，谓唐人歌绝句之余也……故余者声音之余，非体制之余。然则词明虽与诗异体，阴实与诗同音矣。③

应该是言之成理的。这个"声音之余"在词体中的体现就是所谓"衬字"，有此衬字即为词体，无此衬字则仍为诗歌，沈雄《古今词话》引《乐府解题》说，清商曲中的《采莲子》或《采莲曲》，判断其是诗是词，全在其有无衬字。如李白："耶溪采莲女，见客棹歌回。笑入荷花里，佯羞不出来。"如王昌龄："乱入池中看不见，闻歌始觉有人来。"④等等，虽不无词的风致，但并不被认为是词，而皇甫松、孙光宪的排调，则因为有衬字，而被列入词体。今本张璋、黄畲合编的

---

① 转引自江顺诒辑，宗山参订《词学集成》卷一，唐圭璋编《词话丛编》，中华书局，1986年，第3220—3221页。

② 关于此点，学界尚有争议，任半塘颇持反对意见，其《唐声诗》（上编）云："假若认声多辞少，始有泛声，必首先承认唐人诗乐乃一字一声。不然，以一字系多声，畅其抑扬高下之妙，正属声辞配合之常态，何得谓之'泛'？以一字一声为当然，以一字多声便成泛声，为病态，而须加以救药，此种意识未知果从何而来？有何依据？究竟是唐代之史实否？"任氏的拷问极具力量，《唐声诗》第四章《歌唱》辨之颇详。任半塘：《唐声诗》，上海古籍出版社，1982年，第211—266页。

③ 谢章铤：《赌棋山庄词话》卷八，唐圭璋编《词话丛编》第四册，中华书局，1986年，第3422—3423页。

④ 沈雄：《古今词话》词话上卷，唐圭璋编《词话丛编》第一册，中华书局，1986年，第746页。

《全唐五代词》中,孙光宪名下并无《采莲子》词,皇甫松名下有两首,据编者按,又称为孙光宪作。其一曰:

> 菡萏香连十顷陂_{举棹},小姑贪戏采莲迟_{年少}。晚来弄水船头湿_{举棹},更脱红裙裹鸭儿_{年少}。

其二曰:

> 船动湖光滟滟秋_{举棹},贪看年少信船流_{年少}。无端隔水抛莲子_{举棹},遥被人知半日羞_{年少}。①

将"和声"衬之以实字,词体的特性就表现出来,词比诗所"余"的确有迹可寻。

当然将和声填以实字,起初并非固定,因为固定的只是音乐,在同样单位的音节中,填字的多少是存在着变数的,从填字以成歌到填字来表意,更是有着理念的不同。词调中往往有同一调而字数不同的情形,其原因当在此。所以陈匪石《声执》说:"大抵一句之中,有一字至二、三字之伸缩,皆由所填和声之多寡。"②万树《词律》中的"又一体"往往反映的就是这种情况。如《临江仙》有54、56、60字的差异,双调《诉衷情》有41、44、45字的不同,吴文英的《高阳台》,在换头处有7字句不协韵的,也有6字句协韵的。而具体如何考察和声,现在操作确实有难度,但陈匪石提出的:"就古词字数多寡不同之处,注明某人某句多一字或少一字,再就句中平仄或四声参互比照,即见和声之所在。"③也许是一条值得考虑的路径。但体制演变之迹往往非一线贯穿而来,而且词乐的失传,使"和声"的追寻变得困难重重。以此来反观明代俞彦《爱园词话》中的一段话,也许我们从其略显偏激的话语中,可以悟出其将诗余与歌诗者联系而论的初衷了。其语云:

---

① 张璋、黄畲编:《全唐五代词》,上海古籍出版社,1986年,第181—182页。
② 陈匪石:《声执》卷上,陈匪石编著,钟振振校点《宋词举(外三种)》,上海古籍出版社,2016年,第193页。
③ 陈匪石:《声执》卷上,陈匪石编著,钟振振校点《宋词举(外三种)》,上海古籍出版社,2016年,第193页。

> 词何以名"诗余",诗亡然后词作,故曰"余"也,非诗亡,所以歌咏诗者亡也。词亡然后南北曲作,非词亡,所以歌咏词者亡也……周东迁以后,世竞新声,《三百》之音节始废。至汉而乐府出。乐府不能行之民间,而杂歌出。六朝至唐,乐府又不胜诘曲,而近体出。五代至宋,诗又不胜方板而诗余出。唐之诗,宋之词,甫脱颖,已遍传歌工之口。元世犹然,至今则绝响矣。①

俞彦的这段话从音乐变化与文体递嬗的关系来分析中国古代音乐文学的发展流变,应该大体是符合实际的,只是俞彦此节充满学理的言论往往仅被引用"诗亡然后词作,故曰余也"之后,即被断章取义地认为是简单化地理解诗词文体的更替,而予以否定。实际上由于古代的音乐文学的传播手段大都以师徒口耳相传的歌者演唱为主,则随着某种音乐文学从流行前线到边缘吟唱,歌者也必然渐渐消逝在关注中心之外,积以时日,对原本熟悉而盛行的音乐也会显得隔膜,终致离开原来音乐文学的发展方向,转入比较纯粹的案头文学一途,而新的音乐文学遂又借新的体式而产生。则俞彦从音乐演唱的角度来诠释"诗余"的内涵,原本是富有卓见的。

五、诗主词宾与"大韵文"概念

作为文人意识和观念的反映,欧阳炯《花间集序》以"诗客曲子词"来指代晚唐五代的词,就已经不无"诗余"的意味了,以"诗人"而客串"词人",诗主词宾的关系被隐约点出,并长期被视为"诗余"概念的认知基础。诗余的名称从南宋产生以来,诸家的阐释就呈现出各自不同甚至互相对立的特点,从余事之余、文体之余、音节之余再到赢余之余,大体经历了由卑趋尊的过程,其中或有阐释过度之处。特别是在"诗余"的阐释历史上,由于余事、余力、剩义等相对负面的价值判断一度成为主流,并由此影响到关于词的起源和特质方面的诸多问题②,所以尊崇词体的学者对"诗余"之称的学理性也提出了质疑。清代

① 俞彦:《爰园词话》,唐圭璋编《词话丛编》第一册,中华书局,1986年,第399—400页。
② 如夏承焘、吴熊和《读词常识》即认为:"说长短句用作歌词是后于五、七言诗,词是由律诗绝句变化而出,这是不合事实的。所以把词称之为诗余,不仅包含有贬低词的意思,而且对词体的产生、形成过程也作了曲解。"中华书局,2000年,第10页。

汪森《词综序》即认为:"古诗之于乐府,近体之于词,分镳并骋,非有先后;谓诗降为词,以词为诗之余,殆非通论矣。"①唐宋之时,诗词是双水并流的,两种文体之间确实并非简单的"升降"关系。毛先舒认为,诗余的名称既然缺乏充足的学理支持,则"填词"一名完全可以取代深陷于是非当中的"诗余"一名。他在《填词名说》中说:

> 填词者,填其词也,不得名诗余。填词不得名诗余,犹曲自名曲,不得名词余。又诗有近体,不得名古诗余,楚骚不得名经余也……故填词本按实得名,名实恰合,何必名诗余哉。②

"诗余"一名合理与否,各家解释出现分歧,结论也会有差异,但像毛先舒这样完全否定"诗余"一名的存在意义,也属无谓。至于有的学者因反对"诗余"之说,而反其道提出"词非诗之余,乃诗之源也"③之说,则未免有强立新说的意味。

综观历史上关于诗余的解释纠葛,倒是由此而启示我们:在古人的观念中确乎存在着一个"大韵文"概念,在这种大韵文系统中,诗歌是处于至尊而且主流的地位的,甚至别子为祖,不复归宗了,后起的韵文文体便不可避免地被视为诗歌的支流或派生文体,不仅词被称为"诗余",元以后的散曲也有被称为"词余"的。这种以"余"来相称的习俗,隐含着诗歌统领地位的稳固,以致在新的学科体系产生之时,"诗学"也由此涵盖了"词学"与"曲学"等等。但从文体的角度来看,诗、词、曲之间的体性差异还是判然可辨的,则以诗歌来统辖词曲,确实遮蔽了诗、词、曲三者的文体特性。如果说历史上的"诗余"之称,虽然备受非议,但不失其时代意义的话,而在学科体系分明、文体研究深入的今天,再以"诗余"来指称词体,就确实没有必要了。

---

① 朱彝尊、汪森编:《词综》,上海古籍出版社,2014年,第1页。
② 毛先舒:《潠书》卷四,《四库全书存目丛书》集部第210册,齐鲁书社,1997年,第676页。
③ 李调元:《雨村词话》序,唐圭璋编《词话丛编》第二册,中华书局,1986年,第1377页。

第五章

况周颐与词学史上的"哀感顽艳"说

清代词学中兴,不仅表现在词学思想体系的构建和词学范畴的新创上,而且在于激活了若干传统范畴或概念,并赋予新的理论内涵。张惠言《词选序》将《说文解字》释语词之"词"之"意内言外",改为解释词体之"词",即是其例;陈廷焯《白雨斋词话》将杜甫自评的"沉郁顿挫"一说易为词体的核心范畴,也是如此;他如朱彝尊的"醇雅"说、周济的"寄托出入"说、王国维的"境界"说及况周颐的"重拙大"说等,也是渊源有自。而"哀感顽艳"同样属于这一类型。清代词学家以"哀感顽艳"评词论词之例甚多,而且从清初陈维崧至晚清况周颐,绵延一线,未尝中辍,况周颐更在承传旧说基础上将其擢拔为词的基本体性。但与朱彝尊、张惠言、周济、陈廷焯、王国维等相关词论被广泛关注不同,作为词学范畴的"哀感顽艳"之说基本上消失在学术视野之外,这不仅在考量况周颐的词学思想时会流失其应有的若干内涵,而且对于梳理清代词学的发展演变会带来格局上的部分缺失。

一、"哀感顽艳"的原始语境

特定的批评话语往往沉淀着特定的思想和意识,出现在六朝文艺批评中的"哀感顽艳"一词不仅是六朝审美意识的反映,也对此后的文艺批评产生了重要影响。"哀感顽艳"一词最早出现在繁钦的《与魏文帝笺》。文曰:

> 顷诸鼓吹,广求异妓,时都尉薛访车子,年始十四,能喉啭引声,与笳

同音……即日故共观试，乃知天壤之所生，诚有自然之妙物也。潜气内转，哀音外激，大不抗越，细不幽散，声悲旧笳，曲美常均。及与黄门鼓吹温胡，迭唱迭和，喉所发音，无不响应，曲折沉浮，寻变入节……暨其清激悲吟，杂以怨慕，咏北狄之遐征，奏胡马之长思，凄入肝脾，哀感顽艳。是时日在西隅，凉风拂衽，背山临溪，流泉东逝。同坐仰叹，观者俯听，莫不泫泣殒涕，悲怀慷慨。自左駷史妠騞姐名倡，能识以来，耳目所见，佥曰诡异，未之闻也。①

繁钦，字休伯，颍川人，曾为丞相主簿，有《繁钦集》十卷，其文在清代严可均《全后汉文》中辑录有 22 篇（含部分残篇断句）。此文一作《与魏太子书》，《文选》题为《与魏文帝笺》，是繁钦存文中最长的一篇。此信写于繁钦从魏文帝西征之时。由信可知，曹丕当时"广求异妓"，"兼爱好奇"，对管弦之欢、置酒乐饮情有偏嗜②。故繁钦听闻薛访车子，虽年仅十四，但其"喉啭引声""潜气内转"，细大合适，不类普通人声，而近乎胡笳之音，堪称"诡异"，故亟报书文帝以闻。尤其值得注意的是薛访车子歌唱的"哀音外激"和"声悲旧笳"，具有一种特别的震撼力，所以造成了"同坐仰叹，观者俯听，莫不泫泣殒涕，悲怀慷慨"的艺术效果，这种由心发出又直达心源的悲音悲情，才是真正被繁钦称之为"诡异"的地方。

曹丕在接获繁钦笺后曾有复函，即今流传之《答繁钦书》。其文曰：

披书欢笑，不能自胜，奇才妙伎，何其善也。顷守宫王孙世有女曰琐，年始九岁，梦与神通。寤而悲吟，哀声急切。涉历六载，于今十五，近者督将具以状闻。是日戊午，祖于北园，博延众贤，遂奏名倡。曲极数弹，欢情未逞，白日西逝，清风赴闱，罗帏徒祛，玄烛方微。乃令从官引内世女，须臾而至，厥状甚美：素颜玄发，皓齿丹唇。详而问之，云善歌舞。于是振袂徐进，扬蛾微眺，芳声清激，逸足横集，众倡腾游，群宾失度。然后修容饰妆，改曲变度，激清角，扬白雪，接孤声，赴危节。于是商风振条，春鹰度

<hr />

① 萧统编，李善注：《文选》，上海古籍出版社，2019 年，第 1852—1853 页。
② 参见吴质《答魏太子笺》《在元城与魏太子笺》等文。严可均辑：《全三国文》卷三〇，商务印书馆，1999 年，第 308—309 页。

吟，飞雾成霜。斯可谓声协钟石，气应风律，网罗《韶》《濩》，囊括郑、卫者也。今之妙舞莫巧于绛树，清歌莫善于宋腊，岂能上乱灵祇，下变庶物，漂悠风云，横厉无方。若斯也哉，固非车子喉转长吟所能逮也。吾练色知声，雅应此选，谨卜良日，纳之闲房。①

曹丕一方面对于繁钦举荐的薛访车子有"奇才妙伎，何其善也"之叹；另一方面又提起年仅九岁即因梦与神通而"寤而悲吟，哀声急切"的孙琐的不凡歌艺，更在薛访车子之上。曹丕的这些话语倒是印证了繁钦信笺中说曹丕"广求异妓"的事实。曹丕《叙繁钦》一文也涉及对繁钦之笺的评价，其文曰：

上西征，余守谯，繁钦从。时薛访车子能喉啭，与笳同音。钦笺还与余，盛叹之。虽过其实，而其文甚丽。②

这里的"钦笺"当即《与魏文帝笺》。从《叙繁钦》一文可知，在繁钦随曹丕守谯之时，曹丕应该听闻过薛访车子的歌唱，否则"虽过其实"云云便无法理解了。曹丕对其"喉转"和"与笳同音"留下了印象，但大概是因为曹丕接触过太多奇人（如孙琐）的演唱，相形之下，对薛访车子演唱技艺的评价便不如繁钦之高。

繁钦语境中的"哀感顽艳"究竟何义？李善未注其义。唐代吕延济《文选》注曰："顽钝艳美者皆感之。"③从"皆"字可以看出吕延济是将"顽艳"作为"玩钝艳美"的并列关系的，"哀"字没有解释，这个释义仍是不尽清晰的。《左传·桓公元年》有"美而艳"的说法，杜预注云："色美曰艳。"④而《释文》更是直接把"艳"解释为"美色"⑤。联系高诱注《淮南子》所说"好色曰美，好体曰艳"⑥，则"艳"的性别指向显然为女性。后来学人概括出来的"词为艳科"就部分地包含着词为女性化文体的意思。而相比"艳"的女性化意义，"顽"其实是顽钝的约写，王国维《浣溪沙》词有"饱更忧患转冥顽"之句，其实就是说因为

① 曹丕：《答繁钦书》，严可均辑《全三国文》卷七，商务印书馆，1999年，第63—64页。
② 曹丕：《叙繁钦》，严可均辑《全三国文》卷七，商务印书馆，1999年，第69页。
③ 萧统编，李善、吕延济、刘良、张铣、吕向、李周翰注：《六臣注文选》，中华书局，1987年，第749页。
④ 杜预：《春秋经传集解》，上海古籍出版社，1988年，第67页。
⑤ 陆德明：《经典释文》，上海古籍出版社，2013年，第311页。
⑥ 刘安等编著，高诱注：《淮南子》，上海古籍出版社，1989年，第76页。

忧患经历得多了,从而变得迟钝而麻木了。此处"顽"在"愚笨"之意,兼有"顽强""顽固"之意,指称性格愚笨强悍而不易动情、不易改变之人的意思。艳,在色美、好体之外,亦当有柔弱之意。顽艳并称,正如说其歌之悲声无论莽顽之汉弱艳之女无不为之感动。虽然"顽"的性别指向并不明显,但因为与"艳"并称,所以应该更多地呈现出男性的色彩。如果说"艳"实际上指称一种体态姿色趋于极致的女性的话,则"顽"无疑是指称将被强化了的男性因子。"顽艳"合称,实际上是强调哀情震慑人心的力量之大及覆盖范围之广,而"哀感顽艳"其实也与此前的"凄入肝脾"一句形成互文共义,也同样包含着悲情入人之深透。所以钱锺书《管锥编》在大体继承吕延济注释的基础上进而说:

> "顽、艳"自指人物,非状声音;乃谓听者无论愚智美恶,均为哀声所感,犹云雅俗共赏耳。"顽",心性之愚也;"艳",体貌之丽也。异类偏举以示同事差等,盖修词"互文相足"之古法……曰"顽",则"艳"者之心性不"顽"愚也,曰"艳",则"顽"者之体貌不"艳"丽也;心体贯通,故亦各举而对以相反。[1]

钱锺书从"心体贯通"的角度来解说顽艳覆盖了心性之愚者、体貌之丽者、艳而不顽者、顽而不艳者等类型的人物,其实是"异类偏举以示同事差等",是要以此涵盖所有人物的。顽和艳是作为两极而拈出以作代表,两极尚且如此,介乎两极之间的人物,自然更在被"感"之列了。

"哀"的基本意思就是悲伤、怜悯、怨愤等,《诗·采薇》中"莫知我哀"和《诗·鸿雁》中的"哀此鳏寡",就是用的这个含义。后来并有一种专门以"哀"命名的文体,如王粲的《七哀诗》、杜甫的《八哀》等。而所谓"七哀",或释为:痛而哀,义而哀,感而哀,怨而哀,耳闻目见而哀,口叹而哀,鼻酸而哀;或释为:喜、怒、乐、爱、恶、欲皆无,唯有一哀,故谓之七哀[2]。从总体上说,哀是一种偏向于悲愁凄惨的情感。繁钦在信中言及的"哀音外激""声悲旧箛""杂以怨慕"以及听众的"泫泣殒涕",曹丕在复函中言及的"寤而悲吟,哀声急切",都是着重表现悲哀怨慕之情。"感"就是感动、感应、感发、感慨、感染之意,还可

① 钱锺书:《管锥编》第三册,生活·读书·新知三联书店,2007年,第1659—1660页。
② 参见曹植著,赵幼文校注《曹植集校注》,人民文学出版社,1984年,第313页。

以与"憾"相通,有动摇的意思。如果把"哀感顽艳"作一综合定义的话,是说一种沉痛悲凉的情感借助特殊的艺术技艺而触发了所有男女深藏的情感,极言其艺术感染力之强大。这里的"哀"并非泛指普通的悲情,而是"凄入肝脾",普通的悲情可以感发一般的男女,而只有将男性中的男性——"顽",及女性中的女性——"艳"都能引发其悲凉情绪者,才是繁钦语境中以特殊的艺术方式表达出来的特殊的悲情。

二、魏晋哀艳文风与词体初萌

魏晋时期文人的"仰而赋诗"往往是在"觞酌流行,丝竹并奏"①的环境中进行的,音乐的特质对文学的特质的影响是自然而然的。曹丕《典论·论文》论文气的"清浊有体,不可力强而致",援引的例子就是音乐的"巧拙有素,虽在父兄,不能以移子弟"②,文学与音乐不仅在特质相似,即其过程与方式也如出一辙。

魏晋文学偏重悲哀之情的审美趣尚,与当时对哀音的音乐特质的偏嗜有关。繁钦在信中所说的"与听斯调,宴喜之乐,盖亦无量",就鲜明地体现出这一特点。"奏乐以生悲为善音,听乐以能悲为知音,汉魏六朝,风尚如斯"③。六朝音乐的特征确实是以悲为美,这一时期的有关音乐的文章也大都持这种看法。蔡邕《琴赋》细致描述了演奏哀音及其对歌手、舞者的影响,所谓"然后哀声既发,秘弄乃开。左手抑扬,右手徘徊。指掌反覆,抑案藏摧","一弹三欷,凄有余哀","于是歌人恍惚以失曲,舞者乱节而忘形。哀人塞耳以惆怅,辕马踟足以悲鸣"④。哀声的艺术魅力可见一斑。嵇康《琴赋》亦云:"称其材干,则以危苦为上,赋其声音,则以悲哀为主,美其感化,则以垂涕为贵。"⑤《隋书·音乐志》记陈后主造《黄鹂留》《玉树后庭花》《金钗两臂垂》等曲"绮艳相高,极于轻薄。男女唱和,其音甚哀"⑥。又记隋炀帝令乐正造新声,"掩抑摧

---

① 曹丕:《又与吴质书》,严可均辑《全三国文》卷七,商务印书馆,1999年,第66页。
② 曹丕:《典论·论文》,严可均辑《全三国文》卷八,商务印书馆,1999年,第83页。
③ 钱锺书:《管锥编》第三册,生活·读书·新知三联书店,2007年,第1506页。
④ 蔡邕:《琴赋》,严可均辑《全后汉文》,商务印书馆,1999年,第712—713页。
⑤ 嵇康:《琴赋》,嵇康撰,戴明扬校注《嵇康集校注》,中华书局,2016年,第140页。
⑥ 魏徵等:《隋书》卷一三,中华书局,1973年,第309页。

藏,哀音断绝。帝悦之无已"①。可见,这种"以伤心为乐趣"②已成一时文艺之风尚。就音乐本身而言,六朝的这股偏重悲音的风气乃是根源于先秦。如《韩非子·十过》曾详细记录了晋平公与师旷的一段对话,晋平公偏嗜悲音,师旷为之援琴而鼓清商、清徵、清角,悲的程度也依次递进。晋平公希望从极致的悲音中感受极致的审美愉悦,而师旷则以"德"之厚薄与悲音之深浅相对应,前者出于纯粹审美的"好音",而后者则呼应了《礼记·乐记》中所说的"德者,性之端也。乐者,德之华也"③的思想,是典型的"乐与政通"的德政的反映。

悲情是魏晋文学的基本情感取向,而"哀辞""诔文"等就更是以写悲情为主的文体。繁钦有《愁思赋》《弭愁赋》等多篇专写愁情愁思的作品,《愁思赋》即有"嗟王事之靡盬,士感时而情悲","听鸣鹤之哀音,知我行之多违"④之句,即其《暑赋》也以"庶望秋节,慰我愁叹"⑤煞尾。而真正到了秋天,却又在感叹"秋风忽其将来,咸感节而悲吟"⑥了。此外,曹植著有《愁霖赋》《秋思赋》《释思赋》《幽思赋》《九愁赋》等,皆抒一时郁闷之愁思。如《秋思赋》不仅写出了一般性的"四节更王兮秋气悲""西风凄恨兮朝夕臻"的悲秋之思,更写出了"居一世兮芳景迁,松乔难慕兮谁能仙? 长短命也兮独何愆"⑦这类对生命无常的无奈与叹息。将哀愁、忧愁写得最为形象的应是曹植的《释愁文》,其文曰:

> 予以愁惨,行吟路边,形容枯悴,忧心如醉。有玄灵先生见而问之曰:"子将何疾以至于斯?"答曰:"吾所病者,愁也。"先生曰:"愁是何物,而能病子乎?"答曰:"愁之为物,唯惚惟恍,不召自来,推之弗往,寻之不知其际,握之不盈一掌。寂寂长夜,或群或党,去来无方,乱我精爽。其来也难进,其去也易追,临餐困于哽咽,烦冤毒于酸嘶。加之以粉饰不泽,饮之以兼肴不肥,温之以金石不消,摩之以神膏不希,授之以巧笑不悦,乐之以丝

---

① 魏徵等:《隋书》卷一五,中华书局,1973年,第379页。
② 钱锺书:《管锥编》第三册,生活·读书·新知三联书店,2007年,第1507页。
③ 郑玄注,孔颖达疏,龚抗云整理:《礼记正义》,北京大学出版社,1999年,第1111页。
④ 繁钦:《愁思赋》,严可均辑《全后汉文》,商务印书馆,1999年,第941页。
⑤ 繁钦:《暑赋》,严可均辑《全后汉文》,商务印书馆,1999年,第941页。
⑥ 繁钦:《桑赋》,严可均辑《全后汉文》,商务印书馆,1999年,第943页。
⑦ 曹植著,赵幼文校注:《曹植集校注》,人民文学出版社,1984年,第471页。

竹增悲。医和绝思而无措,先生岂能为我著龟乎!"先生作色而言曰:"予
徒辩子之愁形,未知子愁何由为生,我独为子言其发矣。方今大道既隐,
子生末季,沉溺流俗,眩惑名位,濯缨弹冠,谄谀荣贵。坐不安席,食不终
味,遑遑汲汲,或憔或悴。所鬻者名,所拘者利,良由华薄,凋损正气。吾
将赠子以无为之药,给子以澹薄之汤,刺子以玄虚之针,灸子以淳朴之方,
安子以恢廓之宇,坐子以寂寞之床。使王乔与子遨游而逝,黄公与子咏歌
而行,庄子与子具养神之馔,老聃与子致爱性之方。趣遐路以栖迹,乘青
云以翱翔。"于是精骇魂散,改心回趣,愿纳至言,仰崇玄度。众愁忽然,不
辞而去。①

将"愁"的"不召自来,推之弗往"描写得十分形象。而玄虚先生则揭示其愁的
根源在"沉溺流俗,眩惑名位",释愁的妙方则是无为之药、澹薄之汤、玄虚之
针、淳朴之方等,其实玄虚先生是以老庄之道来消解困于儒学盛名下的生命之
累。所以魏晋时期的悲愁抒写主题,一方面当然与当时士人的"末季"情怀有
关,另一方面也隐含着传统儒学的衰微与新兴玄学的渐盛之势。"授之以巧笑
不悦,乐之以丝竹增悲",曹植所写的固然有自己的影子,但也何尝没有当时士
人的共同情怀呢!

繁钦在强调悲音的同时,还特别在意写出一种艳丽之风情来,他的《弭愁
赋》其实就是写一位在朝阳中采薜荔的淑女与"予"之间"欲进而行迟"的朦胧
羞涩之美。文章最后说:"从景炎而猗靡,粲绵邈以缤纷。时嘹眇以含笑,收婉
媚以愁人。"②对两情相悦的心理过程作了生动的描绘,确实堪称"猗靡"。曹
植也认为"君子之作"除了"雅好慷慨"之外,也要有"泛乎洋洋、光乎皜皜"的
形式之美③。陆机《文赋》有"诗缘情而绮靡"④的说法,一般将"绮靡"训为形
式上的美赡,但实际上此训仍意犹未尽,《广雅·释言》释"靡"为"丽也",也婉
转有"小也"⑤之意,所以"靡"确乎有"美"的意思,但"小也"的意思似乎被忽

① 曹植著,赵幼文校注:《曹植集校注》,人民文学出版社,1984年,第467—468页。
② 繁钦:《弭愁赋》,严可均辑《全后汉文》,商务印书馆,1999年,第942页。
③ 曹植:《前录自序》,曹植著,赵幼文校注《曹植集校注》,人民文学出版社,1984年,第434页。
④ 陆机著,杨明校笺:《陆机集校笺》,上海古籍出版社,2016年,第17页。
⑤ 王念孙著,张其昀点校:《广雅疏证》(点校本),中华书局,2019年,第130页。

略已久,参考段玉裁《说文解字注》云:"精细可喜曰靡丽。"①则"靡"的精微细小和美丽的意思是并存的。陆机的时代词体尚未出现,而诗体的抒情细腻及其形式短小而美丽,正是在文学自觉的潮流中被发掘出来的。所以后来缪钺《论词》说"诗之所言,固人生情思之精者矣"②,与此堪称桴鼓相应。而当诗歌发展到晚唐时期,情思的深细更成为诗人努力的方向,齐言诗歌的不足便显示出来,所以比诗歌更"小"而"丽"的情思便借长短句一端而有了新的抒写空间。

哀而艳的情调风格是魏晋时期作家带有普遍性的美学追求,魏文帝《愁霖赋》既写"哀行旅之艰难""悲白日之不旸"③,《沧海赋》写"鸿鸾孔鹄,哀鸣相求"④,《永思赋》写"仰北辰而永思,溯悲风以增伤。哀遐路之漫漫,痛长河之无梁"⑤,《与吴质书》更以"哀筝顺耳"与"高谈娱心"对举⑥。从魏晋开始并一直持续整个六朝的这种哀而艳的文风,不仅形成了这一时期文学的特殊风貌,而且为后来形成词体的情感内质奠定了基础,胡笳悲音与哀艳文风形成了艺、文的默契对应。后来追溯词的起源往往以六朝为起点,除了燕乐大体在这一时期开始合流,绮丽文风在这一时期成为主流,更与悲哀情感主宰这一时期的诗文内容有着非常密切的关系。当新的词体在中晚唐之际走向成熟之时,这种哀音哀情便从此有了相对专一的载体。与欢情的表达大都纵放恣肆不同,悲音的表达往往具有"婉妙""窈窕"的特点。孔颖达疏《礼记·乐记》"丝声哀"云:"哀,谓哀怨也,谓声音之体婉妙,故哀怨矣。"⑦又《隋书·音乐志》也记北齐后主"别采新声,为《无愁曲》,音韵窈窕,极于哀思"⑧。声音的婉妙、窈窕与哀怨的情感有着直接对应的关系,所以当这种婉妙、窈窕、幼眇、要眇成为词的一种艺术特质的时候,相应地,哀怨的情感也就成为词的情感内质了。

①　许慎撰,段玉裁注:《说文解字注》,上海古籍出版社,1981年,第583页。
②　缪钺:《诗词散论》(增订本),北京大学出版社,2018年,第13页。
③　曹丕:《愁霖赋》,严可均辑《全三国文》卷四,商务印书馆,1999年,第35页。
④　曹丕:《沧海赋》,严可均辑《全三国文》卷四,商务印书馆,1999年,第36页。
⑤　曹丕:《永思赋》,严可均辑《全三国文》卷四,商务印书馆,1999年,第37页。
⑥　曹丕:《与吴质书》,严可均辑《全三国文》卷七,商务印书馆,1999年,第65页。
⑦　郑玄注,孔颖达疏,龚抗云整理:《礼记正义》,北京大学出版社,1999年,第1128页。
⑧　魏徵等:《隋书》卷一四,中华书局,1973年,第331页。

三、悲音悲情与词的情感内质

从一般审美意义上的"哀感顽艳"到逐渐演变为词体的一项基本特质,中间经历了观念的借鉴和调整的过程。繁钦所盛称的这种"诡异",从审美的角度来说,可以直贯词体之萌生。在晚唐文人词的成熟过程中,李贺一直是一个被高度关注的人,温庭筠充分借鉴李贺的创作方式并以诗为词,遂大开文人词宗风,宋代词人中沾溉李贺者也并非个别,贺铸、吴文英、史达祖等皆曾从李贺诗中取资字面或神韵。李贺对词体的影响自然可以从多个方面来考察,但在言情之悲上,也是堪为表率的,他以其适时的出现及极富创造性的表现而成为词体最终形成前的重要过渡。袁行霈曾在前人相关言说的基础上,将词体的内在特质概括为四点:都市的娱乐性的,女性的软性的,抒情细腻的,感情低徊感伤的①。特别是第四点"感情低徊感伤",即就其词语选择和运用就可见一斑,在今存李贺诗歌中,冷、凝、咽、啼、垂、寒、幽、死、泪、老等表示凝重、低徊、感伤、幻灭情调的,就显得特别醒目,而且反复出现的频率也相当高,"他极力创造一个寒冷的、幽暗的、悲凉的、朦胧的、凝重的境界,表达一种无可奈何的、无所适从的意绪",由此而带来了稍后《花间集》中类似词语和意象的频繁出现,其间轨迹,确实有迹可寻②。李商隐的诗歌也有类似的特性,其为人心性,论者以为"极似屈原",既灵心善感而又处风云多变之时势,"故对人生为悲观,其作品中充满哀音"③,而其要眇之意境,与同时兴起之词体实彼此相通,义山之诗与飞卿之词,在意境风格等方面,实也可相并而论。顾梧芳《尊前集引》"填词抽绪于近体"④之论,意味着晚唐近体诗中的悲哀情感和要眇意境也许正是构成词体内涵的重要内容。

而李清照的《词论》则在"别是一家"的理论框架中,将悲音悲情由此而衍生为词体的一种特殊情感内质。《词论》开篇即云:

① 参见袁行霈《长吉歌诗与词的内在特质》,袁行霈《中国诗歌艺术研究》,北京大学出版社,2009年,第331页。

② 参见袁行霈《长吉歌诗与词的内在特质》,袁行霈《中国诗歌艺术研究》,北京大学出版社,2009年,第343—346页。

③ 缪钺:《诗词散论》(增订本),北京大学出版社,2018年,第159、164页。

④ 顾梧芳:《尊前集引》,陈良运主编《中国历代词学论著选》,百花洲文艺出版社,1998年,第312页。

> 乐府声诗并著,最盛于唐。开元天宝间,有李八郎者,能歌擅天下。时新及第进士开宴曲江,榜中一名士先召李,使易服隐名姓,衣冠故敝,精神惨沮,与同之宴所,曰:"表弟愿与座末。"众皆不顾。既酒行乐作,歌者进。时曹元谦、念奴为冠,歌罢,众皆咨嗟称赏。名士忽指李曰:"请表弟歌。"众皆哂,或有怒者。及转喉发声,歌一曲,众皆泣下罗拜,曰:"此李八郎也。"①

李清照的这一节记载在唐李肇《唐国史补》卷下和宋李昉《太平广记》卷第204都有相近似的描述,应有一定的史实依据。但历来解读《词论》者,大都忽略这一段,而欲精研"别是一家"说的内涵,如果撇开这一节,无疑是买椟还珠了。李清照《词论》纵论词史,立足于"失",所失内容固多,但对凄美声乐和悲凉情感的忽视应是其心目中最大之"失"。为了突出时人观念久已阙失的一环,李清照不惜使用类似小说家言的笔法,由预设铺垫到曲笔称誉,先写李八郎的黯然出场,接着写诸进士的"众皆不顾""众皆哂""或有怒者"等冷漠和嘲讽;以曹元谦、念奴的高超歌艺②而令进士们"咨嗟称赏",来衬托李八郎转喉发声,以悲音悲情③而导致"众皆泣下"。这与繁钦在《与魏文帝笺》中称道薛访车子的演唱具有"同坐仰叹,观者俯听,莫不泫泣殒涕,悲怀慷慨"④的特点,简直如出一辙。李八郎所歌曲谱和歌词虽已无存,但通过李清照的描述,无疑是偏向悲音悲情的,这与天宝末年民多怨思的社会环境也许有关。对歌艺的技术性称赏与对悲凉音情的深层感动,就在李清照貌似闲淡的描写中,形成了境界的高下之分。

在李清照的叙述结构中,开端的开宴曲江故事与结尾的"别是一家"之论,是彼此挽合成说的。悲音悲情正是唐代燕乐的重要组成部分——胡夷之

① 李清照著,徐培均笺注:《李清照集笺注》(修订本),上海古籍出版社,2018年,第289页。
② 按,唐李肇《唐国史补》卷下和宋李昉《太平广记》卷第204"乐二"记载李八郎演唱,并无先有曹元谦和念奴歌唱一事,李清照或另有所闻,或故意为之。参见李肇《唐国史补》卷下,上海古籍出版社,1979年,第59页;李昉等编《太平广记》第五册,国家图书馆出版社,2009年,第600—601页。
③ 蒋哲伦、傅蓉蓉认为:《词论》开篇所述故事,为很多人忽略,或只是认为强调词的音乐背景。他们认为李清照并列曹元谦、念奴和李八郎歌唱之事,"似在为词澄清以女声演唱和声情柔靡为本色的流行观念"。然这种观点与《词论》接着来论述晚唐五代的词"郑卫之声日炽,流靡之变日烦"的批评态度似存在矛盾。蒋、傅所论,参见其所著《中国诗学史·词学卷》,鹭江出版社,2002年,第70—71页。
④ 萧统编,李善注:《文选》,上海古籍出版社,2019年,第1852—1853页。

乐的主要特色所在。《通典》卷一四二描述龟兹乐的特征说:"自宣武已后,始爱胡声,泊于迁都,屈茨琵琶、五弦、箜篌、胡箜、胡鼓、铜钹、打沙罗、胡舞、铿锵镗鞳,洪心骇耳。抚筝新靡绝丽,歌音全似吟哭,听之者无不凄怆。"①"洪心骇耳"的震撼与"全似吟哭"的歌音,正是胡声的本色所在。李清照对唐代开元、天宝时期音乐的怀恋,正包含了对燕乐本色的崇尚之意。李清照对于唐五代词的发展不仅注重音律,而且注重音乐和歌词中悲哀情感的抒发和凄美意识的张扬。在《词论》中被列为"知"词"别是一家"的人当中,晏几道被第一个提及,当也有对晏几道词悲苦情感的认同在内。晏几道《小山词自序》述及此"为高平公缀辑成编","考其篇中所记悲欢离合之事,如幻如电,如昨梦前尘,但能掩卷怃然,感光阴之易逝,叹境缘之无实也"②。则晏几道平生的沉沦下僚、"仕宦连蹇"以及由此而带来的词的"清壮顿挫,能动摇人心"③,当也是被李清照引以为能明了词的悲情体制的重要原因。秦观也被列为少数深明词体特征的词人,李清照揭示其"专主情致"的特色,而所谓情致,即"诣往既深,趋向又远且有姿态的一种感情"④。秦观词的情致属于被肯定的范围⑤,其"愁如海"之句被叹为新奇⑥,后世更将秦观与晏几道并称为"真古之伤心人"⑦,王国维《人间词话》也认为其词境"最为凄婉",甚者更有"凄厉"之境⑧。李清照明确提出情致而暗中带出词的悲苦内涵,其中包含着以此尊体的目的。而李清照自己的词,也是以悲愁为主导情感的,她的词大体承传了南唐特别是李煜词

---

① 杜佑:《通典》,中华书局,1984年,第738—739页。
② 晏殊、晏几道著,张草纫笺注:《二晏词笺注》,上海古籍出版社,2008年,第602页。
③ 黄庭坚:《小山词序》,晏殊、晏几道著,张草纫笺注《二晏词笺注》,上海古籍出版社,2008年,第603页。
④ 邱世友:《词论史论稿》,人民文学出版社,2002年,第17页。
⑤ 陈祖美《评李清照〈词论〉对秦观词的批评》一文根据丁丙《善本书室藏书记》卷四〇所云"(秦观词)多出一时之兴,不自甚惜,故散落者多。其风怀绮丽者,流播人口,独见传录,盖亦泰山毫芒耳",而认为"秦观有好多词李清照没能读到",这一判断下得略嫌草率。而陈祖美更由此认为李清照评论秦观词"专主情致"是批评秦观"专写男欢女爱、恋妓宿娼",则两重前提皆缺乏必然性,立论更值得怀疑。依笔者管见,李清照总体上是肯定秦观的"专主情致"的,此从李清照评论秦观这一语段的逻辑性可以得出。如果秦观词的"情致"真的与风怀、风情相近,则与晚唐词的"郑卫之声""流靡之变"就很类似了,如此李清照绝无肯定秦观"情致"的可能了。陈文载:《词学》第十五辑,华东师范大学出版社,2004年,第15—16页。
⑥ 陈师道:《后山诗话》,何文焕辑《历代诗话》(上),中华书局,1981年,第315页。
⑦ 冯煦:《蒿庵论词》,唐圭璋编《词话丛编》第四册,中华书局,1986年,第3587页。
⑧ 参见王国维《人间词话》,唐圭璋编《词话丛编》第五册,中华书局,1986年,第4245页。

的哀婉低转①,此固已成为学界共识,无待再论。

词论史上与李清照彼此呼应的观点不一而足。如张耒《贺方回乐府序》由刘邦的"过故乡而感慨"和项羽的"别美人而涕泣","含思凄婉,闻者动心",来说明贺铸词中所具有的"幽洁如屈、宋,悲壮如苏、李"的创作特点②,其实也不无弘扬词体幽洁悲壮的情感内质的意思的。宋末张炎《词源》提倡清空醇雅之说,而其本人的经历则是"梨园白发,濠宫蛾眉,余情哀思,听者泪落。君亦因是弃家,客游无方三十年矣"③,则其所谓"清空"的情感底蕴仍在"余情哀思"上。明代毛晋在《花间集跋》中特别引用张耒关于幽洁、悲壮的言论,以为明乎此,方能列入"可与言词"者之列④。近代龚自珍《长短言自叙》提出了"尊情"的观点,并解释说:"情孰为尊?无住为尊,无寄为尊,无境而有境为尊,无指而有指为尊,无哀乐而有哀乐为尊。情孰为畅?畅于声音。声音如何?消瘖以终之。如之何其消瘖以终之?曰:先小咽之,乃小飞之;又大挫之,乃大飞之。始孤盘之,闷闷以柔之,空阔以纵游之,而极于哀,哀而极于瘖,则散矣毕矣。"⑤龚自珍的这一番富有哲学意味的阐述,不仅将情感的内涵拓展到无住、无寄的境界,而且对于表达这种情感的小咽、小飞、大挫、大飞等笔法的变化也作了形象的描述。龚自珍极力将情感的内涵从个人身上突破开,其意思是要从时代和众人的情感背景下来描写大悲哀。"以怨为轨,以恨为旃"⑥,则是其情感的重要内容了。

所以在词学家看来,悲情是词体最适宜表达的情感类型。清词中兴,清代词学也趋于发达,对于词体的情感内质的看法也更趋一致。蒋景祁《荆溪词初集序》即认为,古代词人"大抵皆忧伤怨悱不得志于时,则托为倚声顿节,写其无聊不平之意"⑦,实际上是大体将此前词史的发展看作是"忧伤怨悱"的情感

① 参见刘瑞莲《论李清照对南唐词的继承关系》,济南市社会科学研究所编《李清照研究论文选》,上海古籍出版社,1986年,第160—171页。

② 张耒撰,李逸安等点校:《张耒集》,中华书局,1990年,第755页。

③ 陆文圭:《山中白云词序》,张炎撰,孙虹、谭学纯笺证《山中白云词笺证》,中华书局,2019年,第848—849页。

④ 参见毛晋《花间集跋》,陈良运主编《中国历代词学论著选》,百花洲文艺出版社,1998年,第334页。

⑤ 龚自珍:《长短言自叙》,陈良运主编《中国历代词学论著选》,百花洲文艺出版社,1998年,第595页。

⑥ 龚自珍:《袁通长短言叙》,陈良运主编《中国历代词学论著选》,百花洲文艺出版社,1998年,第597页。

⑦ 蒋景祁:《荆溪词初集序》,陈良运主编《中国历代词学论著选》,百花洲文艺出版社,1998年,第447页。

表达的历史。郭麐的《词品序》自称"少耽倚声,为之未暇工也。中年忧患交迫,廓落鲜欢,间复以此陶写,入之稍深"①,词艺的提高直接受益于中年的忧患与廓落。纳兰性德的词往往被称为"哀感顽艳"的典范,这与其自身的创作理念是分不开的。其《通志堂集》卷三有《填词》一诗云:"诗亡词乃盛,比兴此焉托。往往欢娱工,不如忧患作。"②陈廷焯曾说,诗词的作用不外乎自感和感人,而从"所感者深且远"的角度而言,只有"为一室之悲歌,下千年之血泪"才是最适宜的情感类型。而从文体的感发效果来说,"感于文不若感于诗,感于诗不若感于词"③,词体感发悲情的力量是最为充沛的。陈廷焯评价李煜词之"思路凄惋",乃"词场本色"④。评价贺铸词堪当"神品",原因就是其词中有一种来源于楚骚的"胸中眼中,另有一种伤心说不出处"⑤。陈廷焯论词,非常强调追源《风》《骚》,其实就是为了承传古代韵文中的悲情艺术传统而已,以便从源头为词体的悲情寻绎基础。

在清代词派中,浙西与常州两派往往被视为词学观念较为对立的两派,其实两派宗主在对词体特性的界定上,都是相当关注悲哀这种情感内质的。朱彝尊虽然在《紫云词序》中说"词则宜于宴嬉逸乐"⑥,但实际上相反的观点表述得更为频繁,不仅在《解珮令》中称自己"老去填词,一半是空中传恨"⑦,而且在《陈纬云红盐词序》中直言:"善言词者,假闺房儿女子之言,通之于《离骚》、变雅之义,此尤不得志于时者,所宜寄情焉耳。"⑧张惠言《词选序》认为"《诗》之比兴,变风之义,骚人之歌"⑨与词体为近。在追溯风骚源头上,朱彝尊和张惠言的观念是相当一致的。而且朱彝尊所谓寄情于不得志者与张惠言所谓"贤人君子幽约怨悱不能自言之情"⑩,在情感取向上正可谓不谋而合。被朱彝尊奉为宗师的姜夔,一生以清客自任,往来江淮之间,"缘情触绪,百端

①　郭麐:《词品序》,陈良运主编《中国历代词学论著选》,百花洲文艺出版社,1998年,第490页。
②　纳兰性德:《通志堂集》卷三,上海古籍出版社,1979年,第16页。
③　陈廷焯:《白雨斋词话》,唐圭璋编《词话丛编》第四册,中华书局,1986年,第3750页。
④　陈廷焯:《白雨斋词话》,唐圭璋编《词话丛编》第四册,中华书局,1986年,第3779页。
⑤　陈廷焯:《白雨斋词话》,唐圭璋编《词话丛编》第四册,中华书局,1986年,第3786页。
⑥　朱彝尊著,屈兴国、袁李来点校:《朱彝尊词集》,浙江古籍出版社,2017年,第406页。
⑦　朱彝尊著,屈兴国、袁李来点校:《朱彝尊词集》,浙江古籍出版社,2017年,第100页。
⑧　朱彝尊著,屈兴国、袁李来点校:《朱彝尊词集》,浙江古籍出版社,2017年,第404页。
⑨　张惠言:《张惠言论词》,唐圭璋编《词话丛编》第二册,中华书局,1986年,第1617页。
⑩　张惠言:《张惠言论词》,唐圭璋编《词话丛编》第二册,中华书局,1986年,第1617页。

交集,托意哀丝"①,堪称一生悲情的人物。而曾亲炙张惠言教诲的宋翔凤在其《乐府余论》中,也是将姜夔奉为悲情的典范,其言曰:

> 词家之有姜石帚,犹诗家之有杜少陵,继往开来,文中关键。其流落江湖,不忘君国,皆借托比兴,于长短句寄之。如《齐天乐》,伤二帝北狩也。《扬州慢》,惜无意恢复也。《暗香》、《疏影》,恨偏安也。盖意愈切,则辞愈微,屈宋之心,谁能见之。乃长短句中,复有白石道人也。②

浙、常两派在对姜夔以悲情而得屈宋之心的评论上,其实是汇合成流了。《词选》的选录相当矜持甚至苛刻,而在入选的 116 首词中,张惠言的评语又往往侧重在揭出其潜在的哀痛,如评温庭筠《菩萨蛮》(小山重叠金明灭)为"感士不遇"③,评王沂孙咏物诸词"并有君国之忧"④,等等,皆可见其评词的内在理路。

值得注意的是,张惠言说词体是"缘情造端,兴于微言,以相感动"⑤,这种理论表述与"哀感顽艳"的说法,其实正是暗相吻合的。张惠言在这里虽然没有明确"情"的内涵,但以情相感的理念与"哀感顽艳"可以说是不谋而合。张惠言在这里没有界定的"情",实际上在《词选序》的其他文字和品评中是有明确的倾向的。为什么张惠言要突出"《诗》之比兴"和"兴于微言"?为什么张惠言要以寄托来为词尊体?其实根源都与词的情感内质密切相关。张惠言说词体"其文小,其声哀"⑥,其情感偏于"幽约怨诽""声哀"的趋向是十分显明的,"以相感动"也由此有了可能⑦。因为情感趋向有此特点,而悲哀的情感又是相对内敛深沉的,所以在语言形式上就需要借助于"里巷男女"的哀乐之情发散开来,从而形成意和言之间若即若离的关系,"低回要眇"成为词体神韵

① 邓廷桢:《双砚斋词话》,唐圭璋编《词话丛编》第三册,中华书局,1986 年,第 2530 页。
② 宋翔凤:《乐府余论》,唐圭璋编《词话丛编》第三册,中华书局,1986 年,第 2503 页。
③ 张惠言:《张惠言论词》,唐圭璋编《词话丛编》第二册,中华书局,1986 年,第 1609 页。
④ 张惠言:《张惠言论词》,唐圭璋编《词话丛编》第二册,中华书局,1986 年,第 1616 页。
⑤ 张惠言:《张惠言论词》,唐圭璋编《词话丛编》第二册,中华书局,1986 年,第 1617 页。
⑥ 张惠言:《张惠言论词》,唐圭璋编《词话丛编》第二册,中华书局,1986 年,第 1617 页。
⑦ 饶宗颐《张惠言〈词选〉述评》云:"词贵笔端充满情感,易于动人,故多作悲伤语。"《文辙——文学史论集》(下),台湾学生书局,1991 年,第 726 页。

的特征,而"兴于微言"更由此而成为一种基本的词体范式了。

四、况周颐与清代词学中的"哀感顽艳"之说

大约从清代开始,以"哀感顽艳"来形容诗词创作的悲情艺术感染力就不一经见了。论诗文之例如《射鹰楼诗话》引《国朝名家小传》中评论诗人黄任艳体诗"细腻温柔,感均顽艳"①,其《王考功遗集序》则认为王绩"《告母文》三篇,哀动顽艳"②,卓然可传。《随园诗话》卷六云:

> 凡作诗,写景易,言情难。何也? 景从外来,目之所触,留心便得;情从心出,非有一种芬芳悱恻之怀,便不能哀感顽艳。然亦各人性之所近,杜甫长于言情,太白不能也。③

论词之例如清初宋征璧曾评说柳永词"哀感顽艳,而少寄托"④等。在清代词人中,被誉为"哀感顽艳"典范的是纳兰容若。陈维崧说:"饮水词,哀感顽艳,得南唐二主之遗。"⑤顾贞观《饮水词序》说:

> 非文人不能多情,非才子不能善怨。骚雅之作,怨而能善,惟其情之所钟为独多也。容若天资超逸,翛然尘外。所为乐府小令,婉丽清凄,使读者哀乐不知所主,如听中宵梵呗,先凄惋,而后喜悦。⑥

又说:"容若词,一种凄惋处,令人不能卒读。"⑦杨芳灿《纳兰词序》更直言"其词则哀怨骚屑,类憔悴失职者之所为"⑧。张预《重刻纳兰词序》言其"沉幽骚

① 林昌彝著,王镇远、林虞生标点:《射鹰楼诗话》,上海古籍出版社,1988年,第264页。
② 朱彝尊:《王考功遗集序》,朱彝尊《曝书亭序跋 潜采堂宋元人集目录 竹垞行笈书目》,上海古籍出版社,2010年,第101页。
③ 袁枚著,顾学颉校点:《随园诗话》,人民文学出版社,1982年,第183页。
④ 宋征璧:《倡和诗余序》,冯乾编校《清词序跋汇编》第一册,凤凰出版社,2013年,第10页。
⑤ 转引自冯金伯《词苑萃编》卷八,唐圭璋编《词话丛编》第二册,中华书局,1986年,第1937页。
⑥ 顾贞观:《饮水词序》,冯乾编校《清词序跋汇编》第一册,凤凰出版社,2013年,第195页。
⑦ 转引自冯金伯《词苑萃编》卷八,唐圭璋编《词话丛编》第二册,中华书局,1986年,第1937页。
⑧ 杨芳灿:《纳兰词序》,冯乾编校《清词序跋汇编》第一册,凤凰出版社,2013年,第196页。

屑之思,婉丽凄清之体。工愁善怨,均感顽艳"①。王国维托名樊志厚的《人间词乙稿序》更称誉纳兰容若词"悲凉顽艳,独有得于意境之深"②。诸家所评虽然未必都使用"哀感顽艳"一语,但意思其实相近。据统计,在现存近350多首纳兰词中,愁、泪、恨出现的次数分别是90、65、39③,而断肠、伤心、惆怅、憔悴、凄凉、飘零、可怜等词出现的频率也相当多,这从一个侧面说明了纳兰词的一个基本情感取向。如《虞美人》之"愁痕满地无人省"、《忆秦娥》之"多愁多病心情恶"、《相见欢》之"愁无限,消瘦尽,有谁知"、《减字木兰花》之"此夜红楼,天上人间一样愁"④,等等,真是愁情满纸。

王国维认为自己的词作"方之侍卫,岂徒伯仲"⑤,是以纳兰的继承者自居的,也当自居于"哀感顽艳"之列的。而从另外一个角度来说,王国维在三十之年所作《自序》中又说自己"体素羸弱,性复忧郁"⑥,因此而起探索哲学之念。缪钺在《王静安与叔本华》一文中概括其人生哲学为"极深之悲观主义"⑦。王国维在其《红楼梦评论》中曾详尽阐释了由叔本华而来的人生哲学,以为"人生者,如钟表之摆,实往复于苦痛与倦厌之间者也"⑧。其《采桑子》词下阕云:"人生只似风前絮,欢也零星。悲也零星。都作连江点点萍。"⑨他在《人间词话》中概括了诗词中忧生、忧世两种基本情感方式,"天以百凶成就一词人"⑩,王国维这一结论虽然不免于沉痛,但却是有着深沉的词史依据和词论支撑的。《白雨斋词话》卷四评恽子居《阮郎归·画蝴蝶》六首之二"少年白骑放矫憨"一首为"哀感顽艳,古今绝唱"⑪。陈廷焯《云韶集》卷五评康与之时

①　张预:《重刻纳兰词序》,冯乾编校《清词序跋汇编》第一册,凤凰出版社,2013年,第194页。
②　转引自彭玉平《人间词话疏证》,中华书局,2011年,第444页。
③　有关数据转引自汤高才《哀感顽艳纳兰词》,《中华词学》第二辑,东南大学出版社,1995年,第176页。
④　纳兰性德撰,赵秀亭、冯统一校笺:《饮水词校笺》,中华书局,2015年,第475、453、451、357页。
⑤　转引自王国维撰,彭玉平疏证《人间词话疏证》,中华书局,2011年,第444页。
⑥　王国维:《自序》,谢维扬、房鑫亮主编《王国维全集》第十四卷,浙江教育出版社、广东教育出版社,2009年,第119页。
⑦　缪钺:《诗词散论》(增订本),北京大学出版社,2018年,第392页。
⑧　王国维:《红楼梦评论》,谢维扬、房鑫亮主编《王国维全集》第一卷,浙江教育出版社、广东教育出版社,2009年,第55页。
⑨　王国维撰,陈永正笺注:《王国维诗词笺注》,上海古籍出版社,2011年,第403页。
⑩　彭玉平:《人间词话疏证》,中华书局,2011年,第435页。
⑪　陈廷焯:《白雨斋词话》,唐圭璋编《词话丛编》第四册,中华书局,1986年,第3866页。

说:"其人不足取,其词则哀感顽艳,尽有佳者。"①可以说在况周颐之前,在词体的范围内使用"哀感顽艳"一词,与繁钦原意大体是一致的,主要是从哀情的强大艺术感染力来说的,用以形容词旨的凄恻动人。无论是评说纳兰容若,还是陈廷焯、王国维之自评或他评,都着重以悲情之深广和感染力量之深透来表述"哀感顽艳"的理论内涵。

与诸家只是使用"哀感顽艳"以评诗词不同,况周颐不仅在传统意义上使用"哀感顽艳"一词,同时对其内涵也作了细致的分析,并由此而将其纳入到词的基本体性之中。如其评屈大均《道援堂词》:"词中哀感顽艳,哀艳者往往有之,独顽以感人,则绝罕觏。道援斯作,沉痛之至,一出以繁艳之音,读之使人涕泗涟洳而不忍释手,此盖真能感人者矣。"②可谓承袭传统用法。同时,况周颐对"哀感顽艳"的内涵做了适当调整,并以此作为词体的特殊体性。《蕙风词话》卷五云:

> 问哀感顽艳,"顽"字云何诠。释曰:"拙不可及,融重与大于拙之中,郁勃久之,有不得已者出乎其中,而不自知,乃至不可解,其殆庶几乎。犹有一言蔽之,若赤子之笑啼然,看似至易,而实至难者也。"③

况周颐的词学承端木埰和王鹏运之学说而加以发展,其"重拙大"说以"重""大"为底蕴,而以"拙"为外在表现,所谓"融重与大于拙之中"即标明三者之间的紧密关系,实际上是以"顽"来代替"重拙大"的说法。两说交替的基础是都立足于情感的层面。况周颐把"重"解释为"沉著",又说沉著在气格,不在字句,亦即是针对整首词的艺术表现来说的。况周颐说:"情真理足,笔力能包举之。纯任自然,不假锤炼,则沉著二字之诠释也。"④合诸以上言论,况周颐所谓"顽"是指以一种自然而富有笔力的艺术手段来表现重大的创作主题和深厚的情感,强调的是一种质朴而稚拙的艺术表现。夏敬观以钝、愚、痴来解

---

① 陈廷焯撰,孙克强主编:《白雨斋词话全编》,中华书局,2013 年,第 124 页。
② 转引自赵尊岳《惜阴堂汇刻明词提要》,张再林、郝文达整理《赵尊岳词学文集》,河南文艺出版社,2016 年,第 141 页。
③ 况周颐:《蕙风词话》卷五,唐圭璋编《词话丛编》第五册,中华书局,1986 年,第 4527 页。
④ 况周颐:《蕙风词话》卷一,唐圭璋编《词话丛编》第五册,中华书局,1986 年,第 4409—4410 页。

释"顽"字,与况周颐也可以说是不谋而合。夏敬观《蕙风词话诠评》云:

> 顽者,钝也,愚也,痴也。以拙之极为顽之训,亦无不可。譬诸赤子之啼笑,亦佳。余谓以哀之极不可感化释之,尤确。《庄子》:"子舆与子桑友,淋雨十日,子舆裹饭而往食之。至子桑之门,则若歌若哭。子舆入,曰:'子之歌何故若是。'曰:'吾思夫使我至此极者而不得也。'"可引作"哀感顽艳"四字之正训。①

刘永济《词论》卷下,似承玄修(夏敬观)而论,而释之更为细致:

> 况君诠释"顽"字,归本于赤子之笑、啼,实则一真字耳。情真之极,转而成痴,痴则非可以理解矣。痴,亦"顽"字之训释也。天下惟情痴少,故至文亦少。情痴者,不惜牺牲一切以赴之,《柏舟》之诗人、《楚辞》之屈子,其千古情痴乎。有此痴情已难矣,而又能出诸口,形诸文,其难乃更甚。然而情之发本于自然,不容矫饰,但使一往而深,自然痴绝,故又曰"至易"。②

玄修引录《庄子·大宗师》中的这一节文字(按,文字有错漏)来表明一个得道之人,一个堪作万世之大宗师的人物,结果不仅不为人所知,而且处于至贫极困的境地,或因天命而不为时世所容。在玄修看来,只有这样的"哀之极"才有可能让顽钝愚痴者为之动容。刘永济没有全面阐释钝、愚、痴与顽之间的关系,也没有正面点出悲情的主题,只以情痴拟之,其实所举《柏舟》《楚辞》之例,已可见出其对悲情的侧重。

况周颐虽然没有完整解释"哀感顽艳"四字的内涵,但实际上是以"顽"来统摄了其基本要义的。而且正是由于况周颐自出机杼,才将一个普通的文论概念上升为词体的基本范畴,"哀感顽艳"作为词体的情感内质,也只有到了况周颐手中才得以最终确立。但况周颐的解释是在繁钦语境中的基础上作了引申和发挥的,甚至可以说,是借繁钦之词来阐说其自我的理论了,与繁钦的

① 夏敬观:《蕙风词话诠评》,唐圭璋编《词话丛编》第五册,中华书局,1986年,第4598页。
② 刘永济:《词论》,刘永济《宋词声律探源大纲　词论》,中华书局,2007年,第148页。

本意是不尽相合的。如果说繁钦及其他人使用"哀感顽艳",侧重于强调哀情的强大与深透,况周颐则是从情感的沉著和重大角度而言,其中虽包含着传统使用意义上的悲情,但显然扩大了其内涵,将情感向深沉博大方向发展。钱锺书说况周颐以"拙不可及"解释"顽"字是属于"强作解事与夫不求甚解,楚固失之,而齐亦未得矣"①,未能得其正解,但钱锺书同时也认为"况氏误会繁钦语而识别词中一品,正是'得杜撰受用',虽'终身不易'可也"②。对于况周颐借繁钦之语而自我发挥、改变其内涵,也表达了一定的认同。其实,中国古代词学概念范畴本身就是在动荡中发展、丰富的,所以况周颐"得杜撰受用",在思维方式上也是渊源有自的。

五、"潜气内转"与"哀感顽艳"之关系

当然,并非具备了深透的哀情就一定能"感动顽艳",其与精妙的表现艺术有着十分紧密的关系。繁钦言及薛访车子演唱"哀感顽艳",便与他擅长"潜气内转"的使气发声技巧有关。不仅"曲折沉浮,寻变入节",而且"遗声抑扬,不可胜穷,优游转化,余弄未尽",所以形成整体上"大不抗越,细不幽散"的声乐效果③。词之"潜气内转"虽未必等同于声乐演唱,但在安排文气以形成悲情盘旋上,两者其实也是有着相似的地方。因为词不仅可以如张惠言《词选序》解作"意内言外"④,也可以如况周颐《蕙风词话》解作"音内言外"⑤。谭献曾评价辛弃疾《水龙吟·登建康赏心亭》云:"裂竹之声,何尝不潜气内转。"⑥周济说稼轩"敛雄心,抗高调,变温婉,成悲凉"⑦,所谓"敛""抗""变",其实都是"潜气内转"的过程而已,而"成悲凉"则是"潜气内转"的目的所在。

古人论长调尤重结构,结构安排除了情景搭配、情事相衬之外,更多是讲究文气迂回曲折与一气相连的结合。美籍学者高友工曾说:"长调在它最完美

---

① 钱锺书:《管锥编》第三册,生活·读书·新知三联书店,2007年,第1659页。
② 钱锺书:《管锥编》第三册,生活·读书·新知三联书店,2007年,第1660页。
③ 萧统编,李善注:《文选》,上海古籍出版社,2019年,第1852—1853页。
④ 张惠言:《张惠言论词》,唐圭璋编《词话丛编》第二册,中华书局,1986年,第1616页。
⑤ 况周颐:《蕙风词话》卷四,唐圭璋编《词话丛编》第五册,中华书局,1986年,第4488页。
⑥ 谭献:《复堂词话》,唐圭璋编《词话丛编》第四册,中华书局,1986年,第3994页。
⑦ 周济:《宋四家词选目录序论》,唐圭璋编《词话丛编》第二册,中华书局,1986年,第1643页。

的体现时是以象征性的语言来表现一个复杂迂回的内在的心理状态。"①长调的艺术魅力多少正体现在"复杂迂回"上。周济论词有"以无厚入有间"②之说,也主要是指在"有间"的结构中行"无厚"之文气也。陆行直所谓"血脉贯穿"③、刘体仁所谓"一气而成"④、李渔所谓"一气如话"⑤、沈祥龙所谓"前后贯串"⑥,其用意都包含强调整首作品文气的连贯性在内。词追求"于软媚中有气魄"⑦,尤其是渲染悲情的作品,更讲究悲情的厚度与力度,这就涉及如何通过结构调整增强作品的厚重与力度问题。气魄之"气"若是顺气而发,则恐怕很难有这样的效果,若是先深潜再内转,或者边深潜边内转,然后将这股文气缓缓释放出来,则厚重与力度的问题自然迎刃而解了。况周颐所谓"暗字诀"与此其实相通。《蕙风词话》卷一提及的作词"暗字诀",包括了暗转、暗接、暗提、暗顿⑧。

"潜气内转"因为是下潜而内转,所以自然也是暗转、暗接、暗提、暗顿。陈匪石曾将文气分为舒、敛二类,而"潜气内转,千回百折,气之敛也",与劲气直达、大开大阖的"气之舒"形成明显的对照⑨。词气虽有舒、敛之不同,要以敛为主,因"敛"气才能与词体要眇宜修的特质更密切地结合起来。所以陈匪石《声执》卷上云:

> 盖词之用笔以曲为主,寥寥百字内外,多用直笔,将无回转之余地;必反面侧面,前路后路,浅深远近,起伏回环,无垂不缩,无往不复,始有尺幅千里之观、玩索无尽之味。两宋名家随在可见,而神妙莫如清真、梦窗。⑩

① 【美】高友工:《小令在诗传统中的地位》,《词学》第九辑,华东师范大学出版社,1992年,第20页。
② 周济:《宋四家词选目录序论》,唐圭璋编《词话丛编》第二册,中华书局,1986年,第1643页。
③ 陆辅之:《词旨》卷上,唐圭璋编《词话丛编》第一册,中华书局,1986年,第303页。
④ 转引自沈雄《古今词话》词品上卷,唐圭璋编《词话丛编》第一册,中华书局,1986年,第838页。
⑤ 李渔:《窥词管见》,唐圭璋编《词话丛编》第一册,中华书局,1986年,第555页。
⑥ 沈祥龙:《论词随笔》,唐圭璋编《词话丛编》第五册,中华书局,1986年,第4050页。
⑦ 张炎:《词源》卷下,唐圭璋编《词话丛编》第一册,中华书局,1986年,第266页。
⑧ 况周颐:《蕙风词话》卷一,唐圭璋编《词话丛编》第五册,中华书局,1986年,第4413页。
⑨ 参见陈匪石《声执》卷上,陈匪石编著,钟振振校点《宋词举(外三种)》,上海古籍出版社,2016年,第219页。
⑩ 陈匪石:《声执》卷上,陈匪石编著,钟振振校点《宋词举(外三种)》,上海古籍出版社,2016年,第220页。

欢情总体是上扬舒展的,悲情则是沉潜而收敛的。所以当悲情成为词体的基本情感内质之后,通过"潜气内转"酿造悲情的厚重,从而以感顽艳。况周颐《蕙风词话》卷一云:

> 近人学梦窗,辄从密处入手。梦窗密处,能令无数丽字,一一生动飞舞,如万花为春,非若雕璚蹙绣,毫无生气也。如何能运动无数丽字,恃聪明,尤恃魄力。如何能有魄力,唯厚乃有魄力。梦窗密处易学,厚处难学。①

厚与力的问题,其实都离不开"潜气内转"的创作方法问题,如果说"潜"是为了厚的话,潜并内转——即挟之以流转的灏瀚之气,则是为了形成在曲折盘旋之后的一种力度。也就是况周颐所说的要"郁勃久之","有不得已者出乎其中,而不自知"②,在压缩、周转之后的强烈而自然的外泄,才能造就惊心动魄的艺术效果。这一过程不仅需要文气的充沛和流转,更需要力量的支撑。梦窗词的空际转身与绝大魄力就都是体现在这些地方了。如梦窗词往往在起句即将文气潜伏,如《霜花腴》之起句"翠微路窄"③,先言山路崎岖而无法重阳登高,故转为游湖。相似之例如欧阳修《采桑子》之"群芳过后西湖好"④、周邦彦《齐天乐》之"绿芜凋尽台城路,殊乡又逢秋晚"⑤,等等。刘永济承谭献之说云:"词家起句,有以扫为生之法……盖先扫去一层意思,然后入本题也。"⑥所谓"以扫为生"乃是在起笔即将文气潜伏,然后再转出的意思。特别是吴文英,"惟其情至深微,非可径达,说来大费经营"⑦,特殊的艺术手法与特殊的情感内容也有着一定的对应关系。

---

① 况周颐:《蕙风词话》卷二,唐圭璋编《词话丛编》第五册,中华书局,1986 年,第 4447 页。
② 况周颐:《蕙风词话》卷五,唐圭璋编《词话丛编》第五册,中华书局,1986 年,第 4527 页。
③ 吴文英撰,孙虹、谭学纯校笺:《梦窗词集校笺》,中华书局,2014 年,第 804 页。
④ 唐圭璋编:《全宋词》第一册,中华书局,1965 年,第 121 页。
⑤ 唐圭璋编:《全宋词》第二册,中华书局,1965 年,第 605 页。
⑥ 刘永济:《微睇室说词》,刘永济《唐五代两宋词简析 微睇室说词》,中华书局,2007 年,第 208 页。
⑦ 刘永济:《微睇室说词》,刘永济《唐五代两宋词简析 微睇室说词》,中华书局,2007 年,第 194 页。

六、文体内质与文体源流

　　一种文体的产生,往往是从一种旧文体中承袭并且蜕变而来的,特别是在韵文内部,文体的递嬗之迹更为清晰,体式的变化虽然开卷可见,而文体内质却是需要经历一段实验的历程后才能逐渐沉淀而成。就词体来说,她对诗歌体式上的承传及内质的部分借鉴乃是不争的事实;但从另外一个角度来说,当这种借鉴从初期的诗词同质而异体到后来的诗词异质异体,文体的差异性也就最终形成了。"抑词之所以别于诗者,不仅在外形之句调韵律,而尤在内质之情味意境"①。这种"内质之情味意境"具体何谓? 缪钺云:"诗之所言,固人生情思之精者矣,然精之中复有更细美幽约者焉,诗体又不足以达,或勉强达之,而不能曲尽其妙,于是不得不别创新体,词遂肇兴。"②缪钺从词的内质来追溯词的起源,确实更具学术眼光。但缪钺以"其文小""其质轻""其径狭""其境隐"③四端来概括词体特征,论之所重,犹在其表现方式,而"细美幽约"情思的具体指向或侧重所在却并不明朗。词的情感内涵当然并非只在悲哀一端,即在词体初步形成的中晚唐时期以及词体大盛的两宋时期,词所表达的情感也是十分丰富而复杂的。但我们同时也必须承认,从词体的本体、本色以及词史发展的实际来看,悲情确乎是词体情感的主流和大端,这也是我们在考量词体内质时,不能不更多地关注悲情的原因所在,而"哀感顽艳"也只有在词体的体性及词史发展的实际中,才能充分显示出其重要的理论意义。

---

①　缪钺:《诗词散论》(增订本),北京大学出版社,2018年,第13页。
②　缪钺:《诗词散论》(增订本),北京大学出版社,2018年,第13页。
③　参见缪钺《诗词散论》(增订本),北京大学出版社,2018年,第14—18页。

第六章

况周颐与词学史上的"潜气内转"说

　　小令与长调因其字数不同,作法自来有异,历代词学家多有论及。一般而言,小令因其字数较少,故其作法如同诗中绝句,讲究寄兴言情,以求意在言外之致;长调则因其篇幅较长,其作法略似诗中律诗,注重结构安排,以得顿挫潜转之妙。而长调之中,依张炎《词源》所论,又约分两种风格类型:清空骚雅与质实密丽,前者以姜夔为典型,后者以吴文英为楷式。清空者以妥溜之笔写清雅流丽之思,质实者以宛曲之法运内转深潜之气。然清空多赖天赋,质实要在工力。质实密丽看似有辙可寻,其实稍有阻隔,即呈呆相,"七宝楼台"之讥,因是而起。故欲明长调之制,不可不先明长调之作法。而关乎质实密丽风格之作法,尤为紧要,盖其居长调之首要,而涵盖太半之词人也。其作法者何?谓"潜气内转"者是也。然关乎长调之"潜气内转"者,前人虽多有发明,而揭出之功则在清人。清人品评梦窗词,即多持"潜气内转"之观念。若周济说梦窗词"每于空际转身"[1],戈载评梦窗词"貌观之,雕缋满眼,而实有灵气行乎其间"[2],况周颐则言之更为详尽,其语云:"(梦窗)芬菲铿丽之作,中间隽句艳字,莫不有沉挚之思,灏瀚之气,挟之以流转。"[3]诸家所评皆重在字面之密丽与笔法之深潜上。而吴梅则直称梦窗词"潜气内转,上下映带,有天梯石栈之

---

　　① 周济:《介存斋论词杂著》,唐圭璋编《词话丛编》第二册,中华书局,1986年,第1633页。
　　② 戈载:《宋七家词选·梦窗词选跋》,吴文英撰,孙虹、谭学纯校笺《梦窗词集校笺》,中华书局,2014年,第1825页。
　　③ 况周颐:《蕙风词话》卷二,唐圭璋编《词话丛编》第五册,中华书局,1986年,第4447页。

巧"①。是以"潜气内转"堪称吴文英词的点睛之笔。吴文英之外,清人评及周邦彦、辛弃疾、朱彝尊等人词,也常使用"潜气内转"一词,而晚清谭献最为杰出。在清代词学发展过程中,周济所提出的"问途碧山,历梦窗、稼轩,以还清真之浑化"②之学词途径,素为后人视为不二法门,而此数家之词,正以擅长"潜气内转"而驰名,则厘清潜气内转之要义,不仅可明清代词学之源流,亦可明长调作法之根本。

一、"潜气内转"的声乐溯源:从喉啭长吟到词曲唱法

"潜气内转"一词最早出现于三国繁钦《与魏文帝笺》一文,用以形容年方十四的都尉薛访车子的声乐技巧。薛访车子"能喉啭引声,与笳同音",演唱时"潜气内转,哀音外激,大不抗越,细不幽散,声悲旧笳,曲美常均"③。繁钦提及的"喉啭"与"潜气内转"都涉及演唱时的运气发声等技巧性的问题,而这种演唱方式是为了表现与胡笳相似的悲声,只是胡笳之悲音是吹奏出来,而喉啭之悲声则是通过气息的控制和流转表现出来,在悲声外激之前,要将即将发出的声音气流向内回环曲折,避免声音的过于抗越或过于幽散,从而将悲声的力度与厚度淋漓尽致地表现出来。在繁钦看来,薛访车子喉声与胡笳之音相似,堪称"诡异"④。《说文》释"诡"为"变",则繁钦所称乃在其音声之新变,有异乎平时所听闻者。

曹丕在接获繁钦笺后曾有复函,即今流传之《答繁钦书》,其中也提到薛访车子"喉转长吟"⑤的特色,不过其评价不如繁钦之高而已。"喉转长吟"其实与"潜气内转"有直接的关联。《文选》录成公绥《啸赋》有"响抑扬而潜转,气冲郁而飘起"之句,李善注云:"言声在喉中而转,故曰潜也。"⑥这意味着"喉转"与"潜气内转",只是表述角度的不同,其在本质上是一致的,而所谓"大不

---

① 吴梅:《乐府指迷笺释序》,张炎著,夏承焘校注;沈义父著,蔡嵩云笺释《词源注 乐府指迷笺释》,人民文学出版社,1963年,第91页。

② 周济:《宋四家词选目录序论》,唐圭璋编《词话丛编》第二册,中华书局,1986年,第1643页。

③ 萧统编,李善注:《文选》,上海古籍出版社,2019年,第1852页。

④ 萧统编,李善注:《文选》,上海古籍出版社,2019年,第1853页。

⑤ 曹丕:《答繁钦书》,严可均辑《全三国文》卷七,商务印书馆,1999年,第64页。

⑥ 萧统编,李善注:《文选》,上海古籍出版社,2019年,第881页。

抗越,细不幽散"正是"喉转""潜气内转"后的表现形态,是指把即将喷发的悲哀情感进行有意调整、抑制和向内转向后,从而形成的更具力度的悲情盘旋、蓄势而发,但又不使沉重之音激越、不使细弱之音发散的情感状态。就繁钦的语境而言,"潜气内转"的目的是为了"哀音外激",主要是针对哀音的表现技巧和表达效果而言。

作为一种基本的声乐技巧,"转喉"在唐宋乐府、声诗的演唱中都有着广泛的使用。唐诗中写及"啭喉"者不一而足,如薛能《赠歌者》有"一字新声一颗珠,转喉疑是击珊瑚"①之句,张祜《歌》诗有"皓齿娇微发,青蛾怨自生。不知新弟子,谁解啭喉轻"②,又其《听歌》其一云:"儿郎漫说转喉轻,须待情来意自生。只是眼前丝竹和,大家声里唱新声。"③都是对"转喉"所带来的美妙之音的赞赏。宋代李清照《词论》所追忆的唐代李八郎演唱乐府声诗也是因擅长"转喉发声",才使得"众皆泣下",并使当时驰誉南北的曹元谦、念奴黯然失色④。可见,喉啭在听觉艺术中的审美效果是极具穿透力的。

魏晋与唐宋时期所称"喉啭"究竟是怎样的演唱形态? 现在已难以确证,但明代四大腔系中的昆山腔,正是以转喉押调、字正腔圆为基本特点⑤。沈宠绥《度曲须知》说魏良辅"别开堂奥,调用水磨,拍捱冷板,声则平上去入之婉协,字则头腹尾音之毕匀,功深镕琢,气无烟火,启口轻圆,收音纯细"⑥。其中便有对于"喉啭"的相关描述。所谓"启口轻圆,收音纯细",其实与晋代袁崧《歌赋》所说的"朱唇不启,皓齿不离。清气独转,妍弄潜移"⑦的演唱方式十分类似,其中气息的潜转是关键,而唇齿的动作则是极其细微的。

喉啭其实是用一种特殊的发声技巧将字音与旋律结合起来。叶长海说:"昆山腔重在'啭喉',把字音和音乐旋律的结合固定化了,平上去入四声各分

---

① 中华书局编辑部点校:《全唐诗》(增订本)第九册,中华书局,1999年,第6542页。
② 中华书局编辑部点校:《全唐诗》(增订本)第八册,中华书局,1999年,第5851页。
③ 中华书局编辑部点校:《全唐诗》(增订本)第八册,中华书局,1999年,第5884页。
④ 李清照著,徐培均笺注:《李清照集笺注》(修订本),上海古籍出版社,2018年,第289页。
⑤ 明末余澹心《寄畅园闻歌记》云:"当是时,南曲率平直无意致,良辅转喉押调,度为新声,疾徐高下清浊之数,一依本宫,取字齿唇间,迭换巧掇,恒以深邈助其凄泪。"转引自张潮辑《虞初新志》卷四,清代笔记丛刊,齐鲁书社,2001年,第230页。
⑥ 沈宠绥:《度曲须知》,中国戏剧出版社,1959年,第198页。
⑦ 袁崧:《歌赋》,严可均辑《全晋文》卷五六,商务印书馆,1999年,第589页。

清浊,一共八个字调,每个字调与旋律有相应的结合。"①沈宠绥所强调的平上去入四声与字的头腹尾音的结合,应该是总结了魏良辅的转喉理论,只是"向来衣钵相传,止从喉间舌底度来,鲜有笔之纸上者"②而已。据《南词引正》和《曲律》记载,魏良辅对昆曲唱腔的改革重点在平仄四声的"逐一考究,务得中正"上,以及"过腔接字"的迟速及"稳重严肃"的心态上③。但实际上要得这种平仄四声和过腔接字的中正稳重之态,关键仍在气息的运转,所以魏良辅要求唱曲之音"发于丹田"④,这才是昆曲转喉之基石。沈宠绥"字则头腹尾音之毕匀"一句乃是与发于丹田之气有着直接的对应关系。一字一音的平直因为将一字分化为头、腹、尾三个部分,则意致的婉转自然就可摆脱一字一音的局限了。沈宠绥《度曲须知·字母堪删》说:

> 予尝考字于头腹尾音,乃恍然知与切字之理相通也。盖切法即唱法也。曷言之? 切者,以两字贴切一字之音,而此两字中,上边一字,即可以字头为之,下边一字,即可以字腹、字尾为之。如东字之头为多音,腹为翁音,而多翁两字,非即东字之切乎? 萧字之头为西音,腹为鏖音,而西鏖两字,非即萧字之切乎? 翁本收鼻,鏖本收呜,则举一腹音,尾音自寓,然恐浅人犹有未察,不若以头、腹、尾三音共切一字,更为圆稳找捷。试以西鏖呜三字连诵口中,则听者但闻徐吟一箫字;又以几哀噫三字连诵口中,则听者但闻徐吟一皆字,初不觉其有三音之连诵也。夫儒家翻切,释家等韵,皆于本切之外,更用转音二字(即因、烟、人、然之类),总是以四切一,则今之三音合切,奚不可哉。⑤

在"切法即唱法"的理念之下,用切字之理来分解字的头腹尾音,使得虽是止唱一字,依然有"圆稳找捷"的艺术效果,以反切三字来吟唱一字,每字的平仄阴阳清浊不同,由此也就带来了声调的转变,其抑扬顿挫之感因此会更为明

① 叶长海:《曲学与戏剧学》,上海古籍出版社,2013年,第63页。
② 沈宠绥:《度曲须知》,中国戏剧出版社,1959年,第242页。
③ 参见魏良辅《曲律》,生活·读书·新知三联书店,2014年,第41、43—44页。
④ 魏良辅:《曲律》,生活·读书·新知三联书店,2014年,第37页。
⑤ 沈宠绥:《度曲须知》,中国戏剧出版社,1959年,第223—224页。

显,音调之婉转自然会给听众带来丝丝缕缕的听觉享受。

这是对单字的唱法,可以见出转喉的重要性。但歌词总是连字成句的,则字与字之间衔接的唱法也同样是不可忽视的,这就涉及魏良辅所说的"过腔接字"问题了。《梦溪笔谈》卷五《乐律》云:

> 凡曲……当使字字举本皆轻圆,悉融入声中,令转换处无磊块,此谓"声中无字",古人谓之"如贯珠",今谓之"善过度"是也。①

如何才能使字与字的转换处无垒块呢? 清人徐大椿《乐府传声》云:

> 一字之音,必有首、腹、尾;必首、腹、尾音已尽,然后再出一字,则字字清楚。若一字之音未尽,或已尽而未收足,或收足而于交界之处未能划断,或划断而下字之头未能矫然,皆为交代不清。②

沈括所谓"磊块"就是指各种声母的响声③,字与字的交接处没有"磊块",其实就是要求字音过渡的自然协和,特别是不能让子音掩盖住元音。因为后一字的声母往往接上一字的韵母,如果不能把下一字的声母融化掉,则旋律难免会有停顿感的。

沈括虽然是从"古之善歌者"角度起论,但也时时切合着宋词的唱法。只是当宋词唱法在南宋末年渐趋失传之时④,这种极富艺术魅力的转喉技巧自然也就随之消歇,而后在明代昆曲中再次得到重视。而昆曲的唱法当然与宋词的唱法会有差距,未可一概以后例前,但在喉啭的艺术上自然是可能相通的。

---

① 沈括著,胡道静校证:《梦溪笔谈校证》,上海古籍出版社,1987 年,第 231 页。
② 徐大椿:《乐府传声》,生活·读书·新知三联书店,2013 年,第 111 页。
③ 参见刘尧民《词与音乐》,云南人民出版社,1982 年,第 146 页。
④ 南宋时唱词渐趋消歇,与其时词人多写长调,不方便演唱有一定关系。宋代胡仔《苕溪渔隐词话》卷二云:"中秋词自东坡《水调歌头》一出,余词尽废。然其后亦岂无佳词,如晁次膺《绿头鸭》一词,殊清婉。但樽俎间歌喉,以其篇长惮唱,故湮没无闻焉。"明代俞彦《爰园词话》亦云:"唐之诗,宋之词,甫脱颖,已遍传歌工之口。元世犹然,至则绝响矣。即诗余中,有可采入南剧者,亦仅引子。中调以上,通不知何物,此词之所以亡也。"俞彦说"元世犹然"不免是想当然了,但中长调词渐离歌工之口,确实是一个事实。唐圭璋编:《词话丛编》第一册,中华书局,1986 年,第 174、400 页。

这种音乐上的流变,此处不必一一详考①。但如何将这种声乐特点部分地保留在填词的文字之中,就自然会引起词学家的注意。张炎《词源》便暗示了这种相通的可能,他说:"举本轻圆无磊块,清浊高下萦缕比。"②又说:"词中一个生硬字用不得。"③凡此无非是为了"歌诵妥溜"④的需要。因为"歌喉所为,喜于谐婉者,或玩辞者所不满;骚人墨客乐称道之者,又知音者有所不合"⑤,这种词人与歌者的矛盾在两宋之时几乎是不可避免的,所以如何让词人填词为歌者预设方便,以免拗折歌者嗓子,就成为兼通音乐与填词的张炎所极为关注的问题。张炎记其先人"每作一词,必使歌者按之,稍有不协,随即改正"⑥,歌者对词人的指导意义由此可见,"生硬字"的问题就是在这种背景中被提出的。

其实在明清传奇之唱曲讲究以反切来唱圆一字的同时,熟悉音乐的词人也同样追求"填词宜审音,审音宜认字,先讲反切则字清,遍习乐器则音熟"⑦的。刘永济曾总结其间关系云:"韵之与唱,关系尤切……唱曲之诀,在唱一字不失本字之音;填词之要,在用一韵不出本部之外。字归本音,则音正;韵归本部,则韵谐。音正、韵谐,则无棘喉涩舌之失。古人之词,付之歌喉,唯求谐协。苟能谐协,即可为韵。"⑧唱曲之音律影响而及填词之格律,可见一斑。而"潜气内转"作为声乐的运气方式也因为与"文气"的相通而被移用到词体上。当然薛访车子与李八郎的喉啭与"潜气内转"是为了悲情表达的淋漓尽致,而昆曲的喉啭更多地为了表现出音声的流丽悠远,未必限于悲情一路,但在以"潜气内转"表现出音声的细柔婉转上,仍是相似的。这也是笔者探讨"潜气内转"时,在无法明了宋词唱法的前提下,对于昆曲喉啭的声乐技巧不能不有所关注的原因所在。

---

①　关于唐乐、昆曲中转喉的特点及其与佛经转读的渊源关系,参见康保成《从"啭喉"看昆曲的发声技巧及渊源》,《戏剧艺术》2003 年第 6 期,第 72—84 页。

②　张炎:《词源》卷下,唐圭璋编《词话丛编》第一册,中华书局,1986 年,第 254 页。

③　张炎:《词源》卷下,唐圭璋编《词话丛编》第一册,中华书局,1986 年,第 259 页。

④　张炎:《词源》卷下,唐圭璋编《词话丛编》第一册,中华书局,1986 年,第 259 页。

⑤　刘将孙:《新城饶克明集词序》,《养吾斋集》卷九,《景印文渊阁四库全书》第 1199 册,台湾商务印书馆,1986 年,第 84 页。

⑥　张炎:《词源》卷下,唐圭璋编《词话丛编》第一册,中华书局,1986 年,第 256 页。

⑦　谢章铤《词后自跋》引许赓皞语,许赓皞字秋史,有《梦月山馆词》。谢章铤:《赌棋山庄全集》,《近代中国史料丛刊续编》第 15 辑第 141 册,(台北)文海出版社,1975 年,第 153 页。

⑧　见刘永济《词论》,刘永济《宋词声律探源大纲 词论》,中华书局,2007 年,第 185 页。

二、"潜气内转"与长调之笔法

作为声乐表现艺术与审美特点的"潜气内转"有可能对词体产生影响吗？要回答这个问题，首先必须明确作为戏曲的唱法与作为案头文学的填词作法的差异。换言之，如果简单地以切字或"声中无字"来考虑两者的关系，则就失去了基本的逻辑前提。在词的唱法失传之后，这种影响只能是将"切法即唱法"的理念贯彻到词的笔法、句式或结构之中，也就是通过笔法的婉转变化而调整全篇结构，从而更曲折、细腻并富有力度地表达情感而已。清人词学批评范畴中的"潜气内转"正是在这样的理论背景下才有了基本的解读维度。

"潜气内转"从批评者的角度而言，更多地属于一种审美体验；而在作者而言，则需要通过特殊的笔法将这种感觉传达给读者。所以，"笔法"是"潜气内转"的基石。词笔的"涩"和"留"因此而应受到格外的关注。因为文气下潜内转，所以不会平易畅达，而是以深细幽涩为外在特征，谭献就曾把"词尚深涩"①作为一项基本的审美取向，其评姜夔、项莲生、冯煦词都使用了"幽涩"一词②，以与平滑的张炎等人的词风相区别。我们不妨看看谭献心目中"潜气内转"的典范之作，谭献曾评价辛弃疾《水龙吟·登建康赏心亭》的"裂竹之声"，乃是"潜气内转"所致③。此词作于宋孝宗淳熙元年（1174）秋，作者时任建康留守叶衡幕府参议官。辛弃疾有安邦定国之才，却长期沉滞下僚，悲情历历，但融情入典，痕迹婉妙。周济说稼轩"敛雄心，抗高调，变温婉，成悲凉"④，这种"敛""抗""变"，其实正是"潜气内转"的过程，而"成悲凉"则是"潜气内转"的目的所在。陈洵说："稼轩纵横豪宕，而笔笔能留，字字有脉络如此。"⑤这种"笔笔能留"与谭献的"潜气内转"正可谓不谋而合。如果喷薄而出，没有这种"留"的笔法，则情感势难积聚，等盘旋蓄势已足，则"裂竹之声"的心理震

---

① 谭献：《箧中词》今集卷三，沈辰垣等编《御选历代诗余·附箧中词广箧中词》，浙江古籍出版社，1998年，第550页。
② 参见谭献《箧中词》今集卷四，沈辰垣等编《御选历代诗余·附箧中词广箧中词》，浙江古籍出版社，1998年，第559页。
③ 谭献：《复堂词话》，唐圭璋编《词话丛编》第四册，中华书局，1986年，第3994页。
④ 周济：《宋四家词选目录序论》，唐圭璋编《词话丛编》第二册，中华书局，1986年，第1643页。
⑤ 转引自上彊村民编，唐圭璋笺注《宋词三百首笺注》，上海古籍出版社，1979年，第158页。

撼也就自然形成了。前引成公绥《啸赋》有"响抑扬而潜转,气冲郁而熛起"之句,所谓"熛起"即"疾"的意思①,也是指在盘旋郁结之后的有力发出。

就具体作法而言,"潜气内转"涉及许多笔法问题。沈祥龙云:

> 词之妙,在透过,在翻转,在折进,"自是春心撩乱,非关春梦无凭",透过也。"若说愁随春至,可怜冤煞东风",翻转也。"山映斜阳天接水,芳草无情、更在斜阳外",折进也。三者不外用意深,而用笔曲。②

其实透过、翻转、折进虽然笔法各异,都不过是为了避免表现的平滑而已,使情感表达形成一定的回旋空间,从而激发出更强的力度。陈洵《海绡说词》"词笔莫妙于留"③的说法,正是建立在这种曲笔基础之上的。

"潜气内转"的宗旨是为了酿造情感的厚重、力度与穿透力。周济《介存斋论词杂著》云:"初学词求空,空则灵气往来。既成格调求实,实则精力弥满。"④从空到实,从灵气往来到精力弥满,反映了填词的不同阶段特征,而厚实与力度则是更高的创作境界。况周颐《蕙风词话》卷二释"重"在"气格",可从梦窗词"厚之发见乎外者也"⑤体悟之。又论梦窗词之"丽密",何以呈现出"一一生动飞舞,如万花为春"的景象,无非是其中之"厚"带来了"魄力"⑥。

如何造就厚而有力的艺术风貌? 关键是合理使用"潜气内转"的创作方法。有"潜"才能有"厚",有气之"内转",才能造就力量充盈的境界。当然内转之气越是"郁勃久之"⑦,所形成的盘旋之力就越是强盛。梦窗词的空际转身与绝大魄力,可以《霜花腴》为例:

> 翠微路窄,醉晚风、凭谁为整敧冠。霜饱花腴,烛消人瘦,秋光做也都难。病怀强宽。恨雁声、偏落歌前。记年时、旧宿凄凉,暮烟秋雨野桥寒。

① 参见萧统编,李善注:《文选》,上海古籍出版社,2019年,第881页。
② 沈祥龙:《论词随笔》,唐圭璋编《词话丛编》第五册,中华书局,1986年,第4057页。
③ 陈洵:《海绡说词》,唐圭璋编《词话丛编》第五册,中华书局,1986年,第4840页。
④ 周济:《介存斋论词杂著》,唐圭璋《词话丛编》第二册,中华书局,1986年,第1630页。
⑤ 况周颐:《蕙风词话》卷二,唐圭璋编《词话丛编》第五册,中华书局,1986年,第4447页。
⑥ 况周颐:《蕙风词话》卷二,唐圭璋编《词话丛编》第五册,中华书局,1986年,第4447页。
⑦ 况周颐:《蕙风词话》卷五,唐圭璋编《词话丛编》第五册,中华书局,1986年,第4527页。

妆靥鬓英争艳,度清商一曲,暗坠金蝉。芳节多阴,兰情稀会,晴晖称拂吟笺。更移画船。引佩环、邀下婵娟。算明朝、未了重阳,紫英应耐看。①

陈洵分析曰:

此泛石湖作,非身在翠微也。次句乃翻杜子美宴蓝田庄诗意,言若翠微路窄,则谁为整冠乎。翻腾而起,掷笔空际,使人惊绝。三、四、五,座中景,如此一落,非具绝大神力不能。起句如神龙夭矫,奇采盘空。至此则云收雾敛,旷然开朗矣……芳节二句,用反笔作脱,则晴晖句加倍有力。"多阴"映"暮烟疏雨"。"稀会"映"旧宿凄凉"。夹叙夹议,潜气内转……上文奇峰叠起,去路却极坦夷,岂非神境。《霜花腴》名集,想见觉翁得意。于空际作奇重之笔,此诣让觉翁独步。②

陈洵从夹叙夹议处分析其"潜气内转"之妙,或翻腾,或盘空;或遥接,或反脱;或映衬,或迭进,将梦窗腾挪之笔力描摹殆尽,堪称深得梦窗之用心。其实尤可注意的是:梦窗词往往在起句即将文气潜伏,如《霜花腴》之"翠微路窄",先言山路崎岖而无法重阳登高,故转为游湖。刘永济承谭献之说云:"词家起句,有以扫为生之法……盖先扫去一层意思,然后入本题也。"③所谓"以扫为生"乃是在起笔即将文气潜伏,然后再转出的意思。特别是吴文英,"惟其情至深微,非可径达,说来大费经营"④,特殊的艺术手法与特殊的情感内容有着一定的对应关系。开笔即潜气,则随着结构的曲折变化,文气也就愈显深厚了。

王灼批评谢无逸词"如刻削通草人,都无筋骨,要是力不足"⑤。就是因为笔力不足,导致通阕词转折无力。周济评清真《拜新月慢》(夜色催更):"全是追思,却纯用实写。但读前阕,几疑是赋也。换头再为加倍跌宕之,他人万万无此力量。"评清真《氐州第一》(波落寒汀):"竭力追逼得换头一句出,钩转思

① 吴文英撰,孙虹、谭学纯校笺:《梦窗词集校笺》,中华书局,2014年,第804页。
② 陈洵:《海绡说词》,唐圭璋编《词话丛编》第五册,中华书局,1986年,第4842页。
③ 刘永济:《微睇室说词》,刘永济《唐五代两宋词简析 微睇室说词》,中华书局,2007年,第208页。
④ 刘永济:《微睇室说词》,刘永济《唐五代两宋词简析 微睇室说词》,中华书局,2007年,第194页。
⑤ 王灼:《碧鸡漫志》卷二,唐圭璋编《词话丛编》第一册,中华书局,1986年,第83页。

牵情绕,力挽六均。"评清真《浪淘沙慢》(晓阴重):"空际出力,梦窗最得其诀……钩勒劲健峭举。"评清真《夜游宫》(叶下斜阳照水):"此亦是层选加倍写法,本只'不恋单衾'一句耳,加上前阕,方觉精力弥满。"①周济评论吴文英"每于空际转身,非具大神力不能"②,"梦窗立意高,取径远"③,其实都说明了内转("空际转身""取径远")与神力的密切关系。

空际转身虽需要神力,却不能让人看出使力的痕迹,方才为高。这种自然的外现就是况周颐语境中的"拙",是一种经过细致雕琢却浑然不见雕琢痕迹的美。况周颐云:"梅溪词:'几曾湖上不经过。看花南陌醉,驻马翠楼歌。'下二语人人能道,上七字妙绝,似乎不甚经意,所谓'得来容易却艰辛'也。"④因为是从"艰辛"造就而来,又在外在形式上泯灭了艰辛之痕,所以具有特别厚重的审美意义。况周颐将这种过程概括为"经意而不经意"⑤,也依然是这个意思。这也是刘永济《诵帚词笺》所说的"学古人之高妙,当从古人所以致此高妙入手"⑥的意思所在。梦窗词的丽密与厚力堪称"高妙",而致此高妙的手段当然不离"潜气内转"四字。试再看吴文英《花犯·郭希道送水仙索赋》:

> 　　小娉婷,清铅素靥,蜂黄暗偷晕。翠翘欹鬓。昨夜冷中庭,月下相认。睡浓更苦凄风紧。惊回心未稳。送晓色、一壶葱蒨,才知花梦准。　　湘娥化作此幽芳,凌波路,古岸云沙遗恨。临砌影,寒香乱、冻梅藏韵。薰炉畔、旋移傍枕,还又见、玉人垂绀鬒。料唤赏、清华池馆,台杯须满引。⑦

《花犯》为周邦彦创调。晚清朱祖谋瓣香独奉吴文英,亟称此词具"潜气内转"之妙。细绎此词,确实颇多转折之妙。开头三句写水仙花瓣、花蕊、花叶,看似顺势而下,但接以"昨夜冷中庭,月下相认"一句,则逆回起笔。"睡浓"以下二

---

①　周济:《宋四家词选》眉批,唐圭璋编《词话丛编》第二册,中华书局,1986年,第1648—1650页。

②　周济:《介存斋论词杂著》,唐圭璋编《词话丛编》第二册,中华书局,1986年,第1633页。

③　周济:《宋四家词选目录序论》,唐圭璋编《词话丛编》第二册,中华书局,1986年,第1644页。

④　况周颐:《蕙风词话》卷二,唐圭璋编《词话丛编》第五册,中华书局,1986年,第4440页。

⑤　况周颐:《蕙风词话》卷一,唐圭璋编《词话丛编》第五册,中华书局,1986年,第4408页。

⑥　刘永济:《诵帚词笺》,古代文学理论研究编委会编《古代文学理论研究》第四辑,上海古籍出版社,1981年,第134页。

⑦　吴文英撰,孙虹、谭学纯校笺:《梦窗词集校笺》,中华书局,2014年,第623—624页。

句,渐次写睡浓、凄风紧、惊回、心未稳四事,但一事一转,十二字中实有四层转折,而不离"昨夜冷中庭"之一"冷"字。接下仍有数转①。这种频繁的转折并非在同一层面上的笔法变化,而是"愈转愈深",先下潜再上扬,从而使整首作品的词气形成一种宛转曲折之妙。如果说朱祖谋称誉此词有"潜气内转"之妙只是一种感觉的话,陈匪石则将这种感觉具体化了。其中数转与回护、旁衬,使得这首写水仙的咏物词因此而别具意蕴,尤其令读者读来,有九曲回肠、别具幽径之美。这或许可以视为吴文英词的独特魅力所在。先著、程洪在评说吴文英《珍珠帘》(密沈炉暖余烟袅)一词时云:"用笔拗折,不使一犷人字,虽极雕嵌,复有灵气行乎其间。"②常州派理论家周济对梦窗词用笔拗折、灵气往返的认同,也有着同样的背景。

三、钩勒、静字与长调结构之浑成

从词的体制来看,"潜气内转"主要是针对长调创作而言,因为字数的增多,必然带来结构的复杂和情感的丰富,要在有限的文字中将这种结构艺术和情感内容充分彰显出来,"潜气内转"就成为不能不倚靠的一种方法。清人刘体仁云:"中调长调转换处,不欲全脱,不欲明黏,如画家开阖之法,须一气而成,则神味自足。"③沈祥龙云:"长调须前后贯串,神来气来,而中有山重水复、柳暗花明之致。"④两家所论都将词的"气"与结构的关系放到了一个十分重要的位置,而"不欲明黏""山重水复"则是文气沉潜、回环并积聚的过程。

刘永济将"局势变换而气脉贯串"⑤作为长调的要则,也是源于对长调体制的独特体认。前引高友工之说即提及,完美的长调与其"表现一个复杂迂回的内在的心理状态"⑥密切相关。陈匪石将文气分为舒、敛二类,而"潜气内

---

① 参见陈匪石编著,钟振振校点《宋词举(外三种)》,上海古籍出版社,2016年,第42页。
② 先著、程洪撰,胡念贻辑:《词洁辑评》卷四,唐圭璋编《词话丛编》第二册,中华书局,1986年,第1360页。
③ 刘体仁:《七颂堂词绎》,唐圭璋编《词话丛编》第一册,中华书局,1986年,第619页。
④ 沈祥龙:《论词随笔》,唐圭璋编《词话丛编》第五册,中华书局,1986年,第4050页。
⑤ 刘永济:《词论》,刘永济《宋词声律探源大纲 词论》,中华书局,2007年,第165页。
⑥ 【美】高友工:《小令在诗传统中的地位》,《词学》第九辑,华东师范大学出版社,1992年,第20页。

转,千回百折,气之敛也",与"劲气直达,大开大阖"的"气之舒"形成明显的对照①。词气虽有舒、敛之不同,要以敛为主,因"敛"气才能与词体要眇宜修的特质更密切地结合起来。所以陈匪石《声执》卷上云:

> 盖词之用笔以曲为主,寥寥百字内外,多用直笔,将无回转之余地;必反面侧面,前路后路,浅深远近,起伏回环,无垂不缩,无往不复,始有尺幅千里之观、玩索无尽之味。两宋名家随在可见,而神妙莫如清真、梦窗。②

在曲笔中营构精妙的结构艺术,是词论家们共同强调的话题。

与吴文英并得"潜气内转"之誉的,还有周邦彦。陈匪石《声执》即将清真与梦窗并列,认为他们在长调结构上并得神妙之致。试看周邦彦《六丑·落花》:

> 正单衣试酒,恨客里、光阴虚掷。愿春暂留,春归如过翼。一去无迹。为问花何在,夜来风雨,葬楚宫倾国。钗钿堕处遗香泽。乱点桃蹊,轻翻柳陌。多情为谁追惜。但蜂媒蝶使,时叩窗隔。　　东园岑寂。渐蒙笼暗碧。静绕珍丛底,成叹息。长条故惹行客。似牵衣待话,别情无极。残英小、强簪巾帻。终不似一朵,钗头颤袅,向人欹侧。漂流处、莫趁潮汐。恐断红、尚有相思字,何由见得。③

这是清真名作,历代好评如潮。但从"潜气内转"的角度而言,更可见出其别有一番风神。周济评"愿春暂留"三句为"千回百折,千锤百炼"④。陈匪石则评曰:"至其悱恻缠绵,沉郁顿挫,转折操纵,不使一直笔平笔,而用意皆透过一层,且觉言中有物,南宋诸家未尝不学步,而苦不能及。"⑤事实上,陈匪石在分析此词时重点正是分析其如何转折,如何透过的。不仅如此,陈匪石分析清真

---

①　参见陈匪石《声执》卷上,陈匪石编著,钟振振校点《宋词举(外三种)》,上海古籍出版社,2016年,第219页。

②　陈匪石:《声执》卷上,陈匪石编著,钟振振校点《宋词举(外三种)》,上海古籍出版社,2016年,第220页。

③　唐圭璋编:《全宋词》第二册,中华书局,1965年,第610页。

④　周济:《宋四家词选》眉批,唐圭璋编《词话丛编》第二册,中华书局,1986年,第1647页。

⑤　陈匪石编著,钟振振校点:《宋词举(外三种)》,上海古籍出版社,2016年,第103页。

其他作品,也往往瞩目于此。如评说清真《花犯·梅花》第二句为"倒戟而入"①,评说《氏州第一》(波落寒汀)下阕云:"'渐解'接'顿来',似一转,然实'催老'二字之神髓,与前结紧承。'奈犹被、思牵情绕',忽又一转……'欲梦高唐',则于无可奈何中谋所以慰其悬望者,拍转自身,并作开笔。"②凡此对转笔结构的分析,堪称别具慧眼。

　　似乎不能回避的问题是:当一阕词的结构处于如此复杂的回环转折之中时,如何才能维护整体的浑成呢?要回答这个问题,除了讲究情景配合及前后呼应之外,还需要强化结构中的段落意识。而要形成一个相对完整的意思段落,就不能不提及领字问题和钩勒笔法。张炎即认为词"合用虚字呼唤",从而避免"堆垛叠字"的毛病③。沈义父《乐府指迷》也有"腔子多有句上合用虚字"④之说。两人所论都着眼于词的音乐性和演唱特征,所以张炎说乃是出于"付之雪儿"⑤的需要,而沈义父更是立足"腔子"而言的,都是就"乐家歌诗之法"⑥而提出了虚字问题。张炎、沈义父所谓"虚字",其实就是领字,因为与音乐的密切关系,所以领字也被称为领调⑦。领字既是因词乐而起,则其音乐意义是首先应予关注的。所谓"呼唤",首先便是旋律意义上的引导与呼应作用。领字的恰当使用,能使作品形成一种流动的气韵和节奏。但由虚字领起的结构段落,其文气乃是显性的,与"潜气内转"的情形恰好相反,所以这里不拟讨论其具体作用和意义。

　　"钩勒"则是协调具有"潜气内转"特点的长调结构的重要方法。周济评论周邦彦词曾多次使用"钩勒"这一术语。如云:"钩勒之妙,无如清真。他人一钩勒便薄,清真愈钩勒愈浑厚。"⑧又云:"清真浑厚,正于钩勒处见。"⑨又评

---

① 陈匪石编著,钟振振校点:《宋词举(外三种)》,上海古籍出版社,2016年,第107页。

② 陈匪石编著,钟振振校点:《宋词举(外三种)》,上海古籍出版社,2016年,第124页。

③ 张炎:《词源》卷下,唐圭璋编《词话丛编》第一册,中华书局,1986年,第259页。

④ 沈义父:《乐府指迷》,唐圭璋编《词话丛编》第一册,中华书局,1986年,第281页。

⑤ 尤袤《全唐诗话》卷六云:"雪儿者,李密之爱姬,能歌舞。每见宾僚文章,有奇丽入意者,即付雪儿叶音律以歌之。"此处"雪儿"乃泛指歌伎。何文焕辑:《历代诗话》,中华书局,1981年,第230页。

⑥ 刘熙载《艺概·词曲概》云:"玉田谓'词与诗不同,合用虚字呼唤。'余谓用虚字,正乐家歌诗之法也。"刘熙载撰,袁津琥校注:《艺概注稿》卷四《词曲概》,中华书局,2009年,第536页。

⑦ 杜文澜《憩园词话》卷一云:"玉田所云虚字,今谓之领调。"见唐圭璋编《词话丛编》第三册,中华书局,1986年,第2862页。

⑧ 周济:《介存斋论词杂著》,唐圭璋编《词话丛编》第二册,中华书局,1986年,第1632页。

⑨ 周济:《宋四家词选目录序论》,唐圭璋编《词话丛编》第二册,中华书局,1986年,第1643页。

清真《浪淘沙慢》(晓阴重)结拍云:"钩勒劲健峭举。"①又因为"清真词多从耆卿夺胎"②,故周济在评论柳永词时,也注意到其钩勒的特点:"柳词总以平叙见长。或发端、或结尾、或换头,以一二语勾勒提掇,有千钧之力。"③清真的浑厚得益于其钩勒之妙。换言之,因为有着精妙的钩勒,所以在文意的转折中能保持结构的完整性,并通过这种钩勒将意思的丰厚内涵包容收缩在一首作品之中。"钩勒"本是绘画术语,指用简要的线条勾画出物象、景象的轮廓,重在形的描摹④。词学中的钩勒是"用以说明作者对于描画某事物时,用笔由浅入深,层层钩画模勒出之的意思"⑤。从结构上说,钩勒一般处于"留"笔之后,用一种简约而婉转的笔法将留笔补足,所以刘永济说:"留之作法,因有种种情思,种种言语,留待后来敷写,初不急急说出。此种作法,在初为留,在后便为钩勒。钩勒者,愈转愈深,层出不穷也。"⑥所以以笔法转换带来情思意味的深厚,就是钩勒的主要目的所在。如吴文英《绛都春》词就比较典型地体现了留笔与钩勒的关系。其词云:

> 南楼坠燕。又灯晕夜凉,疏帘空卷。叶吹暮喧,花露晨晞秋光短。当时明月娉婷伴。怅客路、幽扃俱远。雾鬟依约,除非照影,镜空不见。
> 别馆。秋娘乍识,似人处、最在双波凝盼。旧色旧香,闲雨闲云情终浅。丹青谁画真真面。便祇作、梅花频看。更愁花变梨霙,又随梦散。⑦

陈洵评云:"'南楼坠燕',从姬去时说起,一留;'疏帘空卷',待其归而不归,一留;'叶吹'二句,空中着笔,又一留。忆当时,怅恨路远,'雾鬟依约'复'明月娉婷','镜空不见'复'疏帘空卷',笔笔断,笔笔续,而脉络井井,字字可

---

①　周济:《宋四家词选》眉批,唐圭璋编《词话丛编》第二册,中华书局,1986年,第1650页。
②　周济:《宋四家词选》眉批,唐圭璋编《词话丛编》第二册,中华书局,1986年,第1651页。
③　周济:《宋四家词选》眉批,唐圭璋编《词话丛编》第二册,中华书局,1986年,第1651页。
④　关于钩勒如何从绘画术语过渡到词论术语,可参考孙克强《词论与画论——援画论词在词学批评中的作用和意义》,《中国社会科学》2008年第1期,第191—200页。
⑤　刘永济:《微睇室说词》,刘永济《唐五代两宋词简析　微睇室说词》,中华书局,2007年,第151页。
⑥　刘永济:《微睇室说词》,刘永济《唐五代两宋词简析　微睇室说词》,中华书局,2007年,第201页。
⑦　吴文英撰,孙虹、谭学纯校笺:《梦窗词集校笺》,中华书局,2014年,第1086—1087页。

循。"①质言之,此词上阕基本上只写出一种空幻之感,至换头"别馆""秋娘"云云,始将上阕的空幻之感以钩勒之笔落实,所谓"笔笔断,笔笔续","续"方为钩勒之具体内容。故陈文华为陈洵之说诠评曰:"揆厥评文,重点有二:'留'与'复'是也。留属藏笔,复为呼应。"②所谓复笔也即是以钩勒的方式呼应前文的留笔而已。再如吴文英《珍珠帘》(蜜沉炉暖)乃写因闻箫鼓而思旧姬。陈洵分析其钩勒特点说:"起七字千锤百炼而出之。'蜜沉'伏'愁香','烟袅'伏'云渺','麟带',旧意。'舞箫',今情。作两边钩勒。"③因为或呼应着,或对照着,所以主旨就在这种两边钩勒中体现出来了。

在夏敬观看来,吴文英词之所以被张炎讥为"如七宝楼台",质实晦昧,就是因为少用虚字之故,而在转接提顿处多换以实字。试将同调之词略作比较,即可见出吴文英词的这一特色,如《解连环》,周邦彦多用虚字领起,而吴文英所用领字就明显较少;再如《双双燕》,史达祖就不乏领字,而吴文英有时则无一领字。其实无论是虚字、实字,其功用是相仿的,都是涉及文气的提顿和意思的转接。夏敬观说:

> 清真非不用虚字勾勒,但可不用者即不用。其不用虚字,而用实字或静辞,以为转接提顿者,即文章之潜气内转法……清真造句整,梦窗以碎锦拼合。整者元气浑仑,碎拼者古锦斑斓。不用勾勒,能使潜气内转,则外涩内活。④

夏敬观的这一分析堪称允当,揭出了清真多以实字或静辞钩勒的特点及其与"潜气内转"之关系。虚字的作用虽然很大,但需要谨慎使用,不能强化过甚,以至喧宾夺主,因为虚字多了,便成"空头字"了,"不若径用一静字,顶上道下来,句法又健"⑤。不过静字同样也不可多用。沈义父《乐府指迷》曾以柳永为

---

① 转引自刘永济《微睇室说词》,刘永济《唐五代两宋词简析 微睇室说词》,中华书局,2007年,第200页。按,刘永济此引文不知引自何处,检唐圭璋编《词话丛编》所收录陈洵之《海绡说词》,虽有解说此篇文字,然文字绝不相同。

② 陈文华:《海绡翁梦窗词说诠评》,(台北)里仁书局,1996年,第210页。

③ 陈洵:《海绡说词》,唐圭璋编《词话丛编》第五册,中华书局,1986年,第4848页。

④ 夏敬观:《蕙风词话诠评》,唐圭璋编《词话丛编》第五册,中华书局,1986年,第4592页。

⑤ 沈义父:《乐府指迷》,唐圭璋编《词话丛编》第一册,中华书局,1986年,第281—282页。

例说明静字的作用云：

> 近时词人，多不详看古曲下句命意处，但随俗念过便了。如柳词《木兰花慢》云："拆桐花烂漫。"此正是第一句，不用空头字在上，故用拆字，言开了桐花烂漫也。有人不晓此意，乃云：此花名为拆桐，于词中云开到拆桐花，开了又拆，此何意也。[①]

所谓"空头字"乃是指在节拍转换之处以虚字领起，"头"处不免有"空"的感觉。而沈义父认为这些地方——尤其是全阕开头一旦以虚字领起，容易使全篇句法被引入虚而软的方向，欲在起笔压住全篇，不免力量未足。所以，在陆辅之《词旨》列举的属对38则中，位于开端的对句就有13则，有14则因为原作无存，而无法判断其位置。而所举乐笑翁奇对23则，位于开端的也有14则，这与张炎《词源》卷下要求的"起头八字相对"[②]也是一致的。沈义父所谓从"顶上道下来"，又说："大抵起句便见所咏之意，不可泛入闲事，方入主意。"[③]其中不无以四字对句起笔而形成平正有力的笔势在内。陆辅之《词旨》说："对句好可得，起句好难得。收拾全藉出场。"[④]从某种程度而言，陆辅之对起笔四言对句的重视及其对虚字的慎用，在宋元词论家中有一定的代表意义。后来词家，观点容或有异，而重视起笔，则如出一辙。

沈义父所谓"静字"其实就是实字。蔡嵩云云："所谓静字，乃实字而以肖事物之形者，与动字两相对待。静字言已然之情景，动字言当然之行动，分别在此。空头字者，言此等虚字，用之过多，徒占词中地位，其实无取，故不如代以一静字为愈。"[⑤]夏敬观提到的"实字或静辞"当即渊源于沈义父。所谓静字乃是描写已经客观呈现之情景，而动字则可能是想象中尚未进行或者尚未完成的行动。因为已经呈现之情景，不需要再用虚拟的语气，因此一般使用实字来表达，如吴文英之"翠微路窄""南楼坠燕"等，即在起句用静字直入，然后再

① 沈义父：《乐府指迷》，唐圭璋编《词话丛编》第一册，中华书局，1986年，第282页。
② 张炎：《词源》卷下，唐圭璋编《词话丛编》第一册，中华书局，1986年，第265页。
③ 沈义父：《乐府指迷》，唐圭璋编《词话丛编》第一册，中华书局，1986年，第279页。
④ 陆辅之：《词旨》，唐圭璋编《词话丛编》第一册，中华书局，1986年，第302页。
⑤ 张炎著，夏承焘校注；沈义父著，蔡嵩云笺释：《词源注 乐府指迷笺释》，人民文学出版社，1963年，第74页。

层层下潜,而中间转接"无虚字处,或用潜气内转法"①,刘永济评说吴文英《三部乐·赋姜石帚渔隐》"句法苍劲",即"缘于转换句意处不用虚字领起",而"直捷换写"②。句法的雄健和苍劲与实字有着非常密切的关系。句间转接如果使用虚字,则可能会因为语气的明显转折而致文气流离;如果不用虚字,则通过文意的转换而带动文气的内转。而尚未完成的动作,则可以用虚字来表明行动的状态,只是这种虚字也不宜多用,以免形成整首词的空滑状态。

词学史对梦窗词的争议往往离不开对其密实词风的评价问题,张炎从梦窗词的密实中看到的是"凝涩晦昧"③,冯煦看到的是"幽邃而绵密,脉络井井"④,况周颐看到的是"生动飞舞,如万花为春"⑤,王易看到的是"且梦窗固长于行气者,特其潜气内转,不似苏辛之显"⑥。同一密实,在不同的人看来,差异居然如此之大。其实,吴文英词的丽与密相辅而行,若不能体会其"密",则会对其"丽"也予以贬评。张炎"七宝楼台"之喻即源于对吴文英词密与丽的双重隔膜。如其《踏莎行》"润玉笼绡,檀樱倚扇。绣圈犹带脂香浅"⑦数句,写肌肤、檀口、妆饰,都艳丽异常。再如其《塞翁吟》"心事称吴妆晕红","七字兼情意、妆束、容色"⑧,其密其丽都非一般词人所能具有。如其《声声慢》开头"檀栾金碧,婀娜蓬莱"⑨八字,其用意不过描写修竹、楼台、杨柳、池塘四物,在意象密集的同时,用语也极绮丽。然同是针对此八字,张炎认为"太涩",陈澧认为"极炼",陈洵认为"殊有拙致",要是对其密丽词风有不同之体认而已⑩。然所谓"涩""炼"与"拙"都不过是表面之印象,而在四种意象之中,吴文英只是旨在表现其今昔之感而已。再如《应天长》上阕云:

① 蒋兆兰:《词说》,唐圭璋编《词话丛编》第五册,中华书局,1986年,第4635页。
② 刘永济:《微睇室说词》,刘永济《唐五代两宋词简析 微睇室说词》,中华书局,2007年,第204页。
③ 张炎:《词源》卷下,唐圭璋编《词话丛编》第一册,中华书局,1986年,第259页。
④ 冯煦:《蒿庵论词》,唐圭璋编《词话丛编》第四册,中华书局,1986年,第3594页。
⑤ 况周颐:《蕙风词话》卷二,唐圭璋编《词话丛编》第五册,中华书局,1986年,第4447页。
⑥ 王易:《词曲史》,岳麓书社,2011年,第155页。
⑦ 吴文英撰,孙虹、谭学纯校笺:《梦窗词集校笺》,中华书局,2014年,第1542页。
⑧ 况周颐:《蕙风词话》卷二,唐圭璋编《词话丛编》第五册,中华书局,1986年,第4447页。
⑨ 吴文英撰,孙虹、谭学纯校笺:《梦窗词集校笺》,中华书局,2014年,第1275页。
⑩ 刘永济《微睇室说词》云:"起八字陈澧谓'极炼',陈洵谓'殊有拙致'。而张炎论词则诋为'太涩'。"刘永济:《唐五代两宋词简析 微睇室说词》,中华书局,2007年,第175页。

丽花斗麝,清麝溅尘,春声遍满芳陌。竟路障空云幕,冰壶浸霞色。芙蓉镜,词赋客。竞绣笔、醉嫌天窄。素娥下,小驻轻镳,眼乱红碧。①

写昔日元宵景象,文采绚丽,"真有万花为春之概"②。而这种现象上的密丽极其容易使人忽略其内在行气。而一旦悟得其"潜气内转"之特征,则密丽不仅不足为其病,反而可以成其无可替代之特色。

因着字面之密丽,"潜气内转"之价值就更得以彰显出来了。因为密丽容易在表面上掩饰清气之流转,词人既不愿在文字表面失去密丽的意趣,又欲表现出情感的周折和波澜,如此便自然需要"潜气内转"的手法了。像《莺啼序》这样篇幅长的词调更是如此。其实从吴文英选择的若干词调如《倦寻芳》《丑奴儿慢》《古香慢》《高阳台》《秋霁》《西平乐慢》《宴清都》《烛影摇红》等,也可略窥端倪。这些词调虽然长短不一,但在句式上的一个共同特点是四字句特别多。如《宴清都》下阕云:

> 人间万感幽单,华清惯浴,春盎风露。连鬟并暖,同心共结,向承恩处。③

除了换头六字之外,一气连下五个四字句。而《扫花游》上阕云:

> 草生梦碧,正燕子帘帏,影迟春午。倦茶荐乳。看风签乱叶,老沙昏雨。古简蟫篇,种得云根疗蠹。最清楚。带明月自锄,花外幽圃。④

除了"种得"一句、"最清楚"一句以及"正""看""带"等领字之外,都是四字句式。《丑奴儿慢》的歇拍"天虚鸣籁,云多易雨,长带秋寒"、过拍"遥望翠凹,隔江时见,越女低鬟"和煞拍"乘风邀月,持杯对影,云海人间"⑤,都是连续三个

①　吴文英撰,孙虹、谭学纯校笺:《梦窗词集校笺》,中华书局,2014年,第428—429页。
②　"万花为春"原是况周颐对吴文英词之评价,此处乃刘永济用以具体品评此词。参见刘永济《微睇室说词》,刘永济《唐五代两宋词简析　微睇室说词》,中华书局,2007年,第210页。
③　吴文英撰,孙虹、谭学纯校笺:《梦窗词集校笺》,中华书局,2014年,第289—290页。
④　吴文英撰,孙虹、谭学纯校笺:《梦窗词集校笺》,中华书局,2014年,第409页。
⑤　吴文英撰,孙虹、谭学纯校笺:《梦窗词集校笺》,中华书局,2014年,第1177页。

四字句。再如《倦寻芳》开头便是连续四个四字句,换头以下也是连续三个四字句,《高阳台》的起拍、歇拍、煞拍都是四字句,《秋霁》的起拍、过拍、煞拍都是颇为整齐的四字句。《烛影摇红》的起拍、歇拍、过拍、煞拍也都是四字句,而且歇拍和煞拍都是连续四个四字句。这些或几乎整阕、或半阕、或连续数句规整的四字句,往往处于起拍、歇拍、过拍、煞拍这些音节的重要转换处,无疑会使全词行气端肃有余而灵动不足。而《西平乐慢》更是通阕以四字句为主,仅以少量五字、六字和七字句连缀其间,兼以调长而韵少,在节奏上也呈现出紧迫而快捷的感觉①。故音节之密也是吴文英词值得注意之一特色。

从结构上而言,句式也往往是对句与单句交叉而成,如此文气的转折才能形成自然之势。刘永济说:"凡词四字对句必密丽,对句之后,承以单句必疏宕。"②所论甚是。如吴文英《古香慢》云:"怨蛾坠柳,离佩摇葭,霜讯南圃。漫忆桥扉,倚竹袖寒日暮。"③前面三个四字句无非是写深秋之景色,而"漫忆"一句虽仍是四字句,但其旨在引出"倚竹"一句,将描写对象过渡到桂花之冷艳上,词气也在经过四个密实的四字句沉潜后轻浮上来。当然也有先以疏宕之单句逸出文气,然后带出两个四字对句,将文气收束住的。如吴文英《瑞龙吟·送梅津》三片的结尾分别是:"吴宫娇月娆花,醉题恨倚,蛮江豆蔻。""新园锁却愁阴,露黄漫委,寒香半亩。""生怕遣、楼前行云知后。泪鸿怨角,空教人瘦。"④无论是写梅津之文采风流,还是写两人之分别,都抑扬有度,浮沉自如,所以所谓潜气并非一潜到底,事实上有潜有浮,只是总体上呈现出下潜的趋势而已。而能从学理上由其密实而看出"潜气内转"的,仍当属夏敬观。他在为况周颐之说诠释时说:

> 实字能化作虚字之意使用,静辞能化作动辞使用,而又化虚为实,化动为静,故能生动飞舞。是在笔有魄力,能运用耳。能运用,则不丽之字

---

① 刘永济评说《西平乐慢》调的特点说:"此调甚长而止七韵,声调非常紧迫。盖四字句读之必快。此调多四字句,愈到后阕,韵愈少,调愈紧迫,极不易填。"刘永济:《微睇室说词》,刘永济《唐五代两宋词简析 微睇室说词》,中华书局,2007 年,第 149 页。

② 刘永济:《微睇室说词》,刘永济《唐五代两宋词简析 微睇室说词》,中华书局,2007 年,第 175 页。

③ 吴文英撰,孙虹、谭学纯校笺:《梦窗词集校笺》,中华书局,2014 年,第 1724 页。

④ 吴文英撰,孙虹、谭学纯校笺:《梦窗词集校笺》,中华书局,2014 年,第 580 页。

亦丽,非以艳丽之字,填塞其间也。密在字面,厚在意味。①

字面的密丽,正是"潜"气"内"转的体现,若是气浮外转,则字面固然不会密实,但意味也同样不会深厚了。

静字既然可以替代虚字之不足,则其作用仍是相似的,只是更隐蔽而已。沈义父所云静字从"顶上道下来"乃是直入本意之意,所以句法甚健。刘熙载说:"词中承接转换,大抵不外纡徐斗健,交相为用,所贵融会章法,按脉理节拍而出之。"②所谓"斗健"也大致与实字使用有关。虚字的转接提顿是明的,实字的转接提顿则是暗的,因为是暗的,所以文气下潜而内转。况周颐主张"词中转折宜圆",但这种"圆"不在笔圆、意圆,而在神圆③。笔圆往往有赖于虚字,而神圆则由实字转出。夏敬观解释况周颐此意云:"转折笔圆,恃虚字为转折耳。意圆,则前后呼应一贯。神圆,则不假转折之笔,不假呼应之意,而潜气内转。"④虚字、实字在转折上的明暗之分,玄修析之甚明。但毕竟是"潜"气是"内"转,所以由清真词的这一特点,就不能不再次提及况周颐提到的填词"暗字诀"⑤。况周颐弟子赵尊岳曾将况周颐的这一理论屡加强化,其云:

> 词中回顾、留应、顿挫、曲折,不但长调中一字一句须加注意,即短调小令,亦不可少加忽略,以自悖其理脉。盖一切暗转深入,均不过运用回顾、留应之笔出之。

又云:

> 暗转则于前后左右,别辟新义。甚或唾弃其原义,而读者不觉其疵累。作者自具其理脉,为尤不易也。⑥

---

① 夏敬观:《蕙风词话诠评》,唐圭璋编《词话丛编》第五册,中华书局,1986 年,第 4598 页。
② 刘熙载撰,袁津琥校注:《艺概注稿》卷四之《词曲概》,中华书局,2009 年,第 530 页。
③ 况周颐:《蕙风词话》卷一,唐圭璋编《词话丛编》第五册,中华书局,1986 年,第 4407 页。
④ 夏敬观:《蕙风词话诠评》,唐圭璋编《词话丛编》第五册,中华书局,1986 年,第 4587 页。
⑤ 况周颐:《蕙风词话》卷一,唐圭璋编《词话丛编》第五册,中华书局,1986 年,第 4413 页。
⑥ 赵尊岳:《填词丛话》卷二,屈兴国编《词话丛编二编》第五册,浙江古籍出版社,2013 年,第 2738 页。

既要自具理脉,又要另辟新义,以"潜气内转"为核心的暗字诀的宗旨,大约不出乎此了。

四、"潜气内转":从书法、骈文批评到词学范畴

潜气内转虽然在三国时期就已经用来形容发声的艺术技巧,并在唐宋乐府、声诗及明代戏曲的演唱中以或"喉啭"或"潜气内转"的概念被强调着。但在清代之前,其内涵一直限于声乐方面。而从清代开始,"潜气内转"则开始较多地被用于书法与诗文批评之中。清代赵怀玉《王履吉各种书跋》云:

> 右王履吉……书陶靖节《归去来辞》、玉川子《谢寄新茶歌》,潜气内转,字字以凝炼出之,洵为小楷极则。①

刘熙载《艺概》卷五亦云:

> 张伯英草书隔行不断,谓之"一笔书"。盖隔行不断,在书体均齐者犹易,惟大小疏密,短长肥瘦,倏忽万变,而能"潜气内转",乃称神境耳。②

清代邱炜萲亦云:

> 或问林筠台、符子琴二君书法孰优,余按林、符均用正锋,如昔人论粤三家诗,独得古雄直是也。惟符则加以潜气内转,有官止神行之妙。③

赵怀玉认为王履吉的书法带着魏晋的风韵,在"潜气内转"中带着"凝练"的特点。而刘熙载则认为张伯英的草书在变化中不失整体之感。邱炜萲认为符子琴的书法通过"潜气内转"的方法而成就"雄直"的风格。则雄直、凝练、整体是"潜气内转"所带来的书法艺术风貌。这与此前分析长调通过"潜气内转"

---

① 赵怀玉:《亦有生斋集》文卷八,《续修四库全书》第1470册,上海古籍出版社,2002年,第108页。
② 刘熙载撰,袁津琥校注:《艺概注稿》卷五《书概》,中华书局,2009年,第677页。
③ 邱炜萲:《五百石洞天挥麈》卷一〇,《续修四库全书》第1708册,上海古籍出版社,2002年,第238页。

的方法而带来情感的力度与厚度,其实是彼此衬合的。

当然也有仅仅是将"潜气内转"作为一种表达特点而贯穿在多种文学艺术中的。清代邱炜菱即云:

> 书家有正锋,文家有正格,诗家有正声,正非直而不曲之谓,乃通而能达之谓,或潜气内转,或清气往来,其志和,其音雅,作者矜平,读者躁释⋯⋯此境良非易到,殆所谓雅正者非耶。[1]

在邱炜菱看来,无论是诗文是书法,其实都讲究雅正通达,至于是通过"潜气内转"还是清气往来,方式固然有不同,但追求雅正的宗旨是一致的。谭献曾评点曹子建《王仲宣诔》云:"此书家谓中锋也,不尚姿质而骨干伟异。"[2]不尚姿质,所以有拙涩之貌,骨干伟异正是由"潜气内转"造就的。

与"潜气内转"进入到书法批评领域时间相近,在诗歌批评领域,也不乏用"潜气内转"来评论诗歌的若干创作特征。林昌彝云:"盛唐七古,高者莫过于李、杜两家,然太白妙处在举重若轻,子美妙处在潜气内转,此两家不传之秘。"[3]徐世昌录诗话评江之纪诗云:"白圭堂诗潜气内转,长于古而不精于律,七古尤多佳制。"[4]林昌彝、徐世昌二人在文体上皆是以七古为论述对象,尤其是杜甫的七古素被视为沉郁顿挫的典范,则杜诗沉郁顿挫的特点与"潜气内转"正有着相通之处。

最早以"潜气内转"评论文章的或为毛生甫,方东树在《魏武论》一文末尾引用毛生甫语云:"潜气内转,最行文深妙处。"[5]毛生甫虽然没有区别骈文、散文,而是泛称,但对于文章的"潜气内转"之行文妙处,显然已经有着深切的体会。光绪十八年(1892),朱一新将其掌教广州广雅书院期间的讲学和答问辑成《无邪堂答问》。以"潜气内转"论骈文与词,不仅影响到骈文理论,而且开始影响到词学理论。其语云:

---

① 邱炜菱:《五百石洞天挥麈》卷九,《续修四库全书》第1708册,上海古籍出版社,2002年,第207页。
② 李兆洛选辑:《骈体文钞》,岳麓书社,1992年,第581页。
③ 林昌彝著,王镇远、林虞生标点:《射鹰楼诗话》卷一八,上海古籍出版社,1988年,第414页。
④ 徐世昌辑:《晚晴簃诗汇》第三册,中国书店,1989年,第380页。
⑤ 方东树:《考槃集文录》卷一,《续修四库全书》第1497册,上海古籍出版社,2002年,第236页。

骈文自当以气骨为主,其次则词旨渊雅,又当明于向背断续之法。向背之理易显,断续之理则微。语语续而不断,虽悦俗目,终非作家。惟其藕断丝连,乃能回肠荡气。骈文体格已卑,故其理与填词相通。潜气内转,上抗下坠,其中自有音节,多读六朝文则知之。①

朱一新从"骈文导源汉魏,固不规规于声律对偶"②的角度提出了骈文的风骨问题,回肠荡气的骈文风骨离不开对微妙的"断续之理"的把握。值得注意的是,朱一新此则答问其实是从骈文的话头而导向填词的,其"骈文体格已卑,故其理与填词相通"一句乃是其中关键,朱一新在此句后并补充解释说:"文与诗异流而同源,骈文尤近于诗,倚声亦诗之余也。"③可见其在文体上持诗文同源异脉的观点,他能从"潜气内转"的角度看出骈文与填词的相通,正是与这种文体观念密不可分的。

光绪年间持"潜气内转"以论诗文者大增,而在理论上约可分为两途:一者侧重在骈文方面;一者侧重填词方面。而肇其端倪者,则允推朱一新。王先谦、李详与孙德谦于骈文理论方面大体承续了朱一新的观念。王先谦云清代骈文"行气之工,提枢机而内转,故能洸洋自适,清新不穷。俪体如斯,可云绝境"④,就以"潜气内转"为骈文绝境之重要特征。清末李详评汪中《述学》"能潜气内转"⑤,又评六朝骈文云:"六朝俪文,色泽虽殊,其潜气内转,默默相通,与散文无异旨也。"⑥则"潜气内转"的理论空间进一步覆盖到散文领域了。而孙德谦则不仅以"潜气内转"品评骈文,更从骈文的角度对"潜气内转"的内涵加以明确阐释。其云:

及阅《无邪堂答问》,有论六朝骈文,其言曰:"上抗下坠,潜气内转。"于是六朝真诀,益能领悟矣。盖余初读六朝文,往往见其上下文气似不相接,而又若作转,不解其故,得此说乃恍然也。试取刘柳之《荐周续之表》

① 朱一新:《无邪堂答问》卷二,中华书局,2000 年,第 91—92 页。
② 朱一新:《无邪堂答问》卷二,中华书局,2000 年,第 89 页。
③ 朱一新:《无邪堂答问》卷二,中华书局,2000 年,第 91 页。
④ 王先谦编:《骈文类纂》,浙江古籍出版社,1998 年,第 27 页。
⑤ 李详:《汪容甫文笺序》,李稚甫编校《李审言文集》,江苏古籍出版社,1989 年,第 275 页。
⑥ 李详:《答江都王翰棻论文书》,李稚甫编校《李审言文集》,江苏古籍出版社,1989 年,第 1061 页。

为证:"虽汾阳之举,辍驾于时艰,明扬之旨,潜感于穷谷矣。"上用"虽"字,而于"明扬"句上,并无"而"字为转笔,一若此四语中,下二语仍接上二语而言,不知其气已转也。所谓"上抗下坠,潜气内转"者,即是如此,每以他文类推,无不皆然。读六朝文者,此种行文秘诀,安可略诸?①

孙德谦是结合自己阅读《骈体文钞》及朱一新《无邪堂答问》的体会来说的,他将朱一新对骈文"潜气内转"的概括誉为"六朝真诀",可见其推崇之意。孙德谦认为读六朝骈文"须识得"潜气内转"妙诀,乃能于承转处迎刃而解,否则上下语气,将不知其若何衔接矣"②。又说:"至如宋来骈体,秀采外扬,潜气内转,往往寻变入节,极抗坠之能。"③孙德谦甚至认为无论骈文散文,能"潜气内转"者,方能成就文学之经典。他说:"夫文无骈散,各具攸能……其善者为之伏采旁流,得比兴之妙。潜气内转,极抗坠之能手。桓所谓辞义典雅,足传于后者矣。"④可见"潜气内转"在孙德谦文学观念中的重要意义。

刘师培曾详细考察过收入《后汉书》列传中的各家奏议论事之文,认为其因为经过范晔的润饰改删,而"转折之法于焉可见"⑤。魏晋及此后文章,无不讲究转折之妙,只是有的借助虚字以明转,如陆机、庾信等,斯为下品,而"始终贯串,转折无迹"方是文章胜境。刘师培认为魏晋善用转笔作文者,范晔之外当推傅亮和任昉两家。他说:

> 两君所作章表诏令之类,无不头绪清晰,层次谨严,但以其潜气内转,殊难划明何处为一段何处转进一层,盖不仅用典入化,即章段亦入化矣。⑥

作为对骈文创作特征的概括,"潜气内转"因为契合骈文的创作实践,而获得了广泛的认同。民国年间研究六朝骈文的论著如刘麟生、钱基博所作,都对这

---

①　孙德谦:《六朝丽指》,王水照编《历代文话》第九册,复旦大学出版社,2007年,第8432页。

②　孙德谦:《六朝丽指》,王水照编《历代文话》第九册,复旦大学出版社,2007年,第8460页。

③　《复王方伯论骈文书》,孙德谦《四益宧骈文稿》,上海瑞华印务局民国二十五年(1936)铅印本。

④　《吴郡骈体文征序》,孙德谦《四益宧骈文稿》,上海瑞华印务局民国二十五年(1936)铅印本。

⑤　刘师培:《汉魏六朝专家文研究》,刘师培《中国中古文学史讲义》,上海古籍出版社,2006年,第116页。

⑥　刘师培:《汉魏六朝专家文研究》,刘师培《中国中古文学史讲义》,上海古籍出版社,2006年,第116页。

一特征予以充分重视。这是对骈文研究的新的"发现",也因着这种发现,而使得骈文的地位得以提升。

而在光绪年间,将"潜气内转"这一概念在骈文和填词领域进一步丰富和完善的应该是谭献。谭献虽长朱一新 14 岁,但其受《无邪堂答问》的影响却是明显的。《复堂日记续录》有多处读《无邪堂答问》的记录,如光绪二十四年(1898)闰三月二十三日与六月二十三日都有阅读记载,其语云:"阅朱氏《无邪堂答问》。精理名言,持之有故,此有用之书。颇思一一标识之。""又阅《无邪堂答问》。精纯粹审,言外有无穷之慨,足以信今传后。"①谭献对《无邪堂答问》一书评价之高,可见一斑。

谭献对骈文夙具兴趣,其《复堂日记》中有多条阅读《文选》《骈体正宗》《骈体文钞》等的记录,谭献并曾校订点评《骈体文钞》,而首言"潜气内转"的繁钦之文即被收入《文选》《骈体文钞》。谭献《〈续骈体正宗〉叙》即用"夫车子一歌,潜气内转"②为典故,虽然仍是从声乐角度来使用的,但可见他对这一术语之熟悉。而在他评点的《骈体文钞》中更是用到诸如"转喉""内转"等概念,其意与"潜气内转"颇为相近。如其评束广微《玄居释》云:"遂为两可之言。世变日亟,转喉触讳,故不敢一用诋諆。"③至于涉及转笔运气的评点就更多了,如评点李公辅《霸朝集序》云:"归美推大,运转如意,颇觉规模闳远,而蹊隧分明,气已渐浊。"评梁简文帝《东宫上掘得慈觉寺钟启》云:"转折有长篇法。"④运转而气浊,实已含有"潜气内转"的意思了。又如谭献评刘子政《上灾异封事》云:"章法之完密,提掇起伏之明画,往古未有,来者莫继。"评李士恢《上隋高祖革文华书》云:"障川回澜之力,可谓凤皇一鸣。"评伏文表《与阮籍书》云:"垂缩进退,处处双写,故无病于复钟,而大有回薄之味。"评吕仲悌《与嵇茂齐书》云:"尚有内转之气,故丽而不缛。"评陆士衡《豪士赋序》云:"顿挫回薄,意内言外。"⑤所谓"提掇起伏""障川回澜""垂缩进退""内转之气""顿挫回薄",其实就是"潜气内转"的另外一种表述。

光绪四年(1878),谭献已然意识到"填词。长短句必与古文辞相通,恐二

① 范旭仑、牟晓朋整理:《谭献日记》之《复堂日记续录》,中华书局,2013 年,第 330、332 页。
② 谭献著,罗仲鼎、俞浣萍点校:《谭献集》文卷卷四,浙江古籍出版社,2012 年,第 95 页。
③ 李兆洛选辑:《骈体文钞》,岳麓书社,1992 年,第 619 页。
④ 李兆洛选辑:《骈体文钞》,岳麓书社,1992 年,第 69、702 页。
⑤ 李兆洛选辑:《骈体文钞》,岳麓书社,1992 年,第 181、221、335、340、415 页。

十年前人未之解也"①。他自己在批点《骈体文钞》时,也时时由骈文旁涉到词体。如评潘安仁《哀永逝文》云:"《招魂》《大招》《哀李夫人赋》而下,益婉益哀,殆亦如乐府诗之流为填词耳。"又评伏知道《为王宽与妇义安主书》云:"六朝小启,五代填词。"②大约正是因为先具备了这种文体观念,所以在阅读朱一新《无邪堂答问》时,对其中认为骈文"其理与填词相通"的观点才会起强烈的共鸣,也因为随着编纂《箧中词》等词选,而将朱一新等在骈文领域使用的"潜气内转"一词转移到填词领域。除了在《复堂词话》中评辛弃疾《水龙吟·登建康赏心亭》云:"裂竹之声,何尝不潜气内转。"③又在其编选的《箧中词》中评朱彝尊《百字令》(横街南巷)、郭麐《绿意》(乙卯上巳)、易顺鼎《台城路》诸词时,都揭出其"潜气内转"之妙。

此后,由于《箧中词》的广泛流传及谭献词学地位的确立,以"潜气内转"论词更成一时之风气。况周颐提出神圆说,夏敬观便以"潜气内转"为之阐释④。况周颐提出"暗字诀",并直言"骈体文亦有暗转法,稍可通于词",夏敬观也认为"文赋诗词,皆须知此法,即潜气内转也"⑤。蒋兆兰《词说》也认为词"论用笔,直与古文一例",这种一例之处,便包括"无虚字处,或用潜气内转法"⑥。

但晚清民国的词学之所以对"潜气内转"如此关注和认同,实与梦窗清真词风的盛行息息相关。自王鹏运、朱祖谋四校梦窗词,并朱祖谋为之"小笺",夏承焘为之"后笺",杨铁夫为之"通释",陈洵、刘永济为之"解说",梦窗词的特点也因此为更多词人所认知,再加上当时词社、唱和等,主其事者亦往往以追和梦窗词为一时风气,故词之"潜气内转"说由此风行一时。朱祖谋题廖恩焘《忏庵词》云:"胎息梦窗,潜气内转。专于顺逆伸缩处求索消息,故非貌似七宝楼台者所可同年而语。"⑦此将"潜气内转"与梦窗词的特点结合起来,实与晚近梦窗词风的流行有莫大之关系。梦窗词之质实,宋人张炎《词源》已深

① 范旭仑、牟晓朋整理:《谭献日记》之《复堂日记补录》卷二,中华书局,2013年,第238页。
② 李兆洛选辑:《骈体文钞》,岳麓书社,1992年,第592、696页。
③ 谭献:《复堂词话》,唐圭璋编《词话丛编》第四册,中华书局,1986年,第3994页。
④ 夏敬观:《蕙风词话诠评》,唐圭璋编《词话丛编》第五册,中华书局,1986年,第4587页。
⑤ 夏敬观:《蕙风词话诠评》,唐圭璋编《词话丛编》第五册,中华书局,1986年,第4592—4593页。
⑥ 蒋兆兰:《词说》,唐圭璋编《词话丛编》第五册,中华书局,1986年,第4634—4635页。
⑦ 朱祖谋:《忏庵词题辞》,冯乾编校《清词序跋汇编》第四册,凤凰出版社,2013年,第2149页。

相诟责,认为乃如"七宝楼台",凝涩晦昧。张炎是主张"词要清空"之人,所以对虚字(领字)颇为重视,而周邦彦与吴文英恰恰是极少使用虚字的。夏敬观即曾经指出清真多用实字或静辞转接提顿者,正是借用了文章的"潜气内转"之法。夏敬观《跋清真词》:"美成词……复能行以张弛控送之笔,使潜气内转,开合自如。"又在《跋梦窗词》中认为"梦窗步趋清真",只是认为梦窗不及清真而已①。但实际上"吴文英极沉博绝丽之观,擅潜气内转之妙"②,至其是否如夏敬观所说之"梦窗过涩",其实在民国年间的看法并不一致。陈匪石即认为:"白石、梦窗皆善练气。但白石之气清刚拔俗,在字句外,人得而见之;梦窗之气,潜气内转,伏于无字句中,人不得而见之。"又说:"世人病梦窗之涩,予不谓然。盖涩由气滞;梦窗之气深入骨里,弥满行间,沉著而不浮,凝聚而不散,深厚而不浅薄,绝无丝毫滞相。"③

自朱一新、李详、谭献等人纷纷提出在"潜气内转"上骈文与散文、填词可以互通之后,晚清民国论词者大多接受了这一说法。况周颐由骈文之暗转而移论于词,在晚清的语境中,似乎也带有一定的共识意义。而夏敬观更将文赋诗词在"潜气内转"的基础上打通而论,故其诠评况氏词话,便多从这种相通处引申,堪称得其微旨。至夏敬观、陈匪石诸人对"潜气内转"的具体解读也不离乎此。这种理论风行的基石虽然与晚清民国词人对词体特性的认知有了新的发展有关,更与这一时期梦窗、清真词风的流行有着直接的渊源关系。可以说,若不能从"潜气内转"的角度揭出清真与梦窗词的重要特征,则要在审美风尚和创作路向上弘扬梦窗、清真词风,就难免存在着理论瓶颈的问题。

五、余论:复杂的文体结构与悲凉之情

本章论"潜气内转",实可与前章论"哀感顽艳"相并而看。盖悲情更讲究情感力量,所以也更须用"潜气内转"之法。

词之抒情功能虽然不限一格,但"哀感顽艳"之悲情始终是其最重要的情

---

① 夏敬观:《忍古楼文》(稿本六册)第六册,上海图书馆藏。
② 陈匪石:《声执》卷下,陈匪石编著,钟振振校点《宋词举(外三种)》,上海古籍出版社,2016年,第237—238页。
③ 陈匪石:《旧时月色斋词谭》,陈匪石编著,钟振振校点《宋词举(外三种)》,上海古籍出版社,2016年,第255页。

感底色。钱锺书《诗可以怨》一文曾引用张煌言《曹云霖诗序》云："盖诗言志，欢愉则其情散越，散越则思致不能深入；愁苦则其情沉著，沉著则舒籁发声，动与天会。"复引陈兆仑《消寒八咏序》云："盖乐主散，一发而无余；忧主留，辗转而不尽。意味之浅深别矣。"钱锺书因此总结说："乐的特征是发散，轻扬，而忧的特征是凝聚、滞重。"①清代宋翔凤《香草词序》自道其填词"期敛散越之意，约以宛转之言，挹之靡尽而留其有余"②，实际上正是以此表明其侧重于表达凝聚、滞重的情感特点，"散越之意"是被排除在外的。当词体把这种"凝聚、滞重"的悲情作为文体的重要特性之后，相应的对词体的规范或憧憬便大都以悲情为基本的坐标。胡寅《题酒边词》梳理词曲源流，认为词源于楚辞，而《离骚》者，变风变雅之怨而迫、哀而伤者也"③，则"怨迫、哀伤"之成为词体的特性，也是十分自然的事情。清代吴锡麒《张渌卿露华词序》云：

> 昔欧阳公序圣俞诗，谓"穷而后工"，而吾谓惟词尤甚。盖其萧寥孤寄之旨，幽夐独造之音，必与尘事空交，冷趣相洽，而后托么弦而徐引，激寒吹以自鸣，天籁一通，奇弄乃发。④

则在词人的观念里，虽然苦境愁音在诗歌中同样可以得到表现，但"惟词尤甚"，词体在这方面是更为倚重的，特别是优秀的词作更离不开"萧寥孤寄之旨，幽夐独造之音"的。"潜气内转"本来就是繁钦用来形容"哀感顽艳"之悲音悲情的，当同样以悲音悲情为主体情感的词体形成之后，特别是在北宋中后期直至南宋长调流行之时，要在一种相对复杂的结构中表达落寞悲凉之情，"潜气内转"的重要性遂得到了空前的重视和强调。悲愁之音的沉著、主留、孤沉而深往，都意味着"潜气内转"作为填词的一种基本创作方式，其作用和价值都是不可忽视的。而晚清光绪年间对此的发明，不仅意味着词学理论的发展渐趋精微，而且为词史的价值重估和审美判断提供了新的理论基石。

---

① 钱锺书：《七缀集》，上海古籍出版社，1985年，第109页。
② 宋翔凤：《朴学斋文录》卷二，《续修四库全书》第1504册，上海古籍出版社，2002年，第336页。
③ 胡寅：《题酒边词》，陈良运主编《中国历代词学论著选》，百花洲文艺出版社，1998年，第78页。
④ 吴锡麒：《有正味斋骈体文》卷八，《续修四库全书》第1468册，上海古籍出版社，2002年，第664页。

第七章

况周颐之词体与其他文体关系论

　　作为一种韵文文体,词体诞生于诗歌之后,发展兴盛于散曲之前。中国古代文体在元代以前,除了白话小说、戏曲等少数文体,大部分文体形态如古近体诗歌、散文、骈文、文言小说都已经成熟。在这一文体现象背景下,词体的发展受到其他文体的影响,并在此后影响到其他文体的生成和发展,也就成为一种自然的规律,故"以诗为词""以文为词"等乃是词体初期及发展过程中必然会出现的现象,而在词体发展高峰之后,又必然会孕育出散曲的若干文体特征。清代尤侗说:

> 由诗入词,由词入曲,正如风起青蘋,必盛于土囊;水发滥觞,必极于覆舟,势使然也……故以诗为词,合者十一;以曲为词,合者十九。①

尤侗持"能为曲者,方能为词;能为词者,方能为诗"②之说,是逆向说明诗对词、词对曲的文体影响,但其前提是诗词曲文体嬗变及渗透的客观现实。他认为由诗入词、由词入曲必然带来文体特性的模糊,而主张以词曲之道为诗才是大雅之道。尤侗关于文体前后影响及反影响的关系的看法,是鉴于当时卑词曲而重诗歌的倾向而言的,故其立说有反悖时论的动机,其立说的合理性当然值得进一步讨论,但文体彼此相通之定律,确实不仅有学理上的深沉支撑,也

---

① 尤侗:《名词选胜序》,尤侗著,杨旭辉点校《尤侗集》,上海古籍出版社,2015年,第337页。
② 尤侗:《名词选胜序》,尤侗著,杨旭辉点校《尤侗集》,上海古籍出版社,2015年,第337页。

有文体实践上的充分支持。

一、词体与诗赋古文之关系

关于词体与其他文体的关系,古人即多有论及。如词与赋体、古文的关系很早就受到词评家的关注。明代杨慎认为稼轩《贺新郎》(绿树听鹈鴂)一词"尽集许多怨事,全与李太白《拟恨赋》手段相似"①,这是从密集使用典故的角度来说其对赋体手法的借鉴特点。李白仿照江淹《恨赋》而成《拟恨赋》,赋以铺陈为事,故用典多乃是常态,而辛弃疾此词也用了王昭君、荆轲等典故,杨慎此评实是对辛弃疾"以赋为词"特点的说明。

杨慎又评辛弃疾《沁园春》(杯汝来前)一词"如《宾戏》、《解嘲》等作,乃是把做古文手段寓之于词"②。而刘体仁也认为"稼轩'杯汝来前',《毛颖传》也。'谁共我,醉明月',《恨赋》也。皆非词家本色"③。二家所评皆以《沁园春》(杯汝来前)为对象,分述此词与汉代班固《答宾戏》、扬雄《解嘲》、韩愈《毛颖传》、江淹《恨赋》之关系,虽然所拟之文体有赋与散文之别,但几乎都有一个共同的特点,即以对话的方式叙事,实际上带有一定的小说和戏曲的特点。而辛弃疾的《沁园春·将止酒,戒酒杯使勿近》也是以自己对酒杯训话的方式来写的。录其词如下:

> 杯汝来前,老子今朝,点检形骸。甚长年抱渴,咽如焦釜;于今喜睡,气似奔雷。汝说"刘伶,古今达者,醉后何妨死便埋"。浑如此,叹汝于知己,真少恩哉!　　更凭歌舞为媒。算合作人间鸩毒猜。况怨无小大,生于所爱;物无美恶,过则为灾。与汝成言:"勿留亟退,吾力犹能肆汝杯。"杯再拜,道"麾之即去,招亦须来"。④

词中有对话,对话中有情节、有场景,在以文为词方面,辛弃疾确实有着多方面

---

① 杨慎:《词品》卷之四,唐圭璋编《词话丛编》第一册,中华书局,1986 年,第 503 页。
② 杨慎:《词品》卷之四,唐圭璋编《词话丛编》第一册,中华书局,1986 年,第 503 页。
③ 刘体仁:《七颂堂词绎》,唐圭璋编《词话丛编》第一册,中华书局,1986 年,第 619 页。
④ 辛弃疾撰,邓广铭笺注:《稼轩词编年笺注》,上海古籍出版社,2007 年,第 398—399 页。

的尝试,也拓展了词体的表现手段和方法。

总体而言,明人开始比较多地检讨词体的发展及其变异现象,但除了杨慎,类似的创造性的评点尚不多见。晚清关于词体与散文的关系,认识渐趋深入。谭献《复堂日记补录》光绪四年(1878)三月初三有"长短句必与古文辞相通"之说,并认为二十年前人未能认识到这一点①。未免有矜为独特之见的意思,实际上解人如杨慎还是有的,只是表述尚显模糊而已。但谭献在长短句与古文辞的关系上用了"必相通"三字,可见谭献对文体关系的认识已经上升到了规律性的高度,也就是从文体本质上提出了词体对古文辞的借鉴乃是一种必然途径和基本方法。谭献评辛弃疾《汉宫春·立春》即"以古文长篇法行之"②。谭献持立此说,实际上是看到了"文学"的一种共通性。清代词学以张惠言之说影响为大,而以周济之说为契入根本之论。而周济论词以"以有寄托入,以无寄托出"之说最为驰名,谭献则认为因寄托而作,含寄托而出,此实"千古辞章之能事尽,岂独填词为然"③,并非填词一体专享此道。谭献的泛文学观念由此可见一斑。

鉴于这一文体实践和文体规律,沈祥龙《论词随笔》云:

> 词于古文诗赋,体制各异。然不明古文法度,体格不大,不具诗人旨趣,吐属不雅;不备赋家才华,文采不富。王元美《艺苑卮言》云:"填词虽小技,尤为谨严。"贺黄公《词筌》云:"填词亦兼辞令议论叙事之妙。"然则词家于古文诗赋,亦贵兼通矣。④

因为任何一种文体,辞令之外,总不外抒情、叙事与议论三者。古文诗赋是如此,填词理亦如此,故沈祥龙强调"词家于古文诗赋,亦贵兼通",也是明鉴乎填词实践的通明之见。因为"贵兼通"的观念和实践,而使得文体研究也必然因此而呈现出颇为复杂的局面。

作为晚清民国的词学名家,况周颐一直十分注意维护词体的独立,《蕙风

---

① 范旭仑、牟晓朋整理:《谭献日记》之《复堂日记补录》卷二,中华书局,2013年,第238页。
② 谭献:《复堂词话》,唐圭璋编《词话丛编》第四册,中华书局,1986年,第3994页。
③ 谭献:《复堂词话》,唐圭璋编《词话丛编》第四册,中华书局,1986年,第3998页。
④ 沈祥龙:《论词随笔》,唐圭璋编《词话丛编》第五册,中华书局,1986年,第4059页。

词话》开篇就明确指出:"(词)独造之诣,非有所附丽,若为骈枝也。"①但作为后于诗之文体,其与诗歌的关系既客观存在,也不可忽视。如他曾特别指出唐人之词"往往丽而不流,与其诗不甚相远"②,这与词之初起,体性尚未完全独立有关。他曾提及南唐徐铉《梦游诗》之"绣幌银屏杳霭间。若非魂梦到应难"等句"置之词中,是绝好意境"③,虽然晚唐五代风会如此,但毕竟诗与词的文体界限显得模糊了。

　　况周颐曾举"不知筋力衰多少。但觉新来懒上楼"二句为例,陈秋塘以之入诗,辛弃疾将其入词。况周颐认为:"此二句入词则佳,入诗便稍觉未合。词与诗体格不同处,其消息即此可参。"④词与诗的体格固有不同,但体格交叉的现象其实也是常见的。况周颐又举梅尧臣"不上楼来今几日,满城多少柳丝黄"诗句,说李清照"几日不来楼上望,粉红香白已争妍"二句"由此脱胎,却自是词笔"⑤。将这两节评论对照来看,况周颐对诗词体性的辨析堪称细致入微,诗更多地表述事实和感情,词即便是表达与诗歌相近的事实和感情,也会更注重细节,词性也更软。"不知"两句写筋力减弱,而以"懒上楼"这个细节来表达,这种细腻是词体必需的,而用在诗歌反显得骨力弱了。梅尧臣的两句诗与李清照的词句所描写的感觉和场景其实相似,都是写数日与春景隔膜后见到满目春色的感觉。梅尧臣客观表述了数日不上楼的事实,然后写上楼后所见满城黄色的柳条,以见季节变换之快。而李清照则特别强调数日未登楼后的"望"的细节,并用粉红香白的艳丽代替了柳丝黄的单一,"争妍"二字尤见词体风华之妙。又如赵愚轩《行香子》词有"绿阴何处,旋转移床"之句,而王安石《夜直》诗也有"月移花影上阑干"句。诗写移床就绿阴,注重的是过程,词写绿阴来移床,情景相似,但词用了"旋转"一词,可见其过程之曲折。况周颐认为诗词用笔之不同,也可从此处看出来⑥。质实而言,况周颐关于词

<hr />

　　① 况周颐:《蕙风词话》卷一,唐圭璋编《词话丛编》第五册,中华书局,1986年,第4405页。
　　② 况周颐:《蕙风词话》卷二,唐圭璋编《词话丛编》第五册,中华书局,1986年,第4423页。
　　③ 况周颐:《蕙风词话》卷二,唐圭璋编《词话丛编》第五册,中华书局,1986年,第4424页。
　　④ 况周颐:《蕙风词话》卷二,唐圭璋编《词话丛编》第五册,中华书局,1986年,第4432页。
　　⑤ 况周颐:《蕙风词话》卷二,唐圭璋编《词话丛编》第五册,中华书局,1986年,第4430页。按,此二句非李清照词,出自顾贞立《浣溪沙·和王夫人仲英韵》,见《全清词·顺康卷》第七册,中华书局,2002年,第3757页。王仲闻校注《李清照集校注》亦有辨证,人民文学出版社,2019年,第370页。
　　⑥ 况周颐:《蕙风词话》卷三,唐圭璋编《词话丛编》第五册,中华书局,1986年,第4462页。

体与诗体关系的分析,虽大体未出前人之所论,但辨析明显更为细致了。

词在体制上除了与诗歌有着密切的关系之外,也与散文有着结构上的因缘。"以文为词"的说法,不遑后人来"发现",即词人自身即多仿此而实践者。若"苏文忠《赤壁赋》不尽语,裁成'大江东去'词"①,即以己文为己词,意脉上的承续紧密一贯。黄庭坚《瑞鹤仙》(环滁皆山也)橐栝欧阳修《醉翁亭记》等,乃是以他文为己词,意思的包举也是清晰可见的。大约是此类例子实在繁多,故况周颐干脆提出"词亦文之一体"之说。他说:

> 词亦文之一体。昔人名作,亦有理脉可寻,所谓蛇灰蚓线之妙。如范石湖《眼儿媚·萍乡道中》云:"酣酣日脚紫烟浮。妍暖试轻裘。困人天气,醉人花底,午梦扶头。 春慵恰似春塘水,一片縠纹愁。溶溶泄泄,东风无力,欲皱还休。""春慵"紧接"困"字"醉"字来,细极。②

支撑"词亦文之一体"之说的内在逻辑便是"理脉"二字。况周颐实际上是从结构的连贯性、语境的统一性、意思的相承性而将词与文的关系联类而论。虽然凡诸文体皆须讲究"理脉",但诗词文体,字句简少,所谓理脉便大都跳跃式存在,有些若不借助想象,几乎难勘理脉痕迹。而散文则往往迤逦而下,即便中多转折,也痕迹宛然。所以诗词与散文其实不是有无理脉的问题,而是理脉模糊与清晰的问题。

况周颐所言"蛇灰蚓线",主要从结构和意思的角度喻其虽有曲折却理脉前后连贯。况周颐以范成大《眼儿媚》词为例,说明上阕言"困"言"醉",下阕便说"春慵",描写情感状态连贯而不跳跃。这种连贯而下的结构与散文结构相似,故况周颐才得出"词亦文之一体"的结论。其实就范成大词而言,这种理脉并非只限于况周颐分析之三个词语,整首词其实都在"春慵"的语境中而并无转移。如起二句写酣酣日脚、紫烟轻浮、妍暖试裘,歇拍写午梦扶头,煞拍写东风无力,等等,都不离乎"春慵"的背景。如此,此词在艺术性之外,也兼具结构上的逻辑性。

当然以"蛇灰蚓线"的笔法或类似意思来形容诗词的明晰结构,并非始于

① 张侃:《拙轩词话》,唐圭璋编《词话丛编》第一册,中华书局,1986年,第191页。
② 况周颐:《蕙风词话》卷二,唐圭璋编《词话丛编》第五册,中华书局,1986年,第4432—4433页。

况周颐。在况周颐之前,至少宋代的胡仔就曾注意到这种蛇灰蚓线的笔法之妙。胡仔说:"凡作诗词,要当如常山之蛇,救首救尾,不可偏也。"①陆辅之也说:"制词须布置停匀,血脉贯穿。过片不可断曲意,如常山之蛇,救首救尾。"②胡、陆二人都提到诗词结构须在首尾相顾上做到完整性。常山之蛇的典故出自《孙子兵法》:

> 故善用兵者,譬如率然。率然者,常山之蛇也,击其首则尾至,击其尾则首至,击其中则首尾俱至。敢问:兵可使如率然乎? 曰:可。③

无论变化如何,首尾彼此相顾,当然这种首尾呼应应该是非常灵活的,不是那种机械呆板的顺承和明接,而是在"血脉贯穿"的前提下,灵动地让诗词在结构上首尾相合。其实这种"常山之蛇"之妙正类同于"蛇灰蚓线"之意。邹祇谟《远志斋词衷》主张"长篇须曲折三致意",他说:

> 盖词至长调而变已极。南宋诸家凡以偏师取胜者无不以此见长。而梅溪、白石、竹山、梦窗诸家,丽情密藻,尽态极妍。要其瑰琢处,无不有蛇灰蚓线之妙,则所云一气流贯也。④

这是在长调变化已极的南宋,即便在外象上呈现出"丽情密藻,尽态极妍"的特点,也同样在追求"一气流贯"的蛇灰蚓线之妙,可见词体在结构上与文章之体确有相似的审美追求。

蛇灰蚓线虽是词与散文在结构上具有的一个共同特点,但毕竟如《眼儿媚》这类结构顺畅显豁、意思相承相因的情况未必多见。词与散文也可在意境上相合,当然这种相合更多地本于作者心性的相似。况周颐引滕子京《临江仙》词上阕云:"湖水连天天连水,秋来分外澄清。君山自是小蓬瀛。气蒸云

---

① 胡仔:《苕溪渔隐词话》卷二,唐圭璋编《词话丛编》第一册,中华书局,1986年,第175页。
② 陆辅之:《词旨》,唐圭璋编《词话丛编》第一册,中华书局,1986年,第303页。
③ 陈曦译注《孙子兵法》,中华书局,2017年,第209页。
④ 邹祇谟:《远志斋词衷》,唐圭璋编《词话丛编》第一册,中华书局,1986年,第650页。

梦泽,波撼岳阳城。"又引范仲淹为滕子京所作的《岳阳楼记》云:"至若春和景明,波澜不惊。上下天光,一碧万顷。沙鸥翔集,锦鳞游泳。岸芷汀兰,郁郁青青。"况周颐认为范仲淹此节文字"与滕词前段意境政合。虽《记》言春,词言秋,时序不同,其为天情闿朗,景物澄鲜一也。两贤襟抱略同,于此可见。"①因"襟抱略同"而使得滕子京词与范仲淹记在"天情闿朗,景物澄鲜"上颇为一致,这正是不同文体可以抒同类襟抱写同类景象的佐证。

以"蛇灰蚓线"来联结词与散文的结构之妙,应该说只是体现了词体的部分特征,毕竟词以"意内言外"为宗旨,这种显豁的首尾相合在很多情况下是很难看出来的,所以"蛇灰蚓线"是一种结构方式,而关乎词体的结构呈现出来的可能要更隐蔽。这种隐蔽、隐约与婉转之处,其实更与骈文相关。而这可能才是况周颐关于词体更有发明的认识所在。况周颐曾特别提及骈文之暗转与词之暗转彼此或可通②。骈文的"暗转法"与词体的"暗字诀",显然更契合词体的本色。所谓暗字诀即用"大气真力"将意脉与结构的转、接、提、顿在暗处体现出来,字面上或跳跃或非常规性转折,但因为内有"大气真力斡运其间",故在厘析意脉之后,方觉原本是一气流贯,只是气贯在内,不易察觉耳。关于此点,况周颐曾续有说明:

> 涩之中有味、有韵、有境界,虽至涩之调,有真气贯注其间。其至者,可使疏宕,次亦不失凝重,难与貌涩者道耳。③

"暗"之所以能成为一种重要方法,原因正在"有真气贯注其间",故能融化外在之涩,而成就或疏宕或凝重之风貌。

对词之"暗字诀",况周颐弟子赵尊岳对其师说体认独多,其《填词丛话》卷二再三论及:

> 词中暗转之处,帷灯匣剑,相映生辉。其承上文为暗转,尤不若不承

---

① 《织余琐述》,况周颐原著,孙克强辑校《况周颐词话五种(外一种)》,浙江古籍出版社,2014年,第310页。
② 况周颐:《蕙风词话》卷一,唐圭璋编《词话丛编》第五册,中华书局,1986年,第4413页。
③ 况周颐:《蕙风词话》卷五,唐圭璋编《词话丛编》第五册,中华书局,1986年,第4527页。

上文,仅假理脉,以大手笔拗转前义者之为妙。

　　词中回顾、留应、顿挫、曲折,不但长调中一字一句须加注意,即短调小令,亦不可少加忽略,以自悖其理脉。盖一切暗转深入,均不过运用回顾、留应之笔达出之。

　　暗转则于前后左右,别辟新义。甚或唾弃其原义,而读者不觉其疵累。作者自具其理脉,为尤不易也。①

三节文字都有"理脉"二字,这才是支撑暗转的内在动力,也因此外在的回顾、留应、顿挫、曲折都只能成为现象,并不影响到理脉的自然流转。

　　暗转的理脉,如果用另外一个相关的概念来形容,应该就是所谓长调"潜气内转"的笔法,而此笔法恰是借鉴了骈文的笔法。此不仅况周颐有体会,晚清谭献、朱一新、李详、孙得谦均有所论析②。就现有文献来看,谭献很可能是最早并有意识地提出填词与古文相通者③。谭献提及的"古文辞",虽然没有明确为散文还是骈文,但验诸谭献的批评实践,他既批点《骈体文钞》,又编纂《箧中词》,则对于词体与骈文的关系是能慢慢感受到的。他在批点《骈体文钞》时,笔触便时时涉及词体,如将"六朝小启"与"五代填词"并列④,而六朝小启便是以骈文为主要文体形态的。晚清六朝文派一时兴起,将小词与六朝文联系而论,也颇为常见。夏敬观《手批乐章集》曾将柳永的词分为雅、俚二类,"雅词用六朝小品文赋作法,层层铺叙,情景兼融,一笔到底,始终不懈"⑤。这种虽经铺叙而一笔到底的写法其实也就是所谓"蛇灰蚓线"法。当然在南宋之时,陆游也已先有类似感悟,他在《花间集》跋文中已经指出唐代大中以后,文体已经出现新变,诗家日趋浅薄而倚声始作。陆游形容当时的词"颇摆落故态,适与六朝跌宕意气差近"⑥,这是从"意气"的角度来联系六朝之文与词体体性之关系。

---

　　①　赵尊岳:《填词丛话》卷二,屈兴国编《词话丛编二编》第五册,浙江古籍出版社,2013 年,第 2734、2737、2738 页。

　　②　参见拙文《词学史上的"潜气内转"说》,载《文学评论》2012 年第 2 期。亦可参见本书第六章。

　　③　范旭仑、牟晓朋整理:《谭献日记》之《复堂日记补录》卷二,中华书局,2013 年,第 238 页。

　　④　李兆洛选辑:《骈体文钞》,岳麓书社,1992 年,第 696 页。

　　⑤　夏敬观:《手批乐章集》,转引自柳永著,陶然、姚逸超校笺《乐章集校笺》附录,上海古籍出版社,2016 年,第 896—897 页。

　　⑥　陆游著,马亚中、涂小马校注:《渭南文集校注》(三),浙江古籍出版社,2015 年,第 298 页。

朱一新在光绪十八年（1892）辑成的《无邪堂答问》中即已将"潜气内转"作为词体与骈文共同的笔法特征。他说：

> 骈文自当以气骨为主，其次则词旨渊雅，又当明于向背断续之法……语语续而不断，虽悦俗目，终非作家。惟其藕断丝连，乃能回肠荡气。骈文体格已卑，故其理与填词相通。潜气内转，上抗下坠，其中自有音节，多读六朝文则知之。①

朱一新从整体风格上的"气骨"、内容上的"渊雅"再到笔法上的"向背断续"，对骈文文体提出了系列的高要求。字面上的连贯不过是初习骈文者的浅技，只能愉悦俗目，而难称高手。一等的骈文在向与背、断与续的笔法中才能产生力量。换言之，骈文的高妙之处不在外在的顺滑，而在外在语言、意象看似"蹭蹬"的情况下，却内蕴着流转之气。这是朱一新对骈文所悬的高标准。

朱一新对当时的骈文评价不高，认为其"体格已卑"。但优秀的骈文尤其是六朝骈文与填词是相通的，除了在"潜气内转，上抗下坠"的笔法结构上，两种文体具有共通的审美追求，对音节声韵美的追求也是相似的。朱一新在文体观念上持"文与诗异流而同源"的观点，而骈文与诗歌的文体特征尤为相近，词则是作为"诗余"而与骈文发生了文体上的联系②。

朱一新将气骨与词旨渊雅作为骈文的主导风格，他提出的骈文"向背断续之法"是针对"骈文体格已卑"的创作现实而言的，意图重振骈文的本色体制。在向、背与断、续之间，正需要作者能将文气"潜气内转，上抗下坠"，才能避免"语语续而不断"的媚俗倾向。但朱一新的一句骈文"其理与填词相通"，虽有大致的语境可以勘察，但毕竟未在词体方面作明确的阐释。结合晚清词的创作实际，朱一新应该正是针对晚清崇尚的梦窗、清真词风而言的。从长调的结构端方与语言的密丽需要内在气韵的流转，而看到其与骈文的相通之处。

很有意味的是，况周颐与主张"潜气内转"的李详、孙德谦等确有较多过从。如此说来，况周颐认为词体的暗转笔法"稍可通于词"，就不仅是他一人之看法，也许彼此影响，体现了一时期学人的共同看法。

---

① 朱一新：《无邪堂答问》，中华书局，2000年，第91—92页。
② 参见朱一新《无邪堂答问》，中华书局，2000年，第91页。

二、词曲异同及元曲排演词事

况周颐也曾关注词体与散曲文体的关系。他说："宋时词学盛行,墨林骚客,讥评谈笑,悉以韵令出之,金元曲语诨谐通俗,盖滥觞乎此矣。"①又说："间有言情通俗,体涉俳谐,遂开金元剧曲蹊径,是则风会迁流,有不期然而然者。"②况周颐将柳永《乐章集》视为"词家正体",并认为金元以来之"乐语"即多沾丐柳词。他曾以金代董解元《西厢记》捣弹体传奇为例,认为其中若《哨遍》曲词"体格于《乐章》为近","曲由词出,渊源斯在"③。虽然从总体上来说,上述引论,况周颐只是从俳谐、通俗的语言风格言其影响,但曲从词出,也确实包含着语言风格的承接与发展。

况周颐也曾注意到衬字在宋词与元曲中的共存现象,也当是曲由词出的另外一种佐证。《蕙风词话》卷二云:

> 元人制曲,几于每句皆有衬字,取其能达句中之意,而付之歌喉又抑扬顿挫,悦人听闻。所谓迟其声以媚之也。两宋人词间亦有用衬字者。王晋卿云:"烛影摇红向夜阑,乍酒醒、心情懒。""向"字、"乍"字是衬字。据《词谱》,《烛影摇红》第二句七字,应仄平仄仄平平仄。周美成云:"黛眉巧画宫妆浅。"不用衬字,与换头第二句同。④

两宋词人只是间用衬字,元曲几乎每句皆用衬字,词曲之衬字存在着偶例与常例的区分,在功用上当然都是"迟其声以媚之",主要形成听觉上的美感,这是从词到曲的嬗变轨迹之一。

关于词曲关系,除了上述在语言风格上的承传之外,况周颐对金元剧曲排演词事的现象也做了分析。《蕙风词话》卷一云:

① 况周颐:《历代词人考略》,影印吴兴刘氏嘉业堂钞本,全国图书馆文献缩微复制中心,2003年,第1267—1268页。

② 况周颐:《历代词人考略》,影印吴兴刘氏嘉业堂钞本,全国图书馆文献缩微复制中心,2003年,第1274页。

③ 况周颐:《蕙风词话》卷三,唐圭璋编《词话丛编》第五册,中华书局,1986年,第4459—4460页。

④ 况周颐:《蕙风词话》卷二,唐圭璋编《词话丛编》第五册,中华书局,1986年,第4428页。

　　两宋人填词,往往用唐人诗句。金元人制曲,往往用宋人词句。尤多排演词事为曲。关汉卿、王实甫《西厢记》出于赵德麟《商调蝶恋花》,其尤著者。检《曲录》杂剧部,有《陶秀实醉写风光好》、《晏叔原风月鹧鸪天》、《张于湖误宿女贞观》、《蔡萧闲醉写石州慢》、《萧淑兰情寄菩萨蛮》,皆词事也。就一剧一事而审谛之,填词者之用笔用字何若。制曲者又何若。曲由词出,其渊源在是。曲与词分,其径途亦在是。曲与词体格迥殊、而能得其,并皆佳妙之故,则于用笔用字之法,思过半矣。①

况周颐虽然深明词曲之间的离合关系,但他素持"曲与词体格迥殊"之说,曾专门从结构上分析曲与词不同的创作要求。《蕙风词话》卷一云:

　　曲有煞尾,有度尾。"煞尾如战马收缰,度尾如水穷云起"(见董解元《西厢记》眉评)。煞尾犹词之歇拍也。度尾犹词之过拍也。如水穷云起,带起下意也。填词则不然,过拍只须结束上段,笔宜沉著。换头另意另起,笔宜挺劲。稍涉曲法,即嫌伤格。此词与曲之不同也。②

虽然从结构上,况周颐将曲之度尾与词之过拍连类而看,但认为它们在结构中的作用却各有不同,度尾不仅须承上意,还要带出下意;而过拍则结束上意即可,无须关联下意,下意自有换头另起。况周颐既在文中引述汤显祖评点《西厢记》"煞尾如战马收缰"之论,而揆之常义,词之煞拍要含不尽之意见于言外。但对此不尽之意,况周颐同样有其独特的看法。他说:

　　彭会心《拜星月慢·祠壁宫姬控弦可念》末段云:"多生不得丹青意,重来又、花锁长门闭。到夜永、笙鹤归时,月明天似水。"去路缥缈中仍收束完密,神不外散,是为斫轮手。世之以空泛写景语为"江上峰青"者,直未喻个中甘苦也。③

---

① 况周颐:《蕙风词话》卷一,唐圭璋编《词话丛编》第五册,中华书局,1986 年,第 4419 页。
② 况周颐:《蕙风词话》卷一,唐圭璋编《词话丛编》第五册,中华书局,1986 年,第 4419 页。
③ 况周颐:《蕙风词话》卷三,唐圭璋编《词话丛编》第五册,中华书局,1986 年,第 4481 页。

看来况周颐也是主张煞尾要如战马收缰的,看似去路缥缈,但也要"收束完密,神不外散",方能结得完整有力,并有余韵。若只言余韵,不言收束,则此余韵亦茫然无归矣。在况周颐的语境中,两者的处理与效果也同样应是有差异的。

　　但况周颐在辨析词曲结构作用之异时,似乎有故意强化其异而遮蔽其同的嫌疑。原因是他对词体过拍作用的强调似有悖词学之通识,未免有立说仓皇之处。而关于词之过拍(歇拍)与换头的作用,自来为词学家注重,而所论与况周颐明显不同。如张炎《词源》云:

　　　　最是过片,不要断了曲意,须要承上接下。如姜白石词云:"曲曲屏山,夜凉独自甚情绪。"于过片则云:"西窗又吹暗雨。"此则曲之意脉不断矣。①

张炎语境中的"过片"相当于况周颐所说的"换头",而张炎提及的"曲曲屏山"二句,相当于况周颐所说的"过拍"。况周颐的意思非常明确,过拍收束上意,换头另起另意,似乎截然二事,不直接关切。而按照张炎的意思,过拍的意思应该在换头有部分接引,换头在接引之外,再另起他意。所以他以姜夔词为例,过拍写"屏山",换头便以"西窗"承之;过拍说"夜凉",换头便说"又吹暗语",彼此之间呼应堪称密合。

　　与张炎之说相一致,张砥中《词论》亦云:

　　　　凡词前后两结,最为紧要。前结如奔马收缰,须勒得住,尚存后面地步,有住而不住之势。后结如众流归海,要收得尽,回环通首源流,有尽而不尽之意。②

前结即况周颐之"过拍",后结即煞拍。况周颐认为过拍只须结束上段,张砥中则认为结束上段是一意,即"勒得住",但好的过拍(前结)要为后意预留空间,所谓"住而不住"即张炎所谓"过片不要断了曲意"之意,只是张炎之"过片"其实是况周颐所谓"换头"。但强调上下阕意脉不能中断的要求,张炎与

<hr />

　　①　张炎:《词源》卷下,唐圭璋编《词话丛编》第一册,中华书局,1986年,第258页。
　　②　转引自王又华《古今词论》,唐圭璋编《词话丛编》第一册,中华书局,1986年,第606页。

张砥中的看法是一致的。而且这也是词学家颇为一致的看法。刘永济即在对勘张炎与况周颐二说后说：

> 按诸家论填词起、结皆同。惟结有过拍与歇拍两种，过拍辞意，张氏以"住而不住"为合，况君则谓"只须结束上段"，而以"带起下意"为曲法。吾从张说。盖张氏之言与玉田、辅之所谓过片不可断意之旨相同。宋词如此者颇多。况君之意，大抵专指后段另起意者言耳。盖后段另起意者，其意亦必与前段一致，特换笔另起，则过拍自以结束上段之意为佳也。①

刘永济"吾从张说"便是其大判断，虽然他也对况周颐之说表达了部分认同，但既言后段另意与前段一致，则过拍之意自当为下阕留下地步，非限于"结束上段"。换头虽须另起意，因为"其意亦必与前段一致"，则此另起也不过是在承续前意基础上然后才转出新意而已。况周颐将上下阕截为二事，确实是比较罕见的说法，也与填词的基本要求有较大的距离了。可以解释的原因大约是况周颐过于强调词与曲在结构上的差异了。对勘其论彭会心《拜星月慢》数语，或许可得到较为完整的认识。

但剧曲多排演词事亦是事实，这与宋人填词多用唐人诗句的情形正相仿佛。最著名的例子当然是赵德麟《商调蝶恋花》对《西厢记》一剧的直接影响。况周颐从《曲录》中发现的《陶秀实醉写风光好》《晏叔原风月鹧鸪天》《张于湖误宿女贞观》《蔡萧闲醉写石州慢》《萧淑兰情寄菩萨蛮》等，皆是以宋金词为本事而演绎爱情故事者。但这些杂剧文本大多失传了，无法——勘清其痕迹。好在原词尚在，其中故事情节也隐约可见。录二词如下：

> 彩袖殷勤捧玉钟。当年拚却醉颜红。舞低杨柳楼心月，歌尽桃花扇影风。　　从别后，忆相逢。几回魂梦与君同。今宵剩把银釭照，犹恐相逢是梦中。②（晏几道《鹧鸪天》）

晏几道乃北宋宰相晏殊之公子，黄庭坚《小山集序》对其为人为词有十分精到

---

① 刘永济：《词论》卷下，刘永济著《宋词声律探源大纲 词论》，中华书局，2007年，第168页。
② 唐圭璋编：《全宋词》第一册，中华书局，1965年，第225页。

的描述。因为性格上的"磊隗权奇,疏于顾忌""持论甚高,未尝以沽世",所以处世未谐,仕途颇为蹭蹬。在黄庭坚看来,晏几道固然才华过人,"其痴亦自绝人"①,他的"三观"与世间追名逐利者迥异。但说到填词,又是另外一番光景了。黄庭坚说:

> 至其乐府,可谓狎邪之大雅,豪士之鼓吹。其合者《高唐》、《洛神》之流,其下者岂减《桃叶》、《团扇》哉? 余少时间作乐府,以使酒玩世。道人法秀独罪余"以笔墨劝淫,于我法中当下犁舌之狱"。特未见叔原之作耶? 虽然,彼富贵得意,室有倩盼慧女,而主人好文,必当市致千金,家求善本,曰独不得与叔原同时耶! 若乃妙年美士,近知酒色之虞,苦节臞儒,晚悟裙裾之乐,鼓之舞之,使宴安酖毒而不悔,是则叔原之罪也哉。②

"狭邪之大雅,豪士之鼓吹"可为小山词之定评。有意思的是,黄庭坚显然认为在以"使酒玩世"的填词心态上,小山较自己更甚。小山的情事丰富,黄庭坚自然熟稔于心,故在序中有这一番谐趣之言。晏几道的这首《鹧鸪天》应是自写情事,对象虽难明确,但既有这一番将悲情化为豪情的拼酒与歌舞,则其曾经交往之缠绵深挚已尽在其中。接写离别相思、魂梦牵系,再写重逢之惊。显然在当初离别之时,双方或许不敢期待重逢,但居然天意眷人,故一旦相逢,几难以置信。所以晏几道与这位女子的情感非一般可比,相遇、相识的美丽时光,不得不离别的凄美时刻,意外重逢的惊喜之心,在在可演绎出峰回路转的故事情节。所以这部《晏叔原风月鹧鸪天》杂剧,虽难获睹其原文,但因为有这首《鹧鸪天》词,而为驰骋想象提供了足够广阔的空间。

蔡松年的《石州慢》更是一首名作,其中"无物比情浓,不见无情相缚"二句,乃写出一种情感的极致状态,这意味着背后的故事也必带有一定的传奇色彩。录词如下:

> 云海蓬莱,风雾鬖鬖,不假梳掠。仙衣卷尽云霓,方见宫腰纤弱。心期得处,世间言语非真,海犀一点通寥廓。无物比情浓,不见无情相博。

---

① 黄庭坚:《小山词序》,晏殊、晏几道著,张草纫注《二晏词笺注》,上海古籍出版社,2008 年,第 603 页。
② 黄庭坚:《小山词序》,晏殊、晏几道著,张草纫注《二晏词笺注》,上海古籍出版社,2008 年,第 603 页。

离索。晓来一枕余香,酒病赖花医却。滟滟金尊,收拾新愁重酌。片帆云影,载将无际关山,梦魂应被杨花觉。梅子雨丝丝,满江干楼阁。①

蔡松年由宋入金,累官至右丞相。《金史·蔡松年传》称其"文词清丽,尤工乐府"②,是金代有代表性的词人之一。关于这首《石州慢》,与蔡松年曾奉使高丽的经历有关。金刘祁《归潜志》卷十记载:

高丽故事,上国使来,馆中有侍妓,献之作《望海潮》以赠,为世所传。其词云(略)……先是蔡丞相伯坚亦尝奉使高丽,为馆妓赋《石州慢》云(略)。二词至今人不能优劣。予谓萧闲之浑厚,玉峰之峭拔,皆可人。③

况周颐直言他发现元剧排演词事,是"检《曲录》杂剧部"所得材料。《曲录》为王国维撰,于《蔡逍遥醉写石州慢》剧名下按云:

"逍遥",当作"萧闲"。萧闲老人,金蔡松年别号也。松年在翰林日,奉使高丽。东夷故事,每上国使来,馆有侍伎。松年于使还日,为赋《石州慢》词。④

《金史·蔡松年传》并未述及奉使高丽之事,盖史家求精简其事,不遑一一记述。据考证,可能在金熙宗皇统九年(1149)或前后,蔡松年(1107—1159)曾出使高丽⑤。当时高丽在使馆中例有侍妓,使者与侍妓的交往遂多,其间发生情感故事的可能性便也因此增多。

大概是在蔡松年从高丽回国之前,具体时间应在杨花轻舞、梅雨绵绵的四五月份,因与侍妓面临分别,情动之下,遂填《石州慢》一阕以写眷眷之怀。词中若"云海蓬莱""海犀一点通寥廓""片帆云影,载将无际关山"诸语,已点明

① 蔡松年:《石州慢·高丽使还日作》,唐圭璋编《全金元词》,中华书局,2018年,第24页。
② 脱脱等:《金史》卷一二五,中华书局,1975年,第2717页。
③ 刘祁:《归潜志》,中华书局,1983年,第117—118页。
④ 王国维:《曲录》,谢维扬、房鑫亮主编《王国维全集》第二卷,浙江教育出版社、广东教育出版社,2009年,第84页。
⑤ 参见王庆生《蔡松年生平仕历考述》,《徐州师范学院学报》1993年第1期,第4页。

与故土有海相隔的地理环境,当写高丽无疑。所遇之女子盖亦有绝佳之风华,若"风鬟雾鬓""仙衣卷尽""宫腰纤弱"诸语,亦竭力描摹其娇好之容貌体态。因此种种,蔡松年深陷情海,"无物比情浓,不见无情相博"二句,尽见当时沉醉之状。蔡松年毕竟是使者,使者终有回国之时,若此馆中侍妓,料难偕之以归,因此萧索之离别遂成必然之事实。蔡松年此词下阕即描摹离别之形。先写枕有余香,人已杳然。前夜当有离宴,松年或因伤感而借酒浇愁,酒多而赖花医却,此无理而妙。宿醉未醒而金尊又开,旧愁未解,新愁又生。盖此去相隔无际关山,唯有梦魂相依了。

蔡松年大笔渲染离情,其用情深至,在在可感。虽是一词未免跳跃,难见情事首尾,但如此情浓,其间必多故事。元初杂剧作家李文蔚以《石州慢》为底本,因循其间,放思其外,而成《蔡萧闲醉写石州慢》一剧,以词为曲,遂增一生动之文体案例。

况周颐注意到元曲在内容上排演词事之例,实际上也是为词曲在题材上的相通提供了重要的材料。这种题材上的承袭自然会在一定程度上带来语言风格、情感特征等文体上的关联性。

三、况周颐的"小说可通于词"之说

词的起源虽有民间或宫廷的不同说法,但定型的词体大体以骚雅为基本风格取向,其间虽有俗词、俳谐词等一度盛行,但终究难以衍成主流,相应的词论也未成格局。而宋末张炎《词源》"清空骚雅"之论不仅有总结一代词风的意义,也有引导此后词史发展的意义。

梳理词史和词论史,虽然对词体的规范也时有突破,但风流蕴藉始终是被视为词体的本色所在,为此而排斥其他文体因素的渗入。如贺裳《皱水轩词筌》就曾将"不可入渔鼓中语言""不可涉演义家腔调""不可像优伶开场时叙述"作为词之"三忌"①。打渔鼓,往往唱道情,所以第一忌乃避道学气;第二、第三忌乃不欲涉小说、戏剧之话语方式。这三忌当然可见其对词之体性之维护。不仅在创作中要坚守词的底色,即便读词,也忌如读小说一般的随意甚至

---

① 贺裳:《皱水轩词筌》,唐圭璋编《词话丛编》第一册,中华书局,1986 年,第 711 页。

游戏心态。丁寿田、丁亦飞指出："诗词之好处，往往必须反复吟讽始能领会，万不可以读故事小说之态度读词。"①可见在很多词学家心中，词与小说是隔膜较大的两种文体，两者不仅可以不发生联系，甚至以彼此远离为基本要求。

但文体的交融是文体发展的自然规律，不遑说很多词的本事便有类似小说的故事。杨湜《古今词话》载：

> 张子野往玉仙观，中路逢谢媚卿，初未相识，但两相闻名。子野才韵既高，谢亦秀色出世，一见慕悦，目色相授。张领其意，缓辔久之而去，因作《谢池春慢》以叙一时之遇。②

张先的《谢池春慢》，副题便作"玉仙观道中逢谢媚卿"，其词云：

> 缭墙重院，时闻有、啼莺到。绣被掩余寒，画幕明新晓。朱槛连空阔，飞絮无多少，径莎平，池水渺。日长风静，花影闲相照。　　尘香拂马，逢谢女、城南道。秀艳过施粉，多媚生轻笑。斗色鲜衣薄，碾玉双蝉小。欢难偶，春过了。琵琶流怨，都入相思调。③

此词下阕所写，与《古今词话》所记甚相吻合，其背后便有张先与谢媚卿先是两相闻名而无缘相识，继而中路偶遇，一见慕悦，彼此会意，缓辔久之方离别而去的故事。这种类似小说的经历直接催生了这首《谢池春慢》，则从《谢池春慢》一词而联想起浪漫故事，自然也很正常。因此，以"小说"为解读词的重要视角，也当是不少词应有的理解角度。

关于张先之词，另有一首更具情节故事的词同样见诸杨湜《古今词话》：

> （张先）尝与一尼私约。其老尼性严。每卧于池岛中一小阁上，俟夜深人静，其尼潜下梯，俾子野登阁相遇。临别，子野不胜惓惓，作《一丛

---

① 丁寿田、丁亦飞选注：《唐五代四大名家词》凡例，商务印书馆，民国二十九年（1940），第 2 页。
② 杨湜：《古今词话》，唐圭璋编《词话丛编》第一册，中华书局，1986 年，第 24 页。
③ 张先著，吴熊和、沈松勤校注：《张先集编年校注》，上海古籍出版社，2012 年，第 118—119 页。

花》词以道其怀。①

今读张先《一丛花令》，下阕果然云：

> 双鸳池沼水溶溶。南北小桡通。梯横画阁黄昏后，又还是、斜月帘栊。沉思细恨，不如桃杏，犹解嫁东风。②

两相对勘，确实与本事相符，是以近乎小说的题材为词了。环境、细节甚至道具皆描写在其中，显然是具有部分小说特征的词了。

以上只是以张先为例，说明若干带有叙事特征的词其实背后往往带有相当生动的故事，是以类似小说的题材入词了。有的词牌便是因小说而得名，如晚唐曹邺著有小说《梅妃传》，写唐玄宗以一斛珍珠密赐梅妃而被拒之事，后以《一斛珠》词牌咏写此事。苏轼《水龙吟》(古来云海茫茫)之小序即大体化用了南唐沈汾的《续仙传》小说，其词也接续此意而来。如果说这些例子只是隐约说明小说与词体之关系的话，那些隐栝小说而成词之例，就更见两者之关系了，如杨泽民《倒犯》一词即隐栝裴铏《传奇·裴航》一篇而成，当然彼此之间各有文体风致了。北宋赵令畤以元稹《会真记》(《莺莺传》)为底本，依据其情节发展而裁为《蝶恋花》十章，再各缀序章、尾章，总成《商调蝶恋花》鼓子词十二章，乃是典型的以小说为词。序章《蝶恋花》前有赵令畤序文，录文如下：

> 夫传奇者，唐元微之所述也，以不载于本集而出于小说，或疑其非是。今观其词，自非大手笔，孰能与于此。至今士大夫极谈幽玄，访奇述异，无不举此以为美话。至于倡优女子，皆能调说大略，惜乎不被之以音律，故不能播之声乐，形之管弦，好事君子极饮肆欢之际，愿欲一听其说，或举其末而忘其本，或纪其略而不及终其篇，此吾曹之所共恨者也。今于暇日，详观其文，略其烦亵，分之为十章。每章之下，属之以词，或全摭其文，或止取其意，又别为一曲，载之传前，先叙前篇之义。调曰商调，曲名《蝶恋花》，句句言情，篇篇见意，奉劳歌伴，先定格调，后听芜词。

---

① 杨湜：《古今词话》，唐圭璋编《词话丛编》第一册，中华书局，1986年，第24页。
② 张先著，吴熊和、沈松勤校注：《张先集编年校注》，上海古籍出版社，2012年，第123页。

丽质仙娥生月殿。谪向人间,未免凡情乱。宋玉墙东流美盼,乱花深处曾相见。　　密意浓欢方有便。不奈浮名,旋遣轻分散。最恨多才情太浅,等闲不念离人怨。①

赵令畤首先肯定了《会真记》乃大手笔小说,接言士大夫、倡优对其关注、熟悉程度。但作为小说的局限也很明显,因为"不被之以音律,故不能播之声乐,形之管弦",实际上影响到其更大范围的传播。赵令畤因此"略其烦褰",将小说精华谱成歌词,有的直接用小说的原文合成词句,有的只是取小说之意填词而已。如序章《蝶恋花》便是综取《会真记》大意而成,是以词来约写整篇小说的大意了。

而撷其文来填词,则可见如下小说描写及词:

后数夕,张君临轩独寝,忽有人,觉之,惊欿而起,则红娘敛衾携枕而至,抚张曰:"至矣,至矣,睡何为哉!"并枕重衾而去。张生拭目危坐,久之,犹疑梦寐。俄而,红娘捧崔而至,则娇羞融冶,力不能运支体,曩时之端庄不复同矣。是夕,旬有八日。斜月晶荧,幽辉半床,张生飘飘然,且疑神仙之徒不谓从人间至也。有顷,寺钟鸣晓,红娘促去,崔氏娇啼宛转,红娘又捧而去。终夕无一言。张生辨色而兴,自疑曰:"岂其梦耶!"所可明者,妆在臂,香在衣,泪光荧荧然,犹莹于茵席而已。奉劳歌伴,再和前声。

数夕孤眠如度岁。将谓今生,会合终无计。正是断肠凝望际。云心捧得嫦娥至。　　玉困花柔羞扶泪。端丽妖娆,不与前时比。人去月斜疑梦寐。衣香犹在妆留臂。②

整首词都是按照这一节小说的情节来填写,尤其如末句"衣香犹在妆留臂",则明显从小说"妆在臂,香在衣"句而来,情节、语言、意象都高度相似。

赵令畤对小说《会真记》别具青睐,他十分认同白居易称元稹能道人意中语之评,故序章之外,联翩而写十章以寄其意,合为鼓子词十一章。据说赵令畤撰成这十一章后,曾抄给友人河东白先生阅正,白先生对其词评价甚高,赵

---

① 赵令畤:《侯鲭录》卷五,中华书局,2002 年,第 135 页。
② 赵令畤:《侯鲭录》卷五,中华书局,2002 年,第 138 页。

令畤曾记下白先生与他的一番对话云：

> 先生曰："文则美矣，意犹有不尽者，胡不复为一章于其后，具道张之于崔既不能以理定其情，又不能合之于义。始相遇也，如是之笃；终相失也，如是之遽。必及于此则完矣。"余应之曰："先生真为文者也。言必欲有终始，箴戒而后已。大抵鄙靡之词，止歌其事之可歌，不必如是之备。若夫聚散离合，亦人之常情，古今所共惜也。又况崔之始相得而终至相失，岂得已哉！如崔已他适，而张诡计以求见，崔知张之意，而潜赋诗以谢之，其情盖有未能忘者矣。乐天曰：天长地久有时尽，此恨绵绵无尽期。岂独在彼者耶。"①

白先生认为崔莺莺与张生始遇终失，根源在于张生无法在理和义的范围内维护这段感情，故嘱赵令畤更填一词，以此意来收束这组联章词。赵令畤接受了白先生的意见，也认为"有终箴戒而后已"，如此才能完整体现原小说的寓意。这样就有了最后一章：

> 镜破人离何处问。路隔银河，岁会知犹近。只道新来消瘦损，玉容不见空传信。 弃掷前欢俱未忍。岂料盟言，陡顿无凭准。地久天长终有尽，绵绵不似无穷恨。②

说出了因"岂料盟言，陡顿无凭准"而导致"镜破人离"的事实，于理于义虽难定情，但双方也确实有不忍之心，因此而将这一段难以忘怀之情，寄意于地久天长了。

由这组鼓子词来看，正是小说文本启迪了填词创作。借助词体的音乐演唱功能可促进小说更深更广的传播，故填词与小说除了可以不同的文体描写同一题材而各见风采，两种文体在传播方式上也同时具有互补作用。这也是不同文体能发生联系的内在驱动力所在。赵令畤的尝试不仅为填词与小说两种文体的相通提供了成功的创作实践，也为后来词学家的观念认同奠定了

---

① 赵令畤：《侯鲭录》卷五，中华书局，2002年，第142页。
② 赵令畤：《侯鲭录》卷五，中华书局，2002年，第143页。

基础。

况周颐便是词学家中别具眼光者。在关于词体与其他文体关系的论述中,况周颐在《蕙风词话》卷一中已经注意到"关汉卿、王实甫《西厢记》出于赵德麟《商调蝶恋花》"这类杂剧排演词事的现象,而他提到的赵德麟《商调蝶恋花》与元稹《会真记》之关系,当然不可能不知。在明乎这种创作源流基础上,况周颐提出"小说可通于词"几乎是顺理成章的事情。当然也有学者稍有关注这两种文体的关系。如陈锐《袌碧斋词话》云:"屯田词在院本中如《琵琶记》,清真词如《会真记》。"又云:"屯田词在小说中如《金瓶梅》,清真词如《红楼梦》。"①吴世昌甚至认为周邦彦的《瑞龙吟》(章台路)"颇似现代短篇小说的作法"②。柳永、周邦彦的词何以如《金瓶梅》《会真记》《红楼梦》? 陈锐虽语焉不详,但毕竟提出一种值得注意的文体现象。

况周颐应该是最早提出"小说可通于词"这一命题的词学家。况周颐曾以《天方夜谭》中的《龙穴合窆记》一篇为例,通过对其深于情及言情的方式的分析,来勘察词体与小说两种文体的关系。况周颐以作者"深于情",作品多"情至语"为考察的基本维度,从词笔质直、不嫌说尽、词笔变化、曲笔传情、拙语真情五个方面来分析其与词体的相通之处。如引妃对宰侯语云:"子慧心人,当知予意,勿辜所托,苟弃予命,以为予忧,则怨将终其身,誓不复与子见。"妃的话直接而锐利,将所托所命置于一切之上,若对方违背,则怨将终身,誓不复见。况周颐评曰:"其言径情直,遂视情外如无物,词之质笔似之。"③其言直道性情,情外更无他物,况周颐认为词的"质笔"与此相似。所谓"质笔"其实就是将所有表达的感情不加掩饰、磅礴而集中地宣泄出来,情感的质朴、力度和专一,是质笔最重要的三大特征。

况周颐又引比客呼妃名自语云:"予念即不见谅于卿,亦终不能释,虽形销骨化,此区区之忱,不与俱泯。"评曰:"词有不嫌说尽者,斯语似之。"④这是从比客的角度来写听闻妃语后的心理感受,用了"即""亦""虽"等这样退一步言

---

① 陈锐:《袌碧斋词话》,唐圭璋编《词话丛编》第五册,中华书局,1986年,第4198页。
② 吴世昌:《词学论丛》,《吴世昌全集》第四卷,河北教育出版社,2003年,第27页。
③ 况周颐:《蕙风词话补编》卷三,况周颐撰,屈兴国辑注《蕙风词话辑注》,江西人民出版社,2000年,第568页。
④ 况周颐:《蕙风词话补编》卷三,况周颐撰,屈兴国辑注《蕙风词话辑注》,江西人民出版社,2000年,第568—569页。

说的方式，但最终结果仍是"区区之忱，不与俱泯"，其实是将妃语的磅礴之情进一步推向极致了。但这种极致的言说，恰恰使情感的力量得到充沛的释放。词虽以婉约曲折为本色，但无论如何婉转，总在表达情感的厚度、力度上，类似这种未经曲折的情感固然少了一分隐约之美，但在言情的本质上，也别有味道。

况周颐又引述云：

> 又比客谓宰侯："余之恋恋，实彼有以召之，一望其神光离合，即心摇摇不自主。"遂自呼名而怼曰："比客，子何妄，独不虑如膏之煎，徒自苦耶！"又怼宰侯曰："君误我，偕余至此，非纾我缱绻，直益我磨折耳！"复举手谢曰："此行家自至，昏瞀中诬君为道引，余过矣，余过矣！"语未毕，泪坠如雨，哀抑不自胜，若痴若狂，百态交作。

况周颐评曰："其言胡天胡帝，愈转愈深，词笔之变化，或流于怨怼激发而不可以为调，如昔贤之论灵均书辞，其斯旨乎？"①所谓"胡天胡帝"是指语言的跳跃性，或者说非逻辑性，但这是表象上的，其实内里的情感仍是在转折中连贯而下的。如此比客先是推卸责任，将自己的心摇难主归于对方"有以召之"。而在被批评为自妄自苦后，又指责宰侯误带至此，结果备受折磨。接着又道歉，承认是行家自至，错怪宰侯。如此反复无常，总是情感陷入太深以至若痴若狂，才出现这种看似无理实则转笔转深的情感特点。况周颐认为若屈原作品，类多这类跳跃曲折之结构，而内在的情感主线其实仍是一线贯穿的，这实际上与况周颐提到的"暗字诀"也可对勘。

跳跃之笔之外，此小说还使用了不少曲笔，呈现出沉著浑厚的风格特征。况周颐引述小说云：

> 又妃就坐，目专注比客，与比客言，辄托兴于物，而隐寓其心愫，脉脉然相通无间也；既互睫递意，妃益信比客为深于情者，虽耳目众，未能罄所怀，而方寸间蹲蹲欢舞，自流露于眉宇，觉人生之乐，无有逾于此者。又妃

---

① 况周颐：《蕙风词话补编》卷三，况周颐撰，屈兴国辑注《蕙风词话辑注》，江西人民出版社，2000年，第569页。

顾比客,赧颊而言曰:"余方寸已乱,口不能掬而对。"曰:"即使卿不谅予衷,不列余于没齿不二之臣,是予不足以感动高深,亦惟自怨自艾,矧卿之于予,乃固结若此耶! 予自念一见颜色,即不复自知有生命,利剑之刃,能断百重甲,而不能断予一缕之爱丝。"

况周颐在引述后评曰:"皆以至曲之笔,传至深之情,生命不自知,利剑不能断,作词有三要:曰重拙大,斯其所谓重乎!"①况周颐注意到妃对比客说话"辄托兴于物,而隐寓其心愫"的特点,但这种托兴与隐寓并不影响到彼此的"相通无间"。特别是妃对于对方如果"不谅予衷"也作了推想,只将原因归于自己无法"感动高深",但同时妃也申明自见到比客,不仅"不复自知有生命",而且这份情感,即便再锋利的利剑也无法斩断。其情感之深确实昭昭在焉,但在彰显这份情感的过程中,却用笔伸缩有度。况周颐虽然在其他地方也阐释过"重"的含义,但此处再次重申这种"以至曲之笔,传至深之情"所带来的沉著体格正是"重"的内涵所在。

以质拙语传达真情,也是况周颐从此小说读出的感受之一。他引述小说云:

又妃默呼比客之名曰:"比客乎,使斯时予膝为君而屈,固祷祀以求,无几微怨意也。"又比客甫入船,左手遥指妃,右捧其心颤声曰:"卿乎,余相爱之情,凝于掌,其将去。"

况周颐评曰:"语以质而近拙,而情弥真;求之词中,唯清真间有之,而未易多觏也。"②在况周颐看来,无论是妃的默呼与念想,还是比客的颤声相诉,都以朴实之语出之,从中见出彼此款款之深情。而这种以质拙语见真情的表述方式,只有周邦彦差近之。

由以上对《龙穴合窆记》小说与词体言情观念和言情方式上的比较与联

① 况周颐:《蕙风词话补编》卷三,况周颐撰,屈兴国辑注《蕙风词话辑注》,江西人民出版社,2000年,第569页。

② 况周颐:《蕙风词话补编》卷三,况周颐撰,屈兴国辑注《蕙风词话辑注》,江西人民出版社,2000年,第569页。

系,况周颐自然会得出"小说可通于词"的结论。不过,况周颐也深知这种比较的小说文本,"《天方夜谭》而外,殆不能有二也"①。虽然"不能有二"的说法过于绝对,事实上,若以此数种言情特点来对勘小说,必能找出相当的文本数量。至少况周颐还曾将《天方夜谭》"所列故事多涉倘诡奇幻"的特点拟之如《搜神记》《述异记》之类②,则在西人小说之外,中国古代小说笔记也同样可以提供一定的佐证。况周颐特别强调这种唯一性,大概是从中西文体的相通角度而言的,而对西方小说,况周颐或阅读未广——这与当时西人小说传入中国尚不多的事实有关,所以况周颐得出小说与词体的贯通尚不是一种普遍性的现象,而是带有一定的偶然性。但从另外一个角度来说,况周颐在这种偶然性基础上得出的"小说可通于词"的结论,却很可能无意中触及了两种文体之间的重要关系。

况周颐当然明白这一说法的问题,故特别提出除了《天方夜谭》之外,尚无第二部可以与词体作这种对勘的小说。况周颐在自认为学理如此薄弱的情况下,仍坚持提出"小说可通于词"一说,无非是因为在晚清民国的文体语境中,传统文体正遭受着来自西方新文体的大力冲击,并且大有取而代之的趋势。以小说与词体的相通,无非是为了在新的历史时期为词体的生存提供良好的文体土壤。若西方小说尚有如此多与填词相契合的地方,何况中国本土小说呢!

在况周颐之前,以填词的方式来评价、演绎西方小说已有其例,其中况周颐之词学导师王鹏运即曾导夫先路。今检王鹏运《庚子秋词》,其中有《调笑转踏·巴黎马克格尼尔》一阕,令余为之眼亮。录词于下:

> 妾家高楼官道旁。山茶红白分容光。愿作鸳鸯为情死,托身不愿邯郸倡。浮云柳絮无根蒂。情丝宛转终难系。漫道郎情似海深,不抵巴尼半江水。　　江水。恨无已。泪尽题琼书一纸。红香踽地尘难洗。凄绝名花轻委。脸红断尽铜华底。日夕明霞还起。③

---

① 况周颐:《蕙风词话补编》卷三,况周颐撰,屈兴国辑注《蕙风词话辑注》,江西人民出版社,2000年,第569页。

② 况周颐:《蕙风词话补编》卷三,况周颐撰,屈兴国辑注《蕙风词话辑注》,江西人民出版社,2000年,第568页。

③ 王鹏运著,沈家庄、朱存红校笺:《王鹏运词集校笺》,上海古籍出版社,2017年,第604—605页。

　　所谓"巴黎马克格尼尔",即指法国小仲马所著《茶花女》中的女主人公,现在一般译为"玛格丽特"。很显然,这是王鹏运在读了小说《茶花女》之后因感而成之词。此词敷衍了《茶花女》的主要情节以及女主人公玛格丽特的命运变化,并寄予了深沉的人生感慨。实际上是对同一题材的另番书写了。所谓"妾家高楼官道旁",实际表明其妓女的身份,接着写了马克格尼尔的装扮:因为爱随身佩戴(携带)山茶花为装饰,故有"茶花女"之名。再写马克格尼尔与阿尔芒两人的情感变化,马克格尼尔对阿尔芒情深意长,并表示来世若能选择,断然不会选择当妓女的,"邯郸倡"用战国之时赵国都城邯郸多产名妓的典故,说明马克格尼尔果然姿色不凡。但事实上马克格尼尔很快便意识到自己的身份如无根底之浮云柳絮,因为欠缺身份的尊严,再缠绵的情感也难以维系。马克格尼尔的这种感觉并非缘于自身灵心善感,而是阿尔芒从疯狂迷恋、情深似海到怀疑甚至辱骂马克格尼尔的变化,让马克格尼尔感到阿尔芒的所谓爱情不遑不如海深,连塞纳河的半江之水也比不上了。正是阿尔芒这种巨大的情感落差,让马克格尼尔感受到爱情的飘忽无依。下阕进而写马克格尼尔因深感情感悲凉而写信与阿尔芒绝交,后来马克格尼尔因染上肺病而在铜镜前黯然自尽。堪称一代芳华的马克格尼尔最终香消玉殒。

　　此词看上去是用词体的方式骦栝《茶花女》的主要故事,但煞末一句"日夕明霞还起"则从小说回到词人王鹏运自身。茶花女固多委屈,甚至悲情满怀,但也不过是一个无足轻重的渺小生命而已。在马克格尼尔去世的第二天,太阳又一如既往地升起、落山。个体生命的卑微在世态炎凉面前真是展现得淋漓尽致。

　　这首词从结构上来说,大致是"踏歌"与《调笑令》二体的结合,故名"调笑转踏"。这首词既被收入《庚子秋词》一集中,则当作于庚子年(1900)八国联军入侵京城之时。当时君臣多逃离他方,京城形同空城,王鹏运与朱祖谋、刘福姚等相聚王鹏运四印斋寓所,以词唱和,感怀汹涌,而成《庚子秋词》一卷。庚子前一年,即1899年2月,小仲马的《巴黎茶花女遗事》经周寿昌口授、林纾笔译后在福州梓行,同年5月,上海重印此书,一时风靡国内,形成了追读西方小说的一个热潮①。王鹏运得读《巴黎茶花女遗事》,正有这一背景。而小说

---

① 参见沈家庄《中国历史上第一篇咏西方小说的词——王鹏运咏茶花女》,《文史知识》2014年第12期,第48页。按,王鹏运此词是否为第一篇咏写西方小说的词,尚待进一步考证。

作者及所写情事之法国,正是八国联军之一,故是否由对阿尔芒背信弃义的谴责而隐喻列国入侵的邪恶行径,当然是可以进行合理的联想的。

以词来写《巴黎茶花女遗事》之事,王鹏运此词为首唱,刘福姚、朱祖谋也并有和作,录如下:

> 雪肤肌貌望若仙。陌上相逢最少年。柔丝宛转为郎系,摧花一夜东风颠。珍重断肠书一纸。钿车忍过恩谈里。山茶开遍郎不归。娇魂夜夜随风起。　　风起。月如水。照见当年携手地。春宵苦短休辞醉。金屋留春无计。花前多少伤心泪。诉与个侬知未。(刘福姚《调笑转踏》)①

> 茶花小女颜如花。结束高楼临狎斜。邀郎宛转背花去,双宿双飞新作家。堂堂白日绳难系。长宵乱丝为君理。肝肠寸寸君不知。袍子坪前月如水。　　如水。妾心事。结定湘皋双玉佩。曼陀花外东风起。洗面燕支无泪。愿郎莫惜花憔悴。憔悴花心不悔。(朱祖谋《调笑转踏》)②

此二词可与王鹏运原唱对勘,虽同以茶花女情事为主线,但确实存在着一定的差异。王鹏运对茶花女的同情、惋惜与对阿尔芒的谴责情见乎词;刘福姚一方面写出当初茶花女与阿尔芒的缠绵之意,另一方面写出了茶花女在貌似绝望之后的期盼之意;朱祖谋则重点写茶花女以善良之心体谅阿尔芒,独自承担无边之痛苦,以此来表现自己对爱情的忠贞与坚守。

三词词艺高低姑且不论,三人对小说的关注则不可忽略。尤其王鹏运、朱祖谋乃是对况周颐词学产生深度影响的人物,他们虽然没有在创作方法、文体贯通等方面分析词体与小说之关系,但这种对西方小说的关注显然有可能启迪况周颐对两者文体进行比较的意识。

其实,无论是西方小说,还是中国小说,关于词体与小说的关系,在当时及稍后也为不少人关注。如邵祖平即为呼应况周颐此说的学者,他在《词心笺

① 王鹏运等:《庚子秋词》二卷,南江涛选编《清末民国旧体诗词结社文献汇编》第七册,国家图书馆出版社,2013年,第300页。
② 按,此词朱祖谋《彊村语业》于庚子年下未收录。参见朱孝臧著,白敦仁笺注《彊村语业笺注》,浙江古籍出版社,2015年,第567—568页。

评·自序》云：

> 考词之为词，虽从诗来，而实不似诗！譬诸淄渑皆水，惟易牙能辨其味，文学欣赏，固以知味为先也！诗可言政治之得失，树伦理之概模，有为而作，不求人赏，常有教人化人之意，故其言贵具首尾；若词则不然，不及政治，不涉伦理，无所为而作，引人同情，能写一时瞥遇之景，游离之情，从不透过历史议论，且不必成片段具始末，盖文学中最动心入味者也！词之与诗有别，更可取泰西文学所谓短篇小说者为喻：短篇小说与长篇小说虽同号小说，而迥有不同之处；短篇小说为事态之横断面，乃最精采之一幕，亦犹吾华之词，虽与诗同号韵语，而词之灵感，及其语妙，忽然而来，杳然而去，断有非诗可仿佛者！白居易《花非花》一阕，可以略状其境矣！①

引文较长，但邵祖平在诗词比较中，特别提出了词与小说的关系问题。在邵祖平看来，诗与词的区别主要表现在"味"的不同。诗歌关乎政治，在内容上多言伦理大道，以教化众生为基本目的，所以立论须完整。而词则不关政治，不具自觉的创作目的，只是无意中引起人的共鸣之心而已。所以词可以写一时偶遇之景、一时触发之情，无需对勘历史，无需纵横议论，也无需考虑立论的周密，其动心入味处正在这种无心与随意之中。邵祖平的这一看法当然容有再讨论的空间，其辨析诗词之异，也只是就若干端倪择其相异处稍作比较，未可一任其说。

很有意思的是，邵祖平关于词体的这些看法，与况周颐堪称不谋而合。况周颐明确提出词乃"君子为己之学"，原因很简单，词体所表达的性情与襟抱乃是"非外铄我，我固有之"②。况周颐虽然也明确提出词贵有寄托，但"所贵于寄托者，触发于弗克自己，流露于不自知"③。这与邵祖平所论词体乃"无所为而作，引人同情，能写一时瞥遇之景，游离之情，从不透过历史议论，且不必成片段具始末"，庶几乎同声共应。

---

① 邵祖平：《词心笺评》自序，复旦大学出版社，2007年，第2页。
② 况周颐：《蕙风词话补编》卷一，况周颐撰，屈兴国辑注《蕙风词话辑注》，江西人民出版社，2000年，第355页。
③ 况周颐：《蕙风词话补编》卷一，况周颐撰，屈兴国辑注《蕙风词话辑注》，江西人民出版社，2000年，第355页。

　　邵祖平以长篇小说与短篇小说分拟诗与词，倒是别有新解。长篇小说因其篇幅长，故可将事情原委一一叙来，甚至诸事纷杂其间也无妨，各色人等也可先后出场，各展个性。而短篇小说因其篇制相对短小，故多取最为精彩之"事态之横断面"，予以片段性呈现，可以凌空而来，也可悠然而去，所设悬念也在可解不可解之间，勿劳费心穷究。短篇小说的这个特点，邵祖平认为与词体的表现特点非常相似。因为词的特点也正在"忽然而来，杳然而去"，词人以灵心妙语摇曳其中，彼此绾合，自成一阕上佳之词。邵祖平认为这种词境特点，或已为白居易《花非花》一诗无意道出。录诗如下：

> 花非花，雾非雾。
> 夜半来，天明去。
> 来如春梦几多时，去似朝云无觅处。①

《花非花》杂言古诗是白居易自度曲，表达的乃是人生如雾如电的梦幻感，在隐晦朦胧的比喻中表达了对曾经的美好情事的追忆之情。杨慎《词品》："白乐天之词……予独爱其《花非花》一首……盖其自度之曲，因情生文者也。"②这段情发生在夜半与天明之间，曾经很美，但却短暂，无端而来，无端又去，这种很美而短暂的时光带来的却是长长的思念。而对这一未"成片段具始末"之情之境的描写，恰与词体神韵略似。

　　邵祖平关于词的灵感的描述，当然深得词体三昧。况周颐《蕙风词话》卷一有一则可与此对勘。其语云："吾苍茫独立于寂寞无人之区，忽有匪夷所思之一念，自沉冥杳霭中来，吾于是乎有词。洎吾词成，则于顷者之一念若相属若不相属。"③况周颐描写词心之忽然而来，而"若相属若不相属"的特点以及悠然而去的不尽之妙，与邵祖平论短篇小说与词体的共同点，观点极为相似。如果说此说可为况周颐"词可通于小说"之说的补充，自然亦无不可。其实在古代兼擅小说与词曲的就不乏其人，如李渔便是其中一个重要代表。尤侗曾说：

---

① 白居易著，顾学颉校点：《白居易集》，中华书局，1979年，第244页。
② 杨慎：《词品》卷之一，唐圭璋编《词话丛编》第一册，中华书局，1986年，第427页。
③ 况周颐：《蕙风词话》卷一，唐圭璋编《词话丛编》第五册，中华书局，1986年，第4412页。

> 武林李子笠翁,能为唐人小说,尤擅金元词曲。吴梅村祭酒尝赠诗云:"江湖笑傲夸齐赘,云雨荒唐忆楚娥。"盖实录也。辛亥夏,来客吴门,予与把臂剧谈,出其枕中秘,所见有《过所闻》者,乃知志怪之书。回波之唱,未足尽我笠翁矣。①

兼擅唐人小说与金元词曲、志怪之书与回波之唱,都是从创作角度说明李渔跨文体的创作能力。吴梅村赠李渔的诗,虽然尤侗只是征引了两句,其实接着的两句"海外九州书志怪,坐中三叠舞回波",也是与前两句意思相近的。都是说其既有如淳于髡一般的滑稽善辩,又具有过人的词才,兼有小说家与词人双重文体之长。这种现象从元代以后便非偶然,盖文体交叉于明清之时尤盛也。

四、余论:破体与民国时期的文体新变

作为晚清民国词坛的祭酒,况周颐对词体、词史、词学做了相当全面的分析论述,而其中关于词体与其他文体关系的分析,虽散见各处,但汇集而论,亦自具条贯。其关于诗与词、词与古文等关系的评析发明固然不多,但论述更妥帖细致。而在词体与骈文、填词与杂剧、词体与小说等方面,则多有新论,体现了民国词学的若干新变特征。特别是对小说与词体关系的分析,况周颐既尊重词体发展历史,又关注当代异邦文体,注意从中演绎其异中之同,其间虽或有为词尊体的目的,但也无意中触及填词与小说两种文体彼此纠葛、互生互发的关系。锐敏的理论看上去可能其来无端,但细究之下,内在的关联很可能是密实而稳健的。

---

① 尤侗:《名词选胜序》,尤侗著,杨旭辉点校《尤侗集》,上海古籍出版社,2015年,第336页。

第八章

况周颐与王国维：相通的审美范式

论及 20 世纪词学，王国维与况周颐应该是最重要的两位。况周颐词学源流委具，根脉丰茂而蔚成高峰，在生前即响者云集。王国维词学锐眼独具，在身前立于边缘而黯然独处，而身后异峰突起，光掩诸家，一时无两，呈现出强力逆袭的气象。故论两人词学之影响，况周颐以"重拙大"说宗尚南宋长调而驰骋在前，王国维以境界说偏嗜五代北宋小令而接响于后。20 世纪前半叶的词学，况周颐与王国维乃当然之两大宗。

但质实而言，况周颐词学乃专门之学，而王国维词学则为通人之学。这种词学性质的差异导致了他们的词学著作在经典化过程中，经历了明显不同的路径。历来关于二者的研究多瞩目其异，论其对立而忽其旁通，故视两家之说为各行其道甚者背道而驰，几为学界通识。但事实果真如此吗？本书第一章、第二章①，即力图拨开况周颐《蕙风词话》的表象而触摸其词学底蕴，但彼二文乃就况周颐词学本身而论其潜隐之词学。凡此潜隐之处，已大率可见其与王国维词学暗度陈仓之处。

况周颐词学何以有此表象与底蕴的不同？根源在于其雅接端木埰、王鹏运等师说而理当秉尊崇之意，而其天赋清才又实与其师说有难以调和之处，故其笔锋稍一松懈，即旁逸自己深隐之词心，遂致一部《蕙风词话》诸说杂陈，至彼此并无关系之说错置一书，令人读来惶惑难解。《蕙风词话》是况周颐实名

---

① 第一章原名《晚清民国词学的明流与暗流——以"重拙大"说的源流与结构谱系为考察中心》，刊《文学遗产》2017 年第 6 期。第二章原名《论词之"松秀"说》，刊《文学评论》2016 年第 5 期。

著述,这种词学两歧的情况应更多地出于不得已。但在其代刘承干所撰的《历代词人考略》一书中,况周颐隐身书后,对师说的尊崇自可不必刻意顾及,而一畅其独立之词学因此而成为可能。故欲探究况周颐词学最初一念之本心,《历代词人考略》反更接近。尤其是将其中词学关键稍作提炼后,其与王国维词学的差异痕迹已泯灭太半,两者彼此相通之处昭然可见。

一、王国维眼中的况周颐及其词

王国维撰《人间词话》乃是以独立的姿态反对当时的词坛之风,他的对面至少站着两个他当时根本无法抗衡的词坛祭酒:朱祖谋与况周颐。很有意思的是,《人间词话》初刊《国粹学报》时,况周颐的《玉梅词话》已经在上面连载到第 42 期。这意味着况周颐必然读过《人间词话》。虽然《人间词话》手稿中对朱祖谋、况周颐等人的直接批评并没有出现在《国粹学报》的刊本上,不至于直接刺激到况周颐,但如《人间词话》第 39 则"北宋风流,渡江遂绝"云云,第 43 则对"近人祖南宋而祧北宋"的批评以及"宁后世龌龊小生所可拟耶"[①]的嘲讽,况周颐读来想必是滋味杂陈的。因为况周颐承王鹏运、朱祖谋等词学余绪,一直高举着"重拙大"的旗帜,并以南宋词为圭臬。而《人间词话》以五代北宋支撑着"境界"之说,仿佛从对面驶来,狭路相逢,带着碾压之势。以况周颐当时词坛地位,他当然可以不在意王国维是何方神圣,但至少知道有一种词学是反着他们而来的,而且似乎来势汹汹。

这是 1908—1909 年之交的王国维与况周颐,他们尚未谋面,却宛然已经结下了梁子。如果一旦因缘际会,不期而遇,他们会不会有"仇人相见"的感觉呢?历史虽然不能假设,但历史也果然有巧合。1916 年初,王国维告别寓居了五年的日本京都回到上海,应犹太人哈同之请,担任仓圣明智大学主办的《学术丛编》主编,而况周颐也同时担任《仓圣大学杂志》主编。两人同在一校,各司一刊。两个当年在词学观念上颇为对立的"冤家"如今成了朝夕相处的同事,在彼此心照不宣背后是尴尬窘迫,还是相逢一笑泯去恩仇?尤其是王国维面对当年在自己笔下被明嘲暗讽的况周颐,是否也从心底带过一丝愧疚

---

① 参见王国维《人间词话》,唐圭璋编《词话丛编》第五册,中华书局,1986 年,第 4248、4249 页。

之意？诸种可能皆可供联想,也煞有趣味。

王国维是1916年元月7日下午抵沪,次日下午往访沪上大儒沈曾植,初识况周颐应该是1916年元月17日(2月20日)。是日晚上,哈同花园的姬觉弥以素席招饮,王国维当日之日记有"同座为临桂况夔笙舍人周颐"①之语,这应该是他们的第一次见面。次日致信远在日本的罗振玉,则说得更为详细。其信云："夔笙恐须在此报中作文,又兼金石美术事,因其人乃景叔所延,又艺风所荐,而境现复奇窘故也。乙老言其人性气极不佳。"②"乙老"即沈曾植,王国维初至上海,即从沈曾植处大致了解况周颐之光境与性气。

五天后,即22日为仓圣明智大学开学典礼,王国维与况周颐皆与焉。礼毕后,一起去编辑所吃饭,"夔笙说灯虎,颇可听"③,灯虎即灯谜。这应是他们的第二次见面。就王国维之日记而言,第一次只说况周颐在座,第二次称其说灯虎可听,言语之间,态度其实已有微妙的变化。

相比较况周颐的吝于笔墨,王国维在日记、书信中留下了不少与况周颐的交往之迹。大凡书肆偶遇、互赠物品、共参活动、耳闻评议等,都有不少记录,尤其在与罗振玉的通信中,往往事无巨细皆言谈而及,可见王国维对况周颐的关注程度。如1916年9月13日,在书肆遇况周颐,况周颐告知河南新出汉《王根碑》,并云王根即王莽之族④。1917年9月,况周颐曾赠东坡书《陀罗尼咒》刻本给王国维,而王国维也拟将一广西石刻回赠况周颐⑤。

况周颐的才情是得到沪上名流公认的,但他的恃才傲物也同样给周围的人留下了深刻印象。1917年8月27日,王国维致罗振玉信即有"夔笙在沪颇不理于人口"⑥之言,这里面除了沈曾植等人不断地恶评况周颐之外,也与王国维一年多来切身的感受有关。当时李详在沪发起成立"通社",但熟悉李、况关系的王国维便直觉"夔笙与李不合,恐不来"⑦。李、况曾共事端方幕中,据云因修金石而交恶。1928年,李详在《分撰匋斋藏石记释文题记》中,对况

① 王国维：《丙辰日记》,房鑫亮编校《王国维书信日记》,浙江教育出版社,2015年,第740页。
② 王国维致罗振玉信,房鑫亮编校《王国维书信日记》,浙江教育出版社,2015年,第92页。
③ 王国维：《丙辰日记》,房鑫亮编校《王国维书信日记》,浙江教育出版社,2015年,第742页。
④ 参见王国维致罗振玉信,房鑫亮编校《王国维书信日记》,浙江教育出版社,2015年,第165页。
⑤ 参见王国维致罗振玉信,房鑫亮编校《王国维书信日记》,浙江教育出版社,2015年,第282页。
⑥ 参见王国维致罗振玉信,房鑫亮编校《王国维书信日记》,浙江教育出版社,2015年,第266页。
⑦ 参见王国维致罗振玉信,房鑫亮编校《王国维书信日记》,浙江教育出版社,2015年,第267页。

周颐即多有非议①。张尔田应该也是不大接受况周颐的人之一，他对况周颐其人其词评价都不高②。又据张尔田所述，况周颐对一时词家亦多贬评，如认为朱祖谋"但知词耳"，而郑文焯"则并词而不知"③。可能正因为况周颐出言如此率直无忌，才导致他的人际关系比较紧张。

但王国维并非耳根随人者，随着与况周颐交往的增多，他对况周颐的印象也就不一定受限于沈曾植、李详、张尔田等人了。譬如他便直言过对于况周颐志气、议论和文彩的欣赏④，对于备受冷遇甚至诋毁的况周颐来说，王国维想来也是少数能给予温暖的人之一。又如对于况周颐的词，虽然张尔田甚不以为然，但他也不得不指出：

> 惟亡友王静安，则极称之，谓蕙风在彊老之上。蕙风词固自有其可传者，然其得盛名于一时，不见弃于白话文豪，未始非《人间词话》之估价者偶尔揄扬之力也。⑤

张尔田与王国维在沪上过往甚密，故王国维对张尔田说话不必遮掩，口从心出，所以这个"极称之"，若非张尔田无意记下，我们现在也许无从知道王国维对况周颐词曾有如此高的评价。尤其是面对张尔田对况周颐为人为词的极端鄙视，王国维也许带着为况周颐辩护的意思。张尔田并因此怀疑况周颐之所以获得大名，可能正与信奉《人间词话》并因此信奉王国维对况周颐的肯定有关。这当然是推测之词，不必去深究了。

但因着张尔田这无意的一笔，我们至少知道王国维对况周颐词的"极称之"是可以想象的了。王国维去世后，其助教赵万里曾从若干词集批注中录出批语若干，其中有二则涉及况周颐。录如下：

---

① 参见李稚甫编校《李审言文集》下，江苏古籍出版社，1989年，第1369—1370页；郑炜明《况周颐先生年谱》，上海古籍出版社，2009年，第284—285页。

② 张尔田1936年3月致夏承焘信，转引自《天风阁学词日记》，《夏承焘集》第五册，浙江古籍出版社、浙江教育出版社，1997年，第433页。

③ 张尔田1936年3月18日致夏承焘信，转引自《天风阁学词日记》，《夏承焘集》第五册，浙江古籍出版社、浙江教育出版社，1997年，第435页。

④ 参见王国维致罗振玉信，房鑫亮编校《王国维书信日记》，浙江教育出版社，2015年，第266页。

⑤ 张尔田1936年3月18日致夏承焘信，转引自《天风阁学词日记》，《夏承焘集》第五册，浙江古籍出版社、浙江教育出版社，1997年，第435页。

　　蕙风词小令似叔原，长调亦在清真、梅溪间，而沉痛过之。彊村虽富
丽精工，犹逊其真挚也。天以百凶成就一词人，果何为哉！

　　蕙风《洞仙歌·秋日游某氏园》及《苏武慢·寒夜闻角》二阕，境似清
真。集中他作，不能过之。①

这两则赵万里录自《蕙风琴趣》，况周颐的《蕙风琴趣》与朱祖谋的《彊村乐府》
合刻为《鹜音集》，有民国七年（1918）四益宧刻本。此集刊刻已在《人间词话》
发表十年之后，其时王国维与朱祖谋、况周颐相交已多，故《鹜音集》虽止印二
百册，况周颐仍持赠一册王国维，此也可见其不凡交谊。张尔田对王国维将况
周颐词置于朱祖谋之上深相不满，但那不过是张尔田一面之词，而对照王国维
上列评说，则可明了这果然是王国维的真实想法。

　　另外一则是赵万里从其《丙寅日记》中所记王国维之语，或为当面所述。
要在评述况周颐"听歌"诸词，对其《满路花》评价较高，而对题《香南雅集图》
诸词则深致不满②。王国维对况周颐听歌诸词的评价，已是1926年之时，距离
《人间词话》初刊已经过去了18年之久，当然这些评价其实更可见其早期的词
学观念一直维持在心。"无一语道著"，其实就是隔的意思了。应该说，王国
维对况周颐词的评价确实经历了一个变化。早年《人间词话》对"近人"词的
批评虽然没有点出况周颐的名字，但况周颐显然在这个被批评的名单之列。
而在与况周颐沪上交往渐多之后，交谊渐深，部分情感也自然渗透到对其词的
评价之中，除了两次言及蕙风词心词境与周邦彦为近，也确实有将况周颐与朱
祖谋进行比较的文字，而在这种比较中，也确实有朱祖谋相对况周颐"犹逊其
真挚"之语。

　　其实王国维对况周颐的评价还不在其与朱祖谋的高低上面，而在于认为
蕙风长调比周邦彦更沉痛，词境亦相似。何以如此说呢？因为王国维早年对
周邦彦的"创意之才"隐有不满，但在他后来撰写《清真先生遗事》之时，已经
把词中清真与诗中老杜相提并论，实际上有把周邦彦誉为词圣之意。而如今
把况周颐词拟之如周邦彦词，也足见其评价之高。当然，王国维的评价中还包
含着对况周颐命运的同情，所谓"天以百凶成就一词人"，显然是在深入了解

────────────

① 转引自彭玉平撰《人间词话疏证》附录《王国维词论汇录》，中华书局，2011年，第435页。
② 转引自彭玉平撰《人间词话疏证》附录《王国维词论汇录》，中华书局，2011年，第436页。

况周颐"光景奇窘"和他人对其"性气极不佳"后,所表露的同情和赞赏之心。

王国维与况周颐的诗词交往,现在可以明确的只有一首,那就是况周颐索王国维填写的一阕《清平乐·庚申况夔笙太守索题香南雅集图》[①]。1916年,梅兰芳在上海演出《黛玉葬花》《嫦娥奔月》等,引起轰动。况周颐是京剧票友,几乎场场追看,并填词多阕。梅兰芳也遍邀上海名流作"香南雅集",并请人绘图以记一时之盛。关于《香南雅集图》,赵尊岳《蕙风词史》言之颇为分明:

> 畹华去沪,越岁更来。先生属吴昌硕为绘《香南雅集图》,并两集于余家,一时裙屐并至。图卷题者四十余家。画五帧,则吴昌硕、何诗孙(二帧)、沈雪庐、汪鸥客作也。彊村翁每会辄至,先生属以填词,翁曰:"吾填《十六字令》,而子为《戚氏》可乎?"于是先生赋《戚氏》,翁亦赋《十六字令》三首,合书卷端。[②]

雅集凡两集,均聚于赵家,所以赵尊岳的记载应该是真实可信的。从赵尊岳的追记来看,"香南雅集图"是由况周颐提议并请吴昌绥绘图,题卷者因是而生,至于另外四帧雅集,当也是因题图者众而另制图画了。

赵尊岳说"图卷题者四十余家",其中应该包括王国维的这一首。况周颐专门向王国维"索题",当然可见其对王国维的重视。张尔田说"蕙风强静安填词,静安亦首肯"[③]。形象地写出了两人一"强"与一"首肯"的状况。"强"字看似比较硬,但其实是以彼此关系的融洽为前提的。与王国维词题中的"索"正可彼此呼应,盖此时静安久不填词,兴趣不大,而况周颐觉得此图既然记一时之盛,且一时名家群相题咏,若少了王国维的一阕,未免遗憾,故三复请之,而"静安亦首肯"。从张尔田所用的这个"强"字,其实也可见两人关系之密切,已经到了无需客气、直接要求的程度。

况周颐对于听歌、观剧兴趣浓厚,并作有诗词多首,王国维虽然总体批评了况周颐的听歌诸作,但在批评的表象之下,其实也可见出王国维对况周颐词

---

① 王国维著,陈永正笺注:《王国维诗词笺注》,上海古籍出版社,2011年,第578页。
② 赵尊岳:《蕙风词史》,龙榆生主编《词学季刊》1934年第一卷第四号,第101页。
③ 张尔田:《词林新语》(一),唐圭璋编《词话丛编》第五册,中华书局,1986年,第4370页。

的关注程度，因为关注多了，才能在比较中说其《满路花》为最佳。

二、况周颐对《人间词话》的基本态度

况周颐似乎并无撰写日记的习惯，其与友人通信目前也缺乏全面的整理，所以况周颐笔下关于与王国维的交往记载寥寥。今检《蕙风词话》卷四有云："唐人词三首，永观堂为余书扇头。"①所谓"唐人词三首"即敦煌词中《望江南》（天上月）、（台上月）二阕及《菩萨蛮》（自从宇宙光戈戟）三词。王国维在1920年先后撰有《唐写本〈云谣集杂曲子〉跋》《敦煌发见唐朝之通俗诗及通俗小说》二文，前文只提及《风归云》《天仙子》《竹枝子》《洞仙歌》《破阵子》《浣溪沙》《柳青娘》《倾杯乐》八调，并无况周颐提及的《望江南》《菩萨蛮》二调。后文刊《东方杂志》第十七卷（1920）第八号，此文提及敦煌所出《春秋后语》卷纸背后所书唐人词，正有《西江月》（天上月）、《菩萨蛮》（自从宇宙光戈戟）二首，其实王国维当时尚未识出所谓《西江月》实是《望江南》二首而已。此新发现敦煌词谅是王国维与况周颐共同关注者，以此也可见他们在词学兴趣上的相通之处。更有意味的是况周颐在将王国维书扇之事写入《蕙风词话》时，并王国维关于《望江南》《菩萨蛮》二调为开元教坊旧曲的考证文字也一并迻录于后。并以"蕙风词隐"的名义在文末加以按语云："胡元瑞斥太白《菩萨蛮》四词为伪作，姑勿与辨。试问此伪词孰能作，孰敢作者。未必两宋名家克办。元瑞好驳升庵，此等冒昧之谈，乃与升庵如骖之靳，何耶。"②对王国维的词学判断予以了积极的回应。以王国维之静默性格，应是况周颐先有此请，王国维才应命抄写而已。时间也应在1920年左右。

况周颐在同辈中素被视为"目中无人"之人，但其对王国维迄未见贬评，而对曾对包括其在内的晚清词人群体含沙射影、痛下杀手的《人间词话》，也似乎不以为意。他代刘承干所撰的《历代词人考略》，其中"词评"部分采录文献甚苛，对同时人著述悬格更高，甚至不惜将其自我著述改头换面托以"莫须有"之他书名引入其中。但他明确引录《人间词话》达18则之多，"词考"部分引录《清真先生遗事》一节，而按语部分则两次评述王国维的词学，这是今存

---

①　况周颐：《蕙风词话》卷四，唐圭璋编《词话丛编》第五册，中华书局，1986年，第4488页。
②　况周颐：《蕙风词话》卷四，唐圭璋编《词话丛编》第五册，中华书局，1986年，第4489页。

《历代词人考略》中所见的情形。今将《历代词人考略》引录《人间词话》的情况备录于下：

1. 李白名下"词评"录 1 则：

《人间词话》："太白纯以气象胜，'西风残照，汉家陵阙'，寥寥八字，遂关千古登临之口。后世惟范文正之《渔家傲》、夏英公之《喜迁莺》差足继武，然气象已不逮矣。"①

2. 温庭筠名下"词评"录 1 则：

王永观云："张皋文谓飞卿之词'深美闳约'，余谓此四字唯冯正中足以当之。刘融斋谓飞卿词'精艳绝人'，差近之耳。"②

3. 中主名下词评录 1 则：

《人间词话》："南唐中主词'菡萏香销翠叶残，西风愁起绿波间'，大有'众芳芜秽'、'美人迟暮'之感。乃古今独赏其'细雨梦回鸡塞远，小楼吹彻玉笙寒'，故知解人正不易得。"③

4. 后主名下词评录 4 则：

《人间词话》："词至李后主而眼界始大，感慨遂深，遂变伶工之词而为士大夫之词。周介存置诸温韦之下，可谓颠倒黑白矣。'自是人生长恨水长东'、'流水落花春去也，天上人间'，《金荃》、《浣花》能有此气象耶！"

又："温飞卿之词，句秀也；韦端己之词，骨秀也；李重光之词，神秀也。"

又："词人者，不失其赤子之心者也。故生于深宫之中，长于妇人之手，是后主为人君所短处，亦即为词人所长处。"

又："客观之词人不可不多阅世，阅世愈深，则材料愈丰富、愈变化，《水浒传》、《红楼梦》之作者是也。主观之词人不必多阅世，阅世愈浅，则性情愈真，李后主是也。"④

5. 冯延巳名下词评录 4 则：

① 况周颐：《历代词人考略》，影印吴兴刘氏嘉业堂钞本，全国图书馆文献缩微复制中心，2003 年，第81 页。
② 况周颐：《历代词人考略》，影印吴兴刘氏嘉业堂钞本，全国图书馆文献缩微复制中心，2003 年，第127 页。
③ 况周颐：《历代词人考略》，影印吴兴刘氏嘉业堂钞本，全国图书馆文献缩微复制中心，2003 年，第182 页。
④ 况周颐：《历代词人考略》，影印吴兴刘氏嘉业堂钞本，全国图书馆文献缩微复制中心，2003 年，第193—194 页。

《人间词话》:"冯正中词虽不失五代风格,而堂庑特大,开北宋一代风气,与中、后二主词皆在《花间》范围之外,宜《花间集》中不登其只字也。"

又:"正中词除《鹊踏枝》、《菩萨蛮》十数阕最煊赫外,如《醉花间》之'高树鹊衔巢,斜月明寒草',余谓韦苏州之'流萤渡高阁'、孟襄阳之'疏雨滴梧桐'不能过也。"

又:"欧九《浣溪沙》词'绿杨楼外出秋千',晁补之谓,只一'出'字,便后人所不能道。余谓此本于正中《上行杯》词'柳外秋千出画墙',但欧语尤工耳。"

又:"'画屏金鹧鸪',飞卿语也,其词品似之;'弦上黄莺语',端己语也,其词品亦似之。正中词品,若欲于其词句中求之,则'和泪试严妆'殆近之欤!"①

6. 欧阳修名下词评录 1 则:

《人间词话》:"永叔'人间自是有情痴,此恨不关风与月'、'直须看尽洛城花,始与东风容易别',于豪放之中有沉著之致,所以尤高。"②

7. 秦观名下词评录 2 则:

《人间词话》:"或曰:'淮海、小山,古之伤心人也。其淡语皆有味,浅语皆有致。'余谓此唯淮海足以当之,小山矜贵有余,但可方驾子野、方回,未足抗衡淮海也。"

又:"少游词最为凄婉,至'可堪孤馆闭春寒,杜鹃声里斜阳暮',则变而凄厉矣。东坡赏其后二语,尤为皮相。"③

8. 章楶名下词评录 1 则:

《人间词话》:"东坡《水龙吟》咏杨花,和均而似元唱;章质夫词,元唱而似和均,才之不可强也如是。"④

9. 周邦彦名下词评录 2 则:

《人间词话》:"美成《青玉案》词'叶上初阳干宿雨,水面清圆,一一风荷举',

① 况周颐:《历代词人考略》,影印吴兴刘氏嘉业堂钞本,全国图书馆文献缩微复制中心,2003 年,第203—204 页。

② 况周颐:《历代词人考略》,影印吴兴刘氏嘉业堂钞本,全国图书馆文献缩微复制中心,2003 年,第409 页。

③ 况周颐:《历代词人考略》,影印吴兴刘氏嘉业堂钞本,全国图书馆文献缩微复制中心,2003 年,第544 页。

④ 况周颐:《历代词人考略》,影印吴兴刘氏嘉业堂钞本,全国图书馆文献缩微复制中心,2003 年,第623 页。

此真能得荷之神理者。觉白石《念奴娇》《惜红衣》二词,犹有隔雾看花之恨。"①

王观堂云:"美成深远之致不及欧、秦,唯言情体物,穷极工巧,故不失为第一流之作者。但恨创调之才多,创意之才少耳。"②

10. 姜夔名下词评引录 1 则:

《人间词话》:"白石写景之作如'二十四桥仍在,波心荡、冷月无声'、'数峰清苦,商略黄昏雨'、'高树晚蝉,说西风消息',虽格韵高绝,然如雾里看花,终隔一层。梅溪、梦窗诸家写景之病,皆在一'隔'字。北宋风流,渡江遂绝,抑真有运会存乎其间耶!"③

以上 18 则词话,论及唐五代北宋词人者 9 人共 17 则,论及南宋词人则仅姜夔 1 人 1 则。但这是从南京图书馆所藏 37 卷本《历代词人考略》中可以获得的信息。不遑说,况周颐初编此书,因生计所迫,以千字论价,篇幅曾十分庞大,即在删削后存目也有 57 卷,只是后 20 卷未入藏南京图书馆而已,所以是否仍有采录《人间词话》条目,实未能遽定。譬如今本《考略》无"吴文英"目,而从《历代词人考略》手稿中析出、今藏浙江图书馆题况蕙风撰《宋人词话》第 4 册则有吴文英目,其名下"词话"也引录有 2 则:

《人间词话》:周介存谓:梦窗词之佳者,如水光云影,摇荡绿波,抚玩无极,追寻已远。余览梦窗甲乙丙丁稿,中实无足当此者,有之,其"隔江人在雨声中""晚风菰叶生秋怨"二语乎?

又:梦窗之词,吾得取其词中之一语以评之,曰:映梦窗,凌乱碧。

仅此两处合计,已经有 20 则了。

而从况周颐引录的词话内容来看,况周颐引录的底本当是《国粹学报》发表本 64 则,分别为第 10、11、12、13、14、15、16、17、19、20、21、27、28、29、33、36、37、39 则,可见其对《人间词话》采录之密集。《考略》一书重在辑录相关文献,但以况周颐之眼界,被选录的文献虽然未必与况周颐本人的词学观一致,但至少在况周颐看来是自蕴学理者。毕竟在现存《考略》涉及的词人中,也有王国

---

① 况周颐:《历代词人考略》,影印吴兴刘氏嘉业堂钞本,全国图书馆文献缩微复制中心,2003 年,第 678—679 页。

② 况周颐:《历代词人考略》,影印吴兴刘氏嘉业堂钞本,全国图书馆文献缩微复制中心,2003 年,第 680 页。

③ 况周颐:《历代词人考略》,影印吴兴刘氏嘉业堂钞本,全国图书馆文献缩微复制中心,2003 年,第 1433 页。

维曾经论及,且也不乏精义者,但并未被采录者,如论苏轼、辛弃疾等。又如论及某一词人,王国维往往有数条从不同方面论及者,有的全部采录,如论李煜、冯延巳者各收录四则,就体现出况周颐对王国维论说的高度认同。而如论姜夔者,至少有四五则论述比较集中,但况周颐只是采录其中一则。所以对《人间词话》中的词人批评,或全部采录,或部分采录,或摒而不录,其间斟酌取舍,也足有深思者在焉。

《考略》采录《人间词话》的底本虽然是《国粹学报》发表本,但文字也略有差异处。有些或为抄写时漏抄、误抄,如词话原文为“少游词境”,而《考略》少一“境”字,虽是一字之差,但“词”与“词境”毕竟是二事,是否因为况周颐已先有“词境”说,而故意删去一“境”字,此实无法准确考量了。再如词话评苏轼赏秦观词句“犹为皮相”,而《考略》则易为“尤为皮相”,一字之易,程度已是不同。凡此漏字、易字若是抄写之误,自是可能,但也可能为况周颐略加点定者。因为,毕竟有比较充分的证据可以证明况周颐在采录王国维《人间词话》时,确实有故意改易处。如词话中原为“主观之诗人”“客观之诗人”,《考略》则将“诗人”易为“词人”,盖王国维《人间词话》虽标“词话”之名,其所论范围,实非词体可限,其中多有泛论文学、文体演进者,而其语境中的“诗人”实际上是“文学家”的代称。况周颐易为“词人”,应是为了契合此书所辑乃“词人”之“考略”。但实际上这一改易,已经很难再契合到王国维的语境中了,因为“诗人”一词的涵括性,使它可以从容地包括《水浒传》《红楼梦》等小说作家,而“词人”乃根源于词体,与诗人、小说家带着明确的文体区分,所以《考略》的这一改易,应该是有欠缺的。有的改易或出于简洁的需要,如词话引录比较淮海、小山的文字,原标明“冯梦华《宋六十一家词选·序例》谓”,而《考略》则以“或曰”二字带过。

如果说这些客观上的采录尚不足以表明况周颐对王国维词学的态度的话,则在温庭筠之下的按语中,或可略见端倪:

　　温飞卿词有以丽密胜者,有以清疏胜者,永观王氏以“画屏金鹧鸪”概之,就其丽密者言之耳;其清疏者如《更漏子》“梧桐树”云云,亦为前人所称,未始不佳也。①

① 况周颐:《历代词人考略》,影印吴兴刘氏嘉业堂钞本,全国图书馆文献缩微复制中心,2003年,第129页。

"画屏金鹧鸪"一则,况周颐在温庭筠名下的"词评"并未引录,而是在冯延巳名下的"词评"中引录了,盖此则实合评温庭筠、韦庄、冯延巳三人,故其被引录的方式也较为灵活。况周颐引用此则并非否定王国维的评判,而是觉得王国维的评判尚显偏颇,未能涵盖温庭筠词的整体。这意味着况周颐对王国维词学虽有部分肯定,但也有对其偶尔剑走偏锋的不满。但这其实并不重要,重要的是况周颐《蕙风词话》对吴文英"丽密"词风的推崇乃是情见乎词,而此则更张扬出"清疏"的词学观念。"清疏"与"丽密"两种审美趣味看似在这里大致取得平衡,其实从况周颐刻意提出温庭筠词风之清疏,虽似并非针对吴文英而言,但这种风格导向其实已经在一定程度上显示出况周颐与《蕙风词话》显在的词学观念渐行渐远了。

此外,《考略》一书在周邦彦名下的"词考"一目,也曾经援引了其《清真先生遗事·著述二》中关于清真词集考订后的按语①。而在中主名下的按语中,也提到:"二主词,除吕刻、侯刻外,尚有沈氏'晨风阁丛书'本,乃海宁王忠悫公手校,附补遗、校记,考证颇详。"②前者乃直接引录,后者其实是对王国维手校二主词的评价,其中肯定的意味是明晰的。只是前者是否为况周颐采录尚难断定,因为今本《考略》虽确有引录《清真先生遗事》文字,但在更接近《考略》原稿的《宋人词话》中,"附考"目下并无这段文字,则有关《清真先生遗事》的文字是原稿即有,而《宋人词话》抄录者删去,还是原稿即无,故《宋人词话》亦无,只是删订者觉得此节文字甚有价值,而特为补入? 笔者倾向后一种说法。而后者按语的撰写则已是在王国维去世之后,"王忠悫公"四字乃露出迹象者,因况周颐早王国维一年去世,此则按语显为删订者补写而成③。至于在稿本眉端批注的文字中,也有涉及王国维者,因其笔迹显非况周颐所书,也不赘论④。

由以上《考略》一书对王国维《人间词话》及相关著述的引用,可见况周颐

---

① 况周颐:《历代词人考略》,影印吴兴刘氏嘉业堂钞本,全国图书馆文献缩微复制中心,2003 年,第684—687 页。

② 况周颐:《历代词人考略》,影印吴兴刘氏嘉业堂钞本,全国图书馆文献缩微复制中心,2003 年,第186 页。

③ 关于《历代词人考略》一书的删订情况,参见拙文《〈历代词人考略〉及相关问题考论》,《文学遗产》2016 年第 4 期。亦可看看本书第十二章。

④ 参见况周颐《历代词人考略》,影印吴兴刘氏嘉业堂钞本,全国图书馆文献缩微复制中心,2003 年,第 772—773 页。

对王国维词学的基本认同,在总共 64 则的《人间词话》中,引录的条目近三分之一,且其在引用《人间词话》书名之外,也偶有直称"王永观""王观堂"者,这也与况周颐对王国维的熟悉程度有关。"观堂"一号现已广为人知,但在 20 世纪 20 年代前后,其实还只是在少数人中流传,而作为"观堂"前称的"永观堂",使用时间更短,若非交往甚深者,实难获知。况周颐如此自然地直书"王永观",亦见其平日与王国维交往情形之一斑。

三、清疏而沉著:况周颐与王国维的词学会通之处

王国维以"境界"说驰名,而况周颐则以"重拙大"说为人所称,其《蕙风词话》被当时一代词坛宗师朱祖谋誉为"八百年来未有之作"。朱祖谋与况周颐词学同出王鹏运、端木埰,故同门之誉也难免受到质疑。但不争的事实是:就 20 世纪 20 年代以来实际的学术影响和文化影响来说,《人间词话》远在《蕙风词话》之上。

此前学界多关注王国维与况周颐在审美范式上的差异性,尤以王水照先生《况周颐与王国维:不同的审美范式》①一文影响最为深远。如果对勘《蕙风词话》与《人间词话》,其审美范式的不同还是清晰可见的。王水照认为况周颐曾冷对王国维的词学,与其具有成熟、系统而深刻的词学思想有关,而况周颐的这一思想又与其所出的"临桂词派"息息相关。其"重拙大"词学,初由端木埰等酝酿、王鹏运提出、朱祖谋推演、况周颐阐发而成晚清民国词学之绝对主潮,况周颐对这一源流和话语的优越感,当然是未曾稍离的,这大概也是从 1905 年第一部词话发表一直到 1924 年《蕙风词话》的汇纂完成以及临终前草就的《词学讲义》,"重拙大"之说一直位居显要位置的原因所在。

前已言及,况周颐在二十余年间对"重拙大"说的阐释似乎并无不断推进之迹,只是在话语上不断重复而已。而这一理论与批评的脱节甚至背离的现象,倒是弥漫在他的词话中②。这与王国维以"境界"说为理论基准而裁断词史发展、评骘词人词作形成了明显的差别。换言之,王国维的理论是真正笼罩

---

① 王水照:《况周颐与王国维:不同的审美范式》,《文学遗产》2008 年第 2 期,第 4—16 页。
② 参见拙文《晚清民国词学的明流与暗流——以"重拙大"说的源流与结构谱系为考察中心》,《文学遗产》2017 年第 6 期。亦可看本书第一章。

着其词学批评的,而况周颐的理论有时更多地像面旗帜,在高处赫赫飘扬,而底下的批评反倒是另外一种景象。

对况周颐来说,"重拙大"这面旗帜必须举着,而且一直要高举,因为这一脉师承的源流,至少在很多人看来,十分珍贵而且荣耀。至于"重拙大"与况周颐词心之间的矛盾甚至对立,就基本不受关注了。况周颐身处其中,既难以沟通"重拙大"说与其词学本心之关系,也断无公开质疑甚至反对的勇气,所以更多地采取暗度陈仓的办法,将其词学散漫地杂置于其词话之中,而且篇幅甚巨。其词学的这股暗流虽然无法跟立于高处的"重拙大"旗帜相抗衡,却也汹涌异常,奔流不息。

从本质上说,"它(指'重拙大'说)与王国维的'境界'说显然是两种不同的对宋词的审美观照,代表不同的词学宗旨"①。王水照总结说:

> 王国维论词,"颇参新学"(施蛰存语,见《花间新集》),以超功利泯利害的文学观为本位,寻找人生困境的解脱,以此提出"境界"等一系列概念,初具理论框架和新质内涵,对建立和发展现代词学提供新思路、新方法。况周颐等人则本常州词派"尊体"绪论,以道德伦理的文学观为本位,深具末世情怀与遗民情结,以此提出"重、拙、大"等说,对词境、词心、词法等一系列命题,阐幽抉微,更富本土学术特质。②

这是王水照总结的王国维与况周颐两种不同的审美范式,如果再简化一下,或许可以说:王国维的词学建立在哲学、美学的基础上,面向未来;况周颐的词学以道德伦理为本位,收束过去。对这一审美范式的区分,我并不是太赞成,因为我深觉在艺术形态上,王国维与况周颐其实都带着强烈的复古气息,只是从他们各自显在的话语表述上,王国维对五代北宋流连忘返,况周颐对南宋情有独钟。况周颐一直立足于词体本身,而王国维则试图在内容上变革词体,更大的区别似乎应在这里。其实,关于王、况两人(或两派)的取径差异及其不足,早在20世纪20年代之前即已经为学人所指出。沈曾植《菌阁琐谈》附录《海日楼丛钞》云:

---

① 王水照:《况周颐与王国维:不同的审美范式》,《文学遗产》2008年第2期,第8页。
② 王水照:《况周颐与王国维:不同的审美范式》,《文学遗产》2008年第2期,第15—16页。

　　吴梦窗、史邦卿影响江湖,别成绚丽,特宜于酒楼歌馆,钉坐持杯,追拟周、秦,以缵东都盛事。于声律为当行,于格韵则卑靡。赖其后有草窗、玉田、圣与出,而后风雅遗音,绝而复续。亦犹皋羽、霁山,振起江湖哀响也。自道光末戈顺卿辈推戴梦窗,周止庵心厌浙派,亦扬梦窗以抑玉田。近代承之,几若梦窗为词家韩、杜。而为南唐、北宋学者,或又以欣厌之情,概加排斥。若以宋人之论折衷之,梦窗不得为不工,或尚非雅词胜谛乎?①

沈曾植对吴文英"别成绚丽""于声律为当行,于格韵则卑靡"的基本判断,也直接影响到他对"近代承之"之王鹏运、朱祖谋、况周颐等人对吴文英词的偏嗜以及"为南唐北宋学者"的王国维等人的偏恶印象。可见两人审美倾向的不同,乃是王国维、况周颐在世时已经被注意到的现象。

　　从主流及显在的词学观念而言,把况周颐与王国维作为两种审美范式来区分,我觉得有其合理性。也因此,唐圭璋、万云骏等先生先后以锐利之笔,以"重拙大"说为持论标准而对王国维"境界"说予以相当全面的质疑甚至否定,从其词学立场上来说并无太多问题,因为"重拙大"说与"境界"说确实是判然不同的两说,信奉一说以否定另外一说,当然是很便捷的事。但唐圭璋、万云骏同出吴梅门下,吴梅与朱祖谋、况周颐交往颇多,并为朱、况二人共同编成之《宋词三百首》撰序,序言大旨也是推重"重拙大"之说,唐圭璋也为《宋词三百首》专门做了笺注,极意弘扬"重拙大"说。所以唐、万的词学渊源及其身份特征,似乎也决定了其词学的基本立场。问题是:不在同一理论层面的评骘高下、褒贬其间,未必符合批评学理的基本要求。这是一;况周颐词学的本体果然是"重拙大"三字可尽吗? 这是二;况周颐与王国维词学真的没有相通之处吗? 这是三。

　　虽然在况周颐署名的各本词话中,"重拙大"在全书结构上的地位有变化,甚至有散乱的现象,但毕竟一直存留其中。但在况周颐未署实名的《历代词人考略》以及从此书手稿中析出之《宋人词话》《两宋词人小传》等书中,却在按语等直接表述况周颐词学观念的文字中再无并举"重拙大"之例。这种

───────────

　　① 沈曾植:《菌阁琐谈》附录《海日楼丛钞》,唐圭璋编《词话丛编》第四册,中华书局,1986年,第3613页。

现象颇有意味,因为不再在"况周颐"三字的拘束之下,所以此前的词学源流便悄然隐去,并开始了明显的分流。

王水照虽然重点解析况周颐与王国维词学之异,但也注意到了二人之同,譬如他特别举出况周颐《玉梅词话》中"真是词骨,情真景真,所作必佳。"王水照说:"在强调'真'这一点上,倒与王氏桴鼓相应,如合符契。"①王国维《人间词话》也确实说过"能写真景物、真感情者,谓之有境界"②的话。但其实强调"真"几乎是词学家共同的词学底蕴,所以这一点与其说是王、况二人的共同点,不如说是古代词论家的共识。而且如果再追索一步,王、况二人对"真"的理解其实还是有差别的。况周颐的"真"侧重在真实,而王国维的"真"除了真实之外,还要求直觉感知、触及事物本质与即兴的创作方式。

但王先生说"况周颐始终未对王氏词论和词作作任何评论"③,就判断得绝对一些。目前虽然未见况周颐对王国维词作的直接评论,但对其词论的引述和评论如前所述还是颇有规模的。即便未见况周颐评论王国维词,但强邀王国维为《香南雅集图》题词,至少可视为是对其词以及词坛地位的一种肯定了。按照常规的情况,况周颐读到王国维题词,也当至少会有口头的评说,只是这种可能的即兴评说未曾记录下来,以至于我们现在难以引以为说而已。但以在大家心目中"不可一世之况舍人"居然觉得此雅集图不可无王国维之词作,其心志其实是清晰的。

王国维的词学在时代上立足五代、北宋,在文体上偏重小令,在审美上注重真情真景、自然不隔、感发力量④。王水照因此认为"王氏的审美趣味偏重于疏朗爽俊、生动直观一路"⑤。王水照将王国维词学从"境界"说及其境界体系中超拔出来,而从审美趣味上以"疏朗爽俊、生动直观"八字涵括其意,我觉得不仅十分贴切而传神,可以摆脱诸多概念、范畴的纠缠,而且更能融合到传统诗学的语境之中。以此为基点,可以更便捷地切入到对王国维与况周颐词学关系的考量之中。

先说"生动直观"。王国维对"红杏枝头春意闹""云破月来花弄影"两句

---

① 王水照:《况周颐与王国维:不同的审美范式》,《文学遗产》2008 年第 2 期,第 5 页。
② 王国维:《人间词话》,唐圭璋编《词话丛编》第五册,中华书局,1986 年,第 4240 页。
③ 王水照:《况周颐与王国维:不同的审美范式》,《文学遗产》2008 年第 2 期,第 5 页。
④ 参见拙著《王国维词学与学缘研究》,中华书局,2015 年,第 361—374 页。
⑤ 王水照:《况周颐与王国维:不同的审美范式》,《文学遗产》2008 年第 2 期,第 12 页。

中"闹""弄"二字的特别赞赏，要求"语语都在目前"的"不隔"境界，都体现了"生动直观"在"境界"说中的基本意义。这也是王国维虽然主张诗人对宇宙人生要能"出乎其外"，方见"高致"，但其前提是先能"入乎其中"，见出自然人生之"生气"的原因所在。当然，关于"疏朗爽俊、生动直观"最集中的表述应是如下一则：

> 大家之作，其言情也必沁人心脾，其写景也必豁人耳目。其辞脱口而出，无矫揉妆束之态。以其所见者真，所知者深也。①

要求言情写景用词都落实到真实、自然的艺术表现和深刻的思想上。尤其关于情理之深刻，大致可对应王水照语境中的"爽俊"二字，因为深刻才能带来力量和联想。张惠言《词选序》曾用"深美闳约"四字评论温庭筠的词。王国维对于用此四字概括词之体性和内质非常赞赏，但认为当得此四字者，并非温庭筠，而是冯延巳。而"深闳"二字则关于厚重广阔之主题及相应的艺术手法。王国维认为李璟"菡萏香销翠叶残。西风愁起绿波间"二句"大有众芳芜秽、美人迟暮之感"②，即因其内蕴丰富深刻才能有此联想空间。李煜的词在王国维的评价体系中也位居上品，其中一个主要原因就是其"眼界始大，感慨遂深""俨有释迦、基督担荷人类罪恶之意"③。凡此皆可见出王国维的词学，果然"疏朗爽俊、生动直观"八字可概其荦荦大端。

如果说况周颐在实名著作中必须悬"南宋""重拙大"以为论词之法则，而在《考略》之中，宽容的评词态度已经成为一种常态。这不仅是其词学突破南宋局限的一种象征，而且是为回归北宋奠定理论基础。他在"康与之"名下按语云：

> 宋倚声家如曹元宠、康伯可辈，专工应制之作，其词有诵无规，亦无庸寄托、感慨，所谓和声鸣盛、雍容揄扬，亦复有独到处。陈直斋云书录解题：伯可词鄙亵之甚。则诋谪未免过情。花庵词客《绝妙词选》选录伯可词

---

① 王国维：《人间词话》，唐圭璋编《词话丛编》第五册，中华书局，1986 年，第 4252 页。
② 王国维：《人间词话》，唐圭璋编《词话丛编》第五册，中华书局，1986 年，第 4242 页。
③ 王国维：《人间词话》，唐圭璋编《词话丛编》第五册，中华书局，1986 年，第 4242—4243 页。

二十三阕,或以清疏胜,或以绵丽胜,得谓鄙亵之甚耶。①

这一节评语可见况周颐对有无寄托并不介意,甚至认为只要"和声鸣盛、雍容揄扬",也别有一番情味。他对陈振孙《直斋书录解题》批评康与之的词"鄙亵之甚"也不以为然,盖过苛之论也。"以道德伦理的文学观为本位"的现象,至少在托名的著作中被消解了许多,凡此都可见出况周颐词学之通达处。

况周颐的通达其实是为回归词的本原本体铺垫理论基础。如王国维疏朗爽俊、生动直观的词学观念,质言之,也正是况周颐深相信奉并反复表述过的,而且况周颐的这种信奉是建立在对词体本质属性的认知基础上的,我认为这才是况周颐词学的真正底蕴所在。况周颐在《蕙风词话》中提倡"重拙大"说而归诸"南宋诸公",但其实况周颐并不欣赏这种纯粹以"沉著"为主要特征的风格,而是对以"清疏"为主要特征的"北宋风格"特致垂青,也就是说"落落清疏,渐近沉著,自是北宋风格"②才是他心目中的理想词风。而这也才是他与王国维词学的会通之处。

无论是检况周颐之词,还是勘察其词话,作为一种审美范式的"清疏"的地位都值得我们高度重视。而在《历代词人考略》一书中,"清疏"一词的频繁使用,以及其对"北宋风格"的指向,也足以说明问题。兹列举数例:

胡茂老词二阕,意境清疏,犹是北宋风格。③(胡松年)
元献《浣溪沙》云:"无可奈何花落去,似曾相识燕归来。小园香径独徘徊。"《踏莎行》云:"一场愁梦酒醒时,斜阳却照深深院。"《蝶恋花》云:"消息未知归早晚,斜阳只送平波远。"此等词无须表德,并无须实说,所谓"不着一字,尽得风流"。罗罗清疏却按之有物,此北宋人所以不可及

---

① 况周颐:《历代词人考略》,影印吴兴刘氏嘉业堂钞本,全国图书馆文献缩微复制中心,2003 年,第996—997 页。

② 况周颐:《历代词人考略》,影印吴兴刘氏嘉业堂钞本,全国图书馆文献缩微复制中心,2003 年,第488 页。

③ 况周颐:《历代词人考略》,影印吴兴刘氏嘉业堂钞本,全国图书馆文献缩微复制中心,2003 年,第829 页。

也。① （晏殊）

　　《餐樱庑词话》:李方叔《虞美人》……歇拍云:"碧芜千里思悠悠。唯有霎时凉梦,到南州。"尤极淡远清疏之致。② （李廌）

我不惮词费,引述这么多相关论述,意在说明,况周颐关注清疏的北宋风格,并非是偶尔言之,而是作为其一种基本的审美判断,分布在《考略》的诸多地方。换言之,在况周颐看来,"清疏"才是词之体格、本色所在,也才是北宋词人难以超越之处。《宋人词话》于张可久名下评曰:"小山以工曲著称于时,观其词笔清疏雅淡,绝不涉曲。盖于体格辨之审矣。宜其曲亦出色当行也。"③词的体格在"清疏雅淡",并以此区别于曲。明乎此,这才是我们需要关注况周颐何以在褪去词学面具之后,如此一再强调"清疏"的原因所在。可以说在《历代词人考略》中,况周颐的词学主流已经不再推崇以"重拙大"为理论旨归的南宋之词,而是明显回归到以"清疏"为特色的"北宋风格"之中。

　　回到这一审美状态的况周颐是如此恣肆地表达着其词学本心。何为"清疏"呢? 先看况周颐引用的杨适《长相思·题丈亭馆》词云:

　　　　南山明,北山明,中有长亭号丈亭,沙边供送迎。东江清,西江清,海上潮来两岸平,行人分棹行。

此词景致疏朗,情感清和雅淡,他在按语中认为这才是他心目中典型的"北宋风格"④。在"曾肇"的按语中,又引其《好事近》词云:

　　　　岁晚凤山阴,看尽楚天冰雪。不待牡丹时候,又使人轻别。　　　如今

---

　　① 况周颐:《历代词人考略》,影印吴兴刘氏嘉业堂钞本,全国图书馆文献缩微复制中心,2003 年,第333 页。

　　② 况周颐:《历代词人考略》,影印吴兴刘氏嘉业堂钞本,全国图书馆文献缩微复制中心,2003 年,第639—640 页。

　　③ 《宋人词话》,浙江省图书馆古籍部藏。

　　④ 参见况周颐《历代词人考略》,影印吴兴刘氏嘉业堂钞本,全国图书馆文献缩微复制中心,2003 年,第488 页。

归去老江南,扁舟载风月。不似画梁双燕,有重来时节。

况周颐评论说:"此词轻清疏爽,后段尤渐近沉著,南丰家学固自不凡。"①由这一节评语,可见"清疏"其实是"轻清疏爽"的合成词,而"轻清疏爽"其实正与王国维词学的"疏朗爽俊、生动直观"在审美观念上高度契合。所谓"轻清疏爽"大意是指用笔轻灵,语言清雅,意脉流转而井然,而所谓"爽"则应是结合"沉著"而形成的力量。此词上阕写景,楚天山阴雪满,正是离别时候。下阕以人之老去江南、岁月不居与双燕去而复来形成对比,人生感慨的分量便一下子加重许多。

要准确界定"清疏"概念,还需要参酌况周颐更多的评语。况周颐经常将"清疏"与"沉著""遒上""风骨""清雄"等联类而用,这意味着况周颐语境中的"清疏"其实被赋予了力量之美,是清而有物,疏而有力,带着况周颐独特的个人体认。兹略引述数例,以见况周颐词学微妙之处。况周颐曾评论姜特立《梅山词》中《霜天晓角》《满江红》《浣溪沙》数词为"集中较为清疏遒上者"②。如《霜天晓角·为夜游湖作》云:

> 欢娱电掣。何况轻离别。料得两情无奈,思量尽、总难说。　　酒热。凄兴发。共寻波底月。长结西湖心愿,水有尽、情无歇。③

此词写离别之情,但确实用足力量,虽然"料得两情无奈",虽然"凄兴发",但依然用种种行动来说明两人"思量尽""情无歇"之意,应该说,况周颐的词心感受确实相当敏微。

具备力量之美的词自然内蕴着理脉。况周颐引述宋人姜特立《浣溪沙》下阕云:"蜗角虚名真误我,蝇头细字不禁愁。班超何日定封侯。"前两句说虚名误我,所以文字之中愁情连绵,而末句虽转笔班超,实际上一方面延续上意,同时又收束意思。况周颐因此感慨:"余尝谓宋词名作皆有理脉可寻,于此等

---

① 参见况周颐《历代词人考略》,影印吴兴刘氏嘉业堂钞本,全国图书馆文献缩微复制中心,2003年,第507页。

② 参见况周颐《历代词人考略》,影印吴兴刘氏嘉业堂钞本,全国图书馆文献缩微复制中心,2003年,第1359页。

③ 唐圭璋编:《全宋词》第三册,中华书局,1965年,第1604页。

处见之。"①所谓"理脉"当然首先是结构上的情理传承，但更注重情理的收束有力。

由所谓"落落清疏渐近沉著，自是北宋风格"②，可见况周颐虽然把作为整体的"重拙大"说排除在《考略》一书的理论之外，但他愿意把"重拙大"的"重"吸收进来，以充实"清疏"的情感力量。他在评程怀古《洺水词》时即说："颇多奇崛之笔，足当一'重'字。"③所谓"奇崛"即通过笔法转折转换，蕴蓄力量。虽然将"重拙大"并举的表述在《考略》一书中不见踪影，但"重"之一字始终在况周颐的理论格局中，因为"重"带来力量，而力量自然"可医庸弱之失"④。

在况周颐看来，这种"重"并非是南宋特有的，而是北宋已经具备的，而且因为北宋词将这种"重"置于"清疏"之中，其实是举"重"若轻了，这才是况周颐认同北宋词风的原因所在。若南宋词的刻意为"重"，便是让原本清疏灵爽的词变得滞重而乏力了，因为忽略词的基本体格，所以况周颐从本心而言难以接受了。

当然，"落落清疏渐近沉著"的作品很多，况周颐特别举出康与之的《卜算子》词云：

> 潮生浦口云，潮落沙头树。潮本无心落又生，人自来还去。　　今古短长亭，送往迎来处。老尽东西南北人，亭下潮如故。⑤

潮生潮落是自然现象，人来人去便是自己的安排了。人来人去最后是老尽东西南北人，而潮生潮落则是一种永恒。所以在一种自然现象中将人生的短暂、

---

① 参见况周颐《历代词人考略》，影印吴兴刘氏嘉业堂钞本，全国图书馆文献缩微复制中心，2003年，第1359页。

② 况周颐：《历代词人考略》，影印吴兴刘氏嘉业堂钞本，全国图书馆文献缩微复制中心，2003年，第488页。

③ 况周颐：《历代词人考略》，影印吴兴刘氏嘉业堂钞本，全国图书馆文献缩微复制中心，2003年，第1398页。

④ 况周颐：《历代词人考略》，影印吴兴刘氏嘉业堂钞本，全国图书馆文献缩微复制中心，2003年，第1398页。

⑤ 况周颐：《历代词人考略》，影印吴兴刘氏嘉业堂钞本，全国图书馆文献缩微复制中心，2003年，第488页。

无谓与自然的永恒和自在形成了对比,从中体现出来的是人生的悲剧性命运,这种悲剧性命运既无法避免,则小词已经触及人类的本质和规律性问题。

况周颐显然认识到这种情感的力量非同寻常,并极为欣赏,而将这种力量如盐入水一般融合在清疏的风格之中,则堪当词之高境。况周颐对这种人类本质的关注,已经事实上与王国维的"无我之境"形成了直接的对应。王国维《人间词话》解释"无我之境"是"以物观物,故不知何者为我,何者为物",又说"有我之境"之作,一般文士皆可创作,而"无我之境"之作则有赖于"豪杰之士能自树立"①。这意味着"无我之境"的作品在主题上必然涵括诸物,带有普遍性和一定的抽象意义,所以对创作者的要求更高。从广义上而言,诗词也属于王国维语境中"美术",所以他说:

> 夫美术之所写者,非个人之性质,而人类全体之性质也。惟美术之特质,贵具体而不贵抽象,于是举人类全体之性质,置诸个人之名字之下……善于观物者能就个人之事实,而发见人类全体之性质。②

因为王国维"体素羸弱,性复忧郁",兼"境之贫薄"③,所以他关于人类全体之性质的认识偏于悲观一路,他在《人间词话》中特地提出"忧生忧世"说的部分背景在此。而其《红楼梦评论》则更将这一人类悲剧命运作为立论之基。质言之,王国维是从对个人命运的忧虑进而探讨人类的终极命运问题。前揭康与之词从潮生潮落、今古短长亭写起,一方面是"亭下潮如故",一方面是"老尽东西南北人",意象清疏自然,但带出来的话题则直截人生本质,堪称沉重一叹。况周颐在考察词史时,也注意到凡是一流的词人一流的作品都根植于悲情而超越乎个人。他说:"如苏长公、黄涪翁、秦太虚诸名辈,其拔俗遗世之作,大都得自蛮烟瘴雨中矣。"④所谓"拔俗遗世"之作,也正是体现"人类全体之性

---

① 王国维:《人间词话》,唐圭璋编《词话丛编》第五册,中华书局,1986年,第4239页。
② 王国维:《红楼梦评论》,谢维扬、房鑫亮主编《王国维全集》第一卷,浙江教育出版社、广东教育出版社,2009年,第76页。
③ 王国维:《自序》,谢维扬、房鑫亮主编《王国维全集》第十四卷,浙江教育出版社、广东教育出版社,2009年,第119、120页。
④ 况周颐:《历代词人考略》,影印吴兴刘氏嘉业堂钞本,全国图书馆文献缩微复制中心,2003年,第693页。

质"之作，而其与词人艰难困顿的放逐生涯有着直接的关系。所以况周颐"清疏"与"沉著"相结合的词学观念，无论是在情感的类型还是情感的深度、广度上确实高度契合着王国维无我之境的命题意义。

作为一种审美范畴，"清疏"不言而喻必带着"自然"的特点。况周颐在《蕙风词话》中曾提出"哀感顽艳"说，但自来解说也分歧不一①。《考略》评价唐明皇《好时光》云："此词不假雕琢，是谓顽艳。"②如果说"哀感"侧重在情感特征及其感发力度，"顽艳"则侧重在表达情感的自然方式和风格特征上。宋人刘光祖的词，况周颐用"气体清疏，不假追琢"③评之，而其立论之基则在《洞仙歌·荷花》一阕：

> 晚风收暑，小池塘荷净。独倚胡床酒初醒。起徘徊、时有香气吹来，云藻乱，叶底游鱼动影。　　空擎承露盖，不见冰容，惆怅明妆晓鸾镜。后夜月凉时，月淡花低，幽梦觉、欲凭谁省。也应记、临流凭阑干，便遥想，江南红酣千顷。④

此词写夏日黄昏池塘景象，从荷花、荷叶、游鱼次第写来，形象传神，而且引出惆怅之情，也贴切自然。又曰：

> 章文庄公《小重山》词雅韵天然，不假追琢，所谓融情入景，却无笔墨痕迹可寻。写景者皆当以为法。⑤

写景者如此，写情者其实也是如此，处理情景关系的最高境界当然是无笔墨痕迹可寻，所以"不假追逐"四字在况周颐的词学中具有基石意义。自然同样是

---

① 参见拙文《论词之"哀感顽艳"说》，《文学遗产》2011 年第 4 期。亦可参看本书第五章。
② 况周颐：《历代词人考略》，影印吴兴刘氏嘉业堂钞本，全国图书馆文献缩微复制中心，2003 年，第 62 页。
③ 况周颐：《历代词人考略》，影印吴兴刘氏嘉业堂钞本，全国图书馆文献缩微复制中心，2003 年，第 1390 页。
④ 况周颐：《历代词人考略》，影印吴兴刘氏嘉业堂钞本，全国图书馆文献缩微复制中心，2003 年，第 1390—1391 页。
⑤ 况周颐：《历代词人考略》，影印吴兴刘氏嘉业堂钞本，全国图书馆文献缩微复制中心，2003 年，第 1296 页。

王国维悬为文学的最高境界,他高评纳兰性德其人其词,其实就是因为其"以自然之眼观物,以自然之舌言情"①。所以"自然"也是况周颐与王国维词学的会通之处。

值得注意的是,况周颐提出"清疏"与自然的结合,正是建立在对当时词风的反思基础上。况周颐在盛小丛名下按语云:

> 近人填词以雕琢为工,尖巧相尚,不能风骨骞举,上追唐音,盖昧于词所从出久矣。②

这不仅是批评近代雕琢尖巧以伤骨力的词风,而且是对自己此前词学主张的深刻反思。这种反思是从"词之所从出"的角度进行的,也就是从词体的本原意义来说,则其反思其实带着一种正本清源的使命意识。

以自然为基石,将清疏的艺术表现与沉著的情感力量相结合,就是况周颐在托名的诸种著作中展现出来的主流词学观念。如果将王国维的境界说及其相关范畴体系还原到传统诗学语境之中,可以清晰地看出两人词学的趋同之迹。在王国维而言,其词学由《人间词话》已悉数表出,无待遮掩。而在况周颐而言,则其素被视为正宗而豪华的词学源流,使其得"柳阴直"之壮观外象,而其心志则在"烟里丝丝弄碧"而已。故其词学亦难免有烟水迷离之致。今得褪去华彩,还其真朴,则其与王国维词学的旁通其实是主体意义上的。

四、词学的尊体底蕴

王国维偏嗜五代北宋词,认为其在词史上的"独绝"之处就在于其兼有"高格"和"名句"的境界,他认为在北宋时期词的清疏艺术与思想魄力已经有了比较完美的结合。而从两宋词风的转换而言,他认为"北宋风流,渡江遂绝"③,对南宋词基本不能认同,故其在艺术上的词学方向便是重回五代北宋。

---

① 王国维:《人间词话》,唐圭璋编《词话丛编》第五册,中华书局,1986年,第4251页。
② 况周颐:《历代词人考略》,影印吴兴刘氏嘉业堂钞本,全国图书馆文献缩微复制中心,2003年,第165—166页。
③ 王国维:《人间词话》,唐圭璋编《词话丛编》第五册,中华书局,1986年,第4248页。

这可以视为王国维词学的特色,当然也未免留有局限。

　　况周颐在实名著作中固然给人偏重南宋词的印象,但在托名著作中,他对于两宋词风自有大判断,他在评论姑溪词时说:“综论姑溪词格,其清空婉约自是北宋正宗,而渐近沉著则又开南宋风会矣。”①这一评论完全可以从对姑溪词的评价中抽离出来,将北宋正宗定义在清空婉约,而将南宋风会聚焦在沉著之上。他评述《招山词》“清劲疏隽,风格在南北宋之间”②,看似折中于南北宋之间,其实是大致以“清疏”属北宋,以“劲隽”属南宋。又如其评石孝友词云:“或寓情于景,或融景入情,有清新疏俊之长,而无软媚纤佻之失,在两宋人词中,抑亦骎骎上驷矣。”③则基本上被视为兼有南北宋词之长了。与王国维看法不同的是:况周颐认为北宋词的清疏固然擅一代之胜,而沉著的情感力量,北宋只是在逐步上升,到南宋才达到高峰。所以当况周颐将自己的词学观念定位在以北宋为本而兼取南宋之长时,清疏与沉著的结合也就水到渠成了。

　　如果说,在《蕙风词话》中,因为必须把“重拙大”置于门面地位,而言及“重拙大”则必然归诸“南渡诸贤”,重心既已确定,则即便有平衡两宋的观念,也只能是勉强的或潜隐的。而在《考略》一书中,既然可以不顾门面,自然可以将平衡两宋的意思透彻表述出来。他不仅说过:“两宋人词……深稳沉著,以气格胜……并非时下人所及。”④将两宋词作为一种“气格”整体提出,对相关能兼备两宋之长的选本,也特致青睐。如曾慥的《乐府雅词》被况周颐视为“精审”之选,理由正是“关键两宋,允为词林矩矱”⑤。所以,不能简单地把平衡两宋看成是况周颐对两宋持均等之心,这其实可以视为是对以南宋词为旨归的“重拙大”说的强烈反悖,而这种反悖其实是在平衡两宋中,将中心转移到北宋。譬如在《蕙风词话》中吴文英被引以为“重拙大”的典范,而在从《历

---

　　① 况周颐:《历代词人考略》,影印吴兴刘氏嘉业堂钞本,全国图书馆文献缩微复制中心,2003 年,第621 页。

　　② 况周颐:《历代词人考略》,影印吴兴刘氏嘉业堂钞本,全国图书馆文献缩微复制中心,2003 年,第1327 页。

　　③ 况周颐:《历代词人考略》,影印吴兴刘氏嘉业堂钞本,全国图书馆文献缩微复制中心,2003 年,第1274 页。

　　④ 况周颐:《历代词人考略》,影印吴兴刘氏嘉业堂钞本,全国图书馆文献缩微复制中心,2003 年,第877 页。

　　⑤ 况周颐:《历代词人考略》,影印吴兴刘氏嘉业堂钞本,全国图书馆文献缩微复制中心,2003 年,第1023 页。

代词人考略》中析出之《宋人词话》中则引述两则王国维批评吴文英之语,一则是王国维认为周济对吴文英词的高评不符合事实,一则是王国维用吴文英词中之语"映梦窗,凌乱碧"回评吴文英,这都是与况周颐之前诸种词话因为源流独具而对吴文英超乎寻常的高评反其道而行之。况周颐即便不引用奖掖吴文英之语,至少可以不引用如此贬评吴文英之论。这至少部分地说明,况周颐在《考略》一书中已经放下"重拙大",而另立新旗了。

如果说"清疏"是况周颐词学的元范畴的话,还有若干范畴如"清雄""清刚""艳而有骨"等实与此联类而生。如他评唐昭宗《菩萨蛮》词:"虽处困厄之中,犹有清雄之气。"①又说:"尝谓两宋词人,唯文忠苏公足当清雄二字,清可及也,雄不可几也。鄂王《满江红》词其为雄并非文忠所及。"②等等。将苏轼、岳飞都视为清雄词风的代表性人物,其实都是建立在对其百感茫茫而清气淋漓的认知基础之上。

不能因为况周颐本心的词学在托名的著作中与其署名的著作有明显的悖离,就认为况周颐违背师训,不遑说在"清疏"与"沉著"的结合中,是已经将"重拙大"之"重"融合了进来的,而且其对王鹏运本人的尊敬也是始终如一的,即便在托名的《考略》一书中,也以"他者"的身份对王鹏运"近世词学家之泰斗"③的地位大力揄扬。只是词学源流与词学本心的矛盾天然存在,况周颐不过以不同的方式展现这两种词学风貌而已。

就王国维与况周颐的关系而言,当 1908—1909 年之时,况周颐已蔚成一代词坛之祭酒,而王国维则在七八年前曾想借鉴西方哲学而在中国发起一场思想革命,当他感觉这场思想革命的梦想无法实现之后,便从哲学转入文学。因为对诗词的天性偏嗜,很快即发现当时词坛过尊南宋、颇为忽视五代北宋词之本原的问题,因其词学无所源流依傍,故针砭之论率性而发,遂与当时以朱祖谋、况周颐为代表的词坛风尚形成了相当程度的对立。

1916 年之时的王国维已经基本远离了词学,而 1917 年之时的况周颐也因

---

① 况周颐:《历代词人考略》,影印吴兴刘氏嘉业堂钞本,全国图书馆文献缩微复制中心,2003 年,第 67 页。

② 况周颐:《历代词人考略》,影印吴兴刘氏嘉业堂钞本,全国图书馆文献缩微复制中心,2003 年,第 962 页。

③ 况周颐:《历代词人考略》,影印吴兴刘氏嘉业堂钞本,全国图书馆文献缩微复制中心,2003 年,第 474 页。

为生活困顿，在朱祖谋的安排之下，接受了刘承干要求托其名撰述《历代词人考略》的任务①。这种著述方式使况周颐可以卸下此前因为源流传承而不得不宣传、贯彻的前辈词学主张，一任本心地表述自己的词学观念。这也为况周颐与王国维词学的会通奠定了契机。质实而言，这个时候的况周颐已经可以心无滞碍地走近王国维了。

王国维与况周颐两人能彼此走近，除了他们共同的"尊体"意识之外，也与他们的遗民情怀有关。王国维《清平乐·庚申况夔笙太守索题香南雅集图》"劫后芳华"云云即露出端倪者。辛亥革命前，王国维在晚清学部图书局任职，主要负责教科书之编订，辛亥后即随罗振玉寓居日本京都，从他连续写出《颐和园词》《隆裕太后挽歌辞九十韵》等作品，遗民心态不仅明显，而且强烈。但王国维的遗民情怀还是有其特殊性的。王国维 1916 年 2 月 17 日致信邹安云："弟六载京华，殆同大隐；五年海外，屏迹人间。此十年中，惟以读书著述为事，已成习惯，不耐纷烦。"②这就是王国维的特殊性，政治虽然经眼也经心，但"惟以读书著述为事"才是其安身立命之处。

况周颐的遗民之心，固多在圈中表述、词中抒发，也有直接用文字陈述者。从其《历代词人考略》中析出之《宋人词话》第三册杨舜举名下按语云：

> 杨观我《浣溪沙》词换头云云，为天水宗室仕元者发其托旨，一何恕也！非宗室可勿责耶！士生不幸丁改玉改步之世，在仅可不死之列，亦唯自洁其身，独行其志可矣。于它人何责焉！然而微辞讽刺，往往贤者不免。若出于不获自已，是亦得谓文字之过否耶？余辑是编，尝自订一例，凡宋人入元不仕者，列之宋季，从其志也。虽仕而非其志者，或亦姑附焉，则略昉乎观我先生之恕也。③

如何将易代之际的词人合理地进行朝代归属，况周颐从易代后是否入仕以及是否自愿入仕来判断其志向，不以年龄而以其"志"，凡此都可见出况周颐判

---

①　关于况周颐代刘承干撰述《历代词人考略》之原因、经过及此后的删订等，参见拙文《〈历代词人考略〉及相关问题考论》，《文学遗产》2016 年第 4 期。亦可参看本书第十二章。

②　王国维致邹安信，房鑫亮编校《王国维书信日记》，浙江教育出版社，2015 年，第 463 页。

③　《宋人词话》，凡七册，署"况蕙风撰"，钞本今藏浙江省图书馆。

断遗民是以情怀为标准的。据删订者云,关于宋、元词人归属问题,况周颐曾经三复致意,但因其稿本散失太多,故今本《考略》反而未见其旨。删订者在《第二次删订条例》第七条云:

> 宋人没于元,高隐不仕者,选本多列在元代。实乃宋之遗民,仍当属宋。原本于此三致意焉。其理甚正。①

"原本于此三致意焉"一句足见况周颐曾经坚持的基本立场。况周颐对词人的归属怀着恕心,并未将入元是否入仕作为朝代归属的唯一依据,因为考虑到入仕背景各异,心态亦有别,故将"虽仕而非其志者"与入元不仕者均列宋季。重视遗民之心,而非遗民之身,这可能是王国维与况周颐相似的心理特征。这种相似也为他们彼此走近对方奠定了条件。况周颐在晚清前后任职近三十年,与王国维寥寥五年多的学部总务司行走、图书馆编译、名词馆协修等低级官位相比,他的遗民情怀就更为浓厚。在当时遗民集结甚多的地方,随着彼此交往的增多,当然也就有了更多更深的求同存异之心了。这大概是王国维能对况周颐词"极称之",而况周颐既强索王国维填词,又在《考略》一书中博征其语的部分原因所在。

王国维词话早成,对词体的艺术本体认识也相当到位,故其词学一开始就直追五代北宋之词风,只是在内容上主张融入普泛性的人生哲思而已。况周颐天赋词心,正在清艳疏朗一路,而这种词风落脚点其实也在五代北宋,只是因为在青年时受到前辈若端木埰、王鹏运等的谆谆告诫,才不得不在痛苦思考五六年后转变词风,这同样使得他在撰述词话时,也处于前辈教导与内心信奉的矛盾之中。他敬重端木埰、王鹏运等人,但无法从观念上全力追随,所以只能在诸种实名词话中将"重拙大"等说悬为标杆,但在二十余年不断出新的词话中,其实也一直无心对"重拙大"说有更多发明,只是基本上作为一种标签存在而已。而在托名的《考略》等著作中,则再无心理顾忌,直归本心,所以不仅将"重拙大"并称之说删之殆尽,而且另立以"清疏"为本体特征的"北宋风格",其词学的转向乃是清晰而且坚决的,其对《蕙风词话》等的择取,也就主

---

① 况周颐:《历代词人考略》,影印吴兴刘氏嘉业堂钞本,全国图书馆文献缩微复制中心,2003年,第1554—1555页。

要在将以"沉著"为底蕴的"重"纳入到清疏之中，以稍显平衡两宋之心。

由况周颐与王国维词学从异途到同向，也可见一时代之词学，固有因时代风尚强力引导而致某些观念异常膨胀者，但文体与世界万事一样，终究会有正本清源之时，而且这种正本清源有时并不需要外力的干预，只是一种消解了外力干扰后本心回归的自然之道。王国维与况周颐的词学相通，说到底，就是回到词体的本原、本色而已。

第九章

词之修择实践与况周颐等修择观的形成

　　所谓词之修择观,即修订、斟酌填词初稿的观念与方法。"修择"一词出自宋末张炎,"修"即修订、修饰之意,"择"即斟酌、权衡与取舍之意。修择是提升词作质量并使作者能安心脱稿的基本前提。张炎《词源》卷下云:

　　　　词既成……倘急于脱稿,倦事修择,岂能无病,不惟不能全美,抑且未协音声。作诗者且犹旬锻月炼,况于词乎。①

张炎认为词乃美文,比诗歌更讲究锻炼的功夫。他希望词人在完成初稿之后,不要急于脱稿外传,而应悬"全美"为目标,立足通篇,"旬锻月炼",对词之初稿在意趣、结构、句式、字词、音律等方面进行反复、长时间的修订,从而全面提升词作的境界与格调。倦事修择者,或矜于一得一隅而忽略缺失与整体,或不明词之高境所在,不知修择路径,难免留下种种遗憾。由张炎之语,可知古人佳词之成,背后竟费如许心力,修择之功,岂能忽焉!

　　稍检词史与词学史,词在流传过程中的版本差异乃一突出现象,这其中当然有刻工误植错刻的问题,但更多的可能是作者修择其词时,先后有不同的文字版本流出,从而形成一词而多面的情况,由此而衍生出后世的词集校勘之学。这方面见诸词话、词集序跋的记载颇多,大致可见修择的过程以及由修择过程所体现出来的修择方法与观念。词之创作与修择其实是一个完整而连续

---

　　① 张炎:《词源》卷下,唐圭璋编《词话丛编》第一册,中华书局,1986年,第258页。

的过程,相关的词体创作论见诸论著的颇多,但对于修择观的研究尚多空白,此亦使得词体创作论欠缺重要一翼。本章因结合修择实践及修择观之发展,提炼其理论与方法,以丰富词学研究之格局,彰显出词之修择观在词学史上的重要地位。

一、以修择通向经典:文学史上的一种基本事实

在文学创作中,只有极少数灵感突发、天才淋漓的优秀作品因为下笔天成、浑然一体,往往一经落纸,便难移易一字,才可谓得之乎天、顺之乎心而应之乎手的自然佳作。但这样的创作情形毕竟是极少数的,而且可遇不可求,无法复制。昔陆机《文赋》分析创作的两种带有极端性的形态时说:

> 若夫应感之会,通塞之纪,来不可遏,去不可止,藏若景灭,行犹响起。方天机之骏利,夫何纷而不理。思风发于胸臆,言泉流于唇齿。纷葳蕤以馺遝,唯毫素之所拟。文徽徽以溢目,音泠泠而盈耳。及其六情底滞,志往神留。兀若枯木,豁若涸流。揽营魂以探赜,顿精爽于自求。理翳翳而愈伏,思乙乙其若抽。是以或竭情而多悔,或率意而寡尤。虽兹物之在我,非余力之所戮。故时抚空怀而自惋,吾未识夫开塞之所由。[①]

创作若遇天机骏利之时,一切便无施不可,水到渠成,笔下文字的神采可能也出乎作者想象之外;而一旦六情底滞,则理伏思障,文字也枯涩无神。陆机说这种应感通塞的玄机,"吾未识夫开塞之所由"。现在我们当然明白前者其实就是灵感的作用,但同时我们也知道这种灵感"来不可遏,去不可止",因此这种思维奔涌的创作状态也无法长期保持。这意味着大量的文学创作在初稿时呈现出来的心理感觉基本上是"或竭情而多悔,或率意而寡尤"而已。所以,大多数文学创作的过程除了前期的观察、体验生活,提炼思想和情感,聚焦故事场景和情节发展,构思文章结构和脉络,调动语言资源进行写作之外,还必然包含着初稿完成之后的修改甚至一改再改。这个过程因文体的不同,有时

---

① 陆机著,杨明校笺:《陆机集校笺》,上海古籍出版社,2016年,第40—41页。

也各有不同,但修改贯穿在各体文学的创作实践之中,已然是文学史的一种基本事实,也是文学理论应予关注的话题。如左思《三都赋》出,洛阳为之纸贵,但那是左思构思十年的产物,其中的反复修订简直数不胜数。《红楼梦》也是曹雪芹"于悼红轩中披阅十载,增删五次,纂成目录,分出章回"①而成。换言之,其初稿的凌乱无序大概也是可以想象的。若无这样孜孜不倦的修改功夫,呈现在我们面前的文学经典是否依旧能称之为"经典",可能就是个疑问。我觉得至少其中有部分会消失在经典之外,还有部分则要在经典的序列中被打折、被降级甚至被边缘化的。

当然,天赋灵感的好词也是毋庸修改或无法修改的。况周颐描述其从灵感突发到援笔成词,其间有不能自已者,亦如陆机"应感之会""天机骏利"之时。类此之词,凌空而来,倏然而至,自难再有多少修改的空间了。其语云:

> 吾苍茫独立于寂寞无人之区,忽有匪夷所思之一念,自沉冥杳霭中来,吾于是乎有词。洎吾词成,则于顷者之一念若相属若不相属也。而此一念,方绵邈引演于吾词之外,而吾词不能殚陈,斯为不尽之妙。非有意为是不尽,如书家所云无垂不缩,无往不复也。②

如此顺心顺手而来的词,如果强作修改,恐也有"逆心逆手"之讥了。所以况周颐认为"佳词作成,便不可改"③,所谓"佳词"应该就是在上述情境中创作出来的作品。

一般来说,长篇作品因为关合人物、情感与场景过多,需要费力修改,自然是可以理解的。若诗词之修改,即便是篇幅稍长的慢词,也不过一二百字,当然无须动辄以数年之力营营于此。若贾岛"二句三年得,一吟双泪流"(《题诗后》)④之类,应该是非常极端的例子了。但修改的事实也一直伴随着创作过程。参诸文学史,改词之例开卷可见,改词之形也多种多样。毕竟,词的产生

---

① 曹雪芹著,无名氏续,程伟元、高鹗整理:《红楼梦》(第一回),人民文学出版社,2017年,第6页。
② 况周颐:《蕙风词话》卷一,《词话丛编》第五册,中华书局,1986年,第4412页。
③ 况周颐:《蕙风词话》卷一,《词话丛编》第五册,中华书局,1986年,第4415页。
④ 中华书局编辑部点校:《全唐诗》(增订本)第九册,中华书局,1999年,第6746页。

还多是"构思"的产物,而一经构思,便往往难臻完美,所以改词乃是词人创作的常态。而从创作观念上而言,古人多重名句,一篇之成常因一二名句而起,但并非一篇之中杂有一二名句便足以振起全篇,所以有名句而无名篇的现象便比较普遍。词人当然能意识到这种全篇不平衡的现象,有此意识,自然也就有完善之心,修改之举因此也就成为一种自觉。胡仔说:

> 词句欲全篇皆好,极为难得。如贺方回"淡黄杨柳带栖鸦",秦处度"藕叶清香胜花气"二句,写景咏物,可谓造微入妙,若其全篇,皆不逮此矣。①

因为全篇皆好之例极为难得,所以修改之心简直弥漫在词人创作的全过程。词至宋末,创作盛极而下,富艳精工愈成风尚,词艺之讲究也日甚一日,故嘱咐或教人改词也为理论家所重视。张炎即说:

> 词既成,试思前后之意不相应,或有重叠句意,又恐字面粗疏,即为修改。改毕,净写一本,展之几案间,或贴之壁。少顷再观,必有未稳处,又须修改。至来日再观,恐又有未尽善者,如此改之又改,方成无瑕之玉。倘急于脱稿,倦事修择,岂能无病,不惟不能全美,抑且未协音声。作诗者且犹旬锻月炼,况于词乎。②

张炎在此并非就具体的修择来谈,而是就填词的一般情形来言说修择的必要性。按张炎此节意思,大致有四:其一,诗词都是需要深加锻炼的艺术,而词比诗更讲究修择;其二,填词的最大追求就是"全美",使作品成为"无瑕之玉",故修改是达成艺术精品的必经途径;其三,修改非一时一日之事,而是反复多日甚至经月之事,不能稍改即安,因为每一次关注的重点可能不同,所以相应的修改也各有笔墨;其四,修改的主要内容包括前后之意是否连贯、意思是否

---

① 胡仔:《苕溪渔隐词话》卷一,唐圭璋编《词话丛编》第一册,中华书局,1986年,第167页。
② 张炎:《词源》卷下,唐圭璋编《词话丛编》第一册,中华书局,1986年,第258页。按,关于改词情形,夏敬观《蕙风词话诠评》也有类似表述:"一词作成,当前不知其何者须改,粘之壁上,明日再看,便觉有未惬者。取而改之,仍粘壁上。明日再看。觉仍有未惬,再取而改之,如此者数四。"唐圭璋编:《词话丛编》第五册,中华书局,1986年,第4594页。

重叠、字面是否粗疏、音律是否谐和等方面。可见琢磨修改是词稿初成之后的常规工作，因为文学既悬格甚高，则必多遗憾之事，如此数四取改，也是尽力弥补缺憾之意。是否能因此臻至"全美"自然难说，但追求"无瑕之玉"之心倒真是词人所应该具有的。姜夔在《庆宫春》小序中言此词创作因缘，赋写初稿后"过旬涂稿乃定"，可见其用心耽意，真有不能自已者。

二、宋人改词之范式与类型

宋人改词之例甚多，有据音律改者，有据句法改者，有据语意改者。有的随作随改，有的事后再改，有的奉请词友修改。总之不惮修改，以求完善，此亦在在可见宋人尊体之心。据音律改者，张炎《词源》即曾数举其例。张炎言其先人晓畅音律，故其《寄闲集》一编缀以音谱，但这是定稿之后的情形。而在定稿之前，张炎先人"每作一词，必使歌者按之，稍有不协，随即改正"。张炎这样说是有证据的，他以其先人《瑞鹤仙》按之歌谱，声字皆协，但"粉蝶儿、扑定花心不去，闲了寻香两翅"二句中，"扑"字稍有不协，故改为"守"字。虽然"扑"字可见动态，"守"字仅见静态，情境尚有不同。但词在当时以音律为先，音乐性的强调仍是第一位的，虽不免偏至，亦可见用心。又举其《惜花春》之"锁窗深"句，因为"深"字不协音，所以改为"幽"，"幽"字也不协，再改为"明"字，直至协音乃止[1]。细勘其改字之迹，以"幽"改"深"，大意尚存；而以"明"易"幽"，则一反其意。看来改词中的换意虽不一定出乎本心，但也是难以避免的。

宋词音律大概在北宋后期即多凌乱失序者，即便如曾任大晟府提举的周邦彦，也被张炎认为"于音谱，且间有未谐"[2]，美成尚且如此，何况他人！而到了宋末，音律问题已经到了非自学而能、而需要专人指授的地步。张炎甚至说："若词人方始作词，必欲合律，恐无是理……今词人才说音律，便以为

---

① 参见张炎《词源》卷下，唐圭璋编《词话丛编》第一册，中华书局，1986年，第256页。
② 张炎：《词源》卷下，唐圭璋编《词话丛编》第一册，中华书局，1986年，第255页。按，周邦彦提举大晟府的时间是政和六年（1116）至宣和二年（1120），宣和三年（1121）即去世。周邦彦61至65岁间提举大晟府，此时方讨论古音、审定古调并增演词乐调词，而周邦彦词固多此前之作，故以其曾提举大晟府而以其词为词律典范，实乏充足证据。

难。"①沈义父说:"前辈好词甚多,往往不协律腔,所以无人唱。"②这说明至少从北宋后期开始,不合音律的词作便较为常见,而音律之误正需要修改时——勘察才能发现并逐一加以纠正。沈义父说:"初赋词,且先将熟腔易唱者填了,却逐一点勘,替去生硬及平侧不顺之字。久久自熟,便觉拗者少,全在推敲吟嚼之功也。"③正是侧重在音律问题的推敲修正上。所以据音律改词,应该是宋代比较普遍的现象。

宋末人对词之音律的感觉如此相似,说明对声律的蒙昧,确实导致了不少词作不协音律,这已经成为当时一个令人困扰的问题。宋末词人周密曾填西湖十景词,其小序云:

> 西湖十景尚矣。张成子尝赋《应天长》十阕夸余曰:"是古今词家未能道者。"余时年少气锐,谓此人间景,余与子皆人间人,子能道,余顾不能道耶,冥搜六日而词成。成子惊赏敏妙,许放出一头地。异日霞翁见之曰:"语丽矣,如律未协何。"遂相与订正,阅数月而后定。是知词不难作,而难于改;语不难工,而难于协。④

周密"冥搜六日",词方成,可见构思之苦。即便如此,霞翁也一眼识出其多未协声律处,而订律用时数月,可见斟酌之难。周密因此而深悟"词不难作,而难于改"的道理。另有一种改字只是出于叶韵的考虑。如陈师道《浣溪沙》上、下阕末句分别为"安排云雨要新清""晚窗谁念一愁新"。据王灼说,上阕末句原是"安排云雨要清新","以末后句新字韵,遂倒作新清"⑤。这是典型的据韵改字。

据语意修改者,多属自改。如苏轼《蝶恋花》"绿水人家绕",有见真本者,"绕"原作"晓",两者意思明显不同,或苏轼初稿写就后,再据意斟酌用字⑥。原本不传,而改本却广为人知了。自改句或句段之例,也颇常见。王灼《碧鸡

---

① 张炎:《词源》卷下,唐圭璋编《词话丛编》第一册,中华书局,1986年,第265页。
② 沈义父:《乐府指迷》,唐圭璋编《词话丛编》第一册,中华书局,1986年,第281页。
③ 沈义父:《乐府指迷》,唐圭璋编《词话丛编》第一册,中华书局,1986年,第284页。
④ 周密:《木兰花慢序》,唐圭璋编《全宋词》第五册,中华书局,1965年,第3264页。
⑤ 参见王灼《碧鸡漫志》卷二,唐圭璋编《词话丛编》第一册,中华书局,1986年,第93页。
⑥ 参见杨湜《古今词话》,唐圭璋编《词话丛编》第一册,中华书局,1986年,第31页。

漫志》卷二云：

> 贺方回《石州慢》，予旧见其稿，"风色收寒，云影弄晴"改作"薄雨收寒，斜照弄晴"。又"冰垂玉箸，向午滴沥檐楹，泥融消尽墙阴雪"改作"烟横水际，映带几点归鸿，东风消尽龙沙雪"。[1]

这是王灼亲见贺铸稿本《石州慢》，再对勘流传本，发现了这一改句和句段的情形，很显然流传本用的是贺铸后来的改本。情景变化虽然不大，但在意象选择上，从"风色"到"薄雨"，从"云影"到"斜照"等，相关的变化还是明显的。尤其是后面句段的修改，把原本比较单一的对冰雪消融的描写转变为将冰雪置于更广阔、更灵动的背景之中，显然更具情感张力。

有的改词是因为原作描写对象过于宽泛，而在调整了咏写对象后，需将旧词作比较多的修订。如黄庭坚年轻时写过一阕茶词，乃泛咏茶与饮茶之事，调寄《满庭芳》，原词如下：

> 北苑龙团，江南鹰爪，万里名动京关。碾深罗细，琼芝冷生烟。一种风流气味，如甘露、不染尘烦。纤纤捧，冰瓷弄影，金缕鹧鸪斑。　　相如方病酒，银瓶蟹眼，惊鹭涛翻。为扶起尊前，醉玉颓山。饮罢风生两腋，醒魂到、明月轮边。归来晚，文君未寝，相对小窗前。

但后来黄庭坚又增损其辞，专咏福建建瓯之贡茶，改词如下：

> 北苑研膏，方圭圆璧，万里名动天关。碎身粉骨，功合在凌烟。尊俎风流战胜，降春梦、开拓愁边。纤纤捧，香泉溅乳，金缕鹧鸪斑。　　相如虽病渴，一觞一咏，宾有群贤。便扶起灯前，醉玉颓山。搜搅胸中万卷，还倾动、三峡词源。归来晚，文君未寝，相对小妆残。

两词相较，完整保留的仅有"纤纤捧""金缕鹧鸪斑""醉玉颓山""归来晚"等

---

① 王灼：《碧鸡漫志》卷二，唐圭璋编《词话丛编》第一册，中华书局，1986年，第90页。

寥寥数词、数句,大段已是经过修改,吴曾说,经此修改"词意益工"①。此当然是他个人感受。值得注意的是:今本《山谷词》所收《满庭芳》此词,字句又有差异,当是后来又加修订的了②。其中既有恢复稿本者,如末句"相对小窗前",也有与此前两本均不同者。宋人词话中关于黄庭坚改词之例颇多,当是其勤于改词、精益求精而广为人知的缘故。如其当涂解印后所赋《木兰花令》便有两个版本,两本下阕基本相似,仅过片有一字之异,而上阕已是全然不同③。

在宋代改词之例中,还有因传唱节拍需要而由歌者擅加之词,此可不论④。另有一种改词乃是借他词以自用,因此必须稍加点窜,以切合情境,并非为求原作精进而修改。如北宋时有一妓易欧阳修《朝中措》数字为某相寿,将"文章太守"易为"文章宰相",将"看取衰翁"易为"看取仙翁"⑤。凡此属于临时性、功用性改词,带有游戏性质,也可不论。

三、近代改词之风与况周颐等修择观之形成

近代改词之风亦如前代。如郑文焯改词便甚勤,一稿而有三四易者,更有初稿仅剩一二句,几乎通首另作者。朱祖谋也曾有一词作后数年又取改数字的情况⑥。陈蒙庵《我所认识的朱古微先生》一文提及朱祖谋生平最后一首词作《鹧鸪天》(忠孝何曾尽一分)手稿时说:"朱先生在他原稿上面的'身后''水云身''词人',几个字旁边,都加上一个三角的符号,意思是'不妥帖','字面重复',要加以修改了,终于是在作词的几天以后,便与世长辞,来不及再改了。"⑦而龙榆生在朱祖谋去世前所聆教诲中,正有关于改词的内容。据

①　参见吴曾《能改斋词话》卷二,唐圭璋编《词话丛编》第一册,中华书局,1986年,第141页。
②　今本《山谷词》之《满庭芳》云:"北苑春风,方圭圆璧,万里名动京关。碎身粉骨,功合上凌烟。尊俎风流战胜,降春睡、开拓愁边。纤纤捧,研膏浅乳,金缕鹧鸪斑。　相如,虽病渴,一觞一咏,宾有群贤。为扶起灯前,醉玉颓山。搜搅胸中万卷,还倾动、三峡词源。归来晚,文君未寝,相对小窗前。"唐圭璋编:《全宋词》第一册,中华书局,1965年,第386页。
③　参见吴曾《能改斋词话》卷二,唐圭璋编《词话丛编》第一册,中华书局,1986年,第147页。
④　参见杨湜《古今词话》,唐圭璋编《词话丛编》第一册,中华书局,1986年,第46页。
⑤　参见杨湜《古今词话》,唐圭璋编《词话丛编》第一册,中华书局,1986年,第47—48页。
⑥　参见夏敬观《蕙风词话诠评》,唐圭璋编《词话丛编》第五册,中华书局,1986年,第4594—4595页。
⑦　陈蒙庵:《我所认识的朱古微先生》,《人之初》1945年第1期,第9页。

龙榆生《彊村语业跋》记载：

> 先生临卒之前二日，呼沐勋至榻前，执手呜咽，以遗稿见授曰："使吾疾有间，犹思细定。"其矜慎不苟如此。①

可见无论是初习填词者，还是一代词宗，改词几乎是通贯一生之事。此皆自改之例。也有敦请词友修订者，凡此皆求精粹其词而已。陈蒙庵曾回忆说：

> 他（按，指朱祖谋）自己填词，绝不肯轻易的下笔，一年做不到几首。当他填一首词成功，就跑到况先生那里，写了出来，先说：这个字不好，那一句不对，你看怎样？你替我改。于是况先生改了，推敲着，吟哦着，那读词的声音，很尖锐，使着长腔，抑扬顿挫，非常好听……过几天又来商量了，却添上了张孟劬（尔田）先生的改笔，仍是不满意，结果等定稿出来，全不曾采用。却是撷取众长，重加镕铸，自然他的词集里，没有一首，不是绝妙好词。②

作为晚清四大家之一，朱祖谋填词饶有声名，犹且精谨如是，此在在可见修择之于创作的重要意义。检晚清民国词人间往返书札，亦多有请人修改之意。且寄奉词友，往往是词稿初成之时，等后来编入集中，已是数易其稿之后了，故对勘手札中往复修改之例与后来之定稿，正可见其斟酌之心。1909 年 10 月，夏敬观撰成咏草词《兰陵王》，即将初稿寄奉郑文焯，修订之请殷殷。其致郑文焯信云：

> 昨夜又成《兰陵王》一解，录呈指正，务祈破除情面，使获教益。倘有增进，皆先生之所赐也。③

---

① 转引自朱孝臧著，白敦仁笺注《彊村语业笺注》，浙江古籍出版社，2015 年，第 576 页。
② 陈蒙庵：《我所认识的朱古微先生》，《人之初》1945 年第 1 期，第 11 页。
③ 陈国安：《海粟楼藏夏敬观致郑大鹤论词书札笺释》，《第九届中国韵文学国际学术研讨会议论文集》下册。

郑文焯也果然不负夏敬观所望,他复信夏敬观,觉得原词总体虽不错,但"微觉煞拍六字稍稍虚薄,能回应第一段最妙"①。今检夏敬观定稿,煞拍果然与初稿差别极大,无一字重复②。可见夏敬观对郑文焯修改意见的充分尊重。类似以书札斟酌词例,当然不胜枚举。故有学者说:

> 晚近以来词人往还词札为我们展示了词作由初稿、改稿到定稿的经过,反映了创作的动态历程及创作主张,这是以往时代难见之现象,也是研究晚近以来词学需要注意的新领域。③

杨传庆是敏锐的。确实,不遑说书札,即诸多序跋也多此类消息。当然,此前关于词稿斟酌之例,也是较多的,只是难以用确凿的文献来清晰还原这一过程而已。而晚清民国诸多词学手札恰恰提供了不少第一手的材料。

修择之例既多,自然会引起词论家的注意,所以况周颐说:

> 佳词作成,便不可改。但可改便是未佳。改词之法,如一句之中有两字未协,试改两字,仍不惬意,便须换意,通改全句。牵连上下,常有改至四五句者。不可守住元来句意,愈改愈滞也。④

这是从方法、结构上言明改词、改句、改多句的重要性,因为原词未佳,改词便是题中应有之义。从况周颐的叙述来看,以改字这种小改为最好,但完全契合的改字,料多困难,故改字若未稳,只有换掉原意,这就不是更改几个字能解决的了,很可能全句要重写。而一词中句,往往彼此牵连,若一句整体改换,意思不同,若在通首词中意脉贯串,便须将其前后数句均作改易,如此方能使修改后的词不至于意脉阻断、旁逸甚至彼此矛盾。这就涉及意思的连贯和结构的

---

① 郑文焯复夏敬观信,见龙榆生辑《大鹤山人论词遗札》,龙榆生主编《词学季刊》1935 年第二卷第四号,第 159 页。

② 参见杨传庆《书札中的词学——晚近以来词学书札片论》,《词学》第四十辑,华东师范大学出版社,2018 年,第 156 页。

③ 杨传庆:《书札中的词学——晚近以来词学书札片论》,《词学》第四十辑,华东师范大学出版社,2018 年,第 159 页。按,杨文于清末民初书札中关于词稿修订之例举例较多,并可参看。

④ 况周颐:《蕙风词话》卷一,唐圭璋编《词话丛编》第五册,中华书局,1986 年,第 4415 页。

平衡等问题,即如张炎所说:

> 一曲之中,安能句句高妙,只要拍搭衬副得去,于好发挥笔力处,极要用功,不可轻易放过,读之使人击节可也。①

所谓"拍搭衬副",其实就是强调在一阕之中"牵连上下"的重要性。如果说改字的初衷尚在守住原意的话,改句便开始动摇原意,至改动四五句,则基本上是新创意思了。所以从改字到换意,是况周颐改词理论的基本格局。

弟子赵尊岳深得乃师况周颐心意,其《填词丛话》云:

> 改一句或尚非难,独求一字之精当,实不易易。因之往往以改一字而改一句,或且连改数句者,求其理脉之顺,不当惮烦。理脉所系,实即在此一字。既不当犯前后凌杂之弊,又当使韵稳神洽,恰如分际,诚不易措手也。②

将赵说与况说对勘,很明显,赵尊岳实际上把况周颐之说予以了理论提升。况周颐主张先改字,改字未惬再改句,再开展结构上的前后牵连,因此很可能一改就是四五句,因为改动甚大,故意思转换也就变得十分自然。赵尊岳则认为改字难于改句,因为通过一字之变化,仍要维系理脉自然、神韵自如,并非易事,而改句尤其是改多句则几乎重置理脉,自然受限少而发挥多,相对容易多了。赵尊岳从"理脉"的视角看待改字、改句问题,显然更具理论眼光。

改词看上去只是一种方法和实践,其实背后支撑改词的是词体与词学观念。王国维曾用"要眇宜修"作为词体的基本审美特征③。词体的意思精微与形式美赡,都意味着关于词的斟酌修饰是词体题中应有之义。况周颐曾引用王鹏运之语云:"恰到好处,恰够消息。毋不及,毋太过。"④况周颐又以数则敷衍了这一理论,他反对词"过经意",也反对"过不经意",前者为的是避免斧琢

---

① 张炎:《词源》卷下,唐圭璋编《词话丛编》第一册,中华书局,1986年,第258页。
② 赵尊岳:《填词丛话》卷四,屈兴国编《词话丛编二编》第五册,浙江古籍出版社,2013年,第2768页。
③ 王国维:《人间词话》删稿,唐圭璋编《词话丛编》第五册,中华书局,1986年,第4258页。
④ 况周颐:《蕙风词话》卷一,唐圭璋编《词话丛编》第五册,中华书局,1986年,第4408页。

痕,后者是为避免"襹襶"之讥,即草率、乏分寸感、不合体之意①。故填词过程中的用心斟酌是况周颐要求的,并主张斟酌后的审美效果不见斟酌之痕。

但况周颐承王鹏运提出的填词要介于"过经意"与"过不经意"之间,并非只是一种中庸的做法,其实是主张在自然中有创新的。他曾明确说:"填词之难,造句要自然,又要未经前人说过。"这意味着这种看不出经意痕迹的修饰,不是为自然而自然,而是以创新为基本前提的。但况周颐也很清楚,唐代以来,佳作如林,天然好语几乎用尽,哪里还有现成的供后人驱遣呢? 为此,况周颐主张只有依托于性灵和书卷,方能有创新出奇之处。而在性灵与书卷二者之间,则以"吾心为主,而书卷其辅也",书卷的作用主要是使词的语言更便捷、更精准、更有感染力②。

如此讲究的填词高境,自然难以一笔而成,修改也因此成了填词完成的一个必经过程。况周颐主张修改,是因为在他看来填词境界高低不同,则如何由低到高,自是可以通过努力和修改渐次提升的。在况周颐看来,凝重中有神韵是词中第一境,其次则虽神韵欠佳,但凝重中有气格,再次则轻倩中有神韵。其语云:

　　填词先求凝重。凝重中有神韵,去成就不远矣。所谓神韵,即事外远致也。即神韵未佳而过存之,其足为疵病者亦仅,盖气格较胜矣。若从轻倩入手,至于有神韵,亦自成就,特降于出自凝重者一格。若并无神韵而过存之,则不为疵病者亦仅矣。或中年以后,读书多,学力日进,所作渐近凝重,犹不免时露轻倩本色,则凡轻倩处,即是伤格处,即为疵病矣。天分聪明人最宜学凝重一路,却最易趋轻倩一路。苦于不自知,又无师友指导之耳。③

简单来说,况周颐反对作聪明人词,"轻倩"看上去悦目,其实往往格调不高。天分不够的人难以悟及于此,而天分高的人又往往对"轻倩"情有独钟。面对

---

① 参见况周颐《蕙风词话》卷一,唐圭璋编《词话丛编》第五册,中华书局,1986年,第4408页。
② 以上分别参见况周颐《蕙风词话》卷一,唐圭璋编《词话丛编》第五册,中华书局,1986年,第4410、4411页。
③ 况周颐:《蕙风词话》卷一,唐圭璋编《词话丛编》第五册,中华书局,1986年,第4409页。

这种因作者不自知而误入歧途的情况,师友的指导就显得非常重要了。

填词境界既有此高低不同,相应的学词程序也必须讲究章法。况周颐曾明确开示学词程序云:

> 词学程序,先求妥帖、停匀,再求和雅、深(此深字只是不浅之谓。)秀,乃至精稳、沉著。精稳则能品矣。沉著更进于能品矣。精稳之稳,与妥帖迥乎不同。沉著尤难于精稳。平昔求词词外,于性情得所养,于书卷观其通。优而游之,餍而饫之,积而流焉。所谓满心而发,肆口而成,掷地作金石声矣。情真理足,笔力能包举之。纯任自然,不假锤炼,则沉著二字之诠释也。①

很显然,学词程序与填词境界级差是逆向而行、由易到难、渐趋深沉的。这层意思,用况周颐的话作另一番表述就是:只能道第一义——意不晦,语不琢——不求深而自深。其语云:

> 初学作词,只能道第一义,后渐深入。意不晦,语不琢,始称合作。至不求深而自深,信手拈来,令人神味俱厚。规模两宋,庶乎近焉。②

所谓第一义,也就是浅表单一意义。职是之故,况周颐一反张炎③、王国维不主张联句、次韵等,而是主张"初学作词,最宜联句、和韵"④。何以在他人郑重所言之填词之忌,况周颐要反之以谓"最宜"呢? 这与况周颐立足"初习"填词这一阶段性有关。联句、和韵往往须承他意,作为练习,乃是操练文体感觉而已。况周颐也说选择联句与和韵,原因是"始作,取办而已,毋存藏拙嗜胜之见"⑤,这意思说得足够清晰。初习词,只是熟悉文体规律,培养语感、句感,即便承袭他意也无妨,毕竟是"初习"而已。

---

① 况周颐:《蕙风词话》卷一,唐圭璋编《词话丛编》第五册,中华书局,1986 年,第 4409—4410 页。
② 况周颐:《蕙风词话》卷一,唐圭璋编《词话丛编》第五册,中华书局,1986 年,第 4410 页。
③ 按,张炎只是反对强和人韵,如原韵较宽,则赓歌无妨,若韵险则以不和为好。参见张炎《词源》卷下,唐圭璋编《词话丛编》第一册,中华书局,1986 年,第 265 页。
④ 况周颐:《蕙风词话》卷一,唐圭璋编《词话丛编》第五册,中华书局,1986 年,第 4415 页。
⑤ 参见况周颐《蕙风词话》卷一,唐圭璋编《词话丛编》第五册,中华书局,1986 年,第 4415 页。

从况周颐对凝重、沉著、不求深而自深的追求来看,语意的丰富、潜隐、深刻是其对填词的最高要求。"词贵意多"是他明确提出的主张,但他反对以重复来呈现虚假的"意多"。其语云:

> 词贵意多。一句之中,意亦忌复。如七字一句,上四是形容月,下三勿再说月。或另作推宕,或旁面衬托,或转进一层,皆可。若带写它景,仅免犯复,尤为易易。[①]

当然况周颐也有退而求其次的要求。但这些不同要求为况周颐改词提供了足够的空间,因为进阶宛然,故改词的路径自然也是清晰的。其弟子赵尊岳深明乃师之意。其《填词丛话》卷四云:

> 改词之法,无论师友研讨,或自审自订,首当求平贴易施,再进求精稳。其能于精稳之外,别立新意,而又不蹈纤佻者,更擅胜场。[②]

赵尊岳的改词之法与况周颐的学词程序正相对应,可见改词正是一个不断提升填词境界的过程,不必斤斤于一字一词一句之义,而是要立足整体词境。也因此,在这样的观念中,改词其实也成为创作的重要一环,起着提升词境的重要作用。"规模两宋,庶乎近焉",路径虽有差异,方向则在两宋之间,这是况周颐非常明确的填词方向。

在具体的改词方法上,况周颐提出了"挪移法"。他说:

> 改词须知挪移法。常有一两句语意未协,或嫌浅率,试将上下互易,便有韵致。或两意缩成一意,再添一意,更显厚。此等倚声浅诀,若名手意笔兼到,愈平易,愈浑成,无庸临时掉弄也。[③]

这显然是更进一步的改词之法了。除了两句前后互换,可能别出韵致,但要领

① 况周颐:《蕙风词话》卷一,唐圭璋编《词话丛编》第五册,中华书局,1986年,第4415页。
② 赵尊岳:《填词丛话》卷四,屈兴国编《词话丛编二编》第五册,浙江古籍出版社,2013年,第2768页。
③ 况周颐:《蕙风词话》卷一,唐圭璋编《词话丛编》第五册,中华书局,1986年,第4415—4416页。

悟这一改动后的神韵,还需要妙心体悟。且此上下互易,也很可能存在格律字词的调整等问题。至于压缩两意、更添一意,则是提高词境的改词之法了。陈匪石云:

> 炼句本于炼意……意贵深而不可转入翳障,意贵新而不可流于怪诵,意贵多而不可横生枝节,或两意并一意,或一意化两意,各相所宜以施之。以量言,须层出不穷;以质言,须鞭辟入里。而尤须含蓄蕴藉,使人读之不止一层,不止一种意味,且言尽意不尽,而处处皆紧凑、显豁、精湛,则句意交炼之功、情景交炼之境矣。①

陈匪石此论本于其师瞻园张仲炘,并作了点化,虽然未必是从改词角度来说的,但将创作构思中的斟酌之方包蕴其中,其实也有斟酌乎词前的意味。陈匪石在这里提到的"句意交炼",其实是改词的不二法门,而"情景交炼"只是随之而成而已。而意贵深、新、多之论,与况周颐所论如出一辙。陈匪石要求的意思紧凑、层进层深,也与况周颐的词学观念彼此呼应。

炼意涉及意境,而情景交炼有关结构。这当然是改词的高境,蔡嵩云笺证《词源》论改词一节云:

> 词之修改,不宜专重字句,尤须兼顾意境与结构。孙月坡《词迳》云:"词成,录出黏于壁,隔一二日读之,不妥处自见,改去。仍录出黏于壁,隔一二日再读之,不妥处又见,又改之。如是数次,浅者深之,直者曲之,松者炼之,实者空之。然后录呈精于此者,求其评定,审其弃取之所由,便知五百年后此作之传不传矣。"此论改词,较玉田又进一层说。"浅者深之"四语,极修改之能事。惟浅、直、松、实四病,犯者每不自觉,且其病在骨,又甚于字面粗疏、句意重叠或前后意不相应者,故既改之后,犹恐或有未妥,必更求精于此者评定。倚声小道,其难如此。②

---

① 陈匪石:《声执》卷上,陈匪石编著,钟振振校点《宋词举(外三种)》,上海古籍出版社,2016年,第218页。

② 蔡嵩云:《词源疏证》,张响整理《蔡嵩云词学文集》,河南文艺出版社,2016年,第62页。

可能需要说明一下,蔡嵩云引述孙月坡改词之论,并非针对常规填词情形,而是高悬词作五百年后是否能流传这一创作高境和理想而言的,故才反复粘壁、审读、修改,再请高手评定,以精益求精。若每词如此,恐也不胜其烦累矣。在孙月坡之论的基础上,蔡嵩云提出词之修改首重意境与结构,其次才是字句斟酌的问题。字句方面表意粗疏、意思重复、前后意错位甚至矛盾等,属于很基础的问题,如沈义父《乐府指迷》特别提及的情形:

> 甚至咏月却说雨,咏春却说秋。如《花心动》一词,人目之为一年景。又一词之中,颠倒重复,如《曲游春》云:"脸薄难藏泪。"过云:"哭得浑无气力。"结又云:"满袖啼红。"如此甚多,乃大病也。①

蔡嵩云当然部分认同沈义父的观点,也认为《花心动》"病在前后意不相应",《曲游春》"病在前后句意重复"②。关于词意忌复问题,况周颐也曾再三强调③。况周颐开示了多种避复之方,或推宕,或衬托,或转进,目的当然是厚其意蕴,灵动其词,但如果为避而避,带写他景,犯复之弊虽免,而枝蔓之意又起,殊非填词正道。此类问题当然不独词体所有,文学之事大率如此。所以蔡嵩云同时认为,这些问题只是相对而言的。他说:

> 其实月与雨,春与秋,虽非同时所应有,然作追溯已往或预想将来语气,则咏月说雨,咏春说秋,有何妨碍? 至同一事物,在一词中固不宜颠倒重复,使作者工于换意,一说再说,未尝不可。如美成《瑞龙吟》起句"章台路",已暗伏柳字,中间"官柳低金缕",则明点柳字,结句"一帘风絮",仍收到柳字,何以不见其重复? 但觉脉络井然,极情文相生之妙。即由工于运意所致。名家词中,此例甚多,难以枚举。④

---

① 沈义父:《乐府指迷》,唐圭璋编《词话丛编》第一册,中华书局,1986 年,第 281 页。
② 张炎著,夏承焘校注;沈义父著,蔡嵩云笺释:《词源注 乐府指迷笺释》,人民文学出版社,1963 年,第 70 页。
③ 况周颐:《蕙风词话》卷一,唐圭璋编《词话丛编》第五册,中华书局,1986 年,第 4415 页。
④ 张炎著,夏承焘校注;沈义父著,蔡嵩云笺释:《词源注 乐府指迷笺释》,人民文学出版社,1963 年,第 70 页。

蔡嵩云真是别有巨眼者,在他看来,前后句意思是否彼此相应或者重复,只是一种现象而已。关键是这种现象背后是否有脉络支撑。如果作者善于换意,则咏月说雨、咏春说秋,完全是可以的,何况在时间上既可以追溯过往,也可以预想未来,则在这种时空转换中表达自己的独特之意,即便在现象上存在矛盾,也是无妨作品的魅力的。至于重复,就更要视结构脉络、情文关系而论,他以周邦彦《瑞龙吟》一词为例,说明名家名作,一阕之中数度重复,但因为工于运意,所以不见其复。所以是否相应与重复并非裁断词高低的充分依据,关键在作者换意、运意水平的高低。应该说,蔡嵩云所论确实更见理论魄力和眼力。

修改词的目的在提升作品的整体质量,所以蔡嵩云提出的"意境与结构"便是着眼词的整体目标而提出的改词方向。具体路径则是浅者深之,直者曲之,松者炼之,实者空之,形成整体上含蕴深厚、婉转凝练、脉络有致、清空有神的境界。蔡嵩云认为孙月坡论改词较张炎更进一层,按之所论,确实如此。其实,况周颐所论似也未及于此。当然这也可能与况周颐无意多论改词理论有一定关系。

四、词学与学词:民国私淑名师习词之风

由以上对况周颐、赵尊岳、蔡嵩云等人修择理论与方法的钩勒来看,在长期词之修择实践的基础上,晚清民国的一些词论家开始提炼归纳出颇为完整的词体修择观,他们不仅在字词句篇等方面提出了不少修择的方法,更因为有借助修择以提升填词之意境、结构与格调之目的,而将修择与经典的关系予以全面衡量,故这一时期的修择观其实已经成为创作论之一部分。尤其是民国时期,私相传授填词之法,成为一时风尚,如况周颐等填词名家,便多因倾慕而师事者,其弟子若赵尊岳、陈蒙庵更成为此后词坛有影响之人物。故况周颐之修择观不仅具成体系的理论形态,也当有丰富的修择实践作为基础并由此演绎其理论。中华书局2016年影印、梁基永辑录之《况周颐批点陈蒙庵填词月课》一种(与《陈蒙庵批校白石道人歌曲》并《纫芳簃词》《纫芳簃琐记》《纫芳簃日记》三种合为一册影印),况周颐对陈蒙庵填词月课的批点痕迹便昭昭在焉。结合词学修择观的发展,以及况周颐在《蕙风词话》等著作中表述过的修择理论与方法,再对勘况周颐所批点之月课,正可由此揭出久被词学史冷落的关乎修择理论与实践的话题。

第十章

况周颐批点陈蒙庵填词月课综论

　　词学的一个重要内涵其实就是学词。清代词学极盛,学词始终是其中要义之一。常州词派理论家周济曾提出"问途碧山,历梦窗、稼轩,以还清真之浑化"①这一重要的词径说。这不仅是其词学的主要宗旨所在,也是具体开示重要的学词路径。职是之故,他在《介存斋论词杂著》多次论及学词之义:

> 　　学词先以用心为主,遇一事,见一物,即能沉思独往,冥然终日,出手自然不平。次则讲片段,次则讲离合,成片段而无离合,一览索然矣。次则讲色泽音节。
> 　　初学词求空,空则灵气往来。既成格调求实,实则精力弥满。初学词求有寄托,有寄托则表里相宣,斐然成章。既成格调,求无寄托,无寄托,则指事类情,仁者见仁,知者见知。②

这是情辞恳切的学词指引,步阶井然而成就可期。但这是学词理论的表述,要真正贯彻这一主张,最便捷的方法仍是在对具体作品的自行修订或他人批点中发现问题,从而扬长补短,提升词境。民国年间,请词坛名师批点词作几成一时之风尚。王季思曾回忆说,民国年间在温州有词社名瓯社,乃时任道台的林鹍翔倡议成立,成员词稿汇集后,先由林鹍翔初选,然后奉寄寓居沪上的朱

---

① 周济:《宋四家词选目录序论》,唐圭璋编《词话丛编》第二册,中华书局,1986年,第1643页。
② 周济:《介存斋论词杂著》,唐圭璋编《词话丛编》第二册,中华书局,1986年,第1630页。

祖谋与况周颐二人评点,之后将批点稿发还学员,再行修订,各社员因得名师批点的机缘而词艺大进①。

批点与修订一直是词史中值得注意的一种现象。张炎就认为诗歌尚且需要"句锻月炼",词就更离不开这样的功夫,他并严厉批评了填词后"倦事修择"、急于脱稿之风②。而词史上因细加修订而成佳制之例更是所在多有。如宋末词人周密一时风传的西湖十景词,就是与霞翁杨缵"相与订正"的产物③。而自改的情形可能更为常见,赵尊岳《填词丛话》卷四云:

> 改词之法,无论师友研讨,或自审自订,首当求平贴易施,再进求精稳。其能于精稳之外,别立新意,而又不蹈纤佻者,更擅胜场。④

"师友研讨"与"自审自订"是两种基本的改词之法。作为况周颐弟子,赵尊岳的这一体会应该更多地得益于其师对己作的批点实践。但当初况周颐批点赵尊岳词稿无存,无以明了具体的批点情形。顷读中华书局 2016 年影印、梁基永辑录之《况周颐批点陈蒙庵填词月课》(以下简称"况批陈词")一种(与《陈蒙庵批校白石道人歌曲》并《纫芳簃词》《纫芳簃琐记》《纫芳簃日记》三种合为一册影印),况周颐对陈蒙庵填词月课的批点痕迹昭昭在焉。陈蒙庵师事况周颐时间略后于赵尊岳,则勘察况周颐所批点之月课,正可由此揭出久被词学史冷落的关乎修择理论与实践的话题,彰显出词之修择在词学史上的重要地位。

一、今存况周颐批点陈蒙庵填词月课及
其与《纫芳簃词》之关系

况周颐晚年寓居沪上,一方面以实名身份总结词学思想而逐渐汇成《蕙风词话》一书,另一方面又因谋生之故,托名刘承干而编纂《历代词人考略》一

---

① 王季思:《一代词宗今往矣——记夏瞿禅(承焘)先生》,吴无闻编《夏承焘教授纪念集》,中国文联出版公司,1988 年,第 20 页。

② 参见张炎《词源》卷下,唐圭璋编《词话丛编》第一册,中华书局,1986 年,第 258 页。

③ 周密:《木兰花慢序》,唐圭璋编《全宋词》第五册,中华书局,1965 年,第 3264 页。

④ 赵尊岳:《填词丛话》卷四,屈兴国编《词话丛编二编》第五册,浙江古籍出版社,2013 年,第 2768 页。

书，这一明一暗两大著述，若加以彼此对勘，亦可见晚清民国时期词学的明流与暗流之一斑。词学之外，况周颐词名更盛，不仅不少专业的词人为之低首，世人也纷纷以得蕙风之词为荣，求词者络绎不绝。况周颐自己就说："并世操觚之士，辄询余以倚声初步何者当学，此余无词以对者也。"①赵尊岳《蕙风词史》云："时先生客沪，大人之求题以为增重者益夥。"②能得况周颐一词，在当时的上海应该是一件倍感光荣的事。在这种情况下，向况周颐拜师学词的年轻后生自然很多，在况门弟子中无疑以赵尊岳影响最大，这与其刊刻《蕙风词话》、撰写《蕙风词史》等奠定蕙风词学格局、词史地位的工作当然有关，赵尊岳也因此被认为"能传其衣钵"③者。但除了赵尊岳，同样师事况周颐的陈蒙庵也值得关注。《词学季刊》第一卷第二号曾同时刊出陈蒙庵藏《况蕙风画山水扇面》真迹和赵尊岳藏《况蕙风手书词稿》真迹，可见况门弟子弘扬蕙风之学之心。

　　弟子拜师除了接受其师的词学观念外，更多的是接受老师对弟子习作的点拨与修订，出于创作的目的居多。而况周颐指导弟子作词，除了举示自己作品为门径外，更多的是对弟子习作的直接批改，其具体指导、披阅赵尊岳词作的情形虽一时难得其详，但其批改陈蒙庵月课的部分文字却幸得保存下来，这为考察况周颐改词理论与实践的关系提供了重要的材料支撑。诚如辑者梁基永所言：

　　　　古代词家课徒稿本，今存世者希如星凤，此稿为我们研究古代改词手法与况氏词学思想，留下珍贵实录。④

此本除了修改之间见其填词观念，并有若干眉批指示学词路径，其可贵在此。

　　陈运彰（1905—1955），原名彰，字君谟，后改名运彰，字蒙庵，号华西，广东潮阳人。其父经商沪上，故陈蒙庵生长于上海，又因家世殷实，略无衣食之忧，故蓄志读书，偏好填词与金石之学。先后任职上海通志馆、之江文理学院、太

---

①　况周颐：《蕙风词话》卷一，唐圭璋编《词话丛编》第五册，中华书局，1986年，第4417—4418页。
②　赵尊岳：《蕙风词史》，龙榆生主编《词学季刊》1934年第一卷第四号，第82页。
③　夏敬观：《忍古楼词话》，兰石洪、陈谊整理《夏敬观词学文集》，河南文艺出版社，2016年，第17页。
④　梁基永辑：《况周颐批点陈蒙庵填词月课　陈蒙庵批校白石道人歌曲》前言，中华书局，2016年，第2页。

炎文学院和圣约翰大学等。著有《纫芳簃词》《纫芳簃说词》《思无邪庵诗话》
《蓬斋脞记》等。在癸亥（1923）至丙寅（1926）间，陈蒙庵拜师况周颐，习倚声
之学兼及金石学。陈蒙庵曾追忆说：

> 岁癸亥，予学词于临桂师，月数四造谒，吾师楼居宴起，辄命又韩先应
> 客，惟时予年十九。①

又韩乃况周颐公子。陈蒙庵把向况周颐拜师学词之年以及月访情况，大致作
了说明，"月数四造谒"可见当时——至少是癸亥年拜访之频，这还不包括况
周颐的回访以及两人共同参与宴请等公共活动。"况批陈词"今存癸亥、甲子
两年填词月课凡九课，其中除了甲子（1924）正月一课之外，余八课均为癸亥
年所课，具体是四月两课、八月两课、九月三课、十月一课。从保留的月课情况
来看，当时况周颐指导陈蒙庵填词的频率大概为一月三课，完整保留一月三课
的仅有癸亥年九月，其他如四月、八月余第二、三课，十月余第一课，甲子正月
余第二课。以所存月课而论，况周颐批点月课散失的数量应当不少。梁基永
即言曾于友人处获见况周颐1924年批稿数页②，盖一时未能购置，无法合共影
印出版。但此七纸六词（以下称"况批稿散页"），笔者幸得梁基永支持，获睹
翻拍件，对勘笔迹，乃陈蒙庵填词、况周颐批点无疑，因并为论及。

今本影印《纫芳簃词》，孚存（梁基永字）于跋文中说录词40阕，存目一
曲，并指出此集"皆甲乙间所作，又多经蕙风删改者"③，特别说明定稿中的文
字渗透了不少况周颐的心血，这与陈蒙庵接受况周颐指点填词的时间也恰能
对应。但勘察今本《纫芳簃词》，似是未编定之词集，理由主要有四：其一，原
编无序跋，不合编集常例，今存跋文乃辑者梁基永补写；其二，稿本未列《珍珠
帘·奈加瀑布》，只有词调、词题而无词，从书写方式及留空来看，显然应是拟
接写而未及写完而已；其三，从月课之频，可知陈蒙庵作词数量应该不少，何以

① 陈蒙庵：《忆昔——况赠教授又韩》，《永安月刊》1947年第102期，第33页。大概在癸亥年初，陈
蒙庵即拜况周颐为师了。陈蒙庵在《蓬斋脞记》中即有"癸亥岁春，侍先临桂师坐"云云。参见《永安月刊》
1948年第114期，第9页。
② 梁基永辑：《况周颐批点陈蒙庵填词月课 陈蒙庵批校白石道人歌曲》前言，中华书局，2016年，
第2页。
③ 梁基永辑：《况周颐批点陈蒙庵填词月课 陈蒙庵批校白石道人歌曲》，中华书局，2016年，第88页。

才选录 46 首①,另存目 1 首? 其四,按跋文作者梁基永之语,此集"皆甲乙间所作",若果然如此,何以只存"甲乙"即甲子(1924)、乙丑(1925)两年之词,而他年所作未见影踪? 再者,似无充分证据证明此集仅选录这两年之词。凡此,跋文作者并未说明。

只要将况周颐批点陈蒙庵月课与《纫芳簃词》稍加比勘,即可知颇多癸亥年月课修订稿收录在内,因此言此集"皆甲乙间所作"乃显然与事实不符。况周颐批点陈蒙庵甲子正月第二课之《浣溪沙》(二首)、《春从天上来》《如梦令》《鹧鸪天》《蝶恋花》六首词并不在集内。而收录的癸亥年作品却甚多。如第 20 首《水调歌头》(山水好登览)、第 21 首《黄莺儿》(东风啼彻谁为主)皆是癸亥年三月第二课的内容,第 40、41 首《琐窗寒》(菡萏香消、月地云阶)两首是癸亥八月第二课的内容,第 42、43 首《苏幕遮》(惜离情、月如霜)是癸亥八月第三课的内容,第 44 首《紫萸香慢》(展重阳)、第 45 首《探芳信》(暗香骤)是癸亥九月第一课的内容,第 46 首《梦夫蓉》(红桥留均事)、第 47 首《珍珠帘·奈加瀑布》(存目)是癸亥九月第二课的内容。以此显然未定稿之《纫芳簃词》,收录癸亥年(1923)的词作即有十首之多(含存目一首),此集非"甲乙"二年可限,良可知也②。今更多一证,《纫芳簃词》中收录的《台城路》(石顽未涴镌名字),虽未出现在今存月课中,但也是癸亥春况周颐命陈蒙庵填写者,或亦属月课范围。陈蒙庵《蓬斋胜记》记云:

> 癸亥岁春,侍先临桂师坐,得见《梁朱异玉造像》拓本,师亟称之,命

---

① 孚存《纫芳簃词跋》言此集"词存四十曲",然据笔者一一覆按,当为四十六曲。参见梁基永辑《况周颐批点陈蒙庵填词月课　陈蒙庵批校白石道人歌曲》,中华书局,2016 年,第 88 页。

② 梁基永在《纫芳簃词跋》言此集乃甲、乙两年所作,在《况周颐批点陈蒙庵填词月课　陈蒙庵批校白石道人歌曲·前言》中,梁基永依然说此集"皆甲子乙丑(1924—1925 年)作品,其中不少曾经况周颐改动,与《况周颐批点陈蒙庵填词月课》可互相参看"。然今存月课乃癸亥、甲子两年部分,甲子年六阕词无一首入选,而癸亥年(1923)却有多首作品入选词集,但已经在"甲子乙丑"两年之外,其矛盾如此。梁基永其实也注意到有癸亥年月课部分作品入选《纫芳簃词》的情况,如其在《况周颐批点陈蒙庵填词月课　陈蒙庵批校白石道人歌曲》前言中即说:"前举《梦芙蓉·题张红桥研象拓本》,月课作于癸亥(1923 年)九月,《词稿》中钞正本为第四十首,与况氏所改同。最后存目之《奈加瀑布》亦见于《月课》之中。"梁基永虽然对勘两本尚欠仔细,缺漏数量甚多,但毕竟注意到癸亥年词稿有收录于《纫芳簃词》者,既如此,何以仍断言《纫芳簃词》"皆甲子乙丑(1924—1925 年)作品",此甚不可解。参见《况周颐批点陈蒙庵填词月课　陈蒙庵批校白石道人歌曲》前言,中华书局,2016 年,第 6 页。

　　为填词,曾赋《台城路》一阕。①

此词幸得陈蒙庵记述,方知是癸亥年之作。陈蒙庵在《蓬斋脞记》中曾录此《台城路》词,与今本《纫芳簃词》本相比,仅个别文字有差异②。此词既是况周颐命题,则其经过况周颐之指点,当也是很自然的。由此似亦可推论,今存《纫芳簃词》中的作品,恐尚多癸亥年月课之作,只是月课无存,一时难以确证耳。特别是题写拓本、造像之词,很可能与况周颐的月课命题有关。陈蒙庵曾言及“先师所集六代造象千余通”③,今存月课虽只存癸亥九月第二课之《梦芙蓉·题张红桥研象拓本》、癸亥十月第一课之《瑞鹤仙·题丁龙泓象拓本,从樵隐体》等数首,但《纫芳簃词》中尚有《买陂塘·题谢康乐象拓本》《西河·宝华庵藏秦铁权拓本》等词,不见于月课,但是否原也在月课之列,我认为至少是不能轻易否定的。陈蒙庵后来曾将此类词作总题为《纫芳簃金石词》,合《西河·宝华庵藏秦铁权拓本》《台城路·梁朱异造像,江宁甘氏藏》《八声甘州·鄳字瓦,宝华庵藏物,蕙师命赋》《买陂塘·宋刻谢康乐像,明成化间重摹立石温州江心寺谢公亭》《梦芙蓉·明媛张红桥象研,武进程氏家藏》五词而成④。其中《八声甘州》一首又明确是“蕙师命赋”,《梦芙蓉》曾是月课,今存手稿;《台城路》虽无手稿,但陈蒙庵明确说是蕙风命题,此词及《西河》《买陂塘》亦收入《纫芳簃词》中。鉴于以上情况,月课中的金石题材谅多况周颐命赋之月课,且多癸亥年所制,应无问题。

　　《纫芳簃词》中另有《五福降中天·寿缶翁八十》一首,缶翁即吴昌硕,生于1844年,按古人生日以虚岁计例,正是1923年,即癸亥年。《纫芳簃词》还有《望海潮·吴缶庐画荔支》一词也值得关注,吴昌硕曾为况周颐绘《唯利是图》,以“利”谐“荔”字,此图虽作于辛酉(1921),但癸亥年吴昌硕寿逢八十,陈蒙庵是否膺况周颐之命藉此词为祝寿添兴,至少也是有可能的。当然此二词

　　① 《永安月刊》1948年第114期,第9页。

　　② 两本差异如:《纫芳簃词》本“名字”“几成”“谁为”等,《蓬斋脞记》本作“名氏”“已成”“畴为”等。参见陈蒙庵《纫芳簃词》,梁基永辑《况周颐批点陈蒙庵填词月课 陈蒙庵批校白石道人歌曲》,中华书局,2016年,第62—63页;《永安月刊》1948年第114期,第9页。

　　③ 陈蒙庵:《蓬斋脞记》,《永安月刊》1948年第114期,第9页。

　　④ 陈蒙庵:《纫芳簃金石词》,《国光艺刊》1939年第2期,第39页。按,诸词副题文字与月课及《纫芳簃词》所载稍有不同,大要在补充藏地、藏家之名。

是否属月课,只能暂时存疑。

抑且更有可议者,今存月课甲子正月第二课五调六词并未入选此集,况批稿散页七纸六词,虽未标明年月,但纸型一致,创作时间例应相近,其中《桃源忆故人》作于甲子年无疑,陈蒙庵小序原文云:

> 甲子八月,郅君避兵沪东,不通音问者经旬矣。九月■日,得其手书,并录《艾庐词》见示寄意,赋此却寄。①

此词当作于甲子九月,《法曲献仙音》作于九月初三,也当是甲子之年,其他未标明年月者,作于甲子年的可能性也颇大,但此六词也无一入选《纫芳簃词》。而乙丑年是否有词入选,似也乏明证。既然集中尚无任何一词乃甲子、乙丑两年所作之确证,则称《纫芳簃词》为甲乙两年之作,应该是有问题的。

而从今本《纫芳簃词》最后八首皆为癸亥一年所作,则是否能推断此集可能有大致编年的迹象,暂存此问。则《纫芳簃词》前19首以及第22至39首,这合共三十七首词中是否可能有癸亥年之前的作品,至少是存在这种可能的。陈蒙庵汇编数年之作成集,尤其是将况周颐修订稿不易一字收录进来,显然包含着他对况周颐的敬重之心和缅怀之意。

今存《月课》虽跨癸亥、甲子两年,但实际只保留五个月的月课而已,而且除了九月有完整的三课,其余四个月的月课已有缺失。就现在月课的大致情形来看,每课的填词数量当以两首为常,癸亥年八课,其中七课皆每课二首,或两调各一首,或一调两首,仅癸亥十月第一课有两调(《瑞鹤仙》《清平乐》)五首,其中《清平乐》一调便有四首,而甲子年正月第二课则多至五调六首,合共二十五首②。现在还不清楚况周颐与陈蒙庵约定月课的频率、每课词数以及准确的起始年月,就今存癸亥年的月课来看,每月三课,每课二调或一调二首,当是常规的情形。以此而论,况周颐的批点词作的年度总数应该在七十首之上。

---

① 况批稿散页。
② 梁基永说:“课稿有纪年,现存从癸亥(1923年)四月到甲子(1924年)正月共二十三首。”梁基永辑:《况周颐批点陈蒙庵填词月课　陈蒙庵批校白石道人歌曲》,中华书局,2016年,第2页。按,此统计有误。癸亥九月第一课虽有《紫萸香慢》《探芳信》《鹧鸪天》三首,但末首《鹧鸪天》(秋是愁乡雁不来)实是况周颐自作,陈蒙庵录以记相关填词之事耳,不应在统计之列。而癸亥十月第一课《清平乐》有四首,梁基永或误作一首,故合共二十五首。

这样一推算,即便是保留月课批点最多的癸亥年,散失的带有批点痕迹的词作也有五十首以上。

粗检今存月课,用调有《水调歌头》《黄莺儿》《洞仙歌》《桂枝香》、《琐窗寒》(二首)、《苏幕遮》(二首)、《紫荊香慢》《探芳信》《梦芙蓉》《珍珠帘》《华胥引》《婆罗门引》《瑞鹤仙》、《清平乐》(四首)、《浣溪沙》(二首)、《春从天上来》《如梦令》《鹧鸪天》《蝶恋花》共十九调,另有《宴清都》《月中行》二调,有调而无词,当为拟写而未能成篇者。另况批稿散页有《桃源忆故人》《摸鱼儿》《满庭芳》《浣溪沙》《法曲献仙音》《水龙吟》六调六首,其中仅《浣溪沙》一调与月课重复。两处材料合计用二十六调,保留完整词篇三十篇,一篇残篇(《法曲献仙音》),两篇有调无词(《宴清都》《月中行》)。其中既有《浣溪沙》《蝶恋花》《清平乐》等常见词调,也有如《紫荊香慢》《梦芙蓉》《华胥引》等较为冷僻词调,若《梦芙蓉》,宋人中唯存吴文英一词,而《紫荊香慢》乃宋末词人姚云文自度曲,等等。若诸词调乃陈蒙庵自选,当然带有陈蒙庵个人的偏好,难以定数求之;若词调乃况周颐指定,则况周颐似非简单指示陈蒙庵填词初径,不仅难易之调错杂,且难以勘察其学词程序。若勉强言之,或许可说况周颐在指示填词初阶的同时,也夹带有一定的审美范式上的引导在内,难以常规限之。如癸亥八月第二课《琐窗寒》二词后,列有《宴清都·拟梦窗赋连理海棠和韵》《月中行·寒夜用梦窗和黄复庵韵》二调,且并列两调,未留空填词,当是拟课之调,或为蕙风布置下一课之记,蒙庵是否完成,今因未见其词,不敢遽定①。

相对而言,一调两题如癸亥八月第二课之《琐窗寒》、癸亥八月第三课之《苏幕遮》、甲子正月第二课之《浣溪沙》以及一调四题如癸亥十月第一课之《清平乐》,当为况周颐、陈蒙庵共同关注的词调,皆为常用词调,或可视为况周颐指导的重点。况周颐说过:"不拘何调,但能填至二三次,愈填愈佳,则我之心与昔人会。简淡生涩之中,至佳之音节出焉。"②一调数题,正是琢磨调性

---

① 梁基永说:"蕙风布置较冷僻的词牌,固然承袭清代词人好尚,但功力难易相较,似非循序渐进教导之法,只能从况氏的词学主张解释。"梁基永辑:《况周颐批点陈蒙庵填词月课 陈蒙庵批校白石道人歌曲》,中华书局,2016 年,第 4 页。检今存月课,确实与一般学词程序有异。梁基永直言诸词调乃蕙风"布置",不知有无证据? 检《蕙风词话》,况周颐对学词顺序有着非常明确的强调,对勘月课,其理确实难通。故是否可能随陈蒙庵上交作业之不同而随加指点? 我认为至少是有这种可能性的。故书中两存其说。

② 况周颐:《蕙风词话》卷五,唐圭璋编《词话丛编》第五册,中华书局,1986 年,第 4526—4527 页。

的过程,一旦悟出,则佳词可期矣。

二、况周颐批点月课之方法与路径

检况周颐批点各词,声律是其改词重点之一。晚清民国时期,关于词是否要严守格律,其实有不同看法。蔡嵩云便认为初学填词,不必严守四声,以免影响词意的表达,形成律叶而文不工的情况,违背填词以抒情寄意的初衷[①]。而况周颐则是坚定的守律派,他认为如果能达到律与意的完美统一,就是填词至境,其快乐有不可形容者。他说:

> 畏守律之难,辄自放于律外,或托前人不专家,未尽善之作以自解,此词家大病也。守律诚至苦,然亦有至乐之一境。常有一词作成,自己亦既惬心,似乎不必再改。唯据律细勘,仅有某某数字,于四声未合,即姑置而过存之,亦孰为责备求全者。乃精益求精,不肯放松一字,循声以求,忽然得至隽之字。或因一字改一句,因此句改彼句,忽然得绝警之句。此时曼声微吟,拍案而起,其乐何如。虽剥珉出璞,选蕙得珠,不逮也。[②]

况周颐当然明白守律不易,但他明确反对今人以前人不尽守律之作为借口而自放于声律之外。其实守律虽多拘束,却也有合律后的大快乐。况周颐有丰富的创作体会,所以对从畏律之难到守律之乐,有如此生动的描述。这也正印证了"读者视为天然合拍,实皆从千锤百炼中来"[③]的事实。陈匪石曾很有感慨地说:"况蕙风晚年语人:'严守四声,往往获佳句佳意,为苦吟中之乐事。'"[④]他自己的体会也与况蕙风相似,故亟表认同其观点。

况周颐语人严守四声,对门弟子当然要求就更为严格。今检批点月课,正多声律提点者。如癸亥八月第二课《琐窗寒》下阕第三韵,陈蒙庵原作"秋河

---

① 参见蔡嵩云《柯亭词论》,唐圭璋编《词话丛编》第五册,中华书局,1986年,第4901—4902页。
② 况周颐:《蕙风词话》卷一,唐圭璋编《词话丛编》第五册,中华书局,1986年,第4413—4414页。
③ 陈匪石:《声执》卷上,陈匪石编著,钟振振校点《宋词举(外三种)》,上海古籍出版社,2016年,第212页。
④ 陈匪石:《声执》卷上,陈匪石编著,钟振振校点《宋词举(外三种)》,上海古籍出版社,2016年,第211页。

斜度",但此调正体此处格律应为"仄平中仄",则"秋"字显然出律,况周颐批点:"'秋'字不应平声。"并改"秋"为"绛",以使平仄合律①。癸亥八月第三课《苏幕遮》,陈蒙庵原句"送将归何处","将"字平声,而此处应作仄声,故况周颐改"将"为"汝"②。若陈蒙庵《紫萸香慢》原词平仄多误,且意亦多未惬蕙风心意,故况周颐几乎将原词重写一过,并特地批注云:"凡经改定之句,四声均不误。"③癸亥九月第二课《梦芙蓉》一词,况周颐批注云:"前段'几'字、'剩'字,后段'应'字、'耶'字、'羡'字,平仄均误。"④并为原词一一改正。癸亥九月第三课《华胥引》,况周颐标识甚多,皆为斟酌平仄之例,并眉批曰:"加△之字平仄误,共误六字,改定无误字。"⑤一词平仄改至六处,真用心特甚。类似之例在月课批点中随处可见,蕙风批改之严谨细密可见一斑。

　　格律几贯乎通篇,稍有疏忽,往往就不是一两处错误,尤其是初习者,若对古今字的声律变化不能谙熟,以今音度古音,难免有平仄出律现象。相对出律,出韵的现象较少,但也并非没有,况周颐对于陈蒙庵的出韵现象也及时指点。癸亥九月第二课《珍珠帘》用韵出入第三、第四部韵中,况周颐在批注中指出:"'势'字入第三部,不与第四部叶。"⑥填词虽有借韵一说,但也并非通例如此,有些邻韵是不能相借的。此词况周颐为改韵字数处。况批稿散页《满庭芳》也指出"雪印香盟",此"盟字非韵",与全词用韵不合。癸亥九月第三课《婆罗门引》上阕"香南均事曾聆"与下阕"叹深意、与谁玨",韵字分用聆、玨二字,但"玨与聆同训,不应并叶"⑦,韵字虽不同,意思却同训,也就失了押韵的趣味了。

　　词又名长短句,但句式字数既固定,则每句的结构也就固定下来,不能在限定字数内随意更改句式结构。初习词时,可能每有注意字数而忽略句式的情况,陈蒙庵也不能免。癸亥四月第三课《洞仙歌》起拍,陈蒙庵原词作"鸟声乍起,梦转深深院",但"梦转深深院"句式是二三结构,正体《洞仙歌》此句应

① 梁基永辑:《况周颐批点陈蒙庵填词月课 陈蒙庵批校白石道人歌曲》,中华书局,2016年,第13页。
② 梁基永辑:《况周颐批点陈蒙庵填词月课 陈蒙庵批校白石道人歌曲》,中华书局,2016年,第17页。
③ 梁基永辑:《况周颐批点陈蒙庵填词月课 陈蒙庵批校白石道人歌曲》,中华书局,2016年,第19页。
④ 梁基永辑:《况周颐批点陈蒙庵填词月课 陈蒙庵批校白石道人歌曲》,中华书局,2016年,第23页。
⑤ 梁基永辑:《况周颐批点陈蒙庵填词月课 陈蒙庵批校白石道人歌曲》,中华书局,2016年,第27页。
⑥ 梁基永辑:《况周颐批点陈蒙庵填词月课 陈蒙庵批校白石道人歌曲》,中华书局,2016年,第24页。
⑦ 梁基永辑:《况周颐批点陈蒙庵填词月课 陈蒙庵批校白石道人歌曲》,中华书局,2016年,第28页。

该是一四结构,故况周颐为改"鸟声破梦,悄曲阑深院",并在眉批中引北宋李元膺同调起拍之"放晓晴庭院"句以作为"一领四"的例证①。癸亥九月第二课《梦芙蓉》煞拍,陈蒙庵原作"羡琉璃一簏",乃一四句式,但况周颐对照吴文英同调词,此处为"仙云深路杳",乃典型的二三句式,况周颐遂据改为"琉璃窥宝簏"②。况批稿散页《水龙吟》次句,陈蒙庵原作"趁风软已飞犹坠",况周颐依章质夫原韵批云:"第二句不应上三下四。"故将原句改为"袅风无力飞仍坠",恢复到上四下三句式。凡此句式变化,况周颐据宋人之例加以规范,可见其师法乎上的基本精神。

一般来说,况周颐的改笔若有出处,也随文批注,以示渊源。如癸亥八月第二课《琐窗寒·玉露》下阕,陈蒙庵原有"少陵别恨诗兴寄"句,蕙风将"别恨"二字改为"彩笔",并旁注云:"《秋兴》句:'彩笔昔曾干气象。'"将"彩笔"二字与《秋兴》句的关系点明③。癸亥九月第三课《华胥引》上阕,陈蒙庵原句为"午停花阴,重来故树还恋别",况周颐改为"故树难忘,春浓未抵人意切",并在句下附注:"本事见《天春楼漫笔》。"④《天春楼漫笔》是况周颐所作,料陈蒙庵不难获见,故点出书名,让陈蒙庵自查,以省笔墨。癸亥十月第一课《清平乐》第四首煞拍,陈蒙庵原句"好话蛮天旧事,记曾月下吹笙",况周颐改为"说与蛮天影事,淡黄月下吹笙"。虽只改动五字,但情景显然更生动,况周颐眉批云:"花影吹笙,满地淡黄月。"⑤实际上把修改的依据和原因向陈蒙庵点出了。通过这些修改,我们就可以明白况周颐在《蕙风词话》中为何一再强调"学填词,先学读词","两宋人词宜多读、多看,潜心体会"⑥,其中一个重要原因是建立填词应有的话语或词汇体系,以合乎词体本色当行之基本要求。

况周颐批点月课,注重意之连贯、丰富与圆足,故既有语段组合修订者,也有删改几及全篇者。况批稿散页《桃源忆故人》上阕后段陈蒙庵原句云:"云中书带悲秋句。可抵停云春树。况是霜天迟莫。莫论江南赋。"况周颐批云:"上句不出哀字,下句意欠圆足。"其实是批评陈蒙庵以数句之幅不过写一个

①　梁基永辑:《况周颐批点陈蒙庵填词月课　陈蒙庵批校白石道人歌曲》,中华书局,2016年,第9页。
②　梁基永辑:《况周颐批点陈蒙庵填词月课　陈蒙庵批校白石道人歌曲》,中华书局,2016年,第24页。
③　梁基永辑:《况周颐批点陈蒙庵填词月课　陈蒙庵批校白石道人歌曲》,中华书局,2016年,第15页。
④　梁基永辑:《况周颐批点陈蒙庵填词月课　陈蒙庵批校白石道人歌曲》,中华书局,2016年,第27页。
⑤　梁基永辑:《况周颐批点陈蒙庵填词月课　陈蒙庵批校白石道人歌曲》,中华书局,2016年,第34页。
⑥　况周颐:《蕙风词话》卷一,唐圭璋编《词话丛编》第五册,中华书局,1986年,第4415、4417页。

"哀"字,意思单一,有欠丰盈。故况周颐改为:"鱼中书带悲秋句,几费停云延伫。诉与哀筝禁否。莫论江南赋。""云中书"原本无妨,但后有"停云",故改"云"为"鱼",既避字复,也暗中换一典故。"停云延伫"写出情感姿态,且延伫不足,再诉于哀筝,又用"禁否"二字回环其意。显然经此改动,哀意虽未变,但已经是曲折多变,情感也因此层层加深了。

　　换意可能是况周颐批点月课的一个基本方法,故一词改至数句甚至半阕以上者不一而见。如癸亥四月第二课《黄莺儿》,上阕况周颐几乎是重写一过。将陈、况二家词对勘,就知道况周颐是如何大幅度改变、提升陈蒙庵原稿之意了。录陈蒙庵《黄莺儿·咏莺,用屯田均》原词上阕于下:

　　　　三春春事浑无主。几度出于。幽谷公子,金衣交梭,上林芳树。惊梦不到辽西,更有销魂语。柳阴百转千声,只把春情,频向人诉。

况周颐改词如下:

　　　　东风啼彻谁为主。熠耀金衣,妍暖银簧,垂杨飞绵,杂花生树。教梦不到辽西,底事绵蛮语。恼它鹃唤春归,只把春情,频向人诉。①

该调以柳永词《黄莺儿·咏莺》为正体,咏本题。柳词上阕如下:

　　　　园林晴昼春谁主?暖律潜催,幽谷暄和,黄鹂翩翩,乍迁芳树。观露湿缕金衣,叶映如簧语。晓来枝上绵蛮,似把芳心,深意低诉。

对比柳词,可以看出况周颐应该是有指导陈蒙庵首先体会、模拟柳词之意象、风神来咏物。而陈蒙庵也确实是在柳词的基础上强化了对话体和拟人的成分,但略有轻倩、浮泛之处。可贵的是,况周颐看出了陈蒙庵化用金昌绪《春怨》"打起黄莺儿,莫教枝上啼。啼时惊妾梦,不得到辽西"的用心,也保留了这份使得词意更为活泼的化用方式;不过,以更为圆融沉著的笔法,修改了陈

---

① 以上二词,参见梁基永辑《况周颐批点陈蒙庵填词月课 陈蒙庵批校白石道人歌曲》,中华书局,2016年,第6页。

词中生造滞碍之处,将陈之放笔带回向柳词之收笔,也更得柳词之神。"谁主""绵蛮"等语本为柳词之原句,况周颐用柳句,用陈意,并不觉生硬,诚然是改词示范之上境!正是通过这种批改,教陈蒙庵如何得柳词之正法眼藏。

　　大致来说,陈蒙庵竭力描写黄莺在春天出没芳树的动作、百转千回的声音,以及频向人诉的春情。意思顺承而下,几无波澜。况周颐的修改则明显增加了疑问,提升了态度,转变了情怀。陈蒙庵说春事无主,似与黄莺无涉;况周颐则以"谁为主",暗中引出黄莺。起句直接到题,这其实是况周颐一直的主张。他在《蕙风词话》中说:

　　　　近人作词,起处多用景语虚引,往往第二韵方约略到题,此非法也。起处不宜泛写景,宜实不宜虚,便当笼罩全阕,它题便挪移不得。①

这是况周颐填词的经验之谈,当然也有理论渊源。如张炎就说过"词以意趣为主"的话,而意趣之可贵在"要不蹈袭前人语意"②。这个意既要一笔到题,还要有创意。陈蒙庵所述之情景,大多在意想之中。况周颐便须由此生出波澜、开掘新意,"熠耀金衣"以下四句,即点出了一春之主的形象和动态特征。接下,陈蒙庵说惊讶于梦境不到辽西,况周颐则转云是"教"梦不到辽西,陈是感叹现实,况是主动安排。况周颐并再追下一问,既然不"教"梦到辽西,如何又出语如此"绵蛮"呢?接下陈词写黄莺欲诉春情,况词当然也有这个意思,但显然笔法腾挪,先是恼杜鹃唤春回,再写黄莺欲与人诉,显然黄莺要诉的不仅是自身的春情,也包括对杜鹃的恼恨之意。两词对勘,况周颐不仅丰富了陈蒙庵原词的意思,也增加了不少趣味,尤其是带有创新色彩的意趣。

　　况周颐对陈蒙庵月课的修改,有时持一基点,通改全篇,巧用系列典故,以转变或深沉其思。癸亥八月第二课《琐窗寒·金风》,陈蒙庵原词以秋风为核心,本在渲染秋景秋情,粗阅之下,似无大碍。但填词本一字不可轻过,何况题中点明之字。况周颐认为既题曰"金风","此题'金'字须刻画"③。也就是说这个

────────────

　　①　况周颐:《蕙风词话》卷一,唐圭璋编《词话丛编》第五册,中华书局,1986年,第4416页。
　　②　参见张炎《词源》卷下,唐圭璋编《词话丛编》第一册,中华书局,1986年,第260页。
　　③　况周颐眉批,参见梁基永辑《况周颐批点陈蒙庵填词月课 陈蒙庵批校白石道人歌曲》,中华书局,2016年,第13页。

"金"是不能忽略的,否则便不能说完全切题了。录陈蒙庵《琐窗寒》原词于下:

> 菡萏香残,梧桐叶坠,乍回残暑。依依拂柳,好似莫春,时序荐新凉,玉阑绣帘,兰台未作雌雄赋。乍中人娇怯,五铢衣薄,飒然来处。　　何许宫嫔语。正夜半笙歌,秋河斜度。舒波皓月,恰好微云飞去。伫萧萧落叶声中,者番早把商意露。更丁东铁马檐前,报道刚南吕。

陈蒙庵写香残、新凉、衣薄、皓月、落叶等,皆是典型秋景秋意,其中若一一追寻,与秋风自有关联。但此是秋风,而非"金"风。况周颐的修改便以"金风"为出发点,将原词改写一过,几近面目全非。录况周颐改稿如下,以作对勘:

> 菡萏香销,梧桐叶坠,更无残暑。佳人倚竹,自惜五铢。衣缕旧钿钗,艳称辟寒峭寒,怪底生琼户。伴一钩低亚,画帘西畔,飒然来处。　　何许宫嫔语。正夜半笙歌,绛河吹度。舒波皓月,恰好微云飞去。伫萧萧落叶声中,裹蹄惯识芳草路。更锒铮铁马檐前,报道刚南吕。

两词对照,况周颐改稿上阕除了前三句基本未动,末句照旧外,其余几乎重写。下阕主要改动一处,即用"裹蹄惯识芳草路"取代"者番早把商意露",余仅改动一两字而已。改动如此之多,改动的原则是什么呢? 其实就是从各个角度刻画这个"金"字。为说明改动之由,况周颐作了不少批注,兹分录如次,并与改后词句相对应:批注"金缕衣",对应词中"衣缕"二字;批注"汉宫人以辟寒金饰钗钿",对应"衣缕旧钿钗,艳称辟寒峭寒"云云;批注"孟子:岂谓一钩金",对应"伴一钩低亚"句;批注"裹蹄金,见《汉书》武帝诏",对应"裹蹄惯识芳草路"句;批注"略切金",对应"锒铮"二字。除了这些直接对应修改后文本的批注,况周颐另有批注云:"金风,西风,西方于行为金。""月称金波。"等等。之所以特别批注"月称金波",可能况周颐原想以此修改词中"舒波皓月"一句,但又觉得这表述本身已经很好,故虽批注而未改,不过是让陈蒙庵了解更多关于"金"的词汇和典故而已[①]。况周颐如此注重切题,反对言说汗漫,其实

---

① 以上参见梁基永辑《况周颐批点陈蒙庵填词月课 陈蒙庵批校白石道人歌曲》,中华书局,2016 年,第 13—14 页。

也是词家通例。即如张炎也曾说"看是甚题目"是作词之基,然后由此题目择曲、命意①。题目既涉及词调,也涉及全篇意脉的安排。沈义父也说:"如咏物,须时时提调,觉不可晓,须用一两件事印证方可。"②况周颐一再暗用与"金"相关的典故、词语,正是"提调""印证"之意。陈蒙庵原稿题注"金风",实类同"咏物",但未曾充分注意及此,况周颐指导他填词,当然要从严要求了。但平心而论,况周颐为衬托这一"金"字,也嫌用力过大,用意过密,反而失去部分若即若离、从容言说之趣,亦过犹不及之谓也。

有时为了一些特殊字词的使用,况周颐难以在对陈蒙庵原作的修改中完整体现自己的想法,因此干脆另作一词以为示范,大要在语境切合、词意准确并关合全篇。陈蒙庵《紫萸香慢》下阕原云:"难把愁平。避灾莫登高去,又惆怅望瑶京。"况周颐将其改为:"无限消凝。避灾约登高去,伫尘雾敛沧溟。"③何以陈蒙庵言"避灾"而"莫"登高去,而况周颐则曰避灾而"约"登高去,则避灾与登高的关系,实应费心思量。况周颐改之意犹未尽,另作《鹧鸪天》以具体展现"避灾"与重阳的关系。其小序云:

> 重阳不登高示绵初、密文两女。客有作重阳词者,用"避灾"二字,此字不易用也。④

这里的"客"就是陈蒙庵,而客作重阳词,即陈蒙庵癸亥九月第一课《紫萸香慢·展重阳作》。陈蒙庵在甲子正月特将况周颐此词抄录在癸亥九月第一课之后,并附记云:

> 右吾师蕙风词隐所作。余赋《紫萸香慢·展重阳》词,用"避灾"二字。师为备论此字不易用。越数日,复作此词,以示所以用之之法。词题所称"客"者,即谓余也。此阕曾披露于十三年元旦《申报》。⑤

① 参见张炎《词源》卷下,唐圭璋编《词话丛编》第一册,中华书局,1986年,第258页。

② 沈义父:《乐府指迷》,唐圭璋编《词话丛编》第一册,中华书局,1986年,第279页。

③ 梁基永辑:《况周颐批点陈蒙庵填词月课 陈蒙庵批校白石道人歌曲》,中华书局,2016年,第19—20页。

④ 梁基永辑:《况周颐批点陈蒙庵填词月课 陈蒙庵批校白石道人歌曲》,中华书局,2016年,第21页。

⑤ 梁基永辑:《况周颐批点陈蒙庵填词月课 陈蒙庵批校白石道人歌曲》,中华书局,2016年,第22页。

况周颐《鹧鸪天》与陈蒙庵《紫萸香慢》之关系,正因"避灾"二字而起。况周颐先是批点并当面备论,继而再作一词以示范,其指导之用心真在在可感。当日之备论,料多精彩,惜无法起况周颐、陈蒙庵以问;但当日之批点尚在眼前,略可见些许言论陈迹。录况词于下:

> 秋是愁乡雁不来。登高何望祈风埃。暂时枫叶浓如锦,何处萸囊避得灾。　　怜霸业,委荒苔。即令戏马亦无台。何如偃蹇东篱下,犹有南山照酒杯。[①]

陈蒙庵的《紫萸香慢》曾被况周颐批评,认为用语过于衰飒,而此《鹧鸪天》虽也有秋愁、荒苔、偃蹇等语状写低沉萧瑟之秋景秋怀,但先去登高祈望之心,次佐以如锦之枫叶,再慰以南山之酒杯,抑扬之间,颇见其趣。陈蒙庵用"避灾"二字以合登高之事,而况周颐则用避灾之事贯乎全篇。其差异在此。

况周颐何以说重阳登高用"避灾"二字不易呢?那是因为避灾之说典出多源,各成体系,若仅择此二字模糊用之,实成无根之词,令人彷徨其间,难得旨归。据南朝吴均《续齐谐记》记载,重阳登高以避灾之事传与汝南桓景有关,桓景随费长房游学累年,某日长房对桓景说:九月九日你家中或有灾,你赶紧回家,让家人各备绛囊,盛以茱萸,系以手臂,然后登高并饮菊花酒,灾祸自去。今人重阳携带萸囊登高饮酒之风,盖始于此。重阳避灾之说当然别有说法,但此是流传较广者。

今检况词,实是反用此典,小序即已言明"重阳不登高",因为"登高何望祈风埃",事实上年年登高,年年萸囊,何曾真能避得灾!所以登高的意义也就发生了转变,也因此才格外注意到登高所见满眼之如锦枫叶。结句也回到典故中,偃蹇东篱,相对南山,菊花酒畅饮依旧,而偃蹇者依旧偃蹇。况词要表达的不是借助外物来避灾,而是以自我安顿来笑对灾祸。现在我们能明白况周颐既先申明重阳不登高,然后继续使用避灾典故,是从传统中翻出新意,其所谓避灾二字"不易用",乃是就翻新出奇之不易的角度而言的。用典而不限

---

① 梁基永辑:《况周颐批点陈蒙庵填词月课 陈蒙庵批校白石道人歌曲》,中华书局,2016 年,第 21—22 页。

典,甚至反用典,以此彰显出新的更纯粹的情怀,这当然是从创作的高标准出发提出的新要求。

三、陈蒙庵填词月课之选调、批点与况周颐词学思想之关联

况周颐除了在声律、韵脚、字词、句式、达意、词境等多方面提升陈蒙庵的填词水平外,同时也利用眉批等,为其指出填词向上一路。如关于趣味,况周颐在《蕙风词话》中似并未特别予以强调,但在陈蒙庵癸亥四月第二课《水调歌头》的批点中,况周颐将陈蒙庵原句"一笑问人世,谁得乐其中"改为"莫问酒清浊,得趣便须中",陈蒙庵是从主体身份而言人世之快乐,况周颐改动之后,便转为从酒中得人生趣味,从纯粹的主观感受转变为从客观对象中获得趣味。况周颐不仅整体改动了这两句,而且专门批注云:"公独未知其趣耳,臣今聊复一中之。"①其实是交代了之所以如此改动的原因所在。况周颐虽然未具体解此"趣"字,但对勘陈蒙庵原作和况周颐修改文字,大致可知况周颐此处所谓"趣"应是化议论为情景,从情景描述中带出议论的意思。

词之体性软媚,故不宜有硬字硬句,以免伤词体之本色。故张炎《词源》强调"词中一个生硬字用不得"②,而主张师法东坡、清真、梦窗、白石等人,追求平易中有句法的境界。况批稿散页《水龙吟》一词,陈蒙庵于下阕有"倘临深静院,谁家机杼"云云,况周颐批云:"'倘临'句硬。"盖其语言未加锻炼,过于直接,有失婉曲之美,也难以有歌诵妥溜之感,故特为点出。

癸亥年,陈蒙庵向况周颐请教填词时,不过虚岁十九岁,正值青春好时光,然其《紫萸香慢》写重阳,既有"一天冷落凄清,看黄花憔悴"云云,又有"秋光迟莫""飘零""败叶"等词句。况周颐料多不满,他一方面大力修改,一方面批

---

①　梁基永辑:《况周颐批点陈蒙庵填词月课　陈蒙庵批校白石道人歌曲》,中华书局,2016年,第5页。按,此批语实从苏轼《太守徐君猷、通守孟亨之皆不饮酒,以诗戏之》中引出,原诗云:"孟嘉嗜酒桓温笑,徐邈狂言孟德疑。公独未知其趣尔,臣今时复一中之。风流自有高人识,通介宁随薄俗移。二子有灵应抚掌,吾孙还have独醒时。"参见王水照选注《苏轼选集》,上海古籍出版社,2014年,第140页。

②　张炎:《词源》卷下,唐圭璋编《词话丛编》第一册,中华书局,1986年,第259页。

点云:"少年人作文字,不拘何题,宜切戒衰飒语。"①陈蒙庵是否果然有强说愁滋味的嫌疑呢?重阳虽在秋季,但风景因人而不同,少年情怀即便在冷落之秋,也应该别有生动之气。故况周颐拟身于陈蒙庵,将全词气象翻转为明丽秋光。如将"一天冷落凄清,看黄花憔悴"修改为"碧云浣出秋清,对黄花依旧",将原结句"更败叶已吹满城"修改为"也璀璨锦舒晚晴"。两相对照,气象明显清拔许多。类似这样三言两语的点评,虽不多,却极具针对性,对引导陈蒙庵的审美趣味以及情感基调无疑具有重要作用。

在陈蒙庵月课及况周颐的批点中,吴梦窗是出现频率颇多的一个名字。梁基永曾对月课而用梦窗自度曲《梦芙蓉》这类僻调深致疑问②。其实况周颐曾对此有过一定说明,他说:"词无不谐适之调,作词者未能熟精斯调耳。昔人自度一腔,必有会心之处。或专家能知之,而俗耳不能悦之。"③可见在况周颐心目中,调无生熟之分,也可不问是否自度,关键是作者若能得调之会心处,便可臻"谐适"之境。在这一观念之下,梦窗词较多进入月课学习范围,应该也是可以理解的。癸亥八月第二课后所附《宴清都》《月中行》二调虽未成篇,但前者副题"拟梦窗赋连理海棠和韵",后者副题"寒夜用梦窗和黄复庵韵",似有规模师法梦窗的用意。况批稿散页《法曲献仙音》的副题也是"九月初三夜作用梦窗均"。癸亥九月第二课《梦芙蓉》《珍珠帘》,况周颐批点时以梦窗句式为依据修订蒙庵句式之失序。如"'琉璃'句,梦窗作'仙云深路杳'","此句改从梦窗","第二句与《词律》所据梦窗、玉田、六一三体均不合",等等。凡此皆可见况周颐心中依傍所在④。

但读过《蕙风词话》的人谅必知道,况周颐明确说过"非绝顶聪明,勿学梦

①　梁基永辑:《况周颐批点陈蒙庵填词月课　陈蒙庵批校白石道人歌曲》,中华书局,2016年,第19页。按,况周颐少时作诗,也因语多"衰飒"而受到批评。陈蒙庵《思无邪庵诗话》记云:"先师临桂况先生(周颐),年十三四时,尝作诗,有句云:'薄酒并无三日醉,寒梅也隔一窗纱。'其姊丈蒋君(栋周)见而诚之,曰:'童子学诗,胡为是衰飒语?'厥后专精填词,遂不复作诗。"《永安月刊》1948年第107期,第15页。此或是陈蒙庵取回月课之时,况周颐为其言自身经历,顺便解释何以有此批点之语。陈蒙庵因追记于此。

②　参见梁基永辑《况周颐批点陈蒙庵填词月课　陈蒙庵批校白石道人歌曲》前言,中华书局,2016年,第4页。

③　况周颐:《蕙风词话》卷五,唐圭璋编《词话丛编》第五册,中华书局,1986年,第4526页。

④　参见梁基永辑《况周颐批点陈蒙庵填词月课　陈蒙庵批校白石道人歌曲》,中华书局,2016年,第24页。

窗"①的话。何以有此判断呢？况周颐认为"梦窗密处易学，厚处难学"②，而且，梦窗词"气格"之中包藏着"沉挚之思，灏瀚之气，挟之以流转"，所以他的结论便是："颖慧之士，束发操觚，勿轻言学梦窗也。"③应该说，况周颐对梦窗词特征的总结相当精准。大要而言，梦窗词丽密在外，但内含聪明与魄力，故能使语言丽而外相不呆、意象密而内气疏宕。聪明与魄力云云，其实要具体落实到"潜气内转"的笔法上面，经此"潜气内转"，使词作内蕴深厚而外象密丽，呈现出独特的审美风貌。但晚近以来学梦窗者大多停留在学其丽密之处，又因为聪明与魄力不够，使得丽密成为纯粹的丽密，貌得梦窗之表象而实失梦窗之底蕴。这是况周颐把绝顶聪明作为学梦窗词前提之一的原因所在。

但梦窗词的特殊魅力，也是学词之人难以抵挡的，尤其清代常州词派自周济在《宋四家词选目录序论》中将梦窗词列为学词必经之一家之后，到晚清之时，梦窗从四家之中异军突起，词坛大多已不遑追求清真之浑化，至梦窗便已流连忘返。尤其是王鹏运、朱祖谋精校梦窗四稿，朱祖谋、夏承焘、杨铁夫等复为之笺注，令梦窗词以一种强势的面目出现在词坛上。而晚清民国词坛祭酒如朱祖谋、况周颐等又在创作上大力鼓吹师法梦窗词风，遂致无论是词坛宿将，还是填词新军，都以师法梦窗词为一时之风尚。但真正"研究"过梦窗词并有较多创作实践的况周颐十分清楚，梦窗词风虽席卷南北，但能得其仿佛者寥寥，而能得其精髓者则更罕见。这才是况周颐提出慎学梦窗词的原因所在。

内蕴沉挚深厚之思，挟之以灏瀚流转之气的梦窗词，当然值得好好学习。只是作为初习者，若高悬梦窗之《霜花腴》《莺啼序》《八声甘州》等词为师法对象，不免有略过初阶、凌空飞越而直抵梦窗高境的嫌疑，未免太过富于想象力，故陈蒙庵月课选用梦窗自度曲《梦芙蓉》，也不过是其中较为清越者。而《宴清都》《月中行》二调很可能是况周颐专门布置之调，不仅是和梦窗之韵，也当有从梦窗稍浅近处入手，然后拾级而上之意。

况批稿散页之《法曲献仙音》一调，也是用梦窗韵。此调在刘永济看来，"全首刻画红白莲花，惟结句关合到人事，'酒醒'六字，景中有情，此词家结尾

---

① 况周颐：《蕙风词话》卷一，唐圭璋编《词话丛编》第五册，中华书局，1986年，第4418页。
② 况周颐：《蕙风词话》卷二，唐圭璋编《词话丛编》第五册，中华书局，1986年，第4447页。
③ 况周颐：《蕙风词话》卷二，唐圭璋编《词话丛编》第五册，中华书局，1986年，第4447—4448页。

之一法也"①。很显然梦窗此词也是以常规作法为主,故不妨效仿。梦窗的
《宴清都·连理海棠》"障滟蜡满照欢丛"一段曾被朱祖谋评为"攒染大笔何淋
漓"②。陈洵《海绡说词》评此词曰:"只运化一篇《长恨歌》,乃放出如许异采,
见事多,识理透故也。"③俞陛云《唐五代两宋词选释》亦云:"梦窗晚年好填词,
以秾丽为妍,此作用字炼句,迥不犹人,可称雅制。"④此调深得清末以来词人
高评,在梦窗词中具有一定的代表性,故月课有此一调。梦窗的《月中行·和
黄复庵》,此前多认为乃其忆姬之作,但孙虹认为按词中情景,当非忆姬之作,
应作于苏州重九之夜,主题是"与友人感怀今昔"⑤。月课拟依此韵,当是内涵
深沉而外象密丽之故。试录梦窗《月中行·和黄复庵》词于下:

> 疏桐翠井早惊秋。叶叶雨声愁。灯前倦客老貂裘。燕去柳边楼。
> 吴宫寂寞空烟水,浑不认、旧采菱洲。秋花旋结小盘虬。蝶怨夜香留。⑥

虽为小令,或少长调盘旋郁结之妙,但由季节之惊换到灯前之貂裘,从吴宫
之寂寞到旧日之菱洲,从眼前如盘虬之秋花到深夜蝴蝶之暗香,不仅时空跨
越大,感慨也格外深沉,而且不轻下一字一句,桐曰疏,井曰翠,貂裘曰老。
"秋花旋结小盘虬"一句虽用七字而写秋花形态,但下一"旋"字"盘"字,便
在曲折多变的姿态中饶有力量。结句五字有情感有景象,有视觉有嗅觉,有
动态有静态,结得意味深长。对勘况周颐对梦窗词特征的分析,类此之作,
可称典范。

癸亥九月第二课之《梦芙蓉》是梦窗自度曲,乃题赵昌《芙蓉图》而作,因
内有"梦断琼仙,仙云深路杳",故取调名《梦芙蓉》。在梦窗自度诸曲中,此调
被称为"极谐婉可学"⑦,是梦窗词中不多的相对容易师法的词调之一。既是
梦窗自度曲,且在宋人中也仅此一曲。此词既被认为"谐婉可学",则拈之以

---

① 刘永济:《微睇室说词》,刘永济《唐五代两宋词简析 微睇室说词》,中华书局,2007 年,第 150 页。
② 朱祖谋撰,龙榆生辑:《彊村老人评词》,唐圭璋编《词话丛编》第五册,中华书局,1986 年,第 4379 页。
③ 陈洵:《海绡说词》,唐圭璋编《词话丛编》第五册,中华书局,1986 年,第 4844 页。
④ 俞陛云:《唐五代两宋词选释》,上海古籍出版社,1985 年,第 512 页。
⑤ 参见吴文英撰,孙虹、谭学纯校笺《梦窗词集校笺》,中华书局,2014 年,第 725 页。
⑥ 吴文英撰,孙虹、谭学纯校笺:《梦窗词集校笺》,中华书局,2014 年,第 723 页。
⑦ 参见吴文英撰,孙虹、谭学纯校笺《梦窗词集校笺》,中华书局,2014 年,第 793 页。

为月课,也颇得宜。勘察况周颐批点修改之迹,正可见其对梦窗词风的引导之力。梦窗词为:

> 西风摇步绮。记长堤骤过,紫骝十里。断桥南岸,人在晚霞外。锦温花共醉。当时曾共秋被。自别霓裳,应红销翠冷,霜枕正慵起。　　惨澹西湖柳底。摇荡秋魂,夜月归环佩。画图重展,惊认旧梳洗。去来双羽翠。难传眼恨眉意。梦断琼娘,仙云深路杳,城影蘸流水。①

陈蒙庵《梦芙蓉·题张红桥研象拓本》原词为:

> 红桥留韵事。记芳邻乍卜,小名唤起。玉人清课,长伴琁闺里。墨花香凝翠。当时几许诗思。思谪蔓天,剩镌容■石,潘鬓定憔悴。　　应有縢痕细腻。曾写蝇头,不尽回文字。断肠人稚,幽恨露眉意。画图非邪是。依稀月下环佩。省识春风,羡琉璃一箧,不数平津秘。

正如前文所分析学柳词,要先由形到神。这里陈蒙庵显然没有学柳词时的那种浮泛之习,而是有刻意学梦窗的努力。如此二句就完全模仿梦窗词"夜月归环佩,画图重展",同样化用了用杜甫咏明妃诗句:"画图省识春风面,环珮空归夜月魂。"但又用"省识春风"道出了画中人不可画之美。

张红桥为明初闽县(今福建)人,曾乃敦《中国女词人》言其"聪敏善属文"②,嫁与"闽中十才子之一"的林子羽,惜聚少离多,抑郁早逝。陈蒙庵作此词题其画像拓本。应是在况周颐的指导下,选用梦窗这首亦咏画图且"谐婉可学"的作品为范本。

再录况周颐修订稿如次:

> 红桥留韵事。比苕华刻玉,旧题小字。个侬清课,长伴兰闺里。墨花香凝翠。年时多少吟思。唤彻真真,消莺昏燕晓,潘鬓几憔悴。　　认取奁尘麝腻。曾写回文,并巧苏家蕙。小鸾标格,珍重到眉子。玉扃何处

---

① 吴文英著,吴蓓笺校:《梦窗词汇校笺释集评》,浙江古籍出版社,2014年,第382页。
② 曾乃敦:《中国女词人》,民国诗学论著丛刊,文化艺术出版社,2018年,第94页。

是。依稀月下环佩。省识春风,琉璃窥宝箧,不数平津秘。①

况周颐的改稿被收录在《纫芳簃词》的煞末,除了题目将"研象"改为"象研"外,其余照录况本。平心而论,陈蒙庵词中若"墨花香凝翠""断肠人種,幽恨露眉意"云云,读来已有几分梦窗韵致。若非填词之前对梦窗词曾下过一定的功夫,难以有此神似梦窗之句。尤其"墨花香凝翠"句,其语言意象之丽密一似梦窗之"蝶怨夜香留"句。陈蒙庵之"聪明"由此可得一证。

但通读全篇,风格仍时有未谐,当"魄力"稍欠。若"记芳邻乍卜,小名唤起""应有臙痕细腻。曾写蝇头,不尽回文字"云云,意思稍显单薄,且语势过于流利,未见丰盈之意与浩瀚之气。况周颐谅对此也有体会,故于此修择较多。将"记芳邻乍卜,小名唤起"修改为"比苔华刻玉,旧题小字",陈蒙庵两句乃顺承而下,合写记取芳邻小名一意;而况周颐改笔则顿显跌宕之姿。据《敦煌高纳之郡府纪年》云:"桀伐岷山,岷山王女于桀二女,曰琬曰琰。桀爱二女,无子,刻其名于苔华之玉,苔是琬,华是琰。"②《竹书纪年》的记载与此大致相似③。在此后的演变中,"苔华刻玉"逐渐喻指有容德之美的女子。这个"芳邻"的不凡经此典故便显现出来,而"旧题"二字更衬写出一种厚重的历史感。

陈蒙庵的"应有臙痕细腻。曾写蝇头,不尽回文字"原句,从以数句合写一种连贯的情景来说,也无问题。但若按照梦窗词"丽密"的要求,便多少有些丽而不密了。况周颐改为:"认取奁尘麝腻。曾写回文,并巧苏家蕙。"陈蒙庵着力表现拓本中女子眉黛细腻,以蝇头之字,细写情怀,情景也自旖旎可亲。况周颐则把陈蒙庵空中的猜想直接变为现实的辨认,且以"尘""腻"二字增加辨识之难,而对其以回文字述写情怀,则再辅以比较,追加一典,其文字的力度、意思的厚度以及气脉的强度便自然要高过一层。

在月课页面留下的文字固然见况周颐之部分词学旨趣。此外,况周颐批点月课,也有当陈蒙庵面进行者,如曾当面"备论"其《紫萸香慢》"避灾"二字

---

① 陈蒙庵原作及况周颐改稿,见梁基永辑《况周颐批点陈蒙庵填词月课 陈蒙庵批校白石道人歌曲》,中华书局,2016年,第23—24页。

② 李昉编纂:《太平御览》第七卷,河北教育出版社,1994年,第502页。

③ 《竹书纪年》载:"后桀伐岷山,进女于桀二人,曰琬,曰琰。桀受二女,无子,刻其名于苔华之玉,苔是琬,华是琰。"范祥雍订补:《古本竹书纪年辑校订补》,上海古籍出版社,2011年,第14页。

之不易用者①。可惜这一番"备论"，今日已无法得闻。但检《纫芳簃日记》，竟有记录况周颐面谕之论者，弥足珍贵。如六月十九日所记，陈蒙庵携两稿呈送况周颐，况周颐当即予以修改。当日师生也曾共赏诗，日记记其事云：

> 师（按，即况周颐）读之，称其诗极奇，其奇妙在澹。又曰："词笔亦可用奇。刘须溪词是已。诗奇要结实，词奇空灵。"②

况周颐对诗词之奇充分肯定，但他注意到诗、词之奇各有不同，诗歌之奇不能落于空幻，要结到实处，而词之奇则要体现在"空灵"的词境之中。虽然在《蕙风词话》中，况周颐似未明确提出词尚奇的说法，尤其未见从空灵中见奇幻之说。但况周颐一再强调在听风雨、观江山之时"常觉风雨江山外有万不得已"之词心在；又言："吾苍茫独立于寂寞无人之区，忽有匪夷所思之一念，自沉冥杳霭中来。"③凡此"万不得已"之心及"匪夷所思"之念，显然有非同寻常之处，这也当可大致呼应此处空灵之奇的说法④。词之一境有此，自可丰富词之格调风神。陈蒙庵偶记文字，也可略补蕙风词学未畅之旨。

仅从上述简单比较，即可知况周颐在诸多笔法、意象、用典等多方面引导陈蒙庵填词向吴文英靠拢的倾向⑤。这也可见，月课虽只是填词初阶，况周颐

---

① 参见梁基永辑《况周颐批点陈蒙庵填词月课　陈蒙庵批校白石道人歌曲》，中华书局，2016年，第22页。

② 陈运彰：《纫芳簃日记》，参见梁基永辑《况周颐批点陈蒙庵填词月课　陈蒙庵批校白石道人歌曲》，中华书局，2016年，第105—106页。

③ 况周颐：《蕙风词话》卷一，唐圭璋编《词话丛编》第五册，中华书局，1986年，第4411、4412页。

④ 况周颐《蕙风词话》卷一云："夫使其所作，大都众所共知，无甚关系之言，宁非浪费楮墨耶。"要求创作要另开蹊径、别张新论，这当也体现出对"奇"的审美旨趣的一种部分认同。见唐圭璋编《词话丛编》第五册，中华书局，1986年，第4413页。

⑤ 关于对梦窗词风的关注，可能也与朱祖谋有关。据龙榆生言："梦窗词集为老人用力最勤者……圈点至十数过。"参见龙榆生辑《彊村老人词评三则》，唐圭璋编《词话丛编》第五册，中华书局，1986年，第4379页。今检《纫芳簃日记》，颇多与朱祖谋交往的记载。如六月二十九日记："朱彊村丈来，款以工夫茶。"七月二十八日记："朱彊村先生来，并赠《蒿庵词賸》一册。"八月初七，赵尊岳约聚，陈蒙庵与况周颐、朱彊村即同去。在这种交往中，陈蒙庵向朱祖谋请益师法梦窗词之道，自然是有可能的。参见梁基永辑《况周颐批点陈蒙庵填词月课　陈蒙庵批校白石道人歌曲》，中华书局，2016年，第109、110、111页。陈蒙庵甚至被称为是朱祖谋"入室弟子"。见香港《南洋》1937年创刊号，第35页。陈蒙庵自己也曾说："在我认识的几位老先生当中，况蕙风（周颐）先生以外，要算是和他最熟悉。况先生故世之后，差不多每个星期，都见面的。"如此频繁的见面，其间有关于词学的交流简直是一定的。而朱祖谋在对梦窗词的推崇上比况周颐（转下页注）

固然要对陈蒙庵进行基本的方法、结构、意脉等方面的引导,如应有"意趣"、奇笔,力戒"衰飒"之气等,更注重对其未来可能的审美方向的引导,这当然也与晚清以来,经王鹏运、朱祖谋、况周颐等人先后鼓吹,梦窗词风在当时风行南北有关。这是月课选调的部分原因,也是况周颐修改和批点的部分依据,值得注意。

四、词苑传芬:陈蒙庵的请益之勤与况周颐的提携之意

经过况周颐如此费心的指点,陈蒙庵的词艺也由此得到长足的进步,渐入作者之林,夏敬观《忍古楼词话》曾提及陈蒙庵乃蕙风弟子,评价其近词数阕"造诣益进"[1]。叶恭绰《广箧中词》卷四也选录陈蒙庵《减字木兰花》(梦长更短)、《徵招》(芳尘不度凌波远)二首。能取得如此填词成就,当然与陈蒙庵的天赋、勤勉等有关,但况周颐的点化之功也是不可忽略的。董寿慈《云窗授律图序》云:

> 吾友蒙庵词兄……夙昔师承,永惟临桂。曩者见示云窗授律图卷,乃知稼轩奇恣之采,传自坡翁;烂窟婉约之风,本诸无咎。渊源所在,寝馈无忘。观其师门风义之深,可征词苑传芬之美。[2]

词学率多师承渊源,而陈蒙庵的师承则是"永惟临桂",此"临桂"即以况周颐

(接上页注)有过之而无不及。陈蒙庵曾经追忆过一个很有意思的对话场景说:"有一天,朱先生忽然问起我,陈述叔的词,你们老师(指况先生)不大赞成,你看怎样? 我说,陈先生是学梦窗的呀。他道,原是呢,有人说他学梦窗,学得太像了,你以为是不是? 不像不好,太像了,又不好,那就难了。"朱祖谋应该认同学梦窗像的,况周颐认为学得太像就失去了自己。朱祖谋此问,似希望得到陈蒙庵支持其看法的意思。陈蒙庵因此认为虽然从感情上说,朱祖谋与况周颐交情深厚,但"主张也许有不同的地方",这种感觉应该与陈蒙庵与朱祖谋、况周颐均有比较密切的关系有关。而关于朱祖谋为人改词,陈蒙庵更是亲见亲闻,他说:"(朱祖谋)对于后学的奖励,也是无所不用其极。有人拿词稿给他看,没有不是极口称赞的,同时随手指出某处不妥,某字失律,或把稿子放在他家里,就批上许多的字。有时太客气了,也会使人啼笑皆非。原来他在稿子上写着几句好评语,其他便是替你改正笔误的字,或把词调的别名,换上一个原来的调名,看上去写了许多,其实都可以省得的。"以上见陈蒙庵《我所认识的朱古微先生》,《人之初》1945年第1期,第9、11、11页。

[1] 夏敬观:《忍古楼词话》,兰石洪、陈谊整理《夏敬观词学文集》,河南文艺出版社,2016年,第18页。
[2] 梁基永辑:《况周颐批点陈蒙庵填词月课 陈蒙庵批校白石道人歌曲》,中华书局,2016年,第41页。

籍贯来指代况周颐其人,这是深知陈蒙庵词学源流的董寿慈必须强调的。夏承焘也将陈蒙庵师事况周颐,拟之如朱祖谋传砚龙榆生,而有"彊村授砚当传薪,临桂宗风又见君"之句①。其实不遑董寿慈、夏承焘特为拈出此事,况周颐在《洞仙歌·题云窗授律图》也有"随分商量到清课。远致属声家,淡墨溪山,君知否、个中薪火"②之句,略见他与陈蒙庵商量清课之情形。陈蒙庵有缘亲炙一代词宗,于月课批点之间,况周颐为指出向上一路,这无疑快捷而有力地提升了陈蒙庵的填词境界。

陈蒙庵志从蕙风问词,其《云窗授律图》亦略表其心迹者。此图乃陈蒙庵请况周颐之子况琦(字又韩)绘制,况周颐遵嘱为赋《洞仙歌》一词略写彼此情缘,并于图后附识云:"陈生蒙庵,有志声律家之学,就余商榷,素心晨夕,此图得其仿佛。"③可见陈蒙庵请学之勤与况周颐赏识之意。

关于陈蒙庵请学之勤,可检《纫芳簃日记》乙丑(1925)六月至八月所记。此日记虽止存数页,然多记与况周颐、朱彊村、赵尊岳、陈巨来等交往之事,颇类乎"学词日记"。如乙丑六月初三、初五、初七、十一日、十九日,八月初五、初六等,皆记或访况府,或况周颐回访陈蒙庵等。事实上因为日记保留很不完整,如七月仅存初一、十五、十六三日之日记,故缺记其与况周颐交往之事,一定很多。又如六月十一至十九日,未记访况事,原因是这期间况周颐在苏州,故无由拜访,但即便如此,也仍多记与况周颐相关之事,如十二日附记:"报载:《蕙风词话》及《词》已出版。"十五日记云:"与又韩信询蕙师归期。"十六日记:"蕙归矣。"十七日记:"蕙师于十四日已回沪。"④蕙风去苏不过数日,陈蒙庵如此关注其行程,可见其与况周颐之间有着相当深厚的感情。这其中关于月课的记载当然值得关注,如六月初五记"谒蕙师并馈二百金"⑤。这"二百金"便应是况周颐指导陈蒙庵填词月课的酬金,当然酬付的时间跨度一时难以

① 夏承焘:《陈蒙庵以云窗授律图嘱题志从蕙风问词也成一绝》,梁基永辑《况周颐批点陈蒙庵填词月课 陈蒙庵批校白石道人歌曲》,中华书局,2016 年,第 43 页。

② 梁基永辑:《况周颐批点陈蒙庵填词月课 陈蒙庵批校白石道人歌曲》,中华书局,2016 年,第 42 页。

③ 况周颐:《蕙风词话补编》卷三,况周颐撰,屈兴国辑注《蕙风词话辑注》,江西人民出版社,2000 年,第 535 页。

④ 以上见陈蒙庵《纫芳簃日记》,梁基永辑《况周颐批点陈蒙庵填词月课 陈蒙庵批校白石道人歌曲》,中华书局,2016 年,第 103—104 页。

⑤ 陈蒙庵:《纫芳簃日记》,梁基永辑《况周颐批点陈蒙庵填词月课 陈蒙庵批校白石道人歌曲》,中华书局,2016 年,第 97 页。

判断,但对勘况周颐从 1917 年代刘承干撰《历代词人考略》,所得酬金依当时商务印书馆例为千字四元,应该说陈蒙庵所支付,也不算低的。这也意味着况周颐批点陈蒙庵月课,之所以如此详尽、用心,除了有指导填词的兴趣和使命,也有部分的经济原因,毕竟属于有偿指导。

关于填词月课的批点,因为有的作品改动甚大,或者几乎是重写一过,修择应该需要一定时日。但从日记中可知,也有的月课批点是当面进行的。如六月十九日记云:“谒蕙师,携两稿就改,即改。”此即当面批点修改之例。而同日记“题……耄耋图词,改毕,携归”,则明显是此前呈送给况周颐的①。可见其频繁往返况府,送呈月课及取回月课批点,当是其中主要事项。乙丑六月二十七日,况周颐赴苏州,七月一日即记云:“寄蕙师苏州信,索改寿词,并寄题岩居水饮图词去。”②可见此寿词乃此前呈送给况周颐的,估计已有时日,故索回况周颐修改后的寿词,同时再寄一词并请修订,此《题岩居水饮图》调寄《鹧鸪天》,似作于六月二十三日,二十五日陈蒙庵曾自行修订一过。二十六日,陈蒙庵访况府,适况周颐准备次日赴苏,正料理行装,颇为忙碌,而当晚赵尊岳又设宴为况周颐钱行,故此稿或未便交况周颐③。七月十五日日记言及况周颐之子况小宋携况周颐手函至,信中谅有二词修改稿在。仅此寥寥数页日记,也略可见陈蒙庵请益之勤及况周颐批点之多、之速。

据此日记,况周颐与陈蒙庵的交往当然不限于月课批点,因为彼此相契,况周颐也时起雅兴,如乙丑六月初五日,况周颐在家中即为陈蒙庵摹巨然泛舟图,令陈蒙庵惊喜不已,他在当日日记中记云:“曩年尝求师作,书■不肯,今年三月间得书画、纨扇一,今又得此箑,缘分不浅也。”④六月初九,蕙风拟去苏州,此前一日,蕙风访陈蒙庵家,并于灯下为陈蒙庵书近词二阕⑤。何以陈蒙庵

---

① 以上分见陈蒙庵《纫芳簃日记》,梁基永辑《况周颐批点陈蒙庵填词月课 陈蒙庵批校白石道人歌曲》,中华书局,2016 年,第 105、106 页。

② 陈蒙庵:《纫芳簃日记》,梁基永辑《况周颐批点陈蒙庵填词月课 陈蒙庵批校白石道人歌曲》,中华书局,2016 年,第 109—110 页。

③ 参见陈蒙庵《纫芳簃日记》,梁基永辑《况周颐批点陈蒙庵填词月课 陈蒙庵批校白石道人歌曲》,中华书局,2016 年,第 107—108 页。

④ 陈蒙庵:《纫芳簃日记》,梁基永辑《况周颐批点陈蒙庵填词月课 陈蒙庵批校白石道人歌曲》,中华书局,2016 年,第 98 页。又,况周颐当日所画扇,陈蒙庵后将其发表在《词学季刊》1933 年第一卷第二号上。

⑤ 参见陈蒙庵《纫芳簃日记》,梁基永辑《况周颐批点陈蒙庵填词月课 陈蒙庵批校白石道人歌曲》,中华书局,2016 年,第 99 页。

要对况周颐赐书赐画如此欣喜呢？因为陈蒙庵很清楚，况周颐自号"手盲"，不工书画，平时应酬题词、题记，多请人代写，故平时不易见到况之手迹，而如今陈蒙庵独得如许，难免情动于中而喜形于色。六月十九日，陈蒙庵访况府，况周颐赠其新出版的《蕙风词》二册①。八月初三，况周颐从苏州回上海，八月初五即为陈蒙庵《云窗授律图》题词②。等等。通过日记所记此类消息，可见况周颐对陈蒙庵确实堪称别具青眼。

　　陈蒙庵当然也是悟性较高之人，在况周颐指导下，进步亦明显。今检后人汇编本《蕙风词话》，况周颐也时举蒙庵词以为褒评，如评陈蒙庵赋《满江红》（一片苔华）题某拓本词："歇拍美人名士，关合有情，全阕为之增色。"评陈蒙庵《摊破浣溪沙》（红娘绡衣翠映眉）"过拍换头，并有思致"。评陈蒙庵贺婚词《五彩结同心》（凤占宜室）为"庄雅温丽"。甚至称陈蒙庵与其兄质庵"竞爽词坛，有二难之目"③。所谓"二难"，典出《世说新语·德行》，意即皆为高才，难分伯仲之意。此在可见况周颐对陈蒙庵的提携之意。况周颐在几乎通篇改写陈蒙庵《紫萸香慢》一词后，自己也很有感慨地说："改笔似此，认真之至，亦至不易，毋忽。"④所谓"毋忽"，乃告诫其斟酌词篇，须至慎之意。修订词稿也是不断提升词境的过程，故也甚不易。此意可对勘《蕙风词话》卷一所云：

　　　　作词至于成就，良非易言。即成就之中，亦犹有辨。其或绝少襟抱，无当高格，而又自满足，不善变。不知门径之非，何论堂奥。然而从事于斯，历年多，功候到，成就其所成就，不得谓非专家。凡成就者，非必较优于未成就者。⑤

　　① 参见陈蒙庵《纫芳簃日记》，梁基永辑《况周颐批点陈蒙庵填词月课 陈蒙庵批校白石道人歌曲》，中华书局，2016年，第106页。按，况周颐《蕙风词话》《蕙风词》出版相近，估计况周颐也曾赠陈蒙庵以《蕙风词话》，今存况运彰批《绝妙好词笺》七卷《续钞》二卷，以红、蓝、绿、墨四色批校，其中墨笔即过录《蕙风词话》，可见其心中依傍。参见韦力《芷兰斋书跋四集》，国家图书馆出版社，2015年，第11页。
　　② 参见陈蒙庵《纫芳簃日记》，梁基永辑《况周颐批点陈蒙庵填词月课 陈蒙庵批校白石道人歌曲》，中华书局，2016年，第111页。
　　③ 以上分别参见况周颐撰，屈兴国辑注《蕙风词话辑注》，江西人民出版社，2000年，第551、551、552、552页。
　　④ 梁基永辑：《况周颐批点陈蒙庵填词月课 陈蒙庵批校白石道人歌曲》，中华书局，2016年，第20页。
　　⑤ 况周颐：《蕙风词话》卷一，唐圭璋编《词话丛编》第五册，中华书局，1986年，第4412页。

况周颐所说的"成就",并非是在填词方面成名成家之意,而是成为一个合格的词人而已。但即便是这样一个"成就"的词人,也需要多年的历练才有可能达到,毕竟一个"合格"的词人与一个"优秀"的词人之间是有着相当的距离的。即便到了"成就"的地步,还存在各种各样的不足,如格调不高、不善变化、门径有误,等等。这些都限制了一个合格词人的进一步发展。这也是况周颐认为"凡成就者,非必较优于未成就者"的意思了,因为那些未成就者或许在整体上左支右绌,但也可能在某一方面独有偏长。

况周颐把"成就"二字的含义放得这么低,当然是针对一般未必有填词天赋的人而言的。既然有"成就"的词人容易自满而不知变化,不识门径而妄奔东西,襟怀粗劣而难当高格,这些填词中的问题便需要得到修正和提升,而词人自身多读词以涵养清气当然是前提,同时名家的指导以及对作品的修择也十分重要①。在修择中提升胸襟和格调并变化出新,这是况周颐关乎填词的基本原则。他不仅有这样的理论,也在批点陈蒙庵填词月课中将门径、格调、创新等一一显现出来,为传统的修择观提供了一个十分重要的修择范式,值得我们充分重视。

若进而言之,就填词而言,无论是初习者、成就者、专家,还是名家甚或一代宗师,改词都是不可忽略的。民国时期的朱祖谋堪称词坛一代宗师,其总体影响力尚在况周颐之上,而他的词同样也多请况周颐批改。此参诸前引陈蒙庵之回忆文字,已略见其形②。

朱祖谋当然不似陈蒙庵,虽敦请友朋修改,但也自有主张。故况周颐、张尔田的改笔虽都没有直接出现在朱祖谋的定稿里,但还是在一定程度上被吸收进来,只是经过重加熔铸后,难以一一指出改笔而已。从陈蒙庵的追记里,朱祖谋填好词请况周颐修改也当是一种常态,这当然体现了朱祖谋放低身段的姿态,但也意味着况周颐高出一筹的创作地位。而朱祖谋每首词都有这样类似的经历,然后撷取众长,这才使得其词集中的作品"没有一首不是绝妙好词",整体保持在一种高水平的状态。但在这种状态的背后,也凝聚着师友的

---

① 况周颐非常重视师友指导在填词过程中的重要性。《蕙风词话》卷一言及读两宋人词时,会有当学与不当学之困惑,况周颐主张此事"尤必印证于良师友,庶收取精用闳之益"。见唐圭璋编《词话丛编》第五册,中华书局,1986 年,第 4417 页。

② 陈蒙庵:《我所认识的朱古微先生》,《人之初》1945 年第 1 期,第 11 页。

心血。以此而言,修择之与填词,简直是相伴而行的。尤其如陈蒙庵在填词之初能得词坛祭酒况周颐如此悉心指点,此在陈蒙庵而言,能师法乎上,门径高阔,不入旁道,也当是其人生之幸;而在况周颐而言,在新文化运动蓬勃展开的二十年代,旧体如填词,能不被弃置,学有传人,醉心如斯,且不绝如缕,也当是老怀堪慰的吧!

第十一章

梅兰芳与况周颐的听歌之词：民国沪上的艺文风雅

　　作为一代京剧大师，梅兰芳（1894—1961）出道于北京，而成名于上海。特别是在1913年后，梅兰芳数度莅沪，搬演京剧、昆剧数种，或出演新戏，时装、古装变换其间，一新世人耳目；或出演传统戏，令人再度感怀经典[①]。出色的唱功、演技、亲和的人格魅力，加上沪上媒体如《申报》等的空前营销宣传[②]，一时观众如堵，好评如潮，梅兰芳也因此开始了走向剧坛一代宗师之路[③]。而在民国初年的上海，也正是词人特别是晚清一批"遗老"词人汇聚的地方。而况周颐便是其中的重要代表，他不仅雅好观剧，而且以词写剧，词心与剧心相通，而

[①]　参见《申报·梅讯》1920年4月17日："畹华自民国二年抵沪，三年又来，五年又来，此遭九年。其戏之变化：第一次来专演旧剧，戏目亦不多，晚间尝唱《御碑亭》《穆柯寨》《虹霓关》之类；三年来则戏较多；五年来辗转杭沪间六十日，有昆、有古装、有专重唱工、有专重做工者，是可谓集其大成；此遭逆料旧戏唱工戏必较上次为少，而古装等戏则加多。"按，晚清以来，关于戏曲改良的声音便不绝如缕，如署名"三爱"实为陈独秀的《论戏曲》一文便提出了改良五法。陈文参见陈多、叶长海选注《中国历代剧论选注》，湖南文艺出版社，1987年，第460—462页。

[②]　参见唐雪莹《〈申报〉对梅兰芳沪上演出的报道》一文，《新闻爱好者》2011年第8期（下半月）；王省民《〈申报〉戏曲广告对戏曲消费的促进作用——以梅兰芳1913年至1929年来沪演出为考察对象》，《上海商学院学报》2013年第1期。

[③]　梅艳芳的演艺也得到了逊清朝廷的关注，1922年瑾太妃寿辰，内务府拟在漱芳斋演戏祝嘏，据说点了很多戏目，太妃都不满意，太妃只想看梅兰芳的戏。当时梅兰芳真在为救灾义演之中，但还是如期到宫中演了《游园惊梦》《霸王别姬》两出戏。瑾太妃看了梅兰芳的演出后，很有感慨地说："随先太后看戏几十年，从未看过这样的好戏，以前看的戏都算是白看了。"可见梅兰芳的演艺被认同的程度之高。参见秦国经《逊清皇室轶事》，紫禁城出版社，1985年，第117—118页。

成就了一批具有鲜明特色的词作①。尤其是 1920 年梅兰芳南下上海演出,沪上有香南雅集以及《香南雅集图》之绘制、题词等,有学者特别指出况周颐在其中的意义说:

> 此为梅氏历次南下上海演剧获赠诗词最多、最名贵的一次。这其中,况周颐特别值得一提。况氏一生致力于词,为词坛清末四大家之一。在他的多种词集中,《秀道人修梅清课》和《秀道人咏梅词》极具特色,因为全部是咏梅词。大词人况周颐钟情于梅,耽于梅之美色与妙艺,大约是最热衷于创作咏梅词的老词人了。②

至少从现象上肯定了况周颐对梅兰芳演艺及为人之倾慕。况周颐与梅兰芳建立了相当深厚的感情,他们不仅有剧场内的心有灵犀,更有剧场外的雅集交流。以况周颐与梅兰芳的关系为切入口,以况周颐为梅兰芳及其演剧所填的诸多词为勘察对象,不仅可见民国前期沪上的艺文风雅之盛,更可由此考见这一时期沪上遗民群体的心理特征③。

一、以戏剧为媒:况周颐与梅兰芳之交往

况周颐在民国后填词不辍,但在诸种题材中,以“听歌”为中心的填词成为一种颇为突出的现象,这与况周颐数度与当时京剧名角梅兰芳相识相交有着直接的关系。故勘察况周颐民国后心态之变化及填词之风的新变,“听歌”系列之词是值得充分关注的。

---

① 关于况周颐与梅兰芳的交往及相关词作的基本情况,可参见周茜《民国初期梅兰芳与沪上词学家交往考述》,《文艺研究》2014 年第 8 期;秦玮鸿《痴不求知痴更绝,万千珠泪一琼枝——论况周颐与梅兰芳的交往及其咏梅词》一文,刊《河池学院学报》2005 年第 6 期;谷曙光《咏“梅”诗词:梅兰芳研究的新领域和新思考》,刊《文化遗产》2017 年第 3 期。周文综合梅兰芳与诸多词学家的交往经历,其中包括况周颐;秦文涉猎部分况周颐咏梅词,以梳理史实为主;谷文综述咏写梅兰芳诗词的整体情况,侧重在文献述略及可能的研究空间。

② 谷曙光:《咏“梅”诗词:梅兰芳研究的新领域和新思考》,《文化遗产》2017 年第 3 期,第 46 页。此文未对况周颐咏梅词进行专题分析。

③ 关于咏写梅兰芳诗词的基本文献和研究价值、路径等情况,可参见谷曙光《咏“梅”诗词:梅兰芳研究的新领域和新思考》,《文化遗产》2017 年第 3 期。

　　沪上乃吴越文化兴盛之地,京剧原本相对受冷落。但随着梅兰芳的数次来沪演出,也带动了沪上对京剧的关注甚至热捧。梅兰芳原名梅澜,字畹华,小名群子,其初艺名"梅喜群",1907 年由崔时藩提议改名"梅兰芳",其后一直沿用。癸丑(1913)年十月上旬至十一月间,梅兰芳应沪上许少卿邀请首次到沪演剧,在丹桂第一台等剧场一气唱了 45 天的戏,名声因此大噪,从原本京城一地闻名而陡升为驰誉全国,其间因人介绍,结识了况周颐、朱祖谋、吴昌硕等人①。况周颐与梅兰芳可考的见面虽以此为最早,但况周颐当年寓居京城时,即与梅兰芳父亲订交,故梅兰芳在况周颐面前相当于世家子弟。1920 年香南二集时,况周颐曾撰十一首《西江月》供梅兰芳演唱,其中第十首上阕云:

　　　　慧业一门今昔,声家几辈升沉。春明残梦在绫衾,门外斑骓系稳。

况周颐于此后小注云:

　　　　曩与名父竹芬订交,爆直余闲,过从甚密。②

根据此注,可见在 1895 年况周颐入两江总督张之洞幕府前,在京城先后担任内阁中书、会典馆绘图处协修、国史馆校对期间与梅兰芳父亲梅竹芬结识并订交,馆值之余,与梅竹芬交往甚密。梅竹芬承父亲梅巧玲之衣钵,擅唱青衣、花旦,王韬《瑶台小录》记云:"肖芬在歌场中为小生,善昆曲。近岁昆山曲子,几如《广陵散》,不能无望于肖芬也。"③此"肖芬"即为梅竹芬字。惜年仅 26 岁即去世(1872—1898)。梅兰芳生于 1894 年,况周颐 1895 年离京时,梅兰芳尚不满周岁。况周颐"慧业一门今昔,声家几辈升沉"二句实际上将梅巧玲、梅竹芬、梅兰芳一门三代演艺之辉煌钩勒了出来。

　　但况周颐以本年词为主而结集之《二云词》,尚未见专门的听歌之作,次年况周颐自序斯集也未提及此事。1914 年,梅兰芳第二次来沪演出,仍未见

　　① 梅兰芳述,许姬传、许源来、朱家溍记《舞台生活四十年》上册记载 1913 年初次到沪演出,"我们还认识了许多文艺界的朋友,如吴昌硕、况夔笙、朱古微、赵竹君等"。团结出版社,2006 年,第 123 页。
　　② 况周颐著,秦玮鸿校注《况周颐词集校注》,上海古籍出版社,2013 年,第 415 页。
　　③ 王韬:《瑶台小录》(中),张次溪编纂《清代燕都梨园史料》下册,中国戏剧出版社,1988 年,第 671 页。

况周颐有词记写观剧。1916 年十月至十二月，梅兰芳第三次来沪演出，在天蟾舞台连续演出《彩楼配》等多种剧目，"彊村、蕙风，联袂入座"，两人即兴联句为乐①，况周颐并制多首词以写听歌之感，沪上艺文一时称盛，同年末况周颐将本年所填词汇为《菊梦词》一编，诸听歌之词亦汇入其中。戊午（1918）四月，况周颐因迎太夫人榇，而携长子维琦入都，与梅兰芳又在京城相见，此事见后来所撰《清平乐》组词之第三首末注②，但对相见因缘及过程未见更详细之记述。

　　庚申（1920）暮春，梅兰芳第四次来沪上演出，据《申报》所刊演出广告，主要演出剧目有：《天女散花》（6 场）、《上元夫人》（4 场）、《嫦娥奔月》《黛玉葬花》《游园惊梦》《贩马记》《汾河湾》（各演出 3 场），等等。以古装新戏为主。这一次况周颐等与梅兰芳的交往更为密切了。况周颐与朱祖谋等除了往观梅兰芳出演之《黛玉葬花》等多种剧目之外，尚有不少私下聚会：先是三月五日，赵尊岳尊人赵竹君召集梅兰芳、况周颐、郑孝胥、吴昌硕等人夜饮，此当为"香南雅集"第一集③。三月二十五日，况周颐、朱祖谋、吴昌硕、王雪澄等借赵竹君府宴请梅兰芳、郑孝胥、沈曾植、陈三立等，此即为"香南雅集"第二集。两集虽均集于惜阴堂，但一集是赵竹君在自己家中做东，二集是况周颐等四人借座惜阴堂做东，地点虽然没有变化，但雅集的主人其实是换了的。这两集人员固有不同，但况周颐、朱祖谋、梅兰芳、吴昌硕、郑孝胥等则是两集并至者。这两集的活动除了常规的觥筹交错之外，更有不少艺文活动。据赵尊岳《蕙风词史》，最初请吴昌硕绘制《香南雅集图》的是况周颐，但有绘图之愿的则是梅兰芳，此郑孝胥日记所记"梅求《香南雅集图》"云云，可见此事之端倪。此后续有他人绘画，凡五帧，合写雅集之盛。绘图之事应该发生在香南一集，因为第二集何诗孙因腰痛不克赴约④，其两绘雅集图自是一集之时。此后各家纷纷题词，一时蔚为大观。而题图之议或起于朱祖谋，朱祖谋之《十六字令》、况周颐之《戚氏》即合书卷端。因梅兰芳来沪，赵尊岳曾先制《清平乐》以赠梅兰芳，

　　① 张尔田：《词林新语》（一），唐圭璋编《词话丛编》第五册，中华书局，1986 年，第 4370 页。
　　② 况周颐《清平乐》组词第三首尾注："戊午四月，晤畹华于都门。"况周颐著，秦玮鸿校注：《况周颐词集校注》，上海古籍出版社，2013 年，第 394 页。
　　③ 参见郑炜明《况周颐先生年谱》，上海古籍出版社，2009 年，第 301 页。
　　④ 参见《申报·梅讯》1920 年 5 月 15 日。

况周颐继起而作,连制 21 阕《清平乐》,后并以此题《香南雅集图》①。况周颐又曾在雅集现场,用《玉簪记》"偷诗"出之《西江月》调韵,赋 11 阕《西江月》,并请梅兰芳即时按拍演唱。可见香南雅集之丰富多彩。

　　况周颐填《清平乐》二十一解以记其事,其三便有"容易相逢轻别去,弹指二年前事"之句,想见两年前相逢之乐。梅兰芳两度来沪,故友重逢,旧兴再发,况周颐以"听歌"为主题的系列词也就自然产生了。其实不遑说听梅兰芳演出《嫦娥奔月》《葬花》《西厢记》等京剧名段,即便平时观戏,况周颐也多有所感,因感而成词,盖词与歌之关系本身便极为密切之故。沪上词坛名流如朱祖谋等同好观剧,两大词坛祭酒联袂观剧,再唱和填词,亦沪上艺文盛事。今检况周颐词集,多有小序演述此事者。如《满路花》序云:

> 彊村有听歌之约,词以坚之。②

《塞翁吟》序云:

> 彊村屡听歌,鲰生竟弗与,虽旷世希有如《嫦娥奔月》一剧,不足以动其心,信懒不看医耶? 抑兴会不可强也。③

《戚氏》序云:

> 沤尹为吾畹华索赋此调,走笔应之。④

这样同题或同调赋听歌之作,还可以举出更多。看来朱祖谋也是京剧票友,他不仅自己屡次到场观赏,也多次邀约况周颐一同前往。据说有次在观看完梅兰芳演《彩楼配》时,薛平贵(姜妙香饰)从彩楼前经过,虽衣衫褴褛,但居然被王宝钏(梅兰芳饰)抛出的彩球打中,朱祖谋脱口而出"恨不将身变作花"一

---

① 参见赵尊岳《蕙风词史》,龙榆生主编《词学季刊》1934 年第一卷第四号,第 101 页。
② 况周颐著,秦玮鸿校注:《况周颐词集校注》,上海古籍出版社,2013 年,第 365 页。
③ 况周颐著,秦玮鸿校注:《况周颐词集校注》,上海古籍出版社,2013 年,第 366 页。
④ 况周颐著,秦玮鸿校注:《况周颐词集校注》,上海古籍出版社,2013 年,第 417 页。

句，况周颐随口接出"天蟾咫尺隔天涯"一句，两人一递一句，很快一首《浣溪沙》就写成了。另一次在观赏《黛玉葬花》——这是一出被誉为"以第一人材饰第一名剧，神妙雅致"[①]的精品之作，两人在归途中集句，况周颐得"愿为明镜分娇面，闲与仙人扫落花"两句，这两句分出刘希夷《公子行》与李白《寄王屋山人孟大融》二诗，恰成一联，况周颐遂请朱祖谋书联以赠梅兰芳，后来并足成《鹧鸪天》(脆管帘栊卷暮霞)一词[②]。可见以词写听歌乃一时之风雅。

通检况周颐词集，况周颐确实对梅兰芳的演剧堪称钦敬无似。不仅有《秀道人修梅清课》专集，而且另有散作若干。王国维所谓"蕙风'听歌'诸作"即包括此专集及其他散词，但应以《秀道人修梅清课》为主。"秀道人"乃况周颐自号，初以"秀庵"自号，乃从《牡丹亭》之《游园惊梦》一折中取一字而成[③]。"修梅"之"梅"即指梅兰芳。此集乃稍后编选，其中若干作品曾先期收入《菊梦词》等，而庚申年所作二十一阕《清平乐》也曾先以《秀道人咏梅词》一卷行世，后来并入《秀道人修梅清课》中。今检斯集，凡《满路花》《塞翁吟》《蕙兰芳引》《八声甘州》《西子妆》《减字浣溪沙》《莺啼序》《清平乐》《西江月》《戚氏》《鹧鸪天》《五福降中天》《浣溪沙》十三调五十余首。

况周颐对梅兰芳的情感极为深厚，其小序多以"吾畹华""吾梅郎"相称，可见关系之密切。其《莺啼序》序云：

> 梅郎自沪之杭，有重来之约，其信然耶？宇宙悠悠，吾梅郎外，孰可念者？万人如海，孰知念吾梅郎者？王逸少所谓"取诸怀抱""因寄所托"。《乐记》云：言之不足，故长言之。唯是梦蝶惊鸿，大都空中语耳。不于无声无字处求之，将谓如陈髯之赋云郎，则吾岂敢？[④]

几乎将梅兰芳视为生平唯一念想之人，因此特别担心"重来之约"是否会改变。更对芸芸众生可能忽略梅兰芳其人其艺而感到不平。"陈髯之赋云郎"，乃是用清初陈维崧为冒辟疆家僮紫云(徐九青)赋词数阕之事，紫云聪明过

---

① 参见《申报》1916 年 10 月 30 日。
② 参见况周颐著，秦玮鸿校注《况周颐词集校注》，上海古籍出版社，2013 年，第 420 页。
③ 参见况周颐《清平乐》其十七尾注，况周颐著，秦玮鸿校注《况周颐词集校注》，上海古籍出版社，2013 年，第 404 页。
④ 况周颐著，秦玮鸿校注：《况周颐词集校注》，上海古籍出版社，2013 年，第 391—392 页。

人,以善歌著称,当年陈维崧在水绘园苦读时初识紫云,便极为欣赏。后来陈维崧应博学鸿词科,官检讨,一路升迁,紫云也就跟着陈维崧入京了。况周颐用这个典故不一定坐实其全部意义,但彼此赏识、互相关心与提携应是其用此典的要义所在。

明代高濂有《玉簪记》传奇,其中"偷诗"一出,实用《西江月》词调。1920年暮春,香南二集时,况周颐曾用其韵填词,得十一首,然后让梅兰芳按拍演唱,也果然堪称"高会一时之盛"(况周颐《西江月》其一)。"君如低唱,我便吹箫"便是况周颐希望与梅兰芳相处的最佳方式,并认为他们的艺文之乐,"香词娇韵,当不让白石老仙夜泊垂虹时也"①。况周颐又曾专制《十六字令》分咏"梅""兰""芳"三字。其他词如《浣溪沙》"梅边依约见双文""三生万一证兰因""芳约简酬扶玉困",也是敷衍"梅兰芳"三字。

大概真是"吾梅郎外,孰可念者",况周颐对与梅兰芳相关的一切都非常关注,如他的词中专门写到梅兰芳佩带白玉连环(《清平乐》其九),好牵牛花,亲手种植多种稀有牵牛花品种(《清平乐》其十),喜欢饲养一种名叫"半天娇"的鸽子(《清平乐》其十一)②。也曾为梅兰芳祖母八十大寿填《五福降中天》以贺。为梅兰芳的合作者兼剧团业务的掌管者姚玉芙赋《清平乐》一阕,称其"长与梅花为伴侣,只恐翠禽深妒"③,显然十分艳羡其身份和地位。况周颐还曾为梅兰芳绘《折枝牡丹》画卷④题《清平乐》(名花倾国)一阕,并以"梅兰容易齐芳,牡丹合让花王"来言说其画卷之美⑤。而梅兰芳也曾绘制《吴东迈合欢绶带便面》赠况周颐,况周颐并赋《浣溪沙》(绾结同心绶带宜)以报。梅兰芳的"缀玉轩"乃是其京城寓所书房,平居或练声排戏,或读书作画,或招待友人,皆在此地。可能是应梅兰芳之请,况周颐专门从《玉台新咏》一书中集出八句为楹言,亦一时风雅之事。诸贞壮《赠畹华》三首之三便有"缀玉更题轩

① 况周颐:《浣溪沙》小序,况周颐著,秦玮鸿校注《况周颐词集校注》,上海古籍出版社,2013年,第423页。
② 梅兰芳在1910年与王明华结婚后,即开始饲养鸽子。
③ 况周颐著,秦玮鸿校注:《况周颐词集校注》,上海古籍出版社,2013年,第425页。
④ 关于梅兰芳习画之缘起与过程,可参见《梅兰芳口述自己的学画经历》,口述人:梅兰芳;整理人:梅绍武、梅卫东,载《档案记忆》2017年第8期,第24—28页。关于梅兰芳习画之师承,亦可参见梅兰芳纪念馆《梅兰芳与绘画》,载《书画世界》2018年第2期,第10—15页。
⑤ 梅兰芳从1913年开始习画,分别师从吴昌硕、陈师曾、齐白石、黄宾虹、徐悲鸿等。

榜字,谁呼白石老仙来"①之句记写此事。

况周颐对梅兰芳倾注了极大的感情,同时也希望梅兰芳能以同样之心对待自己。他素知梅兰芳擅长《西厢记》中《佳期》《拷红》二出,便将《西厢记》全本奉赠梅兰芳,一方面当然是方便梅兰芳"俾资订声",另一方面是为了梅兰芳"别后展卷怀人,庶几不我遐弃,并媵以此解"②。居然担心两人分别后被对方遗忘,所以用一本《西厢记》试图时时唤起梅兰芳的记忆。这一番况周颐的亲笔叙述,读来真是让人别有感慨。序语既如此动人,而尚有更动人心扉者。《申报·梅讯》在略述况周颐赠此书之后云:

> 蕙风尝自谓不工书,戏号手盲,向来应酬之作真笔绝少。此《西厢记题识》是其自书,重畹华之命令也。③

因为要表达特别的情怀,所以即便平时自称"手盲",此时也忘了藏拙了。此在在可见况周颐对梅兰芳的深情厚谊。

而最见况周颐此番心迹的,应是《浣溪沙·自题〈修梅清课〉后》一词:

> 清课修梅五十词,何曾修得到梅知? 不辞人说是梅痴。　　痴不求知痴更绝,万千珠泪一琼枝。华鬘回首我伊谁。④

被人说是"梅痴",况周颐也以"梅痴"自任,尤其是"痴不求知痴更绝"更见其心志,虽然况周颐其实是"求"梅兰芳"知"的。

对梅兰芳的演艺之高,况周颐也是称赞唯恐不及,他称梅兰芳出演的《嫦娥奔月》为"旷世希有"之剧,将《葬花》誉为"梅郎擅场之作",称"《西厢记》《佳期》《拷红》二出,畹华夙所擅场"⑤,又说:"观畹华演《葬花》,一肌一容,令

---

①　《申报·梅讯》1920 年 5 月 18 日。

②　况周颐:《浣溪沙》小序,况周颐著,秦玮鸿校注《况周颐词集校注》,上海古籍出版社,2013 年,第423 页。

③　《申报·梅讯》1920 年 5 月 10 日。

④　况周颐著,秦玮鸿校注:《况周颐词集校注》,上海古籍出版社,2013 年,第424 页。

⑤　以上分别参见况周颐著,秦玮鸿校注:《况周颐词集校注》,上海古籍出版社,2013 年,第 366、369、423 页。

人心骨香艳。"①此在在可见况周颐对梅兰芳演艺的高度赞赏。

一个一流的词人对一个一流的艺人，投入了如此情怀，则情动于中，笔之于词，也是再自然不过的事了。而两种"一流"荟萃而成的作品当然也就更值得期待了。

二、香南雅集以及绘图、卷首题咏之词

梅兰芳虽从 1913 年开始即数度莅沪演剧，与沪上词人况周颐、朱祖谋、沈曾植等结缘，但真正把这种艺文之缘推向高潮则是 1920 年之时。盖词人借观剧而寄兴，而艺人也须借文人之笔而存其风雅、广其流传。"香南雅集"便是在这种双向的背景之中自然形成的。

关于《香南雅集图》，前已略述其事，兹再引赵尊岳《蕙风词史》以更明晰其事：

> 畹华去沪，越岁更来。先生属吴昌硕为绘《香南雅集图》，并两集于余家，一时裙屐并至。图卷题者四十余家。画五帧，则吴昌硕、何诗孙（二帧）、沈雪庐、汪鸥客作也。彊村翁每会辄至，先生属以填词，翁曰："吾填《十六字令》，而子为《戚氏》可乎？"于是先生赋《戚氏》，翁亦赋《十六字令》三首，合书卷端。②

诸人虽集赵府，但况周颐应为主事者之一，也应是最活跃的人，他在题《香南雅集图》的组词《清平乐》其七中"坐中词客狂颠"一句即自写雅集兴致之高昂。从赵尊岳的追记来看，《香南雅集图》是由梅兰芳最初提出此请，然后况周颐转请吴昌绶绘图③，题卷者因是而生，尤其当时词坛一代宗师朱祖谋"每会辄至"并欣然为图填词，可见一时推崇之意。其他若陈三立平素不趋此类风雅，

---

① 况周颐著，秦玮鸿校注：《况周颐词集校注》，上海古籍出版社，2013 年，第 420 页。
② 赵尊岳：《蕙风词史》，龙榆生主编《词学季刊》1934 年第一卷第四号，第 101 页。
③ 据《郑孝胥日记》三月二十五日记，乃是"梅求书《香南雅集图》"，则当由梅兰芳提出，而况周颐转请吴昌硕绘制。郑孝胥之语转引自沈文泉《朱彊村年谱》，浙江古籍出版社，2013 年，第 226 页。

但这一次也是破戒题图了①。沈曾植居沪上十年不踏足歌场,但梅兰芳来沪演出,不仅前往观剧,而且撰《临江仙》一首以表雅兴,"时人以为难能"②。其实沈曾植并非只撰此一首《临江仙》,他还另撰了《题〈香南雅集图〉》七绝四首③。凡此均可见沪上诗词界对梅兰芳的特别之意。

《香南雅集图》之所以在吴昌硕绘制后,又增四帧,当也是因题图者众而增其规模而已,分别由何诗孙(1842—1922,二帧)、沈雪庐(生卒不详)、汪鸥客(1870—1925)所绘。此三人并吴昌硕皆当时沪上画坛名家,群相绘图、题词,真可谓风雅一时称盛。此五幅雅集图据云至今仍藏于梅家,外人不易一亲芳泽。故关于图画描绘情形,一时也难知其详。但吴昌硕所绘之图,应以梅花为主。吴昌硕有《为畹华画梅》诗云:

> 明珠拂袖舞垂髫,嘘气如兰散九霄。
> 寄语词仙听子细,导源乐府试吹箫。
> 堂登崔九依稀似,月演吴刚约略谙。
> 赢得梅花初写罢,陪君禅语立香南。④

---

① 参见国家图书馆善本部编《赵凤昌藏札》第二册,国家图书馆出版社,2009 年,第 159—160 页。陈三立为《香南雅集图》题七绝四首,参见《小说月报》第十一卷第七号"文苑"。

② 张尔田《词林新语》云:"嘉兴沈子培居上海,十年不涉歌场。自畹华来沪,遂往观剧,并作《临江仙》一解,时人以为难能。"唐圭璋编:《词话丛编》第五册,中华书局,1986 年,第 4371 页。沈曾植在辛亥革命后即寓居上海,据张尔田所言"十年"云云,此《临江仙》当作于 1920 年前后,但检朱孝臧著,白敦仁笺注《彊村语业笺注》,于其编年词中,1920 年并无《临江仙》词,1919 年系年中有《临江仙》(门柳低垂墙杏簇)一首,但与听歌无关,似非张尔田所提及之《临江仙》一阕。而在 1924 年系年中也有一阕《临江仙》,其小序云:"此辛酉岁暮同寐作时,叟目为'调高意远'者也,稿佚不复省,慈护世讲检叟遗箧得之。"慈护即沈曾植之子。朱祖谋此序对此词创作经过及失而复得之事记述甚详。如果朱祖谋记忆无误,则此词当作于"辛酉岁",即 1921 年,而《彊村语业笺注》却将其系于甲子年(1924),或未措心朱祖谋"辛酉岁"之提示,显然误系。但此词与观剧之事的关联并不密切,虽有"吹笛未宜休""有情歌小海"云云,但指向也是模糊的。而沈曾植的和作也同样与观剧无关。再者朱祖谋此词如果果然与梅兰芳演剧有关,也应是 1920 或 1922 年之事,1921 年,梅兰芳并未莅沪演出。而作于 1919 年之《临江仙》也同样与观剧无关。则或朱祖谋当时所填之《临江仙》未能保存下来,或者张尔田对朱祖谋之词所用词牌记忆有误。因稍作辨析如上。《彊村语业笺注》编年误系情况所在多有,如将朱祖谋《清平乐》(残春倦眼)一词系于 1924 年,其实此词 1920 年即发表于《小说月报》第十一卷第七号。

③ 参见《小说月报》第十一卷第七号"文苑"。

④ 《申报·梅讯》1920 年 5 月 21 日。

所谓"为畹华画梅"即为梅兰芳画《香南雅集图》之"梅"。诗歌尾联"赢得梅花初写罢"即已是自道写梅之事。此外尚有旁证,诸贞壮《赠畹华》之三即有"缶翁近为写疏梅,貌取清闲亦费才"之句①。此虽未明言题《香南雅集图》,但将这三首诗放在同期题《香南雅集图》专题诗词中,理应也是题图之作了,何况诗题即为《赠畹华》。结合沈曾植《题〈香南雅集图〉》四首之三中"肥水东流汉水流,暗香疏影遍南州"②诗句,吴昌硕所绘图自以梅花为主体,此当无可疑。

其他图卷所绘为何,一时也难知究竟,但陈三立《题〈香南雅集图〉》四首之四有"海外楼台叶下亭,云林高致托丹青"之句,则另图有亭台楼阁、山石草木之胜,大概也是可能的情形③。曾经贡献了两幅《香南雅集图》的何诗孙也有一首《清平乐》,题曰"题《香南雅集图》",此词究竟题何图,殊难勘清,但非吴昌硕所绘之图则是无疑的。录其词如下:

> 迢迢南浦。何计留君住。目断斜阳帆落处。一片无情烟树。　　墨痕泼上云蓝,依稀风景江南。为报天涯芳侣。故人雪鬓鬖鬖。④

此图以江南风景为背景,用南浦、斜阳、船帆、烟树等意象点染其中,而"目断"二字尤见深情远望之形。此是何诗孙为自绘图卷题诗,还是为沈雪庐、汪鸥客⑤所绘图卷题诗,一时难以明断。今检《申报·梅讯》1920 年 5 月 24 日记云:

> 昨以《香南雅集图》,潢治成卷,送何诗老处,诗老欣然复补《云山远思图》一幅,烟峦朗列,苍天白云,可谓神品,并媵以《清平乐》一阕云(词略)。

---

① 参见《小说月报》第十一卷(1920)第七号"文苑"。
② 参见《小说月报》第十一卷(1920)第七号"文苑"。
③ 参见《小说月报》第十一卷(1920)第七号"文苑"。
④ 《申报·梅讯》1920 年 5 月 24 日。按,"迢迢"原作"超超"。
⑤ 汪鸥客即汪洛年(1870—1925),字社耆、友箕,号鸥客,浙江钱塘(今杭州)人。擅长书画、篆刻,尤长于山水画。曾任两湖师范等校美术教员,辛亥革命后寓居上海。

何诗孙并跋云：

> 畹华为余作《香南雅集图》，潢治成卷，诸公题咏殆遍，余衰颓荒落，愧无以应，乃作《云山远思图》，以送其行，辄效擘拈《清平乐》一阕，用博一粲，见者当嗤之以鼻也。

这一节记载为《香南雅集图》提供了更多的信息，按照何诗孙的跋文，则梅兰芳也曾自绘有一幅《香南雅集图》。但何诗孙虽另绘《云山远思图》，但他的这首《清平乐》词还是为梅兰芳所绘《香南雅集图》而作，其小序所云甚明。何诗孙只是另作一图为其送行而已。若朱彊村的《清平乐》词，副题明确是"何诗孙为梅兰芳北归画卷征题"①，则朱彊村此词为何诗孙绘《云山远思图》题词无疑。朱彊村词中描述情形与何诗孙题词亦大略相似。如何诗孙说"无计留春住"，朱彊村说"残春倦眼"，均是就暮春景象落笔。另外，赵尊岳也有《清平乐·再题香南卷子》一词，开篇便是"莺嗔燕妒，斜日波云路"，过片也是"莫放春归去"云云，显然也是写春夏之交之情形②。王国维《清平乐》乃应况周颐索题《香南雅集图》而作，末句"落花时节江南"，也正与何诗孙自作诗意象略似，当也是题何诗孙所绘图卷之一者。

　　由何诗孙词中"目断斜阳帆落处""天涯芳侣""故人雪鬓"云云，此图不仅有风景，而且有人物，这与《申报》所描述的"惟《香南雅集图》画人十一，自谓为梅郎破例云"③也正相合。而何诗孙的另外一幅雅集图名《云山远思图》，何诗孙《清平乐》词中"一片无情烟树""墨痕泼上云蓝"云云，或与此有关。关于汪鸥客所绘图的情形，目前资料也颇少，因为汪鸥客绘画长处在山水，梅兰芳深知其长，估计其所求画幅也应以山水为主④。而沈雪庐所绘图卷的情形则一时失考。

---

① 此题或为朱彊村后来所加，参见朱孝臧著，白敦仁笺注《彊村语业笺注》，浙江古籍出版社，2015年，第303页。按，《彊村语业笺注》将此词系于1924年，疑误。《小说月报》第十一卷第七号"文苑"初次发表朱彊村此词时只标《清平乐·题香南雅集图》。

② 《小说月报》第十一卷第七号所刊赵尊岳《清平乐》四首，虽皆题"题香南雅集图"，但当非题某一图，可能是分题多图，然后汇成一题发表的。

③ 《申报·梅讯》1920年5月9日。

④ 《申报·梅讯》1920年5月11日记云："汪鸥客工绘山水，畹华辈见之，各求绘事，鸥客已面允矣。"

虽然雅集图有成于四人五幅之说，但此数幅是否合成一卷，也颇存疑问。《申报·梅讯》1920年4月26日记云："畹华得与名流款接，乐不可支。何诗老已允绘一卷子，与昌老所绘之梅兰并作一卷。"则合成一长卷，也有可能，至少是曾有此想了。绘图、题诗者既如此尽心用力，难怪梅兰芳情动于中而对况周颐直言《香南雅集图》乃是"吾镇家之宝"，可见梅兰芳对雅集及雅集图卷的重视程度①。

"香南"一名，也当由况周颐命名。况周颐《蕙风词话续编》卷二云：

> 潞府妙滕臻禅师。僧问金粟如来为甚么却降释迦会里。师曰："香山南，雪山北。"闺秀吴蘋香（藻）词名《香南雪北》，本此。②

这段记载原见《五灯会元》。香山南与雪山北，即香南雪北，意即梅萼梢头。《戚氏》乃泛指南方和北方而已。梅兰芳由京至沪，南北演剧，两地轰动，正合乎"香南雪北"之意，又合乎"梅萼梢头"之意，可以绾合到"梅兰芳"之"梅"字，故况周颐借此名为用。此五幅图卷是否彼此有争胜之心，容后再议，而题图者则显然有上下之心。朱祖谋两集均至，可见雅兴果然高昂，而其填短小之十六字令，却命况周颐填长调《戚氏》，其中当有相竞之意，质言之，或有以少矜多之意。

香南雅集的第一集和第二集确实发生在1920年。但参诸史料，其实在1922年6月下旬，同样在赵府惜阴堂还有香南雅集第三集③。赵尊岳"两集于余家"不过是针对1920年之事，尤其是围绕《香南雅集图》之绘制与题图之事。据《申报·梅讯》，香南三集具体集会时间应是1922年6月28日，梅兰芳等在赵府欢聚三小时（下午5时至8时）左右，次日《申报》对此有报道④。但这一次参加的人员尤其是诗词名家一时尚难勘清，至少沈曾植、朱祖谋是因病没有到场。况周颐虽似并无关于香南三集的词保留下来，但他其实是参加了

---

① 《申报·梅讯》1920年5月11日。
② 况周颐：《蕙风词话续编》卷二，唐圭璋编《词话丛编》第五册，中华书局，1986年，第4571页。
③ 关于香南三集的具体情况，可参见周茜《"大梅党"赵尊岳与梅兰芳——以1920、1922年〈申报·梅讯〉为例》，刊《文艺研究》2017年第6期。
④ 《申报·梅讯》1922年6月29日："日昨香南三集，到者甚夥。凤（王凤卿）、畹（梅畹华）、妙（姜妙香）、玉（姚玉芙）五时莅止，八时始归也。"

雅集的。况周颐曾在致赵尊岳信中说:

> 香南三集,醉饱纫佩,必有新词一二,日内奉呈胡涂三则,可否入"梅讯"? 祈酌。①

况周颐不仅参加了三集,而且因为"纫"秋兰以为"佩",要感谢主人的殷勤招待,所以在雅集之后,拟"胡涂三则",填写新词,并要求赵尊岳在《申报》的"梅讯"专栏刊出。这些文字在在透露出况周颐参加香南三集及此后的相关情形。但笔者粗检这一时期《申报》,并未见到况周颐的新词,或虽有意填写而终未能成篇。

很有意思的是,从听歌的积极性而言,彊村并不在蕙风之下,蕙风写听歌之作,连篇累牍,几下笔不能自休,而彊村虽多即兴吟句吟联,但除了题《香南雅集图》之《十六字令》外,所作不多,且晚年自定《彊村语业》二卷,其关乎听歌之词,所存寥寥。如蕙风为梅兰芳填词最为频繁的庚申之年(1920),经彊村删订后的《彊村语业》编年词,只保留《丹凤吟》(坐拥连床缃缥)一首,乃为沪上蒋汝藻密韵楼图题卷者。而关于《香南雅集图》之题词则一时难觅影踪。今偶检《小说月报》第十一卷(1920)第七号,于"文苑"栏目,惊见题署"朱彊村"的《清平乐·题香南雅集图》一阕:

> 残春倦眼。容易花前换。萼绿华来芳畹晚。消得闲情诗卷。　　天风一串珠喉。江山为被清愁。家世羽衣法曲,不成凝碧池头。②

"萼绿华来芳畹晚"一句显然是契合梅兰芳的字"畹华"之意,当然著一"晚"字也呼应起句"残春"二字。上阕主要写出朱彊村倦眼看残春的无绪,幸得手中诗卷,尚可消磨时日。下阕便情绪振起,回到《香南雅集图》及梅兰芳的主题,换头先写歌声清脆自然,其中渗透了江山社稷之清愁,其实是带出遗民之心而已。接言梅兰芳家世演剧,"羽衣法曲"并非是说梅兰芳演唱唐代法曲《霓裳羽衣曲》,而是喻指其家世演剧格局气象之宏大。"凝碧池"乃唐宫中清池,当

---

① 国家图书馆善本部编:《赵凤昌藏札》第二册,国家图书馆出版社,2009年,第168页。
② 《小说月报》第十一卷(1920)第七号"文苑"。

时奏乐之地,与"羽衣法曲"直接呼应。

朱彊村这首《清平乐》上阕写自身,下阕从梅兰芳同样写到自身之感,很显然,梅兰芳只是朱彊村用来引发和点缀自身心情的话头而已。

据云题于《香南雅集图》卷首的朱祖谋的这首《十六字令》,今本《彊村语业》并无存,或为朱祖谋自行删去。而《香南雅集图》图卷今难见踪影,故亦一时难以考之于图卷。但况周颐之《戚氏》至今犹存。其词如下:

> 伫飞鸾,萼绿仙子彩云端。影月娉婷,浣霞明艳,好谁看。华鬘,梦寻难,当歌掩泪十年间。文园鬓雪如许,镜里长葆几朱颜。缟袂重认,红帘初卷,怕春暖也犹寒。乍维摩病榻,花雨催起,著意清欢。　　丝管,赚出婵娟。珠翠照映,老眼太辛酸。春宵短,系骢难稳,栩蝶须还。近尊前。暂许对影,香南笛语,遍写乌阑。番风渐急,省识将离,已忍目断关山。　　念我沧江晚,消何逊笔,旧恨吟边。未解清平调苦,道苔枝、翠羽信缠绵。剧怜画罨瑶台,醉扶纸帐,争遣愁千万。算更无、月地云阶见,谁与诉、鹤守缘悭。甚素娥、暂缺能圆。更芳节、后约是今番。耐清寒惯,梅花赋也,好好纫兰。[①]

由末句"耐清寒惯,梅花赋也"云云,就知此词果然是为吴昌硕所绘雅集图而写。况周颐在词调下有"沤尹为畹华索赋此调,走笔应之"副题,朱祖谋为梅兰芳向况周颐索词,看来为《香南雅集图》彼此索词几成一时风尚,亦可见梅兰芳珍重此图之意。这个以前清遗民为主体的群体,在民国落寞的时候,将兴趣转移到艺文风雅方面,以平抚愁闷之怀,实在是再正常不过了。

况周颐《戚氏》虽是应朱祖谋之命而填写,但用笔老道,将演剧形象与梅兰芳身世、梅花意象结合来写,措语讲究,富有文采,笔法在离合之间自如变化,更写出即将送别梅兰芳的万千惆怅之情。从长调起承转合、"潜气内转"的角度来说,自是合作。用梅花典故,加上"芳节""纫兰",笔笔都回护到"梅兰芳"。而"暂许对影,香南笛语,遍写乌阑"不仅揭出"香南"之意,而且将题图与"笛语"并提,可见雅集之盛。

---

① 况周颐著,秦玮鸿校注:《况周颐词集校注》,上海古籍出版社,2013年,第417—418页。

三、况周颐听歌诸词——从《满路花》到《定风波》

虽然自1916年王国维与况周颐结识后,对况周颐的词在评价上表现出前后的不同,但这也只是从相对意义上而言的。即便在晚年,王国维对况周颐的词也仍有贬评。赵万里《丙寅日记》曾记王国维语云:

> 蕙风"听歌"诸作,自以《满路花》为最佳。至题《香南雅集图》诸词,殊觉泛泛,无一言道著。[①]

"丙寅"即1926年,乃王国维自沉前一年。而在1926年的清华园,王国维究竟是因何机缘跟赵万里谈起此事,一时也难勘清。但从差不多填词十年后,仍对此事发表看法,而且观点不失犀利,可见这一次雅集,在王国维记忆中是占有一定的分量的。王国维认为况周颐题《香南雅集图》诸词,过于浮泛,没有将听歌的感受清晰地传达出来,这在对况周颐的看法已经有了很大转变的时期,依然出语如此之重,亦可见王国维坚守自己词学的朴实之心。

况周颐虽是桂人,但早年长期客寓京城,故于京剧情有独钟。民国初年,梅兰芳屡至沪搬演,两人交往渐多,填词记事,积成规模,而有所谓"听歌诸作"。但王国维对这一系列听歌之词评价总体偏低,除了一首《满路花》外,其他几乎都在被否定之列。特别是对由况周颐召集、遍请沪上名流题写的《香南雅集图》题词尤多批评。从王国维"殊觉泛泛,无一言道著"之评,可见王国维持以评价况周颐听歌诸词的标准,仍是《人间词话》中拈出的"隔与不隔"之说。这自然可见王国维词学思想之稳定。

况周颐虽然先后以两种专集来写梅兰芳,但在王国维看来,只有《满路花》一阕堪称"最佳"。现录其词如下:

> 虫边安枕簟,雁外梦山河。不成双泪落、为闻歌。浮生何益,尽意付消磨。见说寰中秀,曼睩修蛾。旧家风度无过。　　凤城丝管,回首惜铜

---

①　转引自彭玉平《人间词话疏证》附录《王国维词论汇录》,中华书局,2011年,第436页。

驼。看花余老眼、重摩挲。香尘人海,唱彻《定风波》。点鬓霜如雨,未比愁多。问天还问嫦娥。

此词有小序云:"彊村有听歌之约,词以坚之。"可见这是在观剧前所填之词,所观之剧当为《嫦娥奔月》,盖词中结尾有"问天还问嫦娥"一句,况周颐又在词末注云:"梅郎兰芳以《嫦娥奔月》一剧蜚声日下。"①"日下"即京城,梅兰芳在京城出演《嫦娥奔月》已经引起轰动。丙辰(1916)十月至十二月,梅兰芳第三次到沪演出,沪上词人为之雀跃,难怪朱祖谋有听歌之约。据况周颐所述,朱祖谋平时乃深居简出之人,但梅兰芳来沪演出,朱祖谋"连日为畹华莅歌场,深坐逾子夜,未尝有倦容"②,其痴迷如此。而况周颐则更是公认和自认的"梅痴",当然要以词"坚"之了。

王国维何以称赞此词最佳,未见明说,但他既然评价况周颐题《香南雅集图》诸词为"殊觉泛泛,无一言道著",也就是如雾里看花、殊欠真切的意思了,用《人间词话》的术语来说就是"隔"。此可参《人间词话》如下两则:

> 咏物之词,自以东坡《水龙吟》为最工,邦卿《双双燕》次之。白石《暗香》、《疏影》,格调虽高,然无一语道著。(第38则)③
>
> 白石写景之作,如"二十四桥仍在,波心荡、冷月无声","数峰清苦,商略黄昏雨","高树晚蝉,说西风消息",虽格韵高绝,然如雾里看花,终隔一层。梅溪、梦窗诸家写景之病,皆在一"隔"字。(第39则)④

咏物应写出物之形神,写景应使景物如在目前,这是王国维心目中咏物、写景的上乘境界。用笔虚幻、不知所云,则是王国维竭力反对的填词风气。按照王国维的意思,况周颐题咏《香南雅集图》之《戚氏》及21阕《清平乐》便是"隔"

---

① 以上《满路花》词及注,见况周颐著,秦玮鸿校注:《况周颐词集校注》,上海古籍出版社,2013年,第365页。

② 按,此乃况周颐描述辛酉(1921)暮春梅兰芳来沪演出朱祖谋痴迷之形,但此前数年梅兰芳到沪搬演,朱祖谋与况周颐也是痴迷如此。见况周颐《蕙风词话补编》卷三,况周颐撰,屈兴国辑注《蕙风词话辑注》,江西人民出版社,2000年,第504页。

③ 王国维:《人间词话》,唐圭璋编《词话丛编》第五册,中华书局,1986年,第4248页。

④ 王国维:《人间词话》,唐圭璋编《词话丛编》第五册,中华书局,1986年,第4248页。

的典范，而《满路花》一词在王国维眼中则具备"不隔"的特征。此说允当与否，暂且不论。问题是况周颐写听歌是从审美意义上听，还是借听歌来别抒怀抱，这才是我们应考察的问题。至少不应以王国维的理论来简单裁断况周颐听歌之作的价值。

此词写听歌，如果拈出关键句，无非是"不成双泪落、为闻歌""点鬓霜如雨，未比愁多"二句，年龄老大，鬓有繁霜，故听歌易感，以至于泪水涟涟。可见"听歌"只是一个契机，是词人自身愁情从平时的潜隐到此时的激发的一种媒介。起笔"虫边安枕簟，雁外梦山河"其实已经以秋景引发了家国之思。所谓"梦山河"已非此时此刻自然之山河，而是彼时彼刻之大清江山，如今江山易主，自然彼时江山只能长留梦中了。所以开笔已经揭出词人之愁的基本内涵了。因愁而生浮生何益之感，又生消磨余生之念。

况周颐写听歌，其实是从历史、现实与个人情感的贯通中来写的，如果从纯粹的"立意"的角度来说，这个开头或者前奏应该说是很有力量的。接着当然要从自身过渡到"听歌"本身了。"曼睩修蛾"是从《楚辞·招魂》"蛾眉曼睩，目腾光些"①一句稍作变化而来，"修蛾"的意思比较简单，就是眉毛细长的样子；"曼睩"二字，按照王逸《楚辞章句》的解释："曼，泽也。睩，视貌。"②就是形容明眸善睐、眼光流转的意思。只此四字，便将梅兰芳的舞台形象通过最生动的眉毛与眼睛钩勒出来，再来一句"旧家风度无过"，更将梅兰芳形象的无与伦比直陈了出来。

词中"凤城"应指京城。而"回首惜铜驼"则饱含着今昔盛衰之感，其实也是回到遗民情怀了。据《邺中记》记载："二铜驼如马形，长一丈，高一丈，足如牛，尾长三尺，脊如马鞍，在中阳门外，夹道相向。"③此二铜驼原立汉代之洛阳，但况周颐词中的"铜驼"其实隐指京城。据《晋书·索靖传》所载："靖有先识远量，知天下将乱，指洛阳宫门铜驼，叹曰：会见汝在荆棘中耳！"④索靖的预见也果然成为了事实。所以况周颐说"惜铜驼"，其实是寄寓了深切的兴亡之感在内的，从结构上说，也是对此词开头数句的一种呼应。接着写自己老境之

---

① 洪兴祖撰，黄灵庚点校：《楚辞补注》，上海古籍出版社，2015年，第331页。
② 洪兴祖撰，黄灵庚点校：《楚辞补注》，上海古籍出版社，2015年，第336页。
③ 陆翙：《邺中记》，《景印文渊阁四库全书》第463册，台湾商务印书馆，1986年，第309页。
④ 房玄龄等：《晋书》卷六〇，中华书局，1974年，第1648页。

悲苦。而导致这种家国兴亡之感和个人命运之凄凉的原因,词人想问清楚,但除了茫茫青天和此刻舞台上曼妙的嫦娥,还有谁能告诉他答案呢?煞末的两个问,其实是写出了自己内心的绝望。

此词中有"唱彻《定风波》"一句,极易被读者轻轻放过,实是大有用意之句。兹参赵尊岳语云:"在甲寅、乙卯间,项城柄国,辄有僭位之思,其事渐显。先生以胜朝故老,益为痛心。遂作《定风波》、《多丽》以讽之。"①甲寅、乙卯即1914、1915年,项城即袁世凯,袁世凯为河南项城人,故称。所谓"僭位之思"即阴谋称帝之野心。兹录《定风波》词如下:

> 百宝阑边蜂蝶忙,云烘月托出天香。秾李夭桃浑烂漫,须看,看它低首拜花王。　　便相姚黄妃魏紫,多事,骚人阁笔费平章。凝露一枝红艳绝,芳节,断无杯酒酹斜阳。

此词前的小序也别有意味:"九月五日咏牡丹,或曰:'非时。'沤尹曰:'非非时。'"②甲寅九月,已非牡丹盛开之时,况周颐起咏写牡丹之思,故被人质疑思之非时,但朱祖谋认为诗兴未必需要应时。当然朱祖谋所谓"非非时"其中可能还有更丰富的言外之意了。

此词上阕看似淡淡写景,其实别有心思。蜂蝶之忙碌,桃李之烂漫,都不过是映衬"天香""花王"而已。牡丹被称为国色天香,而"花王"亦指牡丹。传为唐代皮日休作《牡丹》诗云:"落尽残红始吐芳,佳名唤作百花王。"③即以牡丹为百花之王。况周颐盖以蜂蝶、桃李喻指群僚,而以"天香""花王"代指袁世凯了。这也是袁世凯醉心的虚幻场景。

过片意味更深。姚黄、魏紫乃牡丹的两个名贵品种,其初分出姚、魏二家,各以千叶黄花、千叶肉红花儿驰名。欧阳修《洛阳牡丹记》曾引钱惟演语云:"人谓牡丹花王,今姚黄真可为王,而魏花乃后也。"④以"王""后"隐喻袁世凯

---

① 赵尊岳:《蕙风词史》,龙榆生主编《词学季刊》1934年第一卷第四号,第89页。
② 况周颐著,秦玮鸿校注:《况周颐词集校注》,上海古籍出版社,2013年,第327页。
③ 按,此诗《全唐诗》、陈尚君《全唐诗补编》、1992年出版的《唐诗百家全集——皮日休诗全集》、萧涤非整理本《皮子文薮》皆未收。最初见于明彭大翼《山堂肆考》、清张英《渊鉴类函》,尹楚兵《皮子文薮整理本校读札记》一文说此诗是前人漏收,由他辑佚出来。
④ 李逸安点校:《欧阳修全集》第三册,中华书局,2001年,第1099页。

称帝封后之意。但在况周颐看来，这不过是枉费心血了。"梅雪争春未肯降，骚人阁笔费平章"①，卢梅坡的这首《梅花》诗虽是写雪与梅之争，但其枉争之形亦如当日袁世凯谋划称帝之形，故况周颐直接取用卢梅坡之句而略加换意。赵尊岳便评"便相"二句云："指欲僭窃者，径自受禅，必伪造民意，殊患多事也。"②而结以"断无杯酒酹斜阳"一句，则喻示其必然之落寞结局。

明乎《定风波》一词之背景及寓意，就能明白赵尊岳言说况周颐晚年听歌诸作"别有怀抱者"，所举之例，首即《满路花》一词，而所引之句除了起二拍之外，便是"香尘人海，唱彻《定风波》"一句③。其怀抱的内涵即在此。

这首词从自身写到梅兰芳，再由梅兰芳写到自身，最后在自身与梅兰芳混合的舞台形象中煞尾，留下不尽的言外之意。王国维对况周颐题《香南雅集图》诸词下语甚苛，而唯对此《满路花》特致青睐。或许是况周颐将家国兴亡之感与梅兰芳的演剧及其"嫦娥奔月"的出尘之想绾结自然，极有情感穿透力和艺术感染力之故。

四、况周颐听歌诸词——《清平乐》21 首诠解

如果要对勘况周颐的其他听歌之作，则被王国维评为"殊觉泛泛，无一言道著"的题《香南雅集图》诸词，就不能忽略了。根据赵尊岳的记载，况周颐除了有《戚氏》一词与朱祖谋的《十六字令》曾题写卷端之外，便是这21 首《清平乐》词影响为大。王国维的贬评应该主要是针对此《清平乐》组词。况周颐在组词前有小序云：

> 庚申春暮，畹华重来沪滨，叔雍公子赋此调赠之，余亦继声，得廿一解，即以题《香南雅集图》，博吾畹华一粲。④

由况周颐此序可知，此21 首《清平乐》，原是与赵尊岳同调唱和之作，盖在《香

---

① 北京大学古文献研究所编：《全宋诗》第七十二册，北京大学出版社，1998 年，第 45203 页。
② 赵尊岳：《蕙风词史》，龙榆生主编《词学季刊》1934 年第一卷第四号，第 90 页。
③ 参见赵尊岳《蕙风词史》，龙榆生主编《词学季刊》1934 年第一卷第四号，第 94—95 页。
④ 况周颐著，秦玮鸿校注：《况周颐词集校注》，上海古籍出版社，2013 年，第 392 页。

南雅集图》绘成之前已经完成。后《香南雅集图》绘成,遂将此21首词题写其上。《小说月报》第十一卷第七、八号"文苑"曾连续刊出题《香南雅集图》诗词,赵尊岳的4首《清平乐》、况周颐的21首、何诗孙、朱彊村、王静安各1首《清平乐》均刊于其上。另有沈曾植、潜道人、陈散原题诗若干。除了题图,这21首词也曾以《秀道人咏梅词》一卷单独行世。

　　况周颐的这组词既然是"继声"赵尊岳之作,则对赵尊岳原词有所了解当然是必要的。据云赵尊岳专为梅兰芳作的《清平乐》组词有14首,但今由赵尊岳之女赵文漪所编《珍重阁词集》因部分原稿丢失而仅保留两首。有学者从《申报·梅讯》辑得4首①,但有两首分别辑录于《申报》1922年6月5日、21日,这与赵尊岳题《香南雅集图》的时间明显不合,应是后来听歌所写,已与题图无关,不过词调仍寄《清平乐》而已。但《申报》1920年5月10日、13日所辑两首,应为《珍重阁词集》失收之词。录二词于下:

　　　　困人天气,开到荼蘼未。翠羽枝头深浅意,愁绝春红罗绮。　　　　五陵裘马春容,潮声诉与东风。莫遣玉龙吹彻,梅花也恋吴侬。
　　　　摩诃清浅,得似瑶池宴。坠紫飞红春晚晼,点点华鬘正眼。　　　　留春写遍吴绫,春归肯放君行。悟到镜华圆觉,却教人笑痴生。②

其实这两首词虽调寄《清平乐》,但是否均属于赵尊岳题《香南雅集图》之《清平乐》组词却是有疑问的,至少《清平乐》(摩诃清浅)一首是有问题的。何则?这组题《香南雅集图》之诗词,曾连载于《小说月报》第十一卷(1920)第七、第八号"文苑",况周颐、赵尊岳的两组《清平乐》即刊在其中,但第七号刊载况周颐11首后,在第11首末标"未完"二字,第八号续刊剩下10首,合成21首完璧。但接排在第七号况周颐词后赵尊岳的《清平乐·题香南雅集图》却只有4首,此后并无"未完"字样,第八号也再无赵尊岳同调之词,因此我怀疑赵尊岳赠梅兰芳并题《香南雅集图》之《清平乐》只有4首,而非14首,此后虽有所

_____

　　① 周茜《"大梅党"赵尊岳与梅兰芳——以1920、1922年〈申报·梅讯〉为例》云:"赵尊岳专为梅郎所作《清平乐》十四首,《国香慢》《南浦》《疏影》各一首。赵氏现存《珍重阁词集》为其女赵文漪所编,因朋友的不慎失落下部,故上述咏梅词只有《国香慢》等三首和两首《清平乐》收录,还有十二首散佚。"《文艺研究》2017年第6期,第109—110页。

　　② 《申报·梅讯》1920年5月10日、13日。

作,未必入此系列。此4首除了第1首与《申报》1920年5月10所刊一致之外,余3首如下:

　　莺瞋燕妒。斜日波云路。一笑匆匆心暗许。回首缤纷花雨。　安排凤管鸾笺。销魂碧海青天。梦里不成相忆,春风珍重么弦。

　　帘波侬汝。莫放春归去。唱彻吴云天尺五。认取旧时钿柱。　少年鹳鸰心情。护花乞与金铃。梦到红罗亭子,归来斜月残檠。

　　人间何世。天上龙华会。智慧总持君占取。三昧何妨游戏。　者回檀板金尊。前身絮果兰因。记省真灵位业。瑶台月下琼春。①

这四首题《香南雅集图》的《清平乐》组词,总体写香南二集时“安排凤管鸾笺”的情形,既有檀板、凤管、玉龙的组合伴奏,也有金尊的欢宴,当然梅兰芳“唱彻吴云天尺五”是雅集主题,其所唱的内容应该包括况周颐专为梅兰芳新写的《西江月》组词。写了梅兰芳如鹳鸰一般擅唱与亲和,“梅花也恋吴侬”一句,实际上表达了梅兰芳对南方文化的偏爱。梅兰芳虽生于北京,但其祖籍实是江苏吴县,所以其“恋吴侬”,当有血脉中的地缘亲情。当然赵尊岳也写了“五陵裘马春容”当晚高朋满座的情形。“智慧总持君占取”点明了梅兰芳才是当晚雅集的主持,“三昧何妨游戏”则说明当晚轻松欢乐的雅集气氛。当然“鸾笺”是为词人备下的,“留春写遍吴绫,春归肯放君行”二句则写明词人纷纷题词的踊跃场面。

　　由赵尊岳的这组题写《香南雅集图》4首及虽未标明题图,但也与雅集有关的另外1首《清平乐》词,可见赵尊岳的《清平乐》组词主要描写雅集盛况,突出了梅兰芳的风雅“主持”的身份,以及当晚宴饮、填词、唱曲的热闹场景。大约等相关雅集图绘成,再择录数首题写其上。

　　况周颐当晚当然填写的并非这组《清平乐》词,而是《西江月》组词。但况周颐对赵尊岳的这组描写雅集情形的词非常欣赏,故雅集之后继声而成《清平乐》

21首。因为创作于雅集之后，况周颐的笔墨也因此不限于聚会现场，放松了很多。通检这组《清平乐》词，内容当然主要与梅兰芳有关，如关于梅兰芳之演剧、梅兰芳的若干爱好、自己与梅兰芳的交往、由梅兰芳演剧而感慨自我身世，等等。

开篇第一首便极写梅兰芳"姿色"堪称艳极天人，同时也赞赏其音声婉转，其妙处盖有不可形容者。录词如下：

> 彩云吹坠，人在妍风里。海色潮声都妩媚，天若有情须醉。　　低头看取群芳，阿谁占断韶光。今古人天哀怨，付它一曲莺吭。①

上阕整个便是描写舞台上风情万种之梅兰芳形象，妩媚人在妍风里，迷人实亦迷天。换头再把梅兰芳与现实中之"群芳"作一对比，"占断韶光"便是为梅兰芳之过人魅力再添一笔。末二句转写梅兰芳音声之美，唱尽"今古人天哀怨"，也将梅兰芳的艺术表现范围之广彰显了出来。

这组词因为有多场观剧经历作为背景，所以描写自然多集中在演剧形象的描写，组词之四、五、七、八、十三、十五等，便是描写了梅兰芳在舞台上的各种形象。如"弦繁管急，大遍霓裳彻。此际微闻兰气息，万籁一时俱寂"（其七）、"新妆宜面，掌上身如燕。道是遏云歌宛转，云也为伊留恋"（其九）、"翩翩裙屐，花底陪瑶席。红晕海棠娇欲滴，得似玉郎羞涩"（其十五）等②。录其八如下：

> 散花天女，仙袂飘飘举。最是殢人肠断处，帖地莲花曼舞。　　茶烟禅榻萧然，三生怅望情天。我亦维摩病也，花飞不到愁边。③

上阕明显是写观看梅兰芳在《天女散花》中的曼妙形象，从飘飘仙袂到莲花曼舞，一个袅娜柔情的仙女形象宛如目前。《天女散花》本就是演绎佛经故事之剧，故下阕从萧然之室内景象写起，三生"怅望"，则显然未遂心愿。末二句乃用《维摩诘经》故事。据说维摩诘曾故意称病不往听佛法，面对文殊师利等问

---

① 况周颐著，秦玮鸿校注：《况周颐词集校注》，上海古籍出版社，2013年，第392页。
② 以上分别见况周颐著，秦玮鸿校注：《况周颐词集校注》，上海古籍出版社，2013年，第397、399、403页。
③ 况周颐著，秦玮鸿校注：《况周颐词集校注》，上海古籍出版社，2013年，第398页。

疾，维摩诘答曰："以一切众生病，是故我病。若一切众生得不病者，则我病灭。"①很显然，况周颐是借此对当时整个社会状态的一种否定了，因为我之病乃众生之病，故其实也毋庸回答了。而"花飞不到愁边"也仍是化用《维摩诘经》故事。《维摩诘经·观众生品》云：

> 时，维摩诘室。有一天女，见诸大人，闻所说法，便现其身，即以天华，散诸菩萨、大弟子上。华至诸菩萨，即皆堕落，至大弟子，便著不堕。②

况周颐说"花飞不到"，当然自认为非得道之"大弟子"了，也就无法解脱一己之愁情了。无法解脱的原因，质言之，其实并非是个人原因，而是与一时代众生之"病"有关。在况周颐的语境中，其实就是委婉地表达他的遗老情怀了。

至于组词涉及描写梅兰芳的若干爱好，此由况周颐数处词后尾注可见。如组词其九尾注云："畹华佩白玉连环。"其十尾注云："畹华爱牵牛花，手种多异品。"其十一尾注云："畹华所饲鸽，珍爱甚至，鸽一名'半天娇'。"③等等。凡此皆可见况周颐对梅兰芳异乎寻常的关注程度。

组词也偶尔涉及与梅兰芳的交往情形，除了描述演出期间的交往之外，况周颐也曾追溯此前与梅兰芳的相遇。如组词其三上阕：

> 凤楼十二，那是销魂地。容易相逢轻别去，弹指二年前事。

在此词结尾，况周颐注云："戊午四月，晤畹华于都门。"④况周颐珍惜每一次与梅兰芳见面的机会，故每有相逢之事，往往见诸笔墨，点滴之间，倍见其情。

况周颐晚年曾以"秀庵"自号，后改"秀道人"，其实也与观梅兰芳演剧有关。梅兰芳曾主演由汤显祖《牡丹亭》改编而成之《游园惊梦》一剧。《清平乐》其十七下阕云：

---

① 高永旺、张仲娟译注：《维摩诘经》，中华书局，2016 年，第 97 页。
② 高永旺、张仲娟译注：《维摩诘经》，中华书局，2016 年，第 135 页。
③ 以上分别见况周颐著，秦玮鸿校注：《况周颐词集校注》，上海古籍出版社，2013 年，第 399、400 页。
④ 况周颐著，秦玮鸿校注：《况周颐词集校注》，上海古籍出版社，2013 年，第 394 页。

> 不才已拚平生,吐华难得朱樱。可惜卓庵无地,锡余孤负嘉名。

所谓"嘉名",况周颐尾注云:"近以秀庵自号,《惊梦》曲中之一字也。"①因一剧而起一号,后来更将"秀道人"作为词集名之一部分,此在在可见梅兰芳对况周颐的影响是多方面的。

读《清平乐》组词,犹可知此后赵尊岳府上雅聚何以名"香南雅集",后吴昌硕等绘图,何以名《香南雅集图》。此当皆缘于况周颐之一念。《清平乐》十九云:

> 人生离合,好证华鬘劫。暂许真灵参位业,掌上观珠一霎。　　本来金粟前身,香南莫忘兰因。我意钉钉藤缆,无情除是流云。

况周颐特地在词后注云:"香南字,见《五灯会元·潞府·妙胜臻禅师》章次。"②由《蕙风词话续编》卷二可知,况周颐或是先关注清人吴藻词集《香南雪北词》,后考证其名原出《五灯会元》卷十五。今检《景德传灯录》有云:"潞府妙胜臻禅师。僧问……:'金粟如来为什么却降释迦会里?'师曰:'香山南,雪山北。'"③佛门对话,往往玄妙,甚难精准体会。按照吴藻词集名之意思,香南雪北即喻梅萼梢头。

在《清平乐》组词中,最值得注意的也许是第 21 首,略见其组词的创作动机本就与听歌在离合之间。其词云:

> 春光如此,消遣应无计。皱水一池干底事,赢得东风沉醉。　　花天昨梦低徊,琼枝只在瑶台。早是襟裯病鹤,不成月地云阶。④

这是组词煞末的一首,似有"卒章显其志"的意思。"襟裯病鹤"是况周颐的自喻,用以状因为境遇穷困而憔悴不堪、形容委顿之貌。因为自我定位如此,所

① 况周颐著,秦玮鸿校注:《况周颐词集校注》,上海古籍出版社,2013 年,第 404 页。
② 况周颐著,秦玮鸿校注:《况周颐词集校注》,上海古籍出版社,2013 年,第 406 页。
③ 释道元编,文雄、妙音点校:《景德传灯录》卷二三,成都古籍书店,2000 年,第 466 页。
④ 况周颐著,秦玮鸿校注:《况周颐词集校注》,上海古籍出版社,2013 年,第 407 页。

以于春光无计消遣,只冷看东风无谓地吹皱春水,这是现实中词人与自然和社会的隔膜。而梦中居然徘徊在开满玉树琼花的瑶台。明代高启的《梅花九首》之一便有"琼姿只合在瑶台,谁向江南处处栽"①之句,形容雪中梅花的清雅之姿,瑶台传说中是神仙居住的地方,高启的诗不过形容雪后清旷之境。但在如此美妙的梦境中,词人却因柔弱若病鹤而步履维艰,无法以月为地,以云为阶,走向神往而极美的天境。则在现实中既无计消遣春光,在梦境中也无力继续前行。况周颐在这首词中展现的精神状态确实是消极而悲观的。而这也从另外一个角度说明,况周颐如此沉溺于观剧听歌,其实也是一种对现实的逃避,他希望在艺术中忘却尘俗,稍得安慰。但听歌终究是一时,他面对更多的是现实,所以即便在写听歌之词的时候,笔锋也自然会在艺术与现实、个人与时代之间游离。他不可能只停留在艺术和审美的角度来穷形尽相地写听歌之事。

需要指出的是:类似瑶台、病鹤、月地云阶之类的意象词汇在况周颐作品中,其实也不止一次出现,譬如题写在《香南雅集图》卷端的《戚氏》一词,其中也有"剧怜画罨瑶台,醉扶纸帐,争遣愁千万。算更无、月地云阶见,谁与诉、鹤守缘悭"②数句,可与此《清平乐》对勘。可见况周颐类似的情感其实弥漫在这一时期的听歌诸词之中,这也当然可以视为况周颐听歌之词的一大特色。

大致梳理这21阕词,其与梅兰芳之演剧及此后之雅集,关系应在离合之间。所涉范围确实较广,如果从听歌的角度来说,这组词确实不够集中,即便其中有数首描写梅兰芳的舞台形象,但也往往逸出此题,旁及其他。王国维对此的"泛泛"之感,或本于此。但如果说"无一言道著",则也未免出语太苛,毕竟写"听歌"的文字还是有一定程度的表现的。但王国维可能注重的是"听歌",而况周颐则明显不限于"听歌"二字。这是王国维之评与况周颐之词稍有未谐的地方。

但况周颐就未必自轻这组词了,所以他约请王国维填词,也当要求用《清平乐》一调。或许正是因为王国维不满况周颐这组《清平乐》词,故在况周颐索题此图时才慨然出手,填写一阕。关于这首词的创作缘起,张尔田在《词林新语》中言之颇为分明:"海宁王静安……时客海上,梅子畹华方有香南雅集,

---

① 高启著,金檀辑注,徐澄宇、沈北宗校点:《高青丘集》,上海古籍出版社,1985年,第651页。
② 况周颐著,秦玮鸿校注:《况周颐词集校注》,上海古籍出版社,2013年,第417页。

一时名流,题咏藻绘,蕙风强静安填词,静安亦首肯,赋《清平乐》一章,题永观堂书。"①张尔田用的这个"强"字,当然可见彼时两人关系的融洽,而"静安亦首肯"亦可见王国维对况周颐也无城府,故今本王国维词在词调下果然题云:"庚申况夔笙太守索题《香南雅集图》。"录词如下:

> 蕙兰同畹。著意风光转。劫后芳华仍婉晚。得似凤城初见。　　旧人惟有何戡。玉宸宫调曾谙。肠断杜陵诗句,落花时节江南。②

但对勘《小说月报》第十一卷第七号"文苑"一栏所载此词,下阕文字未见变化,上阕则变化甚大,原文为:

> 蕙兰同挽。着意光风满。诸老风情浑未减。雪北香南题遍。③

王国维在后来的修改稿中,不仅将韵字全部更换,在写法上也有了很大变化。原上阕歇拍不过描述诸老为《香南雅集图》题词之意,而修改后的歇拍则改写自己与梅兰芳的交往经历,回到了作者自身。经修改后,此词虽用典不少,但相关典故尚属浅易,且其中不失妙心。梅兰芳字畹华,故开头从《离骚》"余既滋兰之九畹兮,又树蕙之百亩"④句中化出,蕙、兰皆芳草名,况蕙风、梅兰芳二人名字便因此巧妙嵌入,"同畹""芳华",亦敷写其字。"劫后芳华"指经历了动乱之后,"婉晚"指柔顺美好意,梅兰芳男扮女装,长相俊美,动作柔顺,故此乃指梅兰芳之京剧中之形象。凤城即京城,此言世事沧桑,然梅兰芳的表演一如既往的精彩可观。由"凤城初见",可见王国维在北京时也曾观摩过梅兰芳的演出。上阕重点是追溯两人相识历史,并由梅兰芳之字写出其芬芳之意。"得似凤城初见"一句其实是从京城写到上海,情愫亦宛然一线而下。

下阕主要由"劫后"二字生发,何戡为唐代长庆年间著名歌者,刘禹锡《与歌者何戡》:"旧人唯有何戡在,更与殷勤唱渭城。"⑤前既曰凤城初见梅兰芳,

---

① 张尔田:《词林新语》,唐圭璋编《词话丛编》第五册,中华书局,1986年,第4370页。
② 王国维著,陈永正笺注:《王国维诗词笺注》,上海古籍出版社,2011年,第578页。
③ 《小说月报》第十一卷第七号"文苑"。
④ 洪兴祖撰,黄灵庚点校:《楚辞补注》,上海古籍出版社,2015年,第15页。
⑤ 中华书局编辑部点校:《全唐诗》(增订本)第六册,中华书局,1999年,第4128页。

此上海再见,梅兰芳也如旧人。故何戡当喻指梅兰芳,玉宸本指天上宫阙,但前曰凤城,故玉宸也当指京城宫殿中的玉宸殿。所谓"玉宸宫调",即指京剧,当时慈禧太后即喜欢观赏京剧,宫中也因此时有搬演。

"肠断"两句其实不是引出杜甫,而是引出杜诗中的李龟年。杜甫《江南逢李龟年》诗云:

　　岐王宅里寻常见,崔九堂前几度闻。正是江南好风景,落花时节又逢君。①

李龟年与何戡一样,也是唐代著名歌者,活跃于天宝年间,用现在的语言来形容,李、何二位都是歌坛天王级的人物。王国维连用何戡、李龟年两个典故来喻指梅兰芳,一方面称誉其艺术成就之大,时人难出其右;另外一方面也都通过何戡、李龟年经历动乱后的偶遇,来写梅兰芳的京剧生涯与时势变化的关系。因为从晚清到民国,政体的变化也带来了士大夫、诗人诸多方面心态的变化。

从以上对《清平乐·庚申况夔笙太守索题香南雅集图》一词的简要分析来看,王国维不仅说了自己与梅兰芳的艺术因缘,而且巧妙融入《离骚》之句,将梅兰芳与况周颐两人合为同一类型的芬芳形象,赞美与自许皆在其中。对梅兰芳京剧唱腔、柔婉动作的描写亦简要而不失其神采。下阕先用何戡来比拟其歌艺之杰出,继而用李龟年带出时代沧桑之感。综合来看,此词虽影写时事、关乎人物,但实在由古至今的笔法中,将歌艺的传统与关于时代变化的深沉之思绾合来写。其思虑之深湛、笔法之灵动,实可圈可点。整首词作切人、切艺、切事、切史,堪称是首佳作。

质言之,王国维以一首《清平乐》写出梅兰芳演艺之高及对王国维心志触动之深,相当集中而紧凑;况周颐一组《清平乐》以梅兰芳为核心,旁涉演剧、爱好、彼此交往、身世之感等内容,颇为丰富,但也不免散漫。这种"散漫"当然与况周颐对梅兰芳的全面关注有关,其实也与"组词"这种特定的创作方式有关。王国维大概因其题旨杂出,而有"无一言道著"之评,这个评价不用说

---

①　中华书局编辑部点校:《全唐诗》(增订本)第四册,中华书局,1999年,第2559页。

是有失偏颇的。王国维对况周颐应该还是欠缺了解和同情的,况周颐逸笔纷出,无非是他与梅兰芳的交往共处的时间较多,故一一记述,其初并非为题《香南雅集图》而写,更非以"听歌"二字自限。

王国维之外,标明"题《香南雅集图》"的《清平乐》,至少还有何诗孙《清平乐》(迢迢南浦)、朱彊村《清平乐》(残春倦眼)两首,这是见诸《小说月报》第十一卷第七号的作品。如此众多名家以同调题图,其盛况当然也可以想见了。

五、况周颐听歌诸词——《减字浣溪沙》5 首合释

赵尊岳《蕙风词史》评骘况周颐听歌诸作总体上具有"融家国身世于一词,而又出以旖旎温馨之笔"的特征,但他也同时强调:"其《浣溪沙》5 首,尤为传诵之作。"[1]说明就影响力而言,这 5 首《减字浣溪沙》是格外值得注意者。此组词初收入《菊梦词》中。录 5 词于下:

> 解道伤心片玉词,此歌能有几人知,歌尘如雾一颦眉。
> 碧海青天奔月后,良辰美景葬花时。误人毕竟是芳姿。(其一)
>
> 惜起残红泪满衣,它生莫作有情痴,人天无地著相思。
> 花若再开非故树,云能暂驻亦哀丝。不成消遣只成悲。(其二)
>
> 蜂蝶无情划地飞,杨花薄幸不成归,落红身世底矜持。
> 便似青山埋玉骨,愿为香雾护琼枝。枨枨歌管夜何其。(其三)
>
> 侬亦三生杜牧之,多情何事误芳期,最伤春处送秋时。
> 少日骢嘶芳草路,东风莺啭上林枝。而今真个隔天涯。(其四)
>
> 带月沾霜信马归,晓来添得鬓边丝,绮窗重按玉梅词。

---

① 赵尊岳:《蕙风词史》,龙榆生主编《词学季刊》1934 年第一卷第四号,第 95—96 页。

　　紫陌铜驼劳怅望，黄河羌笛费凄其。闻愁万一阿侬知。（其五）①

　　这五首词总题"听歌有感"。很显然，在这组词中，描写梅兰芳本人的音容之美及其演剧艺术的内容已经退居边缘，在有的词中更是渺无影踪，但听歌之"感"则是被集中强调了出来。这是一种什么"感"呢？简单来说，就是从晚清到民国易代之后的身世之感，带着浓重的遗民气息。如果说《清平乐》《西江月》组词中的易代之感只是作为听歌的"随感"点缀在字里行间的话，在这组《减字浣溪沙》中，易代之感则是作为主题被彰显在非常突出的位置，明显与其他组词形成了区别。

　　组词其一开篇"解道伤心片玉词，此歌能有几人知"二句，应该是笼罩组词之纲。听歌者众，而能解歌者少，尤其是能深刻地感受到歌中"伤心"之意者又有几人呢？况周颐把自己摆在了歌者知音的位置，而且是相当孤独的知音，目的当然是要出入于听歌之中，而回归到词人自己。一己之独特当然是无法替代的，所以况周颐"此歌能有几人知"一句，乃是焦虑感和自豪感并存其中的。

　　何以有焦虑呢？因为越是精彩的演剧，越是容易将听众带入如《嫦娥奔月》《黛玉葬花》等远离现实的情境之中，以至于听众沉浸在演剧情境之中，而恍然不觉所有的演剧都来自于生活这一简单的道理。而锐敏的听众则时时从剧中关合着当下，从剧中人物到自身情怀。所以"误人毕竟是芳姿"一句固然赞美了梅兰芳演剧的出神入化，但从听众的角度来说，将自己遗忘在演剧之外，就是一种"误人"了。况周颐撰写此组词的宗旨，应该是提出听歌者要绾合剧中与剧外，真正把歌听到内心深处去。

　　组词其二下阕"花若再开非故树，云能暂驻亦哀丝。不成消遣只成悲"云云，应该是格外值得注意者。听歌原本或许只是出于"消遣"的目的，但何以消遣不成却成悲情呢？何以面对残红要起怜惜之意，甚至泪满衣襟？何以突然生出"它生莫作有情痴，人天无地著相思"之感？上阕的这些现象和感叹，都在下阕中有着清晰的说明。词人当然知道花开花落乃是自然之循环，此循环既是生生不息，本应从容面对，波澜不惊。但词人心思锐敏，彼时再开之花

①　况周颐著，秦玮鸿校注：《况周颐词集校注》，上海古籍出版社，2013 年，第 370—374 页。

已非眼前枝上之朵,较林黛玉《葬花吟》中的"桃李明年能再发,明年闺中知有谁",川上之悲,更进一层。听歌之乐,虽然似乎"暂驻"了时光,但"一朝春尽红颜老,花落人亡两不知",反而更深地逗引出"不成消遣只成悲"来。而词人要的是故树故花,他不要生生不息,他要的是原样花开。这样的情怀至少可以从屈大均《梦江南》词中得其仿佛:

> 悲落叶,叶落绝归期。纵使归来花满树,新枝不是旧时枝。且逐水流迟。①

屈大均"纵使归来花满树"云云即况周颐"花若再开"之意,而屈大均之"新枝不是旧时枝"也正是况周颐所谓"花若再开非故树"之意。赵尊岳即将此二句对勘,认为其意旨正在"叹易代之感也"②。这种对旧枝旧花的眷眷之意,正寄寓着词人深厚而缠绵的故国之思。只是屈大均生活于明清鼎革之际,而况周颐生活于清民交替之时,他们相隔的是年代,不隔的是情怀。况周颐也确实曾关注到屈大均此词,《蕙风词话》卷五云:"明屈翁山大均落叶词,道援堂词。余卅年前,即喜诵之。"③但其时喜诵此词,乃是就词味之深厚而言,当时晚清虽已呈颓势,但尚在勉力支撑,况周颐自然不会提前生出自己的易代之感。而三十年后,清王朝已经成为历史,则由屈大均当年之感自然过渡到况周颐的遗民之心,也就水到渠成了。故在《蕙风词话》中,况周颐引述此词并评云:"末五字含有无限凄惋,令人不忍寻味,却又不容己于寻味。"④"且逐水流迟",乃是明知"迟"而"逐",故才显得凄婉,才令人不忍寻味。然"逝者如斯夫",水流之无情与追逐之有情,对勘之下,真有情何以堪之感。

相比较而言,在这组词中,既入乎剧中,又出乎剧外,将身世之感打并入词中最明显的应该是其三:

> 蜂蝶无情划地飞,杨花薄幸不成归,落红身世底矜持。

---

① 屈大均著,陈永正主编:《屈大均诗词编年笺校》,中山大学出版社,2000年,第1310页。
② 赵尊岳:《蕙风词史》,龙榆生主编《词学季刊》1934年第一卷第四号,第96页。
③ 况周颐:《蕙风词话》卷五,唐圭璋编《词话丛编》第五册,中华书局,1986年,第4518页。
④ 况周颐:《蕙风词话》卷五,唐圭璋编《词话丛编》第五册,中华书局,1986年,第4518页。

便似青山埋玉骨,愿为香雾护琼枝。桄桄歌管夜何其。①

赵尊岳难得地全面评述了这首词,而且锐利直接。他说:

> "蜂蝶"盖指革命之勃兴也;"杨花"喻贰臣之效新也;"落红"以自喻其身世也。②

又评过拍"便似"二句云:

> 则以己身融入《葬花》剧内,言剧而身世之感已明。③

评煞拍一句云:

> 仍收入歌剧,而出之以有余不尽弦外之音,殊为难能。④

出入于《黛玉葬花》一剧之中,这是赵尊岳对这首词的基本判断。借言剧而明一己之身世之感,则是况周颐此词的主题所在。因为有"蜂蝶无情划地飞"一句作为背景,实际上就是以辛亥革命为界,区分了此前此后身世之感的不同。而"杨花"与"落花"也因此被赋予了"贰臣"与"遗民"两种身份特征,其褒贬之意自蕴其中。结以"桄桄歌管夜何其"一句,则况周颐虽言说政治,终不失词人本色。

如果说,这五首《减字浣溪沙》中的四首,大略都有言剧兼言身世之感的特点,其四则是回归词人本身的一首,演剧事已经作为一种背景,而退居在若隐若现之处了。录词于下:

> 侬亦三生杜牧之,多情何事误芳期,最伤春处送秋时。

---

① 况周颐著,秦玮鸿校注:《况周颐词集校注》,上海古籍出版社,2013年,第372页。
② 赵尊岳:《蕙风词史》,龙榆生主编《词学季刊》1934年第一卷第四号,第96页。
③ 赵尊岳:《蕙风词史》,龙榆生主编《词学季刊》1934年第一卷第四号,第96页。
④ 赵尊岳:《蕙风词史》,龙榆生主编《词学季刊》1934年第一卷第四号,第96页。

少日骢嘶芳草路,东风莺啭上林枝。而今真个隔天涯。①

词里的杜牧之当然是作者自指了。据《唐诗纪事》所载,杜牧曾于湖州悦一垂髫女,相约十年后娶之,未料杜牧诸事因循,十四年后才重至故地,闻此女已嫁,并育三子矣。杜牧因赋诗自伤云:

自是寻春去较迟,不须惆怅怨芳时。
狂风落尽深红色,绿叶成阴子满枝。②

杜牧虽是满怀懊恼,毕竟深红落尽,结子满枝,局面令人失望;但因为根源在自身寻春为迟,耽搁四年,故已经不须惆怅矣。况周颐引述此典,当然并非述说自己的一番约而未成之情事,而是以曾误"芳期"的杜牧自许,言说自己也已错失蓬蓬远春,倏然而至送秋之时的深沉感慨。

如果说,况周颐在上阕虽也有"侬亦三生杜牧之"一句,将自己与杜牧作了直接联系,但毕竟隐身在杜牧之后的话,下阕的意旨便显豁了许多。况周颐通过今昔对比,最终将自己定位在天涯沦落人的境地。上阕未能邂逅此时的春天,但不妨碍词人回想曾经的春天。而在这种回想之中,少日骑马芳草路,春风中黄莺鸣啭上林枝,皆可见一时疏放爽朗之心。其中"上林枝"一语,虽似随意点出,其实乃以作为帝王园囿之上林苑来叙说今昔之间的沧桑巨变,因这种易代之变之不可逆转,这才逼出"而今真个隔天涯"一句,冷峻之中包含着绝望之心。而这种绝望之心,无非是对清王朝的绵绵追思以及当下同样坚固的遗民之志。

以此而言,这组《减字浣溪沙》虽总题"听歌有感",但只有在这首词中,才是将"听歌"之事僻置一旁,而将心中所感集中表达出来。赵尊岳评此词:

先生一生情事,已经披沥无遗。词笔至此,殊臻圣域矣!③

---

① 况周颐著,秦玮鸿校注:《况周颐词集校注》,上海古籍出版社,2013年,第373页。
② 计有功撰,王仲镛校笺:《唐诗纪事校笺》,中华书局,2007年,第1894—1895页。
③ 赵尊岳:《蕙风词史》,龙榆生主编《词学季刊》1934年第一卷第四号,第96页。

赵尊岳在况周颐晚年随侍左右,故对况周颐词心多有心领神会之处。

况周颐在《减字浣溪沙》其四虽已点明组词意旨,但毕竟置于杜牧、聪嘶、莺转等稍显错综的典故、意象之中,而在其五中,则将这些艺术外饰也去除殆尽,并杜牧也放归无影,乃是直陈心迹。显然是对其四婉约之笔,意犹未尽,故再下一词,再明心志。其词如下:

> 带月沾霜信马归,晓来添得鬓边丝,绮窗重按玉梅词。
> 紫陌铜驼劳怅望,黄河羌笛费凄其。闻愁万一阿侬知。①

与其四写法不同,其四从唐代的杜牧写起,终究属于绕行来写。此词直写自身,乃由前阕"最伤春处送秋时"接续而来。既是送秋之时,故此词开篇便写秋景及秋士之怀。月夜带霜信马而归,看似自在,其实茫然,故次句即写清晨惊见鬓边新添白发,茫然之外,更增无奈。无奈之下只能回想过往,但过往不可追,只能寄意于曾经记录下过往心迹的《玉梅词》了。

《玉梅词》乃况周颐编定于光绪十八年(1892)之词集,大率为咏桐娟之作。光绪三十三年(1907),况周颐又有《玉梅后词》刻本行世。两种玉梅词虽相隔了15年,但均编订于晚清。故况周颐之"重按",私意认为并非真的再勘词中故事,而是表达追想晚清之情怀而已。

何以如此言说呢?这里关键是"铜驼"的典故。据晋代陆翙《邺中记》:"二铜驼如马形,长一丈,高一丈,足如牛,尾长三尺,脊如马鞍,在中阳门外,夹道相向。"②当时应是洛阳的一处标志性雕塑,也是一时人物汇聚之地,故当时有俗谚云:"金马门外聚群贤,铜驼街上集少年。"③言其地人物之盛也。但盛时风物一旦面临家国动荡,可能也成败坏之标识。《晋书·索靖传》记索靖此人特有"先识远量",他预料到天下即将处于动荡之中,曾经指着洛阳宫门外的铜驼感叹说:"会见汝在荆棘中耳!"④也就是预料铜驼也将会在战乱中陷于乱草丛中了。后来西晋果然发生"八王之乱",洛阳城也遭到了严重损毁,原

---

①　况周颐著,秦玮鸿校注:《况周颐词集校注》,上海古籍出版社,2013年,第373—374页。
②　陆翙:《邺中记》,《景印文渊阁四库全书》第463册,台湾商务印书馆,1986年,第309页。
③　杜文澜辑:《古谣谚》,中华书局,1958年,第431页。
④　房玄龄等:《晋书》卷六〇,中华书局,1974年,第1648页。

本作为观赏之物的铜驼的命运也就可以想见了。后来并衍生出"铜驼荆棘"一词,喻指山河破碎的残败景象。况周颐用了"铜驼"一典,而以"劳怅望"形容之,便知此铜驼已非少年云集之铜驼,而是"铜驼荆棘"矣,家国兴亡之感便因此而出。

在心目中怅望紫陌铜驼,情感自然是悲凉的。故况周颐再接以"黄河羌笛费凄其"一句,把悲情再加一层。此句乃从王之涣《凉州词》"黄河远上白云间,一片孤城万仞山。羌笛何须怨杨柳,春风不度玉门关"①中化出。王之涣诗写的是戍边士兵的思乡之情,将士们长年生活在这莽莽群山中的一座荒寒孤城,思乡情切自然是不言而喻的,但将士用羌笛吹奏出哀怨的杨柳之曲也属徒劳,因为这偏僻的玉门关,春风是从来也吹拂不到的。况周颐言易代之感、兴亡之思真是用尽了笔力,江山变异带来的铜驼荆棘已然是一种客观事实,故"怅望"亦徒劳;心有未甘而以羌笛出之,也不过是"费凄其"。客观的时世与主观的挣扎皆归于无谓,所以况周颐不只是写悲戚之情,实际上是将此悲情一沉到底,以绝望的面目展现了出来。

明白了况周颐从面对"铜驼荆棘"的客观事实到主观上羌笛杨柳的心愿心绪变化,而终归于绝望,就能明白结句"闻愁万一阿侬知"其实还包含着词人更深沉的悲凉之感,阿侬所能感知的愁情不过是"万一"而已,则况周颐蕴蓄心中尚未表达出来的愁情显然要更加汹涌了。

由以上之分析,这组《减字浣溪沙》对于梅兰芳及其演剧的描写已经相当淡漠,借演剧之事言听者之心乃是这组词的基本宗旨,故况周颐以"听歌有感"一题笼罩组词,确实相当精准。而在这组词中,第一首先以"此歌能有几人知"来引出自己的知音身份,接着数首将听歌之感从隐约到显豁,渐次深沉,而至第五首则几抛出了绝望之感。因为有数首词作为情感铺垫,最终积聚成极大的情感力量,所以作为遗民的一种易代兴亡之感,至此方喷薄而出,震动人心。在况周颐的听歌系列之组词中,固然各有描写重点,但最切况周颐当时心志和身份的,显然是这组《减字浣溪沙》了。其弟子赵尊岳特为重之,不为无由。

---

① 中华书局编辑部点校:《全唐诗》(增订本)第五册,中华书局,1999年,第2841—2842页。

六、况周颐为梅兰芳填写之唱词——《西江月》11 首试解

香南雅集第二集应该是最热闹、内容也最丰富的一集。除了有为《香南雅集图》题词之议之外，现场的唱词也很热烈，毕竟梅兰芳是唱曲高手，在这样一种场合，若没有"唱"这一环节，作为"珍稀资源"的梅兰芳未免有点被浪费。而唱剧曲又似乎与剧场演出效果类同，也难以引起大家的兴趣。如此，写新词唱新歌也就变得不约而同了，而提议此事的当为况周颐，提议者当然也自然成了填词者。赵尊岳《清平乐》提及的"安排凤管鸾笺""唱彻吴云天尺五"，应正是描写况周颐铺展鸾笺，挥笔写下《西江月》组词，并由梅兰芳"唱彻"的情形了。况周颐在《西江月》组词第一首的小序中约略透露其中端倪云：

> 《玉簪记》偷诗出所谓诗，即此调一词，盖制曲者所为，托陈妙常作。虽雅郑杂陈，却无晚近纤艳之失，谓之郑可，谓之俗不可。庚申送春前四日，香南二集，戏用其韵，得十一首，属吾婉华按拍，所谓无聊之极思，抑郁之奇致也。[①]

这一节小序至少可明三意：其一，况周颐《西江月》11 首为庚申暮春香南二集时戏作，乃供梅兰芳现场按拍歌唱者；其二，《西江月》组词虽为步前人之韵一时戏作，但实寓有奇妙之思致，未可因其戏作而轻其价值；其三，《西江月》组词取调用韵之灵感来自高濂《玉簪记》"偷诗"一出之诗，其名为诗，实乃《西江月》词调，况周颐取用此调，因其虽雅郑杂出，但用意用词正大真诚，通俗而不鄙俗。

但覆勘当时情形，这节小序应该是后来修订过的。《申报》1920 年 5 月 14 日"梅讯"有如下一则文字，应是小序原稿：

> 《玉簪记》"偷诗"出，宾白中有陈妙常《西江月》一首，盖制曲者所为。虽雅郑杂成，却无晚近纤艳之失，谓之郑可，谓之俗不可。庚申送春前四

---

① 况周颐著，秦玮鸿校注：《况周颐词集校注》，上海古籍出版社，2013 年，第 409 页。

日,"香南二集"戏用其韵,得九首,属畹华按拍。所谓无聊之极思,抑郁之奇致耶。①

对勘这两节文字,基本意思并没有什么变化,只是文字略有删减,语序有所调整而已。但"梅讯"说是"得词九首",这与况周颐词集中说"得十一首"就有了区别,这说明当日所成很可能只有九首,此后才续作二首。而在《赵凤昌藏札》中,况周颐信件原稿更是作"得词八首"②。这更能说明况周颐在原作数首之后有一再续作的情况。

这一组词并非专门"听歌"之作,为何在此专题分析呢?除了写供梅兰芳演唱这一直接动机之外,还与这组词实与"听歌"之词的主题关系密切。此非余之言,乃况周颐自道之语。况周颐于《西江月》其三后小注云:"后段与《清平乐》第十六阕同旨。"③录《西江月》其三下阕于下:

> 记上危楼百尺,吾衰甚矣还禁。五云扶月到天心,得似素娥妆盛。④

再录《清平乐》第十六阕如下:

> 芙蓉妒颊,小立人如日。平视刘桢侥幸绝,只此深恩刻骨。　　寻常镜槛香奁,无端雅淡温柔。它日瑶京情话,道侬曾看梳头。⑤

况周颐既云二词"同旨",则自先须明《清平乐》此词意旨究竟何在了。粗检此词,似是写梅兰芳容颜、仪态以及与况周颐之间融洽随和之关系。起二句写梅兰芳容颜过人,光彩灼灼,较出水芙蓉更胜一筹,故惹得芙蓉生妒。接用典故,汉末建安年间,刘桢在曹丕招饮时,曹丕命夫人甄氏出拜,他人皆伏身而拜,只有刘桢"平视"甄氏,后并以不敬之罪受责罚。况周颐在此意在说明,论姿容,梅兰芳当在甄氏之上,面对如此"佳人"(梅兰芳),况周颐或也当伏拜,但因为

① 《申报·梅讯》1920 年 5 月 14 日。
② 国家图书馆善本部编:《赵凤昌藏札》第二册,国家图书馆出版社,2009 年,第 123 页。
③ 况周颐著,秦玮鸿校注:《况周颐词集校注》,上海古籍出版社,2013 年,第 410 页。
④ 况周颐著,秦玮鸿校注:《况周颐词集校注》,上海古籍出版社,2013 年,第 410 页。
⑤ 况周颐著,秦玮鸿校注:《况周颐词集校注》,上海古籍出版社,2013 年,第 404 页。

彼此熟稔，故"平视"之。平视而不以为罪，故有"侥幸绝""深恩刻骨"之叹。上阕语调稍带调侃之意，但亦可见两人情谊之厚。上阕着力写梅兰芳惊人之貌，下阕乃从"寻常"处着墨，普通之镜台、熏笼，但照映出的却是雅淡温柔之性情体态。末二句笔调再复诙谐，言他日若共居神仙之境，可以说以前就看到仙女梳头之形。况周颐此词乃将梅兰芳与自己绾合而说，既竭力赞赏梅兰芳出众之姿容，又言说他们两人之间的密切并富有谐趣之关系。

既明《清平乐》此词之主旨，再回看《西江月》之下阕，两词真正相合的乃是"五云扶月到天心，得似素娥妆盛"二句，大意言五色瑞云扶持这月亮到天空中央，一如盛装之嫦娥，有一种逼人之美，也是摹写梅兰芳艳照四方、辉映天下之意。

应该说这是兼写生活中和舞台上梅兰芳之形象了。但通检组词，类似意思实亦频繁出现，并非仅此一首而已。况周颐盖以此为例，约略点明《西江月》组词与《清平乐》组词之关系宜联类而观之意。

综观这组《西江月》词，况周颐只是借用《玉簪记》"偷诗"一出所用之调与韵，内容实与《玉簪记》无涉，所写仍是以梅兰芳为核心，既写其卓荦不凡之形象，也写当下高朋之盛会，总体与"听歌"之词确在离合之间。

一般而言，组词开篇与煞末之篇，往往有起、结之意。试录《西江月》其一：

> 春色柳遮花映，芳姿雁落鱼沉。余寒犹在翠罗衾，妒我罗浮梦稳。
> 骨艳修梅能到，娇多掷果愁禁。兰言谁许订同心，高会一时之盛。[①]

此词大致言三意：其一，侧重从舞台形象的角度描写梅兰芳之春容、芳姿、艳骨、多娇，"修梅"二字看似随意，其实妙寓深至之意；其二，曲写与梅兰芳相遇相知之珍贵与神奇，"妒我罗浮梦稳""兰言谁许订同心"二句，乃以隋朝赵师雄在罗浮山梦遇梅花仙女之事来喻指梅兰芳恍若天人，自己与他有缘结识，交情深契，亦为人生幸事；其三，概写当日高朋满座之形。而"修梅""兰言""芳姿"，亦绾结梅、兰、芳三字。则此开篇从惊艳梅兰芳之形象到两人之交契再到

---

① 况周颐著，秦玮鸿校注：《况周颐词集校注》，上海古籍出版社，2013年，第409页。

当下之盛会,涵盖内容果然颇广,亦大致笼罩以下各篇。

煞末一篇是否有收束组词之意呢? 录词如下:

> 仙子云端绰约,衰翁海角浮沉。断无香雪到寒衾,苦恨幺禽睡稳。
> 忉利情天难问,中山酤酒还禁。听歌看舞十年心,肠断开天全盛。①

对照开篇之词,此篇除了第一句描写梅兰芳仙姿绰约之外,其余基本以况周颐自身为描写对象,故次句以"衰翁"自称,写出僻居边缘的人生浮沉。歇拍写香雪(梅花)已去,幺禽安睡,乃是点名春夏之交之意。过片两句连用两个垫付,乃是剧用力者。所谓"忉利情天难问"乃是用佛教之说,须弥山顶有四方,每方各有八天城,再合中央帝居之天城,合共卅三天。但况周颐在此似无涉佛教之事,盖借以言梅兰芳此行演剧三十余日之意,彼此过从甚多,故日日乃有情之日。"中山酤酒还禁"用张华《博物志》卷五所载故事:

> 刘元石于中山酒家酤酒,酒家与千日酒饮之,忘言其节度。归至家大醉,不醒数日,而家人不知,以为死也,具棺殓葬之。酒家计千日满,乃忆元石前来酤酒,醉当醒矣。往视之,云:"元石亡来三年,已葬。"于是开棺,醉始醒。②

此后干宝《搜神记》卷十九也曾演绎此故事③。所谓"千日酒"乃指一饮而可醉千日之酒。酒家忘了告诉刘元石须节制饮酒,结果果然一醉三年,导致后来家人误葬及三年后酒家唤醒之事。况周颐用此典故,大概也是希望能长醉不醒

---

① 况周颐著,秦玮鸿校注:《况周颐词集校注》,上海古籍出版社,2013年,第416页。

② 张华:《博物志》卷五,清《指海》本。

③ 《搜神记》卷一九:狄希,中山人也。能造千日酒,饮之千日醉。时有州人姓刘,名玄石,好饮酒,往求之。希曰:"我酒发来未定,不敢饮君。"石曰:"纵未熟,且与一杯,得否?"希闻此语,不免饮之。复索曰:"美哉! 可更与之。"希曰:"且归,别日当来,只此一杯,可眠千日也。"石别,似有怍色。至家,醉死。家人不之疑,哭而葬之。经三年,希曰:"玄石必应酒醒,宜往问之。"既往石家。语曰:"石在家否?"家人皆怪之,曰:"玄石亡来,服以阕矣。"希惊曰:"酒之美矣,而致醉眠千日,今合醒矣。"乃命其家人,凿冢破棺看之,冢上汗气彻天,遂命发冢。方见开目张口,引声而言曰:"快哉,醉我也。"因问希曰:"尔作何物也,令我一杯大醉,今日方醒? 日高几许?"墓上人皆笑之,被石酒气冲入鼻中,亦各醉卧三月。干宝撰,汪绍楹校注:《搜神记》,中华书局,1979年,第235页。

在与梅兰芳共处的日子中。故况周颐连用二典,乃是用力抒发与梅兰芳相处所带来恍如隔世一般的快乐。

末二句再折回到"衰翁海角浮沉"一句之意。"听歌看舞十年心",乃是露出遗民之心的一句,因为从 1911 年辛亥革命至香南二集的 1920 年,首尾正好十年。这十年对况周颐来说,也许是绝望的十年、颓废的十年,故他消磨生命的方式只有转移兴趣听歌看舞了。如果说这一句尚比较隐晦的话,"肠断开天全盛"则直接表明了对前世晚清的追忆及对当下处境的悲凉之感。

所以这煞末的一首,说梅兰芳美若天仙,说自己与梅兰芳情深义重,都不过是铺垫,有上阕"衰翁海角浮沉"一句带出"听歌看舞十年心,肠断开天全盛"二句,乃是其真正宗旨所在。而这种宗旨其实是贯穿在《清平乐》和《西江月》等组词中的,只是因为敷衍组词的需要,所以会用比较多的篇幅来细说"听歌看舞十年心",但宗旨不过是换个角度来说遗民之心而已。

这几乎是况周颐听歌之作的永恒主题。

在此主题之下,这组《西江月》词,以梅兰芳开篇,以况周颐煞尾,理路其实颇为分明,而中间诸词所写大体在这两者之间。这是《西江月》组词的基本架构。

梅兰芳的音容之美,自然是况周颐要重笔濡染的话题。除了开篇、结篇之外,其余各篇也多涉此,如"百宜天与称人心,何止容丰髻盛"(其二)、"珠歌字字贮人心,不数芳丛小盛"(其九)[1],等等。凡此皆不吝赞美梅兰芳过人的容颜与歌艺。

对梅兰芳的演剧,况周颐曾集中在《西江月》其六中予以点评,其下阕云:

> 《惊梦》谁教梦好,《拷红》怜绝红禁。《散花》无碍《葬花》心,长愿月圆花盛。[2]

数句将梅兰芳主演的《牡丹亭》中的《游园惊梦》、《西厢记》中的《拷红》一折以及古装新戏《天女散花》《黛玉葬花》等悉数说出,此皆为梅兰芳主演之名段名折,显然况周颐曾一一观赏,所以能如数家珍。此数本戏剧大多以悲情为基

---

① 分别见况周颐著,秦玮鸿校注:《况周颐词集校注》,上海古籍出版社,2013 年,第 410、414 页。

② 况周颐著,秦玮鸿校注:《况周颐词集校注》,上海古籍出版社,2013 年,第 412 页。

调,故况周颐结以"长愿月圆花盛"一句,乃是以剧外人而入剧中情了。

梅兰芳的名字也让况周颐做足了文章,《西江月》组词虽不似《清平乐》组词一般经常故意点化出"梅""兰""芳"三字,但"梅"字始终是关键词。况周颐一方面频繁使用与梅花有关的典故,如"妒我罗浮梦稳"(其一)用遇梅花仙女事,"问鹤如侬病损,守花念汝寒禁"(其五)用林逋"梅妻鹤子"事,"山为帘幕雪为衾,那得寻梅梦稳"(其九)用孟浩然踏雪寻梅事;另一方面也直接点出梅花之意象,如"梅花清到属同衾"(其七)、"断无香雪到寒衾"(其十一)等,皆是其例①。

此外,这一组词也涉及梅兰芳的婚姻及家世,其七先言梅兰芳之"佳士襟情朗润,旧家培养深沉",接言梅兰芳夫人王明华"梅花清到属同衾,花底双鸳栖稳",况周颐在此后小注云:

> 畹华伉俪最笃,缶老为畹华夫人作"清到梅花"小印。②

缶老即吴昌硕,别号缶庐,乃一代绘画、治印名家。"清到梅花"乃是绾合梅兰芳夫妻二人而言的。而关于梅兰芳的家世,《西江月》其十即主要言说此事,起二句"慧业一门今昔,声家几辈升沉"及末二句"云韶家世蕙兰心,珍重香名鼎盛"③,乃言说梅巧玲、梅竹芬、梅兰芳一门三代以精湛演艺驰名,而梅兰芳更是后出转精而臻家世之鼎盛。

如果从呼应遗民心志的角度来看,《西江月》其五应是比较集中的一首,录词如下:

> 酒畔从教并影,情中枉费钩沉。除非好梦到轻衾,清浅蓬瀛渡稳。
> 问鹤如侬病损,守花念汝寒禁。青天碧海一春心,终古月娥年盛。④

过片二句虽用林逋养鹤种梅之事,但病鹤的形象倒是常常为况周颐自喻的。

---

① 以上分别见况周颐著,秦玮鸿校注:《况周颐词集校注》,上海古籍出版社,2013年,第409、411、414、413、416页。
② 况周颐著,秦玮鸿校注:《况周颐词集校注》,上海古籍出版社,2013年,第413页。
③ 况周颐著,秦玮鸿校注:《况周颐词集校注》,上海古籍出版社,2013年,第415页。
④ 况周颐著,秦玮鸿校注:《况周颐词集校注》,上海古籍出版社,2013年,第411页。

如《清平乐》其二十一便有"早是褵褷病鹤,不成月地云阶"之句,也是形容自己无力甚至不堪的生存状态。而"清浅蓬瀛渡稳"一句乃喻示世事变迁,其典原出葛洪《神仙传》:

> 麻姑自说云:"接待以来,已见东海三为桑田。向到蓬莱,又水浅于往日会时略半耳。岂将复为陵陆乎?"①

"沧海桑田"一词便因此而起,自然变化如此快速,人世也是纷纭多变。在况周颐的语境中,这种自然和人世的变化即指向辛亥革命后国家体制的变化。在况周颐而言,他当然不愿意接受这样的变化,但也无力抗衡这种变化,所以精神委顿而如一孤独病鹤了。这也同样是组词煞末一首所谓"衰翁海角浮沉"之意了。

在未邂逅、结缘梅兰芳的日子,况周颐大概已经习惯自己"衰翁"如"病鹤"了。但梅兰芳的出现,多少让况周颐暂时沉浸在沪上难得的艺文风雅之中,"醉时枕簟梦时衾,都付吟梅未稳"(其四)②,而稍稍松解了沉重的遗民之心,但听歌、雅集之时,这种沉淀在灵魂深处的思想还是会顽强地展现出来。这是况周颐听歌之作在写艺文之雅的同时,必然要出现的主题。"其听歌之意,不仅为听歌发也"③,这是知者之言,应该充分重视。况周颐《减字浣溪沙》其二下阕有云:

> 花若再开非故树,云能暂驻亦哀丝。不成消遣只成悲。④

赵尊岳将此与屈大均"新枝不是故时枝"对勘,认为都是"叹易代之感"⑤。作为况周颐弟子,赵尊岳是深明乃师之心的。其实,暗用屈大均之句在当时遗老群中,也是常态。朱祖谋作于1919年之《临江仙》即有"谁将新社燕,衔送故

---

①　谢青云译注:《神仙传》,中华书局,2017年,第82页。
②　况周颐著,秦玮鸿校注《况周颐词集校注》,上海古籍出版社,2013年,第411页。
③　赵尊岳:《蕙风词史》,龙榆生主编《词学季刊》1934年第一卷第四号,第96页。
④　况周颐著,秦玮鸿校注《况周颐词集校注》,上海古籍出版社,2013年,第371页。
⑤　赵尊岳:《蕙风词史》,龙榆生主编《词学季刊》1934年第一卷第四号,第96页。

枝花"①之句,用意与况周颐相似。

舞台上光芒四射的梅兰芳,倾情演绎的是历史或他人之事,他当然会代入情感,但代入的情感毕竟可以做到收放自如。而此时此刻,当梅兰芳走下舞台,在高朋满座的赵府,即兴演绎这组以自己为核心并兼有况周颐情怀的歌词时,心里该有怎样的波澜,如今只能徒供想象了。但在那一群以遗老为主的群体中,在当时引发的共鸣,即便不借助想象,也仿佛能感受到唏嘘之声的此起彼伏的。

七、况周颐民国年间"填词之微旨"

况周颐最为驰名的理论应该是"重拙大"说,而最切合其审美旨趣的理论应该是"清疏"与"松秀"诸说。但如果就时代而言,民国以后,居沪的况周颐与一些以"遗老"自居的沈曾植、郑孝胥等同城交往,自然也会膨胀原本就有的遗老情怀。虽然他成规模的词话如《餐樱庑词话》《蕙风词话》等皆是民国后成书,但因介于弘扬师说与难违本心之间,故颇难明晰见出况周颐这一时期词学的宗旨所在。

但细检其民国后词,若干词序倒是言之颇为分明的。如"向来危苦之言,以跌宕出之,愈益沉痛,是亦填词之微旨也","晨夕素心之乐,身世断蓬之感,固有言之不足者"②,这一分别见于《紫玉箫》《临江仙》二调小序中的话,我认为最能代表况周颐居沪时期的填词观念。听歌诸作,当然也是在这一观念之下的产物。而其弟子赵尊岳在《蕙风词史》一文中更指出《秀道人修梅清课》"以侧艳写沉痛,真古人长歌当哭之遗,别有怀抱者也""融家国身世于一词,而又出以旖旎温馨之笔"③的创作特征,而深受王国维赞许的《满路花》一词便在赵尊岳罗列的此类作品之列。赵尊岳又特地指出《蕙风词》卷下自《握金钗》至《霜花腴》诸词以及辛亥后所作词乃"抚时感事,无一字无寄托,盖词史

---

① 朱孝臧著,白敦仁笺注:《彊村语业笺注》,浙江古籍出版社,2015年,第283页。
② 分别见况周颐著,秦玮鸿校注:《况周颐词集校注》,上海古籍出版社,2013年,第278、234页。
③ 赵尊岳:《蕙风词史》,龙榆生主编《词学季刊》1934年第一卷第四号,第94、95页。

也"①，作为深得况周颐衣钵真传的赵尊岳，其所言论也应该可以代表况周颐后期词的一个基本标准。况周颐的海上友人孙德谦可能意识到况周颐弥漫在这一时期词作中"拂袖樽前，为歌绣带"的一时娱情之作，会被联想而及如柳永之丽浮、康与之之诙谐等，并同受讥讽，故在序中特别强调：

> 矧先生宋玉悲秋，非真好色；子安舒啸，本是忘荣。其如与言滴粉搓酥，都在称作者，盖不过香草美人，因寄所托，如斯而已。②

这不仅揭示了况周颐听歌诸作的情感特征，也昭示了其表达这种情感的基本范式。这与王国维以自然真切为基本底蕴的"境界"说——尤其是"隔与不隔"之说确实形成了审美上的偏差甚至对立。但事实上，王国维的词学观念特别是审美观念虽未见后来有大的修订，但其诗词的风格还是有着比较明显的变化。即其题《香南雅集图》之《清平乐》一词，用典、寄托已是兼而有之，在这种情况下，"自然真切"的位置其实也已是被稍作挪动了的。

　　况周颐的《菊梦词》编定于 1916 年，录词 30 首。《秀道人修梅清课》编定于 1920 年，录词 53 首，其中 11 首与《菊梦词》重复，而此重出之 11 首，皆为听歌之作。这意味着《菊梦词》的写作理路其实与《秀道人修梅清课》有极相似的地方。况周颐曾有《金缕曲·积余为刻〈菊梦词〉赋谢》言此集填词宗旨，其中便有"此事关襟抱。莫高谈、红楼香径，有人腾笑""满目江山残金粉，到毫端、总是伤心料。消此恨，费梨枣"之句③，在在可见其借歌述志之意。大概此集也代表了朱祖谋的心志，故卷尚未成，即嘱况周颐编订，又嘱徐积余尽快刊刻，以广其传。赵尊岳《蕙风词史》特地解释以"菊梦"为集名的原因说：

> 其云"菊梦"者，盖以丙辰年有九秋复辟之议，康长素仆仆道途，时以大言炫人。先生或信其说，终不果成，付诸梦幻，故曰"菊梦"。④

------

① 赵尊岳：《蕙风词跋》，转引自况周颐著，秦玮鸿校注《况周颐词集校注》，上海古籍出版社，2013 年，第 537 页。

② 孙德谦：《秀道人修梅清课序》，转引自况周颐著，秦玮鸿校注《况周颐词集校注》，上海古籍出版社，2013 年，第 536 页。

③ 况周颐著，秦玮鸿校注：《况周颐词集校注》，上海古籍出版社，2013 年，第 387、388 页。

④ 赵尊岳：《蕙风词史》，龙榆生主编《词学季刊》1934 年第一卷第四号，第 91—92 页。

则况周颐《菊梦词》所述之志,指向其实是十分明确的。也许这种深隐之志在平时只是偶尔发之,难成规模。丙辰之年,随着梅兰芳的南下,刹时便大力唤起了这份潜隐之志,尤其是庚申(1920)三月至四月,梅兰芳又莅沪出演,故人与旧情再度触发,这是况周颐“批量”写作听歌之作的深层原因所在,“以家国托之于畹华之一身”①,遂成况周颐填词的不二选择。而数度写梅兰芳之词已经积成规模,故同年将丙辰年所作咏梅词从《菊梦词》中析出,并庚申年咏梅词合成《秀道人修梅清课》一集,以见其数年间以听歌写家国身世之迹。

“闻歌向来易感”(况周颐《莺啼序》)②,彼时彼地,况周颐被触发最多的情感便是“身世断蓬之感”③。听歌几乎成了况周颐寓居沪上的一项重要活动,听歌当然不限京剧、昆曲,也不限梅兰芳。如1919年九月,粤剧名旦李雪芳来沪演出,李雪芳与梅兰芳齐名,曾被梁启超誉为“北梅南李”,据说李雪芳的沪上演出“声誉鹊起,几摩畹华之垒”④。况周颐时逢丧女之痛,原不忍观剧,但朱祖谋“强拉顾曲”⑤,遂赴观之,后填《八声甘州》(袅珠歌)以记其事,并赋《鹧鸪天》赠李雪芳。

作为况周颐晚年的入室弟子,赵尊岳深知《秀道人修梅清课》意在言外、寄托遥深的特点,故尝有意为之作笺⑥。此笺今虽未获见,但若笺成,则琼多点醒题旨之处。“雪北香南去,声尘凑极微”⑦,沈曾植虽对况周颐为人多有微辞,但平心而论,他对况周颐听歌之作的“极微”之处,应该是心领神会的。梅兰芳带来了沪上的艺文风雅,而在这风雅之中的极微之声,虽散漫各处,但汇

---

① 赵尊岳:《蕙风词史》,龙榆生主编《词学季刊》1934年第一卷第四号,第98页。

② 况周颐著,秦玮鸿校注:《况周颐词集校注》,上海古籍出版社,2013年,第375页。

③ 况周颐《临江仙》小序曰:“晨夕素心之乐,身世断蓬之感,固有言之不足者。”况周颐著,秦玮鸿校注:《况周颐词集校注》,上海古籍出版社,2013年,第234页。

④ 赵尊岳:《蕙风词史》,龙榆生主编《词学季刊》1934年第一卷第四号,第101页。

⑤ 况周颐《八声甘州》小序云:“女郎李雪芳毓秀穗垣,蜚声菊部。己未秋日来游沪滨,重阳后六夕,演宋潘生、陈妙常诗媒、舟别故事,依宋人说部所记稍变通润色之矣。纵质蕙心古今人,何遽不相及?即雪芳即妙常,一声一容,自然妙造,故能芬芳悱恻,回肠荡气,乃至沉濡乎性灵,非饰貌矜情者可同日语矣。蕙风是时移寓朱家木桥,猝遭沉珠之痛。抚琴书之散乱,重骨肉之摧残,未能达观,何忍寻乐?沤尹强拉顾曲,当时憪然,越日占此,不自觉情文之掩抑也。”况周颐著,秦玮鸿校注:《况周颐词集校注》,上海古籍出版社,2013年,第446—447页。

⑥ 赵尊岳《蕙风词史》跋云:“余笺先生词,起《新莺》,迄自定本,约为一卷,容当再笺《清课》。”龙榆生主编:《词学季刊》1934年第一卷第四号,第105页。

⑦ 沈曾植:《秀道人修梅清课题词》,转引自况周颐著,秦玮鸿校注《况周颐词集校注》,上海古籍出版社,2013年,第542页。

集起来,却也堪称是一种"巨大"的声音了。

很有意思的是,梅兰芳自 1913 年首次来沪演出后,一直到 1926 年况周颐去世,先后来沪 6 次,分别是 1913、1914、1916、1920、1922、1923 年,而在 1926 年况周颐去世后两个多月,梅兰芳也再度莅沪演出[1]。除了 1914 年演出时间是 34 天之外,其他 5 次的演出时间均超过 40 天,可见梅兰芳在上海的受欢迎程度。就况周颐生前的 6 次演出来看,1920 年是况周颐为梅兰芳填词的高峰时期,其次便是 1916 年,1922、1923 两年料况周颐也会有观剧之举,何以不再填写一词,此诚不可解。或许关于梅兰芳的演艺及借以言说之心事亦已吐露殆尽,故不再赘笔;或许晚年的况周颐生活困窘,忙于笔墨生涯,无力于此。

但不管怎么说,况周颐对梅兰芳确实倾注了过人的心力,如此不遗余力地来为梅兰芳"站台",足以见出梅兰芳演剧与况周颐自我精神的相通。换言之,若非梅兰芳之演剧深契其内心世界,就很难理解况周颐如此蓬勃的填词兴致了。况周颐的为人虽因个性独张而素有多议,但其填词水平则使不少词人平生为之低首[2];居沪之时,词坛声誉更隆,世人多以得其词而为自身"增重"[3],以至于上门求词者"趾踵日接"[4]。参诸当年的多种文字,在在可见况周颐在词坛上非凡的影响力。而在这种情况下,况周颐为年轻的梅兰芳频繁捧场,主持雅集,且"暂许对影,香南笛语,遍写乌阑"(况周颐《戚氏》)[5],连篇累牍赋写新词,并合为专集。这在况周颐来说,确实是一种非常态的创作冲动。其实在这场持续多年的艺文活动中,"破例"并非只是况周颐一人之情形,而是成了当时居沪及周边士人之常态,如陈三立破例为《香南雅集图》题诗,沈曾植破例踏足歌场并撰《临江仙》词,何诗孙破例在图卷中绘制人物,况周颐破例为赠送梅兰芳的《西厢记》剧本上亲笔题识。凡此种种,皆可见出沪上诗词名家对梅兰芳格外垂顾之意。

①　参见王省民《〈申报〉戏曲广告对戏曲消费的促进作用——以梅兰芳 1913 年至 1929 年来沪演出为考察对象》,《上海商学院学报》2013 年第 1 期。

②　邵瑞彭云:"蕙风词竟夕朗吟,使哀云夜裂,海水不流,平生所低首者,无过此翁矣。"见国家图书馆善本部编《赵凤昌藏札》第六册,国家图书馆出版社,2009 年,第 140 页。

③　赵尊岳《蕙风词史》云:"时先生客沪,大人之求题以为增重者益夥。"龙榆生主编:《词学季刊》1934 年第一卷第四号,第 82 页。

④　腹痛《况蕙风先生外传》:"世之求先生词者,趾踵日接,无不工胜卓绝,匪言可喻。"《申报·自由谈》1926 年 8 月 28 日。

⑤　况周颐著,秦玮鸿校注:《况周颐词集校注》,上海古籍出版社,2013 年,第 417 页。

这种格外垂顾,当然别有深意者在。艺文之事是看得见的风雅,梅兰芳的演剧之所以能重新唤起原本已经处于"歌扇舞衣,早凄断、倦游心目"(况周颐《蕙兰芳引》)①的况周颐及其周边群体的沉闷心境,除了戏曲本身的新魅力以及对戏曲价值的新认识②,也与这一群体因此而得到了在风雅底下宣泄其遗民心志的方式有关。从这个角度来说,况周颐与梅兰芳两人其实是互相依存的关系,民国沪上的艺文风雅因此不仅属于戏剧、绘画与诗词艺术,也属于这背后的思想与情感。因此,在某种程度上说,况周颐的听歌之作也是那个特殊时代特殊群体的一种共同声音。

---

① 况周颐著,秦玮鸿校注:《况周颐词集校注》,上海古籍出版社,2013 年,第 368 页。

② 晚清以来,戏曲改良声音渐起,这种改良是建立在戏曲这一文体新的认知基础上的。三爱(陈独秀)《论戏曲》说:"戏园者,实普天下之大学堂也;优伶者,实普天下人之大教师也。"又,箸夫《论开智普及之法首以改良戏本为先》云:"乃世之人往往游忽于当前,而系恋于已往,茫昧于现象,而致慨于陈迹。彼其感情之敏速,可于观剧时见之。"以上二文分别参见陈多、叶长海选注《中国历代剧论选注》,湖南文艺出版社,1987 年,第 460、466 页。

第十二章

词学文献论(上):况周颐代撰之《历代词人考略》

　　龙榆生编撰的《唐宋名家词选》于1934年由开明书店出版,其书引用了十七则出自《历代词人考略》(以下简称"《考略》")的材料,因此书再版次数多,发行量大,其所引用《考略》一书因此也受到不少读者的注意。唐圭璋《全宋词》的《引用书目》曾将《历代词人考略》列入,并注明:"近人刘承干撰,稿本。"唐圭璋辑录文献、评述词史十分注重引用原始文献,今粗检《全宋词》,在欧阳辟《临江仙·九日登碧莲峰》、石安民《西江月·叠彩山题壁》、张仲宇《如梦令·秋怀》词后均注乃由《考略》一书引录而来①。可见唐圭璋不仅曾寓目《考略》一书,而且从中撷取了不少资料。

　　饶宗颐的《词集考》在词籍考索后所附参考文献,至少有五处出现《考略》一书,《尹参卿词》《琼瑶集》《鹿太保词》《欧阳平章词》《龟峰词》五种,其参考文献均注有《历代词人考略》一种②。对照今本《考略》,卷数悉合,则其参考版本很可能是今存的删订本。但在陈经国《龟峰词》后所附参考文献中,则有"刘承干《词林考鉴》"一种③。"词林考鉴"乃况周颐原稿名之一,或饶宗颐也曾参阅《考略》原稿?

　　关于《考略》一书藏地,龙榆生、饶宗颐均未说明。而唐圭璋则曾指示王

---

① 分别见唐圭璋编《全宋词》中华书局1965年版,第二册第696、1355页,第三册第1484页。
② 参见饶宗颐《词集考》,中华书局,1992年,第20、21、24、25、222页。
③ 参见饶宗颐《词集考》,中华书局,1992年,第222页。

水照去北京图书馆查询,但至今未发现馆藏有此书①。与刘承干关系密切并知悉《考略》一书删订过程的周子美也说稿本现存北京图书馆,刘承干则另有一抄本,然却不知下落②。则与唐圭璋之说稿本藏北图说契合,也至少印证了《考略》一书当有稿本、抄本两种版本的说法。1997 年 5 月 3 日,王水照在《新民晚报》发表《〈历代词人考略〉今存何方》一文后不久,钟振振即告知《考略》一书入藏南京图书馆。在 20 世纪 90 年代初,钟振振因为编纂《宋词纪事会评》一书而博征典籍,遂起意寻访《考略》一书,并最终在南京图书馆善本室访得此书。

王水照由龙榆生《唐宋名家词选》所引《考略》文字,而认为《考略》一书的作者"独具只眼,确非凡手"③,并依据赵尊岳《惜阴堂汇刻明词纪略》等及王国维致罗振玉书信而初步考订《考略》一书乃由刘承干出资、况周颐撰述。最早写出研究《考略》专文的学者则是林玫仪,其《况周颐〈宋人词话〉考——兼论此书与〈历代词人考略〉之关系》一文虽发表于 1999 年,但其初稿实完成于 1997 年④。此后,随着《考略》一书的影印出版⑤,后续的研究文章才逐渐产生。但据今来看,关于此书的诸多疑问实仍未得到合理的解释,更有不少错误的判断杂乎其中,一些重要问题也尚未引起学术界的注意。本书即尝试结合新访得材料,就若干问题略述看法,以求正于学界。

一、况周颐代刘承干撰《历代词人考略》始末

1917 年 8 月前后,应刘承干之请,况周颐代纂《历代词人考略》一书,此事可得数证。同年 8 月 27 日,王国维致信罗振玉提及况周颐"近为翰怡编《历代词人征略》"⑥之事。这也是最早披露况周颐代刘承干编撰《历代词人征略》的

① 参见王水照《〈历代词人考略〉今存何方》,原刊《新民晚报》1997 年 5 月 3 日,此转引自王水照《半肖居笔记》,东方出版中心,1998 年,第 109 页。
② 参见周子美著,徐德明整理《周子美述学》,浙江人民出版社,1999 年,第 11 页。按,周子美将书名误为《国朝词人征略》。
③ 王水照:《〈历代词人考略〉今存何方》,《半肖居笔记》,东方出版中心,1998 年,第 108 页。
④ 参见钟彩钧主编《传承与创新——"中央"研究院中国文哲研究所十周年纪念论文集》,"中央"研究院中国文哲研究所,1999 年,第 126 页。
⑤ 《历代词人考略》(全二册),影印吴兴刘氏嘉业堂钞本,全国图书馆文献缩微复制中心,2003 年。
⑥ 房鑫亮编校:《王国维书信日记》,浙江教育出版社,2015 年,第 266—267 页。

一封信。但此书初议实在 1916 年 1 月。刘承干《求恕斋日记》①于 1917 年 2 月 23 日记云:

> 朱古微、况夔笙在益庵书房中,持片来请余至书房谈。去年由古微劝余编刻《词人征略》,以夔笙词苑擅场,聘伊主持,其事已经谈定。后夔笙因闻筱珊有言,遂尔停辍,余亦一笑置之,今又续提前事,一切仍照前议,惟计字授脩,照商务印书馆例,约每字一千计洋四元,余允之。

同年(当年闰二月)三月初五日又记曰:

> 夜宴况夔笙于嘉业堂……况夔笙……为予编辑《历朝词人征略》……(此事去年正月说好,因循未办,今年二月廿三日古微来申前议,经予允许,乃定局也)

刘承干乃当事者,日记透露的信息大可注意:首先,此书初名《历代词人征略》。其次,此书编刻起于朱祖谋之动议,拟请况周颐"主持",盖原定规模较大,或非况周颐一人可成。第三,此书在 1916 年 1 月即已谈定各项,包括书名、主持者、酬金等,但因为缪荃孙持有异议,况周颐遂中断了这一工作。1917 年 2 月朱祖谋重申前议,因照一年前例,正式开始编纂工作。

由朱祖谋提议,刘承干允诺,况周颐应其请,此书动议遂付诸实施。刘承干在民国年间以藏书刻书驰名,而况周颐此前即屡予其事。这部《历代词人征略》既关于词人词史源流,则作为"词苑擅场"的宿将,况周颐当然是不二人选。兼之况周颐早年即锐意倚声之学,在词学资料方面的积累也久为人称②。一流词人、词籍收藏家及其与朱祖谋、刘承干等的关系,这些因素合力助成了此事。

---

① 刘承干《求恕斋日记》51 册,今藏上海图书馆,另有新中国成立后数册藏复旦大学图书馆。本书引用此日记,均出上海图书馆藏本,不再一一说明。

② 谭献曾说:"夔笙网罗词家选本别集,箧衍盈数百家。"范旭仑、牟晓朋整理:《谭献日记》之《复堂日记》卷八,中华书局,2013 年,第 179 页。

关于《考略》一书的编写进程,今检《求恕斋友朋书札》《求恕斋函稿》[1]《求恕斋日记》等,略述于下:

大概因为初议是一年之前,况周颐虽然中辍此事,但在议定与中辍之间,可能也有一段时间,况周颐在这段时间内很可能积极准备材料,甚至有可能已初撰若干,故一年后再开此议,况周颐的撰写速度便相当快捷。1917 年闰二月 24 日,况周颐即将第一卷交付刘承干[2]。1917 年闰二月廿六日,刘承干致朱祖谋信云:

> 前承介绍况夔笙太守为辑《词人征略》,借如椽之笔,集千腋以成裘,羊质虎皮,不无贻笑大雅,然爱我过深,期之转切,未始非君子成美之意也。前日太守已将第一卷送来,约字九千九百之谱。恒当即询问商务印书馆……效商务营业之由,祈婉为订定,每字一千,约送四元,按字计送,于援照商务编辑例,中仍寓不敢苛待之意。借重吹嘘,无任感荷。至于太守词章,卓然名家,月旦之评,自有公论,而恒固已感其盛情矣。

此距刘承干一月前日记,不过一个月而已,其撰稿之速,可见一斑。刘承干依商务印书馆润例,按照千字四元的标准支付了四十元,并由朱祖谋转交。信中既感谢朱祖谋"借重吹嘘"之议,又对况周颐词章之声誉表达了赞赏。朱祖谋收刘承干信后复云:

> 此事本随缘乐助,无多寡之可言,何必分意! 夔笙书籍,前■孙隘庵云,已有成说。此事现以交易论,弟意本不必十分■就。而阁下复■之如此,亦不能不代为感佩也。

---

① 刘承干《求恕斋函稿》94 册、《求恕斋友朋书札》75 册,今藏上海图书馆,本书引录刘承干信札均出《求恕斋函稿》,引用诸友朋致刘承干书札,均出《求恕斋友朋书札》,不再一一说明。

② 林玫仪《况周颐〈宋人词话〉考——兼论此书与〈历代词人考略〉之关系》曾认为与《考略》同出一源的《宋人词话》应该撰写于 1915 至 1917 年间,参见钟彩钧主编《传承与创新——"中央"研究院中国文哲研究所十周年纪念论文集》,"中央"研究院中国文哲研究所,1999 年,第 143—147 页。孙克强《况周颐词学文献考论》一文也认为《历代词人考略》"撰成于 1917 年前后",《文史哲》2005 年第 1 期,第 98 页。林、孙二说均有误。

"随缘乐助"可见关于此书酬金之议,确实有为况周颐解决经济困境的目的在内,只是面对刘承干严格的计酬方法,朱祖谋感到有些"交易"的性质并为此不安。

第二卷的交稿更快捷,距第一卷交稿不过十日,况周颐再成一卷。刘承干《求恕斋日记》于1917年(当年闰二月)3月5日即记曰"已成二卷"。此后,大概是况周颐撰稿交付,刘承干付酬,大体平稳地继续下去。但刘承干付款也许并不总是及时,有时甚至需况周颐去函催付。在经历了近两年持续有序地撰稿后,况周颐因拟编纂《金石苑》一书,特地去函告知《征略》一书的交稿要减慢速度了。1918年12月,况周颐致刘承干信云:

> 久疏晋谒,歉仄莫名,纂件万叁千五百字,应领笔资七十元。度岁所需,赖有此耳。至感且愧。敬恳发交小儿手回,容晤叨谢。开春须编次《金石苑》,尊处交卷,暂时不能多矣。

可见况周颐生活窘迫之形,以至春节所费,也赖此书稿酬开销。大概至1919年7月前,况周颐很可能已经完成此书的宋代部分。因为要为《彊村丛书》中的宋代词集补写跋文,朱祖谋遂向刘承干借阅况周颐所撰书稿。至迟在1919年7月前,朱祖谋致刘承干信云:

> 拙刻宋人词多无跋语,今拟补■,而苦少参考之书。夔笙先生所编《词人考略》,取材极富,拟奉借一检,前托隘庵代达念,蒙画诺,兹专足走领,或全交,或先付若干册。当■日奉缴,不敢延阁也。

刘承干应该很快即将此书转至朱祖谋处,故1919年7月,朱祖谋致刘承干信云:

> 送上《词人考略》卅册,弟亦略有签注,小小异同,无关系也。其后尚有几册,仍祈赐假一读,即付末手为荷。

可能刘承干又转若干于朱祖谋。1919年8月,朱祖谋致刘承干信果有"《词考》二十七册并奉缴"之语。因此二信,我怀疑况周颐所撰此书的宋代部分很可能有 57 册。而且朱祖谋信中既称"或全交,或先付若干册",显然朱祖谋了解况周颐的撰写进程,这也是我判断 1919 年 7 月前,况周颐完成宋代部分的依据所在。

此后,况周颐应该继续撰写元代部分。1920 年上元夕,况周颐致刘承干信云:

> 兹送呈《词人考略》一册,即祈鉴政。去冬曾由古微先生代假洋一百元,刻值贱状奇窘,需款甚急,新拜领之润资,端节以前,祈暂从缓扣。

这一册,很可能便是元代部分的内容了。由此信及前引朱祖谋数信可知,大概在 1920 年前后,《历代词人征略》就已然改为《历代词人考略》了。此信仍可见况周颐奇窘之经济状况,以至编书酬金尚未足支撑,只能预支款项,然后从稿酬中扣除。

在 1922 年 6 月前后,元前卷应已编竟。1922 年 6 月至 9 月间,况周颐、刘承干、朱祖谋三人围绕此书有如下通信。大概是况周颐在撰毕元代后,需要回看以斟酌调整,遂拟从刘承干处索回原稿。1922 年 6 月 19 日,刘承干致况周颐信云:

> 《词林考鉴》全稿在沤丈许,俟其交还,再当送上。

因况周颐索稿之请,刘承干遂转索于朱祖谋。1922 年 7 月,朱祖谋致刘承干信便有"奉还《词人考略》廿一卷"之语。而到了 1922 年 8 月上旬,此前所撰全稿 102 册汇集在刘承干处。1922 年 8 月 10 日,刘承干致况周颐信云:

> 《词人考鉴》全帙,共一百另二册,遵谕送上,敬希詧收。所有弁言凡例等项,尚祈得间■■,俾成全豹,至叩至叩。

由此信可知,元代编完,刘承干又将书名改为《词林考鉴》或《词人考鉴》,而朱祖谋彼时仍称《词人考略》,则"考鉴"一名出于刘承干的可能性较大。同时刘承干既屡称"全稿"或"全帙""全豹"，又希望况周颐尽快补入弁言、凡例等，此足见当时刘承干的谋刊之意。

但况周颐很可能觉得此书既称"历代"，则至元而止，显然难符其名，所以，从 1922 年 9 月起，当就有续写明代之想。1922 年 9 月 21 日，况周颐致刘承干信云：

> 周颐贡款百元，蒙代垫并费神，感荷百拜。其款准于将来编次《词考》未领之笔资内，敬请扣还，谨此声明。

这当然是又涉及况周颐请刘承干垫付款项事，但既声明这笔费用从"将来编次《词考》未领之笔资内"扣除，则续写此书显然也得到了刘承干的支持。

但明代部分的编写显然节奏缓慢了下来，大概到 1923 年 7 月，这近一年的时间，况周颐才编写了 12 册。此可从朱祖谋与刘承干的通信略见端倪。1923 年 7 月 20 日，朱祖谋致刘承干信，希望将"夔笙所编《明词人考》之前十册，属弟参阅一过"。次日刘承干复朱祖谋信云："夔笙太守所编之《明词人考略》，共来十二册，今一并送呈，即查收。"至此，况周颐所撰已达 114 册。

由以上对况周颐撰述过程的梳理，唐五代部分应有 45 册，宋元部分 57 册，明代 12 册，合共 114 册。这一进程也可得到况周颐门人赵尊岳的佐证。赵尊岳说：

> 蕙师又应吴兴刘氏之请，为撰《历代词人考鉴》，上溯隋唐，至于金元，凡数百家，甄采笺订，掇拾旧闻，论断风令，已逾百卷。亦付尊岳盥手读之。
>
> ……
>
> 迨癸亥间，蕙师所辑《考鉴》，已届朱明。明词流播较罕，则求诸中麓以应之，凡十余家。蕙师乃谓之曰："世薄明词，而一朝文物所贴，廿叶兰畹之盛，宁可以囿于了目，而漫致讥弹？彊翁结集，幸已观成，曷不继起汇刻明词？汲古、四印功在声党，续有纂辑，晚出愈精，及此不图，将悔无及。"尊岳受命维谨，有志于斯……①

----

① 赵尊岳：《惜阴堂明词丛书叙录》，龙榆生主编《词学季刊》第三卷第四号残存校稿，第 16 页。

癸亥乃 1923 年,按照赵尊岳所云,此年况周颐所辑《历代词人考鉴》录明词人十余家,便暂时搁置下来。

从 1923 年 7 月至 1926 年 2 月,况周颐的明代部分撰写虽然因查找文献的困难而不得不明显减慢速度,但仍在续写则是确定无疑的。其理由见于下列二信,1926 年 2 月 10 日,刘承干致信朱祖谋云:

> 夔笙先生《词人考略》虽缺者无几,亦祈补缀齐全……将来与《考略》序例一齐完后,恒当有以为寿。至《考略》告成以后,长者既系同乡,又为一代词望。夔笙先生且由介绍,并望■笔赐序,藉资弁冕,盼极盛极。

既然说是"缺者无几",则明代部分的规模料已成格局。这一次,刘承干再次提及了《考略》一书的序例问题,可见 1922 年 8 月间刘承干嘱况周颐撰写弁言、凡例,况周颐并未完成,故在明代部分即将告竣之时,再提此事。同时也明确邀请朱祖谋为《考略》一书撰序,朱祖谋是否答应撰序之请,现尚未得到确证,但料难拒绝的。刘承干希望况周颐将此书"补缀齐全"的意思,朱祖谋是转达了的。1926 年 4 月十三日朱祖谋致刘承干信,便述及自己"至夔笙处,弟当以实言之,不敢稍存推诿也"。可见将此书尽快收束当也是朱祖谋与刘承干共同的愿望。

况周颐是否果然补缀齐全,难以详考,但至少是有所补缀,甚至接近完成的。1926 年十月卅日,朱祖谋致刘承干信云:

> 夔老所编《词人考略》,弟往年所假数册,夔老索去覆阅,并未再交弟处。今年闻已编定全书,疑此数册,或已依次编入。敢希检阅。如确系漏编,弟当属其世兄详细检得,再行奉上也。

1926 年 11 月 3 日,朱祖谋再致刘承干信云:

> 弟前假阅夔老所编《词人考略》,虽不能确指为何卷,然的系宋人,而非明人,则毫无疑义,缘弟所需为考定者,固断至元代而止也。尊处遗册,恐非由弟假出。然晤况世兄时,必当代为一询。

1926年11月7日,朱祖谋又致刘承干信,述及已致信况周颐之子"属其检查矣"。况周颐1926年8月去世,此三信均写于况周颐去世两个月后,从朱祖谋"闻已编定全书",或明代部分亦已告竣,此"闻"当闻诸况周颐本人。而刘承干在翻检总稿时发现明代卷有缺漏,遂驰书朱祖谋问讯究竟,朱祖谋回信说自己从刘承干处借阅后,复为况周颐索回,而从朱祖谋特别强调所借是宋人之部,当然可推测刘承干查询的乃是明人之部。但检上引1923年7月前后朱祖谋与刘承干的往返通信,朱祖谋确实从刘承干处借阅了12册明代词人部分的。至于这12册是否归还刘承干,是否为况周颐索回覆阅,一时难以考明,但在整理况周颐遗稿时,部分明代部分未见影踪应是事实。

由以上之所述,况周颐编纂《历代词人考略》的过程可撮述如下:

1. 1916年1月,况周颐请朱祖谋代说合刘承干,拟为主持编纂《历代词人征略》,得三方同意,并议定酬金,因缪荃孙"有言"而因循未办。

2. 1916年1月至况周颐闻缪荃孙异议而中辍期间,况周颐或准备资料,可能初撰若干。

3. 1917年2月23日,在上海孙德谦书房,朱祖谋、况周颐邀约刘承干,重申前议,拟照商务印书馆例按千字4元计付酬金,三方遂议定并执行。

4. 1917年闰2月24日,况周颐交付第一卷,约字9900,刘承干付款40元。

5. 1917年3月5日前,况周颐交付第二卷。

6. 1917年3月5日至1918年3月,况周颐全力编纂。

7. 1918年3月至1919年7月,况周颐完成书稿至宋代部分。

8. 1919年7月至1920年1月,况周颐完成元代部分1册。

9. 1922年6月,元代部分撰写完毕。唐至元共102册。

10. 1922年8月,刘承干嘱况周颐为此书撰写弁言、凡例,况周颐似未拟稿。

11. 1922年9月21日至1923年7月,况周颐编写明代部分凡十余家12册,合明前102册,共114册。

12. 1923年7月至1926年2月,况周颐继续编纂明代部分。

13. 1926年2月,全书已接近完成,刘承干再嘱况周颐撰写序例,并请朱祖谋作序。序例、序言似皆未成。

14. 1926年2月至1926年8月,况周颐继续补缀明代部分,朱祖谋闻全书已编纂完成。

15.1926 年 10 月,发现数册明代部分缺失,刘承干致信朱祖谋,朱祖谋复致信况周颐之子寻访,寻访似未果。

从 1917 年 2 月至 1926 年 8 月,《考略》一书的编纂持续了近 10 年的时间,见诸明确记录的情况是:唐五代部分 45 册,宋代部分 57 册,明代 12 册,合共 114 册,元代及明代续纂部分尚不在其数,其规模之大、费心之多已可想见,尤其是在撰写期间,况周颐还先后完成了《餐樱庑词话》以及《蕙风词话》的整理、补写等工作。可以说,况周颐生命的最后 10 年,也正是他词学思想集成、提炼和升华的 10 年。

《考略》一书的编纂,其词学史意义应该首先是朱祖谋、刘承干和况周颐共同认同的,而另外一层编撰动机则确与况周颐当时经济窘迫的情况有关。王国维信中说况周颐编纂此书"仅可自了",朱祖谋希望刘承干藉此"随缘乐助",这才有刘承干按商务印书馆润例支付稿酬的方案,而且从况周颐与刘承干的通信中,也确实可以看到稿酬之外,更有向刘承干屡次借款的情况。夏承焘 1934 年 11 月 30 日之日记记云:

> 蕙风晚年,尝倩彊村介于刘翰怡编《词人征略》,恐其懒于属笔,乃仿商务书馆例,以千字五元计酬金。所钞泛滥,遂极详。瞿安谓可名"词人征详"。蕙风谓贫不得已也。[①]

况周颐的个性疏懒闻名于外,而且况周颐也以"疏懒性成"自称[②],但说因为贫困而所抄泛滥,可能就言过其实。蕙风所谓"贫不得已"之自解,或许是针对吴梅等人苛评的无奈回复之语。况周颐晚年在沪生活困顿,以鬻文为生,虽一度自设嬛福书肆以谋生,终因不善经营而作罢。吴梅讥况周颐所抄泛滥,将"征略"变为"征详",也属苛责。据《删订〈历代词人考略〉条例》第十三条所云,原书此前连凡例都未制订,以至况周颐只能凭着自己的理解去择录,而在删订时才提出"节引"、慎抄录原词、不选录妓女之词、不附录词人之遗闻轶事

---

① 夏承焘:《天风阁学词日记》,《夏承焘集》第五册,浙江古籍出版社、浙江教育出版社,1997 年,第 341 页。

② 况周颐:《餐樱庑漫笔》,《申报·自由谈》1925 年 2 月 18 日。

等原则,但这已经是况周颐去世之后了。在这种情况下,以此回责况周颐的芜杂,似乎不合情理。从况周颐因为对明词缺乏全面了解就暂停了《考略》一书的辑录,就知道况周颐自有其矜慎之处。

况周颐的"贫不得已",也可以得到刘承干自己的旁证。《求恕斋日记》于1917年(当年闰二月)3月5日记云:

> 夜宴况夔笙于嘉业堂……况夔笙家境甚艰难,由朱古微为其说合,为予编辑《历朝词人考略》,照商务、中华两书局编书例,每千字计洋四元(此为最大之价),已成二卷,常至益庵书斋,见予则语气之间极为感激。予以办此书后未曾请过伊,故今宴之也。

可见,贫困确实是况周颐请朱祖谋为其说合于刘承干编纂此书的重要原因所在。从况周颐见到刘承干时候"极为感激"的语气来看,此书之撰也缓解了他窘迫的经济状况。

此书现以"历代词人考略"驰名,这也是在况周颐长达近十年的撰述中,在数名纷起的情况下经刘承干认同并由删订者最后确认。但在1916年初议及1917年确定编纂此书时,其名为《历代词人征略》,应仿"国朝诗人征略"之例而来。1919年7月,况周颐完成宋代部分时,朱祖谋与刘承干往返通信均改称《历代词人考略》。而在1922年6月,明前部分完成时,刘承干多称《历代词人考鉴》或《历朝词林考鉴》,而朱祖谋则仍称《历代词人考略》。大概从1923年至1926年,况周颐全力撰写明代部分时,此书名又恢复《历代词人考略》。由上述刘承干称呼书名的屡次变化以及朱祖谋相对稳定的称呼,可见《历代词人考略》很可能由朱祖谋拟定,此后虽也有反复,但最终仍守定此名。今本《历代词人考略》所附《删订〈历代词人考略〉条例》第五条有云:

> 原来书名未定,或作《历朝词林考鉴》,或作《历代词人考略》。因"词林"与"翰院"作混,且作词亦无取乎鉴戒,故用"考略"之名。[1]

---

[1]　况周颐:《历代词人考略》,影印吴兴刘氏嘉业堂钞本,全国图书馆文献缩微复制中心,2003年,第1546页。

综合以上情况,《历代词人考略》书名的拟定确实是颇经一番周折之后才定下的,很可能原稿经删订并誊录后以"历代词人考略"驰名,而原稿本则因为明代部分的缺失,仍保留着《历朝词林考鉴》的名称,今观饶宗颐《词集考》所引以及龙榆生与夏承焘往返通信中所述,都以"词林考鉴"相称,龙榆生更曾寄过一册过录本《词林考鉴》给夏承焘,此皆说明在今删订本《历代词人考略》之外,确实还有一被称为《历朝词林考鉴》的稿本在。偶检《夏承焘学词日记》,其于1953年11月12日曾接龙榆生来函,日记记云:

> 得榆生片,谓顷刘翰怡来,云《词林考鉴》五六十册,往年已由湖州人朱达君经手,售与开明书店,翰怡藏书近散尽矣。①

龙榆生之所以述及《词林考鉴》一书之本末,原因是同年9月22日,夏承焘曾访龙榆生于上海,言谈之间,话及况周颐为刘承干纂《词林考鉴》事,并叹"此稿不知何在"。但因为刘承干当时也在上海,只是彼此疏于联系而已。可能在11月初刘承干访龙榆生,龙榆生就此事问询,才明白此书大致本末。但此书售与开明书店,应出于保存文献的用意居多,若有藉以出版之意,则相售者应是经过删订的《考略》一书,而非以"词林考鉴"为名的原稿了。龙榆生在1953年之时仍称此书为《词林考鉴》,而且此称也显系由刘承干原信转述而来,则此书自非今存删订之本,当为况周颐原稿,其中更可能有后来黄公渚的续纂稿在内,其与删订本应属不同系统了。

二、关于《考略》一书的删订与续纂

聘请况周颐代撰《考略》的真正目的,当然应是出于嘉业堂的刻书计划。故刘承干在日记中也提到朱祖谋当初是以"编刻"为宗旨的。"编"乃第一步,"刻"才是最终目的。但当时《考略》既未成全稿,已成部分尚须删订、未成部分亦须续纂,故一时无法付刻。刘承干似乎处于书稿未完成与希望出版的矛盾之中,这种未完成包括已成书稿的部分散失及所存文稿的删订、续写等工

---

① 夏承焘:《天风阁学词日记》,《夏承焘集》第七册,浙江古籍出版社、浙江教育出版社,1997年,第362页。

作,这种矛盾心态,刘承干与朱祖谋有过沟通。作为对此书同样倾注了心力的朱祖谋,显然希望能将亡友的著作尽快付梓,以了却一桩心愿。1930 年 2 月 28 日,朱祖谋致刘承干信云:

> 《词人考略》一书不传可惜,不如决意付梓,弟必偕公渚理董成此巨编也。

1930 年 3 月 12 日,朱祖谋又致刘承干信云:

> 此可稍为理董,但不能刻期耳。《词考》当与公渚商斠,以副盛意。

由此二信特别是"以副盛意"一语,可见乃是刘承干殷殷属意在先,朱祖谋拳拳敬诺于后。付梓则是他们共同的心愿。但 1930 年的朱祖谋已届 73 岁高龄,精力料难相继,故深得刘承干赏识的黄公渚因此而成为朱祖谋理想的助手人选。黄公渚即黄孝纾,字公渚,著有《碧虑簃诗词》等,尤以骈文驰名,时在刘承干处主记室,后并拜识况周颐,极为倾慕,称况周颐乃"骚坛领袖"[①]。而况周颐对黄公渚也评价不低,曾评其《东海劳歌》或"萧旷空灵",或"怅触万端"[②]。以黄公渚与刘承干、况周颐及朱祖谋的关系,他的被约请确实十分自然。可能因次年朱祖谋去世,也影响到了黄公渚"理董"此编的计划,据目前材料,尚无黄公渚具体删订此书的明证。

　　但今本《考略》确实经过两次比较全面的删订,文本誊写总体清晰,而且文末附有两次删订说明。那么,主删订之事的人是谁呢? 从书末所附两份"删订条例"来看,此书至少有两人参与了删订,当然删与订的工作也时有交叉,而且在第一次删订时即为第二次删订备有预案。盖第一次删订时,第二批稿本虽未送至,但已知其存在,只是送达尚需时日而已。《删订〈历代词人考略〉条例》第十一条云:

---

① 黄孝纾:《近知词序》,龙榆生主编《词学季刊》1933 年第一卷第二号,第 195 页。
② 况周颐:《蕙风词话补编》卷三,况周颐著,屈兴国辑注《蕙风词话辑注》,江西人民出版社,2000 年,第 566 页。

> 原每卷一目录,今合并作总目。自三十八卷起可续于其后。①

删订者已预为三十八卷及此后的目录安排了位置。《第二次删订条例》第一条云:

> 此次续来之二十卷,与前十二本接续,宋代已全。但此二十卷,词人时代次序混乱,合前十二本观之,须重新排列,今另订目录,接钞前目之后,十二本目中亦加删补。前次宋代未全,故不能合全局而改订也。②

所谓"前十二本",即第一次删订三十七卷本。续来的这二十卷目录果然"接钞前目之后"。第二次删订者特别提到因为"前次宋代未全",才导致有此第二次删订,可见,两次删订虽然也包含着因为需要从整体考虑而进行的部分重复调整,但主要还是因为所收稿本的时间前后不同而各有侧重,既是"合全局而改订",则两次删订显有总理其事者。

今本《考略》上尚有不少手书眉批、补注,是否也同样是删订者所为呢?答案是基本肯定的。如王迈按语末"彊村补辑五阕,近海宁赵氏辑本又增补七阕,共得十七阕"。大概因其数不合,所以删订者又在其上批注曰:"朱刻后又补五首,共得十首。"③如此彊村十首加上赵万里的七首才能合成"十七"之数。补充文字与批注文字乃一人笔墨,可见此删订者与批注者也必为一人。此外,更有说服力的证据,见诸删订条例末所附删订者手书"关于初稿的收录本数及删订清稿本数的说明",其手迹与眉批、补注的手迹一致。而且若干眉批的文字,正是补充说明删订情况的,如在《删订〈历代词人考略〉条例》最末一则上的眉批云:

① 况周颐:《历代词人考略》,影印吴兴刘氏嘉业堂钞本,全国图书馆文献缩微复制中心,2003 年,第1547 页。

② 况周颐:《历代词人考略》,影印吴兴刘氏嘉业堂钞本,全国图书馆文献缩微复制中心,2003 年,第1551 页。

③ 况周颐:《历代词人考略》,影印吴兴刘氏嘉业堂钞本,全国图书馆文献缩微复制中心,2003 年,第1518 页。

> 原于词人时代颇注意考核,不为荒率,但仍有不合者。已改订数人,
> 但恐尚未尽。付刊时仍宜细检,引文之时代亦然。①

这完全是对自己删订工作的补充说明。再如《第二次删订条例》也提到要对
"十二本目中亦加删补",今检前三十七卷目录,果然以眉批的方式作了不少
调整,如原列为卷六的五代词人"徐昌图"即在目录中被圈去,删订者批曰:
"移后。既仕于宋,即为宋人。"②卷十二则直接将"曾布妻魏氏"划去,并在眉
端批一"删"字③,等等。这些对前三十七卷的调整显然是第二次删订时进行
的补订。《第二次删订条例》第十条云:

> 二十卷中,当改列于北宋及南宋初者有三十二人,虽经注明某人当列
> 某卷某人之后,但头绪太多,恐钞者有误,已代钞分别列入各卷之中。此
> 项不必再钞矣。④

此条例已足可见前三十七卷本中的眉批、补注,乃是删订者在第一次删订之后
再度斟酌调整的结果。其实,这种对词人时序删订后的调整在后二十卷中也
所在多有,如卷三十八"赵崇嶓"下补"赵崇宵",卷四十"留元崇"下补"李昴
英",其他如卷四十八目下对"应腾宾""杜郎中""宋丰之"等姓名的考订也均
书之眉端,可见其考订之细致⑤。故批注者与删订者的身份时有重合,应无
疑问。

接着可以来讨论具体删订、批注者究竟为何人了。有学者径认为删订者

---

① 况周颐:《历代词人考略》,影印吴兴刘氏嘉业堂钞本,全国图书馆文献缩微复制中心,2003 年,第
1548 页。
② 况周颐:《历代词人考略》,影印吴兴刘氏嘉业堂钞本,全国图书馆文献缩微复制中心,2003 年,第
6 页。
③ 况周颐:《历代词人考略》,影印吴兴刘氏嘉业堂钞本,全国图书馆文献缩微复制中心,2003 年,第
10 页。
④ 况周颐:《历代词人考略》,影印吴兴刘氏嘉业堂钞本,全国图书馆文献缩微复制中心,2003 年,第
1555—1556 页。
⑤ 参见况周颐《历代词人考略》,影印吴兴刘氏嘉业堂钞本,全国图书馆文献缩微复制中心,2003 年,
第 36、38、50—51 页。

是刘承干,但未见其举证任何理由①。也有学者认为删订者可能并非刘承干,而应是其身边的词学家。林玫仪即说:

> 本书(按,指《历代词人考略》)之修订意见及书中眉批或非刘承干所撰,可能为刘氏另聘之词学专家。②

曹红军的看法与林玫仪相近,但说得更具体,他说:

> 细审全书相关细节,亲自删订者亦非刘承干本人。刘氏收书众多,曾先后聘请缪荃孙、叶昌炽、董康等清朝遗老助其鉴定版本,校勘刻书,撰写提要,其中不乏精通词业者,删定者恐为其中一人,由于刘承干为书籍的主人,故署其名。③

这里提到的缪、叶、董三人应与此书并无关联。叶昌炽、缪荃孙先后于1917年、1919年去世,其时《考略》尚在纂辑之中,删订之说自无从说起。董康虽然迟至1947年才去世,但目前也无任何材料可证实其与《考略》一书之关系。

我认为前揭林玫仪所言甚是,此书删订者必是熟知词史并且具有较高的词学理论修养者,因为删订包括删去浮词、订正错误,而订正之中其实还包含着辩证旧说、补充新证的内容。如此,若非熟稔词学者,确实不可能担当此任。2014年2月,笔者在上海图书馆、复旦大学图书馆访读有关刘承干的资料,于其《求恕斋日记》中发现两则关于《考略》一书删订的日记,罗庄此人这才突然出现在眼前。《求恕斋日记》1930年11月23日记云:

---

① 参见孙克强《〈历代词人考略〉作者考辨》注释一,《文献》2003年第2期,第212页;《况周颐〈历代词人考略〉的文献和理论价值》,《河南大学学报》2010年第3期,第38页。孙克强《况周颐词学文献考论》曾云:"据《历代词人考略》书前附《删订〈历代词人考略〉条例》,刘承干又据况周颐原稿删订为三十七卷。"但笔者反复检审此条例文字,未能从中发现可以确定刘承干为删订者的直接证据。参见《文史哲》2005年第1期,第98页注释。

② 林玫仪:《况周颐〈宋人词话〉考——兼论此书与〈历代词人考略〉之关系》,钟彩钧主编《传承与创新——"中央"研究院中国文哲研究所十周年纪念论文集》,"中央"研究院中国文哲研究所,1999年,第142页注释⑭。

③ 曹红军:《〈历代词人考略〉影印前言》,况周颐《历代词人考略》,影印吴兴刘氏嘉业堂钞本,全国图书馆文献缩微复制中心,2003年,第6页。

嘱刚甫写信致罗子敬，送去《词人考略》三十一册，嘱其令媛（即子美夫人）校勘。

1932年12月28日又记云：

> 嘱刚甫作书致罗子敬（交来《词人考略》及条例等，余送洋二百元，请其交子美夫人。因《词人考略》子美夫人担任删订，而子美夫人未敢下笔，请示于其父，故由子经开一条例，命其依此删订，并由子经为之详校。此事余并不托子经，而子美夫人以之乞助于其父也）。

罗振常拟定条例，罗庄据此删订，罗振常再为之详校，这就是刘承干日记透露出来有关删订的基本情况。刚甫即沈家权，刚甫为其字，时应任刘承干秘书。这两则日记在时间上跨了两年多，从前则提及请罗子经女儿校勘，而特别注明乃"子美夫人"，此乃初涉删订者时才需此注，因此将1930年11月23日定为聘请罗庄校勘的起始时间，应该是合理的。而1932年12月28日交还《考略》，刘承干既未注明册数，当是悉数交回，送大洋二百元，也应是总的删订费用，则以此日为删订结束之日，也应无问题，删订持续了25个月零5天。

刘承干与罗振常相交多年，深服其对版本流略之学的精博①。但罗振常毕竟年长刘承干八岁，且经营蟫隐庐事务繁杂，若借手罗振常删订此稿，则不免唐突，酬金或也非寻常可比。故刘承干特别在日记中提到"此事余并不托子经"，此语当然因罗振常为制具体的删订条例而发，也未尝没有自释其意的用心在内。

罗振常家藏词集甚丰，自称"平生喜蓄词曲"，遇佳刻善本，不惜重资以购置②。故有"予家藏诗甚少，词则名家几无不备"之说③。其后王国维所藏词曲集也借手罗振玉而大多归入罗振常名下，规模更为可观。罗庄辑录王国维对《乐章集》《山谷词》的校语并附简略按语，略述王国维据校底本及参校本，而

---

①　参见刘承干《善本书所见录序》，罗振常遗著，周子美编订《善本书所见录》，商务印书馆，1958年，第2页。

②　罗振常遗著，周子美编订：《善本书所见录》，商务印书馆，1958年，第193页。

③　罗振常：《〈初日楼正稿〉序》，罗庄著，徐德明、吴琦幸整理《初日楼稿》，上海辞书出版社，2013年，第105页。

成《人间校词札记》一文,刊《国立北平图书馆馆刊》第十卷(1936)第一号,应该正得益于这一机缘。因此种种,罗庄的删订自然可以充分利用家藏词学文献,而且可以得到其父罗振常的直接指导。

聘任罗庄来删订《考略》一书,可能也与其夫婿周子美时任嘉业藏书楼编目部主任一职有关。1924年至1932年间,周子美一直受聘于嘉业藏书楼,为编《嘉业堂藏书目录》等多种书目,深得刘承干赏识。1926年,周子美元配病故,次年与罗庄结婚。周子美对罗庄的诗词才华十分倾慕,自称"夙慕清名,爰缔伉俪之好"①。则刘承干有意请罗庄来删订《考略》一书,也未尝没有周子美荐举的可能。

当然,罗庄过人的词学才华,才是刘承干属意她的主要原因。在民国词坛,罗庄词名甚著,不仅在生前即有《初日楼正稿》《初日楼续稿》两种问世,而且其诗词清才也久得诗词界耆老赞赏。罗母张筠《〈初日楼续稿〉序》言及罗庄为词"出语多惊耆宿",并特别提到王国维称其笔力矫健,况周颐谓其立意新颖②。而周子美亦于《〈初日楼遗稿〉序》中言其在当日,词"人多激赏之","闻蕙风甚欲致孟康于女弟子之列"③。朱彊村、况蕙风、王国维都是当时沪上的名流,得其一言,尚且匪易,何况得到词坛祭酒的同口称誉!故罗庄因此驰名词坛自是不言而喻。刘承干对罗庄飞动之才华也青眼有加,曾为其题诗云:"诗人情绪总宜秋,锦字深闺妙解愁。终有才华飞动处,芙蓉初日照高楼。"④这种对诗才的赏识当然也使刘承干对委托罗庄删订《考略》一书,怀着极大的信心。

按照刘承干日记所述,刘承干的初衷是请罗庄"校勘",第二次述及此事,则改称"删订",校勘或为信笔所书,删订才是其宗旨所在,当然删订之中自有校勘。而罗庄起初对于删订之事"未敢下笔",或为此稿乃前辈词人况周颐所撰,既为一代词坛祭酒,又对自己有赏识之恩和提携之意,若删略过多,下笔过

---

① 周子美:《〈初日楼稿〉跋》,罗庄著、徐德明、吴琦幸整理《初日楼稿》,上海辞书出版社,2013年,第120页。

② 张筠:《〈初日楼续稿〉序》,罗庄著、徐德明、吴琦幸整理《初日楼稿》,上海辞书出版社,2013年,第107页。

③ 周子美:《〈初日楼遗稿〉序》,罗庄著、徐德明、吴琦幸整理《初日楼稿》,上海辞书出版社,2013年,第107—108页。

④ 转引自罗庄著、徐德明、吴琦幸整理《初日楼稿》,上海辞书出版社,2013年,第144—145页。

甚,或有失珍重,故下笔踟蹰。罗庄感到为难的地方,在罗振常看来就自如得多,故为其制订删订条例,并为之"详校"。因为罗振常与况周颐年辈相近,并对况周颐似印象欠佳,今观罗振常为撰条例之用语,如"贪多务得""遗讥大雅""任情拉扯""辱没衣冠""最无意味"等等①。此虽是针对《考略》原稿而言,但其中未尝没有特定的情绪在内。罗庄主要是删去太多同类型的材料,并按照条例调整词人和材料排序,而在内容的补证上,罗振常应该用力更多。

可能原稿确实较为繁杂凌乱,虽经两次删订,但对勘今本《考略》目录与正文,其体例和文字仍显粗糙,与定稿的基本要求尚有不小的距离。具体而言,其问题约有以下数种:

一、目录与正文或正文标目不一致。如卷五"前蜀"第一人为"主王衍",正文则为"前蜀主王衍"。有的前后两人目录顺序与正文顺序相反者,如卷三十二"章良能"下接"何令修",但正文是"何令修"在前,"章良能"在后。卷三十七目录有"姚镛"其人,删订者无任何说明文字,但其正文不存,不知何故?有的目录与正文虽可对应,但其实正文内容有交叉。如卷二十九目录有李好古一人,正文实附"李好义",而此"李好义"在卷三十六中又是正选词人。有的正文目下有附录词人,而目录中却漏标者。如卷二十二"韩师厚",目录中并无附目者,但正文中实际附有"郑云娘"一人。等等。

二、目录中眉批须移动位置的词人,有的在正文中已就新位,有的则并未移动。已就新位的例子如:卷十九目录中陈克,删订者眉批"移后"二字,后在卷二十五,将陈克名补入,其正文也被移至此卷。今卷十九尚有原陈克相关文献痕迹,删订者并眉批云:"此处原为陈克,时代不合,移至廿八卷。"②但实际是移之廿五卷。在今卷二十五陈克小传上,删订者又眉批曰:"改列二十五卷周紫芝后,克乃南北宋之间人,原列北宋,非是。"③等等。

有些目录批注须调整位置的词人,其正文其实并未移动,如卷十六目录中的"晁冲之",删订者注明"移前",今在卷十三中,果然在晁补之与张耒之间补

①　况周颐:《历代词人考略》,影印吴兴刘氏嘉业堂钞本,全国图书馆文献缩微复制中心,2003 年,第1545—1547 页。
②　况周颐:《历代词人考略》,影印吴兴刘氏嘉业堂钞本,全国图书馆文献缩微复制中心,2003 年,第736 页。
③　况周颐:《历代词人考略》,影印吴兴刘氏嘉业堂钞本,全国图书馆文献缩微复制中心,2003 年,第1027 页。

入"晁冲之"之名,但其正文则依旧存留在卷十六中。杨泽民正文上眉批云:"杨泽民亦改列三十一卷,仍次方千里后。"①但今本实际尚未调整到位。有的在目录中注明删去的词人,其材料也仍完整保存在原卷中。如卷十二"曾布妻魏氏"在目录中已被涂去,并眉批一"删"字,但其正文其实保留在该卷中,此当是正文写定之后才作的调整。此后在卷五十四又出现"曾布妻魏氏"此人,其材料是否因之而就新卷,目前也难以考索。

三、重目现象与正文的单存与并存。目录与正文均重复的,如卷十四与卷二十均有"周铢"其人,正文亦复,仅有个别文字有差异而已。前卷误将其词集当作词话,后卷方将原"词话"部分引录《蓦山溪》词统归入按语中。或前卷忘删。有的词人在目录中两出,但正文止存一处,如卷二十三与卷二十六均有"吕直夫"词人,但正文实存后卷。卷二十六则一卷之中"邵博"两出,但正文存前出,而后出者则无。重目现象在卷三十七之后似更突出,如卷三十八与卷四十六两出"赵崇宵"、卷四十与卷四十五两出"李昴英"、卷四十的"楼杖"与卷四十四的"梅扶"实系一人,卷四十二与卷四十九两出"卫宗武",卷四十四更是一卷之中两出"陈景沂"之人。此重目是连带重文,还是重目不重文,因这些现象主要出现在卷三十七之后,也一时无法得出确凿的结论。

由以上不完全统计及简要分析,今本《考略》虽先后经过两次删订,实仍较为粗糙,不仅目录本身多有错杂凌乱,而且目录与正文也颇有不相符合之处,这除了与修订的工作量较大有关,也与修订其实并未结束有关。

关于《考略》一书,删订之外,其实还有补辑和续撰的工作,刘承干晚年提及自己补辑诸书,其中便有《考略》一种。删订之事既在1932年即初告完成,则此"补辑"自是删订之后的事情。黄公渚虽可能未预删订之事,但曾续纂此书,却有明证。黄君坦致龙榆生信云:

> 昨接家兄来书,闻刘翰怡先生仍居沪上,旧宅亦迁移,兄时与往还。回忆况蕙风《词人考略》一书,系代嘉业堂所编者。嗣后家兄携至岛上继续编纂,七七事变将起,恐焚火波及,曾将原稿寄回翰怡先生保藏。不知此稿仍否存在,有佚散否。弟两岁以来,与人作嫁,整理词集,搜集材料,

---

① 况周颐:《历代词人考略》,影印吴兴刘氏嘉业堂钞本,全国图书馆文献缩微复制中心,2003年,第773页。

迄无善本,若《词人考略》一稿尚存,弟正愿为之补苴完成,得有机会,介
绍出版社出版,较他书有兴趣多矣。兄便中晤翰怡先生时,乞与一谈,倘
得行世,足以增辉嘉业丛刊,想亦翰怡先生所心慰也。①

黄公渚即黄君坦信中所称之"家兄",信中既曰"继续编纂",则黄公渚很可能
在删订结束的1932年底即开始续编此书,1934年赴青岛大学任教,因未续纂
完,此书也随之携往,一直续编至1937年"七七事变"前夕。则黄公渚的续编
乃持续了4年多的时间,其续纂的内容也应侧重在明清部分,只是仍未续写完
成而已。这才有了后来黄君坦致信龙榆生,希望"补苴完成"并付诸出版之
想。但如今不仅况周颐原稿踪影难觅,连黄公渚续稿也难觅踪影了。

三、由《历代两浙词人小传》看《考略》原稿与删订稿之差异

　　由以上对删订及续纂过程的梳理,关于今本《考略》的作者,抄本题作"乌
程刘承干翰怡辑录",固然与事实不符,但遽定为况周颐一人,似也有问题②。
毕竟况周颐初辑的材料经过删订者的大量压缩,这种压缩不仅带有体系性的
考虑,而且包含着删订者的斟酌取舍,再加上删订者增补了况周颐当时未及采
录的《彊村丛书》的后期刻本,以及赵万里在况周颐去世之后的校辑本,至于
删订者对词人生平的增补考订、词人的前后顺序与重新分类、南北宋与宋元之
交词人的归属问题、词作的混杂与辨析、按语的厘定,等等。这些问题不仅繁
杂,也包含着很大的创造性。如关于作者考订,邵叔齐名下小传,况周颐原稿
只有"叔齐名及占籍待考"一句,而删订者则补订曰:"是否邵公济(博)兄弟?
行待考。博,伯温之子。伯温子三人:溥、博、傅。"③他如周忘机、莫少虚、潘元

　　① 龙沐勋等著,张寿平辑释,林玫仪校读:《近代词人手札墨迹》,"中央"研究院中国文哲研究所,
2005年,第532—533页。
　　② 参见孙克强《小议〈历代词人考略〉的作者及其学术价值》,《文学遗产》1997年第2期;《〈历代词
人考略〉作者考辨》,《文献》2003年第2期;《况周颐〈历代词人考略〉的文献和理论价值》,《河南大学学报》
2010年第3期。此三文均将况周颐列为今本《考略》的唯一作者,而将刘承干列为删订者。并将今存37卷
本《历代词人考略》中的全部按语以作者况周颐的身份收入况周颐原著、孙克强辑考的《蕙风词话　广蕙风
词话》中《广蕙风词话》卷四(中州古籍出版社2003年版)。
　　③ 况周颐:《历代词人考略》,影印吴兴刘氏嘉业堂钞本,全国图书馆文献缩微复制中心,2003年,第
919页眉批。

质、林少詹等,况周颐原稿于小传都称其名待考,而删订者均一一补出其名①。

如果说词话、词评、词考皆为选录他人文献(含况周颐以他人口吻引述自己的文字),虽然择录文献已具可见出一番裁断的眼光,但毕竟与自撰文字不同。而小传与按语则集中体现了辑录者的知识基础与学养判断。但今本《考略》中的小传,究竟原稿与删订稿之间有着怎样的变化,因为况周颐原稿目前未见踪影,已很难全面而系统地考量其删订内容。但今存周庆云《历代两浙词人小传》(以下简称“《小传》”)颇有采录《考略》文字者,而且《小传》成书于1922年秋,其时,况周颐初稿仍在编纂之中,故其采录文字应为原稿无疑。

周庆云(1864—1933),字湘舲,号梦坡,浙江乌程人,与刘承干有同乡之谊,实业之外,并有艺文之好。周庆云对乡邦文献素来热心,先后辑有《浔溪诗征》《浔溪词征》《浔溪文征》等。周庆云编纂《小传》乃与其在杭州西溪所建历代两浙词人祠堂相应合,祠堂建成于1921年9月②。周庆云辑《小传》虽“怀此有年”③,但因为“通州白君曾然首建此议,无锡王君蕴章助余搜采,因得早观厥成”④,耗时也仅一年左右。《小传》书成,周庆云更请况周颐撰序,则因着两书内容至少在唐五代两宋词人上的重合,周庆云在材料上对《考略》有所取资自是十分自然。就目前文献来看,周庆云乃是最早引述《考略》原稿文字者。

笔者细核《小传》,其叙述词人小传多综合数书而成,并于传末一一注明其来源书名,参考文献1—7种不等,以单引、双引居多。其注明引自《历朝词人考略》小传者凡32处,其中22处仅标《历朝词人考略》一种⑤。《小传》共16卷,其中卷一至卷十一以朝代为序,卷十二至卷十六则为方外、闺阁、宦游、流寓四类,每类之下也以朝代为序。卷二、卷三为宋代卷,《小传》引录《考略》文字主要见于卷二(30则),卷三仅有两则。将《小传》引录词人的顺序与今本

---

① 参见况周颐《历代词人考略》,影印吴兴刘氏嘉业堂钞本,全国图书馆文献缩微复制中心,2003年,第921、937、946、951页。
② 刘承干对此祠堂建设也厥有功焉,其晚年所撰《嘉业老人八十自叙》曾云:“同乡周梦坡广文建历代两浙词人祠堂于西溪秋雪庵之侧,余捐田二十亩为常年香火之资。”见缪荃孙、吴昌绶、董康撰,吴格整理点校《嘉业堂藏书志》,复旦大学出版社,1997年,1409页。
③ 周庆云纂辑,方田点校:《历代两浙词人小传·自序》,浙江古籍出版社,2012年,第3页。
④ 周庆云纂辑,方田点校:《历代两浙词人小传·自序》,浙江古籍出版社,2012年,第4页。
⑤ 《历朝词人考略》即《历代词人考略》,当是周庆云获读况周颐原稿时的书名。

《考略》卷次相对照，以前5人为例，依次为：谢绛（卷九）、杜衍（卷七）、元绛（卷十七）、刘述（卷八）、毛滂（卷十四）。这个顺序与今存删订本《考略》有着很大的差异，而且《小传》中被引录的吕本中与江纬二人，不仅其材料、姓名没有出现在今存37卷本《考略》中，而且在卷三十八至五十七的存目中，也无此二人。这也从一个角度说明，周庆云引录的《考略》乃是来自于况周颐原稿，而原稿的词人排序尚有失次第。

　　如果说《小传》中合诸书文字而成的小传，因为糅合数书而成，很难精准地还原《考略》原书文字的话，则独立引用《考略》文字的情形显然就简单得多，其与况周颐原稿即使不是完全契合，至少也是非常接近的[①]。对勘《小传》，《考略》一书的删订者对词人小传有的几乎是重写了。如陆维之名下小传，《小传》云：

　　　　维之字子才，余杭人，《洞霄图志》称其计偕入汴，道遇异人，赠丹一粒，且戒俟缓急用之。及下第归，舟循汴河，风激浪怒且将覆。追忆前语，以丹投之，风浪始息。河上有呼其姓名者，则所遇异人也。自是有越世之志，隐于大涤山之石室，人因以石室称之。高宗退处北宫，尝幸大涤，宪圣偕行。上问山中诗客，或以维之对，进其行卷。上读数首，太息曰："布衣入翰林可也。"欲归与孝宗言之，宪圣曰："山林隐士必不求名，强之出山，乃大劳苦。"遂止。未几，以疾卒。有《石室小隐集》三卷。[②]

此当是从况周颐原稿抄录者。而《考略》经删订后简化为：

　　　　维之字仲永，一名凝，字子才，余杭人。尝应举不第，隐于大涤山之石室，人因以"石室"称之。有《石室小隐集》三卷。[③]

况周颐原稿详细引录了《洞霄图志》所记之灵异故事及以诗上闻高宗之事，删

---

　　① 经对勘《小传》单独引录其他著作的情况，周庆云虽也颇多照录原文者，但在大体引录原文时略有修订的情况也较为常见，故其引录《历代词人考略》的文字情况也可据此类推。

　　② 周庆云纂辑，方田点校：《历代两浙词人小传》卷二，浙江古籍出版社，2012年，第18—19页。

　　③ 况周颐：《历代词人考略》，影印吴兴刘氏嘉业堂钞本，全国图书馆文献缩微复制中心，2003年，第1336页。

订者则以一言带过，并补充其名和字的不同情况。再如关于李廷忠小传，《小传》与《考略》相同的文字仅有"廷忠字居厚，号橘山，於潜人。淳熙八年登进士第，有《橘山甲乙稿》"数句，而《小传》则接着引录了其《鹧鸪天·咏牡丹》全词①。

当然也有原稿简略，而删订稿详为补充者。如许及之小传云：

> 及之初名纶，字深甫，永嘉人。隆兴元年登进士第，宁宗朝历官参知政事、知枢密院事，有《涉斋北征纪行集》。《重五日赋贺新郎》一阕，《阳春白雪》采入外集中。②

> 及之初名纶，字深甫，号涉斋，永嘉人。隆兴元年登进士第，知分宜县，以荐除诸军审计，迁宗正簿。乾道元年，增置谏员，以及之为拾遗。光宗受禅，除军器监，迁太常少卿，以言者罢。绍熙元年，除淮南运判，兼淮东提刑，左迁知庐州，召除大理寺少卿。宁宗即位，除吏部尚书，兼给事中。嘉泰二年，拜参知政事，进知枢密院事，兼参政，坐奏劾降两官，泉州居住，有《涉斋集》三十卷、《北征纪行集》。③

对勘许及之小传，作为删订稿的《考略》较引用原稿的《小传》，在内容上大为丰富。除了仕履更详备之外，连词人字号也多有补充。若将这两种小传分系两位作者撰写，也未尝不可。

当然，在大多数情况下，删订稿对原稿只是略加删削而已。如关于宋代词人元绛，对勘今本《考略》与标明引自《考略》的《小传》二书，就可发现《小传》引录《考略》的文字较删订本多出"有《映山红慢·咏牡丹》词，万氏《词律》失载，徐氏《词律拾遗补》收之"数句④。杜旟小传，两本关于词人字号、籍贯、仕

① 参见况周颐《历代词人考略》，影印吴兴刘氏嘉业堂钞本，全国图书馆文献缩微复制中心，2003年，第1310页；周庆云纂辑，方田点校《历代两浙词人小传》卷二，浙江古籍出版社，2012年，第29页。
② 周庆云纂辑，方田点校：《历代两浙词人小传》卷二，浙江古籍出版社，2012年，第27页。
③ 况周颐：《历代词人考略》，影印吴兴刘氏嘉业堂钞本，全国图书馆文献缩微复制中心，2003年，第1194页。
④ 参见况周颐《历代词人考略》，影印吴兴刘氏嘉业堂钞本，全国图书馆文献缩微复制中心，2003年，第697页；周庆云纂辑，方田点校《历代两浙词人小传》卷二，浙江古籍出版社，2012年，第5页。

履、集名等都相同，惟《考略》将《小传》引录的《蓦山溪》全词删去①。

也有删订者在增加文字的同时，调整原稿写法者，如姜特立名下小传，两本都写及其以父荫补承信郎之事，但《考略》增入"以特奏名"一句。《小传》言其"淳熙中迁阁门舍人"，《考略》则补充云："四举礼部，孝宗召试，迁阁门舍人。"《小传》言其有《续稿》"一卷"，《考略》则修订为"五卷"，《小传》另有"与周端臣、曹邍、陈郁同为御前应制"一句，《考略》则将这句话以夹在文中的按语的方式出现，并补充此说来源于《武林旧事》。凡此一篇小传之中，有修订，有补充，有调整，删订幅度之大可以想见②。

当然二书也有基本相同，仅个别字有差异者，如沈与求名下小传，仅《考略》为行文安顺，较《小传》多出二字而已③。有的则是完全一致，如管鉴小传④。

综合以上小传文字原稿与删订稿的变化，《小传》引录之原稿在字号、籍贯、仕履之外，往往兼及轶事描写，也多全文引录代表性的词，有时对词人创作特色，也略加评骘。而删订本《考略》则在删去轶事、引词和评骘文字的同时，着重对字号、仕履进行修订与补充。有的小传补充的仕履文字甚至在原稿的数倍之上，几乎是重写了。所以删订者的学养在《考略》中是有着充分的表现的。

《小传》虽然主要引录《考略》一书的词人小传部分，但周庆云其实也曾参考《考略》的其他部分内容。如《小传》潘元质目下引其《倦寻芳》（兽镮半掩）一词，并引《蒉洲秋语》称其"缘情绮靡，活色生香"，接着周庆云云：

> 《皱水轩词筌》谓为苏养直作，注又称"一云元质作"。近人况氏蕙风断为元质手笔，且引其《丑奴儿慢》词相证，盖体格政相类也。⑤

---

① 参见周庆云纂辑，方田点校《历代两浙词人小传》卷三，浙江古籍出版社，2012年，第34页；况周颐《历代词人考略》，影印吴兴刘氏嘉业堂钞本，全国图书馆文献缩微复制中心，2003年，第1340页。

② 参见况周颐《历代词人考略》，影印吴兴刘氏嘉业堂钞本，全国图书馆文献缩微复制中心，2003年，第1357—1358页；周庆云纂辑，方田点校《历代两浙词人小传》卷二，浙江古籍出版社，2012年，第19页。

③ 参见况周颐《历代词人考略》，影印吴兴刘氏嘉业堂钞本，全国图书馆文献缩微复制中心，2003年，第842页；周庆云纂辑，方田点校《历代两浙词人小传》卷二，浙江古籍出版社，2012年，第16页。

④ 参见周庆云纂辑，方田点校《历代两浙词人小传》卷二，浙江古籍出版社，2012年，第32页；况周颐：《历代词人考略》，影印吴兴刘氏嘉业堂钞本，全国图书馆文献缩微复制中心，2003年，第1330页。

⑤ 周庆云纂辑，方田点校：《历代两浙词人小传》卷二，浙江古籍出版社，2012年，第10页。

这其实是综合了《考略》潘元质名下"词评"与"按语"部分的内容。又如引录《皱水轩词筌》评述之语出自"词评",而接下言况周颐之考订云云则出自"按语"。况周颐《考略》按语原文云:

> 潘元质《倦寻芳》全阕云(笔者按,词略。)……此词《花庵词选》作潘元质,《草堂诗余》作苏养直,误也。元质又有《丑奴儿慢》云(笔者按,词略。)……此词缘情布景,秾丽周密,与《倦寻芳》体格政同,可为前词决是潘作之证。更以养直词互勘之(《乐府雅词》录二十三首),孰非孰是,无待烦言矣。①

这意味着周庆云对《考略》一书的阅读、参酌,固不限于其小传部分。

《小传》吕本中目下小传参考文献仅标注《历朝词人考略》一种,江纬目下则标注有《玉照新志》与《历朝词人考略》两种。但今本《考略》前37卷并无此二人材料,而且第38—57卷存目也无此二人名字,对照删订者自称"宋代已全",此甚可异也。因为江纬固然存词无多,吕本中却有《紫薇词》一卷存世,则无论是从求词人之全,还是求词之量或质,吕本中都没有被遗弃的理由。但由《小传》之从《考略》一书中引录吕本中、江纬二人小传的事实,使我们完全有理由相信:况周颐原稿中是有此二人的。

今本《考略》中失载的吕本中、江纬二人,出现在与《考略》一书甚有关系的《宋人词话》之中。《宋人词话》今藏浙江图书馆,共七册,其中第二册收有吕本中,第四册收有江纬。则对勘《小传》与《宋人词话》中有关吕本中、江纬二人小传及相关内容,不仅可以从一个角度还原况周颐原稿的情况,而且也为对《宋人词话》编纂者的考订提供了重要的依据。《宋人词话》吕本中传云:

> 本中字居仁,学者称东莱先生,金华人。元祐宰相公著之曾孙,以遗表恩授承务郎。元符中,主济阴簿,泰州士曹掾,辟大名府帅司干官。宣和六年,除枢密院编修官。靖康改元,迁职方员外郎。绍兴六年,特赐进士出身,擢起居舍人兼权中书舍人,引疾乞祠主管太平观,召为太常少卿,

---

① 况周颐:《历代词人考略》,影印吴兴刘氏嘉业堂钞本,全国图书馆文献缩微复制中心,2003年,第947—948页。

迁中书舍人兼权直学士院。秦桧风御史萧振劾罢之。卒谥文清。有《东莱集》二十二卷、《紫薇词》一卷。①

《小传》文字基本相似，仅删去"兼权中书舍人"六字，"兼权直学士院"少一"权"字，"秦桧风御史"之"风"作"讽"②。周庆云在传末仅标明《考略》一种来源文献，今本《考略》不存的文字既见于《小传》，今又得《宋人词话》之佐证。则《宋人词话》与《小传》乃同出《考略》由此得一坚实证据。再看《宋人词话》之江纬传：

> 纬字彦文，三衢人。元符中为太学生。徽宗登极，赐进士及第，除太学正，擢太常少卿，改除宗正少卿，出知处州。③

《小传》文字的篇幅较长，前面文字与上引基本相似，仅"擢太常少卿"改为"政和末为太常少卿"。但《小传》在上引文字后接引其《向湖边·自题读书堂》全词，词末云："见《花草粹编》。其作于括苍罢守之后乎？追念玉马金堂，则渊冰之惕惧深矣。"④《小传》多引词之例，且《小传》于江纬传末注明引用书目为《玉照新志》与《历代词人考略》两种，《考略》一书犹在其次，则《小传》与《宋人词话》于江纬传有此不同，也是不奇怪的。但从吕本中传中，可见《小传》的文字较《宋人词话》实更为精炼，如为《小传》删去之"兼权中书舍人"，确应删除，因为接下就有"迁中书舍人"之语，《宋人词话》乃一职两述，而《小传》则合为一说，显然要更集中。即在江纬传中，《小传》也似更为严谨，如将其擢太常少卿的时间特地说明是"政和末"，等等。从这些文字迹象来看，《宋人词话》的编抄应在《小传》成稿之前。

因为有周庆云的《小传》一书，使我们通过其单独引录《考略》的文字，可以在部分词人小传中一窥况周颐原稿究竟。况周颐原稿按语的引用目前限于资料，尚难以仔细考量。但今本《考略》一书中的按语已经过删订者的斟酌修

---

① 《宋人词话》，今藏浙江省图书馆善本部。
② 参见周庆云纂辑，方田点校《历代两浙词人小传》卷二，浙江古籍出版社，2012年，第13页。
③ 《宋人词话》，今藏浙江省图书馆善本部。
④ 周庆云纂辑，方田点校：《历代两浙词人小传》，浙江古籍出版社，2012年，第13页。

订,应是事实。《删订〈历代词人考略〉条例》第九条云:

> 按语要有考据断制,方见精采。今于按中语过于空衍者删去浮词,略加考订。①

而且,如果按照《小传》的情况来类推的话,既然《小传》的文字变化如此之大,则按语的修订当也有一定的规模。其中应该融入了不少删订者自己的"考据断制"在内。如卷二十"方千里"名下的按语,删订者对况周颐原按语多有删削,在眉端两次批云:

> (辛卯为七年)乾道乃孝宗年号,则千里仍在南宋。《花庵》并无错误。此人当移后。
>
> 原按语乃将千里与周清真同时,故引《夷坚志》以实之,而即据以列千里于北宋,乃忘却乾道为孝宗年号,乃有此矛盾。考据入远悯之途,即易讹误。尝观诸家校词如刘继增、刘毓盘、朱彊村,故不无错误矛盾。惟王观堂独否。同一校勘,固大有分别也。除王外,则彊村为次。若缪、叶二氏校书则讹误触目皆是矣。②

况周颐原稿列周邦彦在卷十七,列方千里在卷二十,并为北宋时人。删订者在第一次删订时可能并未发现其时代差错,至第二次删订时,才发现此乃明显错误,因在按语中详加补订,因为第一次删订稿已誊写清楚,故只能书于眉端。再如,王之道名下按语引丁氏《藏书志》,称王之道历官枢密使,封魏国公。况周颐于此后云"不知何所据也",删订者将此六字删去,而补"则本于《历代诗余·词人小传》"③一句。又检今本《考略》,喻仲明名下按语最后三行、苏仲

---

① 况周颐:《历代词人考略》,影印吴兴刘氏嘉业堂钞本,全国图书馆文献缩微复制中心,2003 年,第1547 页。

② 况周颐:《历代词人考略》,影印吴兴刘氏嘉业堂钞本,全国图书馆文献缩微复制中心,2003 年,第771、772—773 页。

③ 况周颐:《历代词人考略》,影印吴兴刘氏嘉业堂钞本,全国图书馆文献缩微复制中心,2003 年,第894 页。

及、薛几圣、郭仲宣、邵叔齐、房舜卿（按语前四行）①的字迹与批注内容为补正生平之笔迹完全一致，因知此必是删订者兼批注者所为。以此而言，删订者对此书的学术介入程度确实是颇深的。

今本《考略》若干按语尚有不少内证可证明非尽出况周颐手笔。如"王迈"名下按语云：

> 《臞轩诗余》，吾郡彊村先生依《永乐大典·臞轩集》本锓行……彊村补辑五阕，近海宁赵氏辑本又增补七阕，共得十七阕。②

"中主"名下按语云：

> 二主词除吕刻、侯刻外，尚有沈氏"晨风阁丛书"本，乃海宁王忠悫公手校，附补遗、校记，考证颇详。③

这二则按语显然非尽出况周颐之手，应该经过了删订者的较大修改。按语中提到"海宁赵氏辑本"即1931年赵万里《校辑宋金元人词》梓行本。而况周颐在1926年即已经去世，不可能预知并写下有关赵氏辑本的文字。而关于二主词提到的王国维校本，称王国维为"王忠悫公"，"忠悫"乃是王国维在1927年去世后溥仪所赐的谥号，况周颐同样不可能提前一年预知此号。

此外，对照有关材料，有些按语的文字似也有极大疑问。如卷三十一刘过名下按语有云：

> 上虞罗氏尝得天一阁藏明初沈愚刻本，不独增词甚多，且今本讹脱之处，皆得藉以补正，因校而刻之，并加补辑，计比他本增词数十首，补正脱

---

① 况周颐：《历代词人考略》，影印吴兴刘氏嘉业堂钞本，全国图书馆文献缩微复制中心，2003年，第917—920页。

② 况周颐：《历代词人考略》，影印吴兴刘氏嘉业堂钞本，全国图书馆文献缩微复制中心，2003年，第1517—1518页。

③ 况周颐：《历代词人考略》，影印吴兴刘氏嘉业堂钞本，全国图书馆文献缩微复制中心，2003年，第186页。

误更不可胜计,乃《龙洲词》最足最善之本也。①

罗振常获得天一阁散出之沈愚《怀贤录》本《龙洲词》虽然较早,但一直到1923年秋,才起全面校辑之念,因嘱罗庄以他本互校,写为定本②。这就是按语中提到的蟫隐庐铅印本。罗振常的序文作于癸亥(1923)孟冬,则其刊成发行当在1923、1924年之交。而此时况周颐《考略》一书已撰至明代,宋代部分则早在1919年7月前即已撰述完成,则对于此后的蟫隐庐本《龙洲词》,也不可能在撰述当时预将其内容写入按语中,因此这一节文字为删订者加入的可能性自然是极大③。

如此种种,我无意否定况周颐作为《考略》一书主体作者的身份,事实上,况周颐的主体作者身份本不待删订者在条例中予以明确的说明,即若干按语中透露出来的信息已足可得到印证④。但综合以上种种情况,说今本《考略》"'小传'和'按语'皆出自况周颐之手"⑤,就很难经得起推敲了。就今传三十七卷本的具体情况来看,其中确实融入了不少删订者的学术贡献,其作者至少应署"况周颐等",才更符合历史事实。

四、浙江图书馆藏《宋人词话》与况周颐《考略》原稿之关系

因为况周颐《考略》原稿难觅踪影,这使得要全面考量其初始面目变得十分困难。但浙江图书馆所藏题署"况蕙风撰宋人词话",又使得我们的考量重新变得可以期待。

今存《宋人词话》凡七册,每册目录单列,这与《考略》原稿"每卷一目

---

① 况周颐:《历代词人考略》,影印吴兴刘氏嘉业堂钞本,全国图书馆文献缩微复制中心,2003年,第1241—1242页。

② 参见罗振常《蟫隐庐龙洲词序》,马兴荣《龙洲词校笺》附录一,江西人民出版社,1999年,第94页。

③ 之所以只能说是"可能性",因为据《删订〈历代词人考略〉条例》"原有补遗数次,今均并入正书"条,可知稿本上原有补遗的内容,只是这些内容是否况周颐手笔,已难以考明了。

④ 参见况周颐《历代词人考略》,影印吴兴刘氏嘉业堂钞本,全国图书馆文献缩微复制中心,2003年,第1469—1470页。

⑤ 孙克强:《况周颐〈历代词人考略〉的文献和理论价值》,《河南大学学报》2010年第3期,第38页。

录"①的情况一致。体例依次为小传、词话、词评、附考、按语五项，当然依照词人的不同情况，体例也时有缺项，甚者小传后面直接按语。这一体例与《考略》一书十分相似，仅今本《考略》将况周颐原稿"附考"改为"词考"而已②。

况周颐当初在词人选目及排序上的体例究为如何？现在也难确考。但《宋人词话》第三册杨舜举名下按语云：

> 杨观我《浣溪沙》词换头云云，为天水宗室仕元者发其托旨，一何恕也！非宗室可勿责耶！……余辑是编，尝自订一例，凡宋人入元不仕者，列之宋季，从其志也。虽仕而非其志者，或亦姑附焉，则略昉乎观我先生之恕也。③

杨舜举在今本《考略》中名列卷五十二，有目无文，正是《宋人词话》为我们保留了况周颐编撰《考略》最初一念之本心。处于易代之际词人的朝代归属，况周颐一直主张以心志为主，这一理念不仅体现在《考略》一书，况周颐也希望能体现在朱祖谋辑校的《彊村丛书》的编目之中④。据《第二次删订条例》第七条，关于宋、元词人归属问题，况周颐"原本于此三致意焉"，而且删订者也认为"其理甚正"⑤。况周颐对词人的归属怀着恕心，并未将入元是否入仕作为朝代归属的唯一依据，因为考虑到入仕背景各异，心态亦有别，故将"虽仕而非其志者"与入元不仕者均列宋季。但这确实带来了辨别的困难，因为入仕之志之有无，实在是很微妙的。故删订者将况周颐的动态归属修订为按仕之有无分别朝代，确实从体例的角度来说，更显客观意义。

　　① 参见《删订〈历代词人考略〉条例》，况周颐《历代词人考略》，影印吴兴刘氏嘉业堂钞本，全国图书馆文献缩微复制中心，2003年，第1547页。
　　② 参见《删订〈历代词人考略〉条例》，况周颐《历代词人考略》，影印吴兴刘氏嘉业堂钞本，全国图书馆文献缩微复制中心，2003年，第1546、1547页。
　　③ 《宋人词话》，今藏浙江省图书馆善本部。
　　④ 参见况周颐《养吾斋诗余跋》，朱孝臧辑校《彊村丛书》，上海书店、江苏广陵古籍刻印社1989年据1922年归安朱氏刻本影印版，第1510—1511页。
　　⑤ 况周颐：《历代词人考略》，影印吴兴刘氏嘉业堂钞本，全国图书馆文献缩微复制中心，2003年，第1554页。

林玫仪经反复比对,认为《宋人词话》即由《考略》一书初稿改编或增益而成①。这个结论大体可以成立。之所以说是"大体",是因为《宋人词话》除了少量的文字修订之外,主体是对《考略》原稿的直接选抄而已,改编和增益不是此抄本的主要特色,以宋代两浙地域为限才是其选抄的标准所在。

《宋人词话》来自《考略》,其证据其实还有不少。《考略》原撰者况周颐与朱祖谋交好,故稿本按语时或透露两人交往之迹。如今本《考略》卷三十三王居安按语与《宋人词话》第四册王居安按语,文字全合。特别是两本都提到"居安词,向来选家未经著录,此阕彊村录示"②云云,此类文字既出现在《考略》按语中,自是《考略》作者根据自己的经历才有可能。而《宋人词话》原文照录,若别是一作者,就绝无可能有此类文字了。

从《小传》文字较《宋人词话》更精严的情况来看,《宋人词话》的版本应较《小传》更早。质言之,如果大致按编排、抄录时序来排列的话,其版本先后应该是:况周颐《考略》原稿本、《宋人词话》选抄本、《小传》引录本、《考略》删订本。这四个本子从功用上来说,可分为两个系统:删订本《考略》与原稿本《考略》乃是属于况周颐自撰系统,其中删订本虽有后来删订者的不少勘误、补充、删改,但基本格局仍大体按照况周颐原撰,《考略》虽仅到元而止,但其初衷乃是立足"历代",而且不分地域。《宋人词话》本与《小传》引录本都属于他人选抄系统,两者虽然在采择《考略》原稿上数量悬殊,但都是立足"两浙"的词人群体。

如果将《宋人词话》与今本《考略》共同收录的词人文献相对勘,则《宋人词话》明显更接近《考略》原稿。如《宋人词话》第一册周邦彦小传下,连续全文引录《四库全书总目片玉词提要》、《片玉词序》(强焕)、又序(刘肃)、《汲古阁宋六十家词片玉词跋》(毛晋)、《四印斋影元巾箱本清真词集跋》(王鹏运)。第五册张炎小传下,先后全文引录《四库全书总目山中白云词提要》等十篇序跋,如此皇皇篇幅,与今本《考略》末附《删订〈历代词人考略〉条例》批

---

① 参见林玫仪《况周颐〈宋人词话〉考——兼论此书与〈历代词人考略〉之关系》,钟彩钧主编《传承与创新——"中央"研究院中国文哲研究所十周年纪念论文集》,"中央"研究院中国文哲研究所,1999 年,第130 页。

② 况周颐:《历代词人考略》,影印吴兴刘氏嘉业堂钞本,全国图书馆文献缩微复制中心,2003 年,第1323 页。

评"原稿贪多务得，转成疵累"才能直接对应起来，删订者自称删削"约去其半"，应该主要是指这类系列文献①。而《宋人词话》中的材料显然是尚未删削前的。

由《宋人词话》也可考见，今本《考略》对按语确实做了大量的删去浮词和考订工作。如《宋人词话》周邦彦名下按语：

> 窃尝以刻印比之，自六代作者以萦纤拗折为工，而两汉方正平直之气荡然无复存者。救弊起衰，欲求一丁敬身黄大易而未易遽得，乃至倚声小道即亦将成绝学，良可慨夫。

这段文字乃况周颐因明以来词道未尊而归咎于沈义父《乐府指迷》中的相关言论，只是联类刻印之事而论及，可能与词学非直接相关，而被删订者认为是空衍之浮词了，故今本《考略》并无这一节文字。

《宋人词话》除了明显采择自《考略》一书，其选录年代和地域性更值得关注。其书收录词人（含附论词人）184 人，其籍贯、行谊则皆与浙江有关，或本籍浙江，或游宦浙江，或流寓浙江。所以林玫仪说"两浙词人"方是此书编纂之要旨。这就不能不联想到周庆云创建的历代两浙词人祠堂就是取广义的"两浙"之义。浙籍之外，"其踪迹一至浙中，皆得附浙籍词人"②。则所谓区域的限制仍是带有一定的开放性。周庆云编纂之《小传》也不局限浙籍，而是浙籍之外，也包括方外、闺阁、游宦、流寓等，这不仅与祠堂所供奉直接呼应，也与此《宋人词话》的编纂理念彼此吻合。

《宋人词话》既与两浙词人有如此紧密的关系，而在当时以两浙词人之名兴建祠堂、编纂小传的只有周庆云一人，且其编订《小传》的时间正与况周颐《考略》原稿完成至宋代部分的时间相近，故《宋人词话》的抄编应该在 1919 年之后完成，其抄录原因及具体抄录者虽尚难确考，但为周庆云编纂《小传》而作的基础性文献工作，则可以确定。今通检《宋人词话》，此书列其名，而

---

① 况周颐：《历代词人考略》，影印吴兴刘氏嘉业堂钞本，全国图书馆文献缩微复制中心，2003 年，第 1545 页。

② 周延礽编：《吴兴周梦坡（庆云）先生年谱》，《近代中国史料丛刊》第 82 辑，（台北）文海出版社，1972 年，第 83 页。

《小传》未列者,才17人,重合的则高达167人,此足见两书密切之关系。

《宋人词话》的价值不仅在对两浙词人的文献汇集比较集中,更重要的是可以弥补今本《考略》之缺失。经仔细对勘,在《宋人词话》全部收录的184人中,除了《考略》第二次删订时明确将宋人入元出仕者抽出并拟列入续编元代部分之7人外(此七人很可能是《宋人词话》第7册末所收之郑禧、吴镇、袁士元、张可久、刘元、释明本、释梵琦),不见于今本《考略》的词人仅有陈恕可、张玉、范晞文、王沂孙、江纬、吴仲方、仇远、韦骧、吕本中、吴益、沈会宗11人。而这11人应在《考略》原稿之列,因为其中至少吕本中、江纬二人小传曾为周庆云《小传》引录并标明出自《考略》一书,而今本《考略》并未见其人。所以《宋人词话》列入其人而却不见于今本《考略》,其原因当不出以下三点:一、《考略》原稿确有部分遗漏词人;二、《考略》原稿具备,但删订者直接删去了;三、《考略》原稿具备,但因原稿遗失,致使部分词人材料无法列入。我认为第二、第三条理由的可能性更大,因为如王沂孙这样的大词人,《考略》绝无不列的理由。

但无论如何,今本《考略》中不存的18人(含删订者拟编入元代的7人),既见于《宋人词话》,则从为《考略》补遗的角度来说,自然是十分珍贵的材料。而见于今本《考略》的166人,其价值又分为两类:一类是列于卷三十七之前的,则《宋人词话》提供了今本《考略》未删订之前的稿本形态,可以通过两本对勘,而了解删订的具体情况;一类是列于卷三十七之后的,今本《考略》只有存目,而《宋人词话》则提供了详细的词学文献,可以与今本《考略》形成互补的价值,这些词人多达71人。如果加上《考略》名列卷十九(后移至卷廿五)但其实并无正文的陈克,则与今本《考略》可以补充的多达72人。这些材料对于进一步勘察况周颐的词学思想,其意义自然是不言而喻的。

五、余论:现代词史与词学史之雏形

作为在20世纪30年代之前,词学史上规模最大的一部集文献汇集与学术裁断于一体的著作,况周颐以《考略》一书伴随着自己生命历程的最后十年。其广博扎实的词学文献功力和敏锐精准的词学判断力,都体现于此书之中。在传统词学向现代词学的转变过程中,《考略》一书不仅网罗词人最为全面,而且对相关词话、词评及考证方面的材料搜罗丰富,带着明显的汇评色彩,对词人小传、按语的梳理与总结,则主要渗透着况周颐兼具历史与理论的双重眼光,显然已具词史和词学史的雏形,而且因其抉择之精审与论述之切要而带着鲜明的学术个性,故此书的价值和意义值得充分估量。

《考略》一书不仅浸透着况周颐个人的心血,也包含着一代词宗朱祖谋的关切之心,并因着朱祖谋的签注、孙德谦的引介、周庆云的选抄、赵尊岳的明代文献支持、龙榆生的引录、罗振常罗庄父女的删订校勘、黄公渚的续纂、刘承干的补辑、唐圭璋的参酌、饶宗颐的援引、夏承焘的关注以及缪荃孙的"有言"和吴梅的嘲讽,而串联成一部丰富而生动的词学活动史。故《考略》一书,在书里书外,都有着不可替代的价值。如今,删订本《考略》虽已发现并被影印出版,但毕竟不完整,缺损的数量较大。而耗费况周颐十年心力的原稿以及黄公渚持续四年有余的续纂稿,目前均不见踪影。则从精准勘察况周颐词学思想的角度来说,仍是一个重大的遗憾。惟期天壤之间,斯卷长存。

为今本《考略》删订制定条例的罗振常著有词集《征声集》、编校有《南唐二主词汇校》《观堂诗词汇编》等,评点过罗庄的《初日楼稿》和王国维代撰的《人间词乙稿序》,对词学有自己独特的看法,而且这种看法明显与当时的主流词学有着很大的分歧。罗振常曾说:

> (庄)尤工于长短句,上者直追冯、欧,近代造诣及此者,能有几人?乃举世方沉迷于某派,非秦者去,为客者逐,致阳春之奏反不足与下里同称。然汝果能北面于当代宗工,藉其揄扬,则又可抗衡《漱玉》,凌驾《断肠》,睥睨一世矣。而汝不为也。顾海宁王忠悫公尝阅汝之作,诧为女子中所未见。别有不知姓名者著论推崇,则亦非全无知音。果其所刊,不随秦火而毁,决其必传于后。①

这节文字极为锐利,在肯定罗庄词上追五代北宋的同时,也对当时风行南北的"某派"进行了尖锐的抨击。这个"某派"显然是指以朱祖谋、况周颐为代表,以梦窗词为楷式的词人群体。文章中提到的"北面于当代宗工"事,可对勘

---

① 罗振常:《祭长女庄文》,罗庄著、徐德明、吴琦幸整理《初日楼稿》,上海辞书出版社,2013 年,第 115 页。

1987 年罗振常二女罗仲安的回忆：

> 长姊罗庄擅长宋词，蕙风欲收为学生，先父未同意。观堂亦赏识长姊诗才，并欲为其词集作序，先父十分欣喜，欲命长姊拜观堂为师。①

面对况周颐、王国维二人对罗庄的赏识，罗振常对前者"未同意"，而对后者"十分欣喜"。这种态度上的反差，实际上正展现了罗振常崇尚五代北宋词的思想与况周颐的矛盾之处，而这种矛盾却在王国维那里消解殆尽。这意味着罗振常在指导罗庄对《考略》原稿进行删订时，材料的删减、史实的考订和补充，固然是其重要的工作，而在按语中融合己说以调整原书词学思想的面目和格局，自然也是删订工作的重要内容。罗振常虽自称只是将原著按语中空泛之语删削，但因为追求"考据断制"，显然也会注意到词学的方向问题。以此而言，今本《考略》应该在一定程度上融合了晚清民国以来尚五代北宋与尚南宋两派的词学观念，其融通的价值理应受到充分的重视。

---

① 陈鸿祥：《王国维年谱》，齐鲁书社，1991 年，第 42 页。

第十三章

词学文献论（下）:《联益之友》刊况周颐《词话》

一、从《联益之友》之《词话》到《词学季刊》之《词学讲义》

民国二十二年（1933）四月，《词学季刊》创刊号出版，其"遗著"栏刊出《词学讲义》一种，题"临桂况周颐蕙风遗著"。末附龙沐勋跋文曰：

> 右《词学讲义》，为蕙风先生未刊稿。先生旧刻《香海棠馆词话》，后又续有增订，写定为《蕙风词话》五卷，由武进赵氏惜阴堂刊行。朱彊村先生最为推重，谓："自有词话以来，无此有功词学之作。"此稿言尤简要，足为后学梯航。叔雍兄出以示予，亟为刊载，公诸并世之爱好倚声者。二十二年二月一日，龙沐勋附记。①

龙榆生此记语言虽简，但将况周颐所撰诸本词话情况及增订之轨迹、刊行以及朱祖谋盛相推崇之语，悉加点出。而关于这部《词学讲义》，则称其"简要"，具词学"梯航"意义。评价自是不低。

龙榆生特别说明此稿乃蕙风先生"未刊稿"，由况周颐弟子赵尊岳提供。步章五《蕙风遗事》也特别提到："及先生之殁，叔雍经纪甚至。"②这种经纪不

---

① 龙榆生主编:《词学季刊》1933 年创刊号，第 112 页。
② 步章五:《林屋山人集·蕙风遗事》，转引自林玫仪《况蕙风研究资料补述》，北京大学中国古文献研究中心编《北京大学中国古文献研究中心集刊》第七辑，北京大学出版社，2008 年，第 518 页。

仅体现在经济上的资助,也包括对况周颐遗著的整理,这部《词学讲义》便很可能是赵尊岳在整理遗著的过程中发现的。关于《词学讲义》的撰写,步章五《蕙风遗事》追记说:

> 先生绝笔于《词学讲义》一篇,穷数日夜力成之。文成而病,病五日而殁,可哀也已。①

步翔棻(?—1933),字章五,开封杞县人,号翰青,自号杞人、林屋山人,以诗文驰誉民国年间,尤擅诗名,时人誉为"老杜老步"。袁世凯出任民国大总统时,步章五曾任总统府秘监、清史馆协修等职。二十年代寓居上海时,与朱祖谋、况周颐、吴昌硕等有一定交往,彼此以顾曲为乐。据步章五自述:

> 余来沪即识先生(今已八年),而过从之密,自去岁始。先生来访,同至酒市作消夜之饮,回想此乐,不啻天上矣。②

又与况周颐女婿陈巨来"友善",在交往的八年中,尤其是在况周颐去世前一年,两人过往频繁,故对况周颐晚年情形有所了解,并对其《蕙风词话》评价极高,认为"词家能事,宣泄尽矣"③。作为况周颐身前最后一部著作,《词学讲义》的撰成也带有传奇色彩,按照熟悉况周颐晚年情形的步章五所记:

> 先生殁前,若早自知,检点旧作,分年作束,谓诸子曰:"吾殁无有庭训,观此亦可增进学问也。"④

这个"早自知"当然未必在十日之内这么精准。这意味着况周颐的这部绝笔

---

① 步章五:《林屋山人集·蕙风遗事》,转引自林玫仪《况蕙风研究资料补述》,北京大学中国古文献研究中心编《北京大学中国古文献研究中心集刊》第七辑,北京大学出版社,2008年,第517页。
② 步章五:《林屋山人集·蕙风遗事》,转引自林玫仪《况蕙风研究资料补述》,北京大学中国古文献研究中心编《北京大学中国古文献研究中心集刊》第七辑,北京大学出版社,2008年,第518页。
③ 步章五:《林屋山人集·蕙风遗事》,转引自林玫仪《况蕙风研究资料补述》,北京大学中国古文献研究中心编《北京大学中国古文献研究中心集刊》第七辑,北京大学出版社,2008年,第517页。
④ 步章五:《林屋山人集·蕙风遗事》,转引自林玫仪《况蕙风研究资料补述》,北京大学中国古文献研究中心编《北京大学中国古文献研究中心集刊》第七辑,北京大学出版社,2008年,第518页。

之作很可能是临时起意撰写,因为既然已将旧作分年作束,自然基本上应该处于搁笔的状态,何须"穷数日夜力"如此急迫地来写这部《词学讲义》呢?即便有新的感悟新的体会,也应该是从容而精心地结撰才是。所以我很怀疑,况周颐如此集中精力来写,或许是应报刊约稿而写。这个报刊当然不是况周颐去世七年后才创刊的《词学季刊》,而很可能就是上海联益贸易公司出版部主办的《联益之友》。

今检《联益之友》1927 年第 35、37、38 期,果然有题"况蕙风遗作"的《词话》一种,虽未标《词学讲义》之名,但两者内容有相当程度的重合。赵尊岳将《词学讲义》交付龙榆生发表,而龙榆生在跋文中直言此乃"未刊稿",则之前《联益之友》发表《词话》,很可能连赵尊岳也未必知情。

就现有资料来看,最早注意到《联益之友》发表与《词学讲义》类似内容的《词话》者应是孙克强①。2014 年,浙江古籍出版社出版孙克强辑录的《况周颐词话五种(外一种)》,《词学讲义》被再度收录,在此书前言中,孙克强提到《词学讲义》在《词学季刊》刊发前已经先以《词话》之名,刊于 1927 年之《联益之友》,署"况周颐遗作",孙克强特地指出:"两刊刊出时各则顺序有所不同","可知此稿乃赵尊岳收藏的况氏遗稿。《词学讲义》共十三则,另有《附录》'词学初步必须之书'"②。就上述说明性文字来看,孙克强当时或并未细审《联益之友》所刊《词话》。理由是:

(一)《联益之友》所刊况周颐《词话》署"况蕙风遗作",而非"况周颐遗作"。

(二)两本刊出差异并非"各则顺序有所不同",而是《词话》所刊前两期与《词学讲义》顺序基本相同,而《词学季刊》刊出《词学讲义》(以下简称"季刊本")时并无《联益之友》所刊《词话》(以下简称"联益本")的第三部分,整整缺失了三分之一的内容。

(三)《词话》前二期虽与《词学讲义》重合度甚高,但彼此文字仍有一定差异。如季刊本与联益本第一则,文字大体相同,但季刊本于"亦至不易"后增

---

① 2003 年中州古籍出版社出版况周颐原著,孙克强辑考的《蕙风词话 广蕙风词话》一书中,在"广蕙风词话"之部,已经收录《词学讲义》一种,孙克强在"前言"中提及此书说:"况周颐生前未刊稿。载于龙沐勋主编的《词学季刊》创刊号。"以此可知,孙克强当时应尚未知悉《联益之友》曾刊载与《词学讲义》内容相似之《词话》。

② 况周颐原著,孙克强辑校:《况周颐词话五种(外一种)》,浙江古籍出版社,2014 年,前言第 5—6 页。

一括注:"不成何必学。"至于文字差错,两本各具,这当然有手民误植的可能。

(四)联益本第二期所刊"白石词有旁谱者"一则,不见于季刊本。联益本第一期"词之兴也"一则,原文并无附则,而季刊本则附录一则"明虞山王东溆"云云。"清初曾道扶"一则,联益本至"抑亦风气使然矣"始结束,季刊中则从中间"金风亭长"至本则末别出另立一则。等等。

如此多的条目和结构差异,若果然寓目两本所刊,稍加对勘,当不难辨出。

二、《联益之友》的"广征名稿"、
地域特色与况周颐《词话》之因缘

1927年,《联益之友》分三期连载"况蕙风遗作"《词话》,分别是《联益之友》第35期(中华民国十六年一月一日),正文七则,附录一则;第37期(中华民国十六年二月一日),正文五则,附则一则;第38期(中华民国十六年二月十六日),正文四则,其中第三则附《餐樱庑漫笔》一则,合共五则。正、附则合共十九则。季刊本正文十则(含将联益本一则析为二则),附则三则,另有附录"词学初步必需之书""词学进步,渐近成就,应备各书"二则①。两刊结构、数量差异大体如上。

民国年间,企业办报办刊一度盛行。《联益之友》便是其中颇有影响的一种。此刊创刊于1925年8月1日,由上海联益贸易公司出版部创办,初为半月刊,后改为旬刊。最初由陆企豪主编。陆企豪,字涧石,苏州人,乃吴门画派健将,其画作得明代唐寅神髓。后由赵眠云、郑逸梅合编。赵眠云,原名绍昌,字复初,号眠云,别署心汉阁主,江苏吴江人,他不仅是当时有名的鸳鸯蝴蝶派作家,而且雅擅书法、篆刻。郑逸梅则以擅长撰写文史掌故类文章而驰名。主编的兼擅多能,也意味着《联益之友》虽为商办刊物,却并非在商言商,而是注重以特殊的文化品位来提升企业的知名度和影响力。如与况周颐《词话》同一版面的便有长篇小说连载、影话、金石印章、笑话("新谐屑")、散文、诗词等内容,甚至"最新式汽车"的广告、获赠书画、其他刊物如《上海生活》的订阅信

---

① 此二则在联益本中皆为正则。孙克强言及季刊本《附录》'词学初步必须之书'"。按,"须"原文作"需"。而季刊本从结构上实明确将"词学初步必需之书"与"词学进步,渐近成就,应备各书"分为二则作为附录。特此说明。

息等也登载其上,另如袁寒云书法、唐寅绘画等亦错落在版面之上。

"广征名稿"是《联益之友》的主要办刊方向,而且每期大致有个主题方向,如首刊况周颐《词话》的第35期便预定为"美人香草号",追求"绮香罗艳,叶婵花嫣"的视觉与阅读效果。这应该与主编赵眠云、郑逸梅均为鸳鸯蝴蝶派作家的身份与兴趣有关。上海当时办刊数量为全国城市之最,很可能"名稿"征之不易,故出刊稽延时日也是常有之事,编者还曾在当期按语中特致说明。大概由于《联益之友》的办刊方针契合时代需求和上海的地域特征,故其销售亦极好。郑逸梅说:

> 在《联益之友》上,他(按,指金季鹤)写了《花海吹笙录》,用六朝词华,述三吴艳迹,最为读者欢迎。①

此外,该刊还以连载的方式发表过程瞻庐的《依旧春风》、程小青的《楼上客》、顾明道的《金龙山下》、张春帆的《情毒》等,可见其浓郁的"文学性"。第38期更应读者之需而特地登出一则启事《征求第一、四期本报》,并承诺回赠以电影明星贺年片、联益笺纸或邮票。其风行的程度也由此可见一斑。

况周颐是一代词宗,他的文字当然属于"名稿"的范围。是否因此《联益之友》编者主动向况周颐约稿呢?我觉得这一可能性是存在的。虽然就笔者眼力所及,尚未见主编之一的赵眠云与况周颐有交往的相关材料,但与赵眠云在苏州曾共同组织文学社团"星社"的范烟桥却似与况周颐有一定的交往,其《茶烟歇》一书,便记载了《况蕙风髦年置妾》之事②。范烟桥对于词学也颇有兴趣,他不仅曾编选过一本《销魂词选》,略可见其词学趣尚,而且其"烟桥"之号(原名范镛,字味韶),也是因仰慕姜夔,而从其《过垂虹》"回首烟波第四桥"诗句中择取"烟""桥"二字合为号,则其对当时词坛一代祭酒式的人物况周颐倍加推崇,并代《联益之友》约请"名稿",至少从情理上是可以作此联想的。

《联益之友》的另一主编郑逸梅自称"予与其令坦陈巨来相友善,每谈叙辄道及老人"③。陈巨来是况周颐长婿,因为他与郑逸梅常常谈及况周颐,故

---

① 郑逸梅:《郑逸梅选集》第二卷,黑龙江人民出版社,1991年,第408页。
② 此事当然也可能范烟桥只是耳闻。参见范烟桥《茶烟歇》,中孚书局,1934年,第7—8页。
③ 郑逸梅:《梅庵谈荟》,黑龙江人民出版社,1985年,第6页。

郑逸梅多种著作如《艺林散叶续编》《逸梅杂札》《掌故小札》等皆有谈论蕙风轶事者。则郑逸梅通过陈巨来向况周颐约稿,这个可能性当然也不能轻易否定。

当然,以上推测只是外缘上的考察,一时尚难落到实处。但至少我们可以确定,《联益之友》发表时将此稿简单定为"词话"一名,应非况周颐的意思。因为况周颐既然在数日之间急就此稿,撰成而病,数日后病故,则此稿自不可能况周颐亲自送至《联益之友》,而应是其他人从中联络。这个人也应该不是况周颐弟子赵尊岳,因为赵尊岳将《词学讲义》送付《词学季刊》发表,显然是对龙榆生表达过此稿"未刊"的意思,龙榆生也才有可能在跋文中特地说明此乃"蕙风先生未刊稿"。联想到郑逸梅与陈巨来的关系,我怀疑很可能是在况周颐去世后,两人见面谈及此前约稿之事,陈巨来从况周颐遗著中觅得而交付。

如果我们把《联益之友》刊发况周颐《词话》的因缘暂且放在一边,另外一个值得注意的问题是:既然联益本与季刊本所刊都是况周颐的绝笔之作,何以在篇幅、正附则的关系上有如此大的差异呢?是当初《联益之友》编辑接获况周颐稿件,考虑到"讲义"之名不合刊物宗旨,又需与已经通行之《蕙风词话》有所区别而擅改篇名,还是别有他故?凡此一时也难确考。而既然《联益之友》与《词学季刊》所刊文本乃来自同一底本,何以后刊者删去三分之一的篇幅,而且在结构和正附则关系作如此大的变动?是赵尊岳将《词学讲义》的删减稿交付龙榆生,还是龙榆生考虑到内容特点,擅自作了若干增减变动?对这些疑问的彻底解决也有待新材料的发现了。

但对勘联益本与季刊本,两本发表虽有时间前后之差异,但从结构意义上来看,与联益本前两部分基本重合的季刊本显然首尾更显完整,第一则言词人修养,强调天分、学力、性情、襟抱的结合,并落实到词乃"君子为己之学"的主旨上来,同则并从词的本体论角度提出"雅""厚""重拙大"的结合。第二则言词体起源,追溯至诗经楚辞,从古乐府之形制钩勒从诗到词的变化。第三至六则大致梳理词史发展,其中对明词评价较高,而对清代康熙之后词评价偏低。第七则从审美艺术上点出填词三口诀。第八则论词曲文体之异,反对"词曲学"之说。第九则言词之寄托,强调寄托须"触发于弗克自已,流露于不自知"。第十则谈词与宫调、嘌唱之关系,与第二则前半所述暗合。第十一、十二则则按照词学进阶开列书目。由以上钩勒的基本内容来看,《词学讲义》虽只有寥寥十余则,但有其自足的理论体系,一方面钩勒诗词曲的文体发展及异同;另一方面注重词人、词体、词史、词艺以及学词进阶。质言之,《词学讲义》其实是况周颐词学高度浓缩的产物,或者说就是《蕙风词话》的简编修订本,只是因为附录两则词学书目,而使《词学讲义》曲终奏雅,将中心落到了指引后学学词的宗旨上来。

由前述可知,联益本的前两个部分(与季刊本基本重合者),已是首尾完整,体系井然。相形之下,联益本的第三部分(即季刊本整体缺如者)主要考述吴中宋元词家及寓居吴中的若干词人词作及其居地。先言吴门风土清嘉,代挺词流。从范仲淹到南渡高、孝之间的范成大,天圣中吴感,熙宁中元绛、吴云公,大观中李弥逊,元代陈深,等等,渐次罗列,以见吴中词学之盛。接下述吴中寓贤,章粢、贺铸、章粢子咏华等。附录一则《餐樱庑漫笔》,通过词题词序词句,略述吴文英寓居苏州的多重证据。末则引《宋平江城坊考》转引《吴郡志》言当地花月楼乃郡守邱密建,而邱有一卷《文定公词》,为吴中寓贤增多一人。值得注意的是,联益本这部分的内容除了考述吴中本土以及寓居词人之外,尤其用了不少笔墨细致考订其当日在吴中所居之地或居地之变化,如考述吴文英“先寓阊门,后寓盘门”,等等。质言之,此第三部分的内容只是注重吴中一地词学,带有简述苏州地域词学源流的意味。这与前两部分所论关乎词体、词艺、词史的综合性、大格局相比,确实显得有些支离,逻辑上也不尽相合了。

何以会形成这样的篇章隔膜呢?我觉得应该与《联益之友》编者陆企豪、赵眠云、郑逸梅皆与苏州有着不解之缘有关。陆企豪、赵眠云皆苏州本地人,郑逸梅虽祖籍安徽歙县,但出生于苏州。上海与苏州两地相邻,彼此认同度极高,近乎地域文化共同体,则《联益之友》带上一些“苏州”的地方色彩,上海本地人有兴趣,寓居上海的苏州人当然就更有兴趣。但这部分内容是况周颐《词学讲义》原撰的,还是他人从况氏著作中择录相关条目补入?这个问题同样不容易精准回答。就我对《词学讲义》逻辑结构的考量来看,应该并非况周颐原撰内容。可能的情况是:当陈巨来(也可能是他人)将《词学讲义》呈送《联益之友》后,考虑到该刊在沪苏一带受欢迎的程度,编者要求呈送者再从况周颐著述中择录与苏州相关的条目,合为一编,因此而有了这比较突兀的第三部分。而联益本前两个部分与季刊本则因为排版需要,或对况周颐原撰有所调整甚至漏排若干文字,也属正常。如季刊本第二则"词之兴也"后附"明虞山王东淑"一则,不见于联益本,先刊之联益本有"白石词有旁谱者"一则,后刊之季刊本却无此则,也许都可以从这一角度去理解。

三、《联益之友》刊《词话》与况周颐词学之终极意义

对照此前刊行的《蕙风词话》可以发现,联益本《词话》并非以全新的词学观念取胜,但在结构、话语表述、逻辑体系等方面却有了若干明显的变化。具体而言,约有以下几个方面:

(一)表述的综合化。《蕙风词话》在表述词学观念、进行词学批评或考证诸事时,往往一则说一则之事,相对而言,内容比较集中,语言也比较简略。而《词话》则往往合多则为一则,如《蕙风词话》第二、三、四、五卷虽然错杂若干则理论表述,但大体是按照词史发展,散论各家词人,择要评述词作,平心而论,其关于词史脉络的梳理其实是松散的、隐性的。而《词话》不过用四则篇幅便将词史描述至清代初年,其中一则更将词从唐代肇始述及明代末年,而且对各时期词风予以扼要概括,如评价南宋遗民词"寄托遥深,音节激楚",评价明末词"含婀娜于刚健,有风骚之遗音",等等。而在对词史的判断中,虽然大致认为明词不足当宋元之续,但也不乏庸中佼佼,尤其对明末词的评价一反传统极诋之论,认为有重新认识的必要。凡此都见况周颐晚年词史观值得注意之处。

(二)对清词的贬低倾向。况周颐主张对明词在词史上的地位进行重新评价的同时,对清代以来一直高倡的清词中兴说则颇持异议。虽然述及词史四则中有三则评述清词,但对康熙后词"不必看,尤不宜看"的告诫,可见其基本立场。况周颐除了对曾王孙、聂先合辑的《百名家词》、朱彝尊的《江湖载酒集》评价稍高,认为前者多沉著浓厚、近乎正始元音,后者"气体尚近沉著",其余便再无好评。譬如认为《倚声集》"词格纤靡"、浙西六家"轻薄为文"、朱彝尊所选《词综》令学词者"初程不无歧误",实际上从源头上基本否定了清词的发展方向。况周颐的这一论调带着强烈的个性色彩,当然也隐含着其词学对常州词派的尊崇之意。

（三）注重在诗词曲的文体嬗变中确立词体的独特地位。况周颐把词之源头追溯至"葩经楚骚"和古乐府，只是更多地从"声诗"的角度描述词体的形成路径，故认为诗之和声填以实字以成词体，其所着眼的仍是体制之异。他将元词衰落归于元代曲学代兴，明确主张"词与曲截然两事"，认为曲不能通词，犹词不能通诗，一有交通，则文体不纯。也正因此，况周颐认为并称"词曲学"，乃是不明文体差异的荒谬之说。况周颐的这一番立论显然有着强烈的针砭时代意义，因为合词曲以构建"词曲学"正是晚清以来不少学者积极努力的方向。

（四）体系的逻辑性。无论是一则之中，还是全篇之间，况周颐阐述词学的逻辑意识和体系观念都较以往任何一种词话为强。早期的《餐樱庑词话》和晚年的《蕙风词话》，虽然也都提出"重拙大"说，但往往比较简略而散漫。《词话》则在继续强调"重拙大"主体理论的同时，将"自然从追琢中出""事外远致""烟水迷离之致"的填词口诀与"重拙大"说呼应而成一体之说。全篇从词源、词体、词史、词乐、词集渐次而下，构成稳健而精当的词学体系。即便一则之中的逻辑性与体系性也更为集中。如第一则乃合以前词话数则而成，天分、学力相辅相成而成就词人乃一则，"重拙大"与"雅厚"结合为一则，强调词乃"君子为己之学"为又一则。此三则虽可各自独立，而况周颐将其荟于一则，意在表明：先具词人之资，再以雅厚为基，求"重拙大"之格，始能成就真正君子为己之学。可见一则之中，前后之间乃彼此关联，绾合成说，其逻辑性明显增强。再具体到"重拙大"之说，此前诸本词话，皆单陈"重拙大"说，虽然在具体阐释时也涉及雅厚之要求，毕竟没有如此集中地将"雅厚重拙大"五字并提，这也意味着况周颐晚年对"重拙大"说有虽然细微却颇为重要的调整。而且与此前诸本多正说"重拙大"不同，这里将"轻者重之反，巧者拙之反，纤者大之反"并举，从反面诠解"重拙大"三者，这使得在况周颐诸本词话中盘桓已久的"重拙大"说有了更切实的解释空间。根据赵尊岳《蕙风词话跋》所述，作为况周颐晚年的受业弟子，赵尊岳"月必数见，见必诏以源流正变之道……耳提面命，朝斯夕斯"①。这意味着况周颐晚年传授词学于赵尊岳，并非赠其一册《蕙风词话》，嘱其自证自悟，而是在《蕙风词话》之外，别有当面开悟者。赵

---

① 转引自况周颐撰，屈兴国辑注《蕙风词话辑注》，江西人民出版社，2000年，第650—651页。

尊岳将亲聆教诲,默而识之,部分地写入《蕙风词话跋》之中,这其中便包括以轻、巧、纤反说重、拙、大者。

(五)寄托说新解。况周颐在《词话》中对朱彝尊及其浙西词派批评甚力,甚至认为清词之所以自康熙之后无足观者,根源便在浙西词学肇基之倾颓。清代词学大大小小的流派虽多,其大要不过浙西、常州二派而已。况周颐虽没有正面树常州派之词帜,但既如此不遗余力痛斥浙西派词学,则客观上也昭示了其常州词派的基本立场,何况其"重拙大"之说,也基本可汇入常州词派的流脉之中。值得注意的是:在寥寥十余则《词话》中,在言明词曲关系并反对"词曲学"之说之后,从篇章结构的角度来说,已经首尾完整,可以结篇。但况周颐却突然缀入如下一则:

> 词,《说文》:"意内而言外也。"意内者何? 言中有寄托也。所贵乎寄托者,触发于弗克自已,流露于不自知。吾为词而所寄托者出焉,非因寄托而为是词也。有意为是寄托。若为吾词增重,则是骛乎其外,近于门面语矣。苏文忠"琼楼玉宇"之句,千古绝唱也。设令似此意境,见于其它词中,只是字句变易,别无伤心之怀抱,婉至激发之性真,贯注于其间,不亦无谓之至耶? 寄托犹是也,而其达意之笔,有随时逐境之不同。以谓出于弗克自已,则亦可耳。①

而寄托并非况周颐新揭话题。《蕙风词话》卷五已先之有云:

> 词贵有寄托。所贵者流露于不自知,触发于弗克自已。身世之感,通于性灵,即性灵,即寄托,非二物相比附也。横亘一寄托于搦管之先,此物此志,千首一律,则是门面语耳,略无变化之陈言耳。于无变化中求变化,而其所谓寄托,乃益非真。昔贤论灵均书辞,或流于跌宕怪神,怨怼激发,而不可以为训。为非求变化者之变化矣。夫词如唐之《金荃》,宋之《珠玉》,何尝有寄托,何尝不卓绝千古,何庸为是非真之寄托耶。②

---

① 《联益之友》。
② 况周颐:《蕙风词话》卷五,唐圭璋编《词话丛编》第五册,中华书局,1986 年,第 4526 页。

虽然况周颐零散表述寄托的言论还有一些,但显然上述《蕙风词话》卷五所论最为集中。对勘这两节论寄托的文字,其相同之处主要在于:都以"寄托"为贵,都主张寄托应"流露于不自知,触发于不克自已"。《蕙风词话》提出的"即性灵即寄托",其实已经将寄托融入性灵之中,而性灵的最大特点便是因情境不同而处于不断的变化之中,如此,寄托也必然因此而变化。在况周颐的心目中,只有这种跟着性灵而变化的寄托才是真正的寄托,否则,便是假寄托。《金荃》《珠玉》之词,性灵洋溢,未尝见性灵与寄托为二物,故其寄托亦丰富而深刻。而屈原只是变换语言或语境,性灵本身仍是一贯的,所以论寄托于屈原未免有缺。这是《蕙风词话》中关于寄托的核心观点。

而到了《词话》,虽然在对寄托说的基本要义方面并没有什么明显变化,但将张惠言引《说文》以"意内言外"说"词"立于此节文字开头,乃直言其常州词派的词学渊源。况周颐并没有从理论上分析性灵与寄托二而一的关系,而是围绕着"触发于弗克自已,流露于不自知",仔细分析寄托说的表现形态。寄托一有痕迹,便是有意为之,有意为之的寄托都不过类似门面语耳。况周颐以苏轼《水调歌头》为例,说明类似"琼楼玉宇"一般的意境并不新奇,而是背后寄寓着苏轼源自真性的"伤心之怀抱"。虽然"达意之笔,有随时逐境之不同",但那不过是寄托的表现形态各有差异而已。但无论有怎样的差异,必须是自然而然,"出于弗克自已"才显可贵。由况周颐对"寄托"说阐释维度的调整,可见《蕙风词话》侧重在理论上演绎其基本内涵,而《词话》则注重从创作角度诠释寄托的形成轨迹,这与其"讲义"的特性颇为一致。

(六)词的音乐本体论。如前所述,从构建词学框架的角度来说,《词话》至"词与曲截然两事"一则便可完篇。何以在增多一则论寄托之后,又增加三则(含附则一则)论词之宫调、吹唱、词谱等,特别讲述词之字声相配、清浊高下等,无非是曲终奏雅,回到词的音乐本体上来。从《词话》本身的体系来看,第二则"词之兴也,托始葩经楚骚"其实已经将词体的音乐特性拈出,从古乐府到唐代旗亭画壁故事,从五言七言诗歌的"声希拍促"到衍以和声、填以实字,追求"悠扬流美"的艺术神韵。几乎完整钩勒了词体与音乐相伴相生的过程。但很可能况周颐并不满足于对这种词体与音乐关系的外围考察,故在体系建构初步完成之后,再揭音乐话题,将词体、词学整体建构在音乐本体之上,显示了况周颐专业、本色的词学眼光。况周颐提出的"词必谐宫调,始可付歌喉"之说,乃是回到词体建立和全盛时的"现场",此说虽可简化为"填词以实调,则用字必配声"二句,但其实这种实、配颇有讲究。一种方法就是"就喉牙舌齿唇,分宫商角徵羽";另外一法就是以平声浊者为宫,清者为商,入声为角,上声为徵,去声为羽,而且与宫商角徵羽相配之字,又各自有宫商角徵羽,各自有清浊高下。这样一来,填词的难度便非同一般了。所以填词的过程十分复杂,既有"吹律度声,以声协律",以合字之清浊高下,还包括"循声改字"等环节。况周颐如此专业地讲述词的宫调声律,一者当然是词体本来就与音乐有着不可分割的关系,故言词自是不可缺少这一环节;另外一个原因则与晚清以来对词乐、词律的隔膜甚至反对之声有关。况周颐一直在为词之"尊体"而努力,甚至以"词之情文节奏并皆有余于诗"来解释词的别称"诗余",就可见其尊体之初心。

四、从"词学初步"到"词学进步":关于读词观念、程序与书目

如果季刊本《词学讲义》果然是况周颐原著之名的话,则指引后学无疑是此名题中应有之义。这就需要我们特别关注:何以季刊本以词学书目煞尾,而联益本第二期也以同样的书目暂时收尾?这与清代以来以学词为词学的基本思想有着非常密切的关系。但此前词学家所论,多在强调读词的重要性和理论意义,而况周颐在此则将读词理论落实到具体书目。

填词以读词为先,这几乎是词学家共同的观念。读词在况周颐词学中也一直占据着非常重要的地位,因为读词不仅可以细致体会词境的美妙,而且可以从前人作品中净化心灵,以抵抗、排除现实社会对词人精神世界的污染。葆有赤子之心,抗拒"入时之性情",这一直是况周颐对词人基本心性的强调所在。况周颐曾说:

> 学填词,先学读词。抑扬顿挫,心领神会。日久,胸次郁勃,信手拈来,自然丰神谐叿矣。[1]

---

[1] 况周颐:《蕙风词话》卷一,唐圭璋编《词话丛编》第五册,中华书局,1986年,第4415页。

这是强调从读词中揣摩词心词境,并催生出填词之冲动。具体怎么读词才能让词人情动于中呢? 况周颐详述读词之法说:

> 读词之法,取前人名句意境绝佳者,将此意境,缔构于吾想望中。然后澄思渺虑,以吾身入乎其中,而涵泳玩索之。吾性灵与相浃而俱化,乃真实为吾有,而外物不能夺。三十年前,以此法为日课,养成不入时之性情,不遑恤也。①

又说:

> 读前人雅词数百阕,令充积吾胸臆,先入而为主。吾性情为词所陶冶,与无情世事,日背道而驰。其蔽也,不能谐俗,与物牾。自知受病之源,不能改也。②

从上述有关读词理论来说,况周颐不仅强调读词的重要,更强调读词的方式和程序。但从指导填词的角度来说,这种关于读词的纯理论阐释仍不免让人难以踏实,或有茫然无从措手之感。联益本第二期所刊,大半是关于学词书目之事。况周颐将填词程序分为"词学初步,必需之书"与"词学进步,渐近成就,应备各书"两个渐进的步骤,分别系于不同的书目,如此读词便不再是一种抽象的观念,而是有着与路径和方法直接对应的一份清晰书目了。

从况周颐所列书目来看,词韵词律乃是学词之基,故"词学初步"便以万树订正、杜文澜校刊的《校刊词律》、戈载的《词林正韵》为入手读物,辅以他本词律之书。既明乎词之韵律,再读《草堂诗余》《蓼园词选》《宋词三百首》,以明词史由俗到雅之大概。况周颐特别重视《蓼园词选》一书,因为此选虽本于《草堂诗余》,但去其"涉俳涉俚"之作,加上编选者时有笺评,故"极便初学"。而《宋词三百首》虽只署朱祖谋之名,其中实多况周颐与朱祖谋共同斟酌商榷的成分③。

---

① 况周颐:《蕙风词话》卷一,唐圭璋编《词话丛编》第五册,中华书局,1986 年,第 4411 页。
② 况周颐:《蕙风词话》卷一,唐圭璋编《词话丛编》第五册,中华书局,1986 年,第 4410—4411 页。
③ 参见彭玉平《宋词三百首·前言》,朱祖谋编选《宋词三百首》,上海古籍出版社,2016 年,第 4—5 页。

所谓"词学进步,渐近成就",在况周颐的语境中,大致相当于接近自成一家之意,故要求增大词集阅读量,熟读博览,广采酌取,这也是况周颐认为填词提高阶段的必备功夫。况周颐所列的《宋六十名家词》《词学丛书》《花庵词选》《绝妙好词》《御选历代诗余》《四印斋所刻词》《彊村丛书》等,除了《绝妙好词》篇幅稍小,其他都是篇制浩繁的大书,如《词学丛书》一种便下辖《乐府雅词》《乐府雅词拾遗》《阳春白雪》《阳春白雪外集》《词源》《日湖渔唱》《日湖渔唱补遗》《元草堂诗余》《词林韵释》等多种书籍,可见,况周颐对成名成家词人的阅读数量要求是非常高的。

在词的选本、丛书之外,况周颐还非常注重锻炼词人的理论眼光。故除了《词学丛书》中的《词源》已在必读之列,他还主张对各种词话广泛阅读,"庶几增益见闻,略知词林雅故",这当然是最基本的知识层面,更重要的显然是要从词话中积累、斟酌、提炼出自己的词学观念。况周颐列出的词话虽然仅为清代《皱水轩词筌》《花草蒙拾》《词苑丛谈》《金粟词话》等寥寥数种,实际上只是略举数例而已,因为既有"随时购阅"的要求,其对阅读词话自然是开放式的。此外值得一提的是,况周颐还颇重视词学文献学,吴昌绶的《宋金元词集见存卷目》在当时流传不广,影响亦不大,但被况周颐誉为"词学津逮,至要之书",可见其对词学文献学之特别重视。但吴昌绶此书因闻见有限,所列卷目实较为单薄,稍后王国维在吴著基础上增益而成之《词录》才更见规模,可惜《词录》在王国维生前一直未能付梓,故也未能引起况周颐的注意。

民国年间学词之风甚盛,民间、高校都有各种形形色色的社团以推动这一风气。关于学词路径与程序,作为词坛祭酒的况周颐自然是会经常被问询的问题。今读《蕙风词话》卷一有云:

> 词学程序,先求妥帖、停匀,再求和雅、深此深字只是不浅之谓。秀,乃至精稳、沉著。精稳则能品矣。沉著更进于能品矣。①

这是由浅到深、不断提升的词学境界。夏敬观认为这正是况周颐笔下词学"初步"与"进步"的不同风格状态。他说:

---

① 况周颐:《蕙风词话》卷一,唐圭璋编《词话丛编》第五册,中华书局,1986 年,第 4409 页。

此程序分作四层，只妥帖停匀一层，为初学者道。后三层，皆已有成就者所由用功之方法。天生词人，固一蹴即至，未有如许程序也。①

夏敬观"四层二阶段"说，正契合联益本开列书目的基本格局。当然，与这种境界相伴的则是读书书目、方式的不同。况周颐说：

两宋人词宜多读、多看，潜心体会。某家某某等处，或当学，或不当学，默识吾心目中。尤必印证于良师友，庶收取精用闳之益。泊乎功力既深，渐近成就，自视所作于宋词近谁氏，取其全帙研贯而折衷之，如临镜然。一肌一容、宜淡宜浓，一经伻色揣称，灼然于彼之所长、吾之所短安在，因而知变化之所当亟。善变化者，非必墨守一家之言。思游乎其中，精骛乎其外，得其助而不为所囿，斯为得之。当其致力之初，门径诚不可误。然必择定一家，奉为金科玉律，亦步亦趋，不敢稍有逾越……并世操觚之士，辄询余以倚声初步何者当学，此余无词以对者也。②

从"并世操觚之士，辄询余以倚声初步何者当学"一句，可见况周颐的词学确多应学者之需而指引门径之论。上引一节虽然主题是读两宋人词，但从潜心体会、默识在心、印证师友、折衷全帙、明乎变化次第而来，正是从"词学初步"至"词学进步"应遵循的基本方法。只是况周颐在这里只言方法之意义，而联益本《词话》第二期则按照这一方法，不仅言倚声"初步"，更进言倚声"进步"，并具体开列相关书目，也可以理解为对"并世操觚之士"相询词学书目的一种直接回应。前后对照，可以清晰地看出况周颐在两种著作中对此的呼应意识。

对况周颐词学程序默然心会的夏敬观，虽然未曾亲见联益本所刊况周颐开列之具体书目，但他在《蕙风词话诠评》中引述上列况周颐所论后的诠评，却多有不谋而合之处。其文曰：

近来有志于学词者，就问于予，亦辄问予倚声初步，何者当学，此诚难答之问也。况氏此说，深惬乎予心。然两宋人词多矣，令其多读多看，彼

①　夏敬观：《蕙风词话诠评》，唐圭璋编《词话丛编》第五册，中华书局，1986年，第4590页。
②　况周颐：《蕙风词话》卷一，唐圭璋编《词话丛编》第五册，中华书局，1986年，第4417—4418页。

必不知从何下手,而亦无从知何者当学,何者不当学也。是答初步者之问,尚缺一层。夫初步读词,当读选本。选本以何者为佳,不能不告之也。故予答来问,必先告以读《草堂诗余》及《绝妙词选》。近人所选者,则告以冯煦所选《宋六十一家词》,及朱沤尹所选《宋词三百首》、龙榆生所选《唐宋名家词选》,并告以应备万红友《词律》及戈顺卿《词林正韵》,以便试做时之参考应用。此虽极浅之言,来学者亦恒有不知,而但知有学校中教师之选本与讲义。①

因为与况周颐一样,同样时常面临着后学咨询倚声初步该读什么的问题,所以夏敬观对况周颐所论心有戚戚。"此诚难答之问也"——这应该是况周颐与夏敬观共同的感受。夏敬观在词律词韵方面,列《词律》《词林正韵》,在选本方面列《草堂诗余》《绝妙词选》《宋词三百首》,此皆与况周颐一致者。冯煦的《宋六十一家词选》,况周颐虽未列入,但冯煦其选所本的毛晋《宋六十名家词》却是况周颐"词学进步"必读书目的第一种。而龙榆生的《唐宋名家词选》则编选于况周颐身后。从这一对照而言,况周颐与夏敬观在词学路径及应读书目上有着惊人的一致,只是况周颐更有版本意识而已。夏敬观感觉到"答初步者之问,尚缺一层",故在此诠评《蕙风词话》时补上这一层,而况周颐在身前数日,也将这缺失的一层补充进来。可见他们在以学词为词学上的共通性,都意识到了开列具体书目及阅读顺序的重要性。

由以上简要之分析,可见作为况周颐撰写的最后一种著作,这部《词话》确实在建构体系、理论表述、学术重点方面都有一些值得注意的调整、修订和提升,把它理解为况周颐词学的新订简编和终极思想,我觉得是符合事实的。这也意味着研究况周颐词学,需要对其过程状态的词学与终极状态的词学有所区别。只有厘清其嬗变轨迹,才能更精准地契入到况周颐词学的具体语境之中。同时,也意味着我们在对其阶段性词学进行界定和表述时,需要更多的前后对勘功夫以及更谨慎的理性表述。混淆了理论研究的阶段性特征,很可能让况周颐本人也无所适从的。

---

① 夏敬观:《蕙风词话诠评》,唐圭璋编《词话丛编》第五册,中华书局,1986年,第4599页。

第十四章

《初日楼稿》与民国沪上词坛

与前朝词坛相比,民国词坛充满着变数:既有来自白话诗的文体钳制,如胡适便主张合传统诗、词、曲于"新诗"一体;也有词体自身变化出新的内在要求,如龙榆生、叶恭绰等人曾大力鼓吹"新体乐歌",并在理论建构和创作上做了不少尝试。但据今看来,民国词坛对传统词风的赓续仍是主流,这不仅因为有朱祖谋、况周颐等一代词宗引领着词风发展方向,而且词坛也代有新人,接续并光大着这一传统。仅就女词人而言就颇有规模,其中影响卓著者如吕碧城、丁宁、沈祖棻等人,已受到学术史的较多关注。而犹有一罗庄,在20世纪二三十年代雅擅词名,以《初日楼稿》《初日楼续稿》先后得王国维、况周颐、朱祖谋、郑孝胥等人的交口赞誉,甚者争纳为词弟子。然因其早逝并词集刊行不广,竟至在老辈风流云散之后,罗庄词名也几于寂寂无闻。然民国词史、词学史若缺少罗庄的篇章,不仅在格局上有欠完整,而且缺失了一方非常重要的个性风采。实际上,由罗庄一人之经历,可以勘察民国词人特殊的家国情怀、审美变化,也可因其与沪上词坛的密切关系,考量民国词学思想之变迁、学缘之广泛及词人生态之复杂,其研究价值和意义值得充分肯定。

一、备受况周颐等推崇的《初日楼稿》之"别材别趣"

罗庄(1895—1941),字瘵生,一作嫈琛,又字孟康,以孟康字行,生于江苏淮安,世为浙江上虞人。诗词兼长,尤以词名世。先后有《初日楼稿》(1921)、《初日楼续稿》(1927)、《初日楼遗稿》(1942)等行世。2013年,经徐德明、吴琦幸整理,将数稿合为《初日楼稿》四卷,凡诗 45 首,词 160 首,文 8 篇,末附各集原序跋、年谱并《簟纹帘影图》及诸家题词,一函二册,由上海辞书出版社线装出版,应是目前收录罗庄诗文最为完备的集子①。

罗庄 14 岁前基本上在江苏淮安度过,少承庭训,其父罗振常亲教其识字、作文,毕"四子书"而止。六岁始,先后从杨、陶等先生读书。十二岁时已有"太清观内水浑浑""力挽狂澜倚重臣"之句,初显诗才。14 岁随父移居上海,但其后亦时往返上海、淮安两地之间。辛亥后,应伯父罗振玉之招,1912 年 4 月,罗庄随全家赴日本京都定居,与王国维、董康等家毗邻而居,诗词创作渐多。1913 年秋,罗振常携家人由日本返沪定居。1926 年,罗庄受南浔周延年聘,为继室,此后直到去世,除曾小住南浔、淮安、天津、苏州等地外,基本上在上海度过②。罗庄一生在国内先后经历了清室覆亡、辛亥革命、军阀混战、北伐战争、抗日战争等时势动荡,又曾寓居东瀛,饱览异国风情,故其诗词题材颇为广泛,非传统闺阁词人可限。其父罗振常好填词,有词集传世,其母亦并有诗才,兼在日本和沪居时期,与王国维、况周颐、郑孝胥等时相往还,词艺亦因之大进。

在题材上,遗民情怀、秋士之感、酬赠知己、咏写樱花、温润亲情是其主要内容③。

遗民情怀是罗庄诗词中值得注意的一个方面,尤其在《初日楼稿》④中更为明显,因为其中不少作品正写于辛亥事变后随父寓居京都以及归自东瀛侨居上海期间。虽然也有"举世甘楚囚,移家独避秦。蓬莱宜采药,从此作山民"(《书愤》)、"国破家存世又新,归来海上作遗民"(《癸丑仲冬归自东瀛侨居海上》)的愤激情怀,但毕竟异乡非故乡,故罗庄诗词表现更多的是如"无端

① 关于罗庄词集的汇集整理,萧文立已先有《初日楼合稿》之编,作为罗振常一门《古调家芬合集》之一,惜未能刊行。参见萧文立著《罗雪堂述丛稿》下册,万卷出版社,2012 年,第 930 页。

② 关于罗庄生平,参见罗静编撰,周世光增补《初日楼主人罗庄年谱》,罗庄著,徐德明、吴琦幸整理《初日楼稿》,上海辞书出版社,2013 年,第 125—141 页。并可参萧文立《初日楼词述论稿·历事第一》,《罗雪堂述丛稿》下册,万卷出版社,2012 年,第 931—955 页。

③ 萧文立《初日楼词述论稿》,于历事、系年、结集之外,亦分部讨论题旨、词律、锤炼、挹翠、意象等,参见萧氏著《罗雪堂述丛稿》下册,万卷出版社,2012 年,第 929—1021 页。

④ 本章提及"《初日楼稿》",除标题及特别申明外,皆指称 1921 年附刻于罗振常《微声集》之《初日楼稿》,亦即罗庄著,徐德明、吴琦幸整理《初日楼稿》之卷一。引录罗庄诗文作品及诸家序跋评论,亦均出此整理本《初日楼稿》(四卷),诗文作品不再一一标注,仅于引文后括注题目。

大地变沧桑,离乱经年滞异乡。秋老满山风雨急,忽惊明日是重阳"(《九月八日雨》)这一类思乡情切的作品,流露出对国事变化的惊愕感以及不得不滞留他乡的无奈。其《满庭芳》小序云:"避地至日本西京,山川信美而不能减故国之思。"可见其对故土的眷恋之情,词中虽有对"登临四望,风物烂无边"诱人风景的描写,甚至有"漫说终非吾土,消愁抱、且自流连"的意气之语,但这只是一时之意气而已。"故园庐舍应无恙,竹树知生第几丛"(《鹧鸪天》),"回首神州,一夜乡心万斛愁"(《减字木兰花·壬子中秋》)才是其深蕴之情怀。《临江仙》一词于此写得尤为深沉而摇曳。词云:

> 楼外残阳明远水,长空风物凄清。萧萧蒲柳望秋零,惊逢摇落节,倍起故园情。 见说莼鲈今正美,归心暗逐潮生。兴来我欲告山灵。吾乡西子貌,视汝更娉婷。

像这样的词,再也看不到在异乡"从此作山民"的一时放旷之语,而是用更浓烈的故园情、更优越的故乡景,让异乡的风物归于萧萧凄清。后来,罗庄曾对此词有过一番说明:

> 余尝赋《临江仙》词……其实西京但少水景,其余风物,何让西湖?其不以人为变其天然态度,尤视西湖为胜。彼于一水一石,非无人工点缀,然皆保存旧观,不失天然雅趣。视吾国之强令西子作西妆者,得失判然。余之所言,固不免阿私所好耳。①

罗庄的《海东杂记》乃是回国后追记,客寓他国的寂寥及遗民情怀因之稍减,故这一节文字从纯粹审美的角度对日本京都风物的天然雅趣表达了赞赏,而对西湖过于明显的人工修饰痕迹表达了不满。但这也正说明当初深刻的遗民心态才是这首词最深刻的底蕴,支撑"阿私所好"的正是浓郁的故园之情。毕竟,罗庄在前清并无功名,谈不上深切的易代身世之感,其遗民情怀更多的是浸染了身边诸长辈的思想而已,当然也与在日本时亲闻乃木大将殉国事有着

---

① 罗庄:《海东杂记》,罗庄著,徐德明、吴琦幸整理《初日楼稿》卷三,上海辞书出版社,2013年,第51页。

一定的关系。乃木大将希典因当时权奸秉政,担心嗣君为所诱惑而动摇国本,乃效古人尸谏切腹自裁以殉明治天皇。罗庄说:

> 伯父、王姻丈及家大人皆叹仰不置。伯父为道大将轶事,大人每日为据报纸解说其旨,虽吾辈小儿女,亦不能不为动容也。①

以此可见,罗庄遗民情怀除了辛亥革命的易代事实,罗振玉、罗振常、王国维固有的遗民立场之外,也与乃木大将殉国事件的激发有着密切的关系。作为“小儿女”的罗庄既耳濡目染、为之动容,自然也就慢慢沉淀为一种自我情怀,并通过诗词创作表现出来。

秋情是罗庄着力表现的对象。罗庄自述曾录旧稿若干奉呈父亲指教,罗振常阅后说:“年有四序,汝之所咏乃仅二序,何也?”盖罗庄诗词多言春秋,而鲜及冬夏。罗庄解释说:

> 古人谓春秋多佳日,登高赋新诗,良不我欺。平日喜秋爽尤逾于春和,故秋情尤多,兴之所至,不能强也。②

罗庄虽然直言自己对春秋佳日有着天然的敏感,但其诗词倒也不是不及冬夏,只是较少而已。当然,罗振常只是针对《初日楼稿》原编而言,而在《初日楼续稿》中,这种季节描写的不平衡感便有所调整。

但这些写及冬夏的诗词在频密的写春秋两季的作品面前,也确实显得单薄。《初日楼稿》诗歌部分开篇便是《初春》,另有《春晚》《春晚即事》《壬子仲春重到海上作》等,长短句部分开篇的《减字木兰花》写的也是“二月江南花正放”的早春,他如《菩萨蛮》(春风乍起春云展)、《减字木兰花》(舍南舍北)、《风入松》(风光还染旧山川)等,都是描写春天风物情怀。但总体来说,罗庄对春季的情怀比较淡泊。她的《读前人饯春诗漫成》即云:

> 诗人岁岁惜春归,万送千回写恨辞。毕竟人愁春不管,也应悔学杜

---

① 罗庄:《海东杂记》,罗庄著,徐德明、吴琦幸整理《初日楼稿》,上海辞书出版社,2013年,第52—53页。
② 罗庄:《初日楼稿跋》,罗庄著,徐德明、吴琦幸整理《初日楼稿》,上海古籍出版社,2013年,第23页。

鹃痴。

既是春不管,则人之惜春恨春,也属无益。罗庄对春季的漠然正是建立在这样的基础上,以此也可见其与传统诗人心理的差异之处。

相对春季,罗庄写秋天的诗词确实不仅数量更多,而且更见其特殊风致。

罗庄其实有着一种深刻的秋士之感。罗庄直言"喜秋爽尤逾于春和","爽"与"和"不仅是季节状态的不同,更多的是折射出气质与心情的不同。她赠二妹小照的《踏莎行》对其"生小憨嬉,长来抗爽,自嫌巾帼难豪放",其实充满着欣赏。罗庄也自称"独擅豪情倾四座"(《临江仙》),"见说登高儿女,一例佩萸簪菊,相率兴如狂"(《水调歌头》)。有豪情、豪放的性格才能对疏爽的秋天别具青睐。罗庄的"秋情"大约包括以下几个方面:

(一)清澈的秋影。其《新凉》所谓"簟纹帘影清于水,不染尘氛只染秋"。著一"只"字,可见秋之清是独特的,不可替代的。此《簟纹帘影图》所绘情景也可略见一斑。详后,此不赘述。

(二)疏爽的秋情。其《秋夜》诗云:"最是一年疏爽日,新词休谱怨清商。"《水调歌头》也有"爽气揭天宇,佳日正重阳。幽人置酒招我,胜境赏秋光"的爽然心情。秋天的疏爽不仅体现在疏朗爽快的天气和景物上,也引发着罗庄爽朗喜悦的心情,故她逢秋而抗拒着怨愁哀感的清商之调。"风扫秋云散薄罗……针楼帘卷笑声和"(《浣溪沙》),秋天就应该是弥漫着疏爽笑声的季节。罗庄虽然对季节更替的感觉并非过于敏锐,但她对秋天确是有着天然的赏爱。

(三)明阔的秋景。罗庄在诗词中描写了不少秋天明净开阔之景象。如"秋稼登场田野阔,夕阳明处见柴门"(《游田中村偕弟妹晚归》)、"月到天心夜色明,云翳散尽碧霄澄,渐移清影上疏櫺"(《浣溪沙》)、"秋入高楼霁色清,长空寥落片云行,丹枫黄叶漫山城"(《浣溪沙》),田野长空开阔,夕阳月色清明,这种明阔正是罗庄所喜爱者。

(四)诗意的秋兴。秋天也给罗庄带来了别样丰富的诗情诗料。如其《月夜口占》写"露重庭莎湿,高梧影正中"的月夜,触发的是"徘徊清不寐,诗思欲凌空"的创作冲动。"秋晚山城如画稿,红叶黄花,尽是新词料"(《蝶恋花》)、"为爱良宵不忍眠,添出新词料"(《卜算子》),新词料自然兴发新诗情,"往往独流赏,挥毫叠吟笺"(《寄外》)。罗庄写秋之作独多,这才是更重要的原因所在。

古人往往逢秋而悲,罗庄当然并非在秋天曾无一点悲情。她也写过:"风雨作深秋,脉脉飕飕……天向人愁。"(《浪淘沙》)但这种悲秋情怀乃是因其当时寓居京都,"故国海西头,波远烟稠"的空间阻隔感才造就了特殊的思乡情怀。她也写"斜阳庭院秋萧索"(《蝶恋花》)、"深秋急景太凄凉"(《浣溪沙》)的冷清、凄凉之感。她甚至一方面如前述"最是一年疏爽日,新词休谱怨清商";另一方面又说"入耳秋声听未惯""音宛转,夜阑满引清商怨"(《渔家傲》),从"休谱"到"满引",这种清商怨音其实也难免夹杂在疏爽之秋日。但总体而言,秋天开阔、光亮、疏爽仍是最触动心怀的,也因此她对秋天会更多一份期待,而笔下的秋天也因此在传统的秋思中多了一份爽致的秋情。

罗庄诗词中寄赠酬谢之作数量也不少,尤其是在《初日楼续稿》中更为常见。罗庄在识语中也自称"《续稿》所作,强半与人赠答"①。其中与郑孝胥之女郑文渊唱酬最多,罗振常时在沪上开设的蟫隐庐是郑孝胥屡曾踏访之地,罗庄二妹罗静并嫁给郑孝胥之侄,两家遂成姻亲。罗庄与郑文渊相识相交,正缘于父辈间的密切关系。集中如《秋日有怀郑文渊姻姊伏波书以代柬》《沁园春》(拾翠寻芳)、《齐天乐》(谁移灵鹫双峰翠)、《水调歌头》(爽气揭天宇)等十多首皆是。这些写赠大都与郑文渊直接相关,至于写及海藏楼新筑台榭、前往观樱花、赴宴并旁及宴会同人等诗词,虽没有在字面上突出郑文渊,但其实也婉转相及,可见两人交契之深。

郑孝胥海藏楼乃沪上名楼,楼中竹树遍植,四季花卉次第开放,尤以樱花为各界名流争相观赏,故罗庄集中写及樱花者,大多与海藏楼有关。1922年3月,罗振常携庄、静二女至海藏楼赏樱,罗庄作《沁园春·海藏楼观樱花》呈郑孝胥,甚得赞赏。罗庄不仅写出"看千重霞绮,痕随风展;四围锦障,境自天开""不断神光照眼来"的浓郁、繁盛、壮阔的樱花景象,而且写出了"联步名园,全舒积怀""对景成吟,清谈移晷"的舒畅感,更写出了在其中"琼筵尽醉,满酌樽罍"的淋漓豪气。"料得封培还似旧,春来能许著花无。"(《秋日有怀郑文渊姻姊伏波书以代柬》)从秋天封培开始,罗庄便开始想象春天樱花盛开之情形了,可见罗庄对樱花的兴味之浓了。而推溯其源,则与罗庄辛亥后寓居京

---

① 罗庄:《初日楼续稿》识语,罗庄著,徐德明、吴琦幸整理《初日楼稿》,上海辞书出版社,2013年,第49页。

都的经历有关①。

郑孝胥在 20 世纪 20 年代前后,寓居京津沪三地,郑文渊也因随之流寓南北,这使得情同姐妹的罗庄、郑文渊便不得不时时面临着离别。因为郑文渊的北上,罗庄"病酒兼旬减带围,诗怀寥落意多违"(《送别文渊赴津,归后弥增怅触,因寄飞霞、云锦》)。这种离绪可以从别后重逢的欢快中得到更深切的印证。如其《玉楼春》云:

> 故人惯作经年别,离索情怀常似结。去年今日送君行,南浦春波愁万叠。　　交深何惜音书缺,赢得相逢情更切。绿阴清昼共流连,不负江南樱笋节。

此词写与郑文渊久别重逢,将曾经"常似结"的离索情怀与而今"情更切"的晴窗话故对应写来,可见两人果然"交深"而非同寻常。在罗庄婚前岁月中,这种与郑文渊性格相投、诗词同道的交谊应该在很大程度上慰藉了其多病之身与寂寞之心。

罗庄还写了不少与伯父罗振玉、父亲罗振常、丈夫周子美及弟妹们生活、交往的诗词,透露出温润的亲情爱意。其中与两个早逝弟弟相关的诗词,读来哀感动容。罗庄与罗振玉之子君楚不仅曾同受学于罗振常,而且"朝夕谈谑极欢。时复拈弄笔墨,以为娱乐","曩者初习倚声,每成一阕,弟辄激赏不已"②。这种朝夕相处、引为知音的关系,可惜因君楚的早逝而中断。而胞弟君鱼则博极群书,且"落笔为文,简劲有古致",深得罗庄赏识,但也因"积忧成痁"而去世③。君楚、君鱼二弟的早逝,令罗庄极为悲痛,罗振常说罗庄"因爱弟之殇而悼痛致疾,且沉痼终其身矣"④。又说:

---

① 参见罗庄《海东杂记》,罗庄著,徐德明、吴琦幸整理《初日楼稿》,上海辞书出版社,2013 年,第 50—51 页。

② 罗庄:《书君楚从弟手钞唐诗遗册后》,罗庄著,徐德明、吴琦幸整理《初日楼稿》,上海辞书出版社,2013 年,第 53、54 页。

③ 参见罗庄《君鱼弟小传》,罗庄著,徐德明、吴琦幸整理《初日楼稿》,上海辞书出版社,2013 年,第 55—56 页。

④ 罗振常:《祭长女庄文》,罗庄著,徐德明、吴琦幸整理《初日楼稿》,上海辞书出版社,2013 年,第 111 页。

> 汝体本健，其荏弱之始，则以哀悼殇弟，当食而哽，遂罹胃疾。此后有朘削，无培养，遂致中岁而陨。①

罗庄自己也说：

> 甲子季春，鱼弟兰摧，为有生来未经之奇痛，则更文通才尽、君苗砚焚。余体素健，至是当食而哽，遂罹胃疾。②

两个弟弟的早逝对罗庄的身心确实造成了极大的摧残，因在悼亡之作中，罗庄悲情难抑，语语呜咽。如《浪淘沙》之"扶病下楼台，展拜空斋。伤心一载紫荆摧"、《金缕曲·鱼弟忌日》之"空向天涯挥涕泪，杯酒难浇抔土。问今日、神游何处"，等等，因病痛而将悲思化为痴怀，读来为之泪下。而《临江仙·晚检鱼弟遗稿，凄咽就睡，中夜梦醒，倚枕成吟》词云：

> 理罢丛残肠欲断，玉钩忘下帘旌。梦回小阁月笼明。春期犹未半，斗帐已寒轻。　　此后风光须换眼，那知人事凋零。池塘春草纵青青。当时吟断句，今日但吞声。

从检理遗稿时的伤怀，到临睡前的凄咽；从梦中的月阁，到梦醒后的吞声，其悲情缠绵之状如在目前。其一胞姐弟之深情，由此尽见乎眼前。

罗庄的诗词不仅记录了清末及民国年间的时代变迁，也细致描述了其委婉曲折的心路历程，其中对京都风物和沪上词人交游的描写，更具有特殊意义。而在艺术上，罗庄与传统女性婉约词也在离合之间，其合者固可见其词史源流，而离者则融入了罗庄独特的生活背景和性格特征。

罗庄的诗词讲究力度和气魄。如"矫首晴空云靉绝，纸鸢点破蔚蓝天"（《初春》），矫首的姿态、空阔无云的天穹、极具视觉冲击力的纸鸢，都使得诗

---

① 罗振常：《祭长女庄文》，罗庄著，徐德明、吴琦幸整理《初日楼稿》，上海辞书出版社，2013 年，第 116 页。

② 罗庄：《初日楼续稿》识语，罗庄著，徐德明、吴琦幸整理《初日楼稿》，上海辞书出版社，2013 年，第 49 页。

歌带着无言的气魄。她在用字上多用有明确裁断的不、休、祗、尽、全、最、无端等字词,将诗词平素讲究的模糊隐约之美转变为明确而强力的意绪。如《新秋漫兴》:

> 天上罗云静不流,齐纨乍却暑全收。清飙掠过垂檐树,叶叶声声尽作秋。

云静便明确说"不流",新凉到便说"暑全收",叶叶声声便是"尽作秋"。罗庄似乎无意去描写介于其间的过渡景象,而是从一种景象大幅度地直接跳跃到另外一种景象。而在使用数字时,罗庄多用千、万等数位较大者。如"愿栽千顷树,遮断春归路"(《菩萨蛮》)、"一夜乡心万斛愁"(《减字木兰花》)、"东风吹不尽,万点正愁人"(《临江仙》),也与罗庄用字的力量感彼此相合。当然更有被王国维深相赞许为"闺阁而有如许力量"的《金缕曲》结尾"异日壮游探远域,遂乘风破浪宗生志"之句。罗振常称罗庄"所作音调,每多抗激"[1],这种抗激与其有意展现表达的力度有关。

其实,罗庄是个天生身体弱质的人。王瑜孙曾经拜访罗府而未曾见到时正"抱病卧床"的罗庄,他形容罗府"一股淡淡的药香,扑入鼻帘",可见其缠绵病榻之形。后来路遇罗庄,"印象中她瘦骨零丁,深度近视,戴着眼镜,很有些'遗世独立'之概"[2]。经王瑜孙描述,罗庄柔弱多病之形如在眼前。罗庄自己的诗词也多描写难抛病痛之状,如其《踏莎行》所云"经旬病起心情恶。送春无力强凭栏",生活中的罗庄其实充满着无力感。其《病起二首》即有"病起怯明镜,照来心胆寒""病起嫌枯坐,朝来步渐强"的落寞与对生命的胆怯感。"痛楚常达旦,那得无烦忧"(《得季妹来书知苦寒病足,寄此慰之》),这种病痛的折磨,其实也让罗庄"一病减诗才"(《浪淘沙》),少了一份阅读和创作的激情,也减却了不少诗才。但可能越是弱质的人对力量的向往越加强烈,这使我们看到在罗庄的诗词中,写病状的柔弱、慵懒、无趣与对疏爽的人生感觉和力量的期盼并存,这也是颇为特殊的一种创作现象,尤其在女性作家之中。

---

[1] 罗振常:《〈初日楼正稿〉序》,罗庄著,徐德明、吴琦幸整理《初日楼稿》,上海辞书出版社,2013年,第105页。

[2] 王瑜孙:《周子美笃学超百龄》,《小忍庵丛稿》,2012年自印本,第214页。

注重对"静细"之境的描写,也是罗庄词的一个重要特色。其《渔家傲》上阕云:

> 木叶声干凉意满。墙头屋角秋零乱。落月穿篱光照眼。清露泫。牵牛花袅青丝蔓。

罗振常批点"落月"三句"静细无伦"①。此三句当从晏殊"明月不谙离恨苦,斜光到晓穿朱户"句中化出,但淡化了离恨,而将重点放在对纯粹秋夜景物的描写之中。晏殊主要是从时间角度写了明月从夜幕初降到凌晨拂晓穿越朱户的过程,罗庄则无意突出其漫长的时间过程,而是将视点集中在"落月"时分,从"光照眼"这一颇为强烈的视觉角度,来写如泫然泪下的清露、袅袅娜娜的牵牛花以及四处蔓延的青丝藤。因为视觉感受强烈,所以眼前的景象也就更为清晰,清晰到甚至连花瓣和枝叶的纹路都宛在目前。落月时分,虫鸣已息,人影尚稀,故其境静;光影照眼,景物毕现,故其景细。以此而言,罗振常"静细无伦"四字,真乃精准之评。类似这样的描写,在罗庄词中颇为常见,如《雨中花》(细雨将寒连夜路)、《壬子中秋日本西京观月》等皆属于此类。

光影是罗庄用力表现的景象之一。"小楼独上,试向晴空明处望"(《减字木兰花》)、"晓日朦胧光乍吐,山川溟漠开烟雾"(《渔家傲》)、"绮陌光浮,争道轻车似水流"(《减字木兰花》)、"小院冷秋光,斜阳黯湛黄"(《唐多令》)、"十二栏杆光渐满,香兽浓喷瑞脑"(《念奴娇》),等等。这些光影变化不仅彰显着自然风物的季节兴替,更寄寓着罗庄心理上的阴晴变化,写来细腻微妙、传神动人。

词本抒情文学,叙事非早期文体本色所在,故如韦庄《荷叶杯》等虽亦叙事宛然,毕竟尚属偶尔为之。两宋"以诗为词""以赋为词""以文为词"风气渐盛,诗文赋的叙事功能便也渐多移入词体领域,北宋若周邦彦,南宋若辛弃疾、姜夔等,皆注重通过事之变化带动情之变化。罗庄词的叙事性虽非其创作主流,但在叙事方式上却有一些新的变化值得关注。试看《金缕曲》上阕云:

---

① 罗振常批语,罗庄著,徐德明、吴琦幸整理:《初日楼稿》,上海辞书出版社,2013年,第46页。

我与君同气。成句。忆儿时、受书一室，咿唔相继。未久分驰南北
辙，十载暌违两地。忽尘海，沧桑变易。乱后天涯重聚首，已彬彬、各习成
人礼。欣共话，幼年事。

从儿时受书一室到南北分驰，从辛亥革命到天涯重聚，罗庄以顺叙的方式记叙
了从当初的咿唔相继到如今的欣话旧事，而"我与君同气"则笼罩着整个的叙
事过程，叙事井然而情致流转，实写与虚想结合，这正是罗庄叙事词的重要
特征。

罗庄有时还以数阕词组合叙事，各有重点而绾合首尾，合成篇章。《初日
楼续稿》有《沁园春》《临江仙》《蝶恋花》三词，记罗庄赴海藏楼为郑孝胥母古
稀寿庆，因大醉而伏枕三日事。《沁园春》词写当宴因寒而假文渊一裘，结果
因醉难自持而"吐漫襟袖"，词中更有"拂拭残妆，摩挲倦眼，扶醉归来已夕阳"
之句，可见其醉酒之状。《临江仙》则写座客皆醉，唯有王季淑洒然独醒，只是
因口渴而终夜梦索橙橘，故专填一阕，写其"醉乡留韵事，梦里索吴橙"之情
形。《蝶恋花》则写"余醒未解，风信催人，强出一看樱花"。三词虽有醉酒吐
漫、梦索吴橙、强看樱花叙事重点的不同，但都围绕醉酒之事来写，也写出了罗
庄金貂换酒、豪倾四座的不羁性情。戊辰(1928)暮春，罗庄偕室同游杭州西
湖，仿欧阳修《采桑子》咏写颍州西湖例，而成《采桑子》十首，兼写四时之景和
游踪变化，移步换景，景中叙事，也带着明显的叙事色彩。

综合上述，罗庄以弱质之身而追求诗词的力度和气魄；注重对静细之境界
和光影之变化的描写；在叙事上，则或在顺叙中写出情感宛转之变化，或组合
数调，各叙一节而合为一事。凡此，都是罗庄诗艺值得注意之处。

二、《簟纹帘影图》与章太炎诸家题词

罗庄的《初日楼稿》不仅在上海一地赢得声誉，而且因其中《新凉》一诗有
"簟纹帘影清于水，不染尘氛祇染秋"之句而引发更多反响。据周子美1976年
追忆，当《初日楼稿》初行世时，子美友人徐行可对《秋凉》一诗别具青睐，因请
山东诸城徐晓东绘图赠予子美，以表敬慕。徐行可与罗庄也有交谊，今检四卷
本《初日楼稿》，即有《百字令》一阕，题曰："徐行可丈得汉镜三，皆吴中人造，

属题。"词虽主要写汉镜与吴地吴人因缘,但也在结尾以"主人什袭,宝藏彝器同等"称赏其宝藏风雅之事,而"属题"二字,亦可见作为前辈的徐行可对罗庄词才的倚重之意。徐晓东绘制此图,未留任何款识,可能担心时间长了此图相关信息有丢失之虞,民国二十年(1931),周子美请章炳麟特为题识如下:

> 上虞罗孟康女士,少能诗,有口号云:"簟纹帘影清于水,不染尘氛祇染秋。"诸城徐晓东为绘图,不作款识,犹唐宋旧格也。识之以断后人之疑。辛未仲夏,章炳麟。

章炳麟寥寥数语,将罗庄的诗句、绘图缘起、绘图者名及仿唐宋旧格不留款识等,悉书其上。除了"能诗"一语微露称赏之意,余均淡淡着墨,略述其事而已。此图虽尚难详考其作年,但由章炳麟此题识,至少可确定应绘于 1931 年仲夏之前,时罗庄尚健在。故后来题词诸家有说"子美取其遗句,托诸丹青"①,或说"子美仁兄世大人悼德配孟康夫人而作此图"②,并不符合事实。徐晓东既未留款识,谅也未题图名,则《簟纹帘影图》一名或也后来命名。今此图册前的篆体"簟纹帘影图"五字,乃宜兴潘嗣曾题于丙子年(1936)冬,或即此图有名之始。周子美初识潘嗣曾时间不详,但在 20 世纪 30 年代中期,他们与南社社员如沈尹默、高燮以及刘承干、夏敬观等交往甚密,赋诗挥毫,擅一时风雅之胜,当日并编《翰墨因缘》一书记其盛事。潘嗣曾被邀题写图名,当缘于这一契机。

按照周子美所述,徐行可是欣赏《秋凉》一诗而起请友人绘图之想,"簟纹帘影"一句乃诗中秀句,故为潘嗣曾书以为名(图名也可能出自罗庄或周子美的意思),而图面所绘固不限于此一句也。录《新凉》诗如下:

> 过尽浮云宿雨收,一天凉思逼层楼。
> 簟纹帘影清于水,不染尘氛祇染秋。

---

① 刘谦:《簟纹帘影图》题词,罗庄著,徐德明、吴琦幸整理《初日楼稿》,上海辞书出版社,2013 年,第 146 页。

② 刘承干:《簟纹帘影图》题词,罗庄著,徐德明、吴琦幸整理《初日楼稿》,上海辞书出版社,2013 年,第 145 页。

今观其图，虽也有远山寂寂，但天空只是略余画面，一片纯净，果然过尽浮云。从画面之寂然冷清、水边草木之凌乱偃然，亦可印证确是经历了宿雨，从画幅中间水面饱满而平静的角度而言，此宿雨雨量应相当可观，且切合秋水明澈、不奔流急回的特点，而画幅中间稍见空明，则自是宿雨已"收"。起句总写雨后空廓景象，与夏景已然不同，乃是落实秋之"新"字，故画面左半幅，当是由首句敷写开来。次句从时序来说，写由晨至暮之凉思，直接点出"凉"字，而著一"逼"字，可见其程度非寻常雨后之凉可以比拟，层楼则绘于画幅右侧，掩映于山石树木之间，乃笔墨从远处收缩，转写近景。第三句笔墨再度收缩，写层楼内景而聚焦于簟与帘，竹帘悬垂，一榻横陈，其上则铺有簟席，二物在画面层楼中仅在后侧门中略见端倪，这是因为罗庄本身也未实写二者，而是在虚实之间写出簟之"纹"与帘之"影"，诗人与画师均将实物虚化，实际上是为了更充分地彰显"清"的感觉，这个"清"既是清凉之"清"，也是清雅之"清"，甚至还包含着清高的意思。这"清高"一层的意思需参酌罗庄其他诗词，才能切实地体会出来。如其《三十生日集陶》便有"少无适俗韵，委怀在琴书"之句，《述怀七十韵》也说自己"好尚与俗殊，讥议随时至"，其心性于此可见一斑。而"清于水"乃呼应"宿雨"，对照画幅，由眼前景物直接设喻，自然而妥帖。末句则又从近景宕出，虚写此簟纹帘影清凉、清雅、清高之绝尘格调。"祇染秋"尤见"清"秋之独特。由以上简略之分析，徐晓东图景与罗庄诗意总体甚相契合，以新凉写清秋，是他们一致的思路。

今《簟纹帘影图》后附章炳麟、王瑜孙、刘承干、杨懿涑、张善修、刘谦、金忠谋七家题词，其中王瑜孙1945、1963年两题，除章炳麟、刘谦两家题词以散体文或略述绘图之缘起，或追思罗庄之才情，余均为诗词，合七绝八首、七律一首、词一阕，共十首，末附周子美跋文一篇。但其中王瑜孙1963年第二次题图，调寄《凤栖梧》一阕，并非专为此图而作，而是因读《初日楼遗稿》而次罗庄原韵者，上阕乃描写图卷，故移书图上。诸家题词除章炳麟题于罗庄生前，余均题于罗庄身后，时间从1945年至1963年，周子美跋文则撰于1976年。题词以1946年为最多，有诗歌五首，其时去罗庄去世才五年，盖周子美思念尤切，欲以此图作为念想之物，故请题为多，并装裱成手卷。题词者以浙人居多，尤多周子美故里南浔人，如刘承干、王瑜孙、张善修等皆为同邑，或为南社中同人，如刘谦。

寻绎诸家题词,虽表述重点有异,但大旨不外四点:

一、赞美其出众诗才,誉为不栉进士。章太炎称其"能诗",杨懿涑题诗云:"永丰家世溯清芬,四行中圭自不群。"刘承干除了直接称其"慧而能诗""固不栉进士也"之外,其题诗亦云:"诗人情绪总宜秋,锦字深闺妙解愁。终有才华飞动处,芙蓉初日照高楼。"对其才华飞动、妙解情愁颇为赞赏。

二、悲叹天妒英才,才女薄命。刘谦曾感叹当时擅胜诗词之女子有如凤毛麟角,更惋惜"如此清才,竟遭天妒"。王瑜孙题诗也有"一自香消魂梦断,簟纹如水祇生愁"之句,为之"展卷怃然"。张善修亦云:"缣素昔曾传锦句,丹青今作悼亡篇。"等等。皆是叹息罗庄因命薄而未能尽展其才。

三、赞美画卷妙传诗情。如王瑜孙《凤栖梧》上阕云:"展卷云烟犹满纸。帘影依稀,悄听松涛细。漫拭簟纹萦别意,闲翻秋水参三昧。"即是由图读诗而别有会心。金忠谋题诗云:"谪降人间不染尘,簟纹如水一灯昏。丹青留得诗情在,展卷如同晤对人。"张善修题诗云:"应是天宫谪降仙,故将图画托芳荃。簟纹宛转深情结,帘景依稀旧梦牵。"刘谦也说观图卷中的帘影簟纹,仿佛有"伊人宛在"的感觉。诸家或叙或诗,皆意在表达图意诗情的结合,令人起追忆之思。

四、评述诗词风格,界定词史地位。此图虽因诗而作,但罗庄诗词兼胜,词尤擅名一时,故题图也必然涉及对其诗词风格的评述。王瑜孙《凤栖梧》结句云:"一卷新词堪永世,丹黄省识深情寄。"对其词中深情相涌青眼有加。金忠谋不仅在诗中有"清新隽逸媲漱玉,细字冰纨初日楼"之句,而且在诗后小记中说:"夫人工诗,善填词,所著《初日楼稿》格韵高绝,深美闳约,堪与易安居士骈肩抗手。"不仅揭示了罗庄诗词清新隽逸、格韵高绝、深美闳约的风格特征,而且认为其在词史上完全具备了抗衡李清照的能力和水平,实际上是将罗庄置于第一流女词人的行列。

值得注意的是:为《簟纹帘影图》题词的其实并不限于题写在图卷上者,有些题词因为种种原因而未能书写上图。如先后两次在图卷上留下笔墨的王瑜孙,与周子美同为南浔人。据王瑜孙《小忍庵诗词稿》,1945年时,王瑜孙所作《题孟康罗夫人簟纹帘影图》似有四首,除了题于画卷的其一、其二两首,还有下面两首:

五载光阴指一弹,镜奁空对泪阑干。

簟纹帘影浑如旧,一样风光异样看。(其三)

远山依旧月如钩,隔院筝声调入秋。

好句长留人已杳,一回展卷一回愁。(其四)①

这两首未题画卷。王瑜孙题诗跋语有"漫成二绝"一句。晚年追忆此事,王瑜孙也仍说"我亦曾题七绝二首",文中所列诗也是前二首,未提及后二首。或王瑜孙当时每韵曾作二首,题图则取其善者,毕竟同韵二首,意思也确略有重复,而在编选《小忍庵诗词稿》时则不避其复,悉数收入,亦存其旧也。又据王瑜孙所记,为此图题写诗词者尚有萧山单士厘②。今观斯图,未见单士厘诗词墨迹,单士厘曾有《悼初日楼主人罗孟康》五律二首,其一云:

尺素无缘达,仙凡遽已分。(闻其疾苦,寄信问慰,未达已逝。)

芳徽虽未晤,佳句已传闻。

迢递君思我。(与令妹信,常问及我。)迁延我愧君。(《艺文略》及《正始再续》两书均未脱稿。)

莫嗟年寿促,千载有诗文。

另一首也称赞罗庄"家风传累代,才藻擅千秋"③。从诗中可知,罗、单二人生前并未谋面,只有文字之交。不知此二诗是为图卷而写,抑或纯写追思?此图不仅在一定程度上承载了民国文坛对罗庄诗词的集体认同,而且因为此前《初日楼稿》即备受沪上朱祖谋、况周颐、王国维、郑孝胥等诗词名家的群相推举,故题词者也多如章炳麟、刘承干等一时名流俊彦,"韵事流传,于焉千古"④。民国文人风雅,于此也可窥见一斑矣。

---

① 王瑜孙:《小忍庵丛稿》,2012 年自印本,第 74—75 页。

② 王瑜孙:《题画詹言》,《小忍庵丛稿》,2012 年自印本,第 270 页。

③ 此二诗转引自萧文立《罗雪堂述丛稿》下册,万卷出版社,2012 年,第 954 页。

④ 刘谦《簟纹帘影图》题词,罗庄著,徐德明、吴琦幸整理《初日楼稿》,上海辞书出版社,2013 年,第 146 页。

三、罗庄的学词路径与词学观念

罗庄的填词之所以自成格局,与其独特的读词、习词经历和词学观念密切相关。

读词是作词的前提。况周颐《蕙风词话》曾说:"学填词,先学读词。"又说:"读词之法,取前人名句意境绝佳者,将此意境,缔构于吾想望中。然后澄思渺虑,以吾身入乎其中,而涵泳玩索之。吾性灵与相浃而俱化,乃真实为吾有,而外物不能夺。"又说:"读前人雅词数百阕,令充积吾胸臆,先入而为主。吾性情为词所陶冶,与无情世事,日背道而驰。"①作词以读词为先。读词的意义,其一是领会前人的创作技巧;其二是涵养独特的词人气质。这种性情气质可能"与无情世事,日背道而驰",但为世俗所短处,或正为词人所长处。王国维《人间词话》论李煜生于深宫之中、长于妇人之手,从一国之君来说,未免阅历简单,或因此判断无力、进退失据,但从词人角度来说,正是以此"天真"而成就其词业之大。

罗庄曾提及其季妹欲向其学词,罗庄特为其选录若干古词书于《初日楼稿》书眉,认为玩索寻味,或可得填词蹊径②。此自是罗庄习词之路,故以此传诸季妹。罗庄读过的词集,以南唐北宋词为主,这当然与其"家大人即诏以勿览近代人作"③的告诫有关。除了曾经录出王国维校记的《乐章集》《山谷词》之外,也曾"枕上闲翻《片玉词》"(《浣溪沙》)。对柳永、黄庭坚、周邦彦词应该格外关注过。

欧阳修词也当是罗庄反复涵咏者,她曾作《采桑子》十首,小序云:

> 戊辰春暮,作湖上之游。是役尽室偕行,留连数日,殊惬素心。因仿欧阳公《西湖好》词成短调十阕。地虽不同,景则无殊,故首句皆用原词。醉翁兼咏四时,兹亦仿之。效颦之讥,其曷敢避。④

---

① 况周颐:《蕙风词话》卷一,唐圭璋编《词话丛编》第五册,中华书局,1986年,第4415、4411、4410页。
② 参罗庄《为季妹录古词于〈初日楼稿〉书眉并记一则》,罗庄著,徐德明、吴琦幸整理《初日楼稿》,上海辞书出版社,2013年,第54页。
③ 罗庄:《赵举之词序》,罗庄著,徐德明、吴琦幸整理《初日楼稿》,上海辞书出版社,2013年,第57页。
④ 罗庄著,徐德明、吴琦幸整理:《初日楼稿》,上海辞书出版社,2013年,第80页。

词调、首句、兼写四时之景，此三者均同于欧阳修，当然可见罗庄对欧阳修的追慕之意。罗继祖在此组词后跋云："此作气韵，厕之《六一词》中，殆不可辨，亦犹两湖风景之无殊也。"[①]虽然欧阳修笔下的颍州西湖与罗庄笔下的杭州西湖并非真的"无殊"，但将这两组词对勘，其"气韵"倒真是彼此相似的。此外如《蝶恋花》（最是东风忙不住）等，也极具六一风神。

作为女词人，罗庄与女性词人自然会心多相通。李清照词便是罗庄所熟读者，故其词也往往得其神似。如其《金缕曲》云：

> 渐觉风霜肃。弄秋光、数行雁归，无边落木。向晓阴晴浑未定，天气乍寒还燠。早开遍，紫荑黄菊。待去登高成雅集，怕西风、吹损双鬓绿。还闭户，倚修竹。　　堪惊去去光阴速。算人生、几逢佳节，赏心娱目。落帽龙山传韵事，此日高风谁属。但举酒，满倾醽醁。喜得幽人词句在，醉淋漓把卷尊前读。千载下，有余馥。

此词前二韵虽然有柳永、杜甫意趣，但确实更多李清照《醉花阴》（薄雾浓云）、《永遇乐》（落日熔金）等的情怀。故罗庄特地在词前缀小序云："九日读李易安'帘卷西风，人比黄花瘦'词句，乘兴赋此。"可见罗庄在惊去光阴、怕赏佳节的心情上与"幽人词句"的契合之深。此外，《渔家傲》（正是天寒愁日暮）在语言、意象甚至爽气的风格上，都堪称是神追易安的佳作。

罗庄对南唐词的关注，明显在对《花间》词之上。她虽然写过两首模仿《花间》的《菩萨蛮》《更漏子》词，而且被其尊人誉为"二首摹《花间》即酷似《花间》，甚奇"[②]，但毕竟是偶尔为之。其《菩萨蛮》小序云："仲妹读《花间集》，谓是编古香秾艳，非今人所能学，其说良是。"她显然认同仲妹对《花间集》"古香秾艳"之评以及难以追慕之意。盖南唐词高明却有迹可循，而《花间集》之神韵则几乎无迹可求。罗庄这一"轻"《花间》而"重"南唐的思想，是其与王国维的合辙处，也是与况周颐的分别处。

在南唐词人中，入罗庄心境最深的应是李煜。一个非常有力的证据是：罗庄在日本远离了故乡的俶扰后，京都旖旎风景居然让罗庄发现了李煜词境。

---

① 罗继祖跋语，罗庄著，徐德明、吴琦幸整理《初日楼稿》，上海辞书出版社，2013年，第81页。
② 罗振常批语，罗庄著，徐德明、吴琦幸整理：《初日楼稿》，上海辞书出版社，2013年，第31页。

她说：

> 日本以产樱花著名，山冈之上，随处皆是。每当春季，花皆盛放，轻红浅白，袅娜生姿，视桃李海棠别饶风韵。风和日丽之辰，余尝徘徊其下，如张锦幄。清风时来，落瓣沾襟袖，令人忆李后主词也。①

令罗庄追怀的李后主词应该主要是《清平乐》之"砌下落梅如雪乱，拂了一身还满"词句，这种在日本发现的中国词境，当然意味着罗庄对李煜词的熟悉程度及审美偏向。此外，罗庄对秦观、李商隐、李白等诸家诗词涵泳亦多，诗词中化用其句的地方皆有迹可循。

在选本方面，除了前揭其观览《花间集》并偶有仿作外，对《花庵词选》也曾影写一过，濡染匪浅。卷二录其《沁园春》词小序云："汲古阁影宋本《花庵词选》，大人命影一过，书其后。"此词形象地描写了自己"把卷低哦，阳春雅词"的形态，更写出摹写与吟哦兼具的沉迷之状。其词下阕云：

> 窗前闲写乌丝。笑镇日常凭小案低。更贪吟丽句，濡毫又搁，剪余残烛，映纸频窥。墨染唇脂，香生腕玉，摹出名贤绝妙词。

若非投入了很深的感情，是很难写出自己对此选本的痴迷情形的。

罗庄在诗词方面天赋锐敏而卓异。她从小虽然也遵循传统，从其父受"四子书"，但"心之所好，乘隙辄把一卷，间学为吟咏"②。经史是其功课，而诗词才是天性所好。也同样因为这一天赋，诗词也成为罗庄生命中最为挂念的东西，1937年9月，因抗战事起，罗庄避难浙地，无法回沪，"自分无生望，忆上海箧中有未刻之诗文词稿，请外子检出保存，将来令奉高伫为编定印行"③，可见诗词已经是罗庄生命的一个重要部分了。

罗庄用了不少笔墨描写自己的闺中生活，读诗作词或抄写、修改诗词即是

① 罗庄：《海东杂记》，罗庄著，徐德明、吴琦幸整理《初日楼稿》，上海辞书出版社，2013年，第50页。
② 罗庄：《初日楼正稿跋》，罗庄著，徐德明、吴琦幸整理《初日楼稿》，上海辞书出版社，2013年，第22页。
③ 罗庄：《丁丑浔溪避兵记》，罗庄著，徐德明、吴琦幸整理《初日楼稿》，上海辞书出版社，2013年，第62页。

其中的主要部分。"深闺弄笔消长昼,一卷宫词信手钞"(《初夏即事》),这是抄写诗词。"喜得幽人词句在,醉淋漓把卷尊前读。"(《金缕曲》)这是阅读诗词。"忙觅句,流连衹恐韶光暮"(《渔家傲》)、"最是一年疏爽日,新词休谱怨清商"(《秋夜》)、"下帷深坐,自把新词和"(《清平乐》),这是创作诗词。"写余砚墨染衣香。昨宵词稿再商量"(《浣溪沙》),这是修改诗词。诗词成为了罗庄的生活,或长昼弄笔,或宵深和词,或翻歌旧曲,或灯前挥毫,生活中平凡之景之事,也因此别有一番诗意诗情。因天赋异禀,罗庄词心充盈,触目皆成词境。"秋晚山城如画稿。红叶黄花,尽是新词料"(《蝶恋花》),词境如此,词心自然跟着兴起。"小园花事未阑珊,当得词人著意看。"(《代人柬闺友》)此是请人观花之意,故以花事尚盛为邀,其实花事阑珊,词人也同样可以著意看的,只是别有一种怀抱而已。

罗庄填词取径大体在南唐北宋之词,故其词学观念也与此密切相关。约而言之,气息近古与绵密坚凝是罗庄词学宗旨所在。她明确提出"夫词之所难,在气息近古"之说。而"气息"乃可意会而难以言传者,气息既以"近古"为尚,则以上述分析,此"古"乃主要指南唐北宋之词。那么,"近古"的气息究竟有何特征呢?罗庄说:

> 再一按拍,则珠圆玉润,有字皆馨,无辞不艳。曼声试度,不觉积痗都消,其感人之深,盖可见矣。[1]

按照罗庄的自述,所谓气息近古当是指在声调节拍上自然合乎韵律,语言温润艳丽,具有疏瀹五脏、澡雪精神、直抵人心的艺术魅力。字面上馨香四溢、艳丽可观,而内里则包孕着深厚的情感,这是能"感人之深"的本原所在。而能当"珠圆玉润"一词的词人当然是晏殊、欧阳修等北宋前期词人,赵举之的词集正名《和珠玉词》,这大概也是罗庄两度次韵欧阳修《采桑子》组词的原因所在。

具体而言,"气息近古"的内涵至少包括以下三个方面:

(一)自然流美。罗庄曾自称作词"多率意成吟",无意究心五音六律和清

---

① 罗庄:《赵举之词序》,罗庄著、徐德明、吴琦幸整理《初日楼稿》,上海辞书出版社,2013年,第57页。

浊之分,而且在观念上认为"善守绳墨者,非可语于自然",故其为季妹录词以作学词门径,所选亦皆"音调流美"者①。在音律与自然的关系上,罗庄反对刻意追琢音律,主张将音律置于自然的审美原则之下,追求音调流美,也即是自然的音调之美。她直言"佳句爱清圆,恰似明珠走玉盘"(《南乡子》),这种"清圆"不仅饶自然之趣,而且其如珠走盘的流美音调,也是甚契罗庄心怀的。

(二)绵密坚凝。这其实是对自然而未加节制,遂趋于流熟的一种反拨。罗庄在《初日楼续稿》跋文中说:

> 《续稿》所作,强半与人赠答,且往往不容思索,迫令口占,境虽较熟,然熟则易流,难得绵密坚凝之作。②

即兴赠答,往往无暇深思,很容易出现因为"境熟"而"易流"的情况。读上去虽也清朗上口,但意思也浅浮飘散在文字表面,缺乏必要的结构观念和斟酌调整功夫。罗庄认为绵密坚凝才是词之高境,坚凝乃是指词内含聚合的力度,坚者,固也,指意思不流散,不因口占等较为随意的创作方式,而汗漫阑及其他意思;凝者,聚也,即意思凝结在内,而非散浮在言词之上,"坚凝"合指意思集中而内蕴。绵密则是从笔法结构上而言,乃是语言、意象要契合情感的特点,能从不同的方面指向词心所在。绵密是词境的构成特点,而坚凝则是词心的要义所在。

(三)和雅语工。这实际上是罗庄尊人择录罗庄词的一个基本标准,当然也是来自罗庄词的创作实际。罗振常注意到因为传统"穷而后工"的理论,使得词人往往把情感的主体投置在"穷"的方面;事实上,并非抒发"穷"情的诗词就一定是好的诗词,他特别提到自己家境虽然谈不上富有,甚至还有"屡空"的时候,但至少不至于"冻馁"的境地,而罗庄词中却不免有"为赋新词强说愁"的成分,他为此将这一部分带有"为情而造文"的作品删去,"为选其和

---

① 罗庄:《为季妹录古词于〈初日楼稿〉书眉并记一则》,罗庄著、徐德明、吴琦幸整理《初日楼稿》,上海辞书出版社,2013年,第54页。
② 罗庄:《初日楼续稿》识语,罗庄著、徐德明、吴琦幸整理《初日楼稿》,上海辞书出版社,2013年,第49页。

雅者存之。有时以造语颇工,亦不能尽削"①。可见"和雅"与"语工"乃是罗振常选录罗庄词的主要依据。和雅侧重在情感的平和雅致,而语工则侧重在语言的工整及表现力,与其推崇赵举之"有字皆馨"的语言艺术也可对勘。今检罗庄词集,和雅语工也确实堪称罗庄词在情感和艺术上的一个显著特色。

综合上述,罗庄的词学观念主要表现在:崇尚南唐北宋词,特别是李煜、晏殊、欧阳修、李清照等人词,主张在气息上心追手摹,古韵悠然,在自然流转的音调中,将深厚之思凝聚于绵密的结构之中,从而形成和雅语工的艺术风貌。这一词学观从总体上与晚清以朱祖谋、况周颐为代表推崇南宋特别是语言瑰丽、意象密集而意脉"潜气内转"的梦窗词风形成了明显的区别,而与王国维的词学则暗合,在民国词坛显然带着一定的"异数"特征。

四、罗庄词学与罗振常之关系

罗庄虽然天赋词心,但其尊人罗振常的指引实起了非常重要的作用。其母张筠云:"夫子……尝命庄清缮旧稿,时亦命其助校前人之词。故庄于词尤好。"②张筠也是谙通诗词之人,著有《练潭书屋诗》③。罗庄为父亲缮写词稿、校勘前人词,这些工作都直接引发了罗庄内蕴的天赋才华。1920年,罗振常《徵声集》编竟,不仅曾命罗庄抄写一过,而且曾"询庄以词之旨趣,谨举所知以对,蒙许为可教"④,可见罗庄与罗振常在词学旨趣上的契合之深。而且对罗庄也有"能作"之评,也因此才起意将罗庄《初日楼稿》附刻于《徵声集》后。罗振常显然明白罗庄好词与自己的"濡染"有关,他说:"予家藏诗其少,词则名家几无不备,予又多作词少作诗,亦濡染使然也。"⑤因为见证着罗庄读词作词的过程,而且彼此谈论词学大旨相合,加上罗振常时或"命作一二首",时或

---

① 罗振常:《〈初日楼正稿〉序》,罗庄著,徐德明、吴琦幸整理《初日楼稿》,上海辞书出版社,2013年,第105页。

② 张筠:《〈初日楼续稿〉序》,罗庄著,徐德明、吴琦幸整理《初日楼稿》,上海辞书出版社,2013年,第106—107页。

③ 单士厘《清闺秀艺文略》卷二补遗所记:"《练潭书屋吟稿》。张承范,安徽桐城人,罗振常室。"《清闺秀艺文略》,稿本,今藏国家图书馆。

④ 罗庄:《初日楼稿跋》,罗庄著,徐德明、吴琦幸整理《初日楼稿》,上海辞书出版社,2013年,第22页。

⑤ 罗振常:《〈初日楼正稿〉序》,罗庄著,徐德明、吴琦幸整理《初日楼稿》,上海辞书出版社,2013年,第105页。

"指示其得失"①,故"濡染"之迹确昭昭在焉。

罗振常是收藏家,而对词集尤其关注,凡遇佳刻善本,皆倾资以购置,故其自称"词则名家几无不备"之说,洵非虚语②。加上王国维后来赠其所藏词曲集于罗振玉,也辗转归于罗振常名下,词曲规模更见其大。1916年初,王国维从京都先行回到上海前,为了酬对罗振玉将诸多副本相赠之盛情,遂将词曲书回赠罗振玉③。其实罗振玉也不治词曲,王国维回赠此类书籍,或许考虑到大云书库藏书格局的需要,或许考虑到罗振玉虽然不治词曲,但其弟罗振常及侄女罗庄等,却是爱好词曲的,则罗振玉将这批书籍转赠罗振常,也很可能在王国维的预想之中。罗振常得王国维所校订各书,其惊喜亦可想象。兼之罗庄姐妹均雅好诗词,则嘱其研读参考,也是可能的。罗庄辑录王国维《乐章集》《山谷词》的校语并附简略按语,略述王国维据校底本及参校本,而成《人间校词札记》一文,应该正得益于这一机缘。罗庄此文发表虽在1936年初,但将这两种词集的校记、跋文录副,则应在1928年7月之前,因为1928年7月,包括这两种校本词集在内的25种词曲集即由日本文求堂经罗振常蟫隐庐购入,由东洋文库收藏,此后罗庄若需录副,显然就不太可能了。所以,罗庄的校勘学功底既得益于罗振常的蟫隐庐刻书活动④,也与观摩王国维的校勘实绩有着关系。

在诸种词学实践中,我觉得最值得关注的是罗庄曾应刘承干约请,在罗振常指导下删订况周颐《历代词人考略》原稿一事。1917年,在朱祖谋的联络下,况周颐与刘承干达成撰述协议,此后一直到1926年况周颐去世,此稿仍未完成⑤。刘承干初拟刊刻此书,因原稿征引文献过于繁多,遂请罗庄删订,以省篇幅。此事久不为世知,2014年2月,笔者在上海图书馆访读刘承干《求恕斋

① 参见罗庄《初日楼稿跋》,罗庄著、徐德明、吴琦幸整理《初日楼稿》,上海辞书出版社,2013年,第22、23页。

② 参见罗振常遗著,周子美编订《善本书所见录》,商务印书馆,1958年,第193页。

③ 参见王国维《丙辰日记》,房鑫亮编校《王国维书信日记》,浙江教育出版社,2015年,第736页。

④ 1923年秋,罗振常嘱罗庄以他本即诸词选参校辑补,写为《龙洲词》定本。1925年,朱祖谋在为其《龙洲词》刻本作补遗后记时曾盛称经罗庄校订过的《龙洲词》"斠订精覈,洵为刘词最善之本",并将此本收录于《彊村丛书》,参朱孝臧辑校《彊村丛书》上,上海书店、江苏广陵古籍刻印社,1989年,第711页。并可参见罗振常《蟫隐庐龙洲词序》,马兴荣《龙洲词校笺》附录一,江西人民出版社,1999年,第94页。

⑤ 关于此书编纂、删订的详细情况,请参见拙文《〈历代词人考略〉及相关问题考论》,《文学遗产》2016年第4期。亦可参见本书第十二章。

日记》,始检获此事。《求恕斋日记》庚午年(1930)十一月二十三日、壬申年(1932)十二月二十八日两则日记均关乎此事。前则言致信罗振常,"送去《词人考略》三十一册,嘱其令媛(即子美夫人)校勘";后则是收到罗振常交回《词人考略》及条例等,刘承干支付二百大洋以作酬金。在日记中,刘承干特地说:"因《词人考略》子美夫人担任删订,而子美夫人未敢下笔,请示于其父,故由子经开一条例,命其依此删订,并由子经为之详校。"这两则日记在时间上跨了两年多(25个月零5天),当正是删订所费时日。因着这丰厚的词曲藏书及校勘功夫,罗庄的删订自然可以充分利用家藏词学文献,而且可以得到其父罗振常的直接指导。故罗振常特为撰《删订〈历代词人考略〉条例》《第二次删订条例》,罗庄依条例删订,罗振常再为之详校。在删订的两年多时间中,除了1932年6月至8月在淮安老家,同年冬移居苏州,罗庄其余时间都在浙江南浔生活,中间并先于1931年10月、1932年12月诞下次子世禄、长女世贞。这意味着罗庄基本上是在孕期修订《考略》一书,其辛劳自可想见。今《初日楼稿》有《鹧鸪天·登嘉业藏书楼》二首,第一首,罗庄尾记曰:"盖居此已三阅寒暑,寝馈其间,不问外事,会将引去,殊足惜也。"[1]既是会将引去,则此词当作于1932年冬。词中若"排甲乙,列丹铅。牙签缃帙任频翻"(其一),"钻故纸,垒新巢"(其二),这些频翻缃帙、钻研故纸、寝馈其间,很可能正包括删订《考略》之事在内。

以上这些校勘词集、删订词学著作等工作,不仅提高了罗庄的词集校勘水平,也有力拓宽了罗庄的词学视野。同时,因为这些校勘、删订都是在其尊人指导下进行,故与罗振常的词学观念也因此有了更多融通的契机。

罗振常的词学素受冷落。这除了与罗振常当时基本处于词学体制外的身份特点有关之外,也与其相关词学文献久被尘封、不为人知有关。其实,罗振常不仅著有词集《徵声集》,词学方面也曾编校《南唐二主词汇校》《观堂诗词汇编》等,评点过罗庄的《初日楼稿》和王国维代撰的《人间词乙稿序》,加上其词集各分集序跋、批点等,将这些词学文献综合起来,也可见罗振常词学思想之一斑。

罗振常词学的最突出之点就是对南唐北宋词的推崇。据今来看,崇尚南

---

① 罗庄著,徐德明、吴琦幸整理:《初日楼稿》,上海辞书出版社,2013年,第78页。

唐北宋与崇尚南宋，或许只是词学路径有异而已，但在罗振常当时，这一词史取向还带有强烈的针砭时弊的意义。在罗振常的词学友人中，与其同里的淮安秦遇赓应该是非常重要的一位。罗振常的《徵声集》不仅请秦遇赓撰序撰跋，而且词集中的批点也多出其手。秦序更披露了不少他们平时谈词论词的情况，从中也可见其二人词学观念的相似之处。

秦遇赓对南唐北宋词心驰神往，其《徵声集序》便直言"南唐北宋知其尚矣"，但他也同时感叹"古今人不能相及"，并将这一疑问质之罗振常。罗振常没有回答秦遇赓的这一问题，但"频年以来，君屡邮予遁渚、饮水、樗州、人间诸词"①，这其中的《人间》便是王国维词集《人间词甲稿》《人间词乙稿》的简称，而《饮水词》又是王国维极为推崇的纳兰性德的词集，这可见罗振常对王国维词及词学的充分认同。而秦遇赓在阅读以上诸集以及罗振常的《徵声集》后，即云："乃知古今人非不可及，而即今求古，正不必定在乎举世之所推崇也。"②所谓举世推崇之词风，也即是以朱祖谋、况周颐等为代表的以南宋词特别是吴文英词为师法典范的民国词风，这种词风从晚清绵延而来，民国时更辐射南北词界。而秦遇赓如此抵触"举世之所推崇"，可见秦遇赓词学与当时主流词风的矛盾甚至对立之处。

秦遇赓对当世词风的抵触，其实也可以理解为对罗振常词学思想的一种积极呼应。秦遇赓在《徵声集序》中曾引用了一节罗振常论词之语，可与此对勘。罗振常云：

> 近世……有志者慨然复古，惩其滑，避其熟，戛戛生造，纤巧则免矣，而晦涩随之。夫纤巧非古人，岂晦涩即是古人？齐则失矣，楚又宁为得乎！大抵古人无意为词，意偶到而辞随之，如风行水上，自然成文，乃臻高妙。今人有意为词，义旨茫昧，而兢兢乎惟辞之求，譬诸无病而呻，纵尽力呼号，亦安得而动人之听哉！③

---

① 秦遇赓:《徵声集序》，见罗振常《徵声集》，曹辛华主编《民国词集丛刊》第三十二册，国家图书馆出版社，2016年，第1页。

② 秦遇赓:《徵声集序》，见罗振常《徵声集》，曹辛华主编《民国词集丛刊》第三十二册，国家图书馆出版社，2016年，第1—2页。

③ 秦遇赓:《徵声集序》，见罗振常《徵声集》，曹辛华主编《民国词集丛刊》第三十二册，国家图书馆出版社，2016年，第2—3页。

这段文字极具锋芒,其对当时词坛的批评情见乎词。罗振常认为晚清以来词学弊端以纤巧为先,而以晦涩继之,晦涩词风虽针对滑熟之习气,但其途非正,不过从弊端之一极而趋于另一极而已。罗振常的批判矛头与秦遇赓序言中提到的"举世之所推崇"的说法彼此呼应。罗振常的批评锐气还可见其《祭长女庄文》一文:"乃举世方沉迷于某派,非秦者去,为客者逐,致阳春之奏反不足与下里同称。"①此祭文写于1942年,对勘前秦遇赓序中所引文字,前后相隔二十余年,而罗振常对当世词风的批评则没有丝毫改变。在罗振常、秦遇赓、罗庄的语境中,这个"某派"的指向乃是不言而喻的。

罗振常对当世词风的这种批评姿态,自然也会影响到罗庄的词学路径和词学发展格局。检点罗振常的词学思想,其实与王国维正有着诸多暗合之处。甚至可以说,在今存王国维词学文字中,也很可能渗透了包括罗振常在内的周边友人的智慧②。罗庄词颇多南唐北宋意趣,这是由罗振常导引的学词路径所决定的,也是与王国维词学合流之处。1927年,罗庄《初日楼续稿》编竟,罗振常以"邈园"为名于"长短句"部分留下了六则批点文字,如评《渔家傲》(乍喜新凉停画扇):"南唐、北宋之音,《阳春》、《珠玉》之响,此境殊不易臻。"至其评《减字木兰花》(芙蓉江上),用语与王国维也如出一辙。其语云:"词或以意胜,或以境胜。此则以境胜者。"③凡此,足见罗振常对王国维词论的契合之深。所以无论是罗振常,还是张筠,都对王国维对罗庄的欣赏亟为欣慰,根源当在此。

罗振常虽然反对罗庄早年诗词夸大愁情的程度,但他并非反对以词写愁,而是主张将愁情写得真实、贴切而有深度而已。秦遇赓在《徵声集》末总评曰:

> 词之托义,比兴为多,香草美人,言皆有寄,此风骚之遗也。故古人作词皆无题,南唐而后至二晏、屯田、子野、永叔诸家,均存此意……久怀此

---

① 罗振常:《祭长女庄文》,罗庄著,徐德明、吴琦幸整理《初日楼稿》,上海辞书出版社,2013年,第115页。

② 关于罗振常与王国维的词学关系,可参见拙文《王国维词学与罗振常、樊炳清之关系》,《四川大学学报》2013年第3期。亦可参拙著《王国维词学与学缘研究》,中华书局,2015年。

③ 罗振常批语,罗庄著,徐德明、吴琦幸整理《初日楼稿》,上海辞书出版社,2013年,第32、47页。

义,适读是集,窃叹其有合于古,因附及之。①

秦遇赓从罗振常词中读出的"风骚之旨",尤其是曲写悲情的传统,应该正是罗振常填词的基本方向。罗振常自己也一直强调以词写愁的心路历程。1910年,罗振常《颓檐词》题序言及自己丙午(1906)秋薄游沪滨,奔走四方,"偶为小词,以写烦忧"②。他为自己的第一部词集取名"颓檐",也是从陶渊明"负疴颓檐下,终日无一欣"诗句中来,乃言其多病、贫困及郁郁寡欢之意。1914年,罗振常为《浮海词》题序,此意再次得以强调,他说:

> 辛壬之交……爰随叔兄避地东瀛,睹异国之事新,伤宗邦之凌替,身世飘零之感,乡关魂梦之思,幽忧无聊,长歌当哭,其间虽以祭扫先垄,一返故园,然见人物山川,都非畴昔,则惨焉伤怀……③

辛亥革命之后,罗振常流寓海东,故"幽忧无聊""惨焉伤怀"倍增。其实,不仅《浮海词》情感基调如此,其他各集也大率如是。约而言之,用香草美人的比兴手法,将人生所遇所感之深哀巨痛用类似南唐北宋人自然和雅的艺术面貌呈现出来,便是罗振常心中词之高境。

虽然如秦遇赓《徵声集跋》所言,罗振常的填词基本路径是"以阳春、六一之缠绵,写麦秀、黍离之感慨"④,但要将这两者完全统一,也殊非易事。毕竟江山社稷支离沦亡之感触及人心的最深处,则和雅工致的艺术风貌,有时确实难以承受这深重的情感。罗振常虽然向往北宋之境,但他深知北宋词人"生当盛世,宜有元音。若仆则叔季鲜民,饱更忧患,宫商雅奏,无复能成,命曰徵声,从其实也"⑤。这种时代和经历的差异,也使得罗振常的词更多地流露出一种

---

① 参见罗振常《徵声集》,曹辛华主编《民国词集丛刊》第三十二册,国家图书馆出版社,2016年,第65—66页。

② 罗振常:《徵声集》,曹辛华主编《民国词集丛刊》第三十二册,国家图书馆出版社,2016年,第9页。

③ 罗振常:《徵声集》,曹辛华主编《民国词集丛刊》第三十二册,国家图书馆出版社,2016年,第22—23页。

④ 秦遇赓:《徵声集跋》,见罗振常《徵声集》,曹辛华主编《民国词集丛刊》第三十二册,国家图书馆出版社,2016年,第69页。

⑤ 罗振常:《徵声集自序》,罗振常《徵声集》,曹辛华主编《民国词集丛刊》第三十二册,国家图书馆出版社,2016年,第6—7页。

凄苦之音调。与此相适应,罗振常的词便也不能不兼有宋末词人的"重拙大"特征。如其《一丛花》词上阕云:

> 绿窗窈窕护垂杨,白日照容光。水晶帘下惊鸿影,看朝朝、浅露深藏。宝奁香重,剪刀声切,无奈隔红墙。①

秦遇赓评"白日"句"重大拙三字兼而有之"②。罗振常对况周颐虽怀有种种不满,但居易代之际,其词也可能在不经意间表现出"重拙大"之意趣。这一方面可以看出"重拙大"说的影响之广,另一方面也反映了在晚清民国的多事之秋,"重拙大"词说也确实有着更多的理论生存空间。见诸秦遇赓《徵声集序》援引的一节罗振常论词之语,可以见出罗振常对"重拙大"说的基本态度。罗振常云:

> 古人之词,风与骚也,有情有境,有辞有义,造语则流而能凝,微而能大,工而能拙。能凝故不浮,能大故不弱,能拙故不雕。后之为词者异是,欲雄则粗犷,欲婉则纤弱,欲密则轻巧,纤巧之词,近世流毒甚矣。③

这一节文字略可见出罗振常词学与朱、况词学也有一定的汇合之地,其对"拙""大"的推崇情见乎词,"重"字虽未见点明,但"凝"字实具"重"意。罗振常语境虽然偏重于"造语",但实际上是在风骚结合、情境相关、辞义相生的角度来言说外在的"造语"特征。"凝"与"浮"反,这与况周颐用"沉著"来解释"重",是"厚之发见乎外者",毕竟要落实于外在语言的"芬菲铿丽"上,其实是同一理路④。可见,从"造语"一端实可并通"重拙大"三者。罗振常对"重拙大"的理解与况周颐并无本质上的矛盾,他只是反对因崇尚"重拙大"而导致出现粗犷、纤弱、轻巧的状况,从而偏离了《风》《骚》艺术精神的正轨。从罗振常强调"有情有境"的结合来看,他其实是尝试对王国维与况周颐词学进行调

---

① 罗振常:《徵声集》,曹辛华主编《民国词集丛刊》第三十二册,国家图书馆出版社,2016年,第32页。
② 罗振常:《徵声集》,曹辛华主编《民国词集丛刊》第三十二册,国家图书馆出版社,2016年,第32页。
③ 秦遇赓:《徵声集序》,见罗振常撰《徵声集》,曹辛华主编《民国词集丛刊》第三十二册,国家图书馆出版社,2016年,第2页。
④ 况周颐:《蕙风词话》卷二,唐圭璋编《词话丛编》第五册,中华书局,1986年,第4447页。

和的,只是与朱祖谋、况周颐主张全面吸取南宋末年词风不同,他倾向将南宋词的"重拙大"之"情"与南唐北宋词的自然之"境"结合起来而已。

五、罗庄与况周颐、王国维等沪上词人

在民国词坛,罗庄词名甚著,不仅在生前即有《初日楼稿》《初日楼续稿》两集问世,而且其诗词清才也久得诗词界耆老赞赏。辛亥事后二年,罗庄随父客寓日本京都,与同样渡海而来的王国维一家比屋而居,彼此诗词吟唱,其乐可知。1913年秋从京都回国后,因罗振常与沪上名流交往甚广,罗庄的诗词才华也因此多有机缘广受赏识。罗庄妹罗守巽曾说:

> 先君好与清末遗老往还,如国学大师王国维、前清进士宿儒沈曾植、郑孝胥、叶昌炽、徐乃昌、朱祖谋等,无不相交往。①

罗振常亦云:

> 顾海宁王忠悫公尝阅汝之作,诧为女子中所未见。别有不知姓名者著论推崇,则亦非全无知音。果其所刊,不随秦火而毁,决其必传于后。②

这里提及的"不知姓名者"或指晚清外交家钱恂夫人单士釐(1863—1945),其撰写的《清闺秀艺文略》5卷初稿完成于1929年,此后续有增补,卷二即收有罗庄《初日楼诗文词稿》,并略述其字、籍贯及婚姻情况。除此之外,罗振常对罗庄诗词"必传于后"的自信,还得益于王国维、朱祖谋、况周颐等人的一再揄扬。张筠言之颇为分明:

> 庄于词尤好,而所作亦工于诗,出语多惊耆宿。海宁王忠悫公尝于亡侄君楚福丈许见所作,谓闺秀安得如许笔力,称异者再。及初稿刊成,况

---

① 罗守巽:《跋先君遹园公著忠正公史可法别传》,罗守巽《丹枫精舍诗文稿》,油印本。
② 罗振常:《祭长女庄文》,罗庄著,徐德明、吴琦幸整理《初日楼稿》,上海辞书出版社,2013年,第115页。

夔笙太守周颐谓其立意新颖,语多未经人道。①

从张筠特地强调王国维是从君楚处获见罗庄词,言及况周颐则特地注明"及初稿刊成",而《初日楼稿》乃1921年夏铸版印行,1921年9月,君楚即在天津病逝。可见王国维对罗庄词的欣赏显然在况周颐之前数年,则在本家族之外,王国维也堪称是最早注意到罗庄词才的人了。王国维称赞其笔力过人,乃闺秀之异数,况周颐则对其立意、创语极为欣赏。周子美亦言其在当日词界"人多激赏之",其中就包括况周颐、朱祖谋、王国维等②。朱、况、王都是当时沪上的名流,得其一言,尚且匪易,何况得到词坛祭酒的同口称誉!

朱祖谋对罗庄的词才,未见具体的评说,但其有所关注或好感,应该是可能的。刘承干邀约罗庄删订况周颐初撰的《历代词人考略》一书,也很可能有朱祖谋的推荐在内,毕竟朱祖谋为促进此书早日付梓,曾主动答应删订此书,只是因年老而未能践诺而已③。但总体而言,朱祖谋、郑孝胥等对罗庄的赏识,或许更多的只是传于众口而已。而况周颐则因读其词而"甚欲"致其于女弟子之列,显然赏识的程度在他人之上。但罗庄最终未能北面师事况周颐,其中罗庄自身的因素恐非主要,其父罗振常的意见才是决定性的。1987年,罗振常二女罗仲安曾追忆说:

> 长姊罗庄擅长宋词,蕙风欲收为学生,先父未同意。观堂亦赏识长姊诗才,并欲为其词集作序,先父十分欣喜,欲命长姊拜观堂为师。④

可见罗振常对况周颐的排斥心态,但罗庄拜师王国维之事也未见下文。王国维赏识罗庄并有意为其词集作序应该是确有其事。罗振常三女罗守巽也曾回忆及此,言之更为详尽:

---

① 张筠:《〈初日楼续稿〉序》,罗庄著,徐德明、吴琦幸整理《初日楼稿》,上海辞书出版社,2013年,第107页。

② 周子美:《〈初日楼遗稿〉序》,罗庄著,徐德明、吴琦幸整理《初日楼稿》,上海辞书出版社,2013年,第107—108页。

③ 关于朱祖谋与况周颐《历代词人考略》一书撰述及修订之因缘,参见拙文《〈历代词人考略〉及相关问题考论》,载《文学遗产》2016年第4期。亦见本书第十二章。

④ 陈鸿祥:《王国维年谱》,齐鲁书社,1991年,第42页。

观堂对长姊孟康很为赏识……《续稿》正拟请观堂作序,而已即世矣,是姊无幸运也。①

王国维曾将罗庄之词才媲美谢道韫、李清照。这个评价对于静默而朴实的王国维,并不是轻易出口的。大概正是因着这份欣赏,王国维才答应为《初日楼续稿》写序,只是续稿编就,而王国维正处心情萎顿之时,并在1927年6月2日投湖自杀,这篇期待中的序言终于未能写成。

辛巳(1941)年孟春,罗庄在重病中,周子美为慰其疾苦,曾为续编诗词稿,并在序中直陈其困惑,朱彊村、况蕙风当时为词坛祭酒,其提携后进之雅意也为时所闻,特别是况周颐更希望将罗庄罗致门下,在这种情况下,何以罗庄早年"集中未见诸老一言弁首"? 后自释其惑云:

后乃知外舅心井老人恐盛名损福,不欲其有声于时而谢之也。②

对照罗振常在《祭长女庄文》及罗仲安所述,罗振常对周子美所说乃门面语,并非真实想法。而且仅是《初日楼稿》出版时罗振常的心思而已,其所"谢"之人应该主要是指况周颐。

何以这么说呢? 观诸刘承干聘请罗庄删订况周颐原著《历代词人考略》之事,可略见其中原委。刘承干乃当时富贾,颇有诗才,是沪上诗词雅会的常客,但却明显不属于罗振常话语中的"某派"。刘承干对罗庄"才华飞动"③之诗才赞赏有加,这种赞赏也应该直接促成了刘承干将删订《考略》一书的重任交付给罗庄。而在罗庄而言,就未免有点尴尬。况周颐对罗庄的欣赏,罗庄当然是感受过的,也理当引为荣幸。但要删订这么一位声望高的前辈著述,罗庄有一定的心理压力是可以理解的。好在这一压力由其父亲罗振常主要承担了。

---

① 罗守巽:《我所知的王观堂及其一家》,陈平原、王风编《追忆王国维》(增订本),生活·读书·新知三联书店,2009年,第453—454页。

② 周子美:《〈初日楼遗稿〉序》,罗庄著,徐德明、吴琦幸整理《初日楼稿》,上海辞书出版社,2013年,第108页。

③ 刘承干:《簟纹帘影图》题词,罗庄著,徐德明、吴琦幸整理《初日楼稿》,上海辞书出版社,2013年,第144—145页。

由以上简要之分析,可见作为一个享誉一时的女词人,罗庄背后竟有着如此"高端而豪华"的一组词人群体。而且以罗庄词才、相关词事及家族背景为契机,演绎出颇为错综复杂的词坛故事。质实而言,罗庄诗词确具一种天赋灵光。罗振常说:"诗古文辞,初未讲授,汝乃摸索而自得之,下笔即斐然成章。"①张筠也说:"乃他人钻研毕生,或尚未得途径者,庄以随意得之,此固天也,非人也。"②这种天赋既难以养成,也无法抑制。所以罗振常说:"读书资由天禀,而好尚随之。"③罗庄的诗词天赋因着父母的濡染以及其家族在民国年间的广泛交游,而得以充分发挥,驰誉一时。一个深闺弱质的女词人,其人之境遇、其词之特异,在民国年间,仿佛划过的一道彩虹,虽然短暂,却斑斓纷呈。则由罗庄一人之诗词个案,不仅可见传统闺秀诗词之新变,也可略窥民国词坛生态之一斑。

① 罗振常:《祭长女庄文》,罗庄著,徐德明、吴琦幸整理《初日楼稿》,上海辞书出版社,2013 年,第 115 页。

② 张筠:《〈初日楼续稿〉序》,罗庄著,徐德明、吴琦幸整理《初日楼稿》,上海辞书出版社,2013 年,第 107 页。

③ 罗振常:《〈初日楼正稿〉序》,罗庄著,徐德明、吴琦幸整理《初日楼稿》,上海古籍出版社,2013 年,第 105 页。

结　语

况周颐与现代词学的形成

　　作为在传统词学史上带有结穴意义的况周颐词学,对传统词学究竟有何重大推进?其中又萌生了多少现代词学的端倪?要精准地勘察、衡估其词学价值和历史地位,需要在词学的古典与现代之间来斟酌确定。因稍加梳理作为观念和学科的"词学"发展历程,将"释名以章义""敷理以举统"统辖于"原始以表末"之中①。

　　词学是关于词的专门之学,一般而言,词学的内涵除了常规性的关于词的起源、体制、词集、词论、词派、词史、词评等之外,在词学史上尤其是晚清民国时期,还应该包括"学词"与词学的体系建构等内容。大致而言,在晚清民国之前,词学的内涵虽然各具其质各有脉络,但其表述和存在方式是散漫而凌乱的,即便少数词学家有内在体系,也基本上缺乏外在的话语体系。

　　今存宋代若干词话或词话体著述,如杨绘的《时贤本事曲子集》、杨湜的《古今词话》、铜阳居士的《复雅歌词》等,虽大体以说部手法杂记词本事和词人轶事,多为兴之所至,但为雅趣。但南宋王灼的《碧鸡漫志》录词以纪事、考证以溯源、汇集平时论说,已经涉及若干重要的词学内核了。而宋末张炎《词源》卷下在谈到令曲的结句时曾说:

　　　　近代词人,却有用力于此者。倘以为专门之学,亦词家射雕手。②

---

① 刘勰著,黄叔琳注,李详补注,杨明照校注拾遗:《增订文心雕龙校注》,中华书局,2012年,第619页。
② 张炎:《词源》卷下,唐圭璋编《词话丛编》第一册,中华书局,1986年,第265页。

此"专门之学"虽只是从创作一端而言,但应该也包含着一定的文体与学科独立意识。此后元明两代关于词学的片段言论虽然所在多有,但因其尚乏明确的词学建构观念,故其形态仍是散漫杂置的。

清代前中期有了比较明显的词学文献分类意识。康熙十二年(1673),徐釚初辑《词苑丛谈》和嘉庆十年(1805)冯金伯在徐编基础上经过增删重组后完成的《词苑萃编》,分体制、品藻、纪事、辨证、音韵等部,即属于分类编排的词学文献。康熙十八年(1679),查继超将毛先舒的《填词名解》、王又华的《古今词论》、赖以邠的《填词图谱》和仲恒的《词韵》四种著作合辑为《词学全书》,不仅冠以"词学"之名,而且其内容涉及词调、词论、词谱、词韵,确实已经包孕了不少当今词学所统辖的内容,有比较清晰的词学建构意识,只是没有进一步将这种意识落实为具体理论而已。

道光九年(1829),秦敦复编《词学丛书》,合《乐府雅词》《词源》《草堂诗余》《词林韵释》《阳春白雪》为一编,顾千里为作序,始将词之应有"学"这一理念明确表述出来。他说:

> 词而言学,何也? 盖天下有一事,即有一学,何独至于词而无之。其在宋元,如日之升,海内咸睹,夫人而知是有学也。明三百年,其晦矣乎。学固自存,人之词莫肯讲求耳。迨竹垞诸人出于前,樊榭一辈踵于后,则能讲求矣。然未尝揭学之一言以正告天下,若尚有明而未融者,此太史所以大书特书,而亟亟不欲缓者欤。吾见是书之行也,填词者得之,循其名,思其义,于《词源》可以得七宫十二调,声律一定之学;于《韵释》可以得清浊部类,分合配隶之学;于《雅词》等可以博观体制,深寻旨趣,得自来传作无一字一句任意轻下之学。继自今将复夫人而知有词即有学,无学且无词,而太史之为功于词者,非浅鲜矣。①

很有意思的是,顾千里不仅大力提倡"词学",而且将"学词"纳为词学的题中应有之义。但相较于江顺诒辑、宗山参订的《词学集成》,其词学建构尚欠一层。江顺诒在《词学集成·凡例》中说:

---

① 顾广圻著,黄明标点:《思适斋书跋》,上海古籍出版社,2007年,第175页。

　　　　铁岭宗小梧司马山……为之条分缕析,撮其纲,曰源、曰体、曰音、曰韵,衍其流曰派、曰法、曰境、曰品,分为八卷,以各则丽之,易其名曰《词学集成》。蒉桴土鼓,俨若金声而玉振矣,岂祇参订云尔哉。①

宗山的参订确实不是简单的材料归类和排序,而是融进了他比较清晰的词学建构意识的,观其《词学集成序》,于每目下面用八句四言韵语,概括其立目的原因,前四目撮其纲,后四目衍其流,前后相承,实借他人之言论立自我之体系。如其论立“词源”一目的设立原因说:

　　　　析津沿支,每况愈下。正界闰统,桃索鼻祖。
　　　　循乃故辙,溯厥本根。为民祈祀,必先追源。

又如论“词境”云:

　　　　不离乎情,不泥乎境。托逍遥游,闢町畦径。
　　　　寓目皆春,水流不竞。香象羚羊,乃臻上乘。②

对各分目的安排,既有全局的权衡,也有具体分目的斟酌,其对词学的系统考量是超越此前任何一部著作的,所以值得我们关注。

　　很显然,清代前中期关于“词学”建构有着颇为明显的“逐渐改良”③的线索。词学的内涵越来越丰富,但体系建构虽粗有格局,尚乏精致,当然更缺少专属词学的理论话语建设。

　　这一时期的词学或可称古典形态的词学。

　　大概从 19 世纪末开始,西方的治学和学科观念影响到我国学术界,体系和学科成为学术各界的关键词。在 20 世纪 30 年代之前的几部以“词学”为名

---

①　江顺诒辑,宗山参订:《词学集成》,唐圭璋编《词话丛编》第四册,中华书局,1986 年,第 3209 页。
②　江顺诒辑,宗山参订:《词学集成》,唐圭璋编《词话丛编》第四册,中华书局,1986 年,第 3207、3208 页。
③　蒋兆兰《词说》云:“中国之学,务在师古,欧美之学,专尚改良……以清代词学而论,诚有如外人所谓逐渐改良者。”见唐圭璋编《词话丛编》第五册,中华书局,1986 年,第 4637 页。

的著作如谢无量的《词学指南》(1918)、徐敬修的《词学常识》(1925)、徐珂的《清代词学概论》(1926)、胡云翼的《词学 ABC》(1930)等,或侧重学词指引,或漫话词体、词史和作法,其中徐珂《清代词学概论》虽限于有清一代,但全书分总论、派别、选本、评语、词谱、词韵、词话七章,已经有了比较清晰的词学体系的建构。随着这股"穷讨词学"①风气的蔓延,从 30 年代开始,现代形态的词学体系不断完善和提升。梁启勋的《词学》(1932)分上下两编,上编分总论、词之起源、调名、小令与长调、断句、平仄、发音、换头煞尾、慢近引犯、暗韵、衬音、宫调十二章,以词的音、声、律为本位,梁启勋视之为"词之本体";下编分概论、敛抑之蕴藉法、烘托之蕴藉法、曼声之回荡、促节之回荡、融和情景、描写物态(节序附)、描写女性八章,侧重论"词流之技术"。但总体而言,此书的理论性还是较弱,除了上编的"总论"和下编的"概论"理论陈述略见规模和深度,其他各章还大体停留在现象的归类比勘阶段,理论的剖析仍相当单薄,且有相互抵牾之处,如梁启勋在例言中一方面对以往选本形式深致不满,一方面又在这本薄薄的《词学》中选了 166 首词来作简要分析,其选本的意味仍是可以体察出来的。

更具现代学科形态的词学著作应以吴梅的《词学通论》(1933)为标志,此书在论平仄四声、韵、音律和作法之外,将著述重点放在词史钩勒方面,全书占四分之三以上的篇幅是论述唐至清代的词史发展,则"词史"无疑是吴梅"词学"的主体。这种以词史为词学的理念可能与当时词史研究的盛行有关,如胡云翼的《宋词研究》出版于 1926 年,是现代词学史上第一部断代词史著作。1931 年刘毓盘的《词史》出版,是最早的一部通代词史。1932 年出版的王易的《词曲史》,在词与曲的体制源流和宫调格律的比较中,钩勒两种文体的发展历史。以此为学术背景,吴梅的"词学"偏重于词史就显得比较自然了。稍后出版的任二北《词学研究法》(1933),分作法、词律、词乐、专集选集总集四个部分,前三者属于词的本体研究,第四部分则属于词学文献研究。与梁启勋相比,任二北对词集研究的拓展,为词学研究提供了一方重要的领域。

大致而言,在吴梅之前的"词学",都还停留在比较粗糙的阶段,虽然有音律的探讨与总结、作法的归纳与示范、词史的钩勒与分析,但其著述目的无非

① 吕澂《词源疏证序》作于 1930 年,见蔡嵩云《词源疏证》,张响整理《蔡嵩云词学文集》,河南文艺出版社,2016 年,第 5 页。

都围绕着填词创作,即如立志将词作为"文学中之一种以研究之"的梁启勋也不能例外,反映了当时学术界对于创作界提供理论支援的努力,其真正目的是为了填词创作的再次兴盛准备理论基础。

真正将词作为一门学问或者科学来看待的,应该是从龙榆生开始。龙榆生明确提出"词学与学词,原为二事"的说法①。1934 年,龙榆生在《词学季刊》第一卷第四号发表论文《研究词学之商榷》,将"词"与"词学"首先作了区别:

> 取唐、宋以来之燕乐杂曲,依其节拍而实之以文字,谓之"填词"。推求各曲调表情之缓急悲欢,与词体之渊源流变,乃至各作者利病得失之所由,谓之"词学"。前者在词之歌法未亡之前,凡习闻其声者,皆不妨即席填词,便付弦管藉以娱宾遣兴。即在歌词之法已亡之后,亦可依各家图谱,因其"句度长短之数,声韵平上之差",藉长短不茸之新诗体,以自抒其性灵抱负。文人学士之才情富艳者,皆优为之。后者则在歌词盛行、管弦流播之际,恒为学者所忽略,不闻著有专书。迨世异时移,遗声阒寂,钩稽考索,乃为文学史家之所有事。归纳众制,以寻求其一定之规律,与其盛衰转变之情,非好学深思,殆不足以举千年之坠绪,如网在纲,有条不紊,以昭示来学也。②

龙榆生的这一节话体现了他对"填词"与"词学"关系的科学认知。综其所论,填词与词学之分别约有三端:其一,填词在歌法未亡或亡后,皆可填写,而词学则一般在填词呈衰落之势时才会出现;其二,一般懂得音韵声律的文人学士皆可填词,而词学则是文学史家之事,前者兼指文人与学士之创作,后者乃专指学者之学术;其三,填词的目的是自抒性灵抱负以娱宾遣兴,词学研究的目的则是通过对创作现象的分析归纳,梳理词体发展之规律和"盛衰转变之情"。可见无论是在时间、作者身份,还是目的上,填词与词学都是完全不同的两个领域。

在词学的起源上,龙榆生认为当可断于宋、元之际,以张炎的《词源》为标

---

① 龙榆生:《今日学词应取之途径》,龙榆生《龙榆生学术论文集》,上海古籍出版社,2017 年,第 297 页。
② 龙榆生:《龙榆生学术论文集》,上海古籍出版社,2017 年,第 241 页。

志。他在《研究词学之商榷》一文中说："自唐迄宋、元之际,亘数百年,词人辈出,惟务创作,罕著成规。词乐一线之延,至宋季已不绝如缕。张叔夏氏,始著《词源》一书,于是词乃成为专门之学。"①"词之有学,实始于张氏,而《词源》一书,乃为研究词学者之最要典籍矣。"②而词学的昌盛则是到了清代。龙榆生认为此前科学的词学建构已经取得部分成果,如以万树《词律》为代表的"图谱之学",以凌廷堪《燕乐考原》、方成培《香研居词麈》为代表的"音律之学",以戈载《词林正韵》为代表的"词韵之学",以张宗橚《词林纪事》、王国维《清真先生遗事》及夏承焘《唐宋词人年谱》等渐以形成的"词史之学",以王鹏运、朱祖谋在校勘梦窗词时确立的校勘五例为代表的"校勘之学"等等,皆端绪已开,学已渐成,但作为一门专门之"学",龙榆生主张在以上"五学"的基础上,尚需增加三事:

其一为"声调之学"。唐五代乃至北宋时期,倚声制词,声调与情志大体吻合;南宋以还,曲谱散亡,声、情渐乱,无所准则。建立声调之学的目的就在于由歌词推测各曲调所表之情,在声调与歌词的复杂关系中,寻绎其共通之点,以自成一家之学。

其二为"批评之学"。宋末以来诸多词话著作,体例芜杂,未尝以批评为职志,如周济、刘熙载等始立一家批评之学,但偏任主观,王国维《人间词话》与况周颐《蕙风词话》"庶几专门批评之学",然王欠精审,况多抽象,所以龙榆生主张在补偏纠弊的基础上,重开"批评之学",他说:"今欲于诸家词话之外,别立'批评之学',必须抱定客观态度,详考作家之身世关系,与一时风尚之所趋,以推求其作风转变之由,与其利病得失之所在。"其宗旨是还原作者的真实面目,重新估量其在词学史上之地位。

其三为"目录之学"。歌词之有目录之学自陈振孙《直斋书录解题》后附"歌词"一类始,其后《四库全书总目》于集部词曲类对各家利病得失及版本源流,时有纠正阐明,但限于当时以词为小道的观念,甄录不多,未成规模。而近代以来,王鹏运、朱祖谋、吴昌绶、陶湘、赵尊岳、叶恭绰等汇刻历代词集,其总数已足惊人,其中除了赵尊岳作有《明词提要》外,其余之"提要"尚付阙如。然"不有目录提要之作,以抉择幽隐,示学者以从入之途,则兴叹'望洋',亦同

---

① 龙榆生:《龙榆生学术论文集》,上海古籍出版社,2017年,第241页。
② 龙榆生:《龙榆生学术论文集》,上海古籍出版社,2017年,第242页。

其他载籍"。龙榆生力倡词的目录之学,正有为治词学者提供津梁的用心。就具体编纂提要而言,龙榆生主张首先要对作家史迹允宜重新考证,以作知人论世之资;其次对各版本变迁和善恶详加考辨;第三对词人的品藻要特别谨慎,既免厚污古人,也免贻误来学①。

以图谱之学、音律之学、词韵之学、词史之学、校勘之学、声调之学、批评之学、目录之学八者建构起来的词学体系,不仅是既往"词学"的历史反映,也是以科学的精神考量词学而得出的合理结果。当然龙榆生建构的词学并非完美无缺,譬如对于词的别集和总集就显得重视不够,虽然"目录之学"涉及词集的提要,但"提要"与系统的研究毕竟尚有很大的距离。再如"词史之学",龙榆生的理解从理念上来说,似乎存在着偏差,他以张宗橚《词林纪事》、王国维《清真先生遗事》及夏承焘《唐宋词人年谱》为已有词史研究的典范,即在学理上难以自足。王国维与夏承焘之作乃是对词人生平事迹的考证和整理,虽与词史有关,但毕竟是立于词史背后的。张宗橚《词林纪事》虽然以词为本,收录词人 418 家,词 1024 首,词之本事及评论 1303 条,并附有按语 179 条,但此书"有事则录之,否则词虽工弗录。间有无事有前人评语,亦附入焉"②的体例,显然不复计词之妍媸,类似说部,中多传闻无实之事,则其对词人或词史的整体考量无疑是有严重缺憾的,执此以为成例,未免自乱阵脚。

但从学术史的角度来看,此后词学的展开都基本上是在龙榆生所立体系基础上的调整增补而已③。如詹安泰作于 20 世纪 40 年代初的《词学研究》一书,分论声韵、论音律、论调谱、论章句、论意格、论修辞、论境界、论寄托、论起源、论派别、论批评、论编纂十二章,其意图就是在古代特别是清代中期以来出现的诸多词话类著作的基础上,将略显汗漫的思维方式和著述特点上升到"词

① 参见龙榆生《研究词学之商榷》,龙榆生《龙榆生学术论文集》,上海古籍出版社,2017 年,第 243—255 页。

② 陆以谦:《词林纪事序》,张宗橚编,杨宝霖补正《词林纪事 词林纪事补正 合编》,上海古籍出版社,1998 年,第 1 页。

③ 如宛敏灏《词学概论》即在龙榆生建构的"词学"基础上增加了"辑佚之学"和"注疏之学",其他大致相同,参见《词学概论》,上海古籍出版社,1987 年,第 24 页。谢桃坊的《中国词学史·自序》也认为词学包括词论、词评、词律、词乐、词史、词家研究、词籍整理几个方面,参见《中国词学史》,巴蜀书社,1993 年,第 2 页。吴熊和的《唐宋词通论》分词源、词体、词调、词派、词论、词籍、词学七章,实际上是以唐宋词学为研究对象的,唯第七章"词学"论述内容仅为词乐和曲调考证,似与前六章不太谐和,若融入前三章相关部分,则体系更为周密,参见《唐宋词通论》,浙江古籍出版社,1989 年。

学"的高度来进行综合考量,建立一个兼顾"学词"和"词学"、具有内在逻辑体系的词学学科。詹安泰在《词学研究·绪言》中说:

> 声韵、音律,剖析綦严,首当细讲。此而不明,则虽穷极繁富,于斯道犹门外也。谱调为体制所系,必知谱调,方得填倚。章句、意格、修辞,俱关作法,稍示途径,庶易命笔。至夫境界、寄托,则精神命脉所攸寄,必明乎此,而词用乃广,词道乃尊,尤不容稍加忽视。凡此种种,皆为学词所有事。毕此数事,于是乃进而窥古今作者之林,求其源流正变之迹。以广其学,以博其趣,以判其高下而品其得失;复参究古今人之批评、词说,以相发明,以相印证:是者是之,非者非之,其有各是其所是而非其所非者,为之衡量之,纠核之,俾折衷于至当,以成其为一家言。夫如是则研究词学之能事,至矣,尽矣。①

《词学研究》原十二论,只有七论流传下来。前八论为"学词所有事",侧重以"学词"来建立"词学",具体再分为体制(声律、音韵、调谱)、作法(章句、意格、修辞)和精神(境界、寄托)三个方面;后四论则是在学词基础上的推衍和提高,"追源溯流以明其正变,参酌各派以广其学识,参究批评而折衷至当,如此则词学宛然已成专门之学"②。詹安泰区分词学的基础层面和提高层面,将龙榆生的相对平衡的词学八事作了进一步的归类,体现了词学学科逻辑观念的进步。此后的词学在学科内涵上虽然也有各种各样的调整,如唐圭璋将词学研究分为词的起源、词乐、词律、词韵、词人传记、词集版本、词集校勘、词集笺注、词学辑佚、词学评论十个方面③,似乎琐碎了些,如关于"词集"就分了三类,但唐圭璋是针对以往词学研究的历史而言的,应有扬长补短之意。王兆鹏从史料学的角度切入对词学的理解,其《词学史料学》分词体(第一章)、词人(第二章)、词集(第三、第四、第五、第六章)、词论(第七章)、词学研究工具书(第八章),其以四章的篇目投入到词集史料学的研究,在承续任二北《词学研究法》中"专集选集总集"和詹安泰《词学研究》"论编纂"等的基础上,相当全

---

① 汤擎民整理:《詹安泰词学论稿》,广东人民出版社,1984年,第3—4页。
② 吴承学、彭玉平编:《詹安泰文集·前言》,中山大学出版社,2004年,第9页。
③ 参见唐圭璋《历代词学研究述略》,唐圭璋《词学论丛》,上海古籍出版社,1986年,第811—834页。

面地总结了词集研究的已有成果。

　　学科的确立和建设既需要一个比较漫长的过程,以等待学科的过滤和澄清,更需要有一二特立杰出人物的提炼和创建。回想 20 世纪以来对词学的建构,从单一朦胧到清晰而体系化,龙榆生和詹安泰两人实是其中最关键的人物,没有他们比较宽广的学术视野和扎实的理论建构,则"词学"学科的涣散可能还是要持续一个较长的时期的。而词学学科的建立尤其还须克服"词为小道"的观念,那种把词视作诗的附庸,或者对词的价值和地位未能充分认同的学者①,自然不愿去将词上升到"学"的地步,"词学"之艰难是可以想见的。詹安泰在《中国文学上之倚声问题》一文中说:

　　　　夫我国文学之由来尚矣……递嬗演变,历世滋多,其体制之繁复,遂为世界各国所罕觏。近人采取西法以类分之,纲举目张,条理井然,持较前修,实为简括。顾或以名同,或以体近,必有据依,斯免凿枘。至若倚声,为调既繁,为体尤多;且调有定字,字有定声,按谱填倚,制限殊严。名称体制,俱为异域之所无;循名核实,岂可混同于诗歌! 而或以派入诗歌一类,似亦未为精确也。②

詹安泰的分析确实对中西文学与文体的背景做了区别。"守定词场疆界,方称本色当行"③,词学是以词的自成一家、自成一境为前提的。从清代以来形成的推尊词体之风,不仅促进了清词的兴盛,而且客观上也带动了学术界对词学的关注和逐步建构,从词章之学、词体到偏于一隅的词学,再到体系严密的词学,从侧重学词的词学,到兼顾学词与学科体系的词学,词学学科的内涵是在不断补充和调整中逐渐走向成熟和定型的。

　　以上或可称词学的现代形态④。

---

　　① 谢章铤《赌棋山庄词话》卷十二云:"夫词之于诗,不过体制稍殊,宗旨亦复何异。而门径之广,家数之多,长短句实不及五七言。若其用,则以合乐,不得专论文字。引刻幽眇,颇难以言语形容,是固不必品,且亦不能品也。"唐圭璋编:《词话丛编》第四册,中华书局,1986 年,第 3476 页。
　　② 吴承学、彭玉平编:《詹安泰文集》,中山大学出版社,2004 年,第 3 页。
　　③ 谢元淮:《填词浅说》,唐圭璋编《词话丛编》第三册,中华书局,1986 年,第 2509 页。
　　④ 以上可参见拙文《词学的古典与现代》,《中山大学学报》2006 年第 1 期。本书有修订与调整。

关于词学源流的梗概梳理大率如上。

在古典与现代两种形态的词学中,况周颐的位置在哪里呢? 先看况周颐关于词与词学的基本判断。他在《蕙风词话》卷一中说:

> 词之为道,智者之事。酌剂乎阴阳,陶写乎性情。自有元音,上通雅乐。别黑白而定一尊,亘古今而不敝矣。唐宋以还,大雅鸿达,笃好而专精之,谓之词学。独造之诣,非有所附丽,若为骈枝也。①

因为推崇词与词学乃“独造之诣”,所以他对“诗余”的“余”字别出新解,认为词并非是诗歌之“余”,作为词体别称的“诗余”乃是说明词在“情文节奏”方面比诗歌更为丰富、细腻与曲折之意②。他对“诗余”的解释是否能完全成立,可暂不置论,但很显然,况周颐是带着对词体的尊崇展开他的论述的。这对后来的龙榆生和詹安泰等是否有直接影响,彼此之间是否形成一定的源流关系,当然可以进一步探讨。

再看况周颐的词学著作的撰述与发表历程。

1904 年,况周颐的第一部词话《香海棠馆词话》在《大陆报》第六、七、八、九号连载发表,只有寥寥 36 则。

1908 年,况周颐将《香海棠馆词话》增补一则“学填词,先学读词”并易名为《玉梅词话》,刊发于《国粹学报》③。

1920 年,况周颐的《餐樱庑词话》在《小说月报》分期连载④,《餐樱庑词话》本质上是一部以评述词人词史为核心的词话,兼及填词创作的素养、技巧、鉴赏等。

1924 年,况周颐整合排比诸种词话(含若干新写条目)、笔记⑤而成《蕙风词话》,乃是融合调整了《香海棠馆词话》《餐樱庑词话》等不同时期著述而成,

---

① 况周颐:《蕙风词话》卷一,唐圭璋编《词话丛编》第五册,中华书局,1986 年,第 4405 页。
② 参见《蕙风词话》卷一,唐圭璋编《词话丛编》第五册,中华书局,1986 年,第 4406 页。
③ 见《国粹学报》1908 年第 41、47、48 期“文篇”。
④ 见《小说月报》1920 年 11 卷第 5 至 12 号。
⑤ 关于况周颐从诸种笔记中采择若干条目入《蕙风词话》的情况,可参见张宇《况周颐笔记与〈蕙风词话〉关系考论——以〈阮庵笔记五种〉为例》,《名作欣赏》2010 年第 2 期,第 44—47 页。按,此前屈兴国《蕙风词话辑注》即在“补编”中采录多种笔记中的材料,见况周颐撰,屈兴国辑注《蕙风词话辑注》,江西人民出版社,2000 年。

带有组合"杂纂"的性质,其中《餐樱庑词话》则是其主要蓝本所在①。

1918—1926 年,况周颐代刘承干撰《历代词人考略》。此书在况周颐生前未及完成,况周颐去世后,复经人补撰、删订,修订本(部分)今藏南京图书馆,现已被影印行世。

1927 年,《联益之友》曾分三期(35、37、38)刊出题署"况蕙风遗作"的《词话》一种。后此《词话》稍作删订,六年后以《词学讲义》为名(题署"临桂况周颐蕙风遗著")在《词学季刊》创刊号(1933)再度刊出。此为况周颐绝笔之作,初次发表时,距况周颐已经去世近半年了。

上述况周颐撰述发表的词学书单,除了《历代词人考略》是托名之作,其余皆是况周颐实名发表的著作。现在暂将《历代词人考略》搁置一边,如果要从整体上看况周颐实名撰写的五部词学著作,犹须重温况周颐在《餐樱词自序》中所说从王鹏运而得窥词学门径之事②。而确立这一门径也经过了五年的犹豫③。

况周颐早年的词风正是主要沿着五代北宋清疏艳丽的方向而去的,因为有失南宋之"醇至",故为端木埰、王鹏运等指出。他们锐眼看出况周颐难得的天赋词才,故甚望其能担当将南宋"醇至"词风重新唤起的重任。为了具体落实这一重任,王鹏运等不仅在创作上积极引导,更在理论上以"重拙大""自然从追逐中出"等充实、调整其固有的词学观念。职是之故,况周颐也不得不把更多的精力和思考放在对南宋词的体认上,并在一定程度上和一定时间内果然转变了自己的词风。当然,被动接受的理论与天赋所向的观念在融合过程中难免有彼此"较量"的情况。并非所有的融合都能如意完成,也并非所有貌似圆满的融合都能成为经典。对况周颐而言,这种融合便始终未能彻底完成。这种未完成的理论状态表现在《蕙风词话》中,便是诸种理论的并存、隔膜甚至矛盾的状态。

现在我们可以把况周颐的词学理论稍加总结了:况周颐以别解"诗余"为

---

① 参见张晖《〈蕙风词话〉考》,沙先一、张晖《清词的传承与开拓》,上海古籍出版社,2008 年,第 362—364 页。

② 况周颐:《餐樱词自序》,转引自况周颐著,秦玮鸿校注《况周颐词集校注》,上海古籍出版社,2013 年,第 534—535 页。

③ 况周颐:《存悔词序》,转引自况周颐著,秦玮鸿校注《况周颐词集校注》,上海古籍出版社,2013 年,第 532 页。

尊体基础,建构了以"哀感顽艳"为情感底蕴,以"潜气内转"为重要作法,以"松秀清疏"为词体本色,以"重拙大"为门面高悬之帜的这样一种理论格局。如此丰盈的理论格局虽然不免繁杂,甚至令初读者有闶识东西、不知所从之感。但况周颐立足时代发展与体制差异而自出手眼,分别立说,其实包蕴着极强的学理性和针对性。

词史是词学的主要内涵之一。况周颐对词史的关注不仅涵盖广泛,而且发隐掘微,"发现"了众多被冷落甚至被尘封已久的词人。1924 年,《蕙风词话》经况周颐整合后印行问世,除了第一卷以及第五卷最后十则是阐释理论,从第二卷开始,便是大体以时代为序评说词人词作,第二卷主要评说唐宋词,第三卷评说金元词,第四卷评说宋金词,第五卷评说明清及域外词。这一历史顺序及庞大篇幅,正可见况周颐对词史的高度重视。此外,况周颐《玉栖述雅》等对女性词也曾有集中评说。贯穿词史评说中的观念也一直是因时代、体制和性别等的变化而变化。

但限于词话体制,各则篇幅自然难以充分展开。况周颐晚年因经济窘迫而有偿(以字数计酬)代刘承干撰述之《历代词人考略》一书,则放开笔墨,铺张扬厉,凡眼中所见,腹笥所有,稍加择录与排比,倾泻而出,不仅引述文献众多,而且下语一任本心,不再受师门、友人观点之限制,故其词学观念和词史意识得以活泼泼地呈现出来。《考略》一书原分小传、词话、词评、附考、按语五例,以时代为序,各系于人,其所论及的词人大大超出此前各种词话所涉及的范围。今存删订本 37 卷本以及 20 卷存目,粗检其数,两者合计涉及词人超过一千人。其中"小传"简说生平仕履、词学渊源、词集情况,偶及词人轶事,"按语"乃况周颐对其词的总体风貌及经典作品之品评,两者相合,虽尚乏现代学科形态,但已堪称是一部散点排列、源流并具之词史雏形。在《考略》一书尚未梓行之时,其宏大的"词史"大概已经传播众口,如邵瑞彭即径称其书为《历朝词人传》,这当然是未见真书时的口耳相传之误了,而渴望一睹此书之心则甚烈。1927 年八月末,邵瑞彭专门致信况周颐弟子赵尊岳,言及其有族伯兄之子拟编撰自唐至清末词目,分别集、总集、词评三类,然苦于文献难征,或有请于他。邵瑞彭因念及况周颐《考略》一书,在给赵尊岳的信中说:

> 前闻蕙老曾编《列朝词人传》,藉刻翰怡征君。倘已刊竣,乞公代觅

一二部,说明邵某一家所索,万一要价,亦可寄奉也。①

其言辞恳切、甚至急迫之意可见一斑,此也可见况周颐此书当时虽未出版,其词史影响却传之已广了。若将《考略》相关内容稍加综述、分期并纵横连贯其人其词其评,则其与现代形态所涵括之词史实相去不远也。

《历代词人考略》中的词话、词评、附考(删订本作"词考")虽是以引录他人之文为主,但既经况周颐甄选,也可见况周颐之基本态度,再加上诸多明确引用自撰词话之论,甚至冠以临时杜撰之书名如《珠花簃词话》等实借托以申己说者,兼之按语中随处表述的词学思想,况周颐在此书中展现的词学观念确实极为丰富。若条贯其思,分部安置,也同样是一部井然有序词学史之雏形。作为在当时及此后相当长的一段时间内,规模最为庞大、以时代与词人为序、集文献汇集与学术评判于一体的著述,《历代词人考略》与《蕙风词话》等一起综合代表了况周颐在现代词学史上的重要地位②。以一人之力成此巨编,亦足令人感佩与赞叹。其广博的文献之功、精审的抉择之力与深准的评述之义,使得况周颐在词学史上的地位隆盛古今、光彩灼灼。

在古典的词学中,况周颐是最为辉煌的结穴;在现代的词学中,况周颐是最为铿锵的先声。

---

① 国家图书馆善本部编:《赵凤昌藏札》第六册,国家图书馆出版社,2009 年,第 127—128 页。
② 《蕙风词话》的理论表述更集中也更清晰,可与《历代词人考略》合并而看。

附　　录

一、《联益之友》刊况周颐《词话》校订

【校订说明】况周颐撰《词话》(署"况蕙风遗作")以《联益之友》所刊三期为底本,简称"联益本"。参校《词学季刊》创刊号所刊况周颐撰《词学讲义》(署"临桂况周颐蕙风遗著"),简称"季刊本"。

词于各体文字中,号称末技。但学而至于成,亦至不易。必须有天分,有学力,有性情,有襟抱,始可与言词。天分稍次,学而能之者也。及其能之,一也。古今词学名辈,非必皆绝顶聪明也。其大要曰雅,曰厚,曰重拙大。厚与雅,相因而成者也,薄则俗矣。轻者重之反,巧者拙之反,纤者大之反,当知所戒矣。性情与襟抱,非外铄我,我固有之。则夫词者,君子为己之学也。

【校订】季刊本于"亦至不易"后括注:不成何必学。

词之兴也,托始葩经楚骚,而浸淫于古乐府。昔贤言之,勿庸赘述。唐人朝成一诗,夕付管弦。旗亭画壁,是其故事。其诗七言五言皆有,往往声希拍促,则加入和声,务极悠扬流美之致。凡和声,皆以实字填之,诗遂变为词矣。后世以"诗余"名词,此"余"字,作"赢余"之"余"解。词之情文节奏,并皆有余于诗,非以词为诗之剩义也。

【校订】季刊本于此则下低二格附则云:

明虞山王东溆(应奎)《柳南续笔》:"桐城方尔止(文)尝登凤凰台,吟太白诗云:'凤凰台上,一个凤凰游,而今凤去耶?台空耶?江水自流。'曼声长吟,且咏且拍。人皆随而笑之。"按唐人和声之遗,殆即类此,未可以为笑也。

词学权舆于开天盛时,寖盛于晚唐五季,盛于宋,极盛于南宋。至元大德之世,未坠南渡风格。凤林书院《草堂诗余》(元无名氏选),皆南宋遗民之作。寄托遥深,音节激楚,厉太鸿(鹗)以清湘瑶瑟比之。秦惇夫(恩复)云:"标放言之致,则怆快而难怀。寄独往之思,又郁伊而易感。"比方《中兴以来绝妙词选》,无不及,殊有过之。洎元中叶,曲学代兴,词体稍稍敝矣。明词专家少,粗浅芜率之失多,诚不足当宋元之续。时则有若刘文成(基)、夏文愍(言),风雅绝续之交,庶几庸中佼佼。爰及末季,若陈忠裕(子龙)、夏节愍(完淳)、彭茗斋(孙贻)、王姜斋(夫之),词不必增重其人,亦不必以人增重。含婀娜于刚健,有《风》《骚》之遗音。昔人谓词绝于明,讵持平之论耶?

【校订】"殊有过之","殊",季刊本作"殆"。"粗浅芜率","率",季刊本作"牵",误。"庸中佼佼","佼佼"原文误作"校校",季刊本作"佼佼"。

清初曾道扶(王孙)、聂晋人(先),辑《百名家词》,多沉著浓厚之作,近于正始元音矣。康熙中,有所谓《倚声集》者,集中所录,小慧侧艳之词十居八九。王阮亭、邹程村同操选政,程村实主之,引阮亭为重云尔,而为当代巨公,遂足转移风气。词格纤靡,实始于斯。自时厥后,有若浙西六家,是其流弊所极。轻薄为文,每况愈下。于斯时也,以谓词学中绝可也。金风亭长《江湖载酒》一集,虽距宋贤堂奥稍远,而气体尚近沉著。就清初时代论词,不得不推为上驷。其《历朝词综》一书,以轻清婉丽为主旨,遂开浙派之先河。凡所撰录古昔名人之作,往往非其至者。操觚之士奉为圭臬,初程不无歧误,抑亦风气使然矣。

【校订】邹程村,"村"原文误作"材",季刊本作"村"。"不无歧误","歧"原文误作"岐"。季刊本自"金风亭长"至本则末,别为一则。

清朝人词(断自康熙中叶),不必看,亦不宜看。看之未必获益,一中其病,便不可医也。且亦无暇看。吾人应读之书,浩如烟海。即应读之词,亦悉数难终,能有几许余力闲暑,看此浮花浪蕊、媚行烟视、薝梨祸枣之作耶?

【校订】"亦不宜看","亦",季刊本作"尤"。"余力闲暑","闲",季刊本误作"闻"。

填词口诀:曰自然从追琢中出,所谓"得来容易却艰辛"也;曰事外远致;曰烟水迷离之致。此等佳处,神而明之,存乎其人,难以言语形容者也。李太白《惜余春》《愁阳春》二赋,余极喜诵之,以云"烟水迷离之致",庶乎近焉。

【校订】"烟水迷离","烟"原文误作"盐",季刊本作"烟",季刊本"离"误作"难"。

词与曲,截然两事。曲不可通于词,犹词不可通于诗也。其意境所造,各不相侔(各有分际)。即如词贵重拙大,以语王实甫、汤义仍辈,宁非倛乎?乃至词涉曲笔,其为伤格,不待言矣。二者连缀言之,若曰"词曲学"者,谬也。并世制曲专家,有兼长词学者,其为词也,一字一声,不与曲混。斯人天姿学力,遒越辈流,可遇不可求也。

王文简《花草蒙拾》:"或问诗词、词曲分界。曰:'无可奈何花落去,似曾相识燕归来',定非《香奁诗》。'良辰美景奈何天,赏心乐事谁家院',定非《草堂词》。"

【校订】"乃至"原文作"至乃",季刊本作"至乃"。"香奁","奁"原文误作"颐",季刊本作"奁"。联益本与季刊本,均将"王文简"至"《草堂词》"作为前则附则,乃引《花草蒙拾》之语申说前则词曲分界。

（以上刊《联益之友》第35期,民国十六年一月一日）

词,《说文》:"意内而言外也。"意内者何?言中有寄托也。所贵乎寄托者,触发于弗克自已。流露于不自知。吾为词而所寄托者出焉,非因寄托而为是词也。有意为是寄托。若为吾词增重,则是骛乎其外,近于门面语矣。苏文忠"琼楼玉宇"之句,千古绝唱也。设令似此意境,见于其它词中,只是字句变易,别无伤心之怀抱,婉至激发之性真,贯注于其间,不亦无谓之至耶?寄托犹是也,而其达意之笔,有随时逐境之不同。以谓出于弗克自已,则亦可耳。

【校订】"弗可自已","已",季刊本两误作"己"。"见于其它","它",季刊本作"他"。

词必龤宫调,始可付歌喉。凡言某宫某调,如黄钟宫《齐天乐》、中吕宫《扬州慢》之类,当其尚未有词,皆是虚位。填词以实调,则用字必配声。一法就喉牙舌齿唇,分宫商角徵羽。《韵书》云:"欲知宫,舌居中。欲知商,开口张。欲知角,舌根缩。欲知徵,舌拒齿。欲知羽,口吻聚。"大抵合口为宫,开口为商,卷舌为角,齐齿为徵,撮口为羽。一法以平声浊者为宫,清者为商,入声为角,上声为徵,去声为羽,而皆未为尽善者。与宫商角徵羽相配之字,又各自有宫商角徵羽,各自有清浊高下。泥一则不通,欠叶则便拗,所以为难也。填词之人,如宋贤屯田、白石辈,自能嘌唱,精研管色,吹律度声,以声协律。字之清浊高下,自审稍有未合,则抑扬重轻其声以就之。屡就而仍未合,则循声改字以谐之。逐字各有清浊高下,逐律皆可起宫。字句承接之间,逐处安排妥帖。审一定和,道在是矣。若只能填词,不能吹唱,则何戢、米嘉荣辈,可作邃密之商量,不至于合律不止。唯是词虽可唱,俗耳未必悦之。以其一字,仅配一声,不能再加和声(观白石旁谱可知)。极悠扬之能事,亦祇能如琴曲中有词之泛音而已。

琴曲《阳关三叠》泛音:"月下潮生红蓼汀,柳梢风急度流萤。长亭短亭,话别丁宁。梧桐夜雨,恨不同听。"词极婉丽。而旁谱一字配一声,无所为"迟其声以媚之"者。非甚知音,难与言赏会矣。

【校订】"填词以实调","调"原文误作"词",季刊本作"调"。"欲知角","知"原文误作"如",季刊本作"知"。"承接之间","承",季刊本作"清",疑误。"迟其声以媚之者","者"字原脱,据季刊本补。"琴曲"至"难与言赏会矣"一则,联益本、季刊本,均将其作为前则附则。

白石词有旁谱者,为十七阕。吾人填此十七调,可无庸守四声,有旁谱可据依也。其它无谱之调,无可据依,唯恪守四声,庶几无误。舍此计无复之,此四声所以非守不可也。

【校订】季刊本无此则。

词学初步,必需之书:

《校刊词律》二十卷,清宜兴万树红友订正,秀水杜文澜筱舫校刊。

附《词律拾遗》六卷,德清徐本立诚庵纂。

《词律补遗》,杜文澜编,共二函十二本。

如此书未易购求(似曾见石印本),即暂时购用万氏《词律》原本亦可。

《词林正均》三卷,清吴县戈载顺卿辑,临桂王氏四印斋刻本(有石印本)。

坊间别本《词韵》,部居分合多误,断不可用。

《草堂诗余》四卷。宋人选宋词,明嘉靖庚寅上海顾从敬汝所刻本最佳,未经明人增羼。

《蓼园词选》。蓼园先生姓黄氏,名佚,临桂人。选词悉依《草堂》,去其涉俳涉俚之作,加以笺评,极便初学。武进赵氏惜阴堂石印本。

《宋词三百首》,归安朱祖谋古微选。

词学进步,渐近成就,应备各书:

《宋六十名家词》,明常熟毛氏汲古阁刻本。沪上石印本,讹舛太甚,不如广东覆刻本较佳。

《词学丛书》,道光间,江都秦氏享帚精舍刻本。

　　《乐府雅词》三卷,《拾遗》二卷,宋曾慥编。

　　《阳春白雪》八卷,《外集》一卷,宋赵闻礼编。

　　《词源》二卷,宋张炎撰。

　　《日湖渔唱》一卷,《补遗》二卷,宋陈允平撰。

　　《元草堂诗余》三卷,凤林书院本。

　　《词林韵释》一卷,菉斐轩本。

《花庵词选》二十卷,宋黄升撰。

《绝妙好词》七卷,宋周密编。

《御选历代诗余》一百二十卷,殿本(有覆本)。

《四印斋所刻词》,临桂王氏辑本。

　　《宋元三十一家词》,同上。

《彊村丛书》,归安朱氏辑本。

　　此外各种词话,如《皱水轩词筌》《花草蒙拾》《词苑丛谈》《金粟词话》之类,亦宜随时购阅。庶几增益见闻,略知词林雅故。(《丛谈》引它家书,不著其名,是其一失。)

　　又《宋金元词集见存卷目》一册,双照楼校写本。丁未八月,沪上鸿文书局代印。此书传本罕见。词学津逮,至要之书。丁未距今仅二十年。亟访求之,容或尚可得也。

【校订】"《词律拾遗》","拾"原文误作"给",季刊本作"拾"。"临桂王氏四印斋刻本","氏"原文误作"民","刻"原文误作"归"。"选词悉依《草堂》",原文无"悉"字,据季刊本补入。"(有覆本)",季刊本无括号。季刊本将此则标为"附录",至此则全稿完毕。

(以上刊《联益之友》第 37 期,民国十六年二月一日)

吴门风土清嘉,水温山赭,夙钟神秀,代挺词流。范文正名德冠时,而有《苏幕遮》("碧云天黄叶地"云云)、《御街行》("纷纷坠叶飘香砌"云云)诸作。论者谓公之正气塞天地,而情语入妙至此,是亦贤者不可测耶。南渡高、孝之闲,范文穆退居石湖之上,自号石湖居士。有词一卷,陈三聘和之,词数百首为时所称。又吴应之(感),天圣中殿中丞。有姬曰红梅,因以名其阁。作《折红梅》词云:"喜轻澌初泮,微和渐入,芳郊时节。春消息,夜来陡觉红梅,数枝争发。玉溪仙馆,不是个,寻常标格。化工别与,一种风情,似匀点胭脂,染成香雪。重吟细阅,比繁杏夭桃,品流真别。只愁共彩云易散,冷落谢池风月。凭谁向说,三弄处,龙吟休咽。大家留取,时倚阑干,闻有花堪折,劝君须折。"所居在小市桥西南,今吴殿直巷。元厚之(绛),熙宁中,参知政事。有《映山红慢·牡丹》词("谷雨风前"云云),见《全芳备祖》。所居在乌鹊桥北带城桥,今衮绣坊。顾淡云,别号梦梁词人,为岁寒社诗友,有《梦梁集》。有词,见陶氏(梁)《词综补遗》。所居在今灵芝坊。吴云公,有《香天雪海集》。靖康国难后,披发佯狂,更号中兴野人。所居在城东临顿里。胡《渔隐丛话》云:"有称中兴野人,和东坡词,题吴江桥上。军驾巡师江表,过而睹之。诏物色其人,不复见矣。"词云:"炎精中否,叹人才委靡,都无英物。戎马长驱三犯阙,谁作长城坚壁。万里奔腾,两宫幽隔,此恨何时雪。草庐三顾,岂无高卧贤杰。天意眷我中兴,吾皇神武,踵曾孙周发。海岳封疆俱效顺,会狂虏,须灰灭。翠羽南巡,叩阍无路,徒有冲冠发。孤忠耿耿,剑芒冷浸秋月。"李似之(弥逊),自号筠溪翁。大观三年进士,官至户部侍郎,以忤和议告归。有《筠溪词》,刻入《宋元三十一家词》。元陈子微(深),自号清全。天历间,屡荐不出。有《宁极斋乐府》,刻入《彊村丛书》。

【校订】季刊本无此则。"黄叶地","黄"原文误作"红"。"《词综补遗》","综"原文误作"纵"。

吴中寓贤。章庄简(棨),有《水龙吟·杨花》词("燕忙莺懒花残"云云),向来脍炙人口。苏文忠和之,李忠定(纲)追和之。庄简寓址,在今桃花坞,越人贺方回(铸)所居企鸿轩,在今升平桥巷(一说徙醋坊桥),又别墅在盘门外横塘,尝扁舟往来。其《青玉案》词云:"凌波不过横塘路。但目送,芳尘去。锦瑟年华谁与度。月台花榭,琐窗珠户。惟有春知处。碧云冉冉蘅皋暮。彩笔新题断肠句。试问闲愁都几许。一川烟草,满城风絮。梅子黄时雨。"其为前辈推重如此。有《东山寓声乐府》,入《四印斋所刻词》。

【校订】季刊本无此则。"花残","花"原文误作"芳"。"脍炙人口","炙"原文误作"灸"。"凌波","凌"原文误作"浚"。

章庄简子咏华,侍姬曰碧桃,工诗词,有《微波集》。兀尤陷城时,随咏华殉难。有婢春雪,检二人之骨,归葬西崦山。又《烬余录》云:"帘影词人,某氏女,词曲为诸社冠。才命相克,所如非偶,郁悒侘傺以终。"所居在今百口桥。《微波》《帘影》遗词,不知尚可访求否? 吉光片羽,为宝几何矣。

附《餐樱庑漫笔》一则:

吴梦窗曾寓苏州,不徒《鹧鸪天》词"杨柳阊门"之句("吴鸿好为传归信,杨柳阊门屋数间",梦窗化度寺作)堪为左证也。其"四稿"中,《探芳信》小序:"丙申岁,吴灯市盛常年。余借宅幽坊,一时名胜遇合。置杯酒,接殷勤之欢,甚盛事也",云云。又《六丑·壬寅岁吴门元夕风雨》,又《甲辰岁盘门外寓居过重午》。丙申距壬寅六年,距甲辰九年。此九年中,或先寓阊门,后寓盘门。惜坊巷之名,不可得而详耳。又《应天长·吴门元夕》句云:"向暮巷空人绝,残灯耿尘壁",极似老屋数间景色。《浣溪沙·观吴人岁旦游承天》,句云:"街头多认旧年人。"《点绛唇》前段云:"明月茫茫,夜来应照南桥路。梦游熟处,一枕啼秋雨。"曰"多认",曰"游熟",与《探芳信》序云"吴灯市盛常年",皆足为久寓苏州之证。又《齐天乐·赋齐云楼》、《木兰花慢·陪仓幕游虎邱》,又《重游虎邱》、《探芳信·吴中元日承天寺游人》等阕,皆寓苏时所作,梦窗所云南桥,即指皋桥。今蕙风所居,适在皋桥稍北(张广桥下塘润德里)。俯仰兴怀,荃香未沫。素云黄鹤,跂予望之矣。

【校订】季刊本无此则。"《探芳信》","信"原文误作"新"。"跂予望之","趿"原文误作"跛"。

《宋平江城坊考》引《吴郡志》:"官字门,附市楼下。花月楼,饮马桥东北。淳熙十二年,郡守邱密建,雄盛甲于诸楼守。"按,邱密字宗卿,江阴军人,隆兴元年进士。官至资政殿学士,同知枢密院事。谥文定,有《文定公词》一卷,刻入《宋元三十一家词》。

（完）

【校订】季刊本无此则。"邱密",原文"密"后衍一"密"字。"谥文定","定"原文误作"字"。

（以上刊《联益之友》第 38 期,民国十六年二月十六日）

二、况周颐之"狷狭":个性与才性

民国年间,况周颐的狷狭堪称闻名遐迩。《天风阁学词日记》1934 年 11 月 30 日记曰:

> 翰怡尝宴蕙风,而误书"况"为"况",蕙风大不悦,曰:"勇士不忘丧其元,是丧予元也。"彊村强邀之,始去,终席悒悒,其狷狭如此。[1]

此虽是记录吴梅的追忆,但也可得相关旁证。况周颐长婿陈巨来之友人步章五曾于其《林屋山人集》卷十三有《蕙风遗事》21 则,其 19 则云:

> 先生之姓,从氵从兄。时俗不察,多误作境况之况。有折柬相邀,误书况字者,先生不往,曰:"字且不识,尚欲识吾耶?"[2]

看来当时误"况"为"况"的情况时有发生,况周颐的"大不悦"因此也便传开

---

① 夏承焘:《天风阁学词日记》,《夏承焘集》第五册,浙江古籍出版社,1997 年,第 341 页。
② 步章五:《林屋山人集·蕙风遗事》,转引自林玫仪《况蕙风研究资料补述》,北京大学中国古文献研究中心编《北京大学中国古文献研究中心集刊》第七辑,北京大学出版社,2008 年,第 518 页。

了。但况周颐对此的不满其实也可理解,毕竟涉及姓氏这家族之"元"的根本问题,况周颐的狷狭在这个层面其实就是一种认真和严谨。

与此"狷狭"相呼应,《蕙风遗事》第6、8、12则云:

> 先生生平负奇,不少谐俗。余作挽联云:"一生负奇气,四海失词宗。"语虽简,纪实也。
>
> 先生善饮酒,喜拇战;欢呼跳跃,其饮始畅。至老不衰。或以为劝,终不肯听,盖气盛不肯让人也。
>
> 先生尝携雪艳(引者按,雪艳姓潘,乃当时女伶,由步章五介绍认识)至吴昌老处,立求昌老为雪艳作画,昌老未允;则命取昌老旧赠先生画至,求题数语转赠雪艳,昌老亦未应。先生不悦,退谓余曰:"吾今生不见此老矣!"孰识此言竟成语谶哉![1]

不谐俗、不听劝,其为人任性之脾性于此可见一斑。但细味其事,况周颐的这种喜怒形于色正是其性格真率的体现。

吴梅对况周颐似乎心怀偏见,讥其所编"征略"为"征详",说其为人狷狭,等等,都明显带有一定的情绪。这也与前引王国维信中说及况周颐"在沪颇不理人口"之说也相吻合。譬如,曾为况周颐《历代词人考略》一书制定删订条例并为之校补的罗振常,也是对况周颐深相排斥的。1987 年,罗振常二女罗仲安曾追忆说:

> 长姊罗庄擅长宋词,蕙风欲收为学生,先父未同意。观堂亦赏识长姊诗才,并欲为其词集作序,先父十分欣喜,欲命长姊拜观堂为师。[2]

罗仲安所述是有事实背景的。罗庄母亲张筠丁卯季夏撰《〈初日楼续稿〉序》言之颇为分明:

---

①　步章五:《林屋山人集·蕙风遗事》,转引自林玫仪《况蕙风研究资料补述》,北京大学中国古文献研究中心编《北京大学中国古文献研究中心集刊》第七辑,北京大学出版社,2008 年,第 517、518 页。

②　陈鸿祥:《王国维年谱》,齐鲁书社,1991 年,第 42 页。

庄于词尤好,而所作亦工于诗,出语多惊耆宿。海宁王忠悫公尝于亡侄君楚福苌许见所作,谓闺秀安得如许笔力,称异者再。及初稿刊成,况夔笙太守周颐谓其立意新颖,语多未经人道。①

罗庄夫婿周子美亦于《〈初日楼遗稿〉序》中言其在当日词界之影响云:

孟康内子雅擅倚声……早年即有集行世,人多激赏之。时朱彊村、况蕙风两前辈方结词坛于海上,颇喜汲引后进。闻蕙风甚欲致孟康于女弟子之列。②

此可见况周颐对罗庄词学才华的欣赏原本是非常纯粹的,但罗振常何以如此抗拒呢? 罗振常曾说:

(庄)尤工于长短句,上者直追冯、欧,近代造诣及此者,能有几人? 乃举世方沉迷于某派,非秦者去,为客者逐,致阳春之奏反不足与下里同称。然汝果能北面于当代宗工,藉其揄扬,则又可抗衡《漱玉》,凌驾《断肠》,睥睨一世矣。而汝不为也。顾海宁王忠悫公尝阅汝之作,诧为女子中所未见。别有不知姓名者着论推崇,则亦非全无知音。果其所刊,不随秦火而毁,决其必传于后。③

这里再次提到王国维对罗庄词的欣赏,可与张筼序中所述对勘。但罗振常的这段文字其实别有宗旨,在阐明罗庄词的艺术成就之余,更重要的其实是说明罗庄的词风与晚清民国以来的主流词风趣尚不同,而且这种不同在罗振常来看,并非可以两存其说,而是正与变的关系。文中提到的风行当世的“非秦者去,为客者逐”的“某派”,正是以朱祖谋、况周颐等为代表以崇尚吴文英为核

---

① 张筼:《〈初日楼续稿〉序》,罗庄著,徐德明、吴琦幸整理《初日楼稿》,上海辞书出版社,2013 年,第107 页。
② 周子美:《〈初日楼遗稿〉序》,罗庄著,徐德明、吴琦幸整理《初日楼稿》,上海辞书出版社,2013 年,第107—108 页。
③ 罗振常:《祭长女庄文》,罗庄著,徐德明、吴琦幸整理《初日楼稿》,上海辞书出版社,2013 年,第115 页。

心的民国主流词坛。这是罗振常追求“和雅”的词学观决定了其与梦窗词派的分歧之处。今观罗振常为撰条例之用语，如“贪多务得”“遗讥大雅”“任情拉扯”“辱没衣冠”“最无意味”等等[①]，此虽是针对《考略》原稿而言，但其中未尝没有特定的情绪在内。

王国维对况周颐的印象在最初基本来自沈曾植，因为其自述“在沪半载余，惟过乙老谈，孤陋可想”[②]，故说况周颐在沪上不理人口，很可能也来自沈曾植，事实上，沈曾植也确实对王国维说过况周颐“其人性气极不佳”的话[③]。但王国维其实是自我判断能力极强的人，随着他与况周颐交往的增多，他对况周颐的印象也就不一定受限于沈曾植了，即如其致信罗振玉也称赞其志气、议论和文彩。王国维在致罗振玉信中特别提到“其追述浭阳知遇，几至涕零”之事，实际上倒是王国维颇为认同的。浭阳即端方。况周颐为其幕客时曾代其撰《匋斋藏石记》，“零文坠简，多所諟正，旁籀博稽，莫不赡举”[④]，深得端方赏识。所谓知遇之事之本末，张尔田曾有语述及：

> 夔笙为两江总督端忠敏（方）幕客，为之审定金石，代作跋尾，忠敏极爱之。时蒯礼卿（光典）亦以名士官观察，与夔笙学不同，每见忠敏，必短夔笙。一日，忠敏宴客秦淮，礼卿又及夔笙。忠敏太息曰：“我亦知夔笙将来必饿死，但我端方不能看其饿死。”夔笙闻之，至于涕下……噫，忠敏之爱才，无愧明珠太傅，而夔笙知己之感，虽死不忘，尤可念也。[⑤]

张尔田立于两端追忆此事，堪称公允。而如果蒯礼卿果然是因为与况周颐其学不同，而每见端方必短况周颐，则倒显出蒯礼卿的狷狭反而在况周颐之上了。王国维曾作有专为哀悼端方的《蜀道难》一诗，为客死四川的端方招

① 况周颐：《历代词人考略》，影印吴兴刘氏嘉业堂钞本，全国图书馆文献缩微复制中心，2003 年，第 1545—1547 页。

② 参见王国维 1916 年 9 月 14 日致罗振玉信，房鑫亮编校：《王国维书信日记》，浙江教育出版社，2015 年，第 165 页。

③ 参见王国维 1916 年 2 月 21 日致罗振玉信，房鑫亮编校：《王国维书信日记》，浙江教育出版社，2015 年，第 92 页。

④ 冯幵：《清故通议大夫三品衔浙江补用知府况君墓志铭》，转引自寒冬虹《新见况周颐墓志铭拓本》，《文献》1994 年第 1 期，第 282 页。

⑤ 张尔田：《近代词人逸事》，唐圭璋编《词话丛编》第五册，中华书局，1986 年，第 4368 页。

魂①。则面对况周颐对端方的感恩,王国维的认同自然应是主要的。

况周颐的"不理人口"可能更多的是因为其性格中的独立甚至张狂意识。罗忼烈曾说:"或谓况蕙风尝问词于端木埰,切磋于王半塘、朱彊村,然半塘与彊村书,言其目空一切(见光绪刊本《彊村词》卷首),盖桀骜不群之士,多自我主张,鲜有俯仰因人也。"②这倒显出况周颐的不凡之姿了,况周颐的"自我主张"其实见于其为人为词很多方面,如其《蕙风词话》中标举承王鹏运而来的"重拙大"说,在门面语之外,在具体的批评实践中便常常逸出其思,从而使"重拙大"说内蕴的矛盾突显出来,这除了与况周颐素持的词学观念与王鹏运之说有难以契合处之外,也可能与其"鲜有俯仰因人"的天性有关。

"蕙风好骂,于彊老亦有不满"③,似乎也是沪上不少人熟知的。但朱祖谋对况周颐的推许并不因此而改变,这自然引起了当时一些人的不满。张尔田就直言不讳地说:"《蕙风词话》,标举纤仄,堂庑不高。重拙指归,直欺人语。愚昔年即不以为然。而彊老推之,殊不可解。彊老与蕙风合刻所为词曰《鸳音集》,愚亦颇持异议。"④而况周颐的词见重于当世,在张尔田看来,也未始没有王国维的揄扬之力。1936年3月18日,张尔田致信夏承焘说:

> 蕙风生平最不满意者,厥为大鹤。仆尝比之两贤相阨。其于彊老,恐亦未必引为同调。尝谓古微但知词耳,叔问则并词而不知。又曰:"作词不可做样。叔问太作样,太好太好。"实则大鹤词曲绚烂归平淡。其绚烂处近于雕琢,可议;其平淡处断非蕙风所及,不可议也。在沪时与彊老合刻《鸳音集》,欲以半唐压倒大鹤,彊老竟为之屈服,愚殊不以为然。惟亡友王静安,则极称之,谓蕙风在彊老之上。蕙风词固自有其可传者,然其得盛名于一时,不见弃于白话文豪,未始非《人间词话》之估价者偶尔揄

① 王国维1912年11月11日致信铃木虎雄云:"近作《蜀道难》一首,乃为端午桥尚书作。"房鑫亮编校:《王国维书信日记》,浙江教育出版社,2015年,第56页。

② 罗忼烈:《况周颐先生年谱序》,郑炜明《况周颐先生年谱》,上海古籍出版社,2009年,第1页。

③ 夏承焘《天风阁学词日记》1935年6月14日记,《夏承焘集》第五册,浙江古籍出版社、浙江教育出版社,1997年,第389页。

④ 《天风阁学词日记》转录张尔田1936年3月致夏承焘信,《夏承焘集》第五册,浙江古籍出版社、浙江教育出版社,1997年,第433页。

扬之力也。大鹤为人，不似蕙风少许可，独生平绝口不及蕙风。①

　　张尔田在晚清民国词坛，属于人脉广泛者，故其接触之人或耳闻故实，料亦甚广。况周颐与劙礼卿、郑文焯等的矛盾自然可进一步掘其微妙之处，但张尔田本人的心态似乎也不稳定，譬如关于况、郑词高下之评、联合朱祖谋压制郑文焯之事、得王国维称许而驰名词坛等，出言似皆略有草率。至少王国维在《人间词话》中对况周颐的批评已具相当的锋芒，"揄扬之力"真不知从何说起。
　　对况周颐十分厌倦甚至要专门留下文字，希望况周颐"遗臭万年"的还有文廷式。他在《知过轩谭屑》中说：

　　　　况周仪者，广西举人，捐内阁中书，其素行捐薄。壬辰，妻卒不数月，而续娶河南申氏女。申氏颇富，至癸巳三月有孕，况乃诬其与人奸私，非己之有，谓其妻母曰："与我银三千，我则承之，否则休弃"云云。于是一时闻者无不骇怪，以为衣冠之败类。况之讲词曲，亦词曲之辱也。此等谬戾之徒，吾惧其小小著述，或有流传于后，特书其十之一二，以正告后人。②

今检郑炜明等撰《况周颐年谱》，于壬辰年（1892）之下，并未言及有续娶申氏女一事，倒是将纳吴姬卜娱为妾事系于此年。其间是否有误"卜"为"申"张冠李戴之事，容再细审。但据《文云阁先生年谱》，壬辰、癸巳之年，文廷式与况周颐确都在京师，且有一定交往，则其所记况周颐之事或当有所本。从文廷式诸如"素行捐薄""衣冠之败类""词曲之辱""谬戾之徒"等用语来看，其对况周颐的恶感程度十分深，不仅对其行为极为不耻，连同其词曲之学也一并彻底否定。而文廷式为担心后世读其"小小著述"而不知其人之心，特地将其心目中不光彩的行为用文字记录下来昭告后世，其棒杀之心不可谓不烈了。
　　以上关于况周颐的这些评判大多是聚会话聊而及或书信所述，若非夏承焘在日记中有心摘录保存，这些珍贵的文献就很难为后人获知了。而验之其他相关文献，可见夏承焘所述多合乎事实。学术生态志的重要性于此可见一斑。

---

　　①　转引自夏承焘《天风阁学词日记》，《夏承焘集》第五册，浙江古籍出版社、浙江教育出版社，1997年，第435页。
　　②　文廷式：《知过轩谭屑》，上海中山学社编《近代中国》第18辑，上海社会科学院出版社，2008年，第458页。

三、民国词坛的江南词风——论谢玉岑及其词

常州词人谢玉岑生活在 1899—1935 年。我们知道这是一个社会变革非常激烈动荡的时代，晚清的颓势无可挽回，从甲午战争失败、戊戌政变到八国联军侵华，接着是辛亥革命、张勋复辟、北伐战争、国内革命战争，也带上一点抗日战争的前奏。李鸿章曾经说他经历的那个时代是"数千年未有之变局"，李鸿章是 1901 年去世的，实际这种变局在李鸿章去世后是继续存在的，谢玉岑所经历的就是这样一种"变局"。"变局"两个字，看上去比较中性，其实是从国家繁盛转入困顿之中。

这样的时代是国家的灾难，也是民众的灾难。但正如赵翼说过："国家不幸诗家幸，赋到沧桑句便工。"①这样一个时代为诗人提供的是颠沛流离的经历和刻骨铭心的感受，这与和平繁盛年代是完全不同的两种体验。大凡天才的诗人，都会在这样一种时代大放光彩。如杜甫经历了安史之乱，创作达到高峰；苏轼经受乌台诗案，人生境界与诗歌境界都顿然得到提升。我们虽然不愿意看到这样的时代，但我们看到在这样的时代所带来的创作成就，还是很有感慨，不想遇见这样的时代，但很想见到这样的诗歌。

谢玉岑是个多才多艺的人，用谢稚柳的话来说，就是"尤以书法及倚声，知名当世"②。他的老师也是岳父钱名山说他"以词赋雄其曹"③。1935 年 4 月，谢玉岑去世后，虽然身前博艺随身，但张大千题写的墓碑上也是"江南词人谢玉岑之墓"，可见词人的身份和地位是最得公认的。读谢玉岑的词，我曾不揣浅陋，填过一阕《临江仙》：

> 通擅诗词书画例，三吴并世数平陵。幽溪曲港也香熏。玉岑公雅意，情最若斯人。　　一树梅花深自许，江南词客等名身。故家文字倍伤神。何如青草畔，占取鹿门春。

① 赵翼：《题元遗山集》，赵翼著，胡忆肖选注《中州古籍出版社》，1985 年，第 162 页。
② 谢稚柳：《先兄玉岑行状》，谢建红编注《谢玉岑集》，华东师范大学出版社，2019 年，第 248 页。
③ 钱名山：《名山文约》，转引自谢建红著《玉树临风：谢玉岑传》，上海书店出版社，2017 年，第 22 页。

我努力写出了我心中谢玉岑的特殊性,譬如诗词书画兼擅,譬如他"幽溪曲港"的审美方向,譬如他过人的深情,譬如他以梅花自喻的品格,譬如他作为东晋谢氏后人的荣誉感和责任感。我尽量把这些因素都写了进去,从一首词的角度来说,容量应该是够了。

一、谢玉岑学术史略说

关于谢玉岑的研究并不是近年才开始的,1935 年谢玉岑去世后,关于他的遗稿的收集和编订就是以一种公开的方式进行的。《词学季刊》所载《词坛消息》,称其词"冰朗玉映,在《梦月》《饮水》之间"①,就包含着对谢玉岑地位的肯定以及对于其创作的简要评价。此后编订成《玉岑遗稿》,这个遗稿虽然蹉跎多年才得以出版,但它的出版也在一定范围内受到了学界的关注。尤其是《玉岑遗稿》前面的符铸、夏承焘、王师子、张大千、陈名珂、陆丹林、唐玉虬、谢稚柳等人的序,书后王春渠的跋,这些作者皆是与谢玉岑有过密切交往的人,他们了解谢玉岑这个人,也了解他在文艺上的骄人成就,属于离谢玉岑最近的一群人,所以他们的论说虽然不长,有的甚至只有三言两语,但要言不烦,精准而且启人深思。从某种程度上说也奠定了此后的研究方向。

《玉岑遗稿》的序言之外,还有诸多题诗,如叶恭绰、唐鼎元、夏承焘、钱振锽等,以及钱小山撰写的谢玉岑小传,都既是研究谢玉岑的第一手资料,同时这些序言、题诗、传记本身也具有一定的研究性质。

《玉岑遗稿》奠定了谢玉岑诗文的基本格局,计有诗文各一卷,词二卷,凡四卷。据王春渠的跋文,我们知道这个本子中的诗文是王春渠与钱小山稍为去取,词则由夏承焘点定。这意味着在编订《玉岑遗稿》时,可能删去或至少斟酌了一些诗词文,如果没有谢玉岑的原稿,我们只能接受这个被去取和点定的文本了。

1989 年,谢玉岑诞辰 90 周年,在《玉岑遗稿》出版 40 年后,谢、钱两家后人集资重印谢玉岑遗著,而主事者则为钱名山之孙、钱小山之子钱璱之。重新编订后的谢玉岑作品集名《谢玉岑诗词集》,这个集子除了保留了《玉岑遗稿》的内容之外,还在体例上稍作调整,卷一为诗,凡 98 首;卷二为词,合《白菡萏

---

① 《词坛消息》,龙榆生主编《词学季刊》1935 年第二卷第四号,第 201 页。

香室词》《孤鸾词》为一卷,凡词 84 首;卷三为文 7 篇;卷四为"补遗",为《玉岑遗稿》集外诗文,共计诗 21 首,词 2 首,文 1 篇。此外有四个附录:其一为《玉岑遗稿》序跋 9 篇;其二为《玉岑遗稿》题诗题词 5 首;其三为题赠与伤悼诗文 18 篇;其四为传略与怀念文 4 篇。除了在谢玉岑的创作文本上超越了《玉岑遗稿》之外,附录三和四都是新补入的,这为谢玉岑研究增添了新的材料。

十年之后,也就是 1999 年,恰逢谢玉岑诞辰 100 周年,由谢伯子画廊编了一本《谢玉岑百年纪念集》,策划其事的是谢玉岑之文孙谢建新、谢建红。但这本书的出版则延至 2001 年。此书的第一部分是由吕学端辑录的《谢玉岑集外佚诗遗文》。这是在《玉岑遗稿》《谢玉岑诗词集》之外再度辑录的佚诗遗文,合文 1 篇,诗 8 首,词 9 首,联一副,手札 22 封。辑录者吕学端与谢玉岑有过交接,两人亦有戚缘,彼称谢玉岑为表姊丈,故积年注意搜罗其文献。

这本百年纪念文集的第二部分是陆丹林编订的《玉岑词人悼感录》,合遗像、遗画、遗墨、遗札、悼文、挽诗、挽词、挽联而成,此悼感录编订于谢玉岑去世三个月之时,前有谢梦鲤序,正文合文、诗、词 90 余篇(首),读来满纸皆悲戚之情。

此外,此纪念文集还收录了钱振锽、谢稚柳、钱小山、钱仲易、夏承焘、郑逸梅、张大千、黄苗子、苏仲翔、朱奇、钱仲联、包立民等人对谢玉岑的追思以及笔下相关文字,其中有不少文字对谢玉岑的交游做了细致的梳理分析。有意研究谢玉岑的人,这本书是不能忽略的。

近年来,在谢玉岑后人特别是其文孙谢建红君的推动下,关于谢玉岑的研究在文献辑录之外,渐成学术格局。2017 年,上海书店出版社出版了谢建红著的《玉树临风:谢玉岑传》,这是目前为止最为详尽、最具格局的一本传记。传记正文分"谢家玉树"与"瑶林玉树"上下两篇共 14 章。读这本传记,谢玉岑一生行迹、思想与创作大略在是。建红君并编定了《谢觐虞年谱》,附录了《玉岑遗稿》《玉岑遗稿补辑》《玉岑词人悼感录》《谢玉岑相关资料》等。值得一说的是年谱将谢玉岑一生行实大致钩勒了出来,而《谢玉岑相关资料》则尤为珍贵,珍贵在于辑录了不少他人写给谢玉岑的诗词以及从其他别集中发现的哀挽谢玉岑的文字。

今年是谢玉岑冥诞 120 周年,在常州文化部门等多个单位以及谢氏后人的推动下,集中出版了数种关于谢玉岑的著作,可以看作是谢玉岑研究第一个高峰时期的到来。

首先是重新编订了《谢玉岑集》，张戬炜、彭玉平序各一，正文诗一卷，合《青山草堂诗》《题集题画诗》《联语》三个部分；词一卷，合《白菡萏香室词》《孤鸾词》《题画词》三个部分；文一卷，合《周颂秦权室文》《墨林新语》《题作》三个部分，手札一卷。另附录《玉岑遗稿》的序跋，金松岑、叶恭绰等人所作的纪念、传略、年谱，谢氏家集。

其次是线装景刊了《玉岑遗稿》（增钟锦、谢建红序跋各一）。典雅大方，让人爱不释手。

第三是出版了《谢玉岑词笺注》，谢玉岑虽然出入文学与艺术之中，但最重要最有影响的还在填词一道上。谢玉岑的词兼涵古典与今典，读懂读透并不容易，朱德慈等的笺注本，基本扫清了阅读障碍，为后续的深入全面的研究奠定了基础。朱德慈是清代和民国词学研究的代表性人物，他笺注的谢玉岑词应该是值得信任的。

第四是编辑出版了《谢玉岑研究》专书，这本书背后的故事我知道一些，建红兄为了这本书，除了整理选择此前的若干评述或追忆文章，还广邀文学艺术界关注谢玉岑的学人分专题撰文，合成此集。此书前有曹公度、王蛰堪、彭玉平、我瞻居士、卜功元六家题辞，正文分诗词文研究、书画研究、交游与思想、家世与家学、总论五个部分，建红兄约写的篇章主要在第一、第二部分，第三部分也有少量新写文章。

以著作而言，关于谢玉岑学术史的情况大致如上。

在《谢玉岑研究》一书出版之前，虽然也有不少题诗题词以及若干追忆文章，其中也颇有对谢玉岑文艺特点进行简要点评者，但基本上没有针对其文学艺术进行分类分体的全面而深入的研究。换言之，关于谢玉岑的专题论文此前还极为罕见。而《谢玉岑研究》中的"诗词文研究"与"书画研究"两个部分，则体现了现代学术讲究专题性、理论性、系统性的观点，明显提升了谢玉岑研究的格局和气象。

如书画研究部分，既有对谢玉岑书法艺术的探讨，也有对其文人画、绘画中的词人画意境、他的题画诗词、临摹《虢季子白盘》书体以及其艺术及市场走向等问题的研究。很显然对其书画艺术的研究正在走向精深。

诗词文研究不仅是《谢玉岑研究》一书中所占篇幅最大者，而且论及诗词文等多种文体,应该说体现了目前关于谢玉岑文学研究的最高水平。我瞻居士(钟锦)的《读玉岑公文书后》注意到谢玉岑诗文为词名所掩的事实,但今存谢玉岑文的风姿神韵也是昭然而在的事实。清代阳湖文派声震一时,常州学人的文章是清代唯一可与桐城文派相媲美相抗衡的。谢玉岑耳濡目染,兼之天赋过人,故其文也颇有可观。此文注意到谢玉岑文有与诗词一样的锻炼之意以及刻意为文的倾向,数篇四六文,即是明证,这一类文章守法有余而创艺不足。但钟锦同时认为谢玉岑的古文则楚楚有风致,这大概与他无意为古文的心态有关。简略而言,钟锦是从词与文的关系角度来考量谢玉岑的文章,所以他将谢玉岑的文章总体定位在“词人之文”这一点上。钟锦的这篇文章是用浅近的文言写成,虽然意思明白到位,但限于语体,有待具体分析论述的空间还是比较大。

谢玉岑在诗词上造诣卓异,学界往往认为这与他曾在寄园学习的经历有关,加上钱名山本人是诗词名家,从寄园出来的谢稚柳也写得一手好诗词,大家印象中的寄园似乎是一所文艺私塾。但事实上,不遑说钱名山本人是江南大儒,他学问的根底在经史之学,特别是在《孟子》《春秋》的研究上多有创获,自出手眼。寄园的教学方向也主要在经史方面,他对谢玉岑的期望并非是成为一个出类拔萃的诗人词人或书画名家,而是一个博通古今的大儒。钱名山择婿时对他提出了这方面的要求,在谢玉岑选择去上海读商校时,他的不满也根由于此。徐建融等撰写的《“春秋”与谢玉岑》一文,从寄园的性质出发,仔细分析了谢玉岑诗词中所透示出来的春秋风雅及其忧国忧民之心,读出了谢玉岑隐藏在诗词背后的经史底蕴。这样的文章实在是值得一再把玩的。

谢玉岑以词名家,但他早年其实作诗的热情要高于填词,这也印证了一个优秀的词人往往以扎实的诗歌作为功底的普遍现象。《谢玉岑研究》中关于诗歌研究的文章虽然只有一篇,但作者用力是深的。蒋涛《谢玉岑诗歌综论》一文,从题目上就可见出此文欲笼罩谢玉岑诗歌全体的用心和气魄。今存谢玉岑诗歌凡323首,数量上超过词一倍有余,这是我们不能也无法忽略谢玉岑诗歌的最基本的原因。蒋涛此文将谢玉岑的诗歌大别为爱情诗、题画诗、纪游酬答诗三个部分,每一部分再析论其特点,彼此合成了对谢玉岑诗歌的整体性认知。

在爱情诗部分,蒋涛以谢玉岑的爱情组诗《绮语焚剩》为主体,一方面分析了其创作渊源，尤其分析了《绮语焚剩》对黄景仁《绮怀》诗的借鉴痕迹，以及他们与共同师法的李商隐诗歌之间的关系。而关于谢玉岑的题画诗，作者则注意到谢玉岑兼擅诗画的实际。谢玉岑对书画艺术有深刻的认知，所以其题画诗多用精炼的绝句，注重情感的复杂性、构思的多维性、品画的纪实性，应该说作者是触摸到了谢玉岑题画诗的基本底蕴的。而关于纪游酬答诗，作者则贯穿以种种不同的情怀，所论不旁逸，有根底。作为第一篇综论谢玉岑诗歌的专论，此文为后续的相关研究奠定了重要基础。

《谢玉岑研究》中的"诗词文研究"部分共有九篇论文，除了论文、论诗各一篇，兼论诗词文的一篇，其他 6 篇都是谢玉岑词的专论。这个比例在文体分布上虽然不怎么协调，但与谢玉岑在词坛上的影响力还是一致的。毕竟谢玉岑作为"江南词人"的名分也更深入人心。

近年来，谢玉岑逐渐引起学术界更多的关注，尤其是他的词名在时隔七八十年后好像再度声誉日隆，这说明真正有成就的词人，可以被尘封一时，但难以被尘封一世，这个世界对经典的期待之心是永远也不会泯灭的。但在这种声名的背后，谢玉岑究竟有着怎样的美学特质，以及这种特质在词史上有着怎样的地位，也一直缺乏系统而精准的探究。这些问题不解决，要让谢玉岑深度走进读者是不可能的，或者说即便短暂走进，也会很快走出。钟锦等撰写的《论谢玉岑的词史意义及美学特质》便试图来解答这一关键问题。他注意到夏承焘、钱仲联等对谢玉岑评价的变化，但总体是置于周之琦、纳兰性德等之间。这个定位很重要，其实也是一种基本的解读方向。是否常州籍的词人，就一定是常州词派？我们常州人很愿意朝肯定的方向去想。但有两个问题必须面对：其一是常州词派是一个在变化中带有理论流动色彩的词派，所以对应常州词派的哪一阶段哪一方面？这并不是一件很容易就界定的事情；其二是常州词派在谢玉岑的时代更多地呈现出与浙西词派调和的色彩，晚清民国时期的临桂词派以王鹏运、况周颐为核心，后来浙江湖州的朱祖谋等也大致可以纳入到这个词派。但这个词派正是在常州与浙西两个词派的基础上形成的。这样说来，我们说常州词派一直影响到民国时期，虽然这句话是经得起推敲的，但也是一句有待进一步完善的话。钟锦注意到晚清民国常州、浙西以及在这两派之外的王国维所带来的三种词的美学思想，而他在谢玉岑的词中恰恰看到了这三种词的美学特征融合的倾向，当然他也注意到谢玉岑后期词的"孤鸾"特质。他认为以谢玉岑的天赋,加上不断的修炼和"孤鸾"的特质,原来是极有可能将常州词派的"寄托"与王国维推崇的纳兰性德的"自然"融合为一,甚至更能超越这种融合。但英年早逝的谢玉岑,最终未能完成这种融合与超越。但从另外一个角度来说,正因为这种"未完成"的状态,使得谢玉岑的词中充满了叠加式的美学特征,则未完成的"丰富"也未尝不是一种不错的状态。

用流派来归属不同的词人,从好的方面来说,不至于飘荡无归;从不好的方面来说,就是局限了其他的联想空间。像谢玉岑这样的常州籍词人,也具有常州词派部分特色的人,如果要归入常州派,肯定是最简便轻松的事情。张戬炜可能意识到这种简单画一的流派归属,会遮蔽掉词人创作的丰富性,所以他的《遨唐游宋一孤鸾:词人谢玉岑与常州词派》一文,一方面注意谢玉岑在经史骈文诗文方面受到常州经学、阳湖文派、常州词派的影响;另一方面也注意到其飘然于常州词派之外、直追唐宋词人的特色。在张戬炜看来,谢玉岑以尊情来呼应常州词派的尊体,用无心可猜来对应常州词派的微言大义,用身家沧桑来对应家国寄托,用日常之春风夜雨来对应"重拙大"之说。这使得谢玉岑的词与常州词派虽然同途却判然异趣。张戬炜的认知具有相当的震撼力,但如此具有震撼力的观点需要学术界消化吸收的时间也注定要长一些,我们不妨一起期待。

现在我们回想夏承焘等人之所以把谢玉岑与纳兰性德等人联类而看,一个很重要的原因是他们都写了相当数量和质量的悼亡词。但如果只有悼亡词,而没有此前的爱情与相思之词,则这种悼亡终究会失去更深沉的底蕴。段晓华《情文相生,冰朗玉映——论谢玉岑的爱情词》就是一篇从整体上观照谢玉岑爱情全过程的佳作,她认为谢玉岑的爱情词虽然远绍花间北宋,但开拓了新的表现范围,提供了新的范本。如其爱情词,无论在哪个阶段,都呈现出强烈的纪实性;又如其爱情词的抒情特征在浅语深衷、白描、跌宕有致的抒情层次、情境融合等方面,都有更细致更新颖的表现。段晓华并关注到谢玉岑爱情诗的声韵特征,用韵宽松、数部合韵等,都是其特征。段晓华是填词高手,词心敏微,所以对谢玉岑词也多细微之体认。词家论文果然有其异样出色之处。

朱德慈的《"江南词人""真才子":论谢玉岑及其词》是他笺注谢玉岑词集的前言,所以论及范围较广,从其家世到生平,从词学启蒙到词坛初显身手再到成为享誉一时的大词人,特别是在其夫人钱素渠去世后,谢玉岑爆发出来的创作激情与词作新貌,这个过程的钩勒细致而条贯。对谢玉岑相思、悼亡、感时、纪游、题画的题材特色,对其词在色彩、动态、白描、情意充沛的艺术特色,都作了翔实的分析论证。同时也钩勒了其家传、师承以及心追诸家的词学渊源。此文格局平正,内容丰富,系统性是其最大特色。

从一般的情形来说,往往是先有对词人词作的关注,然后才有对其词集刊刻、传播的研究。在谢玉岑研究初显格局的情况下,看到陈雪军《论谢玉岑词作的传播、编辑与刊刻》一文,还是令我惊讶,或者说是惊喜。他细致地梳理了谢玉岑身前的朋友圈及其词的传播以及身后词作传播的情况,特别是对《玉岑遗稿》的编辑与刊刻大致还原了其脉络,这个脉络或者过程是十分令人感怀的。此外,朱尧对谢玉岑若干词的校读贡献了他的看法,文章关注点不大,但理据充分,却是虽小却好。

《谢玉岑研究》一书展现出来的对谢玉岑家世、生平、交游、创作等多方面的研究,因为积聚的时间相当长久,所以呈现出来的研究格局已足令人欣喜。但文出众手的文集,固然有各具风采的优长,但也因为缺少彼此的衔接与映照,而显得体系性不足。以逻辑严密的著作形式来研究谢玉岑的诗词、书画,我相信是不久之后会出现的事实。

二、"幽溪曲港"与谢玉岑词的创造性

常州人文渊薮。龚自珍对常州的评价就很高。"东南绝学在毗陵","天下名士有部落,东南无与常匹俦","我益喜逐常人游"①,等等,都是夸常州的文化和常州的人。常州的文化让人敬佩,常州的人也有特别的魅力。

陆游也说常州"儒风蔚然,为东南冠"②。举个例证:宋大观三年(1109)录取进士300人,常州一地就有53人。袁枚说:"近日文人,常州为盛。"③上海人严迪昌说:"乾隆时期,常州这个'部落'最称鼎盛。"④这都是说诗歌。其实,现在学术界认定有个很了不起的常州诗派的。如果再加上一个常州词派、常州经学,常州的文化学术确实曾经领一时之风骚。

入了民国,谢玉岑以常州人的身份来填词,让我们很容易联想到历史上最

---

① 分别见龚自珍《己亥杂诗》(五九)、《常州高材篇送丁若士履恒》,龚自珍著,刘逸生、周锡馥校注《龚自珍诗集编年校注》,上海古籍出版社,2013年,第639、409、409页。

② 陆游:《常州开河记》,陆游著,马亚中、涂小马校注《渭南文集》第二册,第246页。

③ 袁枚著,顾学颉校点:《随园诗话》卷七,人民文学出版社,1982年,第217页。

④ 严迪昌:《清诗史》,浙江古籍出版社,2002年,第924页。

有影响的常州词派,现在对民国词的研究目光基本集中在所谓晚清四大家:王鹏运、况周颐、朱祖谋、郑文焯,有时说五大家,就再加上一个文廷式。这里面,王鹏运与况周颐是广西人,朱祖谋是浙江人,郑文焯是辽宁人,文廷式是江西人。不要说常州人,连个江苏人都没有被列入填词的第一集团。我读了谢玉岑的词,认为那绝对是一个天才词人的天才作品。但在近代词史上关注他的还是太少太少,现在我们努力把一个尘封已久的一流词人再次推到学术界、文化界面前,让他们知道此前的研究格局,因为对谢玉岑的冷漠,其实是不完整的,或者说有重大缺陷的。

词这种文体在发展过程中虽然也用来叙事,但抒情仍然是词最本质的特征。当然抒情可以直抒其情,也可以兜个弯子,把情感放在里面。清代以张惠言、周济为代表的常州词派更主张后一种,也就是表面的文字只是一点端倪,真正的意思要深入到作品的里面和背后,这种创作方式有个专门术语叫"寄托",而基本的创作方法就是"比兴"。"寄托"两个字就成为常州词派的一个符号、一面旗帜。

用比兴的手法去寄托情感,这是我们常州诗人的传统,因为自成体系,符合诗词的特征,所以影响广泛,引起了全国诗人的重视,所以这个常州词派的影响是全国性的,而且历史跨度的时间很长,从清代中期一直到民国时期,填词的人基本上还是信奉这个学说。谢玉岑对这个从家乡蔚然而起的常州词派显然是积极维护的,他的挚友夏承焘早年填词多依照浙西词派崇尚张炎的路子,谢玉岑对老友也不客气,直接规劝说:"玉田不足依傍,幸早舍去。"①舍去玉田,意味着舍去浙派,也同时意味着回归常派。

要追随常州词派,当个优秀的诗人,就要有一个基本的特征,就是多情、重情,情感丰富深厚了,才能讲到怎么去表现的问题。常州在 18 世纪后半页,有个诗人非常有名叫黄景仁,他的故居据说在常州保存得很好。黄景仁的名句很多,我简单引几句:"似此星辰非昨夜,为谁风露立中宵""秋深夜冷谁相怜,知君此时眠未眠"②。这样的句子大家一看就知道是好句,我一直认为真正高

---

① 夏承焘《天风阁学词日记》1928 年 11 月 14 日,《夏承焘集》第五册,浙江古籍出版社,1997 年,第 56 页。

② 黄景仁:《绮怀》(十五)、《秋夜曲》,黄景仁著,李国章标点《两当轩集》,上海古籍出版社,1983 年,第 265、4 页。

明的文学作品,就是用大家都熟悉的字词,进行重新组合,然后让读者从熟悉的字词中看出意料之外的意思,震惊到你。黄景仁就有这个本事。所以郁达夫很崇拜黄景仁,专门写了一篇小说《采石矶》,就是以黄仲则(景仁)为主人公的。

其实谢玉岑也同样有这种本事。叶恭绰就认为"乡彦名应抗两当"(《玉岑遗著将出版感题》),"两当"就是"两当轩",是黄景仁的书斋名,据说得名于《史通》"以两当一"之意。也有说黄景仁家况困顿,没有单独的书房,一间厢房既当书房,也当卧室,故名"两当"。以前我们读韩愈、苏轼等人的文章或诗词,学术界有"韩潮苏海"的说法,主要称赞的是他们的作品中所呈现出来的波澜壮阔的气象。但总是读这样的作品,也会感到厌倦的。原因是我们普通人的情感本来就是纷繁复杂的,这种宏阔的气象看多了,慢慢地感觉也就淡了。谢玉岑的词走的是什么路子呢?王师子《玉岑遗稿序》说:"然幽溪曲港,亦足移情,讵非天地间佳景,何可偏废!"①这种"幽溪曲港"的写景抒情特点正是指出了谢玉岑词的特色所在。当然这并不是说谢玉岑的填词就这一个特色,而是这个特色是别人所忽视的,谢玉岑恰恰在这方面开拓了自己填词的境界。

只要检读谢玉岑的词,就会被他的深情所感动。而且他表达的情感确实更多的属于他个人的,这也就是我前面说的"幽溪曲港"般的情感。这种情感虽然偏小,但深情款款,一样让人动容。我举几个例子,大家就能感受到。"痴情还是自痴情,情到痴时倍怅神""欲忘情处未忘情,多少春愁诉乳莺""情债好还空有泪,藕丝欲断恨无力""幻成木石情方死,乞到因缘佛不灵",等等。像这样的词句一个薄情的人绝对写不出,一个没有高超的文字感觉的人也绝对写不出。类似的情感和写法,在1932年3月妻子钱素蕖去世后,谢玉岑写的追思文字表现得更为突出。他经常在梦里与妻子相遇,但醒来后面对的却是空空的世界,所以我们读他这些词,往往也跟着他的情感而起伏不已。我们看他的诗句:"梦里啼痕射月阑,醒来犹自苦汍澜。平生胆怯空房住,肠断城东渴葬棺。""苦凭飘忽梦中云,赚取殷勤衣上泪。起来检点珍珠字,月在墙头烟在纸。"我们平常说,看一个人如何对待亡者,就知道他怎么对待生者。我在自

① 王师子:《玉岑遗稿序》,谢建红编注《谢玉岑集》,华东师范大学出版社,2019年,第237页。

己填的那首小词中有"玉岑公雅意,情最若斯人",用了这个"最"字,就表达了我对玉岑公用情深至的赞赏之意。

我们知道历史上的东晋王朝,主要是三个姓氏的天下,一个是司马氏,一个是王氏,另外一个就是谢氏了,刘禹锡的"旧时王谢堂前燕,飞入寻常百姓家",就婉转写出了王、谢两家曾经的辉煌。谢氏一门尤其是一个文治武功都非常显赫的家族,像谢安率军取得淝水之战的胜利,这不是简单的一场战争的胜利,而是扭转历史轨迹的一场胜利,从此以后东晋的版图就一直扩大到了黄河边上。所以在整个东晋王朝,姓谢的都格外受到朝廷的恩宠,谢安更一度做了东晋宰相。后来谢家又出了一个大诗人谢灵运,这使得这个家族在军事、政治和文学上都成为那个时代的一种标杆。武进的谢氏家族在源流上与东晋谢氏有什么关系?我没有详细考证过,现在能够考证出来始迁常州是从南宋谢廙开始的,但再往前追溯,可能是有渊源的。常州谢氏家族对东晋时居于江南的乌衣巷谢家都心追神往,谢玉岑的父亲谢仁湛有诗句:"二十四年,穷居鹿鹿,青山旧是吾庐。"(《满庭芳·自题小影》)"途穷思回阮籍车,青山山下寻吾庐。"(《愤世吟》)这里的"青山"用的就是对东晋谢氏的一种特别意象。谢玉岑的伯父谢仁卿诗集就叫《青山草堂诗抄》。所以谢玉岑把自己的家族传承放在这一脉源流上,也是有渊源的。夏承焘撰写的挽谢玉岑联云:"冰雪过江人,旷代谪仙怜谢朓;苍茫思旧赋,他生灵运识东山。"[1]就是从这个角度来追溯谢玉岑的才华渊源。我们现在来看武进谢氏一门,从祖父谢养田、祖母钱蕙荪、岳父钱名山以及他的弟妹谢稚柳、谢月眉,等等,这个家族的才华真是光彩灼灼,照耀古今的。所以出一个像谢玉岑这样的天才词人,也真的不是偶然的。

谢玉岑写了好多首追怀东晋谢氏家族的诗词,字里行间都洋溢着自豪。他选择去温州任教,其中一个原因是"永嘉山水绝美,且多与吾家康乐有关"[2],"永嘉为吾家太守旧游地"[3]。他要直接踏访谢灵运曾经的踪迹,感受康乐公的精神和文气。我们简单地看几首:"康乐渐吟述德诗,故家文字擅清奇。草堂旧有青山在,凄绝乌衣巷里时。""康乐祠前修禊约,吾家春草满池塘。"

---

① 转引自小窗容滕《不该被遗忘的江南词客——谢玉岑》,《谢玉岑研究》,第276页。

② 谢玉岑致高吹万书,《谢玉岑研究》,第233页。

③ 谢玉岑致王巨川书,王巨川:《再记谢玉岑》,《谢玉岑研究》,第270页。

"把臂他年林壑去，凭君认取谢家山。"一方面追溯了谢氏家族的文采风流，另一方面也以接续这种风流自任。这个家族给了他自豪，也给了他勇气。我在写的那首小词中最后几句是"故家文字倍伤神。何如青草畔，占取鹿门春"。所谓"故家文字"便是他追思前朝荣光的文字，而"何如青草畔，占取鹿门春"，说的是谢玉岑沉浸在艺文之中的那一种情怀。但大家一定记得东晋谢氏在政坛上的辉煌，这种辉煌在谢玉岑的早年，也曾是一种鼓舞的力量。他年轻时候有志经世之学，曾经用诗歌表明自己的志向说："闭户年来气未舒，鹏飞何日展天衢。据鞍草檄平生意，愧杀书窗獭祭鱼。"这诗歌的精神与李贺"请君试看凌烟阁，若个书生万户侯"简直如出一辙。他曾和江阴蒋鹿潭词而写了一组《菩萨蛮》，来表达对现实的忧愤，说明他是想在政治上有所作为的。我为什么要特别把谢玉岑的这一种情怀拈出来，就是因为这样的情怀在谢玉岑一生中持续的时间并不长，或者说因为时间短暂，容易被轻视。但其实无论持续的时间长短，既然有过这样的情怀，就是值得我们记住的。何况这种情怀可能来自先祖的感召，如此就更值得重视了。

谢玉岑为什么那么追怀东晋谢氏家族呢？我想最重要的原因是因为谢玉岑深深感到就像辛弃疾所说的"风流总被雨打风吹去"，先世再名望显赫，但毕竟是历史了，而在谢玉岑生活的时代，家世已经不复当年的神采了，不在眼前，徒有记忆。他形容自己"十年中门庭若冰雪"（谢玉岑《亡妻行略》），这虽然与家中曾遭大火、父亲早逝有关，但也确实门庭冷落。再加上乱世频仍，感慨也就特别深层。这种感慨使得他一方面不得不关怀那个时代，另一方面又寻找着属于他个人安身立命的地方。"已见铜驼卧荆棘，几闻奇士出菰芦""同是青衫潦倒，只天涯、君去更飘零"，处在一个动荡而荒凉的时代，谢玉岑说轻一点是无可奈何，说重一点就是几乎绝望。如果是其他人处在这样的状态中，很可能是颓废消沉，消磨时光。但谢玉岑还有诗词，还有书画，还有家庭的快乐值得珍惜，所以他自己在《放如斋诗序》中说："士君子怀瑾握瑜，孰不欲拾青紫，求富贵，以建功名于天下哉？苟不幸而不获，则鹿门偕隐，梁鸿举案，亦庶几享室家儿女之乐耳。""怀瑾握瑜"的士君子，本来就希望在时代的舞台上驰骋一番，建功立业。但一旦没有这个舞台，没有这种机会，那就要寻觅另外一种人生乐趣了。我小词中说"何如青草畔，占取鹿门春"，就是针对谢玉岑的这种心情而言的。我们读谢玉岑晚年的一些诗词，就发现他把自己的志向向两个方向转移:一个是对江海山林充满了渴望,如"乘槎未许封三岛,买舸终期住五湖""三年医国空藏艾,五亩求田欲种桑"。这些句子都道出了他希望退隐山林湖泊的念想。一个是沉醉在诗词书画之中。"平生不好货与色,犹恨书画每成癖""艺术之乐,令人心死",大家看他用的语言不是随意的中庸的或者说是轻度的,而是"每成癖""令人心死"这样带有极端色彩的语言,这说明在他人生困顿的时候,这些艺文的快乐不仅拯救了他,也成就了他的艺文事业。"画卷黄花灯下影,虚堂春草梦中篇",我觉得这两句就是描写他当时的生活情形了。

我说谢玉岑是一个天才的诗人词人,是有证据的。他生性敏感,所以他对于平常的哀乐,感受也就比一般人深刻。我在这里虽然说的是"哀乐",但在他那个时代,其实是"哀"远大于"乐"。感受敏锐是个优点,但也是个缺点,既然哀多于乐,这使得他的痛苦比一般人要多要深。谢玉岑当然了解自己,所以他对"聪明"两个字特别忌讳,他宁愿变得麻木迟钝,这样那个纷乱的时代就不会扰乱他平静的心境了。但事实上他聪明过人,苦痛自然也就过人。他自己说"沧海几曾能不变,聪明只是休重误""两字聪明生负我,一弯眉月尽牵人"。这是聪明人的烦恼,像我这样的俗人,就一直抱怨自己不够聪明的。苦痛的时候,只有永恒的故乡能安慰他,"故园便是逃名地,踪迹何须问水鸥",谢玉岑的感慨真实而深沉。

新版的《谢玉岑集》,我写了一篇序,在书中"序"就是序,但这篇文章曾经先在微信上推送过,我起了一个很雅致的篇名,叫《一树梅花一玉岑》,我觉得这个题目可以见出谢玉岑为人的清雅格调。关于中国的国花,一直有牡丹与梅花两个选项,如果只选一个,可能选牡丹的人要更多。这其实可以理解的,毕竟牡丹的雍容富贵契合更多人的心思。而梅花就不同了,不仅颜色没有牡丹鲜艳,连体积也弱小了许多。梅花能够与牡丹争一争,主要是读书人的一种情怀在起着作用,譬如她可以雪花飞舞的寒冬开放,譬如她的香气虽然不够浓郁,但清淡而长久。花瓣虽然不大,但精致秀丽,等等。所以陆游的《卜算子》说:"驿外断桥边,寂寞开无主。已是黄昏独自愁,更著风和雨。无意苦争春,一任群芳妒。零落成泥碾作尘,只有香如故。"①梅花的寂寞无主、风雨摧残、

① 陆游著,夏承焘、吴熊和笺注,陶然订补:《放翁词编年笺注》(增订本),上海古籍出版社,2012年,第167页。

寒冬开放、高傲自许、守香如故，这背后都是一种精神，而这种精神正是士君子可以用来自我象征的，所以你看姜夔专门创了两个词调《暗香》《疏影》来写梅花，都是借梅花来写自己的。

谢玉岑对于梅花的幽韵冷香也别有情怀，他特别推崇袁中郎"国色名花世岂少，只缘无此秀丰神"①之句，认为梅花的丰神根本就是其他花比拟不了的。他在二十岁时曾经与同道建了个"梅花吟社"并写了一篇骈文序言，他在序中说："仆平生爱梅，以为梅冷且秀，其佳处自在软红之外，不当与尘俗同论。而古来咏梅者，徒与群卉争一字之褒贬，岂梅花知己？"他觉得梅花的冷与秀，这种雅致是其他花远不及的，所以根本就不要把梅花与别的花去比较，雅与俗有什么好比较的呢，他觉得这中间没有比较的空间。他特别欣赏陆游的《梅花》诗："闻道梅花坼晓风，雪堆遍满四山中。何方可化身千亿，一树梅花一放翁。"②大家现在知道我为什么要为这篇序言冠名《一树梅花一玉岑》了吧，他要像陆游"一树梅花一放翁"一样，做个当代的陆游。这种风范和格调，至今也让我们心追神想。我们要认知谢玉岑这个人，这就是一种基本的方向。

三、谢玉岑与 20 世纪二三十年代的词学生态

谢玉岑不是一个独行侠，当然更不是闭门客，他一直与那个时代以及那个时代的主流人物保持着密切的关系。知兄莫若弟，所以谢稚柳说他"海内名士多倾盖与交"③。夏承焘说他"平生以友朋为性命，真挚恻怛，令人恋嫪不厌"④，这意味我们关注、研究谢玉岑，其实也是关注那个曾经的时代，关注那个时代的文学与艺术的生态。谢玉岑一个人身上就联结着那个纷纷扰扰的时代。在这方面我们除了在他的诗文书画中看出一些基本线索，近年建红君编的《谢玉岑先生年谱》，也大体把与谢玉岑的交游编在里面了。尤其是在谢玉

---

① 谢玉岑《致姑苏友人告至邓尉书》曰："追后读袁中郎'国色名花世岂少，只缘无此秀丰神'句，不禁拜倒，以为言我欲言。"谢建红编注《谢玉岑集》，华东师范大学出版社，2019 年，第 127 页。文中所引诗句，出自袁宏道《梅花》（其二），原诗作："国艳名葩世岂少，只缘无此秀丰神。"袁宏道著，钱伯城笺校：《袁宏道集笺校》，上海古籍出版社，1981 年，第 1055 页。

② 陆游著，钱仲联校注：《剑南诗稿校注》第六册，上海古籍出版社，2005 年，第 2980 页。

③ 谢稚柳：《先兄玉岑行状》，谢建红编注《谢玉岑集》，华东师范大学出版社，2019 年，第 248 页。

④ 夏承焘：《玉岑遗稿序》，谢建红编注《谢玉岑集》，华东师范大学出版社，2019 年，第 236 页。

岑醉心艺文、辗转苏浙沪等地的时候,结交一大批文学艺术界的大家、名家的情况,在他的年谱里都有反映。这一方面拓展了他的胸襟与眼界,另一方面也使他融入到文艺界的主流群体中,逐渐成为其中的中坚。他13岁就跟随钱名山先生学,后来成了钱名山的东床快婿,钱名山的声望与交游也就自然成为他的人脉资源,他先后拜诗文高手高吹万、金松岑为师,这使得他出道的路子比较纯正。就书画艺术来说,他既有机会向黄宾虹等人请教,又与吴湖帆交游,更与张大千等人成为莫逆之交。而在诗词上,则与朱祖谋、叶恭绰、钱仲联、夏承焘、龙榆生、唐圭璋等人或请益或交游。特别是1926年与夏承焘结识后,两人成为一生知己。夏承焘编订《两宋词人年谱》的时候,不少资源是谢玉岑提供的。夏承焘曾请谢玉岑专刻一印章,用黄景仁"我近中年惜友生"诗句,其实这一句放在夏承焘与谢玉岑之间最为合适。1927年3月,谢玉岑到上海南洋中学任教,因为已有词名,所以与当时在上海的朱彊村、冒广生、陈石遗等人多有请益。谢玉岑去世后,龙榆生主编的《词学季刊》1935年第二卷第四号发布"词坛消息",就说谢玉岑"久客沪滨,恒从彊村老人,探究倚声之学"①。钱仲联《哭玉岑四首》之四亦云:"并代数词人,彊村霜下杰。君实亲炙之,从入不从出。"②朱彊村是当时词坛祭酒,这说明谢玉岑已经跻身于主流词人群中。在当时的上海文学艺术界,谢玉岑不仅是积极的参与者,也在很多时候兼有组织者的身份。如果写一部谢玉岑的交游考,我上面提到的很多人都可以成为专门的一章,当然像钱名山、张大千、夏承焘,篇幅就更为浩大了。譬如这个张大千,他自己就说他与谢玉岑的相交"乃过骨肉生死之间"(《玉岑遗稿序》)。这个话不是随便说的,其中情感的力量值得好好体会。

据说谢安这个人神采清朗,举止潇洒,当时人称他"风神秀彻"③。看来这个遗传因子在谢氏家族中得到了很好的传承。谢玉岑在上海商校读书的时候,因为"长身鹤立"给自己起了一个笔名叫"曼顾",可见他自己也认识到自己身材容貌的出众④。我们现在看到的谢玉岑的照片,也是风度翩翩如佳公子。据说钱名山除了欣赏谢玉岑的才华,也欣赏他的风度与帅气,所以才把女

---

① 《词坛消息》,龙榆生主编《词学季刊》1935年第二卷第四号,第201页。
② 钱仲联:《哭玉岑》(四首),谢建红编注《谢玉岑集》,华东师范大学出版社,2019年,第244页。
③ 房玄龄等:《晋书》卷七九,中华书局,1974年,第2072页。
④ 参见唐玉虬《孤鸾哀史》,《谢玉岑研究》,第256页。

儿素蕖嫁给他,在诗歌中还有称呼谢玉岑为"玉郎"之例①。一个人的风神应该也会对其文学的风神产生一定的影响。

　　谢玉岑名声最大的是词,编订印行的词集有《白菡萏香室词》《孤鸾词》等,现在这两种词集加上建红辑录的题画词,就收在最新编的《谢玉岑集》中。他的诗集主要是《青山草堂诗》,还有就是汇集的题集、题画诗、联语等,文则有《周颂秦权室文》《墨林新语》以及若干题文。我在《谢玉岑集序》中有一节引述综论他诗歌、书画的话,我在这里偷点懒,把这节话抄在这里:"玉岑公虽以词名,然驰驱诗词书画诸界,各具崖略。论者谓其诗清丽似渔洋,沉俊类定庵;词则在清真与梦窗之间;四六由袁简斋而上追徐孝穆、庾子山;其书篆隶真草,无体不工;画则为张大千誉为文人画之范式。窃以为知言。真才人伎俩,不可方测矣。"

　　像谢玉岑这样的天才人物,如果岁月对他慷慨一些,让他的生命力更加强盛,他在文学艺术上的贡献就不可限量了。夏承焘曾在《玉岑遗稿序》中说谢玉岑"自恨累于疾疢,未能尽其才也"②。符铁年说:"天与以轶群之才,而不与之寿,使君之艺事乃止于此,其能不深悲也邪!"③确实,如果不是缠绵病榻,过早离世,谢玉岑也不知会焕发出多少生命的光芒。钱仲联《近百年词坛点将录》中评其"多才艺,常州词人后劲。不幸短命,未能大成"④,确定了他"常州词人后劲"的地位,但也同样感叹因为早逝而"未能大成"的深深遗憾。他的朋友陆丹林说:"玉岑的短命,不只是谢家的损失,亲朋间的损失,简直是国家的大损失。"⑤

　　"他有冰般的心,雪般的品,海般的才,更有火热般情感"⑥,这样的人真是可遇而不可求。他虽然不是人间富贵花,但别有人间傲世才。今年是谢玉岑冥诞120周年,距离谢玉岑去世也有84年,纪念谢玉岑当然是一层意思,但更重要的意义是重新认识那个曾经在词史上划过一道绚丽彩虹的谢玉岑,以及

---

① 　参见钱名山诗:"远寄成都卖卜金,玉郎当日有知音。世人解爱张爱画,未识高贤万古心。"钱伯子:《永恒的记忆》引,《谢玉岑研究》,第201页。
② 　夏承焘:《玉岑遗稿序》,谢建红编注《谢玉岑集》,华东师范大学出版社,2019年,第237页。
③ 　符铁年:《玉岑遗稿序》,谢建红编注《谢玉岑集》,华东师范大学出版社,2019年,第236页。
④ 　钱仲联:《当代学者自选文库:钱仲联卷》,安徽教育出版社,1999年,第706页。
⑤ 　陆丹林:《忆念谢玉岑词人》,《谢玉岑研究》,第265页。
⑥ 　陆丹林:《忆念谢玉岑词人》,《谢玉岑研究》,第262页。

谢玉岑所生活的时代。谢玉岑虽然想当志士,但不得已成为了名士。像谢玉岑这样的天才词人,学术史没有任何理由淡忘他。何况在他的身上体现了那么丰富的文学与艺术生态。从这个角度来说,我们应该感谢谢玉岑,是他用他出众的才华点亮了那个相当灰暗的年代。

我认为,谢玉岑就是那个时代一座闪亮的文艺灯塔。

主要参考文献

一、著作类

A

安世凤《墨林快事》,《四库全书存目丛书》子部第 118 册,齐鲁书社,
1995 年。

B

白居易著,顾学颉校点《白居易集》,中华书局,1979 年。

北京大学古文献研究所编《全宋诗》,北京大学出版社,1998 年。

C

蔡嵩云著,张响整理《蔡嵩云词学文集》,河南文艺出版社,2016 年。

曹辛华主编《民国词集丛刊》,国家图书馆出版社,2016 年。

曹雪芹著,无名氏续,程伟元、高鹗整理《红楼梦》,人民文学出版社,
2017 年。

曹植著,赵幼文校注《曹植集校注》,人民文学出版社,1984 年。

陈多、叶长海选注《中国历代剧论选注》,湖南文艺出版社,1987 年。

陈匪石编著,钟振振校点《宋词举(外三种)》,上海古籍出版社,2016 年。

陈鸿祥《王国维年谱》,齐鲁书社,1991 年。

陈良运主编《中国历代词学论著选》,百花洲文艺出版社,1998 年。

陈乃乾编《清名家词》,上海书店出版社,2016 年。

陈平原、王风编《追忆王国维》(增订本),生活·读书·新知三联书店,

2009 年。

陈乔枞《诗纬集证》,《续修四库全书》第 77 册,上海古籍出版社,2002 年。

陈廷焯著,彭玉平导读《白雨斋词话》,上海古籍出版社,2009 年。

陈廷焯撰,孙克强主编《白雨斋词话全编》,中华书局,2013 年。

陈文华《海绡翁梦窗词说诠评》,(台北)里仁书局,1996 年。

陈曦译注《孙子兵法》,中华书局,2017 年。

D

丁寿田、丁亦飞选注《唐五代四大名家词》,商务印书馆,民国二十九年(1940)。

杜甫撰,仇兆鳌注《杜诗详注》,中华书局,2015 年。

杜文澜辑《古谣谚》,中华书局,1958 年。

杜佑《通典》,中华书局,1984 年。

杜预《春秋经传集解》,上海古籍出版社,1988 年。

端木埰选录,何广棪校评《宋词赏心录校评》,(台北)正中书局,1975 年。

F

范祥雍订补《古本竹书纪年辑校订补》,上海古籍出版社,2011 年。

范旭仑、牟晓朋整理《谭献日记》,中华书局,2013 年。

范烟桥《茶烟歇》,中孚书局,1934 年。

范晔《后汉书》,中华书局,1965 年。

方东树《考槃集文录》,《续修四库全书》第 1497 册,上海古籍出版社,2002 年。

方智范等《中国词学批评史》,中国社会科学出版社,1994 年。

房鑫亮编校《王国维书信日记》,浙江教育出版社,2015 年。

房玄龄等《晋书》,中华书局,1974 年。

冯乾编校《清词序跋汇编》,凤凰出版社,2013 年。

G

干宝撰,汪绍楹校注《搜神记》,中华书局,1979 年。

高启著,金檀辑注,徐澄宇、沈北宗校点《高青丘集》,上海古籍出版社,1985 年。

高永旺、张仲娟译注《维摩诘经》,中华书局,2016 年。

葛立方《韵语阳秋》,上海古籍出版社,1984 年。

顾广圻著,黄明标点《思适斋书跋》,上海古籍出版社,2007 年。

顾太清撰,金启孮、金适校笺《顾太清集校笺》,中华书局,2012 年。

国家图书馆善本部编《赵凤昌藏札》,国家图书馆出版社,2009 年。

H

何文焕辑《历代诗话》,中华书局,1981 年。

洪兴祖撰,黄灵庚点校《楚辞补注》,上海古籍出版社,2015 年。

胡道静著,虞信棠、金良年整理《梦溪笔谈校证》,上海人民出版社,2016 年。

黄宾虹、邓实编《美术丛书》,浙江人民美术出版社,2013 年。

黄昇《花庵词选》,中华书局,1958 年。

J

嵇康撰,戴明扬校注《嵇康集校注》,中华书局,2016 年。

计有功撰,王仲镛校笺《唐诗纪事校笺》,中华书局,2007 年。

蒋哲伦、傅蓉蓉《中国诗学史·词学卷》,鹭江出版社,2002 年。

K

况蕙风《宋人词话》抄本,七册,浙江省图书馆藏。

况周颐《历代词人考略》,全国图书馆文献缩微复制中心影印吴兴刘氏嘉业堂钞本,2003 年。

况周颐原著,孙克强辑校《况周颐词话五种(外一种)》,浙江古籍出版社,2014 年。

况周颐原著,孙克强辑考《蕙风词话 广蕙风词话》,中州古籍出版社,2003 年。

况周颐著,秦玮鸿校注《况周颐词集校注》,上海古籍出版社,2013 年。

况周颐撰,屈兴国辑注《蕙风词话辑注》,江西人民出版社,2000 年。

L

黎靖德编,王星贤点校《朱子语类》,中华书局,1986 年。

李冰若《花间集评注》,人民文学出版社,1993 年。

李昉编纂《太平御览》,河北教育出版社,1994 年。

李昉等编《太平广记》,国家图书馆出版社,2009 年。

李逸安点校《欧阳修全集》,中华书局,2001 年。

李兆洛选辑《骈体文钞》,岳麓书社,1992 年。

李肇《唐国史补》,上海古籍出版社,1979 年。

李稚甫编校《李审言文集》,江苏古籍出版社,1989 年。

李祖陶辑《国朝文录续编》,清同治刻本。

梁基永辑《况周颐批点陈蒙庵填词月课 陈蒙庵批校白石道人歌曲》,中华书局,2016 年。

林昌彝著,王镇远、林虞生标点《射鹰楼诗话》,上海古籍出版社,1988 年。

刘安等编著,高诱注《淮南子》,上海古籍出版社,1989 年。

刘承干《求恕斋函稿》,94 册,上海图书馆藏。

刘承干《求恕斋集》,复旦大学图书馆藏。

刘承干《求恕斋日记》,51 册,上海图书馆藏。

刘承干《求恕斋友朋书札》,75 册,上海图书馆藏。

刘将孙《养吾斋集》,《景印文渊阁四库全书》第 1199 册,台湾商务印书馆,1986 年。

刘祁《归潜志》,中华书局,1983 年。

刘师培《中国中古文学史讲义》,上海古籍出版社,2006 年。

刘熙载撰,袁津琥校注《艺概注稿》,中华书局,2009 年。

刘勰著,黄叔琳注,李详补注,杨明照校注拾遗《增订文心雕龙校注》,中华书局,2012 年。

刘尧民《词与音乐》,云南人民出版社,1982 年。

刘永济《宋词声律探源大纲 词论》,中华书局,2007 年。

刘永济《唐五代两宋词简析 微睇室说词》,中华书局,2007 年。

柳永著,陶然、姚逸超校笺《乐章集校笺》,上海古籍出版社,2016 年。

龙沐勋等著,张寿平辑释,林玫仪校读《近代词人手札墨迹》,"中央"研究院中国文哲研究所,2005 年。

龙榆生《龙榆生学术论文集》,上海古籍出版社,2017 年。

龙榆生编选《唐宋名家词选》,上海古籍出版社,1980 年。

陆德明《经典释文》,上海古籍出版社,2013 年。

陆翙《邺中记》,《景印文渊阁四库全书》第 463 册,台湾商务印书馆,1986 年。

陆机著,杨明校笺《陆机集校笺》,上海古籍出版社,2016 年。

陆游著,马亚中、涂小马校注《渭南文集校注》,浙江古籍出版社,2015 年。

罗守巽《丹枫精舍诗文稿》,油印本。

罗振常遗著,周子美编订《善本书所见录》,商务印书馆,1958 年。

罗庄著,徐德明、吴琦幸整理《初日楼稿》,上海辞书出版社,2013 年。

吕碧城《晓珠词》手写本,1937 年。

吕碧城《晓珠词》四卷本,(台北)广文书局,1970 年。

M

马兴荣《龙洲词校笺》,江西人民出版社,1999 年。

毛先舒《潠书》,《四库全书存目丛书》集部第 210 册,齐鲁书社,1997 年。

梅兰芳述,许姬传、许源来、朱家溍记《舞台生活四十年》,团结出版社,2006 年。

缪钺《诗词散论》(增订本),北京大学出版社,2018 年。

N

纳兰性德《通志堂集》,上海古籍出版社,1979 年。

纳兰性德撰,赵秀亭、冯统一校笺《饮水词校笺》,中华书局,2015 年。

O

欧阳修著,胡可先、徐迈校注《欧阳修词校注》,上海古籍出版社,2015 年。

P

潘运告编著《张怀瓘书论》,湖南美术出版社,1997 年。

彭玉平《王国维词学与学缘研究》,中华书局,2015 年。

彭玉平《人间词话疏证》,中华书局,2011 年。

Q

钱杜著,赵辉校注《松壶画忆》,西泠印社出版社,2008 年。

钱锺书《管锥编》,生活・读书・新知三联书店,2007 年。

钱锺书《七缀集》,上海古籍出版社,1985 年。

秦国经《逊清皇室轶事》,紫禁城出版社,1985 年。

秦祖永撰,黄亚卓校点《桐阴论画》,上海古籍出版社,2015 年。

邱世友《词论史论稿》,人民文学出版社,2002 年。

邱炜萲《五百石洞天挥麈》,《续修四库全书》第 1708 册,上海古籍出版社,2002 年。

屈大均著,陈永正主编《屈大均诗词编年笺校》,中山大学出版社,2000 年。

屈兴国编《词话丛编二编》,浙江古籍出版社,2013 年。

R

饶宗颐《澄心论萃》,上海文艺出版社,1996 年。

饶宗颐《词集考》,中华书局,1992 年。

饶宗颐《文辙——文学史论集》,台湾学生书局,1991 年。

任半塘《唐声诗》,上海古籍出版社,1982 年。

S

沙先一、张晖《清词的传承与开拓》,上海古籍出版社,2008 年。

单士厘《清闺秀艺文略》,稿本,国家图书馆藏。

上彊村民编,唐圭璋笺注《宋词三百首笺注》,上海古籍出版社,1979 年。

邵祖平《词心笺评》,复旦大学出版社,2007 年。

沈辰垣等《御选历代诗余》,《景印文渊阁四库全书》第 1491 册,台湾商务印书馆,1986 年。

沈辰垣等编《御选历代诗余·附箧中词广箧中词》,浙江古籍出版社,1998 年。

沈宠绥《度曲须知》,中国戏剧出版社,1959 年。

沈括著,胡道静校证《梦溪笔谈校证》,上海古籍出版社,1987 年。

沈文泉《朱彊村年谱》,浙江古籍出版社,2013 年。

沈约《宋书》,中华书局,1974 年。

施蛰存《词学名词释义》,中华书局,1988 年。

释道元编,文雄、妙音点校《景德传灯录》,成都古籍书店,2000 年。

宋翔凤《朴学斋文录》,《续修四库全书》第 1504 册,上海古籍出版社,2002 年。

孙德谦《四益宧骈文稿》,上海瑞华印务局民国二十五年(1936)铅印本。

孙克强《清代词学》,中国社会科学出版社,2004 年。

T

谭献著,罗仲鼎、俞浣萍点校《谭献集》,浙江古籍出版社,2012 年。

汤擎民整理《詹安泰词学论稿》,广东人民出版社,1984 年。

唐圭璋《词学论丛》,上海古籍出版社,1986 年。

唐圭璋编《词话丛编》,中华书局,1986 年。

唐圭璋编《全金元词》,中华书局,2018 年。

唐圭璋编《全宋词》,中华书局,1965 年。

脱脱等《金史》,中华书局,1975 年。

W

宛敏灏《词学概论》,上海古籍出版社,1987 年。

王国维《宋元戏曲史》,百花文艺出版社,2002 年。

王国维著,陈永正笺注《王国维诗词笺注》,上海古籍出版社,2011 年。

王鹏运辑《四印斋所刻词》,上海古籍出版社,2012 年。

王鹏运著,沈家庄、朱存红校笺《王鹏运词集校笺》,上海古籍出版社,2017 年。

王鹏运等《庚子秋词》二卷,南江涛选编《清末民国旧体诗词结社文献汇编》第 7 册,国家图书馆出版社,2013 年。

王水照《半肖居笔记》,东方出版中心,1998 年。

王水照编《历代文话》,复旦大学出版社,2007 年。

王水照选注《苏轼选集》,上海古籍出版社,2014 年。

王先谦编《骈文类纂》,浙江古籍出版社,1998 年。

王易《词曲史》,岳麓书社,2011 年。

王瑜孙《小忍庵丛稿》,2012 年自印本。

韦力《芷兰斋书跋四集》,国家图书馆出版社,2015 年。

魏良辅《曲律》,生活·读书·新知三联书店,2014 年。

魏徵等《隋书》,中华书局,1973 年。

吴承学、彭玉平编《詹安泰文集》,中山大学出版社,2004 年。

吴世昌《吴世昌全集》,河北教育出版社,2003 年。

吴世昌著,吴令华辑注,施议对校《词林新话》,北京出版社,2000 年。

吴文英撰,孙虹、谭学纯校笺《梦窗词集校笺》,中华书局,2014 年。

吴无闻编《夏承焘教授纪念集》,中国文联出版公司,1988 年。

吴锡麒《有正味斋骈体文》,《续修四库全书》第 1468 册,上海古籍出版社,2002 年。

吴熊和《唐宋词通论》,浙江古籍出版社,1989 年。

X

夏承焘、吴熊和《读词常识》,中华书局,2000 年。

夏承焘《夏承焘集》,浙江古籍出版社,1997 年。

夏敬观《忍古楼文》,稿本,六册,上海图书馆藏。

夏敬观著,兰石洪、陈谊整理《夏敬观词学文集》,河南文艺出版社,2016 年。

萧统编,李善、吕延济、刘良等注《六臣注文选》,中华书局,1987 年。

萧统编,李善注《文选》,上海古籍出版社,2019 年。

萧文立《罗雪堂述丛稿》,万卷出版社,2012 年。

谢伯子画廊编《谢玉岑百年纪念集》,京华出版社,2001 年。

谢青云译注《神仙传》,中华书局,2017 年。

谢桃坊《中国词学史》,巴蜀书社,1993年。

谢维扬、房鑫亮主编《王国维全集》,浙江教育出版社、广东教育出版社,2009年。

谢章铤《赌棋山庄全集》,《近代中国史料丛刊续编》第15辑第141册,(台北)文海出版社,1975年。

谢建红编注《谢玉岑集》,华东师范大学出版社,2019年。

谢建红编《谢玉岑研究》,上海书店出版社,2009年。

谢建红《玉树临风:谢玉岑传》,上海书店出版社,2017年。

谢玉岑《玉岑遗稿》,线装景刊,2019年。

谢玉岑《谢玉岑诗词集》,常州时文学工作者协会印本,1989年。

辛弃疾撰,邓广铭笺注《稼轩词编年笺注》,上海古籍出版社,2007年。

徐大椿《乐府传声》,生活·读书·新知三联书店,2013年。

徐釚编著,王百里校笺《词苑丛谈校笺》,人民文学出版社,1998年。

徐世昌辑《晚晴簃诗汇》,中国书店,1989年。

徐渭著,李俊勇疏证《〈南词叙录〉疏证》,江西教育出版社,2015年。

许慎撰,段玉裁注《说文解字注》,上海古籍出版社,1981年。

Y

严可均辑《全后汉文》,商务印书馆,1999年。

严可均辑《全三国文》,商务印书馆,1999年。

杨柏岭《晚清民初词学思想建构》,安徽大学出版社,2004年。

叶朗主编《中国历代美学文库·清代卷》,高等教育出版社,2003年。

叶长海《曲学与戏剧学》,上海古籍出版社,2013年。

尹志腾校点《清人选评词集三种》,齐鲁书社,1988年。

尤侗著,杨旭辉点校《尤侗集》,上海古籍出版社,2015年。

俞陛云《唐五代两宋词选释》,上海古籍出版社,1985年。

袁行霈《中国诗歌艺术研究》,北京大学出版社,2009年。

袁枚著,顾学颉校点《随园诗话》,人民文学出版社,1982年。

Z

曾国藩《曾国藩全集》,岳麓书社,2011年。

詹安泰《宋词散论》,广东人民出版社,1980 年。

张潮辑《虞初新志》,齐鲁书社,2001 年。

张次溪编纂《清代燕都梨园史料》,中国戏剧出版社,1988 年。

张尔田撰,黄曙辉、张京华编《张尔田著作集》第五卷,上海大学出版社,
2018 年。

张华《博物志》,清《指海》本。

张晖《龙榆生先生年谱》,学林出版社,2001 年。

张耒撰,李逸安等点校《张耒集》,中华书局,1990 年。

张先著,吴熊和、沈松勤校注《张先集编年校注》,上海古籍出版社,
2012 年。

张炎著,夏承焘校注;沈义父著,蔡嵩云笺释《词源注 乐府指迷笺释》,人
民文学出版社,1963 年。

张璋、黄畬编《全唐五代词》,上海古籍出版社,1986 年。

张宗橚编,杨宝霖补正《词林纪事 词林纪事补正》,上海古籍出版社,
1998 年。

赵怀玉《亦有生斋集》,《续修四库全书》第 1470 册,上海古籍出版社,
2002 年。

赵令畤《侯鲭录》,中华书局,2002 年。

赵尊岳著,张再林、郝文达整理《赵尊岳词学文集》,河南文艺出版社,
2016 年。

郑绩著,叶子卿点校《梦幻居画学简明》,浙江人民美术出版社,2017 年。

郑炜明《况周颐先生年谱》,上海古籍出版社,2009 年。

郑玄注,孔颖达疏,龚抗云整理《礼记正义》,北京大学出版社,1999 年。

郑逸梅《梅庵谈荟》,黑龙江人民出版社,1985 年。

郑逸梅《郑逸梅选集》,黑龙江人民出版社,1991 年。

中华书局编辑部点校《全唐诗》(增订本),中华书局,1999 年。

周庆云纂辑,方田点校《历代两浙词人小传》,浙江古籍出版社,2012 年。

周延礽编《吴兴周梦坡(庆云)先生年谱》,《近代中国史料丛刊》第 82 辑,
(台北)文海出版社,1972 年。

周子美著,徐德明整理《周子美学述》,浙江人民出版社,1999 年。

朱惠国《中国近世词学思想研究》,上海古籍出版社,2005 年。

朱孝臧辑校《彊村丛书》,上海书店、江苏广陵古籍刻印社,1989 年。

朱孝臧著,白敦仁笺注《彊村语业笺注》,浙江古籍出版社,2015 年。

朱一新《无邪堂答问》,中华书局,2000 年。

朱彝尊、汪森编《词综》,上海古籍出版社,2014 年。

朱彝尊《曝书亭序跋 潜采堂宋元人集目录 竹垞行笈书目》,上海古籍出版社,2010 年。

朱彝尊著,屈兴国、袁李来点校《朱彝尊词集》,浙江古籍出版社,2017 年。

邹祗谟、王士禛辑《倚声初集》,清顺治十七年(1660)刻本。

二、期刊类

C

陈蒙庵《蓬斋胜记》,《永安月刊》1948 年第 114 期。

陈蒙庵《纫芳簃金石词》,《国光艺刊》1939 年第 2 期。

陈蒙庵《思无邪庵诗话》,《永安月刊》1948 年第 107 期。

陈蒙庵《我所认识的朱古微先生》,《人之初》1945 年第 1 期。

陈蒙庵《忆昔——况赠教授又韩》,《永安月刊》1947 年第 102 期。

陈祖美《评李清照〈词论〉对秦观词的批评》,《词学》第 15 辑,华东师范大学出版社,2004 年。

F

腹痛《况蕙风先生外传》,《申报·自由谈》1926 年 8 月 28 日。

G

高友工《小令在诗传统中的地位》,《词学》第 9 辑,华东师范大学出版社,1992 年。

谷曙光《咏"梅"诗词:梅兰芳研究的新领域和新思考》,《文化遗产》2017 年第 3 期。

H

寒冬虹《新见况周颐墓志铭拓本》,《文献》1994 年第 1 期。

K

康保成《从"嗉喉"看昆曲的发声技巧及渊源》,《戏剧艺术》2003 年第 6 期。

况周颐《餐樱庑漫笔》,《申报·自由谈》1925 年 2 月 18 日。

况周颐《词学讲义》,龙榆生编《词学季刊》1933 年创刊号。

况周颐《蕙风簃随笔》,《国粹学报》1910 年第 73 期。

况周颐《兰云菱寝楼笔记》,《国粹学报》1910 年第 70—71 期。

况周颐《繙兰堂室词话》,《中社杂志》1926 年第 6 期。

L

李惠玲《论王鹏运、况周颐词学思想和创作的差异》,《求是学刊》2014 年第 1 期。

李惠玲《新发现王鹏运、钟德祥〈词学丛书〉批注研究》,《学术研究》2012 年第 5 期。

李性忠《海上相逢书友情——王国维在沪期间与刘承干的交往》,《图书馆杂志》2000 年第 7 期。

林玫仪《况蕙风研究资料补述》,北京大学中国古文献研究中心编《北京大学中国古文献研究中心集刊》第 7 辑,北京大学出版社,2008 年。

林玫仪《况周颐〈宋人词话〉考——兼论此书与〈历代词人考略〉之关系》,钟彩钧主编《传承与创新——"中央"研究院中国文哲研究所十周年纪念论文集》,"中央"研究院中国文哲研究所,1999 年。

刘瑞莲《论李清照对南唐词的继承关系》,济南市社会科学研究所编《李清照研究论文选》,上海古籍出版社,1986 年。

刘永济《诵帚词筏》,古代文学理论研究编委会编《古代文学理论研究》第 4 辑,上海古籍出版社,1981 年。

M

马兴荣《况周颐年谱》,《楚雄师专学报》1999 年第 4 期。

梅兰芳纪念馆《梅兰芳与绘画》,《书画世界》2018 年第 2 期。

梅兰芳口述,梅绍武、梅卫东整理《梅兰芳口述自己的学画经历》,《档案记忆》2017 年第 8 期。

P

彭玉平《〈历代词人考略〉及相关问题考论》,《文学遗产》2016 年第 4 期。

彭玉平《词学的古典与现代》,《中山大学学报》2006 年第 1 期。

彭玉平《词学史上的"潜气内转"说》,《文学评论》2012 年第 2 期。

彭玉平《论词之"哀感顽艳"说》,《文学遗产》2011 年第 4 期。

彭玉平《论词之"松秀"说》,《文学评论》2016 年第 5 期。

彭玉平《晚清民国词学的明流与暗流——以"重拙大"说的源流与结构谱系为考察中心》,《文学遗产》2017 年第 6 期。

彭玉平《王国维词学与罗振常、樊炳清之关系》,《四川大学学报》2013 年第 3 期。

彭玉平《清疏:王国维与况周颐相通的审美范式》,《文艺研究》2019 年第 10 期。

彭玉平《况周颐与词学批评学的现代发生》,《文学遗产》2021 年第 1 期。

Q

秦玮鸿《痴不求知痴更绝,万千珠泪一琼枝——论况周颐与梅兰芳的交往及其咏梅词》,《河池学院学报》2005 年第 6 期。

S

沈家庄《中国历史上第一篇咏西方小说的词——王鹏运咏茶花女》,《文史知识》2014 年第 12 期。

苏利海《"重拙大"新议》,《文艺理论研究》2011 年第 4 期。

孙克强《〈历代词人考略〉作者考辨》,《文献》2003 年第 2 期。

孙克强《词论与画论——援画论词在词学批评中的作用和意义》,《中国社会科学》2008 年第 1 期。

孙克强《况周颐〈历代词人考略〉的文献和理论价值》,《河南大学学报》2010 年第 3 期。

孙克强《况周颐词学文献考论》,《文史哲》2005 年第 1 期。

孙维城《论况周颐对王鹏运"重拙大"词学观的改造》,《安庆师范学院学报》2001 年第 3 期。

T

汤高才《哀感顽艳纳兰词》,《中华词学》第 2 辑,东南大学出版社,1995 年。

唐雪莹《〈申报〉对梅兰芳沪上演出的报道》,《新闻爱好者》2011 年第 8 期(下半月);

W

王省民《〈申报〉戏曲广告对戏曲消费的促进作用——以梅兰芳 1913 年至 1929 年来沪演出为考察对象》,《上海商学院学报》2013 年第 1 期。

万云骏《〈蕙风词话〉论词的鉴赏和创作及其承前启后的关系》,《文学遗产》1984 年第 3 期。

王庆生《蔡松年生平仕历考述》,《徐州师范学院学报》1993 年第 1 期。

王水照《况周颐与王国维不同的审美范式》,《文学遗产》2008 年第 2 期。

文廷式《知过轩谭屑》,上海中山学社编《近代中国》第 18 辑,上海社会科学院出版社,2008 年。

X

徐艳珠《被忽略的存在——〈历代词人考略〉引用〈人间词话〉情况概说》,《九江学院学报》2009 年第 1 期。

Y

杨保国《〈蕙风词话〉"重拙大"理论新探》,《上海师范大学学报》1992 年第 3 期。

杨传庆《书札中的词学——晚近以来词学书札片论》,《词学》第 40 辑,华东师范大学出版社,2018 年。

Z

曾大兴《况周颐〈蕙风词话〉的得与失》,《文艺研究》2008 年第 5 期。

张伯驹《丛碧词话》,《词学》第 1 辑,华东师范大学出版社,1981 年。

张进《况周颐的"词心"说与古代文论中的"不得已"说》,《文学遗产》2010 年第 2 期。

张宇《况周颐笔记与〈蕙风词话〉关系考论——以〈阮庵笔记五种〉为例》,《名作欣赏》2010 年第 2 期。

赵尊岳《蕙风词史》,龙榆生主编《词学季刊》1934 年第一卷第四号。

赵尊岳《惜阴堂明词丛书叙录》,龙榆生主编《词学季刊》1935 年第三卷第四号。

郑骞《成府谈词》,《词学》第 10 辑,华东师范大学出版社,1992 年。

郑炜明、陈玉莹《论〈蕙风词话〉的文献整理》,《止善》2010 年第 9 期。

周茜《"大梅党"赵尊岳与梅兰芳——以 1920、1922 年〈申报·梅讯〉为例》,《文艺研究》2017 年第 6 期。

周茜《民国初期梅兰芳与沪上词学家交往考述》,《文艺研究》2014 年第 8 期。

本书篇章来源说明

本书章节名	原刊论文名	期刊	期数
第一章:《况周颐"重拙大"说与晚清民国词学的明流与暗流》	《晚清民国词学的明流与暗流——以"重拙大"说的源流与结构谱系为考察中心》	《文学遗产》	2017 年第 6 期
第二章:《况周颐"松秀"说与词体之本色》	《论词之"松秀"说》	《文学评论》	2016 年第 5 期
第三章:《况周颐与词学批评学的现代发生》	《论词学批评学的现代发生与"三大体系"建设》	《文学遗产》	2021 年第 1 期
第四章:《"诗余"说源流与况周颐诗之"赢余"说》	《诗余考》	《汕头大学学报》	2006 年第 3 期
第五章:《况周颐与词学史上的"哀感顽艳"说》	《论词之"哀感顽艳"说》	《文学遗产》	2011 年第 4 期
第六章:《况周颐与词学史上的"潜气内转"说》	《词学史上的"潜气内转"说》	《文学评论》	2012 年第 2 期
第七章:《况周颐之词体与其他文体关系论》	《论词体与其他文体之关系——以况周颐为中心》	《文学遗产》	2019 年第 2 期
第八章:《况周颐与王国维:相通的审美范式》	《"清疏":王国维与况周颐相通的审美范式》	《文艺研究》	2019 年第 10 期
第九章:《词之修择实践与况周颐等修择观的形成》	《论词之修择观》	《中南大学学报》	2019 年第 1 期
第十章:《况周颐批点陈蒙庵填词月课综论》	《况周颐批点陈蒙庵填词月课综论》	《文艺理论研究》	2019 年第 3 期
第十一章:《梅兰芳与况周颐的听歌之词:民国沪上的艺文风雅》	《梅兰芳与况周颐的听歌之词:民国沪上的艺文风雅》	《复旦学报》	2019 年第 1 期

续表

本书章节名	原刊论文名	期刊	期数
第十二章:《词学文献论(上):况周颐代撰之〈历代词人考略〉》	《〈历代词人考略〉及相关问题考论》	《文学遗产》	2016 年第 4 期
第十三章:《词学文献论(下):〈联益之友〉刊况周颐〈词话〉》	《新发现〈联益之友〉刊况周颐〈词话〉考论》	《民国旧体文学研究》	创刊号
第十四章:《〈初日楼稿〉与民国沪上词坛》	《论罗庄〈初日楼稿〉及其词学观念》	《江海学刊》	2017 年第 2 期
	《民国女词人罗庄三题》	《中国诗学研究》	(2017 年)第 13 辑

后　记

学术史素来纷繁复杂,甚至不无光怪陆离之处,但其中有数的称誉光赫的人物大体可以分为两类:一类可以从时代中抽离出来,自成鲜明的个体;一类则无法抽离,深度浸润在那个纷纭挥霍的时代学术之中。前者宛然孤峰独立,极目四周,旷然而平;后者虽也如危峰兀立,但环山皆山,此山身在群山中。这当然是从相对意义上来说的。

我说这些,并没有从大视野来纵论学术史的野心,而只是想交待这本书名的变化轨迹。我一开始想写的其实是一本叫作《况周颐词学研究》的书,但写着写着,竟然就变成现在的《况周颐与晚清民国词学》的书名了。这一转变的具体原因,实际上我也说不太清楚。但大致可说的是:况周颐词学其实承载着整个晚清民国词学的发展源流,他当然有专属于自己的词学思想,但他同时也是那个时代词学的聚合体。从一定程度上来说,读王国维是读作为词学个体的王国维;而读况周颐,则是在读一个时代。唐代诗人贯休说:"远浦深通海,孤峰冷倚天。"(《上冯使君山水障子》)形象一点说,王国维有点像清冷倚天的"孤峰",而况周颐则有点像深广通海的"远浦"。这当然是另外一种意义上的比拟了。

在整理此书的过程中,意外发现我在 1988 年读硕士时写的一篇《况周颐"重拙大"说浅探》作业,是手写的稿子,近八千字。我如发现"文物"一般急忙读完,这才恍然觉得,题目中的"浅探"是如此地名副其实,通篇毫无发现,竟然也敢摇笔作文,真是惊出我一身冷汗。亦与钱锺书《谈艺录》所谓"壮悔滋深,藏拙为幸"云云暗合。好在此文不待壮年滋悔,在我年轻时就一直藏在深闺,未曾发表,否则就特别愧对学术史了。但即便藏拙于今,也足以让我自警了。我说这些,并不意味着对现在这本书中的章节内容,我就完全能释然自处,但聊以自慰的是:其中至少沉淀了一些更多的读书和更深的思考时光在里面。

我对况周颐发生兴趣其实在王国维之前。大学时候在随园的书店里,我就曾买过一本人民文学出版社的《人间词话》《蕙风词话》合刊本,所以读王读况,几乎是同时进行的。但因为王国维的文字读来多有其来无端之感,未免抽象一些,我既然懵懂其间,搁置便也成了常态;而况周颐的文字则更为感性、更具诗情、更有光泽,自然也更容易吸引我的注意。读硕士时,我没写过有关王国维的文章,而写了一篇论况周颐的文章,大概是这一阅读感觉的继续了。看来纯粹跟着感觉走的学术,有时一样让人汗涔涔下的,因为感觉的欺骗性真是防不胜防。

我从学术角度对晚清民国词学的关注,粗粗算来,应该超过三十年了。最早细读的是陈廷焯的《白雨斋词话》《云韶集》《词则》《骚坛精选录》《白雨斋诗钞》《白雨斋词存》等,相关的研究成果大体收录在《中国分体文学学史·词学卷》(上、下)中,总有近 20 万字。陈廷焯从选本到词话的学术理路,从浙派到常派的词学宗尚变化轨迹等,皆清晰可辨。尤其是其在《白雨斋词话》中持"沉郁顿挫"之说衡诸词史,"以一驭万",词学的格局固然不能说大,内在的逻辑却是相当周密的。王国维在早期的哲学研究与中年以后的文字音韵、历史地理研究之间,有数年时间沉潜词学,或考订词集,或辑佚词作,或编纂总集,或撰述词话,或考论清真,各有建树,而《人间词话》则在其中独领风骚。其以"境界"为核心建构境界说的多维体系,使得其词学带着鲜明的时代气息,也因此在整个 20 世纪迄今发生了巨大的社会与文化反响。

况周颐的名声大致在陈廷焯与王国维之间,但此处所谓"名声"的高下并不直接对应词学成就的高低。与在 20 世纪 30 年代之前,王国维的词学备受冷落、黯然边缘的情形不同,况周颐从 20 世纪初开始便一直占据着词学主流的位置,在从祁寯藻、端木埰、王鹏运到朱祖谋这一脉的词学中,况周颐所得青睐特多,兼之博闻广识、天赋清才,使得其词学既渊源深厚,又自出手眼。故在词学界中,况周颐以兼擅填词与论词,而蔚成一时代词学之祭酒。即便王国维当年在词话中对朱祖谋、况周颐等晚近词人含沙射影,甚至偶尔失态、出言不逊,也丝毫不影响他们在当时词坛的领袖地位。而在 30 年代之后,王国维的《人间词话》便开始摆落诸种词话,一骑绝尘,从词之一体进而入于更广泛的接受领域。看来一种理论之得时与否,还真有着非常复杂的原因的。

但实事求是地说,从对词体词学的专精而言,况周颐不仅探骊得珠,所得独多;而且不可替代,难以超越。这也是词学界一直高看况周颐的原因所在。但当下学界对况周颐的认知,在我看来,还存在着不少问题。其"词心词境"说自然别具理论光彩,而其"重拙大"说则如神龙出没,一直处于云障雾绕之中,难得一睹真面。而读《蕙风词话》者,困惑恐也不少。如视"重拙大"为词体本质与批评标准,何以词话之中,逸出之观念与评点如此之多,甚者与之矛盾对立者开卷可见?而在其晚年为刘承干代撰之《历代词人考略》中,何以"重拙大"的整体表述悄然消失?再回顾从 20 世纪初到 20 年代中期,在诸种词话中,何以持续了 20 多年的时间,而况周颐对"重拙大"说的阐释几乎没有变化,且一直散乱在词话各处,未能统归?

要厘清这些问题并不容易,但疑问总归是疑问,而疑问背后的精神考量其实不可回避,也不容忽略。如果翻检况周颐多种自述,我们大致可以知道,当王鹏运、朱祖谋等一帮晚清名臣发现了倚声天才况周颐,尤其是发现了况周颐的词学宗尚直追五代北宋之时,以我心忖度,他们是喜忧参半的。喜者不言而喻,忧者是如此天才如果任其别张一军,则在彼时彼刻,或难有更广阔的发展空间。当然,这还不是最关键的。最关键的是如果将此等才华卓异之人引导到他们所信奉、追求的南宋"重拙大"一路中,则无疑平添一员健将,从此源流承续,前景可期。接下来就是语重心长、娓娓道来的劝说和教化。况周颐一开始的反应是迟钝的,或者说是抗拒的。但面对如王鹏运这样声望特出的老辈,他经过长达五年的犹豫、徘徊,最终还是表达了归附之心。

我不知道况周颐在做出这一决定时,内心究竟是清澈自如,还是混沌如初。我知道的是,此后况周颐果然在每一种词话的开头,都高悬"重拙大"的旗帜,以此表明自己的词学取向以及谱系所在。此在王鹏运,当可含笑九泉;而在朱祖谋等人,也是老怀堪慰。但他们终究还是小看了天赋的力量,源于本心的审美方向与对"重拙大"说的时时悖离,总在词话中顽强出现,而况周颐似乎无暇顾及两者之间的矛盾对立,一任其行。

我也是在反复的阅读中,发现了"重拙大"说固然是况周颐词学的一条明流,但如"松秀"等观念,则如一条暗流,虽静水深流,却也汩汩而出,蔚成江河。尤其是其大量持"松秀"观念以评骘词史之例,宛然别立一旗,另开一脉。而细检"松秀"之内涵,其与"重拙大"说并非双水并流,而是彼此碾压,难以兼容。我这才知道,对况周颐及其词话,实在是有重新认识的必要。这是我写这本书的最初一念,现在直言揭出。知我罪我,不遑计也。书中《况周颐与王国维:相通的审美范式》一章,也是与此呼应的。

本书对况周颐的若干词学文献如《历代词人考略》、《联益之友》刊况周颐《词话》等的研究,对其与梅兰芳演剧相关填词创作的探索,对其批点陈蒙庵填词月课、词体与其他文体之关系等的论述,当然主要集中在况周颐一人。而论词学批评学、修择观的发生,对"诗余""潜气内转""哀感顽艳"等范畴的讨论、对罗庄《初日楼稿》等的分析,都是将况周颐与批评学、修择观的建构过程,若干词学范畴的源流,沪上词坛的集体认同等绾合来写,体现的不仅是况周颐一家一说,而是晚清民国词学的一些共同关注的内容。当然,在这些带有共性的话题中,况周颐都贡献了重要的、关键的和创新性的思想。这是我在《绪论》中,以"这是一部以况周颐为核心对晚清民国词学进行重新考量的著作"开端的原因所在。

本书是我作为首席专家主持的国家社科基金重大项目《中国词学通史》(17ZDA239)的前期成果之一。本书各章都曾经在学术期刊上发表过,其中《文学遗产》5篇、《文学评论》2篇、《文艺研究》1篇,其他散见于《文艺理论研究》《复旦学报》《江海学刊》等刊物。多承各杂志外审和责编提出宝贵意见,我都曾尽力吸收,在此一并致以诚挚的谢意。因为单篇论文发表时,考虑到相关论述源流和语境的特点,各篇在材料取用和论说时也略有重复。这次整合书稿,除了做体系性的全面考量,也统一做了删复去重的工作。但出于各章论说自足性和关联性的需要,也还是有少量材料和语意重复者,这是要对读者特别说明的。

施议对、王兆鹏二先生乃当今词学标志性人物,他们因我之请慨然赐序,光洁拙著,令我感恩感怀。2018年我初步整理书稿时,侧重在对况周颐本人词学之研究,初稿奉呈施先生请序,不久就收到施先生来序。后来因调整思路,将况周颐与晚清民国词学作为书稿之主体,增加了不少章节,施先生遂再赐一序。至去年第三次整合书稿,发现施先生二序稍有重复,因请先生斟酌其事。施先生遂以后序为主,将前序之相关者作为"补记"置于后序之后。老辈之关怀与严谨往往如此,能无感乎!兆鹏先生研究任务繁重,本不敢叨扰,但因我们相识二十余年,知我为深,兼及此书中诸多篇章,此前也多有请兆鹏先生指教者,故亦贸然请序。兆鹏先生真一丝不苟,他不仅费了一周多时间仔细审读了书稿,而且在审读时与我多有交流,用心特甚,或补证材料,或斟酌体系,或提示文献线索,甚者连用字用词有欠精准处也颇多指正。二先生之序对在下及拙著多有奖掖,但我未敢自是,权当寄予殷望并指出向上一路而已。有师辈若议对先生,有学友若兆鹏仁兄,亦余之幸也。在此特向施、王二先生敬申谢忱。

我研究王国维大体持续了十年时间,相关成果《王国维词学与学缘研究》有幸入选 2014 年度"国家哲学社会科学成果文库";而我关注和研究况周颐与晚清民国词学的时间跨度则超过了三十年,这次《况周颐与晚清民国词学》一书能再度入选"文库",令我既感且愧。世界如此浩大,学术如此深广,而我所知所论只是其中很小很小的一个部分,且即便这很小很小的一个部分,我也有知之未必真、论之未必准之忧,其中浅薄与错漏之处,尚请读者多予赐正。

我以前写过一部简略的《倦月楼论话》,为门弟子言说撰论要义,其中有几则,至今读来,还是未变心衷:

前人论治学辄言:聪明人下笨功夫。此乃就聪明者而言,若自忖不够聪明,则尚须加多一倍甚至数倍笨功夫。比得笨功夫,方能留得天地供聪明驱遣。徒恃聪明者,吾未见其有真学问也。

所谓笨功夫,即细读文本,便一字一句亦不放过。昔朱子言读书"须是踏翻了船,通身都在水中",即喻沉潜含玩功夫也。文本阅读既熟,自能贯通无碍,悟得其旨,此亦朱子所谓"看得那物事有精神方好"之意。若稍作即辍,不能连贯其思,总是功夫未够耳。

昔吏部有作文"气盛言宜"之说,然撰论或与之稍异,若于从容之中自然带出力量,方为论之胜境。故少年撰论往往意气过甚,盖功力未至也。读老辈文章,则仿佛闲坐而说流年,一声一息,未见深重,而其中曲曲折折,俱和婉自然,如在目前,令人神往。此视一味声色俱厉而言多枝蔓者,其境之大小可立判矣。

佳文总是兼有理论与文献之长,理论见凌空之思,文献见踏实之功。此亦融斋所谓"读义理书,要推出事实来;读事实书,要推出义理来"也。昔章学诚曰:"近日学者风气,征实太多,发挥太少,有如桑蚕食叶,而不能抽丝。"为文若兼得义理(发挥)与事实(征实)两翼,其庶几乎! 故视野不妨开阔,问题总落实处,俯视、仰视、平视三种维度于一文之中,须交叉使用,方使文章动宕得奇。

在为这本书稿撰写后记时,我忽然想起这数则论话。这些话语既出自我手,也镌刻我心,故备录于上,略供自我反省。我研究王国维词学,先做了一部《人间词话疏证》,然后再进入有规模的理论研究;我研究况周颐词学,也一直计划先做一部《蕙风词话疏证》,这项工作虽然至今尚未煞尾,但积累的材料已然可观。若论下笨功夫,倒真是无愧色的。但掩卷而思,我这才发现,我虽然絮絮叨叨对门弟子说了这么多,其实很多只是我的一点理念和向往之心而已,我自己也一直在艰难实践中,且成效甚微。但无论如何,这总是我努力的方向,有了方向,才有定力。而有方向和定力的学术,才是稍可放心的。

彭玉平

2021 年元旦

图书在版编目(CIP)数据

况周颐与晚清民国词学/彭玉平著. —北京:中华书局,2021.5
(国家哲学社会科学成果文库)
ISBN 978-7-101-15124-4

Ⅰ.况…　Ⅱ.彭…　Ⅲ.词学-诗词研究-中国-近代
Ⅳ.I207.23

中国版本图书馆 CIP 数据核字(2021)第 053250 号

书　　　名	况周颐与晚清民国词学	
著　　　者	彭玉平	
丛 书 名	国家哲学社会科学成果文库	
责任编辑	吴爱兰	
出版发行	中华书局	
	(北京市丰台区太平桥西里 38 号　100073)	
	http://www.zhbc.com.cn	
	E-mail:zhbc@zhbc.com.cn	
印　　　刷	北京瑞古冠中印刷厂	
版　　　次	2021 年 5 月北京第 1 版	
	2021 年 5 月北京第 1 次印刷	
规　　　格	开本/710×1000 毫米　1/16	
	印张 32　插页 3　字数 503 千字	
国际书号	ISBN 978-7-101-15124-4	
定　　　价	188.00 元	